चंद्रकांता

चंद्रकांता

देवकीनंदन खत्री

ज्ञान गंगा, दिल्ली

प्रकाशक : ज्ञान गंगा, 2/42, अंसारी रोड, दरियागंज, नई दिल्ली-110002
सर्वाधिकार : सुरक्षित / संस्करण : 2025 / मूल्य : छह सौ रुपए
मुद्रक : आर-टेक ऑफसेट प्रिंटर्स, दिल्ली ISBN 978-93-87968-08-0

CHANDRAKANTA *novel* by Devaki Nandan Khatri ₹ 600.00
Published by **GYAN GANGA**
2/42, Ansari Road, Daryaganj, New Delhi-110002

श्री देवकीनंदन खत्री

की

पौत्रवधू श्रीमती राजरानी खत्री

को समर्पित

देवकीनंदन खत्री और उनकी 'चंद्रकांता'

बाबू देवकीनंदन खत्री का जन्म 29 जून, 1861 को मुजफ्फरपुर में उनके ननिहाल में हुआ। ननिहाल में ही उनका बचपन बीता और उर्दू-फारसी की शिक्षा भी मिली। बाद में उन्होंने काशी में संस्कृत और हिंदी का अध्ययन किया।

बाबू देवकीनंदन खत्री को तिलिस्मी कथाओं का जनक और हिंदी साहित्य में ऐयारी-तिलिस्मी उपन्यासों का प्रवर्तक माना जाता है। उन्होंने अपनी कथाओं में ऐयार पात्रों को बहुत अहमियत दी। 'ऐयार' का अर्थ है—धूर्त, चालाक या छली व्यक्ति; ऐसा चतुर व्यक्ति, जो वेश बदलकर कठिन-से-कठिन काम भी पूरा कर सकता हो। पुराने जमाने के जासूसों को भी 'ऐयार' कहा जाता था।

इन तिलिस्मी-ऐयारी उपन्यासों में कुछ सामान्य कथानक-रूढ़ियों का पालन किया जाता है। कथानक किसी कुलीन राजकुमार और राजकुमारी के सम-प्रेम को लेकर अग्रसर होता है। क्रूर, धूर्त और हिंसक खलनायक और सुंदरी, किंतु निष्ठुर खलनायिका द्वारा बाधा डाली जाती है। इन क्रूर पात्रों के फेर में पड़कर नायक और नायिका प्राय: किसी तिलिस्म में फँस जाते हैं। अंत में, नायक अपने चतुर, स्वामीभक्त और वीर ऐयारों की सहायता तथा अपनी शक्ति से विरोधियों पर विजय प्राप्त करता है।

देवकीनंदन खत्री ने इस प्रकार के अपने उपन्यासों की रचना करके जन-साधारण के बीच हिंदी भाषा को प्रतिष्ठित करने का बड़ा कार्य किया। चर्चित रोचक उपन्यासों को पढ़ने के लिए बहुत से लोगों ने हिंदी की ओर देखा और अल्प प्रयास से 'खत्रीय हिंदी' सीखकर हिंदी के हिमायती बन गए। हिंदी भाषा के प्रचार-प्रसार में उनके प्रस्तुत उपन्यास 'चंद्रकांता' का बहुत बड़ा योगदान रहा है। यह उल्लेख बार-बार मिलता है कि बहुत से लोगों ने 'चंद्रकांता' पढ़ने के लिए हिंदी सीखी। इस उपन्यास ने सबका मन मोह लिया। इस उपन्यास का रसास्वादन करने के लिए अनगिनत गैर-हिंदीभाषियों ने भी हिंदी भाषा सीखी। देवकीनंदन खत्री को तिलिस्म और ऐयारीवाले

उपन्यासों के लेखक के रूप में ही प्रतिष्ठा भी मिली।

कहा जाता है कि उनकी युवावस्था अधिकतर जंगलों में ही बीती। इन्हीं जंगलों और उनके खँडहरों से उन्हें तिलिस्मी लेखन की प्रेरणा मिली, जिसने उन्हें हिंदी साहित्य में अमर बना दिया। उनके सभी उपन्यासों का सारा रचना-तंत्र बिल्कुल मौलिक और स्वतंत्र है।

उन्नीसवीं सदी के अंत में लाखों पाठकों ने बहुत ही चाव और रुचि से उनके उपन्यास पढ़े और हजारों लोगों ने केवल उनके उपन्यास पढ़ने के लिए हिंदी सीखी।

प्रमुख रचनाएँ

'चंद्रकांता' (1888-1892), 'चंद्रकांता संतति' (1894-1904), 'भूतनाथ' (1907-1913) (अपूर्ण)। असामयिक मृत्यु के कारण वे इस उपन्यास के केवल छह भाग लिख पाए। आगे के शेष पंद्रह भाग उनके पुत्र दुर्गाप्रसाद खत्री ने लिखे।

अन्य रचनाएँ : कुसुम कुमारी, वीरेंद्र वीर उर्फ कटोरा भर खून, काजल की कोठरी, अनूठी बेगम, नरेंद्र मोहिनी, गुप्त गोदना।

देवकीनंदन खत्री के उपन्यासों में कई ऐयारों और पात्रों के जो नाम आए हैं, वे सब उन्होंने अपने मित्रों में से ही चुने और अपने अनेक घनिष्ठ मित्रों और संगी-साथियों को भी अपनी रचनाओं द्वारा अमर बना दिया।

1 अगस्त, 1913 को उनका निधन हो गया। लगभग 127 वर्ष पहले लिखे गए उनके पहले उपन्यास 'चंद्रकांता' ने उपन्यास-लेखन के क्षेत्र में जो प्रतिमान स्थापित किए, वे आज भी यथावत् कायम हैं और अनेकानेक मनोरंजन के साधन होने के बावजूद यह कृति आज भी कालजयी बनी हुई है।

—प्रकाशक

बयान : 1

शाम का वक्त है। कुछ-कुछ सूरज दिखाई दे रहा है। सुनसान मैदान में एक पहाड़ी के नीचे दो शख्स वीरेंद्रसिंह और तेजसिंह पत्थर की एक चट्टान पर बैठकर आपस में बातें कर रहे हैं।

वीरेंद्रसिंह की उम्र इक्कीस या बाईस वर्ष की होगी। यह नौगढ़ के राजा सुरेंद्रसिंह का इकलौता लड़का है। तेजसिंह राजा सुरेंद्रसिंह के दीवान जीतसिंह का प्यारा लड़का और कुँवर वीरेंद्रसिंह का जिगरी दोस्त, बड़ा चालाक और फुरतीला, कमर में सिर्फ खंजर बाँधे, बगल में बटुआ लटकाए, हाथ में एक कमंद लिये बड़ी तेजी के साथ चारों तरफ देखता और उनसे बातें करता जाता है। उन दोनों के सामने एक घोड़ा कसा-कसाया दुरुस्त पेड़ से बँधा हुआ है।

कुँवर वीरेंद्रसिंह कह रहे हैं, "भाई तेजसिंह, देखो, मुहब्बत भी क्या बुरी बला है, जिसने इस हद तक पहुँचा दिया। कई दफा तुम विजयगढ़ से राजकुमारी चंद्रकांता की चिट्ठी मेरे पास लाए और मेरी चिट्ठी उन तक पहुँचाई, जिससे साफ मालूम होता है कि जितनी मुहब्बत मैं चंद्रकांता से रखता हूँ, उतनी ही चंद्रकांता मुझसे रखती है। हालाँकि हमारे राज्य और उसके राज्य के बीच सिर्फ पाँच कोस का फासला है, इस पर भी हम लोगों के किए कुछ भी नहीं बन पड़ता। देखो, इस खत में भी चंद्रकांता ने यही लिखा है कि जिस तरह बने, जल्द मिल जाओ।"

तेजसिंह ने जवाब दिया, "मैं हर तरह से आपको वहाँ ले जा सकता हूँ; मगर एक तो आजकल चंद्रकांता के पिता महाराज जयसिंह ने महल के चारों तरफ सख्त पहरा बैठा रखा है; दूसरे, उनके मंत्री का लड़का क्रूरसिंह उस पर आशिक हो रहा है। ऊपर से उसने अपने दोनों ऐयारों को, जिनका नाम नाजिम अली और अहमद खाँ है, इस बात की ताकीद करा दी है कि बराबर वे लोग महल की निगहबानी किया करें; क्योंकि आपकी मुहब्बत का हाल क्रूरसिंह और उसके ऐयारों को बखूबी मालूम हो गया है। चाहे चंद्रकांता क्रूरसिंह से बहुत ही नफरत करती है और राजा भी अपनी लड़की अपने मंत्री के लड़के को नहीं दे सकता, फिर भी उसे उम्मीद बँधी हुई है

और आपकी लगावट बहुत बुरी मालूम होती है। अपने बाप के जरिए उसने महाराज जयसिंह के कानों तक आपकी लगावट का हाल पहुँचा दिया है और इसी सबब से पहरे की सख्त ताकीद हो गई है। आपको ले चलना अभी मुझे पसंद नहीं, जब तक कि मैं वहाँ जाकर फसादियों को गिरफ्तार न कर लूँ।

"इस वक्त मैं फिर विजयगढ़ जाकर चंद्रकांता और चपला से मुलाकात करता हूँ, क्योंकि चपला ऐयारा और चंद्रकांता की प्यारी सखी है और चंद्रकांता को जान से ज्यादा मानती है। सिवाय इस चपला के मेरा साथ देनेवाला वहाँ कोई नहीं है। जब मैं अपने दुश्मनों की चालाकी और काररवाई देखकर लौटूँ, तब आपके चलने के बारे में राय दूँ। कहीं ऐसा न हो कि बिना समझे-बूझे काम करके हम लोग वहाँ ही गिरफ्तार हो जाएँ।"

वीरेंद्र—"जो मुनासिब समझो, करो। मुझको तो सिर्फ अपनी ताकत पर भरोसा है, लेकिन तुमको अपनी ताकत और ऐयारी दोनों का।"

तेजसिंह—"मुझे यह भी पता लगा है कि हाल में ही क्रूरसिंह के दोनों ऐयार नाजिम अली और अहमद खाँ यहाँ आकर पुनः हमारे महाराजा के दर्शन कर गए हैं। न मालूम किस चालाकी से आए थे। अफसोस, उस वक्त मैं यहाँ न था।"

वीरेंद्र—"मुश्किल तो यह है कि तुम क्रूरसिंह के दोनों ऐयारों को फँसाना चाहते हो और वे लोग तुम्हारी गिरफ्तारी की फिक्र में हैं। परमेश्वर कुशल करे। खैर, अब तुम जाओ और जिस तरह बने, चंद्रकांता से मेरी मुलाकात का बंदोबस्त करो।"

तेजसिंह फौरन उठ खड़े हुए और वीरेंद्रसिंह को वहीं छोड़ पैदल विजयगढ़ की तरफ रवाना हुए। वीरेंद्रसिंह भी घोड़े को दरख्त से खोलकर उस पर सवार हुए और अपने किले की तरफ चले गए।

बयान : 2

विजयगढ़ में क्रूरसिंह अपनी बैठक के अंदर नाजिम और अहमद दोनों ऐयारों के साथ बातें कर रहा है।

क्रूरसिंह—"देखो नाजिम, महाराज का तो यह खयाल है कि मैं राजा होकर मंत्री के लड़के को कैसे दामाद बनाऊँ और चंद्रकांता वीरेंद्रसिंह को चाहती है। अब कहो कि मेरा काम कैसे निकले? अगर सोचा जाए कि चंद्रकांता को लेकर भाग जाऊँ तो कहाँ जाऊँ और कहाँ रहकर आराम करूँ? फिर, ले जाने के बाद मेरे बाप की महाराज क्या दुर्दशा करेंगे? इससे तो यही मुनासिब होगा कि पहले वीरेंद्रसिंह और उसके ऐयार तेजसिंह को किसी तरह गिरफ्तार कर किसी ऐसी जगह ले जाकर खपा डाला जाए कि हजार वर्ष तक पता न लगे और इसके बाद मौका पाकर महाराज को मारने की फिक्र

की जाए। फिर तो मैं झट गद्दी का मालिक बन जाऊँगा और तब अलबत्ता अपनी जिंदगी में चंद्रकांता से ऐश कर सकूँगा। मगर यह तो कहो कि महाराज के मरने के बाद मैं गद्दी का मालिक कैसे बनूँगा? लोग कैसे मुझे राजा बनाएँगे?''

नाजिम—''हमारे राजा के यहाँ बनिस्बत काफिरों के मुसलमान ज्यादा हैं। उन सभी को आपकी मदद के लिए मैं राजी कर सकता हूँ और उन लोगों से कसम खिला सकता हूँ कि महाराज के बाद आपको राजा मानें। मगर शर्त यह है कि काम हो जाने पर आप भी हमारे मजहब मुसलमानी को कबूल करें?''

क्रूरसिंह—''अगर ऐसा है तो मैं तुम्हारी शर्त दिलोजान से कबूल करता हूँ।''

अहमद—''तो बस, ठीक है। आप इस बात का इकरारनामा लिखकर मेरे हवाले करें। मैं सब मुसलमान भाइयों को दिखलाकर उन्हें अपने साथ मिला लूँगा।''

क्रूरसिंह ने काम हो जाने पर मुसलमानी मजहब अख्तियार करने का इकरारनामा लिखकर फौरन नाजिम और अहमद के हवाले किया, जिस पर अहमद ने क्रूरसिंह से कहा, ''अब सब मुसलमानों को एक (दिल) कर लेना हम लोगों के जिम्मे है। इसके लिए आप कुछ न सोचिए। हाँ, हम दोनों आदमियों के लिए भी एक इकरारनामा इस बात का हो जाना चाहिए कि आपके राजा हो जाने पर हमीं दोनों वजीर मुकर्रर किए जाएँगे और तब हम लोगों की चालाकी का तमाशा देखिए कि बात-की-बात में जमाना कैसे उलट-पुलट कर देते हैं!''

क्रूरसिंह ने झटपट इस बात का भी इकरारनामा लिख दिया, जिससे वे दोनों बहुत ही खुश हुए। इसके बाद नाजिम ने कहा, ''इस वक्त हम लोग चंद्रकांता के हाल-चाल की खबर लेने जाते हैं, क्योंकि शाम का वक्त बहुत अच्छा है। चंद्रकांता जरूर बाग में गई होगी और अपनी सखी चपला से अपनी विरह-कहानी कह रही होगी। इसलिए हम को पता लगाना कोई मुश्किल न होगा कि आजकल वीरेंद्रसिंह और चंद्रकांता के बीच में क्या हो रहा है!''

यह कहकर दोनों ऐयार क्रूरसिंह से विदा हुए।

बयान : 3

कुछ-कुछ दिन बाकी है। चंद्रकांता, चपला और चंपा बाग में टहल रही हैं। फूलों की भीनी-भीनी महक धीमी हवा के साथ मिलकर तबीयत को खुश कर रही है। तरह-तरह के फूल खिले हुए हैं। बाग के पश्चिम की तरफ वाले आम के घने पेड़ों की बहार और उसमें से अस्त होते हुए सूरज की किरणों की चमक एक अजीब ही मजा दे रही है। फूलों की क्यारियों की रविशों में अच्छी तरह छिड़काव किया हुआ है और फूलों के दरख्त भी अच्छी तरह पानी से धोए हुए हैं। कहीं गुलाब, कहीं जूही,

कहीं बेला, कहीं मोतिए की क्यारियाँ अपना-अपना मजा दे रही हैं। एक तरफ बाग से सटा हुआ ऊँचा महल और दूसरी तरफ सुंदर-सुंदर बुर्जियाँ अपनी बहार दिखला रही हैं। चपला, जो चालाकी के फन में बड़ी तेज और चंद्रकांता की प्यारी सखी है, अपने चंचल हाव-भाव के साथ चंद्रकांता को संग लिये चारों ओर घूमती और तारीफ करती हुई खुशबूदार फूलों को तोड़-तोड़कर चंद्रकांता के हाथ में दे रही है; मगर चंद्रकांता को वीरेंद्रसिंह की जुदाई में ये सब बातें कम अच्छी मालूम होती हैं। उसे तो दिल बहलाने के लिए उसकी सखियाँ जबरदस्ती बाग में खींच लाई हैं।

चंद्रकांता की सखी चंपा तो गुच्छा बनाने के लिए फूलों को तोड़ती हुई मालती लता के कुंज की तरफ चली गई, लेकिन चंद्रकांता और चपला धीरे-धीरे टहलती हुई बीच के फौवारे के पास जा निकलीं और उसकी चक्करदार टूटियों से निकलते हुए जल का तमाशा देखने लगीं।

चपला—"न मालूम चंपा किधर चली गई!"

चंद्रकांता—"कहीं इधर-उधर घूमती होगी।"

चपला—"दो घड़ी से ज्यादा हो गया, तब से वह हम लोगों के साथ नहीं है।"

चंद्रकांता—"देखो, वह आ रही है।"

चपला—"इस वक्त तो उसकी चाल में फर्क मालूम होता है।"

इतने में चंपा ने आकर फूलों का एक गुच्छा चंद्रकांता के हाथ में दिया और कहा, "देखिए, यह कैसा अच्छा गुच्छा बना लाई हूँ। अगर इस वक्त कुँवर वीरेंद्रसिंह होते तो इसको देख मेरी कारीगरी की तारीफ करते और मुझको कुछ इनाम भी देते।"

वीरेंद्रसिंह का नाम सुनते ही एकाएक चंद्रकांता का अजब हाल हो गया। भूली हुई बात फिर याद आ गई। कमल मुख मुरझा गया। ऊँची-ऊँची साँसें लेने लगी। आँखों से आँसू टपकने लगे। धीरे-धीरे कहने लगी, "न मालूम विधाता ने मेरे भाग्य में क्या लिखा है! न मालूम मैंने उस जन्म में कौन से ऐसे पाप किए हैं, जिनके बदले यह दुःख भोगना पड़ रहा है! देखो, पिता को क्या धुन समाई है! कहते हैं कि चंद्रकांता को कुँआरी ही रखूँगा। हाय! वीरेंद्र के पिता ने शादी करने के लिए कैसी-कैसी खुशामदें कीं, मगर दुष्ट क्रूर के बाप कुपथसिंह ने उनको ऐसा कुछ बस में कर रखा है कि कोई काम नहीं होने देता और उधर कमबख्त क्रूर अपनी ही तिकड़म लगाना चाहता है।"

एकाएक चपला ने चंद्रकांता का हाथ पकड़कर जोर से दबाया, मानो चुप रहने के लिए इशारा किया हो।

चपला के इशारे को समझकर चंद्रकांता चुप हो गई और चपला का हाथ पकड़कर फिर बाग में टहलने लगी; मगर अपना रूमाल उसी जगह जान-बूझकर गिराती गई। थोड़ी दूर आगे बढ़कर उसने चंपा से कहा, "सखी, देख तो, फौवारे के

पास कहीं मेरा रूमाल गिर पड़ा है।''

चंपा रूमाल लेने फौवारे की तरफ चली गई, तब चंद्रकांता ने चपला से पूछा, ''सखी, तूने बोलते समय मुझे एकाएक क्यों रोका?''

चपला ने कहा, ''मेरी प्यारी सखी, मुझको चंपा पर शुबहा हो गया है। उसकी बातों और चितवनों से मालूम होता है कि वह असली चंपा नहीं है।''

इतने में चंपा ने रूमाल लाकर चपला के हाथ में दे दिया। चपला ने चंपा से पूछा, ''सखी, कल रात को मैंने तुझको जो कहा था, सो तूने किया?''

चंपा बोली, ''नहीं, मैं तो भूल गई।''

तब चपला ने कहा, ''भला वह बात तो याद है या वह भी भूल गई?''

चंपा बोली, ''बात तो याद है।''

तब फिर चपला ने कहा, ''भला दोहरा के मुझसे कह तो सही, तब मैं जानूँ कि तुझे याद है।''

इस बात का जवाब न देकर चंपा ने दूसरी बात छेड़ दी, जिससे शक की जगह यकीन हो गया कि यह चंपा नहीं है। आखिर चपला यह कहकर कि मैं तुझसे एक बात कहूँगी, चंपा को एक किनारे ले गई और कुछ मामूली बातें करके बोली, ''देख तो चंपा, मेरे कान से कुछ बदबू तो नहीं आती? क्योंकि कल से कान में दर्द है।'' नकली चंपा चपला के फेर में पड़ गई और फौरन कान सूँघने लगी। चपला ने चालाकी से बेहोशी की बुकनी कान में रखकर नकली चंपा को सुँघा दी, जिसके सूँघते ही चंपा बेहोश होकर गिर पड़ी।

चपला ने चंद्रकांता को पुकारकर कहा, ''आओ सखी, अपनी चंपा का हाल देखो।''

चंद्रकांता ने पास आकर चंपा को बेहोश पड़ी हुई देख चपला से कहा, ''सखी, कहीं ऐसा न हो कि तुम्हारा खयाल धोखा ही निकले और पीछे चंपा से शरमाना पड़े।''

''नहीं, ऐसा न होगा।'' कहकर चपला चंपा को पीठ पर लाद फौवारे के पास ले गई और चंद्रकांता से बोली, ''तुम फौवारे से चुल्लू भर-भर पानी इसके मुँह पर डालो, मैं धोती हूँ।''

चंद्रकांता ने ऐसा ही किया और चपला खूब रगड़-रगड़कर उसका मुँह धोने लगी।

थोड़ी देर में चंपा की सूरत बदल गई और साफ नाजिम की सूरत निकल आई। देखते ही चंद्रकांता का चेहरा गुस्से से लाल हो गया और वह बोली, ''सखी, इसने तो बड़ी बेअदबी की।''

''देखो तो, अब मैं क्या करती हूँ।'' कहकर चपला नाजिम को फिर पीठ पर लाद बाग के एक कोने में ले गई, जहाँ बुर्ज के नीचे एक छोटा सा तहखाना था। उसके अंदर बेहोश नाजिम को ले जाकर लिटा दिया और अपने ऐयारी के बटुए में

से मोमबत्ती निकालकर जलाई। एक रस्सी से नाजिम के पैर और दोनों हाथ पीठ की तरफ खूब कसकर बाँधे और डिबिया से लखलखा निकालकर उसको सुँघाया, जिससे नाजिम ने एक छींक मारी और होश में आकर अपने को कैद और बेबस देखा। चपला कोड़ा लेकर खड़ी हो गई और मारना शुरू किया।

"माफ करो, मुझसे बड़ा कसूर हुआ। अब मैं ऐसा कभी न करूँगा; बल्कि इस काम का नाम भी न लूँगा।" इत्यादि कहकर नाजिम चिल्लाने और रोने लगा। मगर चपला कब सुनने वाली थी। वह कोड़ा जमाए ही गई और बोली, "सब्र कर, अभी तो तेरी पीठ की खुजली भी न मिटी होगी। तू यहाँ क्यों आया था? क्या तुझे बाग की हवा अच्छी मालूम हुई थी? क्या बाग की सैर को जी चाहा था? क्या तू नहीं जानता था कि चपला भी यहाँ होगी? हरामजादे के बच्चे, बेईमान! अपने बाप के कहने से तूने यह काम किया? देख, मैं उसकी भी तबीयत खुश कर देती हूँ।" यह कहकर फिर मारना शुरू किया और पूछा, "सच बता, तू कैसे यहाँ आया और चंपा कहाँ गई?"

मार के खौफ से नाजिम को असल हाल कहना ही पड़ा। वह बोला, "चंपा को मैंने ही बेहोश किया था। बेहोशी की दवा छिड़ककर फूलों का गुच्छा उसके रास्ते में रख दिया, जिसको सूँघकर वह बेहोश हो गई। तब मैंने उसे मालती लता के कुंज में डाल दिया और उसकी सूरत बना, उसके कपड़े पहन तुम्हारी तरफ चला आया। लो, मैंने सब हाल कह दिया, अब तो छोड़ दो।"

चपला ने कहा, "ठहर, छोड़ती हूँ।" मगर फिर भी दस-पाँच कोड़े और जमा ही दिए। यहाँ तक कि नाजिम बिलबिला उठा।

तब चपला ने चंद्रकांता से कहा, "सखी, तुम इसकी निगहबानी करो, मैं चंपा को ढूँढ़कर लाती हूँ। कहीं यह पाजी झूठ न कहता हो।"

चंपा को खोजती हुई चपला मालती लता के पास पहुँची और बत्ती जलाकर ढूँढ़ने लगी। देखा कि सचमुच चंपा एक झाड़ी में बेहोश पड़ी है और बदन पर उसके एक लत्ता भी नहीं है। चपला उसे लखलखा सुँघाकर होश में लाई और पूछा, "क्यों, मिजाज कैसा है? खा गई न धोखा!"

चंपा ने कहा, "मुझको क्या मालूम था कि इस समय यहाँ ऐयारी होगी! इस जगह फूलों का एक गुच्छा पड़ा था, जिसको उठाकर सूँघते ही मैं बेहोश हो गई। फिर न मालूम क्या हुआ। हाय, हाय! न जाने किसने मुझे बेहोश किया? मेरे कपड़े भी उतार लिये! बड़ी लागत के कपड़े थे।"

वहाँ पर नाजिम के कपड़े पड़े हुए थे, जिनमें से दो-एक लेकर चपला ने चंपा का बदन ढका और तब यह कहकर कि "मेरे साथ आ, मैं उसे दिखलाऊँ, जिसने तेरी यह हालत की।" चंपा को साथ ले उस जगह आई, जहाँ चंद्रकांता और नाजिम

थे। नाजिम की तरफ इशारा करके चपला ने कहा, ''देख, इसी ने तेरे साथ यह भलाई की थी।''

चंपा को नाजिम की सूरत देखते ही बड़ा क्रोध आया और वह चपला से बोली, ''बहन, अगर इजाजत हो तो मैं भी दो-चार कोड़े लगाकर अपना गुस्सा निकाल लूँ?''

चपला ने कहा, ''हाँ-हाँ, जितना जी चाहे, इस मुए को जूतियाँ लगाओ।''

बस, फिर क्या था, चंपा ने मनमाने कोड़े नाजिम को लगाए। यहाँ तक कि नाजिम घबरा उठा और जी में कहने लगा, 'खुदा, क्रूरसिंह को गारत करे, जिसकी बदौलत मेरी यह हालत हुई।'

आखिरकार नाजिम को उसी कैदखाने में कैद कर तीनों महल की तरफ रवाना हुईं। यह छोटा सा बाग, जिसमें ऊपर लिखी बातें हुईं, महल के संग सटा हुआ, उसके पिछवाड़े की तरफ पड़ता था और खासकर चंद्रकांता के टहलने और हवा खाने के लिए ही बनवाया गया था। इसके चारों तरफ मुसलमानों का पहरा होने के सबब से ही अहमद और नाजिम को अपना काम करने का मौका मिल गया था।

बयान : 4

तेजसिंह वीरेंद्रसिंह से रुख्सत होकर विजयगढ़ पहुँचे और चंद्रकांता से मिलने की कोशिश करने लगे; मगर कोई तरकीब न बैठी, क्योंकि पहरेवाले बड़ी होशियारी से पहरा दे रहे थे। आखिर सोचने लगे कि क्या करना चाहिए? रात चाँदनी है। अगर अँधेरी रात होती तो कमंद लगाकर ही महल के ऊपर जाने की कोशिश की जाती।

आखिर तेजसिंह एकांत में गए और वहाँ अपनी सूरत एक चोबदार की-सी बना महल की ड्योढ़ी पर पहुँचे। देखा कि बहुत से चोबदार और प्यादे बैठे पहरा दे रहे हैं। एक चोबदार से बोले, ''यार, हम भी महाराज के नौकर हैं। आज चार महीने से महाराज ने हमको अपनी अर्दली में नौकर रखा है। इस वक्त छुट्टी थी, चाँदनी रात का मजा देखते-टहलते इस तरफ आ निकले। तुम लोगों को तंबाकू पीते देख जी में आया कि चलो, दो फूँक हम भी लगा लें। अफीम खानेवालों को तंबाकू की महक जैसी मालूम होती है। आप लोग भी जानते ही होंगे।''

''हाँ-हाँ, आइए, बैठिए, तंबाकू पीजिए।'' कहकर चोबदार और प्यादों ने हुक्का तेजसिंह के आगे रखा।

तेजसिंह ने कहा, ''मैं हिंदू हूँ। हुक्का तो नहीं पी सकता, हाँ, हाथ से जरूर पी लूँगा।'' यह कह चिलम उतार ली और पीने लगे।

उन्होंने दो फूँक तंबाकू के नहीं पिए थे कि खाँसना शुरू किया। इतना खाँसा कि थोड़ा सा पानी भी मुँह से निकाल दिया और तब कहा, ''मियाँ, तुम लोग अजब कड़वा

तंबाकू पीते हो! मैं तो हमेशा सरकारी तंबाकू पीता हूँ। महाराज के हुक्काबरदार से दोस्ती हो गई है। वह बराबर महाराज के पीनेवाले तंबाकू में से मुझको दिया करता है। अब ऐसी आदत पड़ गई है कि सिवाय उस तंबाकू के और कोई तंबाकू अच्छा नहीं लगता।''

इतना कह चोबदार बने हुए तेजसिंह ने अपने बटुए में से एक चिलम तंबाकू निकालकर दिया और कहा, ''तुम लोग भी पीकर देख लो कि कैसा तंबाकू है।''

भला चोबदारों ने महाराज के पीने का तंबाकू कभी काहे को पिया होगा। झट हाथ फैला दिया और कहा, ''लाओ भाई, तुम्हारी बदौलत हम भी सरकारी तंबाकू पी लें। तुम बड़े किस्मतवार हो कि महाराज के साथ रहते हो। तुम तो खूब चैन करते होगे।'' उन्होंने नकली चोबदार (तेजसिंह) के हाथ से तंबाकू ले लिया और खूब दोहरा जमाकर तेजसिंह के सामने लाए।

तेजसिंह ने कहा, ''तुम सुलगाओ, फिर मैं भी ले लूँगा।''

अब हुक्का गुड़गुड़ाने लगा और साथ ही गप्पें भी उड़ने लगीं।

थोड़ी ही देर में सब चोबदार और प्यादों का सिर घूमने लगा, यहाँ तक कि झुकते-झुकते सब औंधे होकर गिर पड़े और बेहोश हो गए।

अब क्या था, बड़ी आसानी से तेजसिंह फाटक के अंदर घुस गए और नजर बचाकर बाग में जा पहुँचे। देखा कि हाथ में रोशनी लिये सामने से एक लौंडी चली आ रही है। तेजसिंह ने फुरती से उसके गले में कमंद डाली और ऐसा झटका दिया कि वह चूँ तक न कर सकी और जमीन पर गिर पड़ी। तुरंत उसे बेहोशी की बुकनी सुँघाई और जब बेहोश हो गई तो उसे वहाँ से उठाकर किनारे ले गए। बटुए में से सामान निकाल मोमबत्ती जलाई और सामने आईना रख अपनी सूरत उसी के जैसी बनाई। इसके बाद उसको वहीं छोड़, उसी के कपड़े पहन महल की तरफ रवाना हुए और वहाँ पहुँचे, जहाँ चंद्रकांता, चपला और चंपा दस-पाँच लौंडियों के साथ बातें कर रही थीं। लौंडी की सूरत बनाए हुए तेजसिंह भी एक किनारे जाकर बैठ गए।

तेजसिंह को देख चपला बोली, ''क्यों केतकी, जिस काम के लिए मैंने तुझको भेजा था, क्या वह काम तू कर आई, जो चुपचाप आकर बैठ गई है ?''

चपला की बात सुन तेजसिंह को मालूम हो गया कि जिस लौंडी को मैंने बेहोश किया है और जिसकी सूरत बनाकर आया हूँ, उसका नाम केतकी है।

नकली केतकी—''हाँ, काम तो करने गई थी, मगर रास्ते में एक नया तमाशा देख तुमसे कुछ कहने के लिए लौट आई हूँ।''

चपला—''ऐसा। अच्छा, तूने क्या देखा, कह ?''

नकली केतकी—''सभी को हटा दो तो तुम्हारे और राजकुमारी के सामने बात कह सुनाऊँ।''

सब लौंडियाँ हटा दी गईं और केवल चंद्रकांता, चपला और चंपा रह गईं। अब केतकी ने हँसकर कहा, "कुछ इनाम दो तो खुशखबरी सुनाऊँ।"

चंद्रकांता ने समझा कि शायद वह कुछ वीरेंद्रसिंह की खबर लाई है; मगर फिर यह भी सोचा कि मैंने तो आज तक कभी वीरेंद्रसिंह का नाम भी इसके सामने नहीं लिया। तब यह क्या मामला है, कौन सी खुशखबरी है, जिसे सुनाने के लिए यह पहले ही से इनाम माँगती है? आखिर चंद्रकांता ने केतकी से कहा, "हाँ-हाँ, इनाम दूँगी। तू कह तो सही, क्या खुशखबरी लाई है?"

केतकी ने कहा, "पहले दे दो तो कहूँ, नहीं तो जाती हूँ।" यह कह उठकर खड़ी हो गई।

केतकी के ये नखरे देख चपला से न रहा गया और वह बोल उठी, "क्यों री केतकी, आज तुझको क्या हो गया है कि ऐसी बढ़-बढ़कर बातें कर रही है? लगाऊँ दो लात उठ के।"

केतकी ने जवाब दिया, "क्या मैं तुझसे कमजोर हूँ, जो तू लात लगावेगी और मैं छोड़ दूँगी।"

अब चपला से न रहा गया और केतकी का झोंटा पकड़ने के लिए दौड़ी, यहाँ तक कि दोनों आपस में गुँथ गईं। इत्तिफाक से चपला का हाथ नकली केतकी की छाती पर पड़ा, जहाँ की सफाई देख वह घबरा उठी और झट से अलग हो गई।

नकली केतकी—(हँसकर) "क्यों, भाग क्यों गई? आओ लड़ो।"

चपला अपनी कमर से कटार निकाल सामने आई और बोली, "ओ ऐयार, सच बता, तू कौन है, नहीं तो अभी जान ले डालती हूँ।"

इसका जवाब नकली केतकी ने चपला को कुछ न दिया और वीरेंद्रसिंह की चिट्ठी निकालकर सामने रख दी। चपला की नजर भी उस चिट्ठी पर पड़ी और गौर से देखने लगी। वीरेंद्रसिंह के हाथ की लिखावट देख समझ गई कि यह तेजसिंह है, क्योंकि सिवाय तेजसिंह के और किसी के हाथ वीरेंद्रसिंह कभी चिट्ठी नहीं भेजेंगे। यह सोच-समझ चपला शरमा गई और गरदन नीची कर चुप हो रही, मगर जी में तेजसिंह की सफाई और चालाकी की तारीफ करने लगी; बल्कि सच तो यह है कि तेजसिंह की मुहब्बत ने उसके दिल में जगह बना ली।

चंद्रकांता ने बड़ी मुहब्बत से वीरेंद्रसिंह का खत पढ़ा और तब तेजसिंह से बातचीत करने लगी—

चंद्रकांता—"क्यों तेजसिंह, उनका मिजाज तो अच्छा है?"

तेजसिंह—"मिजाज क्या खाक अच्छा होगा? खाना-पीना सब छूट गया। रोते-रोते आँखें सूज आईं। दिन-रात तुम्हारा ध्यान है। बिना तुम्हारे मिले उनको कब आराम

है। हजार समझाता हूँ, मगर कौन सुनता है। अभी उसी दिन तुम्हारी चिट्ठी लेकर मैं गया था, आज उनकी हालत देख। फिर यहाँ आना पड़ा। कहते थे कि मैं खुद चलूँगा। किसी तरह समझा-बुझाकर यहाँ आने से रोका और कहा कि आज मुझको जाने दो। मैं जाकर वहाँ बंदोबस्त कर आऊँ, तब तुमको ले चलूँगा, जिससे किसी तरह का नुकसान न हो।''

चंद्रकांता—''अफसोस। तुम उनको अपने साथ न लाए, कम-से-कम मैं उनके दर्शन तो कर लेती! देखो, यहाँ क्रूरसिंह के दोनों ऐयारों ने इतना ऊधम मचा रखा है कि कुछ कहा नहीं जाता। पिताजी को मैं कितना रोकती और समझाती हूँ कि क्रूरसिंह के दोनों ऐयार मेरे दुश्मन है; मगर महाराज कुछ नहीं सुनते, क्योंकि क्रूरसिंह ने उनको अपने वश में कर रखा है। मेरी और कुमार की मुलाकात का हाल बहुत कुछ बढ़ा-चढ़ाकर महाराज को न मालूम किस तरह समझा दिया है कि महाराज उसे सच्चों का बादशाह समझ गए हैं। वह हरदम महाराज के कान भरा करता है। अब वे मेरी कुछ भी नहीं सुनते, हाँ। आज बहुत कुछ कहने का मौका मिला है; क्योंकि आज मेरी प्यारी सखी चपला ने नाजिम को इस पिछवाड़ेवाले बाग में गिरफ्तार कर लिया है। कल महाराज के सामने उसको ले जाकर तब कहूँगी कि आप अपने क्रूरसिंह की सच्चाई को देखिए। अगर मेरे पहरे पर मुकर्रर किया ही था तो बाग के अंदर जाने की इजाजत किसने दी थी?''

यह कहकर चंद्रकांता ने नाजिम के गिरफ्तार होने और बाग के तहखाने में कैद करने का सारा हाल तेजसिंह से कह सुनाया।

तेजसिंह चपला की चालाकी सुनकर हैरान रह गए और मन-ही-मन उसको प्यार करने लगे; पर कुछ सोचने के बाद बोले, ''चपला ने चालाकी तो खूब की, मगर धोखा खा गई।''

यह सुन चपला हैरान हो गई, ''हाय राम! मैंने क्या धोखा खाया?'' पर कुछ समझ में नहीं आया। आखिर न रहा गया तो तेजसिंह से पूछा, ''जल्दी बताओ, मैंने क्या धोखा खाया?''

तेजसिंह ने कहा, ''क्या तुम इस बात को नहीं जानती थीं कि नाजिम बाग में पहुँचा तो अहमद भी जरूर आया होगा। फिर बाग ही में नाजिम को क्यों छोड़ दिया? तुमको मुनासिब था कि जब उसको गिरफ्तार किया ही था तो महल में लाकर कैद करतीं या उसी वक्त महाराज के पास भिजवा देतीं। अब जरूर अहमद नाजिम को छुड़ा ले गया होगा।''

इतनी बात सुनते ही चपला के होश उड़ गए और बहुत शर्मिंदा होकर बोली, ''सच है, बड़ी भारी गलती हुई। इसका किसी ने खयाल न किया।''

तेजसिंह—''और कोई क्यों खयाल करता। तुम तो चालाक बनती हो, ऐयारा

कहलाती हो। इसका खयाल तुमको होना चाहिए कि दूसरों को··· ? खैर, जाकर देखो, वह है या नहीं ?''

चपला दौड़ी हुई बाग की तरफ गई। तहखाने के पास जाते ही देखा कि दरवाजा खुला पड़ा है। बस, फिर क्या था ? यकीन हो गया कि नाजिम को अहमद छुड़ा ले गया। तहखाने के अंदर जाकर देखा तो खाली पड़ा हुआ था। अपनी बेवकूफी पर अफसोस करती हुई लौट आई और बोली, ''क्या कहूँ, सचमुच अहमद नाजिम को छुड़ा ले गया।''

अब तेजसिंह ने छेड़ना शुरू किया, ''बड़ी ऐयार बनती थी, कहती थी—हम चालाक हैं, होशियार हैं; ये हैं, वो हैं। बस, एक अदने ऐयार ने नाकों में दम कर डाला।''

चपला झुंझला उठी और चिढ़कर बोली, ''चपला नाम नहीं, जो अबकी बार दोनों को गिरफ्तार कर, इसी कमरे में लाकर बेहिसाब जूतियाँ न लगाऊँ।''

तेजसिंह ने कहा, ''बस, तुम्हारी कारीगरी देखी गई, अब देखो, मैं कैसे एक-एक को गिरफ्तार कर अपने शहर में ले जाकर कैद करता हूँ।''

इसके बाद तेजसिंह ने अपने आने का पूरा हाल चंद्रकांता और चपला से कह सुनाया और यह भी बतला दिया कि फलाँ जगह पर मैं केतकी को बेहोश करके डाल आया हूँ, तुम जाकर उसे उठा लाना। उसके कपड़े मैं न दूँगा, क्योंकि इसी सूरत से बाहर चला जाता हूँ। देखो, सिवाय तुम तीनों को यह हाल और किसी को न मालूम हो, नहीं तो सब काम बिगड़ जाएगा।

चंद्रकांता ने तेजसिंह से ताकीद की, ''दूसरे-तीसरे दिन तुम जरूर यहाँ आया करो। तुम्हारे आने से हिम्मत बनी रहती है।''

''बहुत अच्छा, मैं ऐसा ही करूँगा।'' कहकर तेजसिंह चलने को तैयार हुए।

चंद्रकांता उन्हें जाते देख रोकर बोली, ''क्यों तेजसिंह, क्या मेरी किस्मत में कुमार की मुलाकात नहीं बदा है ?'' इतना कहते ही उसका गला भर आया और वह फूट-फूटकर रोने लगी।

तेजसिंह ने बहुत समझाया और कहा कि देखो, यह सब बखेड़ा इसी वास्ते किया जा रहा है, जिससे तुम्हारी उनसे हमेशा के लिए मुलाकात हो। अगर तुम ही घबरा जाओगी तो कैसे काम चलेगा ? बहुत अच्छी तरह समझा-बुझाकर चंद्रकांता को चुप कराया, तब वहाँ से रवाना हो केतकी की सूरत में दरवाजे पर आए। देखा तो दो-चार प्यादे होश में आए हैं, बाकी चित पड़े हैं। कोई औंधा पड़ा है, कोई उठा तो है, मगर फिर झुका ही जाता है। नकली केतकी ने डपटकर दरबानों को कहा, ''तुम लोग पहरा देते हो या जमीन सूँघते हो ? इतनी अफीम क्यों खाते हो कि आँखें नहीं खुलतीं और सोते हो तो मुर्दों से बाजी लगाकर। देखो, मैं बड़ी रानी से कहकर तुम्हारी क्या दशा कराती हूँ।''

जो चोबदार होश में आ चुके थे, केतकी की बात सुनकर सन्न रह गए और लगे

खुशामद करने, "देखो केतकी, माफ करो। आज एक नालायक सरकारी चोबदार ने आकर धोखा देकर ऐसा जहरीला तंबाकू पिला दिया कि हम लोगों की यह हालत हो गई। उस पाजी ने तो जान से मारना चाहा था, अल्लाह ने बचा दिया, नहीं तो मारने में क्या कसर छोड़ी थी। देखो, रोज तो ऐसा नहीं होता था, आज धोखा खा गए। हम हाथ जोड़ते हैं, अब कभी ऐसा देखो तो जो चाहे, सजा देना।"

नकली केतकी ने कहा, "अच्छा, आज तो छोड़ देती हूँ, मगर खबरदार, जो फिर कभी ऐसा हुआ।" यह कहते हुए तेजसिंह बाहर निकल गए।

डर के मारे किसी ने यह भी न पूछा कि केतकी, तू कहाँ जा रही है।

बयान : 5

अहमद, जो बाग के पेड़ पर बैठा हुआ था, ने जब देखा कि चपला ने नाजिम को गिरफ्तार कर लिया और महल में चली गई तो सोचने लगा कि चंद्रकांता, चपला और चंपा—बस, यही तीनों महल में गई हैं, नाजिम इन सभी के साथ नहीं गया तो जरूर वह इस बगीचे में ही कहीं कैद होगा। यह सोच वह पेड़ से उतर इधर-उधर ढूँढ़ने लगा। जब वह उस तहखाने के पास पहुँचा, जिसमें नाजिम कैद था तो भीतर से चिल्लाने की आवाज आई, जिसे सुन उसने पहचान लिया कि नाजिम की आवाज है। तहखाने के किवाड़ खोल अंदर गया, नाजिम को बँधा पा झट से उसकी रस्सी खोली और तहखाने के बाहर आकर बोला, "चलो जल्दी, इस बगीचे के बाहर हो जाएँ, तब सब हाल सुनें कि क्या हुआ।"

नाजिम और अहमद बगीचे के बाहर आए और चलते-चलते आपस में बातचीत करने लगे। नाजिम ने चपला के हाथ फँस जाने और कोड़ा खाने का पूरा हाल कहा।

अहमद—"भाई नाजिम, जब तक पहले चपला को हम लोग न पकड़ लेंगे, तब तक कोई काम न होगा, क्योंकि चपला बड़ी चालाक है और धीरे-धीरे चंपा को भी तेज कर रही है। अगर वह गिरफ्तार न की जाएगी तो थोड़े ही दिनों में एक की दो हो जाएँगी। चंपा भी इस काम में तेज होकर चपला का साथ देने लायक हो जाएगी।"

नाजिम—"ठीक है। खैर, आज तो कोई काम नहीं हो सकता, मुश्किल से जान बची है। हाँ, कल पहले यही काम करना है, यानी जिस तरह से हो, चपला को पकड़ना और ऐसी जगह छिपाना है कि जहाँ पता न लगे और अपने ऊपर किसी को शक भी न हो।"

वे दोनों आपस में धीरे-धीरे बातें करते चले जा रहे थे। थोड़ी देर में जब महल के अगले दरवाजे के पास पहुँचे तो देखा कि केतकी, जो कुमारी चंद्रकांता की लौंडी है, सामने से चली आ रही है।

तेजसिंह ने भी, जो केतकी के वेश में चले आ रहे थे, नाजिम और अहमद को देखते ही पहचान लिया और सोचने लगे कि भले मौके पर ये दोनों मिल गए हैं और अपनी भी सूरत अच्छी है। इस समय इन दोनों से कुछ खेल करना चाहिए और बन पड़े तो दोनों, नहीं एक को तो जरूर ही पकड़ना चाहिए।

तेजसिंह जान-बूझकर उन दोनों के पास से होकर निकले। नाजिम और अहमद भी यह सोचकर उसके पीछे हो लिये कि देखें, कहाँ जाती है? नकली केतकी (तेजसिंह) ने मुड़कर देखा और कहा, "तुम लोग मेरे पीछे-पीछे क्यों चले आ रहे हो? जिस काम पर मुकर्रर हो, उस काम को करो।"

अहमद ने कहा, "किस काम पर मुकर्रर हैं और क्या करें, तुम क्या जानती हो?"

केतकी ने कहा, "मैं सब जानती हूँ। तुम वही काम करो, जिसमें चपला के हाथ की जूतियाँ नसीब हों। जिस जगह तुम्हारी मददगार एक लौंडी तक नहीं है, वहाँ तुम्हारे किए क्या होगा?"

नाजिम और अहमद केतकी की बात सुनकर दंग रह गए और सोचने लगे कि यह तो बड़ी चालाक मालूम होती है। अगर हम लोगों के मेल में आ जाए तो बड़ा काम निकले। इसकी बातों से मालूम भी होता है कि कुछ लालच देने पर हम लोगों का साथ देगी।

नाजिम ने कहा, "सुनो केतकी, हम लोगों का तो काम ही चालाकी करने का है। हम लोग अगर पकड़े जाने और मरने-मारने से डरें तो कभी काम न चले। इसी की बदौलत खाते हैं, बात-की-बात में हजारों रुपए इनाम मिलते हैं। खुदा की मेहरबानी से तुम्हारे जैसे मददगार भी मिल जाते हैं, जैसे आज तुग मिल गईं। अब तुमको भी मुनासिब है कि हमारी मदद करो। जो कुछ हमको मिलेगा, उसमें हम तुमको भी हिस्सा देंगे।"

केतकी ने कहा, "सुनो जी, मैं उम्मीद के ऊपर जान देनेवाली नहीं हूँ। वे कोई दूसरे होंगे। मैं तो पहले दाम लेती हूँ। अब इस वक्त अगर कुछ मुझको दो तो मैं अभी तेजसिंह को तुम्हारे हाथ गिरफ्तार करा दूँ, नहीं तो जाओ, जो कुछ करते हो, करो।"

तेजसिंह की गिरफ्तारी की बात सुनते ही दोनों की तबीयत खुश हो गई। नाजिम ने कहा, "अगर तेजसिंह को पकड़वा दो तो जो कहो, हम तुमको दें।"

केतकी—"एक हजार रुपए से कम मैं हरगिज न लूँगी। अगर मंजूर हो तो लाओ रुपए मेरे सामने रखो।"

नाजिम—"अब इस वक्त आधी रात को मैं कहाँ से रुपए लाऊँ? हाँ, कल जरूर दे दूँगा।"

केतकी—"ऐसी बातें मुझसे न करो। मैं पहले ही कह चुकी हूँ कि मैं उधार सौदा नहीं करती। लो, मैं जाती हूँ।"

नाजिम (आगे से रोककर)—"सुनो तो, तुम खफा क्यों होती हो? अगर तुमको हम लोगों का ऐतबार न हो तो तुम इसी जगह ठहरो, हम लोग जाकर रुपए ले आते हैं।"

केतकी—"अच्छा, एक आदमी यहाँ मेरे पास रहे और एक आदमी जाकर रुपए ले आए।"

नाजिम—"अच्छा, अहमद यहाँ तुम्हारे पास ठहरता है, मैं जाकर रुपए ले आता हूँ।"

यह कहकर नाजिम ने अहमद को तो उसी जगह छोड़ा और आप खुशी-खुशी क्रूरसिंह की तरफ रुपए लेने को चला।

नाजिम के चले जाने के बाद थोड़ी देर तक केतकी और अहमद इधर-उधर की बातें करते रहे। बात करते-करते केतकी ने दो-चार इलायची बटुए से निकालकर अहमद को दीं और आप भी खाईं। अहमद को तेजसिंह के पकड़े जाने की उम्मीद में इतनी खुशी थी कि कुछ सोच न सका और इलायची खा गया; मगर थोड़ी ही देर में उसका सिर घूमने लगा। तब समझ गया कि यह कोई ऐयार (चालाक) है, जिसने धोखा दिया। चट कमर से खंजर खींच बिना कुछ कहे केतकी को मारा। मगर केतकी पहले से होशियार थी। दाँव बचाकर उसने अहमद की कलाई पकड़ ली, जिससे अहमद कुछ न कर सका, बल्कि जरा ही देर में बेहोश होकर जमीन पर गिर पड़ा। तेजसिंह ने उसकी मुश्कें बाँधकर चादर में गठरी कसी और पीठ पर लाद नौगढ़ का रास्ता लिया। खुशी के मारे जल्दी-जल्दी कदम बढ़ाते चले गए, यह भी खयाल था कि कहीं ऐसा न हो कि नाजिम आ जाए और पीछा करे।

उधर नाजिम रुपए लेने के लिए गया तो सीधे क्रूरसिंह के मकान पर पहुँचा। उस समय क्रूरसिंह गहरी नींद में सो रहा था। जाते ही नाजिम ने उसको जगाया।

क्रूरसिंह ने पूछा, "क्या है, जो इस वक्त आधी रात के समय आकर मुझको उठा रहे हो?"

नाजिम ने क्रूरसिंह से अपनी पूरी कैफियत, यानी चंद्रकांता के बाग में जाना और गिरफ्तार होकर कोड़े खाना, अहमद का छुड़ा लाना, फिर वहाँ से रवाना होना, रास्ते में केतकी से मिलना और हजार रुपए पर तेजसिंह को पकड़वा देने की बातचीत तय करना वगैरह सब हाल कह सुनाया।

क्रूरसिंह ने नाजिम के पकड़े जाने का हाल सुनकर कुछ अफसोस तो किया, मगर पीछे तेजसिंह के गिरफ्तार होने की उम्मीद सुनकर उछल पड़ा और बोला, "लो, अभी हजार रुपए देता हूँ, बल्कि खुद तुम्हारे साथ चलता हूँ।" यह कहकर उसने हजार रुपए संदूक में से निकाले और नाजिम के साथ हो लिया।

जब नाजिम क्रूरसिंह को साथ लेकर वहाँ पहुँचा, जहाँ अहमद और केतकी को छोड़ा था तो दोनों में से कोई न मिला।

नाजिम तो सन्न रह गया और उसके मुँह से झट यह बात निकल पड़ी कि "धोखा हुआ।"

क्रूरसिंह—"कहो नाजिम, क्या हुआ?"

नाजिम—"क्या कहूँ, वह जरूर केतकी नहीं, कोई ऐयार था, जिसने पूरा धोखा दिया और अहमद को तो ले ही गया।"

क्रूरसिंह—"खूब, तुम तो बाग में ही चपला के हाथ से पिट चुके थे। अहमद बाकी था, सो वह भी इस वक्त कहीं जूते खाता होगा। चलो, छुट्टी हुई।"

नाजिम ने शक मिटाने के लिए थोड़ी देर तक इधर-उधर खोज भी की, पर कुछ पता न लगा। आखिर रोते-पीटते दोनों ने घर का रास्ता लिया।

बयान : 6

तेजसिंह को विजयगढ़ की तरफ विदा कर वीरेंद्रसिंह अपने महल में आए; मगर किसी काम में उनका दिल न लगता था। हरदम चंद्रकांता की याद में सिर झुकाए बैठे रहना और जब कभी निराश हो जाते तो चंद्रकांता की तसवीर अपने सामने रखकर बातें किया करना या पलंग पर लेट मुँह ढाँप खूब रोना—बस, यही उनका काम था। अगर कोई पूछता तो बातें बना देते। वीरेंद्रसिंह के पिता सुरेंद्रसिंह को वीरेंद्रसिंह का सब हाल मालूम था, मगर क्या करते, कुछ बस नहीं चलता था; क्योंकि विजयगढ़ का राजा उनसे बहुत जबरदस्त था और हमेशा उन पर हुकूमत रखता था।

वीरेंद्रसिंह ने तेजसिंह को विजयगढ़ जाती बार कह दिया था कि तुम आज ही लौट आना। रात बारह बजे तक वीरेंद्रसिंह ने तेजसिंह की राह देखी। जब वह न आए तो उनकी घबराहट और भी ज्यादा हो गई। आखिर अपने को सँभाला और मसहरी पर लेट दरवाजे की तरफ देखने लगे। सवेरा होने ही वाला था कि तेजसिंह पीठ पर एक गठरी लादे आ पहुँचे। पहरेवाले इस हालत में उनको देख हैरान थे, मगर खौफ से कुछ कह नहीं सकते थे। तेजसिंह ने वीरेंद्रसिंह के कमरे में पहुँचकर देखा कि अभी तक वे जाग रहे हैं।

वीरेंद्रसिंह तेजसिंह को देखते ही उठ खड़े हुए और बोले, "कहो भाई, क्या खबर लाए?"

तेजसिंह ने वहाँ का सब हाल कह सुनाया और चंद्रकांता की चिट्ठी हाथ पर रख दी। अहमद को गठरी खोलकर दिखा दिया और कहा, "यह चिट्ठी है और यह सौगात है।"

वीरेंद्रसिंह बहुत खुश हुए। चिट्ठी को कई मर्तबा पढ़ा और आँखों से लगाया, फिर तेजसिंह से कहा, "सुनो भाई, इस अहमद को ऐसी जगह रखो, जहाँ किसी को मालूम न हो। अगर जयसिंह को खबर लगेगी तो फसाद बढ़ जाएगा।"

तेजसिंह—"इस बात को मैं पहले से सोच चुका हूँ। मैं इसको एक पहाड़ी खोह में रख आता हूँ, जिसको मैं ही जानता हूँ।"

यह कहकर तेजसिंह ने फिर अहमद की गठरी बाँधी और एक प्यादे को भेज कर देवीसिंह नाम के ऐयार को बुलाया, जो तेजसिंह का शागिर्द, दिली दोस्त और रिश्ते में साला लगता था तथा ऐयारी के हुनर में भी तेजसिंह से किसी तरह कम न था। जब देवीसिंह आ गए, तब तेजसिंह ने अहमद की गठरी अपनी पीठ पर लादी और देवीसिंह से कहा, "आओ, हमारे साथ चलो, तुमसे एक काम है।"

देवीसिंह ने कहा, "गुरुजी, वह गठरी मुझको दो, मैं ले चलूँ। मेरे रहते यह काम आपको अच्छा नहीं लगता।"

आखिर देवीसिंह ने वह गठरी पीठ पर लाद ली और तेजसिंह के पीछे चल पड़े।

वे दोनों शहर के बाहर ही जंगल और पहाड़ियों में पेचीदे रास्तों में जाते-जाते दो कोस के करीब पहुँचकर एक अँधेरी खोह में घुसे। थोड़ी देर चलने के बाद कुछ रोशनी मिली। वहाँ जाकर तेजसिंह ठहर गए और देवीसिंह से बोले, "गठरी रख दो।"

देवीसिंह (गठरी रखकर)—"गुरुजी, यह तो अजीब जगह है। अगर कोई आए भी तो यहाँ से जाना मुश्किल हो जाए।"

तेजसिंह—"सुनो देवीसिंह, इस जगह को मेरे सिवाय कोई नहीं जानता। तुमको अपना दिली दोस्त समझकर ले आया हूँ। तुम्हें अभी बहुत कुछ काम करना होगा।"

देवीसिंह—"मैं आपका ताबेदार हूँ। आप गुरु हो, क्योंकि ऐयारी आप ही ने मुझको सिखाई है। अगर मेरी जान की जरूरत पड़े तो मैं देने को तैयार हूँ।"

तेजसिंह—"सुनो और जो बातें मैं तुमसे कहता हूँ, उनका अच्छी तरह खयाल रखो। यह सामने जो पत्थर का दरवाजा देखते हो, इसको खोलना सिवाय मेरे कोई भी नहीं जानता या फिर मेरे उस्ताद, जिन्होंने मुझको ऐयारी सिखाई, वे जानते थे। वे तो अब नहीं हैं, मर गए। इस समय सिवाय मेरे कोई नहीं जानता और मैं तुमको इसको खोलना बतलाए देता हूँ। जिस-जिसको मैं पकड़कर लाया करूँगा, इसी जगह लाकर कैद किया करूँगा, जिससे किसी को मालूम न हो और कोई छुड़ा के भी न ले जा सके। इसके अंदर कैद करने से कैदियों के हाथ-पैर बाँधने की जरूरत नहीं रहेगी। सिर्फ हिफाजत के लिए एक खुलासी बेड़ी उनके पैरों में डाल देनी पड़ेगी, जिससे वे धीरे-धीरे चल-फिर सकें। कैदियों के खाने-पीने की भी फिक्र तुमको नहीं करनी पड़ेगी, क्योंकि इसके अंदर एक छोटी सी कुदरती नहर है, जिसमें बराबर

पानी रहता है। यहाँ मेवों के दरख्त भी बहुत हैं। इस ऐयार को इसी में कैद करते हैं, बाद इसके महाराज से यह बहाना करके कि आजकल मैं बीमार रहता हूँ, अगर एक महीने की छुट्टी मिले तो आबोहवा बदल आऊँ, महीने भर की छुट्टी ले लो। मैं कोशिश करके तुम्हें छुट्टी दिलवा दूँगा। तब तुम भेष बदलकर विजयगढ़ जाओ और बराबर वहीं रहकर इधर-उधर की खबर लिया करो। जो कुछ हाल हो, मुझसे कहा करो और जब मौका देखो तो बदमाशों को गिरफ्तार करके इसी जगह ला, उनको कैद भी कर दिया करो।''

और भी बहुत सी बातें देवीसिंह को समझाने के बाद तेजसिंह दरवाजा खोलने चले। दरवाजे के ऊपर शेर का एक बड़ा सा चेहरा बना हुआ था, जिसके मुँह में हाथ बखूबी जा सकता था। तेजसिंह ने देवीसिंह से कहा, ''इस चेहरे के मुँह में हाथ डाल कर इसकी जुबान बाहर खींचो।''

देवीसिंह ने वैसा ही किया और हाथ भर के करीब जुबान खींच ली। उसके खिंचते ही एक आवाज हुई और दरवाजा खुल गया। अहमद की गठरी लिये हुए दोनों अंदर गए। देवीसिंह ने देखा कि वह खूब खुलासा जगह, बल्कि कोस भर का साफ मैदान है। चारों तरफ ऊँची-ऊँची पहाड़ियाँ, जिन पर किसी तरह आदमी चढ़ नहीं सकता, बीच में एक छोटा सा पानी का झरना बह रहा है और बहुत से जंगली मेवों के दरख्तों से अजब सुहावनी जगह मालूम होती है। चारों तरफ की पहाड़ियाँ, नीचे से ऊपर तक छोटे-छोटे करजनी, घुमची, बेर, मकोइए, चिरौंजी वगैरह के घने दरख्तों और लताओं से भरी हुई हैं। बड़े-बड़े पत्थर के ढोंके मस्त हाथी की तरह दिखाई देते हैं। ऊपर से पानी गिर रहा है, जिसकी आवाज बहुत भली मालूम होती है। हवा चलने से पेड़ों की सरसराहट और पानी की आवाज तथा बीच में मोरों का शोर और भी दिल को खींच लेता है। नीचे पानी का जो चश्मा पश्चिम से पूरब की तरफ घूमता हुआ बह रहा है, उसके दोनों तरफ जामुन के पेड़ लगे हुए हैं और पके जामुन उस चश्मे के पानी में गिर रहे हैं। पानी भी चश्मे का इतना साफ है कि जमीन दिखाई देती है—कहीं हाथ भर, कहीं कमर बराबर, कहीं उससे भी ज्यादा होगी। पहाड़ों में कुदरती खोह बनी हैं, जिनके देखने से मालूम होता है कि मानो ईश्वर ने यहाँ सैलानियों के रहने के लिए कोठरियाँ बना दी हैं। चारों तरफ की पहाड़ियाँ ढलवाँ और बनिस्बत नीचे के ऊपर से ज्यादा खुलासा थीं और उन पर बादलों के टुकड़े छोटे-छोटे शामियानों का मजा दे रहे थे। यह जगह ऐसी सुहावनी थी कि वर्षों रहने पर भी किसी की तबीयत न घबराए, बल्कि खुशी मालूम हो।

सुबह हो गई। सूरज निकल आया। तेजसिंह ने अहमद की गठरी खोली। उसका ऐयारी का बटुआ और खंजर, जो कमर में बँधा था, ले लिया और एक बेड़ी उसके

पैर में डालने के बाद होशियार किया। जब अहमद होश में आया और उसने अपने को इस दिलचस्प मैदान में देखा तो यकीन हो गया कि वह मर गया है और फरिश्ते उसको यहाँ ले आए हैं। लगा कलमा पढ़ने।

तेजसिंह को उसके कलमा पढ़ने पर हँसी आई। बोले, ''मियाँ साहब, आप हमारे कैदी हैं। इधर देखिए।''

अहमद ने तेजसिंह की तरफ देखा। पहचानते ही जान सूख गई। समझ गया कि तब न मरे तो अब मरे। केतकी की सूरत आँखों के सामने फिर गई। खौफ ने उसका गला ऐसा दबाया कि एक हर्फ भी मुँह से न निकल सका।

अहमद को उसी मैदान में चश्मे के किनारे छोड़ दोनों ऐयार बाहर निकल आए। तेजसिंह ने देवीसिंह से कहा, ''इस शेर की जुबान, जो तुमने बाहर खींच ली है, उसी के मुँह में डाल दो।''

देवीसिंह ने वैसा ही किया। जुबान उसके मुँह में डालते ही जोर से दरवाजा बंद हो गया और दोनों आदमी उसी पेचीदा राह से घर की तरफ रवाना हुए।

पहर भर दिन चढ़ा होगा, जब वे दोनों लौटकर वीरेंद्रसिंह के पास पहुँचे।

वीरेंद्रसिंह ने पूछा, ''अहमद को कहाँ कैद करने ले गए थे, जो इतनी देर लगी?''

तेजसिंह ने जवाब दिया, ''एक पहाड़ी खोह में कैद कर आया हूँ। आज आपको भी वह जगह दिखाऊँगा। पर मेरी राय है कि देवीसिंह थोड़े दिन भेष बदलकर विजयगढ़ में रहे। ऐसा करने से मुझको बड़ी मदद मिलेगी।'' इसके बाद वे सब बातें भी वीरेंद्रसिंह को कह सुनाईं, जो खोह में देवीसिंह को समझाई थीं और जो कुछ राय ठहरी थी, वह भी कही, जिसे वीरेंद्रसिंह ने बहुत पसंद किया।

स्नान-पूजा और मामूली कामों से फुरसत पा दोनों आदमी देवीसिंह को साथ लिये राजदरबार में गए। देवीसिंह ने छुट्टी के लिए अर्ज किया। राजा देवीसिंह को बहुत चाहते थे। छुट्टी देना मंजूर न था, कहने लगे, ''हम तुम्हारी दवा यहाँ ही कराएँगे।''

आखिर वीरेंद्रसिंह और तेजसिंह की सिफारिश से छुट्टी मिली। दरबार बरखास्त होने पर वीरेंद्रसिंह राजा के साथ महल में चले गए और तेजसिंह अपने पिता जीतसिंह के साथ घर आए, देवीसिंह को भी साथ लाए और सफर की तैयारी कर उसी समय उनको रवाना कर दिया। जाती दफा उन्हें और भी बातें समझा दीं।

दूसरे दिन तेजसिंह अपने साथ वीरेंद्रसिंह को उस घाटी में ले गए, जहाँ अहमद को कैद किया था। कुमार उस जगह को देखकर बहुत ही खुश हुए और बोले, ''भाई, इस जगह को देखकर तो मेरे दिल में बहुत सी बातें पैदा होती हैं।''

तेजसिंह ने कहा, ''पहले-पहल इस जगह को देखकर मैं तो आपसे भी ज्यादा हैरान हुआ था; मगर गुरुजी ने बहुत कुछ हाल वहाँ का समझाकर मेरी दिलजमई कर

दी थी, जो किसी दूसरे वक्त आपसे कहूँगा।''

वीरेंद्रसिंह इस बात को सुनकर और भी हैरान हुए और उस घाटी की कैफियत जानने के लिए जिद करने लगे। आखिर तेजसिंह ने वहाँ का हाल—जो कुछ अपने गुरु से सुना था—कहा, जिसे सुनकर वीरेंद्रसिंह बहुत प्रसन्न हुए। तेजसिंह ने वीरेंद्रसिंह से कहा, ''वे इतना खुश क्यों हुए और यह घाटी कैसी थी, यह सब हाल किसी दूसरे मौके पर बयान किया जाएगा।''

वे दोनों वहाँ से रवाना होकर अपने महल आए। कुमार ने कहा, ''भाई, अब तो मेरा हौसला बहुत बढ़ गया है। जी में आता है कि जयसिंह से लड़ जाऊँ।''

तेजसिंह ने कहा, ''आपका हौसला ठीक है; मगर जल्दी करने से चंद्रकांता की जान का खौफ है। आप इतना घबराते क्यों हैं ? देखिए तो क्या होता है ? कल मैं फिर जाऊँगा और मालूम करूँगा कि अहमद के पकड़े जाने से दुश्मनों की क्या कैफियत हुई। फिर दूसरी बार आपको ले चलूँगा।''

वीरेंद्रसिंह ने कहा, ''नहीं, अबकी बार मैं जरूर चलूँगा। इस तरह एकदम डरपोक होकर बैठे रहना मर्दों का काम नहीं।''

तेजसिंह ने कहा, ''अच्छा, आप भी चलिए, हर्ज क्या है; मगर एक काम होना जरूरी है, जो यह कि महाराज से पाँच-चार रोज के लिए शिकार की छुट्टी लीजिए और अपनी सरहद पर डेरा डाल दीजिए। वहाँ से कुल ढाई कोस चंद्रकांता का महल रह जाएगा। तब हर तरह का सुभीता होगा।''

इस बात को वीरेंद्रसिंह ने भी पसंद किया और आखिर यही राय पक्की ठहरी।

कुछ दिन बाद वीरेंद्रसिंह ने अपने पिता सुरेंद्रसिंह से शिकार के लिए आठ दिन की छुट्टी ले ली और थोड़े से अपने दिली आदमियों को, जो खारा उन्हीं के खिदमती थे और उनको जान से ज्यादा चाहते थे, साथ ले रवाना हुए। थोड़ा सा दिन बाकी था, तब नौगढ़ और विजयगढ़ के सिवाने पर उन लोगों का डेरा पड़ गया। रात भर वहाँ मुकाम रहा और यह राय ठहरी कि पहले तेजसिंह विजयगढ़ जाकर हाल-चाल ले आएँ।

बयान : 7

अहमद के पकड़े जाने से नाजिम बहुत उदास हो गया और क्रूरसिंह को तो अपनी ही फिक्र पड़ गई कि कहीं तेजसिंह मुझको भी न पकड़ ले जाए। इस खौफ से वह हरदम चौकन्ना रहता था; मगर महाराज जयसिंह के दरबार में रोज आता और वीरेंद्रसिंह के प्रति उनको भड़काया करता।

एक दिन नाजिम ने क्रूरसिंह को यह सलाह दी कि जिस तरह हो सके, अपने

बाप कुपथसिंह को मार डालो। उसके मरने के बाद जयसिंह जरूर तुमको मंत्री (वजीर) बनाएँगे। उस वक्त तुम्हारी हुकूमत हो जाने से सब काम बहुत जल्द होगा।

आखिर क्रूरसिंह ने जहर दिलवाकर अपने बाप को मरवा डाला। महाराज ने कुपथसिंह के मरने पर अफसोस किया और कई दिन तक दरबार में न आए। शहर में भी कुपथसिंह के मरने का गम छा गया।

क्रूरसिंह ने जाहिर तौर पर अपने बाप के मरने का भारी मातम (गम) किया और बारह रोज के वास्ते अलग बिस्तर जमाया। दिन भर तो अपने बाप को रोता, पर रात को नाजिम के साथ बैठकर चंद्रकांता से मिलने तथा तेजसिंह और वीरेंद्रसिंह को गिरफ्तार करने की फिक्र करता। इन्हीं दिनों वीरेंद्रसिंह ने भी शिकार के बहाने विजयगढ़ की सरहद पर डेरा डाल दिया था, जिसकी खबर नाजिम ने क्रूरसिंह को पहुँचाई और कहा, "वीरेंद्रसिंह जरूर चंद्रकांता की फिक्र में आया है। अफसोस, इस समय अहमद न हुआ, नहीं तो बड़ा काम निकलता। खैर, देखा जाएगा।" यह कह क्रूरसिंह से विदा हो बालादवी (टोह लेने के लिए गश्त करना) के वास्ते चला गया।

तेजसिंह वीरेंद्रसिंह से रुख्सत हो विजयगढ़ पहुँचे और मंत्री के मरने तथा शहर भर में गम छाने का हाल लेकर वीरेंद्रसिंह के पास लौट आए। यह भी खबर लाए कि दो दिन बाद सूतक निकल जाने पर महाराज जयसिंह क्रूर को अपना दीवान बनाएँगे।

वीरेंद्रसिंह—"देखो, क्रूर ने अपने बाप को मार डाला। अगर राजा को भी मार डाले तो ऐसे आदमी का क्या ठिकाना!"

तेजसिंह—"सच है। वह नालायक जहाँ तक भी होगा, राजा पर भी बहुत जल्द हाथ फेरेगा। अस्तु, अब मैं दो दिन चंद्रकांता के महल में न जाकर दरबार ही का हाल-चाल लूँगा। हाँ, इस बीच में अगर मौका मिल जाए तो देखा जाएगा।"

वीरेंद्रसिंह—"सो सबकुछ नहीं, चाहे जो हो, आज मैं चंद्रकांता से जरूर मुलाकात करूँगा।"

तेजसिंह—"आप जल्दी न करें, जल्दी ही सब कामों को बिगाड़ती है।"

वीरेंद्र—"जो भी हो, मैं तो जरूर जाऊँगा।"

तेजसिंह ने बहुत समझाया, मगर चंद्रकांता की जुदाई में उनको भला-बुरा क्या सूझता था, एक न मानी और चलने के लिए तैयार हो ही गए। आखिर तेजसिंह ने कहा, "खैर, नहीं मानते तो चलिए। जब आपकी ऐसी मरजी है तो हम क्या करें? जो कुछ होगा, देखा जाएगा।"

शाम के वक्त वे दोनों टहलने के लिए खेमे के बाहर निकले और अपने प्यादों से कह गए कि अगर हम लोगों के आने में देर हो तो घबराना मत। टहलते हुए दोनों विजयगढ़ की तरफ रवाना हुए।

कुछ रात गई होगी, जब चंद्रकांता के उसी नजरबाग के पास पहुँचे, जिसका हाल पहले लिख चुके हैं।

रात अँधेरी थी, इसलिए उन दोनों को बाग में जाने के लिए कोई आश्चर्य न करना पड़ा। पहरेवालों को बचाकर कमंद फेंकी और उसके जरिए बाग के अंदर एक घने पेड़ के नीचे खड़े हो इधर-उधर निगाह दौड़ाकर देखने लगे।

बाग के बीचोबीच संगमरमर के एक साफ चिकने चबूतरे पर मोमी शमादान जल रहा था। चंद्रकांता, चपला और चंपा बैठी बातें कर रही थीं। चपला बातें भी करती जाती थी और इधर-उधर तेजी के साथ निगाह भी दौड़ा रही थी।

चंद्रकांता को देखते ही वीरेंद्रसिंह का अजब हाल हो गया। बदन में कँपकँपी होने लगी, यहाँ तक कि बेहोश होकर गिर पड़े। मगर वीरेंद्रसिंह की यह हालत देख तेजसिंह पर कोई प्रभाव न हुआ, झट अपने ऐयारी बटुए से लखलखा निकाल सुँघा दिया और होश में लाकर कहा, "देखिए, दूसरे के स्थान पर आपको इस तरह बेसुध न होना चाहिए। अब आप अपने को सँभालिए और इसी जगह ठहरिए। मैं जाकर बात कर आऊँ, तब आपको ले चलूँ।" यह कहकर उन्हें उसी पेड़ के नीचे छोड़ उस जगह गए, जहाँ चंद्रकांता, चपला और चंपा बैठी थीं।

तेजसिंह को देखते ही चंद्रकांता बोली, "क्यों जी, इतने दिन कहाँ रहे? क्या इसी का नाम मुरव्वत है? अबकी आए तो अकेले ही आए। वाह, ऐसा ही था तो हाथ में चूड़ी पहन लेते, शर्मिंदा होकर भी डींग क्यों मारते हैं। जब उनकी मुहब्बत का यही हाल है तो मैं जीकर क्या करूँगी?" कहकर चंद्रकांता रोने लगी। यहाँ तक कि हिचकी बँध गई।

तेजसिंह उसकी हालत देख बहुत घबराए और बोले, "बस, इसी को नादानी कहते हैं। अच्छी तरह हाल भी न पूछा और लगीं रोने। ऐसा ही है तो उनको लिये आता हूँ।"

यह कहकर तेजसिंह वहाँ गए, जहाँ वीरेंद्रसिंह को छोड़ा था और उनको अपने साथ ले चंद्रकांता के पास लौटे। चंद्रकांता वीरेंद्रसिंह के मिलने से बड़ी खुश हुई। दोनों मिलकर खूब रोए, यहाँ तक कि बेहोश हो गए; मगर थोड़ी देर बाद होश में आ गए और आपस में शिकायत मिली मुहब्बत की बात करने लगे।

अब जमाने का उलट-फेर देखिए। घूमता-फिरता, टोह लगाता नाजिम भी उसी जगह आ पहुँचा और दूर से उन सभी की खुशी भरी मजलिस देखकर जल मरा। तुरंत ही लौटकर क्रूरसिंह के पास पहुँचा।

क्रूरसिंह ने नाजिम को घबराया हुआ देखा और पूछा, "क्यों, क्या बात है, जो तुम इतना घबराए हुए हो?"

नाजिम—"है क्या, जो मैं सोचता था, वही हुआ। यही वक्त चालाकी का है। अगर

अब भी कुछ न बन पड़ा तो बस, तुम्हारी किस्मत फूट गई, ऐसा ही समझना पड़ेगा।''

क्रूरसिंह—''तुम्हारी बातें तो कुछ समझ में नहीं आतीं। खुलासा कहो, क्या बात है?''

नाजिम—''खुलासा बस, यही है कि वीरेंद्रसिंह चंद्रकांता के पास पहुँच गया और इस समय बाग में हँसी के कहकहे उड़ रहे हैं।''

यह सुनते ही क्रूरसिंह की आँखों के आगे अँधेरा छा गया, दुनिया उदास मालूम होने लगी। कहाँ तो बाप के जाहिरी गम में वह सिर मुँड़ाए बरसाती मेढक बना बैठा था। तेरह रोज कहीं बाहर जाना हो ही नहीं सकता था। मगर इस खबर ने उसको अपने आपे में न रहने दिया, फौरन उठ खड़ा हुआ और उसी तरह नंग-धड़ंग औंधी हाँड़ी-सा सिर लिये महाराज जयसिंह के पास जा पहुँचा।

जयसिंह क्रूरसिंह को इस तरह आया देख हैरान हो बोले, ''क्रूरसिंह, सूतक और बाप का गम छोड़कर तुम्हारा इस तरह आना मुझको हैरानी में डाल रहा है।''

क्रूरसिंह ने कहा, ''महाराज, हमारे बाप तो आप हैं। उन्होंने तो पैदा किया, परवरिश आपकी बदौलत होती है। जब आपकी इज्जत में बट्टा लगा तो मेरी जिंदगी किस काम की है और मैं किस लायक गिना जाऊँगा?''

जयसिंह (गुस्से में आकर)—''क्रूरसिंह! ऐसा कौन है, जो हमारी इज्जत बिगाड़े?''

क्रूरसिंह—''एक अदना आदमी।''

जयसिंह (दाँत पीसकर)—''जल्दी बताओ, वह कौन है, जिसके सिर पर मौत सवार हुई है?''

क्रूरसिंह—''वीरेंद्रसिंह।''

जयसिंह—''उसकी क्या मजाल, जो मेरा मुकाबला करे, इज्जत बिगाड़ना तो दूर की बात है। तुम्हारी बात कुछ समझ में नहीं आती। साफ-साफ जल्द बताओ, क्या बात है? वीरेंद्रसिंह कहाँ है?''

क्रूरसिंह—''आपके चोर महल के बाग में।''

यह सुनते ही महाराज का बदन मारे गुस्से के काँपने लगा। तड़पकर हुक्म दिया, ''अभी जाकर बाग को घेर लो! मैं कोट की राह वहाँ जाता हूँ।''

बयान : 8

वीरेंद्रसिंह चंद्रकांता से मीठी-मीठी बातें कर रहे हैं। चपला से तेजसिंह उलझ रहे हैं। चंपा बेचारी इन लोगों का मुँह ताक रही है। अचानक एक काला-कलूटा आदमी —सिर से पैर तक आबनूस का कुंदा, लाल-लाल आँखें, लँगोटा कसे, उछलता-कूदता इस सबके बीच में आ खड़ा हुआ। पहले तो ऊपर से नीचे के दाँत खोल तेजसिंह की तरफ दिखाए, तब बोला, ''खबरी भई राजा को तुमरी सुनो गुरुजी मेरे।'' इसके बाद

उछलता-कूदता चला गया। जाती दफा चंपा की टाँग पकड़ थोड़ी दूर घसीटता ले गया, आखिर छोड़ दिया। यह देख सब हैरान हो गए और डरे कि यह पिशाच कहाँ से आ गया? चंपा बेचारी तो चिल्ला उठी। मगर तेजसिंह फौरन उठ खड़े हुए और वीरेंद्रसिंह का हाथ पकड़ के बोले, "चलो, जल्दी उठो, अब बैठने का वक्त नहीं।"

चंद्रकांता की तरफ देखकर बोले, "हम लोगों के जल्दी चले जाने का रंज तुम मत करना और जब तक महाराज यहाँ न आएँ, इसी तरह सब-की-सब बैठी रहना।"

चंद्रकांता—"इतनी जल्दी करने का सबब क्या है और यह कौन था, जिसकी बात सुनकर भागना पड़ा?"

तेजसिंह (जल्दी से)—"अब बात करने का वक्त नहीं रहा।"

यह कहकर वीरेंद्रसिंह को जबरदस्ती उठाया और साथ ले कमंद के जरिए बाग के बाहर हो गए।

चंद्रकांता को वीरेंद्रसिंह का इस तरह चले जाना बहुत बुरा मालूम हुआ। आँखों में आँसू ला चपला से बोली, "यह क्या तमाशा हो गया, कुछ समझ में नहीं आता। उस पिशाच को देखकर मैं कैसी डरी, मेरे कलेजे पर हाथ रखकर देखो, अभी तक धड़धड़ा रहा है। तुमने क्या खयाल किया?"

चपला ने कहा, "कुछ ठीक समझ में नहीं आता। हाँ, इतना जरूर है कि इस समय वीरेंद्रसिंह के यहाँ आने की खबर महाराज को हो गई है। वे जरूर आते होंगे।"

चंपा बोली, "न मालूम मुए को मुझसे क्या दुश्मनी थी?"

चंपा की बात पर चपला को हँसी आ गई; मगर हैरान थी, कि यह क्या खेल हो गया? थोड़ी देर तक इसी तरह की ताज्जुब भरी बातें होती रहीं। इतने में ही बाग के चारों तरफ शोरगुल की आवाजें आने लगीं।

चपला ने कहा, "रंग बुरे नजर आने लगे। मालूम होता है, बाग को सिपाहियों ने घेर लिया।" बात पूरी भी न होने पाई थी कि सामने महाराज आते हुए दिखाई पड़े।

देखते-ही-देखते सब-की-सब उठ खड़ी हुईं। चंद्रकांता ने बढ़कर पिता के आगे सिर झुकाया और कहा, "इस समय आपके एकाएक आने…" इतना कहकर चुप हो रही।

जयसिंह ने कहा, "कुछ नहीं, तुम्हें देखने को जी चाहा, इसीलिए चले आए। अब तुम भी महल में जाओ, यहाँ क्यों बैठी हो? ओस पड़ती है, तुम्हारी तबीयत खराब हो जाएगी।" यह कहकर महल की तरफ रवाना हुए।

चंद्रकांता, चपला और चंपा भी महाराज के पीछे-पीछे महल में गईं। जयसिंह अपने कक्ष में आए और मन-ही-मन शर्मिंदा होकर कहने लगे, "देखो, हमारी भोली-भाली लड़की को क्रूरसिंह झूठ-मूठ बदनाम करता है। न मालूम इस नालायक के जी

में क्या समाई है, बेधड़क उस बेचारी को ऐब लगा दिया। अगर लड़की सुनेगी तो क्या कहेगी? ऐसे शैतान का तो मुँह न देखना चाहिए, बल्कि सजा देनी चाहिए, जिससे फिर ऐसा कमीनापन न करे।'' यह सोच उन्होंने हरीसिंह नाम के एक चोबदार को हुक्म दिया कि बहुत जल्द क्रूरसिंह को हाजिर करे।

हरीसिंह क्रूरसिंह को खोजता हुआ और पता लगाता हुआ बाग के पास पहुँचा, जहाँ वह बहुत से आदमियों के साथ खुशी-खुशी बाग को घेरे हुए था।

हरीसिंह ने कहा, ''चलिए, महाराज ने बुलाया है।''

क्रूरसिंह घबरा उठा कि महाराज ने क्यों बुलाया? क्या चोर नहीं मिला? महाराज तो मेरे सामने महल में चले गए थे।

हरीसिंह से पूछा, ''महाराज क्या कह रहे हैं?''

उसने कहा, ''अभी महल से आए हैं, गुस्से से भरे बैठे हैं। आपको जल्दी बुलाया है।''

यह सुनते ही क्रूरसिंह की नानी मर गई। डरता-काँपता वह महाराज के पास पहुँचा।

महाराज ने क्रूरसिंह को देखते ही कहा, ''क्यों बे क्रूर! बेचारी चंद्रकांता को इस तरह झूठ-मूठ बदनाम करना और हमारी इज्जत में बट्टा लगाना, यही तेरा काम है? यह इतने आदमी जो बाग को घेरे हुए हैं, अपने जी में क्या कहते होंगे? नालायक, गधा, पाजी, तूने कैसे कहा कि महल में वीरेंद्र है?''

मारे गुस्से के महाराज जयसिंह के होंठ काँप रहे थे, आँखें लाल हो रही थीं। यह कैफियत देख क्रूरसिंह की तो जान सूख गई। घबराकर बोला, ''मुझको तो यह खबर नाजिम ने पहुँचाई थी, जो आजकल महल के पहरे पर मुकर्रर है।''

यह सुनते ही महाराज ने हुक्म दिया, ''बुलाओ नाजिम को!''

थोड़ी देर में नाजिम भी हाजिर किया गया। गुस्से से भरे हुए महाराज के मुँह से साफ आवाज नहीं निकलती थी। टूटे-फूटे शब्दों में नाजिम से पूछा, ''क्यों बे, तूने कैसी खबर पहुँचाई?''

उस वक्त डर के मारे उसकी क्या हालत थी, वही जानता होगा। जीने से नाउम्मीद हो चुका था, डरता हुआ बोला, ''मैंने तो अपनी आँखों से देखा था, हुजूर! शायद किसी तरह भाग गया होगा।''

जयसिंह से गुस्सा बरदाश्त न हो सका, हुक्म दिया, ''पचास कोड़े क्रूरसिंह को और दो सौ कोड़े नाजिम को लगाए जाएँ। बस, इतने ही पर छोड़ देता हूँ। आगे फिर कभी ऐसा होगा तो सिर उतार लिया जाएगा। क्रूर, तू वजीर होने लायक नहीं है।''

अब क्या था, लगे दो तरफी कोड़े पड़ने। उन लोगों के चिल्लाने से महल गूँज उठा। मगर महाराज का गुस्सा न गया। जब दोनों पर कोड़े पड़ चुके तो उनको महल के बाहर निकलवा दिया और महाराज आराम करने चले गए; मगर मारे गुस्से के रात

भर उन्हें नींद न आई।

क्रूरसिंह और नाजिम दोनों घर आए और एक जगह बैठकर लगे झगड़ने। क्रूर नाजिम से कहने लगा, "तेरी बदौलत आज मेरी इज्जत मिट्टी में मिल गई। कल दीवान होंगे, यह उम्मीद भी न रही। मार खाई, उसकी तकलीफ मैं ही जानता हूँ। यह तेरी ही बदौलत हुआ।"

नाजिम कहता था, "मैं तुम्हारी बदौलत मारा गया, नहीं तो मुझको क्या काम था? जहन्नुम में जाती चंद्रकांता और वीरेंद्र! मुझे क्या पड़ी थी, जो जूते खाता।"

वे दोनों आपस में यूँ ही पहरों झगड़ते रहे।

अंत में क्रूरसिंह ने कहा, "हम-तुम दोनों पर लानत है, अगर इतनी सजा पाने पर भी वीरेंद्र को गिरफ्तार न किया।"

नाजिम ने कहा, "इसमें तो कोई शक नहीं कि वीरेंद्र अब रोज महल में आया करेगा, क्योंकि इसी वास्ते वह अपना डेरा सरहद पार ले आया है; मगर अब कोई काम करने का हौसला नहीं पड़ता। कहीं फिर मैं देखूँ और खबर करने पर वह दुबारा निकल जाए तो अबकी जरूर ही जान से मारा जाऊँगा।"

क्रूरसिंह ने कहा, "तब तो कोई ऐसी तरकीब निकालनी चाहिए, जिससे जान भी बचे और वीरेंद्रसिंह को अपनी आँखों से महाराज जयसिंह महल में देख भी लें।"

बहुत देर सोचने के बाद नाजिम ने कहा, "चुनारगढ़ के महाराज शिवदत्तसिंह के दरबार में एक पंडित जगन्नाथ नामी ज्योतिषी हैं, जो रमल भी बहुत अच्छा जानते हैं। उनके रमल फेंकने में इतनी तेजी है कि जब चाहो, पूछ लो कि फलाँ आदमी इस समय कहाँ है, क्या कर रहा है या कैसे पकड़ा जाएगा? वह फौरन बतला देते हैं। उनको अगर मिलाया जाए और वे यहाँ आकर और कुछ दिन रहकर तुम्हारी मदद करें तो सब काम ठीक हो जाए। चुनारगढ़ यहाँ से बहुत दूर भी नहीं है, कुल तेईस कोस है। चलो, हम-तुम चलें और जिस तरह बन पड़े, उन्हें ले आएँ।"

आखिर क्रूरसिंह बहुत से हीरे-जवाहरात अपनी कमर में बाँध, दो तेज घोड़े मँगवा, नाजिम के साथ सवार हो उसी समय चुनारगढ़ की तरफ रवाना हो गया और घर में सबसे कह गया कि अगर महाराज के यहाँ से कोई आए तो कह देना कि क्रूरसिंह बहुत बीमार हैं।

बयान : 9

वीरेंद्रसिंह और तेजसिंह बाग के बाहर से अपने खेमे की तरफ रवाना हुए। जब खेमे में पहुँचे तो आधी रात बीत चुकी थी। मगर तेजसिंह को कब चैन पड़ता था, वीरेंद्रसिंह को पहुँचाकर फिर लौटे और अहमद की सूरत बना क्रूरसिंह के मकान

पर पहुँचे। क्रूरसिंह चुनारगढ़ की तरफ रवाना हो चुका था। जिन आदमियों को घर में हिफाजत के लिए छोड़ गया था और कह गया था कि अगर महाराज पूछें तो बता देना कि बीमार हैं, उन लोगों ने एकाएक अहमद को देखा तो ताज्जुब से पूछा, ''कहो अहमद, तुम कहाँ थे अब तक?''

नकली अहमद ने कहा, ''मैं जहन्नुम की सैर करने गया था, अब लौटकर आया हूँ। यह बताओ कि क्रूरसिंह कहाँ हैं?''

सभी ने उसको पूरा-पूरा हाल सुनाया और कहा, ''अब चुनारगढ़ गए हैं। तुम भी वहीं जाते तो अच्छा होता।''

अहमद ने कहा, ''हाँ, मैं भी जाता हूँ। अब घर न जाऊँगा। सीधे चुनारगढ़ ही पहुँचता हूँ।'' यह कह वहाँ से रवाना हो अपने खेमे में आए और वीरेंद्रसिंह से सब हाल कहा। बाकी रात आराम किया। सवेरा होते ही नहा-धो, कुछ भोजन कर, सूरत बदल विजयगढ़ की तरफ रवाना हुए। नंगे सिर, हाथ-पैर व मुँह पर धूल डाले, रोते-पीटते महाराज जयसिंह के दरबार में पहुँचे। उनकी हालत देखकर सब हैरान रह गए।

महाराज ने मुंशी से कहा, ''पूछो, कौन है और क्या कहता है?''

तेजसिंह ने कहा, ''हुजूर, मैं क्रूरसिंह का नौकर हूँ। मेरा नाम रामलाल है। महाराज से बागी होकर क्रूरसिंह चुनारगढ़ के राजा के पास चले गए हैं। मैंने मना किया कि महाराज का नमक खाकर ऐसा न करना चाहिए, जिस पर मुझको खूब मारा और जो कुछ मेरे पास था, सब छीन लिया। हाय रे, मैं बिल्कुल लुट गया। एक कौड़ी भी नहीं रही। अब क्या खाऊँगा, घर कैसे पहुँचूँगा? लड़के-बच्चे तीन बरस की कमाई खोजेंगे, कहेंगे कि रजवाड़े की क्या कमाई लाए हो? उनको क्या दूँगा? दुहाई महाराज की, दुहाई-दुहाई!''

बड़ी मुश्किल से सभी ने उसे चुप कराया। महाराज को बड़ा गुस्सा आया। हुक्म दिया, ''क्रूरसिंह कहाँ है?''

चोबदार खबर लाया, ''बहुत बीमार हैं, उठ नहीं सकते।''

रामलाल (तेजसिंह) बोला, ''दुहाई महाराज की! यह भी उन्हीं की तरफ मिल गया, झूठ बोलता है। मुसलमान सब उसके दोस्त हैं। दुहाई महाराज की! खूब तहकीकात की जाए।''

महाराज ने मुंशी से कहा, ''तुम जाकर पता लगाओ कि क्या मामला है?''

थोड़ी देर बाद मुंशी वापस आए और बोले, ''महाराज, क्रूरसिंह घर पर नहीं हैं और घरवाले कुछ बताते नहीं कि कहाँ गए हैं।''

महाराज ने कहा, ''जरूर चुनारगढ़ गया होगा। अच्छा, उसके यहाँ के किसी प्यादे को बुलाओ।''

हुक्म पाते ही चोबदार गया और बदकिस्मत प्यादे को पकड़ लाया।

महाराज ने पूछा, "क्रूरसिंह कहाँ गया है?"

प्यादे ने ठीक पता नहीं दिया। रामलाल ने फिर कहा, "दुहाई महाराज की! बिना मार खाए न बताएगा।"

महाराज ने मारने का हुक्म दिया। पिटने के पहले ही उस बदनसीब ने बतला दिया कि चुनारगढ़ गए हैं।

महाराज जयसिंह को क्रूर का हाल सुनकर जितना गुस्सा आया, बयान के बाहर है। हुक्म दिया—

(1) क्रूरसिंह के घर के सब औरत-मर्द घंटे भर के अंदर जान बचाकर हमारी सरहद के बाहर हो जाएँ।

(2) उसका मकान लूट लिया जाए।

(3) उसकी दौलत में से जितना रुपया अकेला रामलाल उठा ले जा सके, ले जाए, बाकी सरकारी खजाने में दाखिल किया जाए।

(4) रामलाल अगर नौकरी कबूल करे तो दी जाए।

हुक्म पाते ही सबसे पहले रामलाल क्रूरसिंह के घर पहुँचा। महाराज के मुंशी को, जो हुक्म तामील करने गया था, रामलाल ने कहा, "पहले मुझको रुपए दे दो कि उठा ले जाऊँ और महाराज को आशीर्वाद करूँ। बस, जल्दी दो, मुझ गरीब को मत सताओ।"

मुंशी ने कहा, "अजब आदमी है! इसको अपनी ही पड़ी है। ठहर जा, जल्दी क्यों करता है?"

नकली रामलाल ने चिल्लाकर कहना शुरू किया, "दुहाई महाराज की! मेरे रुपए मुंशी नहीं देता।" कहता हुआ महाराज की तरफ चला।

मुंशी ने कहा, "लो, लो, जाते कहाँ हो? भाई, पहले इसको दे दो।"

रामलाल ने कहा, "हत्त तेरे की, मैं चिल्लाता नहीं तो सभी रुपए डकार जाता।"

इस पर सब हँस पड़े। मुंशी ने दो हजार रुपए आगे रखवा दिए और कहा, "ले, ले जा।"

रामलाल ने कहा, "वाह, कुछ याद है। महाराज ने क्या हुक्म दिया है, इतना तो मेरी जेब में आ जाएगा। मैं उठा के क्या ले जाऊँगा?"

मुंशी झुँझला उठा। नकली रामलाल को खजाने के संदूक के पास ले जाकर खड़ा कर दिया और कहा, "उठा, देखें, कितना उठाता है?"

देखते-देखते उसने दस हजार रुपए उठा लिये। सिर पर, बटुए में, कमर में, जेब में, यहाँ तक कि मुँह में भी कुछ रुपए भर लिये और अपना रास्ता लिया।

सब हँसने और कहने लगे, "आदमी नहीं, इसे राक्षस समझना चाहिए।"

महाराज के हुक्म की तामील की गई, घर लूट लिया गया, औरत-मर्द सभी ने रोते-पीटते चुनारगढ़ का रास्ता पकड़ा।

तेजसिंह रुपए लिये हुए वीरेंद्रसिंह के पास पहुँचे और बोले, "आज तो मुनाफा कमा लाए; मगर यार, माल शैतान का है। इसमें कुछ आप भी मिला दीजिए, जिससे पाक हो जाए।"

वीरेंद्रसिंह ने कहा, "यह तो बताओ कि लाए कहाँ से?"

उन्होंने सब हाल कहा।

वीरेंद्रसिंह ने कहा, "जो कुछ मेरे पास यहाँ है, मैंने सब दिया।"

तेजसिंह ने कहा, "मगर शर्त यह है कि उससे कम न हो, क्योंकि आपका रुतबा उससे कहीं ज्यादा है।"

वीरेंद्रसिंह ने कहा, "तो इस वक्त कहाँ से लाएँ?"

तेजसिंह ने जवाब दिया, "तमस्सुक लिख दो।"

कुमार हँस पड़े और उँगली से हीरे की अँगूठी उतारकर दे दी।

तेजसिंह ने खुश होकर ले ली और कहा, "परमेश्वर आपकी मुराद पूरी करे। अब हम लोगों को भी यहाँ से अपने घर चले चलना चाहिए; क्योंकि अब मैं चुनारगढ़ जाऊँगा। देखूँ, शैतान का बच्चा वहाँ क्या बंदोबस्त कर रहा है।"

बयान : 10

क्रूरसिंह की तबाही का हाल शहर भर में फैल गया। महारानी रत्नगर्भा (चंद्रकांता की माँ) और चंद्रकांता ने भी सुना। कुमारी और चपला को बड़ी खुशी हुई। जब महाराज महल में गए तो हँसी-हँसी में महारानी ने क्रूरसिंह का हाल पूछा। महाराज ने कहा, "वह बड़ा बदमाश और झूठा था, मुफ्त में लड़की को बदनाम करता था।"

महारानी ने बात छेड़कर कहा, "आपने क्या सोचकर वीरेंद्र का आना-जाना बंद कर दिया? देखिए, यह वही वीरेंद्र है, जो लड़कपन से, जब चंद्रकांता पैदा भी नहीं हुई थी, यहीं आता और कई-कई दिनों तक रहा करता था। जब यह पैदा हुई तो दोनों बराबर खेला करते और इसी से इन दोनों का आपस का प्रेम भी बढ़ गया। उस वक्त यह भी नहीं मालूम होता था कि आप और राजा सुरेंद्रसिंह कोई दो हैं या नौगढ़ या विजयगढ़ दो रजवाड़े हैं। सुरेंद्रसिंह भी बराबर आप ही के कहे मुताबिक चला करते थे। कई बार आप कह भी चुके थे कि चंद्रकांता की शादी वीरेंद्र के साथ कर देनी चाहिए। ऐसे मेल-मुहब्बत और आपस के बनाव को उस दुष्ट क्रूर ने बिगाड़ दिया और दोनों के चित्त में मैल पैदा कर दिया।"

महाराज ने कहा, "मैं हैरान हूँ कि मेरी बुद्धि को क्या हो गया था। मेरी समझ

पर पत्थर पड़ गए। कौन सी बात ऐसी हुई, जिसके सबब से मेरे दिल से वीरेंद्रसिंह की मुहब्बत जाती रही। हाय, उस क्रूरसिंह ने तो गजब ही किया। उसके निकल जाने पर अब मुझे मालूम होता है।''

महारानी ने कहा, ''देखें, अब वह चुनारगढ़ में जाकर क्या करता है? जरूर महाराज शिवदत्त को भड़काएगा और कोई नया बखेड़ा पैदा करेगा।''

महाराज ने कहा, ''खैर, देखा जाएगा, परमेश्वर मालिक है। उस नालायक ने तो अपनी भरसक बुराई में कुछ भी कमी नहीं की।''

यह कहकर महाराज महल के बाहर चले गए। अब उनको यह फिक्र हुई कि किसी को दीवान बनाना चाहिए, नहीं तो काम न चलेगा। कई दिन तक सोच-विचार कर हरदयालसिंह नाम के नायब दीवान को मंत्री की पदवी और खिलअत दी। यह शख्स बड़ा ईमानदार, नेकबख्त, रहमदिल और साफ नीयत का था। कभी किसी का दिल उसने नहीं दुखाया।

बयान : 11

क्रूरसिंह को बस, एक यही फिक्र लगी हुई थी कि जिस तरह बने, वीरेंद्रसिंह और तेजसिंह को मार डालना ही नहीं चाहिए, बल्कि नौगढ़ का राज्य ही गारत कर देना चाहिए। नाजिम को साथ लिये वह चुनारगढ़ पहुँचा और शिवदत्त के दरबार में हाजिर होकर नजर दी। महाराज इसे बखूबी जानते थे, इसलिए नजर लेकर हाल पूछा।

क्रूरसिंह ने कहा, ''महाराज, जो कुछ हाल है, मैं एकांत में कहूँगा।''

दरबार बरखास्त हुआ। शाम को तखलिए (एकांत) में महाराज ने क्रूर को बुलाया और हाल पूछा। उसने जितनी शिकायत महाराज जयसिंह की करते बनी, की और यह भी कहा, ''लश्कर का इंतजाम आजकल बहुत खराब है। मुसलमान सब हमारे मेल में हैं। अगर आप चाहें तो इस समय विजयगढ़ को फतह कर लेना कोई मुश्किल बात नहीं है। चंद्रकांता, महाराज जयसिंह की लड़की, जो खूबसूरती में अपना कोई सानी नहीं रखती, भी आप ही के हाथ लगेगी।''

ऐसी-ऐसी बहुत सी बातें कह उसने महाराज शिवदत्त को पूरे तौर से भड़काया। आखिर महाराज ने कहा, ''हमको लड़ने की अभी कोई जरूरत नहीं। पहले हम अपने ऐयारों से काम लेंगे, फिर जैसा होगा, देखा जाएगा। मेरे यहाँ छह ऐयार हैं, जिनमें से चारों ऐयारों के साथ पंडित जगन्नाथ ज्योतिषी को तुम्हारे साथ कर देते हैं। इन सभी को लेकर तुम जाओ, देखो तो ये लोग क्या करते हैं। पीछे जब मौका होगा, हम भी लश्कर लेकर पहुँच जाएँगे।''

उन ऐयारों के नाम थे—पंडित बद्रीनाथ, पन्नालाल, रामनारायण, भगवानदत्त और घसीटासिंह। महाराज ने पंडित बद्रीनाथ, रामनारायण और भगवान दत्त—उन चारों को

जो मुनासिब था, कहा और उन्हें क्रूरसिंह के हवाले किया।

अभी ये लोग बैठे ही थे कि एक चोबदार ने आकर अर्ज किया, "महाराज, ड्योढ़ी पर कई फरियादी खड़े हैं। कहते हैं, हम लोग क्रूरसिंह के रिश्तेदार हैं। इनके चुनारगढ़ जाने का हाल सुनकर महाराज जयसिंह ने घर-बार लूट लिया और हम लोगों को निकाल दिया। उन लोगों के लिए क्या हुक्म है?"

यह सुनकर क्रूरसिंह के होश उड़ गए। महाराज शिवदत्त ने सभी को अंदर बुलाया और हाल पूछा। जो कुछ हुआ था, उन्होंने बयान किया। इसके बाद क्रूरसिंह और नाजिम की तरफ देखकर कहा, "अहमद भी तो आपके पास आया है।"

नाजिम ने पूछा, "अहमद! वह कहाँ है? यहाँ तो नहीं आया।"

सभी ने कहा, "वाह! वहाँ तो घर पर गया था और यह कहकर चला गया कि मैं भी चुनारगढ़ जाता हूँ।"

नाजिम ने कहा, "बस, मैं समझ गया। वह जरूर तेजसिंह होगा। इसमें कोई शक नहीं। उसी ने महाराज को भी खबर पहुँचाई होगी। यह सब फसाद उसी का है।"

यह सुन क्रूरसिंह रोने लगा।

महाराज शिवदत्त ने कहा, "जो होना था, सो हो गया, सोच मत करो। देखो, इसका बदला जयसिंह से मैं लेता हूँ। तुम इसी शहर में रहो। हमाम के सामनेवाला मकान तुम्हें दिया जाता है। उसी में अपने कुटुंब को रखो। रुपए की मदद सरकार से हो जाएगी।"

क्रूरसिंह ने महाराज के हुक्म के मुताबिक उसी मकान में डेरा जमाया।

कई दिन बाद दरबार में हाजिर होकर क्रूरसिंह ने महाराज से विजयगढ़ जाने के लिए अर्ज किया। सब इंतजाम हो ही चुका था। महाराज ने मय चारों ऐयार और पंडित जगन्नाथ ज्योतिषी के साथ क्रूरसिंह और नाजिम को विदा किया। ऐयार लोग भी सामान अपने-अपने सामान से लैस हो गए। कई तरह के कपड़े लिये। बटुआ, ऐयारी का सामान अपने-अपने कंधे से लटका लिया, खंजर बगल में लिया। ज्योतिषीजी ने भी पोथी-पत्रा आदि और कुछ ऐयारी का सामान ले लिया, क्योंकि वह थोड़ी-बहुत ऐयारी भी जानते थे। अब यह शैतान का झुंड विजयगढ़ की तरफ रवाना हुआ। इन लोगों का इरादा नौगढ़ जाने का भी था। देखिए, कहाँ जाते हैं और क्या करते हैं?

बयान : 12

वीरेंद्रसिंह और तेजसिंह नौगढ़ के किले के बाहर निकल बहुत से आदमियों को साथ लिये चंद्रप्रभा नदी के किनारे बैठ शोभा देख रहे थे। एक तरफ से चंद्रप्रभा और दूसरी तरफ से कर्मनाशा नदी बहती हुई आई हैं और किले के नीचे दोनों

का संगम हो गया है। जहाँ कुमार और तेजसिंह बैठे हैं, नदी बहुत चौड़ी है और उस पर साखू का बड़ा भारी जंगल है, जिसमें हजारों मोर तथा लंगूर अपनी-अपनी बोलियों और किलकारियों से जंगल की शोभा बढ़ा रहे हैं। कुँवर वीरेंद्रसिंह उदास बैठे हैं। चंद्रकांता के विरह में मोरों की आवाज तीर-सी लगती है, लंगूरों की किलकारी वज्र-सी मालूम होती है। शाम की धीमी-धीमी ठंडी हवा लू का काम करती है। चुपचाप बैठे नदी की तरफ देख ऊँची साँस ले रहे हैं।

इतने में एक साधु रामरज से रँगी हुई कफनी पहने, रामनंदी तिलक लगाए, हाथ में खंजरी लिये कुछ दूर नदी के किनारे बैठा यह गाता हुआ दिखाई पड़ा—

"गए चुनारगढ़ क्रूर बहुरंगी लाए चारचितारी,
संग में उनके पंडित देवता, जो हैं सगुन विचारी।
इनसे रहना बहुत सँभल के रमल चले अति कारी,
क्या बैठे हो तुम बेफिकरे, काम करो कोई भारी॥"

यह आवाज कान में पड़ते ही तेजसिंह ने गौर से उस तरफ देखा। वह साधु भी उन्हीं की तरफ मुँह करके गा रहा था। तेजसिंह को अपनी तरफ देखते दाँत निकालकर दिखला दिए और उठ के चलता बना।

वीरेंद्रसिंह अपनी चंद्रकांता के ध्यान में डूबे हैं। उनको इन सब बातों की कोई खबर नहीं। वे नहीं जानते कि कौन गा रहा है या किधर से आवाज आ रही है। एकटक नदी की तरफ देख रहे हैं। तेजसिंह ने बाजू पकड़कर हिलाया। कुमार चौंक पड़े। तेजसिंह ने धीरे से पूछा, "कुछ सुना?"

कुमार ने कहा, "क्या? नहीं तो, कहो।"

तेज सिंह ने कहा, "उठिए, अपनी जगह पर चलिए। जो कुछ कहना है, वहीं एकांत में कहेंगे।"

वीरेंद्रसिंह सँभल गए और उठ खड़े हुए। दोनों आदमी धीरे-धीरे किले में आए और अपने कमरे में जाकर बैठे।

अब एकांत है। सिवाय उन दोनों के इस समय उस कमरे में कोई नहीं है। वीरेंद्रसिंह ने तेजसिंह से पूछा, "कहो, क्या कहने को थे?"

तेजसिंह ने कहा, "सुनिए, यह तो आपको मालूम हो ही चुका है कि क्रूरसिंह महाराज शिवदत्त से मदद लेने चुनारगढ़ गया है। अब उसके वहाँ जाने का क्या नतीजा निकला, वह भी सुनिए। वहाँ से शिवदत्त ने चार ऐयार और एक ज्योतिषी को उनके साथ कर दिया है। वह ज्योतिषी बहुत अच्छा रमल फेंकता है। नाजिम पहले से उसके साथ है। अब उन लोगों की मंडली भारी हो गई। वे लोग कम फसाद नहीं करेंगे। इसीलिए मैं अर्ज करता हूँ कि आप सँभलकर रहिए। मैं अब काम की फिक्र में जाता

हूँ। मुझे यकीन है कि उन ऐयारों में से कोई-न-कोई जरूर इस तरफ भी आएगा और आपको फँसाने की कोशिश करेगा। आप होशियार रहिएगा और किसी के साथ कहीं न जाइएगा, न किसी का दिया कुछ खाइएगा; बल्कि इत्र, फूल वगैरह भी कुछ कोई दे तो न सूँघिएगा और इस बात का भी खयाल रखिएगा कि मेरी सूरत बना के भी वे लोग आएँ तो ताज्जुब नहीं। इस तरह आप मुझको पहचान लीजिएगा। देखिए, मेरी आँख के अंदर, नीचे की तरफ यह एक तिल है, जिसको कोई नहीं जानता। आज से लेकर दिन में चाहे जितनी बार जब भी मैं आपके पास आया करूँगा, इस तिल को छिपे तौर से दिखलाकर अपना परिचय आपको दिया करूँगा। अगर यह काम मैं न करूँ तो समझ लीजिएगा कि धोखा है।''

और भी बहुत सी बातें तेजसिंह ने समझाईं, जिनको खूब गौर के साथ कुमार ने सुना और तब पूछा, ''तुमको कैसे मालूम हुआ कि चुनारगढ़ से इतनी मदद उसको मिली है?''

तेजसिंह ने कहा, ''किसी तरह मुझको मालूम हो गया, उसका हाल भी कभी आप पर जाहिर हो जाएगा। अब मैं रुख्सत होता हूँ। राजा साहब या मेरे पिता मुझे पूछें तो जो मुनासिब हो, सो कह दीजिएगा।''

पहर रात रहे तेजसिंह ऐयारी के सामान से लैस होकर वहाँ से रवाना हो गए।

चपला बालादवी के लिए मर्दाने भेष में शहर से बाहर निकली। आधी रात बीत गई थी। साफ छिटकी हुई चाँदनी देख एकाएक जी में आया कि नौगढ़ चलूँ और तेजसिंह से मुलाकात करूँ। इसी खयाल से कदम बढ़ाए नौगढ़ की तरफ चली। उधर तेजसिंह अपनी असली सूरत में ऐयारी के सामान से सजे हुए विजयगढ़ की तरफ चले आ रहे थे। इत्तिफाक से दोनों की रास्ते ही में मुलाकात हो गई। चपला ने पहचान लिया और नजदीक जाकर अपनी असली बोली में पूछा, ''कहिए, आप कहाँ जा रहे हैं?''

तेजसिंह ने बोली से चपला को पहचाना और कहा, ''वाह, वाह! क्या मौके पर मिल गईं। नहीं तो मुझे बड़ी मेहनत तुमसे मिलने के लिए करनी पड़ती, क्योंकि बहुत सी जरूरी बातें कहनी थीं। आओ, इस जगह बैठो।''

एक साफ पत्थर की चट्टान पर दोनों बैठ गए। चपला ने कहा, ''कहो, वे कौन सी बातें हैं?''

तेजसिंह ने कहा, ''सुनो, यह तो तुम जानती ही हो कि क्रूर चुनारगढ़ गया है। अब वहाँ का हाल सुनो। चार ऐयार और एक पंडित जगन्नाथ ज्योतिषी को महाराज शिवदत्त ने मदद के लिए उसके संग कर दिया है और वे लोग यहाँ पहुँच गए हैं। उनकी मंडली अब भारी हो गई और इधर हम-तुम दो ही हैं। इसलिए अब हम दोनों को बड़ी होशियारी करनी पड़ेगी। वे ऐयार लोग महाराज जयसिंह को भी पकड़ ले

जाएँ तो ताज्जुब नहीं; चंद्रकांता के वास्ते तो आए ही हैं। इन्हीं सब बातों से तुम्हें होशियार करने मैं चला था।''

चपला ने पूछा, ''फिर अब क्या करना चाहिए?''

तेजसिंह ने कहा, ''एक काम करो। मैं हरदयालसिंह नए दीवान को पकड़ता हूँ और उसकी सूरत बनाकर दीवान का काम करूँगा। ऐसा करने से फौज और सब नौकर हमारे हुक्म में रहेंगे और मैं बहुत कुछ कर सकूँगा। तुम भी महल में होशियारी के साथ रहा करना और जहाँ तक हो सके, एक बार मुझसे मिला करना। मैं दीवान तो बना रहूँगा ही, मिलना कुछ मुश्किल न होगा। बराबर असली सूरत में मेरे घर, अर्थात् हरदयालसिंह के यहाँ मिला करना। मैं उसके घर में भी उसी की तरह रहा करूँगा।''

इसके अलावा और भी बहुत सी बातें तेजसिंह ने चपला को समझाईं। थोड़ी देर तक चहल रही, इसके बाद चपला अपने महल की तरफ रुख्सत हुई। तेजसिंह ने बाकी रात उसी जंगल में काटी और सुबह होते ही अपनी सूरत एक गंधी की बना कई शीशी इत्र को कमर में खोंस और दो-एक हाथ में ले विजयगढ़ की गलियों में घूमने लगे। दिन भर इधर-उधर फिरते रहे। शाम के वक्त मौका देख हरदयालसिंह के मकान पर पहुँचे। देखा, दीवान साहब लेटे हुए हैं और दो-चार दोस्त सामने बैठे गप्पें उड़ा रहे हैं। बाहर-भीतर खूब सन्नाटा है।

तेजसिंह इत्र की शीशियाँ लिये सामने पहुँचे और सलाम कर बैठ गए। तब कहा, ''लखनऊ का रहनेवाला गंधी हूँ। आपका नाम सुनकर आप ही के लायक अच्छे-अच्छे इत्र लाया हूँ।''

यह कह शीशी खोल फाहा बनाने लगे। हरदयालसिंह बहुत रहमदिल आदमी थे, इत्र सूँघने लगे और फाहा सूँघ-सूँघ अपने दोस्तों को भी देने लगे। थोड़ी देर में हरदयालसिंह और उनके सब दोस्त बेहोश होकर जमीन पर लेट गए। तेजसिंह ने सभी को उसी तरह छोड़ हरदयालसिंह की गठरी बाँध पीठ पर लादी और मुँह पर कपड़ा ओढ़ नौगढ़ का रास्ता लिया। राह में अगर कोई मिला भी तो धोबी समझकर न बोला।

शहर के बाहर निकल गए और बहुत तेजी के साथ चलकर उस खोह में पहुँचे, जहाँ अहमद को कैद किया था। किवाड़ खोलकर अंदर गए और दीवान साहब को उसी तरह बेहोश वहाँ रख मोहर की उनकी अँगूठी उँगली से निकाली, कपड़े भी उतार लिये और बाहर चले आए। बेड़ी डालने और होश में लाने की कोई जरूरत न समझी। तुरंत लौट विजयगढ़ आकर, हरदयालसिंह की सूरत बनाकर उनके घर पहुँचे।

इधर दीवान साहब के भोजन करने का वक्त आ पहुँचा। लौंडी बुलाने आई। देखा कि दीवान साहब तो हैं नहीं, उनके चार-पाँच दोस्त गाफिल पड़े हैं। उसे बड़ा ताज्जुब हुआ और एकाएक चिल्ला उठी। उसकी चिल्लाहट सुन नौकर और प्यादे आ

पहुँचे तथा यह तमाशा देख हैरान हो गए। दीवान साहब को इधर-उधर ढूँढ़ा, मगर कहीं पता न लगा।

बयान : 13

तीन पहर रात गुजर गई, उनके सब दोस्त, जो बेहोश पड़े थे, वे भी होश में आए; मगर अपनी हालत देख हैरान थे। लोगों ने पूछा, "आप लोग कैसे बेहोश हो गए और दीवान साहब कहाँ हैं?"

उन्होंने कहा, "एक गंधी इत्र बेचने आया था, जिसका इत्र सूँघते-सूँघते हम लोग बेहोश हो गए। अपनी खबर न रही। क्या जाने दीवान साहब कहाँ हैं! इसी से कहते हैं कि अमीरों की दोस्ती में हमेशा जान का जोखिम रहता है। अब कान उमेठते हैं कि कभी अमीरों का संग न करेंगे।"

ऐसी-ऐसी ताज्जुब भरी बातें हो रही थीं और सवेरा होने ही वाला था कि सामने से दीवान हरदयालसिंह आते दिखाई पड़े, जो दरअसल श्री तेजसिंह बहादुर थे। दीवान साहब को आते देख सभी ने घेर लिया और पूछने लगे, "आप कहाँ गए थे?"

दोस्तों ने पूछा, "वह नालायक गंधी कहाँ गया और हम लोग बेहोश कैसे हो गए?"

दीवान साहब ने कहा, "वह चोर था। मैंने पहचान लिया। अच्छी तरह से उसका इत्र नहीं सूँघा। अगर सूँघता तो तुम्हारी तरह मैं भी बेहोश हो जाता। मैंने उसको पहचान कर पकड़ने का इरादा किया तो वह भागा। मैं भी गुस्से में उसके पीछे चला गया; लेकिन वह निकल ही गया, अफसोस...।"

इतने में लौंडी ने अर्ज किया, "कुछ भोजन कर लीजिए। सब-के-सब घर में भूखे बैठे हैं। इस वक्त तक सभी को रोते ही गुजरा।"

दीवान साहब ने कहा, "अब तो सवेरा हो गया, भोजन क्या करूँ? मैं थक भी गया हूँ। सोने को जी चाहता है।" यह कहकर पलंग पर जा लेटे। उनके दोस्त भी अपने-अपने घर चले गए।

सवेरे तय वक्त पर दरबारी पोशाक पहन गुप्त रीति से ऐयार का बटुआ कमर में बाँध दरबार की तरफ चले। दीवान साहब को देख रास्ते में बराबर दोपट्टी लोगों में हाथ उठने लगे। वे भी जरा-जरा सिर हिला सभी के सलामों का जवाब देते हुए कचहरी में पहुँचे। महाराज अब नहीं आए थे। तेजसिंह हरदयालसिंह की खसलत से वाकिफ थे। उन्हीं के मामूल के मुताबिक वे भी दरबार में दीवान की जगह बैठ काम करने लगे। थोड़ी देर में महाराज भी आ गए।

दरबार में मौका पाकर हरदयालसिंह धीरे-धीरे अर्ज करने लगे, "महाराजाधिराज,

ताबेदार को पक्की खबर मिली है कि चुनारगढ़ के राजा शिवदत्तसिंह ने क्रूरसिंह की मदद की है और पाँच ऐयार साथ करके सरकार से बेअदबी करने के लिए इधर रवाना किया है; बल्कि यह भी कहा है कि पीछे हम भी लश्कर लेकर आएँगे। इस वक्त बड़ी मुसीबत आन पड़ी है, क्योंकि सरकार में आजकल कोई ऐयार नहीं। नाजिम और अहमद थे, सो वे भी क्रूर के साथ हैं; बल्कि सरकार के यहाँ वाले मुसलमान भी उसी तरफ मिले हुए हैं। आजकल वे ऐयार जरूर सूरत बदलकर शहर में घूमते और बदमाशी की फिक्र करते होंगे।''

महाराज जयसिंह ने कहा, ''ठीक है, मुसलमानों का रंग हम भी बेढब देखते हैं। फिर तुमने क्या बंदोबस्त किया?''

धीरे-धीरे महाराज और दीवान की बातें हो रही थीं कि इतने में दीवान साहब की निगाह एक चोबदार पर पड़ी, जो दरबार में खड़ा छिपी निगाहों से चारों तरफ देख रहा था। वे गौर से उसकी तरफ देखने लगे। दीवान साहब को गौर से देखते हुए पा वह चोबदार चौकन्ना हो गया और कुछ सँभल गया। बात छोड़ कड़ककर दीवान साहब ने कहा, ''पकड़ो इस चोबदार को।''

हुक्म पाते ही लोग उसकी तरफ बढ़े; लेकिन वह सिर पर पैर रखकर ऐसा भागा कि किसी के हाथ न लगा। तेजसिंह चाहते तो उस ऐयार को, जो चोबदार बनके आया था, पकड़ लेते; मगर उनको तो सब काम, बल्कि उठना-बैठना भी उसी तरह से करना था जैसा हरदयालसिंह करते थे, इसलिए वह अपनी जगह से न उठे। वह ऐयार भाग गया, जो चोबदार बना हुआ था। जो लोग पकड़ने गए थे, वे वापस आ गए।

दीवान साहब ने कहा, ''महाराज, देखिए, जो मैंने अर्ज किया था और जिस बात का मुझको डर था, वह ठीक निकली।''

महाराज को यह तमाशा देखकर खौफ हुआ। जल्दी दरबार बरखास्त कर दीवान को साथ ले तखलिए में चले गए। जब बैठे तो हरदयालसिंह से पूछा, ''क्यों जी, अब क्या करना चाहिए? उस दुष्ट क्रूर ने तो एक बड़े भाई को हमारा दुश्मन बनाकर उभारा है। महाराज शिवदत्त की बराबरी हम किसी तरह भी नहीं कर सकते।''

दीवान साहब ने कहा, ''महाराज, मैं फिर अर्ज करता हूँ कि हमारी सरकार में इस समय कोई ऐयार नहीं। नाजिम और अहमद थे, सो क्रूर ही की तरफ जा मिले। ऐयारों का जवाब बिना ऐयार के कोई नहीं दे सकता। वे लोग बड़े चालाक और फसादी होते हैं। हजार-पाँच सौ की जान ले लेना उन लोगों के आगे कोई बात नहीं है। इसलिए जरूर कोई ईमानदार ऐयार मुकर्रर करना चाहिए। पर यह भी एकाएक नहीं हो सकता। सुना है, राजा सुरेंद्रसिंह के दीवान का लड़का तेजसिंह बड़ा भारी ऐयार निकला है। मैं उम्मीद करता हूँ कि अगर महाराज चाहेंगे और तेजसिंह को मदद के लिए माँगेंगे तो

राजा सुरेंद्रसिंह को देने में कोई हर्ज न होगा, क्योंकि वे महाराज को दिल से चाहते हैं। क्या हुआ, अगर महाराज ने वीरेंद्रसिंह का आना-जाना बंद कर दिया। अब भी राजा सुरेंद्रसिंह का दिल महाराज की तरफ से वैसा ही है, जैसा पहले था।''

हरदयालसिंह की बात सुन के थोड़ी देर महाराज गौर करते रहे, फिर बोले, ''तुम्हारा कहना ठीक है। सुरेंद्रसिंह और उनका लड़का वीरेंद्रसिंह दोनों बड़े लायक हैं। इसमें कुछ शक नहीं कि वीरेंद्रसिंह वीर है और राजनीति भी अच्छी तरह जानता है, हजार सेना लेकर दस हजार से लड़नेवाला है; और तेजसिंह की चालाकी में भी कोई फर्क नहीं। जैसा तुम कहते हो वैसा ही है; मगर मुझसे उन लोगों के साथ बड़ी ही बेमुरव्वती हो गई है, जिसके लिए मैं बहुत शर्मिंदा हूँ। मुझे उससे मदद माँगते शर्म मालूम होती है। इसके अलावा, क्या जाने उनको मेरी तरफ से रंज हो गया हो। हाँ, तुम जाओ और उनसे मिलो। अगर मेरी तरफ से कुछ मलाल उनके दिल में हो तो उसे मिटा दो और तेजसिंह को लाओ तो काम चले।''

हरदयालसिंह ने कहा, ''बहुत अच्छा महाराज, मैं खुद ही जाऊँगा और इस काम को करूँगा।''

महाराज ने अपनी मोहर लगाकर एक मुख्तसर चिट्ठी अपने हाथ से लिखी और अँगूठी की मोहर लगाकर उनके हवाले किया।

हरदयालसिंह महाराज से विदा हो अपने घर आए और अंदर जनाने में न जाकर बाहर ही रहे। खाने को वहाँ ही मँगवाया। खा-पीकर बैठे और सोचने लगे कि चपला से मिल के सब हाल कह लें तो जाएँ। थोड़ा दिन बाकी था, जब चपला आई। एकांत में ले जाकर नकली हरदयालसिंह (तेजसिंह) ने सब हाल कहा और वह चिट्ठी भी दिखाई, जो महाराज ने लिख दी थी। चपला बहुत ही खुश हुई और बोली, ''हरदयालसिंह तुम्हारे मेल में आ जाएगा। वह बहुत ही लायक है। अब तुम जाओ, इस काम को जल्दी करो।''

चपला तेजसिंह की चालाकी की तारीफ करने लगी। अब वीरेंद्रसिंह से मुलाकात होगी, यह उम्मीद दिल में हुई।

नकली हरदयालसिंह नौगढ़ की तरफ रवाना हुए। रास्ते में अपनी सूरत असली बना ली।

बयान : 14

नौगढ़ और विजयगढ़ का राज पहाड़ी है। जंगल भी बहुत भारी और घना है। नदियाँ चंद्रप्रभा और कर्मनाशा घूमती हुई इन पहाड़ों पर बहती हैं। जाबूजा खोह और दर्रे पहाड़ों में बड़े खूबसूरत बने हुए हैं। पेड़ों में साखू, तेंद, विजयसार, सनई,

कोरया, गो, खाजा, पेयार, जिगना, आसन आदि के पेड़ हैं। इसके अलावा, पारिजात के पेड़ भी हैं। मील भर इधर-उधर जाइए तो घने जंगल में फँस जाइएगा। कहीं रास्ता न मालूम होगा कि कहाँ से आए और किधर जाएँगे। बरसात के मौसम में तो अजब ही कैफियत रहती है। कोस भर जाइए, रास्ते में दस नाले मिलेंगे। जंगली जानवरों में बारहसिंघा, चीता, भालू, तेंदुआ, चिकारा, लंगूर, बंदर वगैरह के अलावा कभी-कभी शेर भी दिखाई देते हैं; मगर बरसात में नहीं, क्योंकि नदी-नालों में पानी ज्यादा हो जाने से उनके रहने की जगह खराब हो जाती है और तब वे ऊँची पहाड़ियों पर चले जाते हैं। इन पहाड़ों पर हिरण नहीं होते, मगर पहाड़ के नीचे बहुत से दिख पड़ते हैं। परिंदों में तीतर, बटेर आदि की अपेक्षा मोर ज्यादा होते हैं। गरज कि ये सुहावने पहाड़ अभी तक लिखे मुताबिक मौजूद हैं और हर तरह से देखने के काबिल हैं।

उन ऐयारों ने, जो चुनारगढ़ से क्रूर और नाजिम के संग आए थे, शहर में न आकर इसी दिलचस्प जंगल में मय क्रूर के अपना डेरा जमाया और आपस में यह राय हो गई कि सब अलग-अलग जाकर ऐयारी करें तथा जब जरूरत हो, जंगल जफील बजाकर इकट्ठे हो जाया करें। बद्रीनाथ, जो इन ऐयारों में सबसे ज्यादा चालाक और होशियार था, ने यह राय निकाली कि एक दफा सब कोई अलग-अलग भेष बदलकर शहर में घुस दरबार और महल के सब आदमियों तथा लौंडियों, बल्कि रानी तक को देख के पहचान आएँ तथा चाल-चलन तजवीज कर नाम भी याद कर लें, जिससे वक्त पर ऐयारी करने के लिए सूरत बदलने और बातचीत करने में फर्क न पड़े। इस राय को सभी ने पसंद किया। नाजिम ने सभी का नाम बताया और जहाँ तक हो सका, पहचनवा भी दिया। वे ऐयार लोग तरह-तरह के भेष बदलकर महल में भी घुस आए और सबकुछ देख-भाल आए; मगर ऐयारी का मौका चपला की होशियारी की वजह से किसी को न मिला और उनको ऐयारी करना मंजूर भी न था, जब तक कि हर तरह से देखभाल न लेते।

जब वे लोग हर तरह से होशियार और वाकिफ हो गए, तब ऐयारी करना शुरू किया। भगवानदत्त चपला की सूरत बना नौगढ़ में वीरेंद्रसिंह को फँसाने के लिए चला। वहाँ पहुँचकर जिस कमरे में वीरेंद्रसिंह थे, उसके दरवाजे पर पहुँच पहरेवाले से कहा, "जाकर कुमार से कहो कि विजयगढ़ से चपला आई है।"

उस प्यादे ने जाकर खबर दी। कुछ रात गुजर गई थी। कुँवर वीरेंद्रसिंह चंद्रकांता की याद में बैठे तबीयत से युक्तियाँ निकाल रहे थे, बीच-बीच में ऊँची साँस भी लेते जाते थे। उसी वक्त चोबदार ने आकर अर्ज किया, "पृथ्वीनाथ, विजयगढ़ से चपला आई हैं और ड्योढ़ी पर खड़ी हैं। क्या हुक्म होता है?"

कुमार चपला का नाम सुनते ही चौंक उठे और खुश होकर बोले, "उसे जल्दी अंदर लाओ।"

हुक्म के बमूजिब चपला हाजिर हुई। कुमार चपला को देख उठ खड़े हुए और हाथ पकड़कर अपने पास बैठा बातचीत करने लगे, चंद्रकांता का हाल पूछा।

चपला ने कहा, "अच्छी हैं, सिवाय आपकी याद के और किसी तरह की तकलीफ नहीं है। हमेशा कहा करती हैं कि बड़े बेमुरव्वत हैं। कभी खबर भी नहीं लेते कि जीती है या मर गई। आज घबराकर मुझको भेजा है और ये दो नाशपातियाँ अपने हाथ से छील-काटकर आपके वास्ते भेजी हैं तथा अपने सिर की कसम दी है कि इन्हें जरूर खाइएगा।"

वीरेंद्रसिंह चपला की बातें सुन बहुत खुश हुए। चंद्रकांता का इश्क पूरे दर्जे पर था। धोखे में आ गए। भले-बुरे की कुछ तमीज न रही। चंद्रकांता की कसम कैसे टालते, झट नाशपाती का टुकड़ा उठा लिया और मुँह से लगाया ही था कि सामने से आते हुए तेजसिंह दिखाई पड़े। तेजसिंह ने देखा कि वीरेंद्रसिंह बैठे हैं। देखते ही आग हो गए। ललकारकर बोले, "खबरदार, मुँह में मत डालना।"

इतना सुनते ही वीरेंद्रसिंह रुक गए और बोले, "क्यों, क्या है?"

तेजसिंह ने कहा, "मैं जाती बार हजार बार समझा गया, अपना सिर मार गया; मगर आपको खयाल न हुआ। कभी आगे भी चपला यहाँ आई थी। आपने क्या खाक पहचाना कि यह चपला है या कोई ऐयार! बस, सामने रंडी को देख, मीठी-मीठी बातें सुन मजे में आ गए।"

तेजसिंह की घुड़की सुन वीरेंद्रसिंह तो शरमा गए और चपला के मुँह की तरफ देखने लगे। मगर नकली चपला से न रहा गया। फँस तो चुकी ही थी, झट खंजर निकाल कर तेजसिंह की तरफ दौड़ी। वीरेंद्रसिंह भी जान गए कि यह ऐयार है। उसको खंजर ले तेजसिंह पर झपटते देख लपककर हाथ से उसकी कलाई पकड़ी, जिसमें खंजर था, दूसरा हाथ कमर में डाल उठा लिया और सिर से ऊँचा करना चाहते थे कि फेंकें, जिससे हड्डी-पसली सब चूर हो जाएँ।

तेजसिंह ने आवाज दी, "हाँ-हाँ, पटकना मत, मर जाएगा। ऐयार लोगों का काम ही यही है। छोड़ दो, मेरे हवाले करो।"

यह सुन कुमार ने धीरे से जमीन पर पटककर मुश्कें बाँध तेजसिंह के हवाले किया। तेजसिंह ने जबरदस्ती उसकी नाक में दवा ठूँस बेहोश किया और गठरी में बाँध किनारे रख बातें करने लगे।

तेजसिंह ने कुमार को समझाया और कहा, "देखिए, जो हो गया, सो हो गया; मगर अब धोखा मत खाइएगा।"

कुमार बहुत शर्मिंदा थे, इसका कुछ जवाब न दे विजयगढ़ का हाल पूछने लगे। तेजसिंह ने सब खुलासा-ब्योरा कहा और चिट्ठी भी दिखाई, जो महाराज जयसिंह ने

राजा सुरेंद्रसिंह के नाम लिखी थी।

कुमार यह सब सुन और चिट्ठी देख उछल पड़े। मारे खुशी के तेजसिंह को गले से लगा लिया और बोले, "अब जो कुछ करना हो, जल्दी कर डालो।"

तेजसिंह ने कहा, "हाँ, देखो, सबकुछ हो जाता है, घबराओ मत।"

इसी तरह दोनों को बातें करते तमाम रात गुजर गई।

□

सवेरा होने ही वाला था, जब तेजसिंह उस ऐयार की गठरी पीठ पर लादे उसी तहखाने को रवाना हुए, जिसमें अहमद को कैद कर आए थे। तहखाने का दरवाजा खोल अंदर गए, टहलते-टहलते चश्मे के पास जा निकले। देखा कि अहमद नहर के किनारे सोया है और हरदयालसिंह एक पेड़ के नीचे पत्थर की चट्टान पर सिर झुकाए बैठे हैं। तेजसिंह को देखकर हरदयालसिंह उठ खड़े हुए और बोले, "क्यों तेजसिंह, मैंने क्या कसूर किया, जो मुझको कैद कर रखा है?"

तेजसिंह ने हँसकर जवाब दिया, "अगर कोई कसूर किया होता तो पैरों में बेड़ी पड़ी होती, जैसा कि अहमद को आपने देखा होगा। आपने कोई कसूर नहीं किया, सिर्फ एक दिन आपको रोक रखने से मेरा बहुत काम निकलता था, इसलिए मैंने ऐसी बेअदबी की। माफ कीजिए। अब आपको अख्तियार है कि चाहे जहाँ जाएँ, मैं ताबेदार हूँ। विजयगढ़ में नेक, ईमानदार, इनसाफ-पसंद सिवाय आपके कोई नहीं है। इसी सबब से मैं भी मदद का उम्मीदवार हूँ।"

हरदयालसिंह ने कहा, "सुनो तेजसिंह, तुम खुद जानते हो कि मैं हमेशा से तुम्हारा और कुँवर वीरेंद्रसिंह का दोस्त हूँ। मुझको तुम लोगों की खिदमत करने में कोई हर्ज नहीं। मैं तो आप हैरान था कि दोस्त आदमी को तेजसिंह ने क्यों कैद किया? पहले तो मुझको यह भी नहीं मालूम हुआ कि मैं यहाँ कैसे आया, मर के आया हूँ या जीते जी; पर अहमद को देखा तो समझ गया कि यह तुम्हारी करामात है। भला यह तो कहो, मुझको यहाँ रखकर तुमने क्या काररवाई की और अब मैं तुम्हारा क्या काम कर सकता हूँ?"

तेजसिंह—"मैं आपकी सूरत बनाकर आपके जनाने में नहीं गया, इससे आप खातिर जमा रखिए।"

हरदयालसिंह—"तुमको तो मैं अपने लड़के से ज्यादा मानता हूँ। अगर जनाने में जाते भी तो क्या था। खैर, हाल कहो।"

तेजसिंह ने महाराज जयसिंह की चिट्ठी दिखाई; हरदयालसिंह के कपड़े, जो पहने हुए थे, उनको दे दिए और अब सब हाल कहकर बोले, "अब आप अपने कपड़े सहेज लीजिए और यह चिट्ठी लेकर दरबार में जाइए। राजा से मुझको माँग लीजिए,

जिससे मैं आपके साथ चलूँ, नहीं तो वे ऐयार, जो चुनारगढ़ से आए हैं, विजयगढ़ को गारत कर डालेंगे और महाराज शिवदत्त अपना कब्जा विजयगढ़ पर कर लेंगे। मैं आपके संग चलकर उन ऐयारों को गिरफ्तार करूँगा। आप दो बातों का सबसे ज्यादा खयाल रखिएगा। एक यह कि जहाँ तक बने, मुसलमानों को बाहर कीजिए और हिंदुओं को रखिए, दूसरे यह कि कुँवर वीरेंद्रसिंह का हमेशा ध्यान रखिए और महाराज से बराबर उनकी तारीफ कीजिए, जिससे महाराज मदद के वास्ते उनको भी बुलाएँ।''

हरदयालसिंह ने कसम खाकर कहा, ''मैं हमेशा तुम लोगों का खैरख्वाह हूँ। जो कुछ तुमने कहा है, उससे ज्यादा कर दिखाऊँगा।''

तेजसिंह ने ऐयारी की गठरी खोली और एक खुलासा बेड़ी उसके पैर में डाल तथा ऐयारी का बटुआ और खंजर उसकी कमर से निकालने के बाद उसे होश में लाए। उसके चेहरे को साफ किया तो मालूम हुआ कि वह भगवानदत्त है।

ऐयार होने के कारण चुनारगढ़ के सब ऐयारों को तेजसिंह पहचानते थे और वे सब लोग भी उनको बखूबी जानते थे। तेजसिंह ने भगवानदत्त को नहर के किनारे छोड़ा और हरदयालसिंह को साथ ले खोह के बाहर चले। दरवाजे के पास आए, हरदयालसिंह से कहा कि ''मेहरबानी करके मुझे इजाजत दें कि मैं थोड़ी देर के लिए आपको फिर बेहोश करूँ। तहखाने के बाहर होश में ले आऊँगा।''

हरदयालसिंह ने कहा, ''इसमें मुझको कुछ हर्ज नहीं है। मैं यह नहीं चाहता कि इस तहखाने में आने का रास्ता देख लूँ। यह तुम्हीं लोगों के काम हैं। मैं देखकर क्या करूँगा?''

तेजसिंह हरदयालसिंह को बेहोश करके बाहर लाए और होश में लाकर बोले, ''अब आप कपड़े पहन लीजिए और मेरे साथ चलिए।''

उन्होंने वैसा ही किया।

शहर में आकर तेजसिंह के कहे मुताबिक हरदयालसिंह अलग होकर अकेले राजा सुरेंद्रसिंह के दरबार में गए। राजा ने उनकी बड़ी खातिर की और हाल पूछा। उन्होंने बहुत कुछ कहने के बाद महाराज जयसिंह की चिट्ठी दी, जिसको राजा ने इज्जत के साथ लेकर अपने वजीर जीतसिंह को पढ़ने के लिए दिया। जीतसिंह ने जोर से खत पढ़ा। राजा सुरेंद्रसिंह चिट्ठी पढ़कर बहुत खुश हुए और हरदयालसिंह की तरफ देखकर बोले, ''मेरा राज्य महाराज जयसिंह का है, जिसे चाहें बुला लें, मुझे कुछ हर्ज नहीं। तेजसिंह आपके साथ जाएगा।'' यह कह अपने वजीर जीतसिंह को हरदयालसिंह की मेहमानदारी का हुक्म दिया और दरबार बरखास्त किया।

दीवान हरदयालसिंह की मेहमानदारी तीन दिन तक बहुत अच्छी तरह से की गई, जिससे वे बहुत खुश हुए। चौथे दिन दीवान साहब ने राजा से रुख्सत माँगी। राजा ने बहुत कुछ दौलत-जवाहरात से उनकी विदाई की और तेजसिंह को बुला समझा-

बुझाकर दीवान साहब के संग किया।

बड़े साज-सामान के साथ वे दोनों विजयगढ़ पहुँचे और शाम को दरबार में महाराज के पास हाजिर हुए। हरदयालसिंह ने महाराज की चिट्ठी का जवाब दिया और सब हाल कह सुरेंद्रसिंह की बड़ी तारीफ की, जिससे महाराज बहुत खुश हुए और तेजसिंह को उसी वक्त खिलअत (सम्मान) देकर हरदयालसिंह को हुक्म दिया, ''इनके रहने के लिए मकान का बंदोबस्त कर दो और इनकी खातिरदारी और मेहमानदारी का बोझ अपने ऊपर समझो।''

दरबार उठने पर दीवान साहब तेजसिंह को साथ ले विदा हुए और एक बहुत अच्छे कमरे में डेरा दिलवाया। नौकर और पहरेवाले तथा प्यादों का भी बहुत अच्छा इंतजाम कर दिया, जो सब हिंदू थे। दूसरे दिन तेजसिंह महाराज के दरबार में हाजिर हुए। दीवान हरदयालसिंह की बगल में एक कुरसी उनके वास्ते मुकर्रर की गई।

बयान : 15

हम पहले यह लिख चुके हैं कि महाराज शिवदत्त के यहाँ जितने ऐयार हैं, सभी को तेजसिंह पहचानते हैं। अब तेजसिंह को यह जानने की फिक्र हुई कि उनमें से कौन-कौन चार आए हैं। इसलिए दूसरे दिन शाम के वक्त उन्होंने अपनी सूरत भगवानदत्त की बनाई, जिसको तहखाने में बंद कर आए थे और शहर से निकल जंगल में इधर-उधर घूमने लगे; पर कहीं कुछ पता न लगा। बरसात का दिन आ चुका था। रात अँधेरी और बदली छाई थी। आखिर तेजसिंह ने एक टीले पर खड़े होकर जफील बजाई।

थोड़ी देर में तीनों ऐयार मय पंडित जगन्नाथ ज्योतिषी के उसी जगह पहुँचे और भगवानदत्त को खड़े देखकर बोले, ''क्यों जी, तुम नौगढ़ गए थे न! क्या किया, खाली क्यों चले आए?''

तेजसिंह ने सभी को पहचानने के बाद जवाब दिया, ''वहाँ तेजसिंह की बदौलत कोई काररवाई न चली। तुम लोगों में से कोई एक आदमी मेरे साथ चले तो काम बने।''

पन्ना—''अच्छा, कल हम तुम्हारे साथ चलेंगे। आज चलो, महल में कोई काररवाई करें।''

तेजसिंह—''अच्छा, चलो; मगर मुझको इस वक्त भूख बड़े जोर की लगी है। कुछ खा लूँ तो काम में जी लगे। तुम लोगों के पास कुछ हो तो लाओ।''

जगन्नाथ—''पास में तो जो कुछ है, बेहोशी मिला है। बाजार से जाकर कुछ लाओ तो सब कोई खा-पीकर छुट्टी करें।''

भगवान—''अच्छा, एक आदमी मेरे साथ चलो।''

पन्नालाल साथ हुए। दोनों शहर की तरफ चले। रास्ते में पन्नालाल ने कहा, ''हम लोगों को अपनी सूरत बदल लेनी चाहिए, क्योंकि तेजसिंह कल से इसी शहर में

आया है और हम सभी को पहचानता भी है। शायद घूमता-फिरता कहीं मिल जाए।''

भगवानदत्त ने यह सोचकर कि सूरत बदलेंगे तो रोगन लगाते वक्त शायद यह पहचान ले, जवाब दिया, ''कोई जरूरी नहीं। कौन रात को मिलता है!''

भगवानदत्त के इनकार करने से पन्नालाल को शक हो गया और गौर से उनकी सूरत देखने लगा; मगर रात अँधेरी थी, पहचान न सका। आखिर को जोर से जफील बजाई। शहर के पास आ चुके थे, ऐयार लोग दूर थे, जफील सुन न सके। तेजसिंह भी समझ गए कि इसको शक हो गया। अब देर करने की कुछ जरूरत नहीं। झट उसके गले में हाथ डाल दिया। पन्नालाल ने भी खंजर निकाल लिया। दोनों में खूब जोर की भिड़ंत हो गई। आखिर को तेजसिंह ने पन्ना को उठा के दे मारा और मुश्कें कस, बेहोश कर गठरी बाँध ली तथा पीठ पर लाद शहर की तरफ रवाना हुए। असली सूरत बनाए डेरे पर पहुँचे। एक कोठरी में पन्नालाल को बंद कर दिया और पहरेवालों को सख्त ताकीद कर आप उसी कोठरी के दरवाजे पर पलंग बिछवा सो रहे। सवेरे पन्नालाल को साथ ले दरबार की तरफ चले।

इधर रामनारायण, बद्रीनाथ और ज्योतिषीजी राह देख रहे थे कि अब दोनों आदमी खाने का सामान लाते होंगे; मगर कुछ नहीं। यहाँ तो मामला ही दूसरा था। उन लोगों को शक हो गया कि कहीं दोनों गिरफ्तार न हो गए हों। मगर यह खयाल में न आया कि भगवानदत्त असल में दूसरे ही कृपानिधान थे।

उस रात को कुछ न कर सके, पर सवेरे सूरत बदलकर खोज में निकले। पहले महाराज जयसिंह के दरबार की तरफ चले। देखा कि तेजसिंह दरबार में जा रहे हैं और उनके पीछे-पीछे दस-पंद्रह सिपाही कैदी की तरह पन्नालाल को लिये चल रहे हैं। उन ऐयारों ने भी साथ-ही-साथ दरबार का रास्ता पकड़ा।

तेजसिंह पन्नालाल को लिये दरबार में पहुँचे। देखा, कचहरी खूब लगी हुई है। महाराज बैठे हैं। वे भी सलाम कर अपनी कुरसी पर जा बैठे। कैदी को सामने खड़ा कर दिया। महाराज ने पूछा, ''क्यों तेजसिंह, किसको लाए हो?''

तेजसिंह ने जवाब दिया, ''महाराज, उन पाँचों ऐयारों में से, जो चुनारगढ़ से आए हैं, एक गिरफ्तार हुआ है। इसको सरकार के सामने लाया हूँ। जो इसके लिए मुनासिब हो, हुक्म किया जाए।''

महाराज गौर के साथ खुशी भरी निगाहों से उसकी तरफ देखने लगे और पूछा, ''तेरा नाम क्या है?''

उसने कहा, ''मक्कार खाँ उर्फ ऐयार खाँ।''

महाराज उसकी ढिठाई और बात पर हँस पड़े। हुक्म दिया, ''बस, इससे ज्यादा पूछने की कोई जरूरत नहीं। सीधे कैदखाने में ले जाकर इसको बंद करो और सख्त पहरे बैठा दो।''

हुक्म पाते ही प्यादों ने उस ऐयार के हाथों में हथकड़ी और पैरों में बेड़ी डाल दी और कैदखाने की तरफ ले गए। महाराज ने खुश होकर तेजसिंह को सौ अशर्फियाँ इनाम में दीं। तेजसिंह ने खड़े होकर महाराज को सलाम किया और अशर्फियाँ बटुए में रख लीं।

रामनारायण, बद्रीनाथ और ज्योतिषीजी भेष बदले हुए दरबार में खड़े यह सब तमाशा देख रहे थे। जब पन्नालाल को कैदखाने का हुक्म हुआ, वे लोग भी बाहर चले आए और आपस में सलाह कर भारी चालाकी की। किनारे जाकर बद्रीनाथ ने तो तेजसिंह की सूरत बनाई और रामनारायण और ज्योतिषीजी प्यादे बनकर तेजी के साथ उन सिपाहियों के साथ चले, जो पन्नालाल को कैदखाने की तरफ लिये जा रहे थे। पास पहुँचकर बोले, ''ठहरो, ठहरो! इस नालायक ऐयार के लिए महाराज ने दूसरा हुक्म दिया है, क्योंकि मैंने अर्ज किया था कि कैदखाने में इसके संगी-साथी इसको किसी-न-किसी तरह छुड़ा ले जाएँगे। अगर मैं इसको अपनी हिफाजत में रखूँगा तो बेहतर होगा, क्योंकि मैंने ही इसे पकड़ा है। मेरी हिफाजत में यह रह भी सकेगा। सो तुम लोग इसको मेरे हवाले करो।''

प्यादे तो जानते ही थे कि इसको तेजसिंह ने पकड़ा है, कुछ इनकार न किया और उसे उनके हवाले कर दिया। नकली तेजसिंह ने पन्नालाल को ले जंगल का रास्ता लिया। उसके चले जाने पर उसका हाल अर्ज करने के लिए प्यादे फिर दरबार में लौट आए। दरबार उसी तरह लगा हुआ था। तेजसिंह भी अपनी जगह बैठे थे। उनको देख प्यादों के होश उड़ गए और अर्ज करते-करते रुक गए। तेजसिंह ने उनकी तरफ देखकर पूछा, ''क्यों, क्या बात है? उस ऐयार को कैद कर आए?''

प्यादों ने डरते-डरते कहा, ''जी, उसको तो आप ही ने हम लोगों से ले लिया।''

तेजसिंह उनकी बात सुनकर चौंक पड़े और बोले, ''मैंने क्या किया है? मैं तो तब से इसी जगह बैठा हूँ।''

प्यादों की जान डर और ताज्जुब से सूख गई। कुछ जवाब न दे सके। पत्थर की तसवीर की तरह जैसे-के-तैसे खड़े रहे।

महाराज ने तेजसिंह की तरफ देखकर पूछा, ''क्यों, क्या हुआ?''

तेजसिंह ने कहा, ''ऐयार चालाकी खेल गए। मेरी सूरत बनाकर उस कैदी को इन लोगों से छुड़ा ले गए।''

तेजसिंह ने अर्ज किया, ''महाराज, इन लोगों का कसूर नहीं। ऐयार लोग ऐसे ही होते हैं, बड़े-बड़ों को धोखा दे जाते हैं, इन लोगों की क्या बिसात है!''

तेजसिंह के कहने से महाराज ने उन प्यादों का कसूर माफ किया; मगर उस ऐयार के निकल जाने का रंज देर तक रहा।

बद्रीनाथ वगैरह पन्नालाल को लिये हुए जंगल में पहुँचे। एक पेड़ के नीचे बैठकर उसका हाल पूछा। उसने सब हाल कहा। अब इन लोगों को मालूम हुआ कि भगवानदत्त को भी तेजसिंह ने पकड़ के कहीं छिपाया है। यह सोच सभी ने पंडित जगन्नाथ से कहा, "आप रमल के जरिए दरियाफ्त कीजिए कि भगवानदत्त कहाँ है?"

ज्योतिषीजी ने रमल फेंका और कुछ गिन-गिनाकर कहा, "बेशक भगवानदत्त को भी तेजसिंह ने ही पकड़ा है और यहाँ से दो कोस दूर उत्तर की तरफ एक खोह में कैद कर रखा है।"

यह सुन सभी ने उस खोह का रास्ता लिया। ज्योतिषीजी बार-बार रमल फेंकते और विचार करते हुए उस खोह तक पहुँचे और अंदर गए। जब उजाला नजर आया तो देखा, सामने एक फाटक है; मगर यह नहीं मालूम होता था कि किस तरह खुलेगा। ज्योतिषीजी ने फिर रमल फेंका और सोचकर कहा, "यह दरवाजा एक तिलिस्म के साथ मिला हुआ है और रमल तिलिस्म में कुछ काम नहीं कर सकता। इसके खोलने की कोई तरकीब निकाली जाए तो काम चले।"

लाचार वे सब उस खोह के बाहर निकल आए और ऐयारी की फिक्र करने लगे।

बयान : 16

एक दिन तेजसिंह बालादवी के लिए विजयगढ़ के बाहर निकले। पहर दिन बाकी था, जब घूमते-फिरते बहुत दूर निकल गए। देखा कि एक पेड़ के नीचे कुँवर वीरेंद्रसिंह बैठे हैं। उनकी सवारी का घोड़ा पेड़ से बँधा हुआ है। सामने एक बारहसिंघा मरा पड़ा है। उसके एक तरफ आग सुलग रही है और पास जाने पर देखा कि कुमार के सामने पत्तों पर कुछ टुकड़े गोश्त के भी पड़े हैं।

तेजसिंह को देखकर कुमार ने जोर से कहा, "आओ भाई तेजसिंह, तुम तो विजयगढ़ ऐसा गए कि फिर खबर भी न ली। क्या हमको एकदम ही भूल गए?"

तेजसिंह (हँसकर)—"विजयगढ़ में मैं आप ही का काम कर रहा हूँ कि अपने बाप का?"

वीरेंद्रसिंह—"अपने बाप का।" यह कहकर हँस पड़े।

तेजसिंह ने इस बात का कुछ भी जवाब न दिया और हँसते हुए पास जा बैठे। कुमार ने पूछा, "कहो, चंद्रकांता से मुलाकात हुई थी?"

तेजसिंह ने जवाब दिया, "इधर जब से मैं गया हूँ, इसी बीच में एक ऐयार को पकड़ा था। महाराज ने उसको कैद करने का हुक्म दिया, मगर कैदखाने तक पहुँचने न पाया था कि रास्ते ही में मेरी सूरत बना उसके साथी ऐयारों ने उसे छुड़ा लिया। फिर अभी तक कोई गिरफ्तार न हुआ।"

कुमार—"वे लोग भी बड़े शैतान हैं।"

तेजसिंह—"और तो जो हैं, बद्रीनाथ भी चुनारगढ़ से इन लोगों के साथ आया है। वह बड़ा भारी चालाक है। मुझको अगर खौफ रहता है तो उसी का। खैर, देखा जाएगा। क्या हर्ज है। यह तो बताइए, आप यहाँ क्या कर रहे हैं? कोई आदमी भी साथ नहीं है।"

कुमार—"आज मैं कई आदमियों को लेकर सवेरे ही शिकार खेलने के लिए निकला। दोपहर तक तो हैरान रहा, कुछ हाथ न लगा। आखिर को यह बारहसिंघा सामने से निकला और मैंने इसके पीछे घोड़ा फेंका। इसने मुझको बहुत हैरान किया। संग के सब साथी छूट गए। अब इस समय तीर खाकर गिरा है। मुझको भूख बड़ी जोर की लगी थी, इससे जी में आया कि कुछ गोश्त भून के खाऊँ। इसी फिक्र में बैठा था कि सामने से तुम दिखाई पड़े। अब लो, तुम ही इसको भूनो। मेरे पास कुछ मसाला था, उसको मैंने धो-धाकर इन टुकड़ों में लगा दिया है। अब तैयार करो, तुम भी खाओ, मैं भी खाऊँ। मगर जल्दी करो, आज दिन भर से कुछ नहीं खाया।"

तेजसिंह ने बहुत जल्द गोश्त तैयार किया और एक सोते के किनारे, जहाँ साफ पानी निकल रहा था, बैठकर दोनों खाने लगे। वीरेंद्रसिंह मसाला पोंछ-पोंछकर खाते थे। तेजसिंह ने पूछा, "आप मसाला क्यों पोंछ रहे हैं?"

कुमार ने जवाब दिया, "फीका अच्छा मालूम होता है।"

दो-तीन टुकड़े खाकर वीरेंद्रसिंह ने सोते में से चुल्लू भर के खूब पानी पिया और कहा, "बस भाई, मेरी तबीयत भर गई। दिन भर भूखे रहने पर कुछ खाया नहीं जाता।"

तेजसिंह ने कहा, "आप खाइए, चाहे न खाइए, मैं तो छोड़ता नहीं। बड़े मजे का बन पड़ा है।" आखिर जहाँ तक बन पड़ा, खूब खाया और तब हाथ-मुँह धोकर बोले, "चलिए, अब आपको नौगढ़ पहुँचाकर फिर फिरेंगे।"

वीरेंद्रसिंह—"चलो।" कहकर घोड़े पर सवार हुए और तेजसिंह पैदल साथ चले।

थोड़ी दूर जाकर तेजसिंह बोले, "न मालूम क्यों, मेरा सिर घूमता है।"

कुमार ने कहा, "तुम मांस ज्यादा खा गए हो, उसने गरमी की है।" थोड़ी दूर गए थे कि तेजसिंह चक्कर खाकर जमीन पर गिर पड़े।

वीरेंद्रसिंह ने झट घोड़े पर से कूदकर उनके हाथ-पैर खूब कसके गठरी में बाँध पीठ पर लाद लिया और घोड़े की बाग थाम विजयगढ़ का रास्ता लिया। थोड़ी दूर जाकर जोर से जफील (सीटी) बजाई, जिसकी आवाज जंगल में दूर-दूर तक गूँज गई। थोड़ी देर में क्रूरसिंह, पन्नालाल, रामनारायण और ज्योतिषीजी आ पहुँचे। पन्नालाल ने खुश होकर कहा, "वाहजी बद्रीनाथ! तुमने तो बड़ा भारी काम किया। बड़े जबरदस्त को फाँसा। अब क्या है, ले लिया।"

क्रूरसिंह मारे खुशी के उछल पड़ा। बद्रीनाथ, जो अभी तक कुँवर वीरेंद्रसिंह बना हुआ था, ने गठरी पीठ से उतारकर जमीन पर रख दी और रामनारायण से कहा, "तुम इस घोड़े को नौगढ़ पहुँचा दो। जिस अस्तबल से चुरा लाए थे, उसी के पास छोड़ आओ। आप ही लोग बाँध लेंगे।"

यह सुनकर रामनारायण घोड़े पर सवार होकर नौगढ़ चला गया। बद्रीनाथ ने तेजसिंह की गठरी अपनी पीठ पर लादी और ऐयारों को कुछ समझा-बुझाकर चुनारगढ़ का रास्ता लिया।

तेजसिंह को मालूम था कि रोज महाराज जयसिंह के दरबार में जाते और सलाम करके कुरसी पर बैठ जाते। दो-एक दिन महाराज ने तेजसिंह की कुरसी खाली देखी, हरदयालसिंह से पूछा कि "आजकल तेजसिंह नजर नहीं आते। क्या तुमसे मुलाकात हुई थी?"

दीवान साहब ने अर्ज किया, "नहीं, मुझसे भी मुलाकात नहीं हुई। आज दरियाफ्त करके अर्ज करूँगा।"

दरबार बरखास्त होने के बाद दीवान साहब तेजसिंह के डेरे पर गए। मुलाकात न होने पर नौकरों से दरियाफ्त किया। सभी ने कहा, "कई दिन से वे यहाँ नहीं हैं। हम लोगों ने बहुत खोज की, मगर पता न लगा।"

दीवान हरदयालसिंह यह सुनकर हैरान रह गए। अपने मकान पर जाकर सोचने लगे कि अब क्या किया जाए? अगर तेजसिंह का पता न लगेगा तो बड़ी बदनामी होगी। जहाँ से हो, खोज लगानी चाहिए। आखिर बहुत से आदमियों को इधर-उधर पता लगाने के लिए रवाना किया और अपनी तरफ से एक चिट्ठी नौगढ़ के दीवान जीतसिंह के पास भेजकर ले जानेवाले को ताकीद कर दी कि कल दरबार से पहले इसका जवाब लेकर आना।

वह आदमी खत लिये शाम को नौगढ़ को पहुँचा और दीवान जीतसिंह के मकान पर जाकर अपने आने की इत्तिला करवाई। दीवान साहब ने अपने सामने बुलाकर हाल पूछा। उसने सलाम करके खत दिया। दीवान साहब ने गौर से खत को पढ़ा। दिल में यकीन हो गया कि तेजसिंह जरूर ऐयारों के हाथ पकड़ा गया। यह जवाब लिखकर कि वह यहाँ नहीं है, आदमी को विदा कर दिया और अपने कई जासूसों को बुलाकर पता लगाने के लिए इधर-उधर रवाना किया।

दूसरे दिन दरबार में दीवान जीतसिंह ने राजा सुरेंद्रसिंह से अर्ज किया, "महाराज, कल विजयगढ़ से दीवान हरदयालसिंह का पत्र लेकर एक आदमी आया था। उसने दरियाफ्त किया था कि तेजसिंह नौगढ़ में है कि नहीं, क्योंकि कई दिनों से वह विजयगढ़ में नहीं है। मैंने जवाब में लिख दिया है कि यहाँ नहीं हैं।"

राजा को यह सुनकर ताज्जुब हुआ और दीवान से पूछा, ''तेजसिंह वहाँ भी नहीं है और यहाँ भी नहीं तो कहाँ चला गया? कहीं ऐसा तो नहीं हुआ कि ऐयारों के हाथ पड़ गया हो; क्योंकि महाराज शिवदत्त के कई ऐयार विजयगढ़ में पहुँचे हुए हैं और उनसे मुलाकात करने के लिए अकेला तेजसिंह गया था।''

दीवान साहब ने कहा, ''जहाँ तक मैं समझता हूँ, वह ऐयारों के हाथ में गिरफ्तार हो गया होगा। खैर, जो कुछ होगा, दो-चार दिन में मालूम हो जाएगा।''

कुँवर वीरेंद्रसिंह भी दरबार में राजा के दाहिनी तरफ कुरसी पर बैठे यह बात सुन रहे थे। उन्होंने अर्ज किया, ''अगर हुक्म हो तो मैं तेजसिंह का पता लगाने जाऊँ?''

दीवान जीतसिंह ने यह सुनकर कुमार की तरफ देखा और हँसकर जवाब दिया, ''आपकी हिम्मत और जवाँमर्दी में कोई शक नहीं; मगर इस बात को सोचना चाहिए कि तेजसिंह के वास्ते, जिसका काम ऐयारी ही है और ऐयारों के हाथ फँस गया है, आप हैरान हो जाएँ, इसकी क्या जरूरत है? यह तो आप जानते ही हैं कि अगर किसी ऐयार को कोई ऐयार पकड़ता है तो सिवाय कैद रखने के जान से नहीं मारता। अगर तेजसिंह उन लोगों के हाथ में पड़ गया है तो कैद होगा, किसी तरह छूट ही जाएगा; क्योंकि वह अपने फन में बड़ा होशियार है। सिवाय इसके जो ऐयारी का काम करेगा, चाहे वह कितना ही चालाक क्यों न हो, कभी-न-कभी फँस ही जाएगा। फिर इसके लिए सोचना क्या, दस-पाँच दिन सब्र कीजिए, देखिए क्या होता है? इस बीच में अगर वह न आया तो आपको जो कुछ करना हो, कीजिएगा।''

वीरेंद्रसिंह ने जवाब दिया, ''हाँ, आपका कहना ठीक है; मगर पता लगाना जरूरी है। यह सोचकर कि वह चालाक है, छूट आएगा, खोज न करना मुनासिब नहीं।''

जीतसिंह ने कहा, ''सच है, आपको मुहब्बत के सबब से उसका ज्यादा खयाल है। खैर, देखा जाएगा।''

यह सुन राजा सुरेंद्रसिंह ने कहा, ''और कुछ नहीं तो किसी को पता लगाने के लिए भेज दो।''

इसके जवाब में दीवान साहब ने कहा, ''कई जासूसों का पता लगाने के लिए भेज चुका हूँ।'' राजा और कुँवर वीरेंद्रसिंह चुप रहे, मगर खयाल इस बात का किसी के दिल से न गया।

विजयगढ़ में दूसरे दिन दरबार में जयसिंह ने फिर हरदयालसिंह से पूछा, ''कहीं तेजसिंह का पता लगा?''

दीवान साहब ने कहा, ''यहाँ तो तेजसिंह का पता नहीं लगता, शायद नौगढ़ में हों। मैंने वहाँ भी आदमी भेजा है, अब आता ही होगा। जो कुछ है, मालूम हो जाएगा।''

ये बातें हो रही थीं कि खत का जवाब लिये वह आदमी आ पहुँचा, जो नौगढ़

गया था। हरदयालसिंह ने जवाब पढ़ा और बड़े अफसोस के साथ महाराज से अर्ज किया कि नौगढ़ में भी तेजसिंह नहीं हैं। यह उनके बाप जीतसिंह के हाथ का खत मेरे खत के जवाब में आया है।

महाराज ने कहा, "उसका पता लगाने के लिए कुछ फिक्र की गई है या नहीं?"

हरदयालसिंह ने कहा, "हाँ, कई जासूस मैंने इधर-उधर भेजे हैं।"

महाराज को तेजसिंह का बहुत अफसोस रहा। दरबार बरखास्त करके महल में चले गए। बात-ही-बात में महाराज ने तेजसिंह का जिक्र महारानी से किया और कहा, "किस्मत का फेर इसे ही कहते हैं। क्रूरसिंह ने तो हलचल मचा ही रखी थी। मदद के वास्ते एक तेजसिंह आया था, सो कई दिन से उसका भी पता नहीं लगता। अब मुझे उसके लिए सुरेंद्रसिंह से शर्मिंदगी उठानी पड़ेगी। तेजसिंह का चाल-चलन, बातचीत, इल्म और चालाकी पर जब खयाल करता हूँ, तबीयत उमड़ आती है। बड़ा लायक लड़का है। उसके चेहरे पर उदासी तो कभी देखी ही नहीं।"

महारानी ने भी तेजसिंह के हाल पर बहुत अफसोस किया। इत्तिफाक से चपला उस वक्त वहीं खड़ी थी। यह हाल सुन वहाँ से चली और चंद्रकांता के पास पहुँची। तेजसिंह का हाल जब कहना चाहती थी, जी उमड़ आता है, कुछ कह न सकती थी। चंद्रकांता ने उसकी दशा देख पूछा, "क्यों, क्या है? इस वक्त तेरी अजब हालत हो रही है! कुछ मुँह से तो कह।"

इस बात का जवाब देने के लिए चपला ने मुँह खोला ही था कि गला भर आया, आँखों से आँसू टपक पड़े। कुछ जवाब न दे सकी। चंद्रकांता को और भी ताज्जुब हुआ, पूछा, "तू रोती क्यों है? कुछ बोल भी तो।"

आखिर चपला ने अपने को सँभाला और बहुत मुश्किल से कहा, "महाराज की जुबानी सुना है कि तेजसिंह को महाराज शिवदत्त के ऐयारों ने गिरफ्तार कर लिया। अब वीरेंद्रसिंह का आना भी मुश्किल होगा, क्योंकि उनका वही एक बड़ा सहारा था।" इतना कहा था कि पूरे तौर पर आँसू भर आए और खूब खुलकर रोने लगी। उसकी हालत से चंद्रकांता समझ गई कि चपला भी तेजसिंह को चाहती है; मगर सोचने लगी कि चलो, अच्छा ही है। इसमें भी हमारा ही भला है। मगर तेजसिंह के हाल और चपला की हालत पर बहुत अफसोस हुआ। फिर चपला से कहा, "उनको छुड़ाने की यही फिक्र हो रही है। क्या तेरे रोने से वे छूट जाएँगे? तुझसे कुछ नहीं हो सकता तो मैं ही कुछ करूँ?"

चंपा भी वहाँ बैठी ये अफसोस भरी बातें सुन रही थी। बोली, "अगर हुक्म हो तो मैं तेजसिंह की खोज में जाऊँ?"

चपला ने कहा, "अभी तू इस लायक नहीं हुई है।"

चंपा बोली, "क्यों, अब मेरे में क्या कसर है? क्या मैं ऐयारी नहीं कर सकती?"

चपला ने कहा, "हाँ, ऐयारी तो कर सकती है, मगर उन लोगों का मुकाबला नहीं कर सकती, जिन लोगों ने तेजसिंह जैसे चालाक ऐयार को पकड़ लिया है। हाँ, मुझको राजकुमारी हुक्म दें तो मैं खोज में जाऊँ?"

चंद्रकांता ने कहा, "इसमें भी हुक्म की जरूरत है! तेरी मेहनत से अगर वे छूटेंगे तो जन्म भर उनको कहने लायक रहेगी। अब तू जाने में देर मत कर, जा।"

चपला ने चंपा से कहा, "देख, मैं जाती हूँ; पर ऐयार लोग बहुत से आए हुए हैं। ऐसा न हो कि मेरे जाने के बाद कुछ नया बखेड़ा मचे। खैर, और तो जो होगा, देखा जाएगा, तू राजकुमारी से होशियार रहियो। अगर तुझसे कुछ भूल हुई या राजकुमारी पर किसी तरह की आफत आई तो मैं जन्म भर तेरा मुँह न देखूँगी।"

चंपा ने कहा, "इस बात से आप खातिर जमा रखें। मैं बराबर होशियार रहा करूँगी।"

चपला अपने ऐयारी के सामान से लैस हो और कुछ दक्षिणी ढंग के जेवर तथा कपड़े ले तेजसिंह की खोज में निकल पड़ी।

बयान : 17

चपला कोई साधारण औरत न थी। खूबसूरती और नजाकत के अलावा उसमें ताकत भी थी। दो-चार आदमियों से लड़ जाना या उनको गिरफ्तार कर लेना उसके लिए अदना-सा काम था। शस्त्र विद्या को पूरे तौर पर जानती थी। ऐयारी के फन के अलावा और भी कई गुण उसमें थे। गाने और बजाने में उस्ताद, नाचने में माहिर, आतिशबाजी बनाने का बड़ा शौक।" कहाँ तक लिखें, कोई फन ऐसा न था, जिसको चपला न जानती हो। रंग उसका गोरा, बदन हर जगह सुडौल, नाजुक हाथ-पाँव की तरफ खयाल करने से यही जाहिर होता था कि उसे एक फूल से मारना खून करना है। उसको जब कहीं बाहर जाने की जरूरत पड़ती थी तो अपनी खूबसूरती जान-बूझकर बिगाड़ डालती थी या भेष बदल लेती थी।

अब इस वक्त शाम हो गई, बल्कि कुछ रात भी जा चुकी है। चंद्रमा अपनी पूरी किरणों से निकला हुआ है। चपला अपनी असली सूरत में चली जा रही है। ऐयारी का बटुआ बगल में लटकाए, कमंद कमर में कसे और खंजर भी लगाए हुए जंगल-ही-जंगल कदम बढ़ाए जा रही है। तेजसिंह की याद ने उसको ऐसा बेकल कर दिया है कि अपने बदन की भी खबर नहीं। उसको यह मालूम नहीं कि वह किस काम के लिए बाहर निकली है या कहाँ जा रही है। उसके आगे क्या है—पत्थर या गड्ढा, नदी है या नाला। खाली पैर बढ़ाए जाना ही उसका काम है। आँखों से आँसू की बूँदें गिर

रही हैं। सारा कपड़ा भीग गया है। थोड़ी-थोड़ी दूर पर ठोकर खाती है। उँगलियों से खून गिर रहा है, मगर उसको इसका कुछ खयाल नहीं। आगे एक नाला आया, जिस पर चपला ने कुछ ध्यान न दिया और धम्म से उस नाले में गिर पड़ी। सिर फट गया, खून निकलने लगा, कपड़े बदन के सब भीग गए। अब उसको इस बात का खयाल हुआ कि तेजसिंह को छुड़ाने या खोजने चली है। उसके मुँह से झट यह बात निकली, "हाय प्यारे, मैं तुमको बिल्कुल भूल गई। तुम्हारे छुड़ाने की फिक्र मुझको जरा भी न रही। उसी की यह सजा मिली।"

अब चपला सँभल गई और सोचने लगी कि वह किस जगह है। खूब गौर करने पर उसे मालूम हुआ कि रास्ता बिल्कुल भूल गई है और एक भयानक जंगल में आ फँसी है। कुछ क्षण के लिए तो वह बहुत डर गई, मगर फिर दिल को सँभाला। उस खतरनाक नाले से पीछे फिरी और सोचने लगी, इसमें तो कोई शक नहीं कि तेजसिंह को महाराज शिवदत्त के ऐयारों ने पकड़ लिया है, तो जरूर चुनारगढ़ ही ले भी गए होंगे। पहले वहीं खोज करनी चाहिए। जब न मिलेंगे तो दूसरी जगह पता लगाऊँगी।

यह विचार कर चुनारगढ़ का रास्ता ढूँढ़ने लगी। हजार खराबी से आधी रात गुजर जाने के बाद रास्ता मिल गया। अब सीधे चुनारगढ़ की तरफ पहाड़-ही-पहाड़ चल पड़ी। जब सुबह करीब हुई, उसने अपनी सूरत एक मर्द सिपाही की-सी बना ली। नहाने-धोने, खाने-पीने की कुछ फिक्र नहीं, सिर्फ रास्ता तय करने की उसको धुन थी। आखिर भूखी-प्यासी शाम होते चुनारगढ़ पहुँची। दिल में ठान लिया था कि जब तक तेजसिंह का पता न लगेगा, अन्न-जल ग्रहण न करूँगी। कहीं आराम न लिया। इधर-उधर ढूँढ़ने और तलाश करने लगी। एकाएक उसे कुछ चालाकी सूझी। उसने अपनी पूरी सूरत पन्नालाल की बना ली और घसीटासिंह ऐयार के डेरे पर जा पहुँची।

हम पहले लिख चुके हैं कि छह ऐयारों में से चार ऐयार विजयगढ़ गए हैं और घसीटासिंह और चुन्नीलाल चुनारगढ़ में ही रह गए हैं। घसीटासिंह पन्नालाल को देखकर उठ खड़े हुए और साहब सलामत के बाद पूछा, "कहो पन्नालाल, अबकी बार किसको लाए?"

पन्नालाल—"इस बार लाए तो किसी को नहीं, सिर्फ इतना पूछने आए हैं कि नाजिम यहाँ है या नहीं? उसका पता नहीं लगता।"

घसीटासिंह—"यहाँ तो नहीं आया।"

पन्नालाल—"फिर उसको पकड़ा किसने? वहाँ तो अब कोई ऐयार नहीं है।"

घसीटासिंह—"यह तो मैं नहीं कह सकता कि वहाँ और कोई भी ऐयार है या नहीं, सिर्फ तेजसिंह का नाम तो मशहूर था, सो कैद हो गए। इस वक्त किले में बंद पड़े रोते होंगे।"

पन्नालाल—"खैर, कोई हर्ज नहीं, पता लग ही जाएगा। अब जाता हूँ, रुक नहीं सकता।" यह कह नकली पन्नालाल वहाँ से रवाना हुए।

अब चपला का जी ठिकाने हुआ। यह सोचकर कि तेजसिंह का पता लग गया और वे यहीं मौजूद हैं, कोई हर्ज नहीं। जिस तरह होगा, छुड़ा लेगी। वह मैदान में निकल गई और गंगाजी के किनारे बैठ अपने बटुए में से कुछ मेवा निकाल के खाया, गंगाजल पी के निश्चिंत हुई और तब अपनी सूरत एक गानेवाली औरत की बनाई। चपला को खूबसूरत बनाने की कोई जरूरत नहीं थी। वह खुद ऐसी थी कि हजार खूबसूरतों का मुकाबला करे। मगर इस सबब से कोई पहचान ले, उसको अपनी सूरत बदलनी पड़ी। जब हर तरह से लैस हो गई, एक वंशी हाथ में ले, राजमहल के पिछवाड़े की तरफ जा एक साफ जगह देख बैठ गई और चढ़ी आवाज में एक बिरहा गाने लगी। एक बार फिर स्वयं गाकर फिर उसी गत को वंशी पर बजाती।

रात आधी से ज्यादा बीत चुकी थी। राजमहल में शिवदत्त महल की छत पर मायारानी के साथ मीठी-मीठी बातें कर रहे थे। एकाएक गाने की आवाज उनके कानों में गई और महारानी ने भी सुनी। दोनों ने बातें करना छोड़ दिया और कान लगाकर गौर से सुनने लगे। थोड़ी देर बाद वंशी की आवाज आने लगी, जिसका बोल साफ मालूम पड़ता था। महाराज की तबीयत बेचैन हो गई। झट लौंडी को बुलाकर हुक्म दिया, "किसी को कहो, अभी जाकर उसको इस महल के नीचे ले आए, जिसके गाने की आवाज आ रही है।"

हुक्म पाते ही पहरेदार दौड़ गए। देखा कि एक नाजुक बदन बैठी गा रही है। उसकी सूरत देखकर लोगों के होशो-हवास ठिकाने न रहे। बहुत देर के बाद बोले, "महाराज ने महल के करीब आपको बुलाया है और आपका गाना सुनने के लिए बहुत मुश्तहक (बेचैन) हैं।"

चपला ने कुछ इनकार न किया। उन लोगों के साथ-साथ महल के नीचे चली आई और गाने लगी। उसके गाने ने महाराज को बेताब कर दिया। दिल को रोक न सके, हुक्म दिया कि उसको दीवानखाने में ले जाकर बैठाया जाए और रोशनी का बंदोबस्त हो। हम भी आते हैं।

महारानी ने कहा, "आवाज से यह औरत मालूम होती है। क्या हर्ज है, अगर महल में बुला ली जाए।"

महाराज ने कहा, "पहले उसको देख-समझ लें तो फिर जैसा होगा, किया जाएगा। अगर यहाँ आने लायक होगी तो तुम्हारी भी खातिर कर दी जाएगी।"

हुक्म की देर थी, सब सामान लैस हो गया। महाराज दीवानखाने में जा विराजे। बीबी चपला ने झुककर सलाम किया। महाराज ने देखा कि एक औरत निहायत हसीन,

रंग गोरा, सुरमई रंग की साड़ी और धानी बूटीदार चोली दक्षिणी ढंग की पहने पीछे से लाँग बाँधे, खुलासा गड़ारीदार जूड़ा काँटे से बाँधे, जिस पर एक छोटा सा सोने का फूल, माथे पर एक बड़ा सा रोली का टीका लगाए, कानों में सोने की निहायत खूबसूरत जड़ाऊ बालियाँ पहने, नाक में सरजा की नथ, एक टीका सोने का और घुँघरूदार पटड़ी गूथन के गले में पहने, हाथ में बिना घुंडी का कड़ा व छंदेली, जिसके ऊपर काली चूड़ियाँ, कमर में लच्छेदार करधनी और पैर में साँकड़ा पहने। अजब आन-बान से सामने खड़ी है। गहना तो मुख्तसर ही है, मगर बदन की गठाई और सुडौली पर इतनी ही आफत हो रही है। गौर से निगाह करने पर एक छोटा सा तिल ठुड्डी की बगल में देखा, जो चेहरे को और भी रौनक दे रहा था।

महाराज के होश जाते रहे। अपनी महारानी साहब को भूल गए। जिस पर रीझे हुए थे, झट मुँह से निकल पड़ा, "वाह, क्या कहना है!" टकटकी बँध गई। महाराज ने कहा, "आओ, यहाँ बैठो।" बीबी चपला कमर को बल देती हुई अठखेलियों के साथ कुछ नजदीक जा सलाम करके बैठ गई। महाराज उसके हुस्न के रोब में आ गए। ज्यादा कुछ कह न सके, एकटक सूरत देखने लगे। फिर पूछा, "तुम्हारा मकान कहाँ है? कौन हो? क्या काम है? तुम्हारी जैसी औरत का अकेली रात के समय घूमना ताज्जुब में डालता है।"

उसने जवाब दिया, "मैं ग्वालियर की रहनेवाली पटलापा कत्थक की लड़की हूँ। रंभा मेरा नाम है। मेरा बाप भारी गवैया था। एक आदमी पर मेरा जी आ गया, बात-की-बात में वह मुझसे गुस्सा हो के चला गया। उसी की तलाश में मारी-मारी फिरती हूँ। क्या करूँ, अकसर दरबारों में जाती हूँ कि शायद कहीं मिल जाए, क्योंकि वह भी बड़ा भारी गवैया है। सो ताज्जुब नहीं, किसी दरबार में हो। इस वक्त तबीयत की उदासी में यों ही कुछ गा रही थी कि सरकार ने याद किया, हाजिर हुई।"

महाराज ने कहा, "तुम्हारी आवाज बहुत भली है। कुछ गाओ तो अच्छी तरह सुनूँ।"

चपला ने कहा, "महाराज ने इस नाचीज पर बड़ी मेहरबानी की, जो नजदीक बुलाकर बैठाया और लौंडी को इज्जत दी। अगर आप मेरा गाना सुनना चाहते हैं तो अपने मुलाजिम सपर्दारों (साज बजानेवाले) को तलब करें। वे लोग साथ दें तो कुछ गाने का लुत्फ आए। वैसे तो मैं हर तरह से गाने को तैयार हूँ।"

यह सुन महाराज बहुत खुश हुए और हुक्म दिया कि "सपर्दा हाजिर किए जाएँ।"

प्यादे दौड़ गए और सपर्दाओं को सरकारी हुक्म सुनाया। वे सब हैरान हो गए कि तीन पहर रात गुजरे महाराज को क्या सूझी है; मगर लाचार होकर आना ही पड़ा। आकर जब एक चाँद के टुकड़े को सामने देखा तो तबीयत खुश हो गई। कुढ़े हुए आए थे, मगर अब खिल गए। झट साज मिला करीने से बैठे। चपला ने गाना शुरू किया।

अब क्या था, साज व सामान के साथ गाना, पिछली रात का समाँ—महाराज को बुत बना दिया। सपर्दा भी दंग रह गए। तमाम इल्म आज खर्च करना पड़ा। बेवक्त की महफिल थी। इस पर भी बहुत से आदमी जमा हो गए। दो चीज दरबारी की गाई थी कि सुबह हो गई। फिर भैरवी गाने के बाद चपला ने बंद करके अर्ज किया, "महाराज, अब सुबह हो गई। मैं भी कल की थकी हूँ, क्योंकि दूर से आई थी। अब हुक्म हो तो रुख्सत होऊँ?"

चपला की बात सुनकर महाराज चौंक पड़े। देखा तो सचमुच सवेरा हो गया है। अपने गले से मोती की माला उतारकर इनाम में दी और बोले, "अभी हमारा जी तुम्हारे गाने से बिल्कुल नहीं भरा है। कुछ रोज यहाँ ठहरो, फिर जाना।"

रंभा ने कहा, "अगर महाराज की इतनी मेहरबानी लौंडी के हाल पर है तो मुझको कोई हर्ज रहने में नहीं।"

महाराज ने हुक्म दिया कि रंभा के रहने का पूरा बंदोबस्त हो और आज रात को आम महफिल का सामान किया जाए। हुक्म पाते ही सब सरंजाम हो गया। एक सुंदर मकान में रंभा का डेरा पड़ गया। नौकर-मजदूर सब तैनात कर दिए गए।

आज की रात आज की महफिल थी। अच्छे आदमी सब इकट्ठे हुए। रंभा भी हाजिर हुई, सलाम करके बैठ गई। महफिल में कोई ऐसा न था, जिसकी निगाह रंभा की तरफ न हो। जिसको देखो, लंबी साँसें भर रहा है। आपस में सब यही कहते हैं कि वाह, क्या भोली सूरत है! क्यों, कभी आज तक ऐसी हसीना तुमने देखी थी?

रंभा ने गाना शुरू किया। अब जिसको देखिए, मिट्टी की मूरत हो रहा है। एक गीत गाकर चपला ने अर्ज किया, "महाराज, एक बार नौगढ़ में राजा सुरेंद्रसिंह की महफिल में लौंडी ने गाया था। वैसा गाना आज तक मेरा फिर न जमा। वजह यह थी कि उनके दीवान के लड़के तेजसिंह ने मेरी आवाज के साथ मिलकर बीन बजाई थी। हाय, मुझको वह महफिल कभी न भूलेगी। दो-चार रोज हुआ, मैं फिर नौगढ़ गई थी। मालूम हुआ कि वह गायब हो गया। तब मैं भी वहाँ न ठहरी, तुरंत वापस चली आई।" इतना कह रंभा अटक गई।

महाराज तो उस पर दिलोजान दिए बैठे थे। बोले, "आजकल तो वह मेरे यहाँ कैद है; पर मुश्किल तो यह है कि मैं उसको छोड़ूँगा नहीं और कैद की हालत में वह कभी बीन न बजाएगा।"

रंभा ने कहा, "जब वह मेरा नाम सुनेगा तो जरूर इस बात को कबूल करेगा। मगर उसको एक तरीके से बुलाया जाए। वह अलबत्ता मेरा संग देगा, नहीं तो मेरी भी न सुनेगा; क्योंकि वह बड़ा जिद्दी है।"

महाराज ने पूछा, "वह कौन सा तरीका है?"

रंभा ने कहा, "एक तो उसके बुलाने के लिए ब्राह्मण जाए और वह उम्र में बीस वर्ष से ज्यादा न हो; दूसरे, जब वह उसको लावे, दूसरा कोई संग न हो। अगर भागने का खौफ हो तो बेड़ी उसके पैर में पड़ी रहे, इसका कोई मुजाएका (आपत्ति) नहीं। तीसरे यह कि बीन कोई उम्दा होनी चाहिए।"

महाराज ने कहा, "यह कौन सी बड़ी बात है!" इधर-उधर देखा तो एक ब्राह्मण का लड़का चेतराम उस उम्र का नजर आया। उसे हुक्म दिया कि तू जाकर तेजसिंह को ले आ। मीर मुंशी ने कहा, "तुम जाकर पहरेवालों को समझा दो कि तेजसिंह के आने में कोई रोक-टोक न करें। हाँ, एक बेड़ी उसके पैर में जरूर पड़ी रहे।"

हुक्म पा चेतराम तेजसिंह को लेने गया और मीर मुंशी ने भी पहरेवालों को महाराज का हुक्म सुनाया। उन लोगों को क्या हर्ज था। तेजसिंह को अकेले रवाना कर दिया। तेजसिंह तुरंत समझ गए कि कोई दोस्त जरूर यहाँ आ पहुँचा है, तभी तो उसने ऐसी चालाकी की शर्त से मुझको बुलाया है। खुशी-खुशी चेतराम के साथ रवाना हुए। जब महफिल में आए, अजब तमाशा नजर आया। देखा कि एक बहुत ही खूबसूरत औरत बैठी है और सब उसी की तरफ देख रहे हैं। जब तेजसिंह महफिल के बीच में पहुँचे, रंभा ने आवाज दी, "आओ, आओ तेजसिंह! रंभा कब से आपकी राह देख रही है। भला वह बीन कब भूलेगी, जो आपने नौगढ़ में बजाई थी!" यह कहते हुए रंभा ने तेजसिंह की तरफ देखकर बाईं आँख बंद की।

तेजसिंह समझ गए कि यह चपला है, बोले, "रंभा, तू आ गई। अगर मौत भी सामने नजर आती हो तो भी तेरे साथ बीन बजा के मरूँगा, क्योंकि तेरे जैसी गानेवाली भला कहाँ मिलेगी!"

तेजसिंह और रंभा की बात सुनकर महाराज को बड़ा ताज्जुब हुआ, मगर धुन तो यह थी कि कब बीन बजे और कब रंभा गाए। बहुत उम्दा बीन तेजसिंह के सामने रखी गई और उन्होंने बजाना शुरू किया। रंभा भी गाने लगी। अब जो समा बँधा, उसकी क्या तारीफ की जाए। महाराज तो सकते की-सी हालत में हो गए। औरों की कैफियत दूसरी हो गई।

एक ही गीत का साथ देकर तेजसिंह ने बीन हाथ से रख दी।

महाराज ने कहा, "क्यों, और बजाओ?"

तेजसिंह ने कहा, "बस, मैं एक रोज में एक ही गीत या बोल बजाता हूँ, इससे ज्यादा नहीं। अगर आपको सुनने का ज्यादा शौक हो तो कल फिर सुन लीजिएगा।"

रंभा ने भी कहा, "हाँ महाराज, यही तो इनमें ऐब है। राजा सुरेंद्रसिंह, जिनके यह नौकर थे, कहते-कहते थक गए, मगर इन्होंने एक न मानी, एक ही बोल बजाकर रह गए। क्या हर्ज है, कल फिर सुन लीजिएगा।"

महाराज सोचने लगे कि अजब आदमी है। भला इसमें इसने क्या फायदा सोचा है? अफसोस, मेरे दरबार में यह न हुआ। रंभा ने भी बहुत कुछ हर्ज करके गाना मौकूफ (स्थगित) किया। सभी के दिल में हसरत बनी रह गई। महाराज ने अफसोस के साथ मजलिस बरखास्त की और तेजसिंह फिर उसी चेतराम ब्राह्मण के साथ जेल भेज दिए गए।

महाराज को तो अब इश्क हो गया कि तेजसिंह की बीन के साथ रंभा का गाना सुनें। फिर दूसरे रोज महफिल हुई और उसी चेतराम ब्राह्मण को भेजकर तेजसिंह बुलाए गए। उस रोज भी एक बोल बजाकर उन्होंने बीन रख दी। महाराज का दिल न भरा, हुक्म दिया कि कल पूरी महफिल हो। दूसरे दिन फिर महफिल का सामान हुआ। सब कोई आकर पहले ही से जमा हो गए; मगर रंभा महफिल में जाने के वक्त से घंटे भर पहले दाँव बचा, चेतराम की सूरत बना कैदखाने में पहुँची। पहरेवाले जानते ही थे कि चेतराम अकेला तेजसिंह को ले जाएगा, महाराज का हुक्म ही ऐसा है। उन्होंने ताला खोलकर तेजसिंह को निकाला और पैर में बेड़ी डाल चेतराम के हवाले कर दिया। चेतराम (चपला) उनको लेकर चलते बने। थोड़ी दूर जाकर चेतराम ने तेजसिंह की बेड़ी खोल दी। अब क्या था, दोनों ने जंगल का रास्ता लिया।

कुछ दूर जाकर चपला ने अपनी सूरत बदल ली और असली सूरत में हो गई। अब तेजसिंह उसकी तारीफ करने लगे।

चपला ने कहा, "आप मुझको शर्मिंदा न करें, क्योंकि मैं अपने को इतना चालाक नहीं समझती, जितनी आप तारीफ कर रहे हैं। फिर, मुझको आपको छुड़ाने की कोई गरज भी न थी, सिर्फ चंद्रकांता की बेमुरव्वत से मैंने यह काम किया।"

तेजसिंह ने कहा, "ठीक है, तुमको मेरी गरज काहे को होगी। गरजू तो मैं ठहरा कि तुम्हारे साथ सपर्दा बना। जो काम बाप-दादों ने न किया था, सो करना पड़ा।"

यह सुन चपला हँस पड़ी और बोली, "बस, माफ कीजिए, ऐसी बातें न करिए।"

तेजसिंह ने कहा, "वाह, माफ क्या करना! मैं बगैर मजदूरी लिये न छोड़ूँगा।"

चपला ने कहा, "मेरे पास क्या है, जो मैं दूँ?"

उन्होंने कहा, "जो कुछ तुम्हारे पास है, वही मेरे लिए बहुत है।"

चपला ने कहा, "खैर, इन बातों को जाने दीजिए और यह कहिए कि यहाँ से खाली ही चलिएगा या महाराज शिवदत्त को कुछ हाथ भी दिखाइएगा?"

तेजसिंह ने कहा, "इरादा तो मेरा यही था, आगे तुम जैसा कहो।"

चपला ने कहा, "जरूर कुछ करना चाहिए।"

बहुत देर तक आपस में सोच-विचार कर दोनों ने एक चालाकी ठहराई, जिसे करने के लिए वे दोनों उस जगह से दूसरे घने जंगल में चले गए।

बयान : 19

तेजसिंह को छुड़ाने के लिए जब चपला चुनारगढ़ गई, तब चंपा ने जी में सोचा कि ऐयार तो बहुत से आए हैं और मैं अकेली हूँ। ऐसा न हो, कभी कोई आफत आ जाए। ऐसी तरकीब करनी चाहिए, जिसमें ऐयारों का डर न रहे और रात को भी आराम से सो पाए। यह सोचकर उसने एक मसाला बनाया। जब रात को सब लोग सो गए और चंद्रकांता भी पलंग पर जा लेटी, तब चंपा ने उस मसाले को पानी में घोलकर जिस कमरे में चंद्रकांता सोती थी, उसके दरवाजे पर दो गज इधर-उधर लेप दिया और निश्चिंत हो राजकुमारी के पलंग पर जा लेटी। उस मसाले में यह गुण था कि जिस जमीन पर उसका लेप किया जाए, सूख जाने पर अगर किसी का पैर उस जमीन पर पड़े तो जोर से पटाखे की आवाज आए। मगर देखने से यह न मालूम हो कि जमीन पर कुछ लेप किया है। रात भर चंपा आराम से सोई रही। कोई आदमी उस कमरे के अंदर न आया। सुबह को चंपा ने पानी से वह मसाला धो डाला। दूसरे दिन उसने दूसरी चालाकी की। मिट्टी की एक खोपड़ी बनाई और उसको रंग-रँगाकर, ठीक चंद्रकांता की मूरत बनाकर जिस पलंग पर कुमारी सोया करती थी, तकिए के सहारे वह खोपड़ी रख दी और धड़ की जगह कपड़ा रखकर एक हलकी चादर उस पर चढ़ा दी; मगर मुँह खुला रखा और खूब रोशनी कर उस चारपाई के चारों तरफ वही लेप कर दिया।

कुमारी से कहा, "आज आप दूसरे कमरे में आराम करें।"

चंद्रकांता समझ गई और दूसरे कमरे में जा लेटी। जिस कमरे में चंद्रकांता सोई, उसके दरवाजे पर भी लेप कर दिया और जिस कमरे में पलंग पर खोपड़ी रखी थी, उसके बगल में एक कोठरी थी, चिराग बुझाकर आप उसमें सो गई।

आधी रात गुजर जाने के बाद उस कमरे के अंदर से, जिसमें खोपड़ी रखी थी, पटाखे की आवाज आई। सुनते ही चंपा झट उठ बैठी और दौड़कर बाहर से किवाड़ बंद कर खूब शोरगुल करने लगी। यहाँ तक कि बहुत सी लौंडियाँ वहाँ आकर इकट्ठा हो गईं और एक ने जाकर महाराज को खबर दी कि चंद्रकांता के कमरे में चोर घुसा है। यह सुन महाराज खुद दौड़े आए और हुक्म दिया कि महल के पहरे से दस-पाँच सिपाही अभी आएँ। जब सब इकट्ठे हुए, कमरे का दरवाजा खोला गया। देखा कि रामनारायण और पन्नालाल दोनों ऐयार भीतर हैं। बहुत से आदमी उन्हें पकड़ने के लिए अंदर घुस गए। उन ऐयारों ने भी खंजर निकाल चलाना शुरू किया। चार-पाँच सिपाहियों को जख्मी किया, आखिर पकड़े गए। महाराज ने उनको कैद में रखने का हुक्म दिया और चंपा से हाल पूछा, उसने अपनी कारंरवाई कह सुनाई। महाराज बहुत खुश हुए और उसको इनाम देकर पूछा, "चपला कहाँ है ?"

उसने कहा, "वह बीमार है।" फिर महाराज ने और कुछ न पूछा, अपनी आरामगाह में चले गए।

सुबह को दरबार में उन ऐयारों को तलब किया। जब वे आए तो पूछा, "तुम्हारा क्या नाम है?"

पन्नालाल बोला, "सरतोड़सिंह।"

महाराज को उसकी ढिठाई पर बड़ा गुस्सा आया। कहने लगे कि "ये लोग बदमाश हैं, जरा भी नहीं डरते। खैर, ले जाकर इन दोनों को खूब होशियारी के साथ कैद रखो।"

हुक्म के मुताबिक वे कैदखाने में भेज दिए गए।

महाराज ने हरदयालसिंह से पूछा, "तेजसिंह का कुछ पता लगा?"

हरदयालसिंह ने कहा, "महाराज, अभी तक तो पता नहीं लगा। ये ऐयार, जो पकड़े गए हैं, इन्हें खूब पीटा जाए तो शायद ये लोग कुछ बताएँ।"

महाराज ने कहा, "ठीक है, मगर तेजसिंह आएगा तो नाराज होगा कि ऐयारों को क्यों मारा? ऐसा कायदा नहीं है। खैर, कुछ दिन तेजसिंह की राह और देख लो, फिर जैसा मुनासिब होगा, किया जाएगा। मगर इस बात का खयाल रखना, वह यह कि तुम फौज के इंतजाम में होशियार रहना, क्योंकि शिवदत्तसिंह का चढ़ आना अब ताज्जुब नहीं है।"

हरदयालसिंह ने कहा, "मैं इंतजाम से होशियार हूँ। सिर्फ एक बात महाराज से इस बारे में पूछनी थी, जो एकांत में अर्ज करूँगा।"

जब दरबार बरखास्त हो गया तो महाराज ने हरदयालसिंह को एकांत में बुलाया और पूछा, "वह कौन सी बात है?"

उन्होंने कहा, "महाराज, तेजसिंह ने कई बार मुझसे कहा था, बल्कि कुंवर वीरेंद्रसिंह और उनके पिता ने भी फरमाया था कि यहाँ के सब मुसलमान क्रूरसिंह के तरफदार हो रहे हैं। जहाँ तक हो, इनको कम करना चाहिए। मैं देखता हूँ तो यह बात ठीक मालूम होती है। इसके बारे में जैसा हुक्म हो, किया जाए।"

महाराज ने कहा, "ठीक है, हम खुद इस बात के लिए तुमसे कहने वाले थे। खैर, अब कहे देते हैं कि तुम धीरे-धीरे सब मुसलमानों को नाजुक कामों से बाहर कर दो।"

हरदयालसिंह ने कहा, "बहुत अच्छा, ऐसा ही होगा।" यह कह महाराज से रुख्सत हो अपने घर चले आए।

बयान : 20

महाराज शिवदत्तसिंह ने घसीटासिंह और चुन्नीलाल को तेजसिंह को पकड़ने के लिए भेजकर दरबार बरखास्त किया और महल में चले गए; मगर दिल उनका रंभा की जुल्फों में ऐसा फँस गया था कि किसी तरह निकल ही नहीं सकता था।

महारानी से भी हँसकर बोलने की नौबत न आई।

महारानी ने पूछा, "आपका चेहरा सुस्त क्यों है?"

महाराज ने कहा, "कुछ नहीं, जागने से ऐसी कैफियत है।"

महारानी ने फिर से पूछा, "आपने वादा किया था कि उस गानेवाली को महल में लाकर तुम्हें भी उसका गाना सुनवाएँगे। सो क्या हुआ?"

जवाब दिया, "वह हमीं को उल्लू बनाकर चली गई, तुमको किसका गाना सुनाएँ?"

यह सुनकर महारानी कलावती को बड़ा ताज्जुब हुआ। पूछा, "कुछ खुलासा कहिए, क्या मामला है?"

"इस समय मेरा जी ठिकाने नहीं है। मैं ज्यादा नहीं बोल सकता।" यह कहकर महाराज वहाँ से उठकर अपने खास कमरे में चले गए और पलंग पर लेटकर रंभा को याद करने लगे और मन में सोचने लगे, 'रंभा कौन थी? इसमें तो कोई शक नहीं कि वह थी औरत ही। फिर तेजसिंह को क्यों छुड़ा ले गई? उस पर वह आशिक तो नहीं थी, जैसा कि उसने कहा था। हाय रंभा, तूने मुझे घायल कर डाला! क्या इसी वास्ते तू आई थी? क्या करूँ, कुछ पता भी नहीं मालूम, जो तुमको ढूँढ़ूँ।'

दिल की बेताबी और रंभा के खयाल में रात भर नींद न आई। सुबह को महाराज ने दरबार में आकर दरियाफ्त किया, "घसीटासिंह और चुन्नीलाल का पता लगाकर आए या नहीं?"

मालूम हुआ कि अभी तक वे लोग नहीं आए। खयाल रंभा ही की तरफ था। इतने में बद्रीनाथ, नाजिम, ज्योतिषीजी और क्रूरसिंह पर नजर पड़ी। उन लोगों ने सलाम किया और एक किनारे बैठ गए। उन लोगों के चेहरे पर सुस्ती और उदासी देखकर और भी रंज बढ़ गया; मगर कचहरी में कोई हाल उनसे न पूछा। दरबार बरखास्त करके तखलिए में गए और पंडित बद्रीनाथ, क्रूरसिंह, नाजिम और जगन्नाथ ज्योतिषी को तलब किया। जब वे लोग आए और सलाम करके अदब के साथ बैठ गए, तब महाराज ने पूछा, "कहो, तुम लोगों ने विजयगढ़ जाकर क्या किया?"

पंडित बद्रीनाथ ने कहा, "हुजूर, काम तो यही हुआ कि भगवानदत्त को तेजसिंह ने गिरफ्तार कर लिया और पन्नालाल और रामनारायण को एक चंपा नाम की औरत ने बड़ी चालाकी और होशियारी से पकड़ लिया। बाकी मैं बच गया।"

उनके आदमियों में सिर्फ तेजसिंह पकड़ा गया, जिसको ताबेदार ने हुजूर में भेज दिया था। सिवाय इसके और कोई काम न हुआ। महाराज ने कहा, "तेजसिंह को भी एक औरत छुड़ा ले गई। काम तो उसने सजा पाने लायक किया, मगर अफसोस। यह तो मैं जरूर कहूँगा कि वह औरत ही थी, जो तेजसिंह को छुड़ा ले गई; मगर कौन थी, यह न मालूम हुआ। तेजसिंह को तो लेती ही गई, जाती दफा चुन्नीलाल और

घसीटासिंह पर भी मालूम होता है कि हाथ फेरती गई। वे दोनों उसकी खोज में गए थे, मगर अभी तक नहीं आए। क्रूर की मदद करने से मेरा नुकसान ही हुआ। खैर, अब तुम लोग यह पता लगाओ कि वह औरत कौन थी, जिसने गाना सुनाकर मुझे बेताब कर दिया और सभी की आँखों में धूल झोंककर तेजसिंह को छुड़ा ले गई? अभी तक उसकी मोहिनी सूरत मेरी आँखों के आगे फिर रही है।''

नाजिम ने तुरंत कहा, ''हुजूर, मैं पहचान गया। वह जरूर चंद्रकांता की सखी चपला थी। यह काम सिवाय उसके दूसरे का नहीं।''

महाराज ने पूछा, ''क्या चपला चंद्रकांता से भी ज्यादा खूबसूरत है?''

नाजिम ने कहा, ''महाराज, चंद्रकांता को तो चपला क्या पाएगी; मगर उसके बाद दुनिया में कोई खूबसूरत है तो चपला ही है और वह तेजसिंह पर आशिक भी है।''

इतना सुन महाराज कुछ देर तक हैरानी में रहे, फिर बोले, ''चाहे जो हो, जब तक चंद्रकांता और चपला मेरे हाथ न लगेंगी, मुझको आराम न मिलेगा। बेहतर है कि मैं उन दोनों के लिए जयसिंह को चिट्ठी लिखूँ।''

क्रूरसिंह बोला, ''महाराज, जयसिंह चिट्ठी को कुछ न मानेंगे।''

महाराज ने जवाब दिया, ''क्या हर्ज है, अगर चिट्ठी का कुछ खयाल न करेंगे तो विजयगढ़ को फतह ही करूँगा।'' यह कहकर उन्होंने मीर मुंशी को तलब किया।

जब वह आ गया तो हुक्म दिया, ''राजा जयसिंह के नाम मेरी तरफ से खत लिखो कि चंद्रकांता की शादी मेरे साथ कर दें और दहेज में चपला को दे दें।''

मीर मुंशी ने बमूजिब हुक्म के खत लिखा, जिस पर महाराज ने मोहर करके पंडित बद्रीनाथ को दिया और कहा, ''तुम्हीं इस चिट्ठी को लेकर जाओ। यह काम तुम्हीं से बनेगा।''

पंडित बद्रीनाथ को क्या हर्ज था, खत लेकर उसी वक्त विजयगढ़ की तरफ रवाना हो गए।

बयान : 21

दूसरे दिन महाराज जयसिंह दरबार में बैठे हरदयालसिंह से तेजसिंह का हाल पूछ रहे थे कि अभी तक पता लगा या नहीं कि इतने में सामने से तेजसिंह एक बड़ा भारी गठरी पीठ पर लादे हुए आ पहुँचे। गठरी तो दरबार के बीच में रख दी और झुककर महाराज को सलाम किया। महाराज जयसिंह तेजसिंह को देखकर खुश हुए और बैठने के लिए इशारा किया। जब तेजसिंह बैठ गए तो महाराज ने पूछा, ''क्यों जी, इतने दिन कहाँ रहे और क्या लाए हो? तुम्हारे लिए हम लोगों को बड़ी भारी परेशानी रही। दीवान जीतसिंह भी बहुत घबराए होंगे, क्योंकि हमने वहाँ भी तलाश करवाया था।''

तेजसिंह ने अर्ज किया, ''महाराज, ताबेदार दुश्मन के हाथ में फँस गया था; अब हुजूर के इकबाल से छूट आया है, बल्कि आती दफा चुनारगढ़ के दो ऐयारों को भी वहाँ से लेता आया है।''

महाराज यह सुनकर बहुत खुश हुए और अपने हाथ का कीमती कड़ा तेजसिंह को इनाम देकर कहा, ''यहाँ भी दो ऐयारों को महल में चंपा ने गिरफ्तार किया, जो कैद किए गए हैं। इनको भी वहीं भेज देना चाहिए।'' यह कहकर हरदयालसिंह की तरफ देखा। उन्होंने प्यादों को गठरी खोलने का हुक्म दिया। प्यादों ने गठरी खोली। तेजसिंह ने उन दोनों को होशियार किया और प्यादों ने उनको ले जाकर उसी जेल में बंद कर दिया, जिसमें रामनारायण और पन्नालाल थे।

तेजसिंह ने महाराज से अर्ज किया, ''मेरे गिरफ्तार होने से नौगढ़ में सब कोई परेशान होंगे। अगर इजाजत हो तो मैं जाकर सभी से मिल आऊँ।''

महाराज ने कहा, ''हाँ, जरूर तुमको वहाँ जाना चाहिए। जाओ, मगर जल्दी वापस चले आना।''

इसके बाद महाराज ने हरदयालसिंह को हुक्म दिया, ''तुम मेरी तरफ से तोहफा लेकर तेजसिंह के साथ नौगढ़ जाओ।''

''बहुत अच्छा।'' कहकर हरदयालसिंह ने तोहफे का सामान तैयार किया और कुछ आदमी संग ले तेजसिंह के साथ नौगढ़ रवाना हुए।

चपला जब महल में पहुँची, उसको देखते ही चंद्रकांता ने खुश होकर उसे गले लगा लिया और थोड़ी देर बाद हाल पूछने लगी। चपला ने अपना पूरा हाल कह सुनाया। थोड़ी देर तक चपला और चंद्रकांता में चुहल होती रही। कुमारी ने चंपा की चालाकी का हाल बयान करके कहा कि ''तुम्हारी शागिर्दा ने भी दो ऐयारों को गिरफ्तार किया है।'' यह सुनकर चपला बहुत खुश हुई और चंपा को, जो उसी जगह मौजूद थी, गले लगाकर बहुत शाबाशी दी।

इधर तेजसिंह नौगढ़ गए थे। रास्ते में हरदयालसिंह से बोले, ''अगर हम लोग सवेरे दरबार के समय पहुँचते तो अच्छा होता, क्योंकि उस वक्त सब कोई वहाँ रहेंगे।''

इस बात को हरदयालसिंह ने भी पसंद किया और रास्ते में ठहर गए। दूसरे दिन दरबार के समय वे दोनों पहुँचे और सीधे कचहरी में चले गए। राजा साहब की बगल में वीरेंद्रसिंह भी बैठे थे। वे तेजसिंह को देखकर इतने खुश हुए कि मानो दोनों जहान की दौलत मिल गई हो। हरदयालसिंह ने झुककर महाराज और कुमार को सलाम किया और जीतसिंह से बराबर की मुलाकात की। तेजसिंह ने महाराज सुरेंद्रसिंह के कदमों पर सिर रखा। राजा साहब ने प्यार से उसका सिर उठाया। तब अपने पिता को पालागन करके तेजसिंह कुमार की बगल में जा बैठे। हरदयालसिंह ने तोहफा पेश

किया और एक पोशाक, जो कुँवर वीरेंद्रसिंह के वास्ते लाए थे, वह उनको पहनाई, जिसे देख राजा सुरेंद्रसिंह बहुत खुश हुए और कुमार की खुशी का तो कुछ ठिकाना ही न रहा। राजा साहब ने तेजसिंह से गिरफ्तार होने का हाल पूछा। तेजसिंह ने पूरा हाल अपने गिरफ्तार होने का तथा कुछ बनावटी हाल अपने छूटने का बयान किया और यह भी कहा, ''आती दफा वहाँ के दो ऐयारों को भी गिरफ्तार कर लाया हूँ, जो विजयगढ़ में कैद हैं।''

यह सुनकर राजा ने खुश होकर तेजसिंह को बहुत कुछ इनाम दिया और कहा, ''तुम अभी जाओ, महल में सबसे मिलकर अपनी माँ से भी मिलो। उस बेचारी का तुम्हारी जुदाई में क्या हाल होगा, वही जानती होगी।''

बमूजिब मरजी के तेजसिंह सभी से मिलने के वास्ते रवाना हुए। हरदयालसिंह की मेहमानदारी के लिए राजा ने जीतसिंह को हुक्म देकर दरबार बरखास्त किया। सभी के मिलने के बाद तेजसिंह कुँवर वीरेंद्रसिंह के कमरे में गए। कुमार ने बड़ी खुशी से उठकर तेजसिंह को गले लगा लिया और जब बैठे तो कहा, ''अपने गिरफ्तार होने का हाल तो तुमने ठीक बयान कर दिया, मगर छूटने का हाल बयान करने में झूठ कहा था। अब सच-सच बताओ, तुमको किसने छुड़ाया?''

तेजसिंह ने चपला की तारीफ की और उसकी मदद से अपने छूटने का सच्चा हाल कह दिया।

कुमार ने कहा, ''मुबारक हो।''

तेजसिंह बोले, ''पहले आपको मैं मुबारकबाद दे दूँगा, तब कहीं यह नौबत पहुँचेगी कि आप मुझे मुबारकबाद दें।''

कुमार हँसकर चुप रहे।

कई दिनों तक तेजसिंह हँसी-खुशी से नौगढ़ में रहे, मगर वीरेंद्रसिंह का तकाजा रोज होता ही रहा कि फिर जिस तरह से हो, चंद्रकांता से मुलाकात कराओ। यह भी धीरज देते रहे।

कई दिन बाद हरदयालसिंह ने दरबार में महाराज से अर्ज किया, ''कई रोज हो गए ताबेदार को आए। वहाँ बहुत हर्ज होता होगा। अब रुख्सत मिलती तो अच्छा था, और महाराज ने भी यह फरमाया था कि आती दफा तेजसिंह को साथ लेते आना। अब जैसी मरजी हो।''

राजा सुरेंद्रसिंह ने कहा, ''बहुत अच्छी बात है। तुम उसको अपने साथ लेते जाओ।'' यह कह एक खिलअत दीवान हरदयालसिंह को दी और तेजसिंह को उनके साथ विदा किया।

जाते समय तेजसिंह कुमार से मिलने आए। कुमार ने रोकर उनको विदा किया

और कहा "मुझको ज्यादा कहने की जरूरत नहीं, मेरी हालत देखते जाओ।"

तेजसिंह ने बहुत कुछ ढाढ़स दिया और वहाँ से विदा हो उसी रोज विजयगढ़ पहुँचे। दूसरे दिन दरबार में दोनों आदमी हाजिर हुए और महाराज को सलाम करके अपनी-अपनी जगह बैठे। तेजसिंह से महाराज ने राजा सुरेंद्रसिंह की कुशल-क्षेम पूछी, जिसको उन्होंने बड़ी बुद्धिमानी के साथ बयान किया। उसी समय बद्रीनाथ भी राजा शिवदत्त की चिट्ठी लिये हुए आ पहुँचे और आशीर्वाद देकर चिट्ठी महाराज के हाथ में दे दी, जिसको पढ़ने के लिए महाराज ने दीवान हरदयालसिंह को दिया।

खत पढ़ते-पढ़ते हरदयालसिंह का चेहरा मारे गुस्से के लाल हो गया। महाराज और तेजसिंह हरदयालसिंह के मुँह की तरफ देख रहे थे। उसकी रंगत देखकर समझ गए कि खत में कुछ बेअदबी की बातें लिखी गई हैं। खत पढ़कर हरदयालसिंह ने अर्ज किया, "यह खत तखलिए में सुनने लायक है।"

महाराज ने कहा, "अच्छा, पहले बद्रीनाथ के ठहरने का बंदोबस्त करो, फिर हमारे पास दीवानखाने में आओ। तेजसिंह को भी साथ ले आना।"

महाराज ने दरबार बरखास्त कर दिया और महल में चले गए। दीवान हरदयालसिंह पंडित बद्रीनाथ के रहने और जरूरी सामानों का इंतजाम कर तेजसिंह को अपने साथ लेकर महाराज के पास गए और सलाम करके बैठ गए। महाराज ने शिवदत्त का खत सुनाने का हुक्म दिया। हरदयालसिंह ने खत को महाराज के सामने ले जाकर अर्ज किया कि "अगर सरकार खत पढ़ लेते तो अच्छा था।"

महाराज ने खत पढ़ा। पढ़ते ही आँखें मारे गुस्से के सुर्ख हो गईं। खत फाड़कर फेंक दिया और कहा, "बद्रीनाथ से कह दो कि इस खत का जवाब यही है कि यहाँ से चले जाएँ।"

इसके बाद थोड़ी देर तक महाराज कुछ देखते रहे। तब रंज भरी धीमी आवाज में बोले, "क्रूर के चुनारगढ़ जाते ही हमने सोच लिया था कि जहाँ तक बनेगा, वह आग लगाने से न चूकेगा, और आखिर वही हुआ। खैर, मेरे जीते जी तो उसकी मुराद पूरी न होगी, साथ ही आप लोगों को भी अब पूरा बंदोबस्त रखना चाहिए।"

तेजसिंह ने हाथ जोड़कर अर्ज किया, "इसमें कोई शक नहीं कि शिवदत्त अब जरूर फौज लेकर चढ़ आएगा। इसलिए हम लोगों को भी मुनासिब है कि अपनी फौज का इंतजाम और लड़ाई का सामान पहले से कर रखें। यूँ तो शिवदत्त की नीयत तभी मालूम हो गई थी, जब उसने ऐयारों को भेजा था; पर अब कोई शक नहीं रहा।"

महाराज ने कहा, "मैं इस बात को खूब जानता हूँ कि शिवदत्त के पास तीस हजार फौज है और हमारे पास सिर्फ दस हजार, मगर क्या मैं डर जाऊँगा!"

तेजसिंह ने कहा, "दस हजार फौज महाराज की और पाँच हजार फौज हमारे

सरकार की, पंद्रह हजार हो गई। ऐसे गीदड़ के मारने को इतनी फौज काफी है। अब महाराज दीवान साहब को एक खत देकर नौगढ़ भेजें। मैं जाकर फौज ले आता हूँ; बल्कि महाराज की राय हो तो कुँवर वीरेंद्रसिंह को भी बुला लें और फौज का इंतजाम उनके हवाले करें। फिर देखिए, क्या कैफियत होती है।''

दीवान हरदयालसिंह बोले, ''कृपानाथ, इस राय को तो मैं भी पसंद करता हूँ।''

महाराज ने कहा, ''सो तो ठीक है, मगर वीरेंद्रसिंह को अभी लड़ाई का काम सुपुर्द करने को जी नहीं चाहता। चाहे वह इस फन में होशियार हों, मगर क्या हुआ, जैसा सुरेंद्रसिंह का लड़का, वैसा मेरा भी। मैं कैसे उसको लड़ने के लिए कहूँगा और सुरेंद्रसिंह भी कब इस बात को मंजूर करेंगे?''

तेजसिंह ने जवाब दिया, ''महाराज, इस बात की तरफ जरा भी खयाल न करें। ऐसा नहीं हो सकता कि महाराज तो लड़ाई पर जाएँ और वीरेंद्रसिंह घर बैठे आराम करें। उनका दिल कभी न मानेगा। राजा सुरेंद्रसिंह भी वीर हैं, कुछ कायर नहीं। वे वीरेंद्रसिंह को घर में बैठने न देंगे, बल्कि खुद भी मैदान में बढ़कर लड़ें तो ताज्जुब नहीं।''

महाराज जयसिंह, तेजसिंह की बात सुनकर बहुत खुश हुए और दीवान हरदयालसिंह को हुक्म दिया, ''तुम राजा सुरेंद्रसिंह को शिवदत्त की गुस्ताखी का हाल और जो कुछ हमने उसका जवाब दिया है, वह भी लिखो और पूछो कि आपकी क्या राय है? इस बात का जवाब आ जाने दो, फिर जैसा होगा, किया जाएगा; और खत भी तुम्हीं लेकर जाओ और कल ही लौट आओ, क्योंकि अब देर करने का मौका नहीं है।''

हरदयालसिंह ने बमूजिब हुक्म के खत लिखा और महाराज ने उस पर मोहर करके उसी वक्त दीवान हरदयालसिंह को विदा कर दिया। दीवान साहब महाराज से विदा होकर नौगढ़ की तरफ रवाना हुए। थोड़ा सा दिन बाकी था, जब वहाँ पहुँचे। सीधे दीवान जीतसिंह के मकान पर चले गए। दीवान जीतसिंह खबर पाते ही बाहर आए। हरदयालसिंह को लाकर अपने यहाँ उतारा और हाल-चाल पूछा। हरदयालसिंह ने सब खुलासा हाल कहा।

जीतसिंह गुस्से में आकर बोले, ''आजकल शिवदत्त के दिमाग में खलल आ गया है। हम लोगों को उसने साधारण समझ लिया है! खैर, देखा जाएगा, कुछ हर्ज नहीं। आप आज शाम को राजा साहब से मिलें।''

शाम के वक्त हरदयालसिंह जीतसिंह के साथ राजा सुरेंद्रसिंह से मुलाकात करने गए। वहाँ कुँवर भी बैठे थे। राजा साहब ने बैठने का इशारा किया और हाल-चाल पूछा। उन्होंने महाराज जयसिंह का खत दे दिया। महाराज ने खुद उस चिट्ठी को पढ़ा। गुस्से के मारे कुछ बोल न सके और खत कुँवर वीरेंद्रसिंह के हाथ में दे दिया। कुमार ने

भी उसको बखूबी पढ़ा। उनकी भी वही हालत हुई। क्रोध से आँखों के आगे अँधेरा छा गया। कुछ देर तक सोचते रहे, इसके बाद हाथ जोड़कर पिता से अर्ज किया, "मुझको लड़ाई का बड़ा हौसला है। यही हम लोगों का धर्म भी है। फिर ऐसा मौका मिले या न मिले, इसलिए अर्ज करता हूँ कि मुझको हुक्म हो तो अपनी फौज लेकर जाऊँ और विजयगढ़ पर चढ़ाई करने से पहले ही शिवदत्त को कैद कर लाऊँ।"

राजा सुरेंद्रसिंह ने कहा, "उस तरफ जल्दी करने की कोई जरूरत नहीं है। तुम अभी विजयगढ़ जाओ। क्षत्रियों को लड़ाई से ज्यादा प्यारा बाप, बेटा, भाई-भतीजा कोई नहीं होता। इसलिए तुम्हारी मुहब्बत छोड़कर हुक्म देता हूँ कि अपनी कुल फौज लेकर महाराज जयसिंह को मदद पहुँचाओ और नाम कमाओ।" फिर जीतसिंह की तरफ देखकर बोले, "फौज में मुनादी करा दो कि रात भर में सब लैस हो जाएँ। सुबह को कुमार के साथ जाना होगा।" इसके बाद हरदयालसिंह से कहा, "आज आप रह जाएँ और कल अपने साथ ही फौज तथा कुमार को लेकर तब जाएँ।" यह हुक्म दे राजमहल में चले गए।

जीतसिंह दीवान हरदयालसिंह को साथ लेकर घर गए और कुमार अपने कमरे में जाकर लड़ाई का सामान तैयार करने लगे। चंद्रकांता को देखने और लड़ाई पर चलने की खुशी में रात किधर गई, कुछ मालूम ही न हुआ।

बयान : 22

सुबह होते ही कुमार नहा-धोकर, जंगी कपड़े पहन, हथियारों को बदन पर सजा माँ-बाप से विदा होने के लिए महल में गए। रानी से महाराज ने रात ही सब हाल कह दिया था। वे उनका फौजी ठाट देखकर दिल में बहुत खुश हुईं। कुमार ने दंडवत् कर विदा माँगी। रानी ने आँसू भरकर कुमार को गले से लगाया और पीठ पर हाथ फेर कर कहा, "बेटा, जाओ, वीर पुरुषों में नाम करो, क्षत्रिय का कुल नाम रख फतह का टंका बजाओ। शूरवीरों का धर्म है कि लड़ाई के वक्त माँ-बाप, ऐश-आराम किसी की मुहब्बत नहीं करते। सो तुम भी जाओ। ईश्वर करे, लड़ाई में बैरी तुम्हारी पीठ न देखे।"

माँ-बाप से विदा होकर कुमार बाहर आए। दीवान हरदयालसिंह को मुस्तैद देखा। आप भी एक घोड़े पर सवार हो रवाना हुए। पीछे-पीछे फौज भी समुद्र की तरह लहर मारती चली। जब विजयगढ़ के करीब पहुँचे तो कुमार घोड़े पर से उतर पड़े और हरदयालसिंह से बोले, "मेरी राय है कि इसी जंगल में अपनी फौज को उतारूँ और सब इंतजाम कर लूँ तो शहर में चलूँ।"

हरदयालसिंह ने कहा, "आपकी राय बहुत अच्छी है। मैं भी पहले से चलकर

आपके आने की खबर महाराज को देता हूँ, फिर लौटकर आपको साथ लेकर चलूँगा।''

कुमार ने कहा, ''अच्छा, जाइए।''

हरदयालसिंह विजयगढ़ पहुँचे। कुमार के आने की खबर देने के लिए महाराज के पास गए और खुलासा हाल बयान करके बोले, ''कुमार सेना सहित यहाँ से कोस भर पर उतरे हैं।''

यह सुन महाराज बहुत खुश हुए और बोले, ''फौज के वास्ते वह मुकाम बहुत अच्छा है; मगर वीरेंद्रसिंह को यहाँ ले आना चाहिए। तुम यहाँ के सब दरबारियों को ले जाकर इस्तकबाल करो और कुमार को यहाँ ले आओ।''

बमूजिब हुक्म के हरदयालसिंह बहुत से सरदारों को लेकर रवाना हुए। यह खबर तेजसिंह को भी हुई। सुनते ही वीरेंद्रसिंह के पास पहुँचे और दूर ही से बोले, ''मुबारक हो!''

तेजसिंह को देखकर कुमार बहुत खुश हुए और हाल-चाल पूछा।

तेजसिंह ने कहा, ''जो कुछ है, सब अच्छा है। जो बाकी है, अब बन जाएगा।'' यह कह तेजसिंह लश्कर के इंतजाम में लगे।

इतने में दीवान हरदयालसिंह मय दरबारियों के आ पहुँचे और महाराज ने जो हुक्म दिया था, कहा। कुमार ने मंजूर किया और सज-सजाकर, घोड़े पर सवार हो, एक सौ फौजी सिपाही साथ ले महाराज से मुलाकात को विजयगढ़ चले। शहर भर में मशहूर हो गया कि महाराज की मदद को कुँवर वीरेंद्रसिंह आए हैं और इस वक्त किले में जाएँगे। सवारी देखने के लिए अपने-अपने मकानों पर औरत-मर्द पहले ही से बैठ गए और सड़कों पर भी भारी भीड़ इकट्ठा हो गई। सभी की आँखें उत्तर की तरफ सवारों के इंतजार में थीं। यह खबर महाराज को भी पहुँची कि कुमार चले आ रहे हैं। उन्होंने महल में जाकर महारानी से सब हाल कहा, जिसको सुनकर वे प्रसन्न हुईं और बहुत सी औरतों के साथ, जिनमें चंद्रकांता और चपला भी थीं, सवारी का तमाशा देखने के लिए ऊँची अटारी पर जा बैठीं। महाराज भी सवारी का तमाशा देखने के लिए दीवानखाने की छत पर जा बैठे। थोड़ी ही देर बाद उत्तर की तरफ से कुछ धूल उड़ती दिखाई दी और नजदीक आने पर देखा कि थोड़ी सी फौज (सवारों की) चली आ रही है। कुछ समय गुजरा तो साफ दिखाई देने लगा।

कुछ सवार, जो धीरे-धीरे महल की तरफ आ रहे थे, फौलादी जिर्र (कवच) पहने हुए थे, जिस पर डूबते हुए सूर्य की किरणें पड़ने से अजब चमक-दमक मालूम होती थी। हाथ में झंडेदार नेजा लिये, ढाल-तलवार लगाए, जवानी की उमंग में अकड़े हुए बहुत ही भले मालूम पड़ते थे। उनके आगे-आगे एक खूबसूरत, ताकतवर और जेवरों से सजे हुए घोड़े पर, जिस पर जड़ाऊ जीन कसी हुई थी और अठखेलियाँ कर

रहा था, कुँवर वीरेंद्रसिंह सवार थे। सिर पर फौलादी टोप, जिसमें एक हुमा (एक कल्पित पक्षी) के पर की लंबी कलँगी लगी थी, बदन में बेशकीमती लिबास के ऊपर फौलादी जेर पहने हुए थे। गोरा रंग, बड़ी-बड़ी आँखें, गालों पर सुर्खी छा रही थी। बड़े-बड़े पन्ने के दानों का कंठा और भुजबंद भी पन्ने का था, जिसकी चमक चेहरे पर पड़कर खूबसूरती को दूना कर रही थी। कमर में जड़ाऊ पेटी, जिसमें बेशकीमती हीरा जड़ा हुआ था और पिंडली तक का जूता, जिस पर कौदैये मोती का काम था—चमड़ा नजर नहीं आता था—पहने हुए थे। ढाल, तलवार, खंजर, तीर-कमान लगाए एक गुर्ज करबूस में लटकता हुआ, हाथ में नेजा लिये घोड़ा कुदाते चले आ रहे थे। ताकत, जवाँमर्दी, दिलेरी और रोआब उनके चेहरे से ही झलकता था। दोस्तों के दिलों में मुहब्बत और दुश्मनों के दिलों में खौफ पैदा होता था। सबसे ज्यादा लुत्फ तो यह था कि जो सौ सवार संग में चले आ रहे थे, वे सब भी उन्हीं के हम साथी थे। शहर में भीड़ लग गई, जिसकी निगाह कुमार पर पड़ती थी, आँखों में चकाचौंध-सी आ जाती थी। महारानी, जिन्होंने वीरेंद्रसिंह को बहुत दिनों पर इस ठाट में और रोआब से आते देखा, सौगुनी मुहब्बत आगे से ज्यादा बढ़ गई। मुँह से निकल पड़ा, "अगर चंद्रकांता के लायक वर है तो सिर्फ वीरेंद्र। चाहे जो हो, मैं तो इसी को दामाद बनाऊँगी।"

चंद्रकांता और चपला भी दूसरी खिड़की से देख रही थीं। चपला ने टेढ़ी निगाहों से कुमारी की तरफ देखा। वह शरमा गई। दिल हाथ से जाता रहा। कुमार की तसवीर आँखों में समा गई। उम्मीद हुई कि अब पास से देखूँगी। उधर महाराज की टकटकी बँध गई।

इतने में कुमार किले के नीचे आ पहुँचे। महाराज से न रहा गया, खुद उतर आए और जब तक वे किले के अंदर आएँ, महाराज भी वहाँ पहुँच गए। वीरेंद्रसिंह ने महाराज को देखकर पैर छुए। उन्होंने उठाकर छाती से लगा लिया और हाथ पकड़े सीधे महल में ले गए। महारानी उन दोनों को आते देख आगे तक बढ़ आईं। कुमार ने चरण छुए। महारानी की आँखों में प्रेम का जल भर आया। बड़ी ख़ुशी से क़ुमार को बैठने के लिए कहा। महाराज भी बैठ गए। बाईं तरफ महारानी और दाईं तरफ कुमार थे। चारों तरफ लौंडियों की भीड़ थी, जो अच्छे-अच्छे गहने और कपड़े पहने खड़ी थीं। कुमार की नीची निगाहें चारों तरफ घूमने लगीं, मानो किसी को ढूँढ़ रही हों। चंद्रकांता भी किवाड़ की आड़ में खड़ी उनको देख रही थी। मिलने के लिए तबीयत घबरा रही थी, मगर क्या करे, लाचार थी। थोड़ी देर तक महाराज और कुमार महल में रहे, इसके बाद उठे और कुमार को साथ लिये हुए दीवानखाने में पहुँचे। अपनी खास आरामगाह के पास वाला एक सुंदर कमरा उनके लिए मुकर्रर कर दिया। महाराज से विदा होकर कुमार अपने कमरे में गए। तेजसिंह भी पहुँचे। कुछ देर चुहल में गुजरी।

चंद्रकांता को महल में न देखने से उनकी तबीयत उदास थी। सोचते थे कि कैसे मुलाकात हो। इसी सोच में आँख लग गई।

सुबह जब महाराज दरबार में गए, वीरेंद्रसिंह स्नान-पूजा से छुट्टी पा, दरबारी पोशाक पहने, कलँगी सरपेंच समेत सिर पर रख, तेजसिंह को साथ ले दरबार में गए। महाराज ने अपने सिंहासन की बगल में एक जड़ाऊ कुरसी पर कुमार को बैठाया। हरदयालसिंह ने महाराज की चिट्ठी का जवाब पेश किया, जो राजा सुरेंद्रसिंह ने लिखा था। उसको पढ़कर महाराज बहुत खुश हुए। थोड़ी देर बाद दीवान साहब को हुक्म दिया कि कुमार की फौज में हमारी तरफ से बाजार लगाया जाए और गल्ले वगैरह का पूरा इंतजाम किया जाए। किसी को किसी तरह की तकलीफ न हो।

कुमार ने अर्ज किया, ‘‘महाराज, सामान सब साथ आया है।’’

महाराज ने कहा, ‘‘क्या तुमने इस राज्य को दूसरे का समझा है? सामान आया है तो क्या हुआ, वह भी जब जरूरत होगी, काम आएगा। अब हम कुल फौज का इंतजाम तुम्हारे सुपुर्द करते हैं, जैसा मुनासिब समझो, बंदोबस्त और इंतजाम करो।’’

कुमार ने तेजसिंह की तरफ देखकर कहा, ‘‘तुम जाओ। मेरी फौज के तीन हिस्से करके दो-दो हजार विजयगढ़ के दोनों तरफ भेजो और हजार फौज के दस टुकड़े करके इधर-उधर पाँच-पाँच कोस तक फैला दो और खेमे वगैरह का पूरा बंदोबस्त कर दो। जासूसों को चारों तरफ रवाना करो। बाकी महाराज की फौज की कल कवायद देखकर जैसा होगा, इंतजाम करेंगे।’’

हुक्म पाते ही तेजसिंह रवाना हुए।

इस इंतजाम और हमदर्दी को देखकर महाराज को और भी तसल्ली हुई। हरदयालसिंह को हुक्म दिया कि फौज में मुनादी करा दो कि कल कवायद होगी। इतने में महाराज के जासूसों ने आकर अदब से सलाम कर खबर दी कि शिवदत्तसिंह अपनी तीस हजार फौज लेकर सरकार से मुकाबला करने के लिए रवाना हो चुका है। दो-तीन दिन में नजदीक आ जाएगा।

कुमार ने कहा, ‘‘कोई हर्ज नहीं, समझ लेंगे। तुम फिर अपने काम पर जाओ।’’

दूसरे दिन महाराज जयसिंह और कुमार एक हाथी पर बैठकर फौज की कवायद देखने गए। हरदयालसिंह ने मुसलमानों को बहुत कम कर दिया था, तो भी एक हजार मुसलमान रह गए थे। कवायद देख कुमार बहुत खुश हुए; मगर मुसलमानों की सूरत देख त्योरी चढ़ गई। कुमार की सूरत से महाराज समझ गए और धीरे से पूछा, ‘‘इन लोगों को जवाब दे देना चाहिए?’’

कुमार ने कहा, ‘‘नहीं, निकाल देने से ये लोग दुश्मन के साथ हो जाएँगे। मेरी समझ में, बेहतर होगा कि दुश्मन को रोकने के लिए पहले इन्हीं लोगों को भेजा जाए।

इनके पीछे तोपखाना और थोड़ी फौज हमारी रहेगी। वे लोग इन लोगों की नीयत खराब देखने या भागने का इरादा मालूम होने पर पीछे से तोप मारकर इन सभी की सफाई कर डालेंगे। ऐसा खौफ रहने से ये लोग एक दफा तो खूब लड़ जाएँगे। मुफ्त मारे जाने से लड़कर मरना बेहतर समझेंगे।''

इस राय को महाराज ने बहुत पसंद किया और दिल में कुमार की अक्ल की तारीफ करने लगे।

जब महाराज फिरे तो कुमार ने अर्ज किया, ''मेरा जी शिकार खेलने को चाहता है। अगर इजाजत हो तो जाऊँ?''

महाराज ने कहा, ''अच्छा, दूर मत जाना और दिन रहते जल्दी लौट आना।'' यह कहकर हाथी बैठवाया।

कुमार उतर पड़े और घोड़े पर सवार हुए। महाराज का इशारा पा दीवान हरदयालसिंह ने सौ सवार साथ कर दिए। कुमार शिकार के लिए रवाना हुए। थोड़ी देर बाद एक घने जंगल में पहुँचकर दो साँभर तीर से मारकर फिर और शिकार ढूँढ़ने लगे। इतने में तेजसिंह भी पहुँचे।

कुमार से पूछा, ''क्या सब इंतजाम हो चुका, जो तुम यहाँ चले आए?''

तेजसिंह ने कहा, ''क्या आज ही हो जाएगा? कुछ आज हुआ, कुछ कल दुरुस्त हो जाएगा। इस वक्त मेरे जी में आया कि चलें, जरा उस तहखाने की सैर कर आएँ, जिसमें अहमद को कैद किया है। इसलिए आपसे पूछने आया हूँ कि अगर इरादा हो तो आप भी चलिए।''

''हाँ, मैं भी चलूँगा।'' कहकर कुमार ने उस तरफ घोड़ा फेरा।

तेजसिंह भी घोड़े के साथ रवाना हुए। बाकी सभी को हुक्म दिया कि वापस जाएँ और दोनों साँभरों का जो शिकार किए हैं, उठवा ले जाएँ। थोड़ी देर में कुमार और तेजसिंह तहखाने के पास पहुँचे और अंदर घुसे। जब अँधेरा निकल गया और रोशनी आई तो सामने एक दरवाजा दिखाई देने लगा। कुमार घोड़े से उतर पड़े। अब तेजसिंह ने कुमार से पूछा, ''भला यह कहिए कि आप यह दरवाजा खोल भी सकते हैं कि नहीं?''

कुमार ने कहा, ''क्यों नहीं, इसमें क्या कारीगरी है!'' यह कह झट आगे बढ़ शेर के मुँह से जुबान बाहर निकाल ली, दरवाजा खुल गया।

तेजसिंह ने कहा, ''याद तो है।''

कुमार ने कहा, ''क्या मैं भूलने वाला हूँ!''

दोनों अंदर गए और सैर करते-करते चश्मे के किनारे पहुँचे। देखा कि अहमद और भगवानदत्त एक चट्टान पर बैठे बातें कर रहे हैं। पैर में बेड़ी पड़ी है। कुमार को

देख दोनों उठ खड़े हुए। झुककर सलाम किया और बोले, "अब तो हम लोगों का कसूर माफ होना चाहिए।"

कुमार ने कहा, "हाँ, थोड़े रोज और सब्र करो।"

कुछ देर तक वीरेंद्रसिंह और तेजसिंह टहलते और मेवों को तोड़कर खाते रहे। इसके बाद तेजसिंह ने कहा, "अब चलना चाहिए, देर हो गई।"

कुमार ने कहा, "चलो।" दोनों बाहर आए।

तेजसिंह ने कहा, "इस दरवाजे को आपने खोला है, आप ही बंद कीजिए।"

कुमार ने यह कहकर, "अच्छा, लो, हम ही बंद कर देते हैं।" दरवाजा बंद कर दिया और घोड़े पर सवार हुए।

जब विजयगढ़ के करीब पहुँचे तो तेजसिंह ने कहा, "अब आप जाइए, मैं जरा फौज की खबर लेता हुआ आता हूँ।"

कुमार ने कहा, "अच्छा, जाओ।"

यह सुन तेजसिंह दूसरी तरफ चले गए और कुमार किले में चले आए। घोड़े से उतर कमरे में गए, आराम किया।

थोड़ी रात बीते तेजसिंह कुमार के पास आए।

कुमार ने पूछा, "कहो, क्या हाल हैं?"

तेजसिंह ने कहा, "सब इंतजाम आपके हुक्म के मुताबिक हो गया। आज दिन भर में एक घंटे की छुट्टी न मिली, जो आपसे मुलाकात करता।"

यह सुन वीरेंद्रसिंह हँस पड़े और बोले, "दोपहर तक तो हमारे साथ रहे, इस पर कहते हो कि मुलाकात न हुई?"

यह सुनते ही तेजसिंह चौंक पड़े और बोले, "आप क्या कहते हैं?"

कुमार ने कहा, "कहते क्या हैं, तुम मेरे साथ उस तहखाने में नहीं गए थे, जहाँ अहमद और भगवानदत्त बंद हैं?"

अब तो तेजसिंह के चेहरे का रंग उड़ गया और कुमार का मुँह देखने लगे। तेजसिंह की यह हालत देखकर कुमार को भी ताज्जुब हुआ।

तेजसिंह ने कहा, "भला यह तो बताइए कि मैं आपसे कहाँ मिला था, कहाँ तक साथ गया और कब वापस आया?"

कुमार ने सबकुछ कह दिया।

तेजसिंह बोले, "बस, आपने चौका फेरा। अहमद और भगवानदत्त के निकल जाने का तो इतना गम नहीं है, मगर दरवाजे का हाल दूसरे को मालूम हो गया, इसका बड़ा अफसोस है।"

कुमार ने कहा, "तुम क्या कहते हो, समझ में नहीं आता।"

तेजसिंह ने कहा, ''ऐसा ही समझते तो धोखा ही क्यों खाते! तब न समझे तो अब समझिए कि शिवदत्त के ऐयारों ने धोखा दिया और तहखाने का रास्ता देख लिया। जरूर यह काम बद्रीनाथ का है, दूसरे का नहीं। ज्योतिषी उसको रमल के जरिए से बता देता है।''

कुमार यह सुन दंग रह गए और अपनी गलती पर अफसोस करने लगे।

तेजसिंह ने कहा, ''अब तो जो होना था, हो गया, उसका अफसोस काहे का। मैं इस वक्त जाता हूँ। कैदी तो निकल गए होंगे, मगर मैं जाकर ताले का बंदोबस्त करूँगा।''

कुमार ने पूछा, ''ताले का बंदोबस्त क्या करोगे?''

तेजसिंह ने कहा, ''उस फाटक में और भी दो ताले हैं, जो इससे ज्यादा मजबूत हैं। उन्हें लगाने और बंद करने में बड़ी देर लगती है, इसलिए उन्हें नहीं लगाता था; मगर अब लगाऊँगा।''

कुमार ने कहा, ''मुझे भी वह ताला दिखाओ।''

तेजसिंह ने कहा, ''अभी नहीं। जब तक चुनारगढ़ पर फतह न पाएँगे, नहीं बताएँगे, नहीं तो फिर धोखा होगा।''

कुमार ने कहा, ''अच्छा, तुम्हारी मरजी।''

तेजसिंह उसी वक्त तहखाने की तरफ रवाना हुए और सवेरा होने के पहले ही लौट आए। सुबह को जब कुमार सोकर उठे तो तेजसिंह से पूछा, ''कहो, तहखाने का क्या हाल है?''

उन्होंने जवाब दिया, ''कैदी तो निकल गए, मगर ताले का बंदोबस्त कर आया हूँ।''

नहा-धोकर, कुछ खाकर कुमार को तेजसिंह दरबार ले गए। महाराज को सलाम करके दोनों आदमी अपनी-अपनी जगह बैठ गए। आज जासूसों ने खबर दी कि शिवदत्त की फौज और पास आ गई है। अब दस कोस पर है।

कुमार ने महाराज से अर्ज किया, ''अब मौका आ गया है कि मुसलमानों की फौज दुश्मनों को रोकने के लिए आगे भेजी जाए।''

महाराज ने कहा, ''अच्छा, भेज दो।''

कुमार ने तेजसिंह से कहा, ''अपना एक तोपखाना भी इस मुसलमानी फौज के पीछे रवाना करो।'' फिर कान में कहा, ''अपने तोपखानेवालों को समझा देना कि जब फौज की नीयत खराब देखें तो जिंदा किसी को न जाने दें।''

तेजसिंह इंतजाम करने के लिए चले गए, हरदयालसिंह को भी साथ लेते गए। महाराज ने दरबार बरखास्त किया और कुमार को साथ ले महल में पधारे। दोनों ने साथ

ही भोजन किया। इसके बाद कुमार अपने कमरे में चले गए। छटपटाते रह गए, मगर आज भी चंद्रकांता की सूरत न दिखी। लेकिन चंद्रकांता ने आड़ से उनको देख लिया।

बयान : 23

शाम को महाराज से मिलने के लिए वीरेंद्रसिंह गए। महाराज उन्हें अपनी बगल में बैठाकर बातचीत करने लगे। इतने में हरदयालसिंह और तेजसिंह भी आ पहुँचे। महाराज ने हाल पूछा। उन्होंने अर्ज किया कि फौज मुकाबले में भेज दी गई है। लड़ाई के बारे में राय और तरकीबें होने लगीं। सब सोचते-विचारते आधी रात गुजर गई। एकाएक कई चोबदारों ने आकर अर्ज किया, "महाराज, चोर-महल में से कुछ आदमी निकल भागे, जिनको दुश्मन समझ पहरेवालों ने तीर छोड़े; मगर वे जख्मी होकर भी निकल गए।"

यह खबर सुन महाराज सोच में पड़ गए। कुमार और तेजसिंह भी हैरान थे। इतने में ही महल से रोने की आवाज आने लगी। सभी का खयाल उस रोने पर चला गया। पल में रोने और चिल्लाने की आवाज बढ़ने लगी, यहाँ तक कि तमाम महल में हाहाकार मच गया। महाराज और कुमार वगैरह सभी के मुँह पर उदासी छा गई। उसी समय लौंडियाँ दौड़ती हुई आईं और रोते-रोते बड़ी मुश्किल से बोलीं, "चंद्रकांता और चपला का सिर काटकर कोई ले गया।"

यह खबर तीर के समान सभी को छेद गई। महाराज तो एकाएक 'हाय' कहकर गिर ही पड़े। कुमार की भी अजब हालत हो गई, चेहरे पर मुर्दनी छा गई। हरदयालसिंह की आँखों से आँसू जारी हो गए। तेजसिंह काठ की मूरत बन गए। महाराज ने अपने को सँभाला और कुमार की अजब हालत देखकर गले लगा लिया। इसके बाद रोते हुए कुमार का हाथ पकड़े महल में दौड़े चले गए। देखा कि हाहाकार मचा हुआ है। महारानी चंद्रकांता की लाश पर पछाड़ें खा रही हैं। सिर फट गया, खून जारी है। महाराज भी जाकर उसी लाश पर गिर पड़े। कुमार में तो इतनी भी ताकत न रही कि अंदर जाते। दरवाजे पर ही गिर पड़े, दाँत बैठ गया, चेहरा जर्द और मुर्दे की-सी सूरत हो गई।

चंद्रकांता और चपला की लाशें पड़ी थीं। सिर नहीं थे। कमरे में चारों तरफ खून-ही-खून दिखाई देता था। सभी की अजब हालत थी। महारानी रो-रोकर कहती थीं—"हाय बेटी, तू कहाँ गई? उसका कैसा कलेजा था, जिसने तेरे गले पर छुरी चलाई। हाय-हाय! अब मैं जीकर क्या करूँगी? तेरे ही वास्ते इतना बखेड़ा हुआ और तू ही न रही तो अब यह राज्य क्या हो?"

महाराज कहते थे, "अब क्रूर की छाती ठंडी हुई, शिवदत्त को मुराद मिल गई। कह दो, अब आए, विजयगढ़ का राज करे, हम तो लड़की का साथ देंगे।"

एकाएक महाराज की निगाह दरवाजे पर गई। देखा, वीरेंद्रसिंह पड़े हुए हैं, सिर से खून जारी है। दौड़े और कुमार के पास आए। देखा तो बदन में दम नहीं, नब्ज का पता नहीं, नाक पर हाथ रखा तो साँस ठंडी चल रही है। अब तो और भी जोर से महाराज चिल्ला उठे। बोले, ''गजब हो गया! हमारे चलते नौगढ़ का राज्य भी गारत हुआ। हम तो समझे थे कि वीरेंद्रसिंह को राज्य दे जंगल में चले जाएँगे, मगर हाय! विधाता को यह भी अच्छा न लगा। अरे, कोई जाओ, जल्दी तेजसिंह को लिवा लाओ। कुमार को देखें। हाय-हाय! अब तो इसी मकान में मुझको भी मरना पड़ा। मैं समझता हूँ, राजा सुरेंद्रसिंह की जान भी इसी मकान में जाएगी। हाय, अभी क्या सोच रहे थे, क्या हो गया? विधाता, तूने क्या किया?''

इतने में तेजसिंह आए। देखा कि वीरेंद्रसिंह पड़े हैं और महाराज उनके ऊपर हाथ रखे रो रहे हैं। तेजसिंह की जो कुछ जान बची थी, वह भी निकल गई। वीरेंद्रसिंह की ओर देखकर जोर से बोले, ''कुमार, मेरा जी तो रोने को भी नहीं चाहता, क्योंकि मुझको अब इस दुनिया में नहीं रहना है। मैं तो खुशी-खुशी तुम्हारा साथ दूँगा।'' यह कहकर कमर से खंजर निकाला और पेट में मारना ही चाहते थे कि दीवार फाँदकर एक आदमी ने आकर हाथ पकड़ लिया।

तेजसिंह ने उस आदमी को देखा, जो सिर से पैर तक सिंदूर से रँगा हुआ था। उसने कहा—

''काहे को देते हो जान, मेरी बात सुनो दे कान।
यह सब खेल ठगी को मान, लाश देखकर लो पहचान।
उठो, देखो भालो, खोजो खोज निकालो॥''
यह कह वह दाँत दिखलाता, उछलता-कूदता भाग गया।

(पहला अध्याय समाप्त)

□

द्वितीय भाग

बयान : 1

इस आदमी को सभी ने देखा, मगर हैरान थे कि यह कौन है? कैसे आया और क्या कह गया? तेजसिंह ने जोर से पुकार के कहा, ''आप लोग चुप रहें। मुझको मालूम हो गया कि यह सब ऐयारी हुई है। असल में कुमारी और चपला दोनों जीती हैं। ये लाशें उन लोगों की नहीं हैं।''

तेजसिंह की बात से सब चौंक पड़े और एकदम सन्नाटा छा गया। सभी ने रोना-धोना छोड़ दिया और तेजसिंह के मुँह की तरफ देखने लगे।

महारानी दौड़ी हुई उनके पास आईं और बोलीं, ''बेटा, जल्दी बताओ, यह क्या मामला है? तुम कैसे कहते हो कि चंद्रकांता जीती है? यह कौन था, जो यकायक महल में घुस आया?''

तेजसिंह ने कहा, ''यह तो मुझे मालूम नहीं कि यह कौन था, मगर इतना पता लग गया कि चंद्रकांता और चपला को शिवदत्तसिंह के ऐयार चुरा ले गए हैं और ये बनावटी लाशें यहाँ रख गए हैं, जिससे सब कोई जानें कि वे मर गईं और खोज न करें।''

महाराज बोले, ''यह कैसे मालूम कि ये लाशें बनावटी हैं?''

तेजसिंह ने कहा, ''यह कोई बड़ी बात नहीं है। लाश के पास चलिए, मैं अभी बतला देता हूँ।'' यह सुनकर महाराज तेजसिंह के साथ लाश के पास गए। महारानी भी गईं। तेजसिंह ने अपनी कमर से खंजर निकालकर चपला की लाश की टाँग काट ली और महाराज को दिखलाकर बोले, ''देखिए, इसमें कहीं हड्डी है?''

महाराज ने गौर से देखकर कहा, ''ठीक है, बनावटी लाश है।'' इसके पीछे चंद्रकांता की लाश को भी इसी तरह देखा। उसमें भी हड्डी नहीं पाई। अब सभी को मालूम हो गया कि ऐयारी की गई है। महाराज बोले, ''अच्छा, यह तो मालूम हुआ कि चंद्रकांता जीती है; मगर दुश्मनों के हाथ पड़ गई, इसका गम क्या कम है?''

तेजसिंह बोले, ''कोई हर्ज नहीं। अब तो जो होना था, हो चुका। मैं चंद्रकांता और चपला को खोज निकालूँगा।''

तेजसिंह के समझाने से सभी को कुछ ढाढ़स बँधा। मगर कुमार वीरेंद्रसिंह अभी

तक बदहोशो-हवास पड़े हैं। उनको इन सब बातों की कुछ खबर नहीं। अब महाराज को यह फिक्र हुई कि कुमार को होश में लाना चाहिए। वैद्य बुलाए गए। सभी ने बहुत सी तरकीबें कीं, मगर कुमार को होश न आया। तेजसिंह भी अपनी तरकीब करके हैरान हो गए, मगर कोई फायदा न हुआ। यह देख महाराज बहुत घबराए और तेजसिंह से बोले, ''अब क्या करना चाहिए?''

बहुत देर तक गौर करने के बाद तेजसिंह ने कहा कि ''कुमार को उठवा के उनके रहने के कमरे में भिजवाना चाहिए। वहाँ अकेले में मैं इनका इलाज करूँगा।''

यह सुन महाराज ने उन्हें खुद उठाना चाहा, मगर तेजसिंह ने कुमार को गोद में ले लिया और उनके रहनेवाले कमरे में ले चले। महाराज भी संग हुए।

तेजसिंह ने कहा, ''आप साथ न चलिए। ये अकेले ही में अच्छे होंगे।''

महाराज उसी जगह ठहर गए। तेजसिंह कुमार को लिये हुए उनके कमरे में पहुँचे और चारपाई पर लिटा दिया। चारों तरफ से दरवाजे बंद कर दिए और उनके कान के पास मुँह लगाकर बोलने लगे, ''चंद्रकांता मरी नहीं, जीती है। वह देखो, महाराज शिवदत्त के ऐयार उसे लिये जाते हैं। जल्दी दौड़ो, छीनो, नहीं तो बस, ले ही जाएँगे। क्या इसी को वीरता कहते हैं? छिह, चंद्रकांता को दुश्मन लिये जाएँ और आप देखकर भी कुछ न बोलें? राम-राम-राम!''

इतनी आवाज कान में पड़ते ही कुमार ने आँखें खोल दीं और घबराकर बोले, ''हैं! कौन लिये जाता है? कहाँ है चंद्रकांता?'' यह कहकर इधर-उधर देखने लगे। देखा तो तेजसिंह बैठे हैं। पूछा, ''अभी कौन कह रहा था कि चंद्रकांता जीती है और उसको दुश्मन लिये जाते हैं?''

तेजसिंह ने कहा, ''मैं कहता था और सच कह रहा था। कुमारी जीती हैं, मगर दुश्मन उनको चुरा ले गए हैं और उनकी जगह नकली लाश रखकर इधर-उधर रंग फैला दिया है, जिससे लोग कुमारी को मरी हुई जानकर पीछा और खोज न करें।''

कुमार ने कहा, ''तुम हमें धोखा देते हो। हम कैसे जानें कि वह लाश नकली है?''

तेजसिंह ने कहा, ''मैं अभी आपको यकीन करा देता हूँ।'' यह कह कमरे का दरवाजा खोला। देखा कि महाराज खड़े हैं। आँखों से आँसू जारी हैं।

तेजसिंह को देखते ही पूछा, ''क्या हाल है?''

जवाब दिया, ''अच्छे हैं। होश में आ गए। चलिए, देखिए।''

यह सुन महाराज अंदर गए। उन्हें देखते ही कुमार उठ खड़े हुए। महाराज ने गले से लगा लिया। पूछा, ''मिजाज कैसा है?''

कुमार ने कहा, ''अच्छा है।''

कई लौंडियाँ भी उस जगह आईं, जिनको कुमार का हाल लेने के लिए महारानी

ने भेजा था। एक लौंडी से तेजसिंह ने कहा, ''दोनों लाशों में से जो टुकड़े हाथ-पैर के मैंने काटे थे, उन्हें ले आ।''

यह सुन लौंडी दौड़ी गई और वे टुकड़े ले आई। तेजसिंह ने कुमार को दिखलाकर कहा, ''देखिए, यह बनावटी लाश है या नहीं। इसमें हड्डी कहाँ है?''

कुमार ने देखकर कहा, ''ठीक है, मगर उन लोगों ने बड़ी बदमाशी की।''

तेजसिंह ने कहा, ''खैर, जो होना था, हो गया। देखिए, अब हम क्या करते हैं।''

सवेरा हो गया। महाराज, कुमार और तेजसिंह बैठे बातें कर रहे थे कि हरदयालसिंह ने पहुँचकर महाराज को सलाम किया। उन्होंने बैठने का इशारा किया। दीवान साहब बैठ गए और सभी को वहाँ से हट जाने के लिए हुक्म दिया। हरदयालसिंह ने तेजसिंह से पूछा, ''मैंने सुना है कि वह बनावटी लाश थी, जिसको सभी ने कुमारी की लाश समझा था?''

तेजसिंह ने कहा, ''जी हाँ, ठीक बात है।'' और तब सारा हाल समझाया।

इसके बाद दीवान साहब ने कहा, ''और गजब देखिए। कुमारी के मरने की खबर सुनकर सब परेशान थे। सरकारी नौकरों में से जिन लोगों ने यह खबर सुनी, दौड़े हुए महल के दरवाजे पर रोते-चिल्लाते चले आए। उधर जहाँ ऐयार लोग कैद थे, पहरा कम रह गया। मौका पाकर उनके साथी ऐयारों ने वहाँ धावा किया और पहरेवालों को जख्मी कर अपनी तरफ के सब ऐयारों को, जो कैद थे, छुड़ा ले गए।''

यह खबर सुनकर तेजसिंह, कुमार और महाराज सन्न रह गए।

कुमार ने कहा, ''बड़ी मुश्किल में पड़ गए। अब कोई भी ऐयार उनका हमारे यहाँ न रहा, सब छूट गए। कुमारी और चपला को ले गए, यह तो गजब ही किया। अब नहीं बरदाश्त होता। हम आज ही कूच करेंगे और दुश्मनों से इसका बदला लेंगे।''

यह बात कह ही रहे थे कि एक चोबदार ने आकर अर्ज किया कि ''लड़ाई की खबर लेकर एक जासूस आया है। दरवाजे पर हाजिर है। उसके बारे में क्या हुक्म है?''

हरदयालसिंह ने कहा, ''इसी जगह हाजिर करो।''

जासूस लाया गया। उसने कहा, ''दुश्मनों को रोकने के लिए यहाँ से मुसलमानी फौज भेजी गई थी। उसके पहुँचने तक दुश्मन चार कोस और आगे बढ़ आए थे। मुकाबले के वक्त वे लोग भागने लगे। यह हाल देखकर तोपखानेवालों ने पीछे से बाढ़ मारी, जिससे करीब चौथाई आदमी मारे गए। फिर भागने का हौसला न पड़ा और खूब लड़े, यहाँ तक कि लगभग हजार दुश्मनों को काट गिराया। लेकिन वह फौज भी तमाम हो चली। अगर फौरन मदद न भेजी जाएगी तो तोपखाने वाले भी मारे जाएँगे।''

यह सुनते ही कुमार ने दीवान हरदयालसिंह को हुक्म दिया, ''पाँच हजार फौज जल्दी मदद पर भेजी जाए और वहाँ पर हमारे लिए भी खेमा रवाना करो। दोपहर को हम भी उस तरफ कूच करेंगे।''

हरदयालसिंह फौज भेजने के लिए चले गए।

महाराज ने कुमार से कहा, "हम भी तुम्हारे साथ चलेंगे।"

कुमार ने कहा, "ऐसी जल्दी क्या है? आप यहाँ रहें, राज्य का काम देखें। मैं जाता हूँ। जरा देखूँ तो राजा शिवदत्त कितनी बहादुरी रखता है? अभी आपको तकलीफ करने की कुछ जरूरत नहीं।"

थोड़ी देर तक बातचीत होने के बाद महाराज उठकर महल में चले गए। कुमार और तेजसिंह भी स्नान व संध्या-पूजा की फिक्र में उठे। सबसे जल्दी तेजसिंह ने छुट्टी पाई और मुनादीवाले को बुलाकर हुक्म दिया कि तू तमाम शहर में इस बात की मुनादी कर आ कि 'दंतारबीर का जिसको इष्ट हो, वह तेजसिंह के पास हाजिर हो।' बमूजिब हुक्म के मुनादीवाला मुनादी करने चला गया। सभी को ताज्जुब था कि तेजसिंह ने यह क्या मुनादी करवाई है।

बयान : 2

मामूली वक्त पर आज महाराज ने दरबार किया। कुमार और तेजसिंह भी हाजिर हुए। आज का दरबार बिल्कुल सुस्त और उदास था; मगर कुमार ने लड़ाई पर जाने के लिए महाराज से इजाजत ले ली और वहाँ से चले गए। महाराज भी उदासी की हालत में उठकर महल में चले गए। यह तो निश्चय हो गया कि चंद्रकांता और चपला जीती हैं; मगर कहाँ हैं, किस हालत में हैं, सुखी हैं या दु:खी—इन सब बातों का खयाल करके महल में महारानी से लेकर लौंडी तक सब उदास थीं। सभी की आँखों से आँसू जारी थे। खाने-पीने की किसी को भी फिक्र न थी। एक चंद्रकांता का ध्यान ही सभी का काम था।

महाराज जब महल में गए, महारानी ने पूछा, "चंद्रकांता का पता लगाने की कुछ फिक्र की गई?"

महाराज ने कहा, "हाँ, तेजसिंह उसकी खोज में जाते हैं। उनसे ज्यादा पता लगाने वाला कौन है, जिससे मैं कहूँ? वीरेंद्रसिंह भी इस वक्त लड़ाई पर जाने के लिए मुझसे विदा हो गए। अब देखो, क्या होता है!"

बयान : 3

कुछ दिन बाकी है। एक मैदान में हरी-हरी दूब पर पंद्रह-बीस कुरसियाँ रखी हुई हैं और सिर्फ तीन आदमी—कुँवर वीरेंद्रसिंह, तेजसिंह और फतहसिंह सेनापति बैठे हैं, बाकी कुरसियाँ खाली पड़ी हैं। उनके पूरब की तरफ सैकड़ों खेमे अर्ध-

चंद्राकार खड़े हैं। बीच में वीरेंद्रसिंह की पलटनवाले अपने-अपने शस्त्रों को साफ और दुरुस्त कर रहे हैं। बड़े-बड़े शामियानों के नीचे तोपें रखी हैं, जो हर एक तरह से लैस और दुरुस्त मालूम हो रही हैं। दक्षिण की तरफ घोड़ों का अस्तबल है, जिसमें अच्छे-अच्छे घोड़े बँधे दिखाई देते हैं। पश्चिम की तरफ बाजेवालों, सुरंग खोदनेवालों, पहाड़ उखाड़नेवालों और जासूसों का डेरा तथा रसद का भंडार है।

कुमार ने फतहसिंह सिपहसालार से कहा, "मैं समझता हूँ कि मेरा डेरा-खेमा सुबह तक 'लोहरा' के मैदान में दुश्मनों के मुकाबले में खड़ा हो जाएगा?"

फतहसिंह ने कहा, "जी हाँ, जरूर सुबह तक वहाँ सब सामान लैस हो जाएगा। हमारी फौज भी कुछ रात रहते यहाँ से कूच करके पहर दिन चढ़ने के पहले ही वहाँ पहुँच जाएगी। परसों हम लोगों के हौसले दिखाई देंगे। बहुत दिन तक खाली बैठे-बैठे तबीयत घबरा गई थी।"

इसी तरह की बातें हो रही थीं कि सामने देवीसिंह ऐयारी के ठाट में आते दिखाई दिए। नजदीक आकर देवीसिंह ने कुमार और तेजसिंह को सलाम किया। देवीसिंह को देखकर कुमार बहुत खुश हुए और उठकर गले लगा लिया। तेजसिंह ने भी देवीसिंह को गले लगाया और बैठने के लिए कहा। फतहसिंह सिपहसालार ने भी उनको सलाम किया। जब देवीसिंह बैठ गए, तेजसिंह उनकी तारीफ करने लगे।

कुमार ने पूछा, "कहो देवीसिंह, तुमने यहाँ आकर क्या-क्या किया?"

तेजसिंह ने कहा, "इनका हाल मुझसे सुनिए। मैं मुख्तसर में आपको समझा देता हूँ।"

कुमार ने कहा, "कहो।"

तेजसिंह बोले, "जब आप चंद्रकांता के बाग में बैठे थे और भूत ने आकर कहा था कि खबर भई राजा को तुमरी सुनो गुरुजी मेरे।" जिसको सुनकर मैंने जबरदस्ती आपको वहाँ से उठाया था, वह भूत यही थे। नौगढ़ में भी इन्होंने जाकर क्रूरसिंह के चुनारगढ़ जाने और ऐयारों को संग लाने की खबर खँजरी बजाकर दी थी। जब चंद्रकांता के मरने का गम महल में छाया हुआ था और आप बेहोश पड़े थे, तब भी इन्हीं ने चंद्रकांता और चपला के जीते रहने की खबर मुझको दी थी। तब मैंने उठकर लाश पहचानी नहीं होती तो पूरे घर का ही नाश हो चुका था। इतना काम इन्होंने किया। इन्हीं को बुलाने के वास्ते मैंने सुबह मुनादी करवाई थी, क्योंकि इनका कोई ठिकाना तो था ही नहीं।"

यह सुनकर कुमार ने देवीसिंह की पीठ ठोंकी और बोले, "शाबास! किस मुँह से तारीफ करें? दो घर तुमने बचाए।" देवीसिंह ने कहा, "मैं किस लायक हूँ, जो आप इतनी तारीफ करते हैं। तारीफ सब कामों से निश्चिंत होकर कीजिएगा। इस वक्त

चंद्रकांता को छुड़ाने की फिक्र करनी चाहिए। अगर देर होगी तो न जाने उनकी जान पर क्या आ बने। सिवाय इसके इस बात का भी खयाल रखना चाहिए कि अगर हम लोग बिल्कुल चंद्रकांता ही की खोज में लीन हो जाएँगे तो महाराज की लड़ाई का नतीजा बुरा हो जाएगा।''

यह सुन कुमार ने पूछा, ''देवीसिंह, यह तो बताओ, चंद्रकांता कहाँ है? उसको कौन ले गया?''

देवीसिंह ने जवाब दिया कि ''यह तो नहीं मालूम कि चंद्रकांता कहाँ है। हाँ, इतना जानता हूँ कि नाजिम और बद्रीनाथ मिलकर कुमारी और चपला को ले गए। पता लगाने से लग ही जाएगा।''

तेजसिंह ने कहा, ''अब तो दुश्मन के सब ऐयार छूट गए। वे सब मिलकर नौ हैं और हम दो ही आदमी ठहरे। चाहे चंद्रकांता और चपला को खोजें, चाहे फौज में रहकर कुमार की हिफाजत करें। बड़ी मुश्किल है।''

देवीसिंह ने कहा, ''कोई मुश्किल नहीं है। काम हो जाएगा। देखिए तो सही। अब पहले हमको शिवदत्त के मुकाबले में चलना चाहिए। उसी जगह से कुमारी के छुड़ाने की फिक्र की जाएगी।''

तेजसिंह ने कहा, ''हम लोग महाराज से विदा हो आए हैं। कुछ रात रहते यहाँ से पड़ाव उठेगा, पेशखेमा जा चुका है।''

आधी रात तक ये लोग आपस में बातचीत करते रहे। इसके बाद कुमार उठकर अपने खेमे में चले गए। कुमार की बगल में तेजसिंह का खेमा था, जिसमें देवीसिंह और तेजसिंह दोनों ने आराम किया। चारों तरफ फौज का पहरा फिरने लगा, गश्त की आवाज आने लगी। थोड़ी रात बाकी थी कि एक छोटी तोप की आवाज हुई। कुछ देर बाद बाजा बजने लगा, कूच की तैयारी हुई और धीरे-धीरे फौज चल पड़ी। जब सब फौज जा चुकी, पीछे एक हाथी पर कुमार सवार हुए, जिन्हें चारों तरफ से बहुत से सवार घेरे हुए थे। तेजसिंह और देवीसिंह अपने ऐयारी के सामान से सजे हुए, कभी आगे, कभी पीछे; कभी साथ, कभी पैदल चले जाते थे। पहर दिन चढ़े कुँवर वीरेंद्रसिंह का लश्कर शिवदत्तसिंह की फौज के मुकाबले में जा पहुँचा, जहाँ पहले से महाराज जयसिंह की फौज डेरा जमाए हुए थी। लड़ाई बंद थी और मुसलमान सब मारे जा चुके थे। खेमा-डेरा पहले ही से खड़ा था। कायदे के साथ पलटनों का पड़ाव पड़ा।

जब सब इंतजाम हो चुका, कुँवर वीरेंद्रसिंह ने अपने खेमे में कचहरी की और मीर मुंशी को हुक्म दिया, ''एक खत शिवदत्त को लिखो कि मालूम होता है, आजकल तुम्हारे मिजाज में गरमी आ गई है, जो बैठे-बैठाए एक नालायक क्रूर के भड़काने पर महाराज जयसिंह से लड़ाई ठान ली है। यह भी मालूम हो गया कि तुम्हारे ऐयार

चंद्रकांता और चपला को चुरा लाए हैं। सो बेहतर है कि चंद्रकांता और चपला को इज्जत के साथ महाराज जयसिंह के पास भेज दो और तुम वापस जाओ, नहीं तो पछताओगे। जिस वक्त हमारे बहादुरों की तलवारें मैदान में चमकेंगी, भागते राह न मिलेगी।'' बमूजिम हुक्म के मीर मुंशी ने खत लिखकर तैयार किया।

कुमार ने कहा, ''यह खत कौन ले जाएगा?''

यह सुन देवीसिंह सामने हाथ जोड़कर बोले, ''मुझको इजाजत मिले कि इस खत को ले जाऊँ, क्योंकि शिवदत्तसिंह से बातचीत करने की मेरे मन में बड़ी लालसा है।''

कुमार ने कहा, ''इतनी बड़ी फौज में तुम्हारा अकेला जाना अच्छा नहीं है।''

तेजसिंह ने कहा, ''कोई हर्ज नहीं, जाने दीजिए।''

आखिर कुमार ने अपनी कमर से खंजर निकालकर दिया, जिसे देवीसिंह ने लेकर सलाग किया, खत बटुए में रख लिया और तेजसिंह के चरण छूकर रवाना हुए।

महाराज शिवदत्तसिंह के पलटनवालों में कोई भी देवीसिंह को नहीं पहचानता था। दूर से उन्होंने देखा कि बड़ा सा कारचोबी खेमा खड़ा है। समझ गए कि यही महाराज का खेमा है। सीधे धड़धड़ाते हुए खेमे के दरवाजे पर पहुँचे और पहरेवालों से कहा, ''अपने राजा को जाकर खबर करो कि कुँवर वीरेंद्रसिंह का एक ऐयार खत लेकर आया है। जाओ, जल्दी जाओ।''

सुनते ही प्यादा दौड़ा गया और महाराज शिवदत्त को इस बात की खबर दी।

उन्होंने हुक्म दिया, ''आने दो।''

देवीसिंह खेमे के अंदर गए। देखा कि बीच में महाराज शिवदत्त सोने के जड़ाऊ सिंहासन पर बैठे हैं। बाईं तरफ दीवान साहब और इसके बाद दोनों तरफ बड़े-बड़े बहादुर बेशकीमती पोशाकें पहने, उम्दा-उम्दा हरबे लगाए चाँदी की कुरसियों पर बैठे हैं, जिनके देखने से कमजोरों का कलेजा दहलता है। बाद इसके दोनों तरफ नीम की कुरसियों पर ऐयार लोग विराजमान हैं। इसके बाद दरजे-बे-दरजे अमीर और ओहदेदार लोग बैठे हैं। बहुत से चोबदार हाथ बाँधे सामने खड़े हैं। गरज कि बड़े रोआब का दरबार देखने में आया।

देवीसिंह किसी को सलाम किए बिना ही बीच में जाकर खड़े हो गए और एक दफा चारों तरफ निगाह दौड़ाकर गौर से देखा, फिर बढ़कर कुमार का खत महाराज के सामने सिंहासन पर रख दिया।

देवीसिंह की बेअदबी देखकर महाराज शिवदत्त मारे गुस्से के लाल हो गए और बोले, ''एक मच्छर को इतना हौसला हो गया कि हाथी का मुकाबला करे! अभी तो वीरेंद्रसिंह के मुँह से दूध की महक भी गई न होगी।'' यह कहते हुए खत हाथ में लेकर फाड़ दिया।

खत का फटना था कि देवीसिंह की आँखें लाल हो गईं। बोले, ''जिसके सिर मौत सवार होती है, उसकी बुद्धि पहले ही हवा खाने चली जाती है।''

देवीसिंह की बात तीर की तरह शिवदत्त के कलेजे के पार हो गई। बोले, ''पकड़ो इस बेअदब को!'' इतना कहना था कि कई चोबदार देवीसिंह की तरफ झुके। उन्होंने खंजर निकाल दो-तीन चोबदारों की सफाई कर डाली और फुरती से अपने ऐयारी के बटुए में से एक गेंद निकालकर जोर से जमीन पर मारी, जिससे बड़ी भारी आवाज हुई। दरबार दहल उठा। महाराज एकदम चौंक पड़े, जिससे सिर का शमला, जिस पर हीरे का सरपेंच था, जमीन पर गिर पड़ा। लपक के देवीसिंह ने उसे उठा लिया और कूदकर खेमे के बाहर निकल गए। सबके सब देखते रह गए। किसी के किए कुछ बन न पड़ा।

सारा गुस्सा शिवदत्त ने ऐयारों पर निकाला, जो कि उस दरबार में बैठे थे। कहा, ''लानत है तुम लोगों की ऐयारी पर, जो तुम लोगों के देखते दुश्मन का एक अदना ऐयार हमारी बेइज्जती कर जाए।''

बद्रीनाथ ने जवाब दिया, ''महाराज, हम लोग ऐयार हैं, हजार आदमियों में अकेले घुसकर काम करते हैं; मगर एक आदमी पर दस ऐयार नहीं टूट पड़ते। यह हम लोगों के कायदे के बाहर है। बड़े-बड़े पहलवान तो बैठे थे। इन लोगों ने क्या कर लिया?''

बद्रीनाथ की बात का जवाब शिवदत्त ने कुछ न देकर कहा, ''अच्छा, कल हम देख लेंगे।''

बयान : 4

महाराज शिवदत्त का शमला लिये हुए देवीसिंह कुँवर वीरेंद्रसिंह के पास पहुँचे और जो कुछ हुआ था, बयान किया।

कुमार यह सुनकर हँसने लगे और बोले, ''चलो, सगुन तो अच्छा हुआ!''

तेजसिंह ने कहा, ''सबसे ज्यादा अच्छा सगुन तो मेरे लिए हुआ कि शागिर्द पैदा कर लाया।'' यह कह शमले में से सरपेंच खोल बटुए में दाखिल किया।

कुमार ने कहा, ''भला तुम इसका क्या करोगे? तुम्हारे किस मतलब का है?''

तेजसिंह ने जवाब दिया, ''इसका नाम फतह का सरपेंच है। जिस रोज आपकी बरात निकलेगी महाराज, शिवदत्त की सूरत बना इसी को माथे पर बाँध मैं आगे-आगे झंडा लेकर चलूँगा।''

यह सुनकर कुमार हँस दिए; पर साथ ही इसके दो बूँद आँसू आँखों से निकल पड़े, जिनको जल्दी से कुमार ने रूमाल से पोंछ लिया। तेजसिंह समझ गए कि यह

चंद्रकांता की जुदाई का असर है। इनको भी चपला का बहुत कुछ खयाल था।

देवीसिंह से बोले, "सुनो देवीसिंह, कल लड़ाई जरूर होगी। इसलिए एक ऐयार का यहाँ रहना जरूरी है और सबसे जरूरी काम चंद्रकांता का पता लगाना है।"

देवीसिंह ने तेजसिंह से कहा, "आप यहाँ रहकर फौज की हिफाजत कीजिए, मैं कुमारी चंद्रकांता की खोज में जाता हूँ।"

तेजसिंह ने कहा, "नहीं, चुनारगढ़ की पहाड़ियाँ तुम्हारी अच्छी तरह देखी नहीं हैं और चंद्रकांता जरूर उसी तरफ होंगी। इससे यही ठीक होगा कि तुम यहाँ रहो और मैं कुमारी की खोज में जाऊँ।"

देवीसिंह ने कहा, "जैसी आपकी खुशी।"

तेजसिंह ने कुमार से कहा, "आपके पास देवीसिंह है। मैं जाता हूँ, जरा होशियारी से रहिएगा और लड़ाई में जल्दी न कीजिएगा।"

कुमार ने कहा, "अच्छा, जाओ, ईश्वर तुम्हारी रक्षा करें।"

बातचीत करते शाम हो गई, बल्कि कुछ रात भी चली गई। तेजसिंह उठ खड़े हुए और जरूरी चीजें ले, ऐयारी के सामान से लैस हो वहाँ के एक घने जंगल की तरफ चले गए।

बयान : 5

'चंद्रकांता को ले जाकर कहाँ रखा गया होगा? अच्छे कमरे में या अँधेरी कोठरी में? उसको खाने को क्या दिया होगा और वह बेचारी सिवाय रोने के क्या करती होगी? खाने-पीने की उसे कब सुध होगी? उसका मुँह दुःख और भय से सूख गया होगा। उसको राजी करने के लिए तंग करते होंगे। कहीं ऐसा न हो कि उसने तंग आकर जान दे दी हो।' इन्हीं सब बातों को सोचते और खयाल करते कुमार को रात भर नींद न आई।

सवेरा होने ही वाला था कि महाराज शिवदत्त के लश्कर से डंके की आवाज आई।

मालूम हुआ कि दुश्मनों की तरफ लड़ाई की तैयारी हो रही है। कुमार भी उठ बैठे, हाथ-मुँह धोए। इतने में हरकारे ने आकर खबर दी कि दुश्मनों की तरफ लड़ाई की तैयारी हो रही है।

कुमार ने भी कहा, "हमारे यहाँ भी जल्दी तैयारी की जाए।"

हुक्म पाकर हरकारा रवाना हुआ। जब तक कुमार ने स्नान-पूजा से छुट्टी पाई, तब तक दोनों तरफ की फौजें भी मैदान में जा डटीं। बेलदारों ने जमीन साफ कर दी।

कुमार भी अपने अरबी घोड़े पर सवार हो मैदान में गए और देवीसिंह से कहा, "शिवदत्त को कहना चाहिए कि बहुत से आदमियों का खून बहाना अच्छा नहीं।

जिस-जिस को बहादुरी का घमंड हो, एक-एक लड़ के जल्दी मामला तय कर लें। शिवदत्तसिंह अपने को अर्जुन समझते हैं। उनके मुकाबले के लिए मैं मौजूद हूँ। क्यों बेचारे गरीब सिपाहियों की जान जाए।''

देवीसिंह ने कहा, ''बहुत अच्छा, अभी इस मामले को तय कर डालता हूँ।'' यह कह मैदान में गए और अपनी चादर हवा में दो-तीन दफा उछाली। चादर उछालनी थी कि झट बद्रीनाथ ऐयार महाराज शिवदत्त के लश्कर से निकल के मैदान में देवीसिंह के पास आए और बोले, ''जय माता की!''

देवीसिंह ने भी जवाब दिया, ''जय माता की!''

बद्रीनाथ ने पूछा, ''क्यों, क्या बात है, जो मैदान में आकर ऐयारों को बुलाते हो?''

देवीसिंह—''तुमसे एक बात कहनी है।''

बद्रीनाथ—''कहो।''

देवीसिंह—''तुम्हारी फौज में मर्द बहुत हैं कि औरत?''

बद्रीनाथ—''औरत की सूरत भी दिखाई नहीं देती।''

देवीसिंह—''तुम्हारे यहाँ कोई बहादुर भी है कि सब गरीब सिपाहियों की जान लेने और आप तमाशा देखनेवाले ही हैं?''

बद्रीनाथ—''हमारे यहाँ बहादुरों की भरमार है।''

देवीसिंह—''तुम्हारे कहने से तो मालूम होता है कि सब खेत की मूली ही हैं।''

बद्रीनाथ—''यह तो मुकाबला होने ही से मालूम होगा।''

देवीसिंह—''तो क्यों नहीं एक पर एक लड़ के हौसला निकाल लेते? ऐसा करने से मामला भी जल्द तय हो जाएगा और बेचारे सिपाहियों की जानें भी मुफ्त में न जाएँगी। हमारे कुमार तो कहते हैं कि महाराज शिवदत्त को अपनी बहादुरी का बड़ा भरोसा है तो आएँ, पहले हमसे ही भिड़ जाएँ, या वही जीत जाएँ या हम ही चुनारगढ़ की गद्दी के मालिक हों, बात-ही-बात में मामला तय होता है।''

बद्रीनाथ—''तो इसमें हमारे महाराज कभी न हटेंगे। वे बड़े बहादुर हैं। तुम्हारे कुमार को तो चुटकी से मसल डालेंगे।''

देवीसिंह—''यह तो हम भी जानते हैं कि उनकी चुटकी बहुत साफ है। फिर आएँ मैदान में।''

इस बातचीत के बाद बद्रीनाथ लौटकर अपनी फौज में गए और जो कुछ देवीसिंह से बातचीत हुई थी, जाकर महाराज शिवदत्त से कही। सुनते ही महाराज शिवदत्त तो लाल हो गए और बोले, ''यह कल का लड़का मेरे साथ मुकाबला करना चाहता है!''

बद्रीनाथ ने कहा, ''फिर हियाव ही तो है, हौसला ही तो है। इसमें रंज होने की क्या बात है? मैं जहाँ तक समझता हूँ, उनका कहना ठीक है।''

यह सुनते ही महाराज शिवदत्त झट घोड़ा कुदाकर मैदान में आ गए और भाला उठाकर हिलाया, जिसको देख वीरेंद्रसिंह ने भी अपने घोड़े को एड़ मारी और मैदान में शिवदत्त के मुकाबले में पहुँचकर ललकारा, "अपने मुँह अपनी तारीफ करता है और कहता है कि मैं वीर हूँ! क्या बहादुर लोग चोट्टे भी होते हैं? जवाँमर्दी से लड़कर चंद्रकांता न ली गई? लानत है ऐसी बहादुरी पर।"

वीरेंद्रसिंह की बात तीर की तरह महाराज शिवदत्त के कलेजे में लगी। कुछ जवाब तो न दे सके, गुस्से में भरे हुए बड़े जोर से कुमार पर नेजा चलाया। कुमार ने अपने नेजे से ऐसा झटका दिया कि उनके हाथ से नेजा छिटककर दूर जा गिरा।

यह तमाशा देख दोस्त-दुश्मन दोनों तरफ से 'वाह-वाह' की आवाज आने लगी। शिवदत्त बहुत बिगड़ा और तलवार निकालकर कुमार पर दौड़ा। कुमार ने तलवार का जवाब तलवार से दिया। दोपहर तक दोनों में लड़ाई होती रही। दोपहर बाद कुमार की तलवार से शिवदत्त का घोड़ा जख्मी होकर गिर पड़ा; बल्कि खुद महाराज शिवदत्त को कई जगह जख्म लगे। घोड़े से कूदकर शिवदत्त ने कुमार के घोड़े को मारना चाहा, मगर मतलब समझकर कुमार भी झट घोड़े पर से कूद पड़े और आगे होकर एक कोड़ा इतनी जोर से शिवदत्त की कलाई पर मारा कि हाथ से तलवार छूटकर जमीन पर गिर पड़ी, जिसको दौड़ के देवीसिंह ने उठा लिया। महाराज शिवदत्त को मालूम हो गया कि कुमार हर तरह से जबरदस्त है। अगर थोड़ी देर और लड़ाई होगी तो हम बेशक मारे जाएँगे या पकड़े जाएँगे। यह सोचकर अपनी फौज को कुमार पर धावा बोलने का इशारा किया। बस, एकदम से कुमार को उन्होंने घेर लिया। यह देख कुमार की फौज ने भी मारना शुरू किया। फतहसिंह सेनापति और देवीसिंह कोशिश करके कुमार के पास पहुँचे और तलवार और खंजर चलाने लगे। दोनों फौजें आपस में खूब गुँथ गईं और गहरी लड़ाई होने लगी।

शिवदत्त के बड़े-बड़े पहलवानों ने चाहा कि इसी लड़ाई में कुमार का काम तमाम कर दें, मगर कुछ बन न पड़ा। कुमार के हाथ से बहुत दुश्मन मारे गए। शाम को उतारे का डंका बजा और लड़ाई बंद हुई। फौज ने कमर खोली। कुमार अपने खेमे में आए; मगर बहुत सुस्त हो रहे थे। फतहसिंह सेनापति भी जख्मी हो गए थे। रात को सभी ने आराम किया।

महाराज शिवदत्त ने अपने दीवान और पहलवानों से राय ली थी कि अब क्या करना चाहिए? फौज तो वीरेंद्रसिंह की हमसे बहुत कम है, मगर उनकी दिलावरी से हमारा हौसला टूट जाता है; क्योंकि हमने भी उससे लड़ के बहुत जक उठाई। हमारी तो यही राय है कि रात को कुमार के लश्कर पर धावा मारें। इस राय को सभी ने पसंद किया। थोड़ी रात रहे शिवदत्त ने कुमार की फौज पर पाँच सौ सिपाहियों के

साथ धावा किया। बड़ी ही गड़बड़ मची। अँधेरी रात में दोस्त-दुश्मनों का पता लगाना मुश्किल था। कुमार की फौज दुश्मन समझ अपने ही लोगों को मारने लगी। यह खबर वीरेंद्रसिंह को भी लगी। झट अपने खेमे से बाहर निकल आए। देवीसिंह ने बहुत से आदमियों को महताब जलाने के लिए बाँटीं। वे महताब तेजसिंह ने अपनी तरकीब से बनाई थीं। उनके जलाते ही उजाला हो गया और दिन की तरह मालूम होने लगा। अब क्या था, कुल पाँच सौ आदमियों को मारना क्या! सुबह होते-होते शिवदत्त के पाँच सौ आदमी मारे गए, मगर रोशनी होने के पहले करीब हजार आदमी कुमार की तरफ के नुकसान हो चुके थे, जिसका रंज वीरेंद्रसिंह को बहुत हुआ और सुबह को लड़ाई बंद न होने दी।

दोनों फौजें फिर गुँथ गईं। कुमार ने जल्दी से स्नान किया और संध्या-पूजा करके, हरबों को बदन पर सजा दुश्मन की फौज में घुस गए। लड़ाई खूब हो रही थी। किसी को तनो-बदन की खबर न थी। एकाएक पूरब और उत्तर के कोने से कुछ फौजी सवार तेजी से आते हुए दिखाई दिए, जिनके आगे-आगे एक सवार बहुत उम्दा पोशाक पहने, अरबी घोड़े पर सवार घोड़ा दौड़ाए चला आता था। उसके पीछे और भी सवार थे, जो करीब-करीब पाँच सौ होंगे। घोड़ा फेंके चले आ रहे थे। अगले सवार की पोशाक और हरबों से मालूम होता था कि यह सभी का सरदार है। सरदार ने मुँह पर नकाब डाल रखा था।

उस फौज ने पीछे से महाराज शिवदत्त की फौज पर धावा किया और खूब मारा। इधर से वीरेंद्रसिंह की फौज ने जब देखा कि दुश्मनों को मारनेवाला एक और आ पहुँचा, तबीयत बढ़ गई और हौसले के साथ लड़ने लगे। दो तरफी चोट महाराज शिवदत्त की फौज सँभाल न पाई और भाग चली। फिर तो कुमार की बन पड़ी। दो कोस तक पीछा किया। आखिर फतह का डंका बजाते अपने पड़ाव पर आए। मगर हैरान थे कि वे नकाबपोश सवार कौन थे, जिन्होंने बड़े वक्त पर हमारी मदद की और फिर जिधर से आए थे, उधर ही चले गए। कोई किसी की जरा मदद करता है तो एहसान जताने लगता है, मगर उन्होंने हमारा सामना भी नहीं किया। यह बड़ी बहादुरी का काम है। बहुत सोचा, मगर कुछ समझ न आया।

महाराज शिवदत्त का सारा माल-खजाना और खेमा वगैरह कुमार के हाथ लगा। जब कुमार निश्चिंत हुए तो उन्होंने देवीसिंह से पूछा, ''क्या तुम कुछ बता सकते हो कि वे नकाबपोश कौन थे, जिन्होंने हमारी मदद की?''

देवीसिंह ने कहा, ''मेरे कुछ भी खयाल में नहीं आता, मगर वाह! बहादुरी इसको कहते हैं।'' इतने में एक जासूस ने आकर खबर दी कि दुश्मन थोड़ी दूर जाकर अटक गए हैं और फिर लड़ाई की तैयारी कर रहे हैं।

बयान : 6

तेजसिंह चंद्रकांता और चपला का पता लगाने के लिए कुँवर वीरेंद्रसिंह से विदा हो फौज के हाते के बाहर आए और सोचने लगे कि अब किधर जाएँ? कहाँ ढूँढ़ें? दुश्मन की फौज में देखने की तो कोई जरूरत नहीं, क्योंकि वहाँ चंद्रकांता को कभी नहीं रखा होगा। इससे चुनारगढ़ ही चलना ठीक है। यह सोचकर चुनारगढ़ ही की तरफ रवाना हुए और दूसरे दिन सवेरे वहाँ पहुँचे। सूरत बदलकर इधर-उधर घूमने लगे। जगह-जगह पर अटकते और अपना मतलब निकालने की फिक्र करते थे; मगर कुछ फायदा न हुआ। कुमारी की खबर कुछ भी मालूम न हुई। रात को तेजसिंह सूरत बदल किले के अंदर घुस गए और इधर-उधर ढूँढ़ने लगे। घूमते-घूमते मौका पाकर वे एक काले कपड़े से अपने बदन को ढाँक, कमंद फेंक महल पर चढ़ गए। उस समय आधी रात जा चुकी होगी। छत पर से तेजसिंह ने झाँककर देखा तो सन्नाटा मालूम पड़ा; मगर रोशनी खूब हो रही थी। वह नीचे उतरे और एक दालान में खड़े होकर देखने लगे। सामने एक बड़ा कमरा था, जो कि बहुत खूबसूरती के साथ बेशकीमती असबाबों और तसवीरों से सजा हुआ था। रोशनी ज्यादा न थी। सिर्फ शमादान जल रहे थे। बीच में ऊँची मसनद पर एक औरत सो रही थी। चारों तरफ उसके कई औरतें भी फर्श पर पड़ी हुई थीं। तेजसिंह आगे बढ़े और एक-एक करके रोशनी बुझाने लगे, यहाँ तक कि सिर्फ उस कमरे में एक रोशनी रह गई, और सब बुझ गईं। अब तेजसिंह उस कमरे की तरफ बढ़े। दरवाजे पर खड़े होकर देखा तो पास से वह सूरत बखूबी दिखाई देने लगी, जिसको दूर से देखा था। तमाम बदन शबनमी से ढँका हुआ, मगर खूबसूरत चेहरा खुला था। करवट के सबब कुछ हिस्सा मुँह का नीचे के मखमली तकिए पर होने से छिपा हुआ था। गोरा रंग, गालों पर सुर्खी, जिस पर एक लट खुलकर आ पड़ी थी, जो बहुत ही भली मालूम होती थी। आँख के पास शायद किसी जख्म का निशान था, मगर वह भी भला मालूम होता था। तेजसिंह को यकीन हो गया कि बेशक महाराज शिवदत्त की रानी यही है। कुछ देर सोचने के बाद उन्होंने अपने बटुए में से कलम-दवात और एक टुकड़ा कागज का निकाला और जल्दी से उस पर यह लिखा—

'न मालूम क्यों इस वक्त मेरा जी चंद्रकांता से मिलने को चाहता है। जो हो, मैं तो उससे मिलने जाती हूँ। रास्ते और ठिकाने का पता मुझे लग चुका है।'

इसके बाद पलंग के पास जा बेहोशी का धतूरा रानी की नाक के पास ले गए, जो साँस लेती दफा उसके दिमाग पर चढ़ गया और वह एकदम से बेहोश हो गई। तेजसिंह ने नाक पर हाथ रखकर देखा, बेहोशी की साँस चल रही थी। झट रानी को तो कपड़े में बाँधा और पुर्जा जो लिखा था, वह तकिए के नीचे रखा और वहाँ से

उसी कमंद के जरिए बाहर हुए और गंगा किनारेवाली खिड़की, जो भीतर से बंद थी, खोलकर तेजी के साथ पहाड़ी की तरफ निकल गए। बहुत दूर जा एक दर्रे में रानी को और ज्यादा बेहोश करके रख दिया और फिर लौटकर किले के दरवाजे पर आ एक तरफ किनारे छिपकर बैठ गए।

बयान : 7

अब सवेरा होने ही वाला था। महल में लौंडियों की आँखें खुलीं तो महारानी को न देखकर घबरा गईं। इधर-उधर देखा, कहीं नहीं। आखिर खूब शोरगुल मचा। चारों तरफ खोज होने लगी, पर कहीं पता न लगा। यह खबर बाहर तक फैल गई। सभी को फिक्र पैदा हुई। महाराज शिवदत्तसिंह लड़ाई से भागे हुए दस-पंद्रह सवारों के साथ चुनारगढ़ पहुँचे। किले के अंदर घुसते ही मालूम हुआ कि महल में से महारानी गायब हो गईं। सुनते ही जान सूख गई। दोहरी चपेट बैठी। धड़धड़ाते हुए महल में चले आए। देखा कि कुहराम मचा हुआ है। चारों तरफ से रोने की आवाजें आ रही हैं।

उस वक्त महाराज शिवदत्त की अजब हालत थी। होशो-हवास ठिकाने नहीं थे। लड़ाई से भागकर थोड़ी दूर पर फौज को तो छोड़ दिया था और अब ऐयारों को कुछ समझा-बुझा आप चुनारगढ़ चले आए थे। यहाँ यह कैफियत देखी। आखिर उदास होकर महारानी के बिस्तरे के पास आए और बैठकर रोने लगे। तकिए के नीचे से एक कागज का कोना निकला हुआ दिखाई पड़ा, जिसे महाराज ने खोला। देखा, कुछ लिखा है। यह कागज वही था, जिसे तेजसिंह ने लिखकर रख दिया था। अब उस पुर्जे को देख महाराज कई तरह की बातें सोचने लगे। एक तो महारानी का लिखा नहीं मालूम होता है, उनके अक्षर इतने साफ नहीं हैं। फिर किसने लिखकर रख दिया? अगर रानी ही का लिखा है तो उन्हें यह कैसे मालूम हुआ कि चंद्रकांता फलानी जगह छिपाई गई है? अब क्या किया जाए? कोई ऐयार भी नहीं, जिसको पता लगाने के लिए भेजा जाए। अगर किसी दूसरे को वहाँ भेजूँ, जहाँ चंद्रकांता कैद है तो बिल्कुल भाँडा फूट जाए।

ऐसी-ऐसी बहुत सी बातें देर तक महाराज सोचते रहे। आखिर जी में यही आया कि चाहे जो हो, मगर एक दफा जरूर उस जगह जाकर देखना चाहिए, जहाँ चंद्रकांता कैद है। कोई हर्ज नहीं, अगर हम अकेले जाकर देखें। मगर दिन में नहीं, शाम हो जाए तो चलें। यह सोचकर बाहर आए और अपने दीवानखाने में भूखे-प्यासे चुपचाप बैठे रहे, किसी से कुछ न कहा। मगर बिना हुक्म महाराज के बहुत से आदमी महारानी का पता लगाने जा चुके थे।

शाम होने लगी। महाराज ने अपनी सवारी का घोड़ा मँगवाया और सवार हो अकेले ही किले के बाहर निकले और पूरब की तरफ रवाना हुए। अब बिल्कुल शाम,

बल्कि रात हो गई; मगर चाँदनी रात होने के सबब साफ दिखाई देता था। तेजसिंह, जो किले के दरवाजे के पास ही छिपे हुए थे, महाराज शिवदत्त को अकेले घोड़े पर जाते देख साथ हो लिये तीन कोस तक पीछे-पीछे तेजी के साथ चले गए। मगर महाराज को यह न मालूम हुआ कि साथ-साथ कोई छिपा हुआ आ रहा है। अब महाराज ने अपने घोड़े को एक नाले में चलाया, जो बिल्कुल सूखा पड़ा था। जैसे-जैसे आगे जाते थे, नाला गहरा मिलता जाता था और दोनों तरफ के पत्थर के करारे ऊँचे होते जाते थे। दोनों तरफ बड़ा भारी डरावना जंगल तथा बड़े-बड़े साखू एवं आसन के पेड़ थे। जंगली जानवरों की आवाजें कान में पड़ रही थीं। जैसे-जैसे आगे बढ़ते जाते थे, करारे ऊँचे और नाले के किनारेवाले पेड़ आपस में ऊपर से मिलते जाते थे।

इसी तरह से लगभग एक कोस चले गए। अब नाले में चंद्रमा की चाँदनी बिल्कुल नहीं मालूम होती थी, क्योंकि दोनों तरफ से दरख्त आपस में बिल्कुल मिल गए थे। अब वह नाला नहीं मालूम होता, बल्कि कोई सुरंग मालूम होती थी। महाराज का घोड़ा पथरीली जमीन और अँधेरा होने के सबब धीरे-धीरे जाने लगा। तेजसिंह बढ़कर महाराज के और पास हो गए। यकायक कुछ दूर पर एक छोटी सी रोशनी नजर पड़ी, जिससे तेजसिंह ने समझा कि शायद यह रास्ता यहीं तक आने का है और यही ठीक भी निकला। जब रोशनी के पास पहुँचे देखा कि एक छोटी सी गुफा है, जिसके बाहर दोनों तरफ लंबे-लंबे ताकतवर सिपाही नंगी तलवारें हाथ में लिये पहरा दे रहे हैं, जो बीस के लगभग होंगे। भीतर भी साफ दिखाई देता था कि दो औरतें पत्थरों पर बैठी हैं। तेजसिंह ने पहचान तो लिया कि दोनों चंद्रकांता और चपला हैं, मगर सूरत साफ-साफ नहीं नजर पड़ी।

महाराज को देखकर सिपाहियों ने पहचाना और एक ने बढ़कर घोड़ा थाम लिया। महाराज घोड़े पर से उतर पड़े। सिपाहियों ने दो मशालें जलाईं, जिनकी रोशनी में तेजसिंह को चंद्रकांता और चपला की सूरत अब साफ दिखाई देने लगी। चंद्रकांता का मुँह पीला हो रहा था, सिर के बाल खुले हुए थे और सिर फटा हुआ था। मिट्टी में सनी हुई बदहोशो-हवास एक पत्थर से लगी पड़ी थी और चपला बगल में एक पत्थर के सहारे उठती हुई चंद्रकांता के सिर पर हाथ रखे बैठी थी। सामने खाने की चीजें रखी हुई थीं, जिनके देखने ही से मालूम होता था कि किसी ने उन्हें छुआ तक नहीं। इन दोनों की सूरत से नाउम्मीदी बरस रही थी, जिसे देखते ही तेजसिंह की आँखों से आँसू निकल पड़े।

महाराज ने आते ही इधर-उधर देखा। जहाँ चंद्रकांता बैठी थी, वहाँ भी चारों तरफ देखा; मगर कुछ मतलब न निकला, क्योंकि वह तो रानी को खोजने आए थे। उस पुर्जे पर, जो रानी के बिस्तर पर पाया था, महाराज को बड़ी उम्मीद थी; मगर

कुछ न हुआ। किसी से कुछ पूछा भी नहीं। चंद्रकांता की तरफ भी अच्छी तरह नहीं देखा और लौट कर घोड़े पर सवार हो पीछे फिरे। सिपाहियों को महाराज के इस तरह आकर फिर जाने से ताज्जुब हुआ; मगर पूछता कौन? मजाल किसकी थी? तेजसिंह ने जब महाराज को फिरते देखा तो चाहा कि वहीं बगल में छिप रहें, मगर छिप न सके, क्योंकि नाला तंग था और ऊपर चढ़ जाने को भी कहीं जगह न थी। लाचार नाले के बाहर होना ही पड़ा। तेजी के साथ महाराज के पहले नाले के बाहर हो गए और एक किनारे छिप रहे। महाराज वहाँ से निकल शहर की तरफ रवाना हुए।

अब तेजसिंह सोचने लगे कि यहाँ से मैं अकेले चंद्रकांता को कैसे छुड़ा सकूँगा? लड़ने का मौका नहीं, करूँ तो क्या करूँ? अगर महाराज की सूरत बन जाऊँ और कोई तरकीब करूँ तो भी ठीक नहीं होता, क्योंकि महाराज अभी यहाँ से लौटे हैं। दूसरी कोई तरकीब करूँ और काम न चले, बैरी को मालूम हो जाए तो यहाँ से फिर चंद्रकांता दूसरी जगह छिपा दी जाएगी। तब और भी मुश्किल होगी। इससे यही ठीक है कि कुमार के पास लौट चलूँ और वहाँ से कुछ आदमियों को लाऊँ, क्योंकि इस नाले में अकेले जाकर इन लोगों का मुकाबला करना ठीक नहीं है।

यही सबकुछ सोच तेजसिंह विजयगढ़ की तरफ चले। रात भर चले और दूसरे दिन दोपहर को वीरेंद्रसिंह के पास पहुँचे। कुमार ने तेजसिंह को गले लगाया और बेताबी के साथ पूछा, "क्यों, कुछ पता लगा?" जवाब में 'हाँ' सुनकर कुमार बहुत खुश हुए और सभी को विदा किया। केवल कुमार, देवीसिंह, फतहसिंह सेनापति और तेजसिंह रह गए। कुमार ने खुलासा हाल पूछा। तेजसिंह ने सब हाल कह सुनाया और बोले, "अगर किसी दूसरे को छुड़ाना होता या किसी गैर को पकड़ना होता तो मैं अपनी चालाकी कर गुजरता, अगर काम बिगड़ जाता तो भाग निकलता; मगर मामला कुमारी चंद्रकांता का है, जो बहुत सुकुमार हैं। न तो मैं अपने हाथ से उनकी गठरी बाँध सकता हूँ और न किसी तरह की तकलीफ देना चाहता हूँ। होना ऐसा चाहिए कि वार खाली न जाए। मैं सिर्फ देवीसिंह को लेने आया हूँ और अभी लौट जाऊँगा। मुझे मालूम हो गया कि आपने महाराज शिवदत्त पर फतह पाई है। अभी कोई हर्ज भी देवीसिंह के बिना आपका न होगा।"

कुमार ने कहा, "देवीसिंह भी चलें और मैं भी तुम्हारे साथ चलता हूँ, क्योंकि यहाँ तो अभी लड़ाई की कोई उम्मीद नहीं। और फिर, फतहसिंह हैं ही और कोई हर्ज भी नहीं।"

तेजसिंह ने कहा, "अच्छी बात है, आप भी चलिए।"

यह सुनकर कुमार उसी वक्त तैयार हो गए और फतहसिंह को बहुत सी बातें समझा-बुझाकर शाम होते-होते वहाँ से रवाना हुए। कुमार घोड़े पर, तेजसिंह और

देवीसिंह पैदल कदम बढ़ाते चले। रास्ते में कुमार ने शिवदत्तसिंह पर फतह पाने का पूरा हाल कहा और उन सवारों का हाल भी कहा, जो मुँह पर नकाब डाले हुए थे और जिन्होंने बड़े वक्त पर मदद की थी। उनका हाल सुनकर तेजसिंह भी हैरान हुए, मगर कुछ खयाल में न आया कि वे नकाबपोश कौन थे।

यही सब सोचते जा रहे थे। रात चाँदनी थी, रास्ता साफ दिखाई दे रहा था। कुल चार कोस के लगभग गए होंगे कि रास्ते में पंडित बद्रीनाथ अकेले दिखाई पड़े और उन्होंने भी कुमार को देखकर पास आ सलाम किया। कुमार ने सलाम का जवाब हँस कर दिया।

देवीसिंह ने कहा, "अजी बद्रीनाथजी, आप क्या उस डरपोक, गीदड़, दगाबाज और चोर का संग किए हैं। हमारे दरबार में आइए, देखिए, हमारा सरदार क्या शेरदिल और इनसाफ-पसंद है!"

बद्रीनाथ ने कहा, "तुम्हारा कहना बहुत ठीक है और एक दिन ऐसा ही होगा; मगर जब तक महाराज शिवदत्त से मामला तय नहीं होता, मैं कब आपके साथ हो सकता हूँ! और अगर हो भी जाऊँ तो आप लोग कब मुझ पर विश्वास करेंगे। आखिर मैं भी ऐयार हूँ।" इतना कहकर और कुमार को सलाम कर जल्दी से दूसरा रास्ता पकड़ एक घने जंगल में जा नजर से गायब हो गए।

तेजसिंह ने कुमार से कहा, "रास्ते में बद्रीनाथ का मिलना ठीक न हुआ। अब वह जरूर इस बात की खोज में होगा कि हम लोग कहाँ जाते हैं?"

देवीसिंह ने कहा, "हाँ, इसमें कोई शक नहीं कि यह सगुन खराब हुआ।"

यह सुनकर कुमार का कलेजा धड़कने लगा। बोले, "फिर अब क्या किया जाए?"

तेजसिंह ने कहा, "इस वक्त और कोई तरकीब तो हो नहीं सकती है। हाँ, एक बात है कि हम लोग जंगल का रास्ता छोड़ मैदान-मैदान चलें। ऐसा करने से पीछे का आदमी आता हुआ मालूम होगा।"

कुमार ने कहा, "अच्छा, तुम आगे चलो।"

अब वे तीनों जंगल छोड़ मैदान में हो लिये। पीछे फिर-फिर के देखते जाते थे, मगर कोई आता हुआ मालूम न पड़ा। रात भर बेखटके चलते गए। जब दिन निकला, एक नाले के किनारे तीनों आदमियों ने बैठ, जरूरी कामों से छुट्टी पा, स्नान-पूजा की और फिर रवाना हुए। पहर दिन चढ़ते-चढ़ते एक बड़े जंगल में वे लोग पहुँचे, जहाँ से वह नाला, जिसमें चंद्रकांता और चपला थीं, दो कोस बाकी था।

तेजसिंह ने कहा, "दिन इसी जंगल में बिताना चाहिए। शाम हो जाए तो वहाँ चलें, क्योंकि काम रात ही में ठीक होगा।" यह कह एक बहुत बड़े सलई के पेड़ तले

डेरा जमाया। कुमार के वास्ते जीनपोश बिछा दिया, घोड़े को खोल गले में लंबी रस्सी डालकर पेड़ से बाँधा और चरने के लिए छोड़ दिया। दिन भर बातचीत और तरकीब सोचने में गुजर गया। सूरज अस्त होने पर वे लोग वहाँ से रवाना हुए। थोड़ी ही देर में उस नाले के पास जा पहुँचे। पहले दूर ही खड़े होकर चारों तरफ निगाह दौड़ाकर देखा। जब किसी की आहट न मिली, तब नाले में घुसे।

कुमार उस नाले को देख बहुत हैरान हुए और बोले, "अजब भयानक नाला है।" धीरे-धीरे आगे बढ़े। जब नाले के आखिर में पहुँचे, जहाँ पहले दिन तेजसिंह ने चिराग जलते देखा था तो वहाँ अँधेरा पाया। तेजसिंह का माथा ठनका कि यह क्या मामला है। आखिर उस कोठरी के दरवाजे पर पहुँचे, जिसमें कुमारी और चपला थीं। देखा कि कई आदमी जमीन पर पड़े हैं। अब तो तेजसिंह ने अपने बटुए में से सामान निकाल रोशनी की, जिससे साफ मालूम हुआ कि जितने पहरे वाले पहले दिन देखे थे, सब जख्मी होकर मरे पड़े हैं। अंदर घुसे, कुमारी और चपला का पता नहीं। हाँ, दोनों के गहने सब टूटे-फूटे पड़े थे और चारों तरफ खून जमा हुआ था। कुमार से न रहा गया, एकदम 'हाय' करके गिर पड़े और आँसू बहाने लगे।

तेजसिंह समझाने लगे कि "आप इतने बेताब क्यों हो गए? जिस ईश्वर ने यहाँ तक हमें पहुँचाया, वही फिर उस जगह पहुँचाएगा, जहाँ कुमारी हैं।"

कुमार ने कहा, "भाई, अब मैं चंद्रकांता के न मिलने से नाउम्मीद हो गया। जरूर वह परलोक को गई।"

तेजसिंह ने कहा, "कभी नहीं। अगर ऐसा होता तो इन्हीं लोगों में वह भी पड़ी होतीं।"

देवीसिंह बोले, "कहीं बद्रीनाथ की चालाकी तो नहीं, भाई?"

उन्होंने जवाब दिया, "यह बात भी जी में नहीं बैठती। भला अगर हम यह भी समझ लें कि बद्रीनाथ की चालाकी हुई तो इन प्यादों को मारनेवाला कौन था? अजब मामला है। कुछ समझ में नहीं आता। खैर, कोई हर्ज नहीं, वह भी मालूम हो जाएगा। अब यहाँ से जल्दी चलना चाहिए।"

कुँवर वीरेंद्रसिंह की इस वक्त कैसी हालत थी, उसका न कहना ही ठीक है। बहुत समझा-बुझाकर वहाँ से कुमार को उठाया और नाले के बाहर लाए।

देवीसिंह ने कहा, "भला वहाँ तो चलो, जहाँ तुमने शिवदत्त की रानी को रखा है।"

तेजसिंह ने कहा, "चलो।"

तीनों वहाँ गए, देखा कि महारानी कलावती भी वहाँ नहीं हैं। और भी तबीयत परेशान हुई।

आधी रात से ज्यादा जा चुकी थी। तीनों आदमी बैठे सोच रहे थे कि यह

क्या मामला हो गया। यकायक देवीसिंह बोले, "गुरुजी, मुझे एक तरकीब सूझी है, जिसके करने से यह पता चल जाएगा कि क्या मामला है। आप ठहरिए, इसी जगह आराम कीजिए। मैं पता लगाता हूँ। अगर बन पड़ेगा तो ठीक, पता लगाने का सबूत भी लेता आऊँगा।"

तेजसिंह ने कहा, "जाओ, तुम ही कोई तारीफ का काम करो, हम दोनों इसी जंगल में रहेंगे।"

देवीसिंह एक देहाती पंडित की सूरत बना रवाना हुए। वहाँ से चुनारगढ़ करीब ही था। थोड़ी देर में जा पहुँचे। दूर से देखा कि एक सिपाही टहलता हुआ पहरा दे रहा है। एक शीशी हाथ में ले उसके पास गए और एक अशर्फी दिखाकर देहाती बोली में बोले, "इस अशर्फी को आप लीजिए और इस इत्र को पहचान दीजिए कि किस चीज का है। हम देहात के रहनेवाले हैं। वहाँ एक गंधी गया और उसने यह इत्र दिखाकर हमसे कहा कि अगर इसको पहचान दो तो हम पाँच अशर्फी तुमको दें।" सो हम देहाती आदमी क्या जानें, कौन चीज का इत्र है। इसलिए रातोरात यहाँ चले आए। परमेश्वर ने आपको मिला दिया है। आप राजदरबार के रहनेवाले ठहरे, बहुत इत्र देखा होगा। इसको पहचान के बता दीजिए तो हम इसी समय लौट के गाँव पहुँच जाएँ। सवेरे ही जवाब देने का उस गंधी से वादा है।"

देवीसिंह की बात सुन और पास ही एक दुकान के दरवाजे पर जलते हुए चिराग की रोशनी में अशर्फी को देख खुश हो वह सिपाही दिल में सोचने लगा कि अजब बेवकूफ आदमी से पाला पड़ा है। मुफ्त की अशर्फी मिलती है ले लो, जो कुछ भी जी में आए, बता दो। क्या कल मुझसे अशर्फी फेरने आएगा? यह सोच अशर्फी तो अपने खलीते में रख ली और कहा, "यह कौन बड़ी बात है, हम बता देते हैं।" उस शीशी का मुँह खोलकर सूँघा। बस, फिर क्या था, सूँघते ही जमीन पर लेट गया। दीन-दुनिया की खबर न रही। बेहोश होने पर देवीसिंह उस सिपाही की गठरी बाँध तेजसिंह के पास ले आए और कहा कि यह किले का पहरा देनेवाला है। पहले इससे पूछ लेना चाहिए। अगर काम न चलेगा तो फिर दूसरी तरकीब की जाएगी।" यह कह उस सिपाही को होश में लाए। वह हैरान हो गया कि यकायक यहाँ कैसे आ फँसे? देवीसिंह को उसी देहाती पंडित की सूरत में सामने खड़े देखा। दूसरी ओर दो बहादुर और दिखाई दिए। कुछ कहना ही चाहता था कि देवीसिंह ने पूछा, "यह बताओ कि तुम्हारी महारानी कहाँ हैं? बताओ जल्दी।"

उस सिपाही ने हाथ-पैर बँधे रहने पर भी कहा कि "तुम महारानी को पूछनेवाले कौन हो? तुम्हें मतलब?"

तेजसिंह ने उठकर एक लात मारी और कहा, "बताता है कि मतलब पूछता है?"

अब तो उसने बेहर्ज कहना शुरू कर दिया कि "महारानी कई दिनों से गायब हैं। कहीं पता नहीं लगता। महल में गुल-गपाड़ा मचा हुआ है। इससे ज्यादा कुछ नहीं जानते।"

तेजसिंह ने कुमार से कहा, "अब पता लगाना कई रोज का काम हो गया। आप अपने लश्कर में जाइए, मैं ढूँढ़ने की फिक्र करता हूँ।"

कुमार ने कहा, "अब मैं लश्कर में न जाऊँगा।"

तेजसिंह ने कहा, "अगर आप ऐसा करेंगे तो भारी आफत होगी। शिवदत्त को यह खबर लगी तो फौरन लड़ाई शुरू कर देगा। महाराज जयसिंह यह हाल पाकर और भी घबरा जाएँगे। आपके पिता सुनते ही सूख जाएँगे।"

कुमार ने कहा, "चाहे जो हो, जब चंद्रकांता ही नहीं है तो दुनिया में कुछ हो, मुझे क्या परवाह!"

तेजसिंह ने बहुत समझाया कि ऐसा नहीं करना चाहिए। आप धीरज न छोड़िए, नहीं तो हम लोगों का भी जी टूट जाएगा। फिर कुछ न कर सकेंगे। आखिर कुमार ने कहा, "अच्छा, कल भर हमको अपने साथ रहने दो। कल तक अगर पता न लगा तो हम लश्कर में चले जाएँगे और फौज लेकर चुनारगढ़ पर चढ़ जाएँगे। हम लड़ाई शुरू कर देंगे, तुम चंद्रकांता की खोज करना।"

तेजसिंह ने कहा, "अच्छा, यही सही।"

ये सब बातें इस तौर पर हुई थीं कि उस सिपाही को कुछ भी नहीं मालूम हुआ, जिसको देवीसिंह पकड़ लाए थे।

तेजसिंह ने उस सिपाही को एक पेड़ के साथ कस के बाँध दिया और देवीसिंह से कहा, "अब तुम यहाँ कुमार के पास ठहरो, मैं जाता हूँ और जो कुछ हाल है, पता लगा लाता हूँ।"

देवीसिंह ने कहा, "अच्छा, जाइए।"

तेजसिंह ने देवीसिंह से कई बातें पूछीं और उस सिपाही का भेष बना किले की तरफ रवाना हुए।

बयान : 8

जिस जंगल में कुमार और देवीसिंह बैठे थे और उस सिपाही को पेड़ से बाँधा था, वह बहुत ही घना था। वहाँ जल्दी किसी की पहुँच नहीं हो सकती थी। तेजसिंह के चले जाने पर कुमार और देवीसिंह एक साफ पत्थर की चट्टान पर बैठे बातें कर रहे थे। सवेरा होने ही वाला था कि पूरब की तरफ से किसी का फेंका हुआ एक छोटा सा पत्थर कुमार के पास आ गिरा। वे दोनों ताज्जुब से उस तरफ देखने लगे

कि एक पत्थर और आया; मगर किसी को लगा नहीं।

देवीसिंह ने जोर से आवाज दी, "कौन है, जो छिपकर पत्थर मारता है? सामने क्यों नहीं आता है?"

जवाब में आवाज आई, "शेर की बोली बोलनेवाले गीदड़ों को दूर से ही मारा जाता है।"

यह आवाज सुनते ही कुमार को गुस्सा चढ़ आया। झट तलवार के कब्जे पर हाथ रखकर उठ खड़े हुए।

देवीसिंह ने हाथ पकड़कर कहा, "आप क्यों गुस्सा करते हैं? मैं अभी इस नालायक को पकड़ लाता हूँ, वह है क्या चीज!" यह कह देवीसिंह उस तरफ गए, जिधर से आवाज आई थी। उनके आगे बढ़ते ही एक और पत्थर पहुँचा, जिसे देख देवीसिंह तेजी के साथ आगे बढ़े। एक आदमी दिखाई पड़ा, मगर घने पेड़ों में अँधेरा ज्यादा होने के सबब उसकी सूरत नहीं नजर आई। वह देवीसिंह को अपनी तरफ आते देख एक और पत्थर मारकर भागा। देवीसिंह भी उसके पीछे दौड़े; मगर वह कई दफा इधर-उधर लोमड़ी की तरह चक्कर लगाकर उन्हीं घने पेड़ों में गायब हो गया। देवीसिंह भी इधर-उधर खोजने लगे, यहाँ तक कि सवेरा हो गया, बल्कि दिन निकल आया; लेकिन साफ दिखाई देने पर भी कहीं उस आदमी का पता न लगा। आखिर लाचार होकर देवीसिंह उस जगह फिर आए, जिस जगह कुमार को छोड़ गए थे। देखा तो कुमार नहीं। इधर-उधर देखा, कहीं पता नहीं। उस सिपाही के पास आए, जिसको पेड़ के साथ बाँध दिया था। देखा तो वह भी नहीं। जी उड़ गया, आँखों में आँसू भर आए। उसी चट्टान पर बैठे और सिर पर हाथ रखकर सोचने लगे कि अब क्या करें? किधर ढूँढ़े? कहाँ जाएँ? अगर ढूँढ़ते-ढूँढ़ते कहीं दूर निकल गए और इधर तेजसिंह आए और हमको न देखा तो उनकी क्या दशा होगी?

इन सब बातों को सोच देवीसिंह और थोड़ी देर इधर-उधर देखभाल कर फिर उसी जगह चले आए और तेजसिंह की राह देखने लगे। बीच-बीच में इस तरह कई दफा देवीसिंह ने उठ-उठकर खोज की, मगर कुछ काम न निकला।

बयान : 9

तेजसिंह पहरेवाले सिपाही की सूरत में किले के दरवाजे पर पहुँचे। कई सिपाहियों ने, जो सवेरा हो जाने के सबब जाग उठे थे, तेजसिंह की तरफ देखकर कहा, "जैरामसिंह, तुम कहाँ चले गए थे? यहाँ पहरे में गड़बड़ पड़ गया। बद्रीनाथजी ऐयार पहरे की जाँच करने आए थे। तुम्हारे कहीं चले जाने का हाल सुनकर बहुत खफा हुए

और तुम्हारा पता लगाने के लिए आप ही कहीं गए हैं। अभी तक नहीं आए। तुम्हारे सबब से हम लोगों की भी खिंचाई हुई।''

जैरामसिंह (तेजसिंह) ने कहा, ''मेरी तबीयत खराब हो गई थी। हाजत मालूम हुई, इस सबब से मैदान चला गया। वहाँ कई दस्त आए, जिससे देर हो गई और फिर भी कुछ पेट में गड़बड़ मालूम पड़ती है। भाई, जान है तो जहान है, चाहे कोई रंज हो या खुशी हो, यह जरूरत तो रोकी नहीं जाती। मैं फिर जाता हूँ और अभी आता हूँ।'' यह कह नकली जैरामसिंह तुरंत वहाँ से चलता बना।

पहरेवालों से बातचीत करके तेजसिंह ने सुन लिया कि बद्रीनाथ यहाँ आए थे और उनकी खोज में गए हैं, इससे वे होशियार हो गए। सोचा कि अगर हमारे यहाँ होते बद्रीनाथ लौट आएँगे तो जरूर पहचान जाएँगे। इससे यहाँ ठहरना मुनासिब नहीं। आखिर थोड़ी दूर जा, एक भिखमंगे की सूरत बना सड़क किनारे बैठ गए और बद्रीनाथ के आने की राह देखने लगे। थोड़ी देर गुजरी थी कि दूर से बद्रीनाथ आते दिखाई पड़े। पीछे-पीछे पीठ पर गठरी लादे नाजिम था, जिसके पीछे वह सिपाही भी था, जिसकी सूरत बना तेजसिंह आए थे।

तेजसिंह इस ठाट से बद्रीनाथ को आते देख चकरा गए। जी में सोचने लगे कि ढंग बुरे नजर आते हैं। इस सिपाही को, जो पीछे-पीछे चला आता है, मैं पेड़ के साथ बाँध आया था। उसी जगह कुमार और देवीसिंह भी थे। बिना कुछ उपद्रव मचाए इस सिपाही को ये लोग नहीं पा सकते थे। जरूर कुछ-न-कुछ बखेड़ा हुआ है। जरूर उस गठरी में, जो नाजिम की पीठ पर है, कुमार होंगे या देवीसिंह। मगर इस वक्त बोलने का मौका नहीं, क्योंकि यहाँ सिवाय इन लोगों के हमारी मदद करनेवाला कोई न होगा। यह सोचकर तेजसिंह चुपचाप उसी जगह बैठे रहे। जब वे लोग गठरी लिये किले के अंदर चले गए, तब उठकर उस तरफ का रास्ता लिया, जहाँ कुमार और देवीसिंह को छोड़ आए थे। देवीसिंह उसी जगह पत्थर पर उदास बैठे कुछ सोच रहे थे कि तेजसिंह आ पहुँचे। देखते ही देवीसिंह दौड़कर पैरों पर गिर पड़े और गुस्से भरी आवाज में बोले, ''गुरुजी, कुमार तो दुश्मनों के हाथ पड़ गए।''

तेजसिंह पत्थर पर बैठ गए और बोले, ''खैर, खुलासा हाल कहो, क्या हुआ?''

देवीसिंह ने जो कुछ बीता था, सब हाल कह सुनाया।

तेजसिंह ने कहा, ''देखो, आजकल हम लोगों का नसीब कैसा उलटा हो रहा है! फिक्र चारों तरफ की ठहरी, मगर करें तो क्या करें? बेचारी चंद्रकांता और चपला न मालूम किस आफत में फँस गईं और उनकी क्या दशा होगी! इसकी फिक्र तो थी ही, मगर कुमार का फँसना तो गजब हो गया।'' थोड़ी देर तक देवीसिंह और तेजसिंह बातचीत करते रहे, इसके बाद उठकर दोनों ने एक तरफ का रास्ता लिया।

बयान : 10

चुनारगढ़ के किले के अंदर महाराज शिवदत्त के खास महल में एक कोठरी के अंदर—जिसमें लोहे के छड़दार किवाड़ लगे हुए थे—हाथों में हथकड़ी, पैरों में बेड़ी पड़ी हुई, दरवाजे के सहारे उदास मुख वीरेंद्रसिंह बैठे हैं। पहरे पर कई औरतें कमर से छुरा बाँधे टहल रही हैं। कुमार धीरे-धीरे भुनभुना रहे हैं, "हाय, चंद्रकांता का पता लगा भी तो किसी काम का नहीं! भला पहले तो यह मालूम हो गया था कि शिवदत्त चुरा ले गया, मगर अब क्या कहा जाए? हाय, चंद्रकांता, तू कहाँ है? मुझको बेड़ी और यह कैद कुछ तकलीफ नहीं देती, जैसा तेरा लापता हो जाना खटक रहा है। हाय, अगर मुझको इस बात का यकीन हो जाए कि तू सही-सलामत है और अपने माँ-बाप के पास पहुँच गई तो इसी कैद में भूखे-प्यासे मर जाना मेरे लिए खुशी की बात होगी। मगर जब तक तेरा पता नहीं लगता, जिंदगी बुरी मालूम होती है। हाय, तेरी क्या दशा होगी। मैं कहाँ ढूँढ़ूँ? यह हथकड़ी-बेड़ी इस वक्त मेरे साथ कटे पर नमक का काम कर रही है। हाय, क्या अच्छी बात होती, अगर इस वक्त कुमारी की खोज में जंगल-जंगल मार-मारा फिरता, पैरों में काँटे गड़े होते, खून निकलता होता, भूख-प्यास लगने पर भी खाना-पीना छोड़कर उसी का पता लगाने की फिक्र होती। हे ईश्वर! तूने कुछ न किया। भला मेरी हिम्मत को तो देखा होता कि इश्क की राह में कैसा मजबूत हूँ। तूने तो मेरे हाथ-पैर ही जकड़ डाले। हाय, जिसको पैदा करके तूने हर तरह का सुख दिया, उसका दिल दुखाने और उसको खराब करने में तुझे क्या मजा मिलता है?"

ऐसी-ऐसी बातें करते हुए कुँवर वीरेंद्रसिंह की आँखों से आँसू जारी थे और लंबी-लंबी साँसें ले रहे थे। आधी रात के लगभग जा चुकी थी। जिस कोठरी में कुमार कैद थे, उसके सामने सजे हुए दालान में चार-पाँच शीशे जल रहे थे। कुमार का जी जब बहुत घबराया, सिर उठाकर उस तरफ देखने लगे। एकबारगी पाँच-सात लौंडियाँ एक तरफ से निकल आईं और हाँडी, ढोल, दीवारगीर, झाड़, बैठक, कँवल, मृदंगी वगैरह शीशों को जलाया, जिनकी रोशनी से एकदम दिन-सा हो गया। बाद इसके दालान के बीचोबीच बेशकीमती गद्दी बिछाई और तब सब लौंडियाँ खड़ी होकर एकटक दरवाजे की तरफ देखने लगीं, मानो किसी के आने का इंतजार कर रही हैं। कुमार बड़े गौर से देख रहे थे, क्योंकि उनको इस बात का बड़ा ताज्जुब था कि वे महल के अंदर, जहाँ मर्दों की बू तक नहीं जा सकती, क्यों कैद किए गए और इसमें महाराज शिवदत्त ने क्या फायदा सोचा?

थोड़ी देर बाद महाराज शिवदत्त अजब ठाट से आते दिखाई पड़े, जिसको देखते

ही वीरेंद्रसिंह चौंक पड़े। अजब हालत हो गई। एकटक देखने लगे। देखा कि महाराज शिवदत्त के दाईं तरफ चंद्रकांता और बाईं तरफ चपला। दोनों के हाथों में हाथ दिए धीरे-धीरे आकर उस गद्दी पर बैठ गए, जो बीच में बिछी हुई थी। चंद्रकांता और चपला भी दोनों तरफ सटकर महाराज के पास बैठ गईं।

चंद्रकांता और कुमार का साथ तो लड़कपन ही से था, मगर आज चंद्रकांता की खूबसूरती और नजाकत जितनी बढ़ी-चढ़ी थी, इसके पहले कुमार ने कभी नहीं देखी थी। सामने पानदान, इत्रदान वगैरह सब सामान ऐश का रखा हुआ था। यह देख कुमार की आँखों में खून उतर आया। जी में सोचने लगे, 'यह क्या हो गया? चंद्रकांता इस तरह खुशी-खुशी शिवदत्त की बगल में बैठी हुई हाव-भाव कर रही है। यह क्या मामला है? क्या मेरी मुहब्बत एकदम उसके दिल से जाती रही? साथ ही माँ-बाप की मुहब्बत भी बिल्कुल उड़ गई? जिसमें मेरे सामने उसकी यह कैफियत है। क्या वह यह नहीं जानती कि उसके सामने ही मैं इस कोठरी में कैदियों की तरह पड़ा हुआ हूँ? जरूर जानती है। वह देखो, मेरी तरफ तिरछी आँखों से देख मुँह बिचका रही है। साथ ही इस चपला को क्या हो गया, जो तेजसिंह पर जी दिए बैठी थी और हथेली पर जान रख इसी महाराज शिवदत्त को छकाकर तेजसिंह को छुड़ा ले गई थी? उस वक्त महाराज शिवदत्त की मुहब्बत इसको न हुई और आज इस तरह अपनी मालकिन चंद्रकांता के साथ बराबरी दर्जे पर शिवदत्त की बगल में बैठी है। हाय-हाय, स्त्रियों का कुछ ठिकाना नहीं। इन पर भरोसा करना बड़ी भारी भूल है। हाय, क्या मेरी किस्मत में ऐसी ही औरत से मुहब्बत होनी लिखी थी? ऐसे ऊँचे कुल की लड़की ऐसा काम करे। हाय, अब मेरा जीना व्यर्थ है। मैं जरूर अपनी जान दे दूँगा! मगर क्या चंद्रकांता और चपला को शिवदत्त के लिए जीता छोड़ दूँगा? कभी नहीं। यह ठीक है कि वीर पुरुष स्त्रियों पर हाथ नहीं छोड़ते, पर मुझको अब अपनी वीरता दिखानी नहीं, दुनिया में किसी के सामने मुँह करना नहीं है। मुझको यह सब सोचने से क्या फायदा? अब यही मुनासिब है कि इन दोनों को मार डालना और पीछे अपनी भी जान दे देना। तेजसिंह भी जरूर मेरा साथ देंगे। चलो, अब बखेड़ा ही तय कर डालो।'

इतने में इठलाकर चंद्रकांता ने महाराज शिवदत्त के गले में हाथ डाल दिया। अब तो वीरेंद्रसिंह सह न सके। जोर से झटका दे हथकड़ी तोड़ डाली। उसी जोश में एक लात सींखचेवाले किवाड़ में भी मारी और पल्ला गिरा शिवदत्त के पास पहुँचे। उनके सामने जो तलवार रखी थी, उसे उठा लिया और खींच के एक हाथ चंद्रकांता पर ऐसा चलाया कि खट से सिर अलग जा गिरा और धड़ तड़पने लगा। जब तक महाराज शिवदत्त सँभलें, तब तक चपला के भी दो टुकड़े कर दिए; मगर महाराज शिवदत्त पर वार न किया।

महाराज शिवदत्त सँभलकर उठ खड़े हुए। यकायक इस तरह की ताकत और तेजी कुमार की देख सकते में रह गए। मुँह से आवाज तक न निकली। जवाँमर्दी हवा खाने चली गई। सामने खड़े होकर कुमार का मुँह देखने लगे। कुँवर वीरेंद्रसिंह खून भरी नंगी तलवार लिये खड़े थे कि तेजसिंह और देवीसिंह धम से सामने आ मौजूद हुए।

तेजसिंह ने आवाज दी, "वाह, शाबाश! खूब दिल को सँभाला।" यह कह झट से महाराज शिवदत्त के गले में कमंद डाल झटका दिया। शिवदत्त की हालत पहले ही से खराब हो रही थी, कमंद से गला घुटते ही जमीन पर गिर पड़े। देवीसिंह ने झट गठरी बाँध पीठ पर लाद लिया।

तेजसिंह ने कुमार की तरफ देखकर कहा, "मेरे साथ-साथ चले आइए। अभी कोई दूसरी बात मत कीजिए। इस वक्त जो हालत आपकी है, मैं खूब जानता हूँ।"

इस वक्त सिवाय लौंडियों के कोई मर्द वहाँ पर नहीं था। इस तरह का खून-खराबा देखकर कई तो बदहोशो-हवास हो गईं, बाकी जो थीं, उन्होंने चूँ तक न किया, एकटक देखती ही रह गईं और ये लोग चलते बने।

बयान : 11

कुमार का मिजाज बदल गया। वे बातें, जो उनमें पहले थीं, अब बिल्कुल न रहीं। माँ-बाप की फिक्र, विजयगढ़ का खयाल, लड़ाई की धुन, तेजसिंह की दोस्ती—चंद्रकांता और चपला के मरते ही सब जाती रहीं। किले से ये तीनों बाहर आए। आगे शिवदत्त की गठरी लिये देवीसिंह और उनके पीछे कुमार को बीच में लिये तेजसिंह चले जाते थे। कुँवर वीरेंद्रसिंह को इसका कुछ भी खयाल न था कि वे कहाँ जा रहे हैं। दिन चढ़ते-चढ़ते वे लोग बहुत दूर एक घने जंगल में जा पहुँचे, जहाँ तेजसिंह के कहने से देवीसिंह ने महाराज शिवदत्त की गठरी जमीन पर रख दी और अपनी चादर से एक पत्थर खूब झाड़कर कुमार को बैठने के लिए कहा। मगर वे खड़े ही रहे, सिवाय जमीन देखने के कुछ भी न बोले।

कुमार की ऐसी दशा देखकर तेजसिंह बहुत घबराए। जी में सोचने लगे कि अब इनकी जिंदगी कैसे रहेगी? अजब हालत हो रही है। चेहरे पर मुर्दनी छा रही है। तनो-बदन की सुध नहीं, बल्कि पलकें नीचे को बिल्कुल नहीं गिरतीं। आँखों की पुतलियाँ जमीन देख रही हैं। जरा भी इधर-उधर नहीं हटतीं। यह क्या हो गया? क्या चंद्रकांता के साथ ही इनका भी दम निकल गया? ये खड़े क्यों हैं? तेजसिंह ने कुमार का हाथ पकड़ बैठने के लिए जोर दिया, मगर घुटना बिल्कुल न मुड़ा। धम से जमीन पर गिर पड़े। सिर फूट गया, खून निकलने लगा; मगर पलकें उसी तरह खुलीं-की-खुलीं, पुतलियाँ ठहरी हुईं। साँस रुक-रुककर निकलने लगी।

अब तेजसिंह कुमार की जिंदगी से बिल्कुल नाउम्मीद हो गए। रोकने से तबीयत न रुकी। जोर से पुकारकर रोने लगे। इस हालत को देख देवीसिंह की भी छाती फटी। रोने में तेजसिंह भी शरीक हुए।

तेजसिंह पुकार-पुकारकर कहने लगे, ''हाय कुमार, क्या सचमुच अब तुमने दुनिया छोड़ दी? हाय, न मालूम वह कौन सी बुरी सायत थी कि कुमारी चंद्रकांता की मुहब्बत तुम्हारे दिल में पैदा हुई, जिसका नतीजा ऐसा बुरा हुआ! अब मालूम हुआ कि तुम्हारी जिंदगी इतनी ही थी।''

तेजसिंह इस तरह की बातें कहकर रो रहे थे कि इतने में एक तरफ से आवाज आई, ''नहीं, कुमार की उम्र कम नहीं है, बहुत बड़ी है। इनको मारनेवाला कोई पैदा नहीं हुआ। कुमारी चंद्रकांता की मुहब्बत बुरी सायत में नहीं हुई, बल्कि बहुत अच्छी सायत में हुई। इसका नतीजा बहुत अच्छा होगा। कुमारी से शादी तो होगी ही, साथ ही इसके चुनारगढ़ की गद्दी भी कुँवर वीरेंद्रसिंह को मिलेगी; बल्कि और भी कई राज्य इनके हाथ से फतह होंगे। बड़े तेजस्वी और इनसे भी ज्यादा नाम पैदा करनेवाले दो वीर पुत्र चंद्रकांता के गर्भ से पैदा होंगे। क्या हुआ है, जो रो रहे हो?''

तेजसिंह और देवीसिंह का रोना एकदम बंद हो गया। इधर-उधर देखने लगे। तेजसिंह सोचने लगे कि हैं, यह कौन है। ऐसी मुर्दे को जिलानेवाली आवाज किसके मुँह से निकली। क्या कहा, कुमार को मारनेवाला कौन है? कुमार के दो पुत्र होंगे। हैं, यह कैसी बात है? कुमार का तो यहाँ दम निकला जाता है। ढूँढ़ना चाहिए, यह कौन है? तेजसिंह और देवीसिंह इधर-उधर देखने लगे, पर कहीं कुछ पता न चला।

फिर आवाज आई, ''इधर देखो।'' आवाज की सीध पर एक तरफ सिर उठाकर तेजसिंह ने देखा कि पेड़ पर से जगन्नाथ ज्योतिषी नीचे उतर रहे हैं।

जगन्नाथ ज्योतिषी उतरकर तेजसिंह के सामने आए और बोले, ''आप हैरान मत होइए। ये सब बातें, जो ठीक होने वाली हैं, मैंने ही कही हैं। इसके सोचने की भी जरूरत नहीं कि मैं महाराज शिवदत्त का तरफदार होकर आपके हित की बातें क्यों कहने लगा? इसका सबब भी थोड़ी देर में मालूम हो जाएगा और आप मुझको अपना सच्चा दोस्त समझने लगेंगे। पहले कुमार की फिक्र कर लें, तब आपसे बातचीत हो।''

इसके बाद जगन्नाथ ज्योतिषी ने तेजसिंह और देवीसिंह के देखते-देखते एक बूटी, जिसकी तिकोनी पत्ती थी और आसमानी रंग का फूल लगा हुआ था, डंठल का रंग बिल्कुल सफेद और खुरदुरा था, उसी समय पास ही से ढूँढ़कर तोड़ी और हाथ में खूब मल के दो बूँद उसके रस की कुमार की दोनों आँखों और कानों में टपका दीं। बाकी जो सीठी बची, उसको तालू पर रखकर अपनी चादर से एक टुकड़ा फाड़कर बाँध दिया और बैठकर कुमार को आराम होने की राह देखने लगे।

आधी घड़ी भी नहीं बीतने पाई थी कि कुमार की आँखों का रंग बदल गया। पलकों ने गिरकर कौड़ियों को ढाँक लिया। धीरे-धीरे हाथ-पैर भी हिलने लगे। दो-तीन छींकें भी आईं, जिसके साथ ही कुमार होश में आकर उठ बैठे।

सामने ज्योतिषीजी के साथ तेजसिंह और देवीसिंह को बैठे देखकर पूछा, "क्यों, मुझको क्या हो गया था?"

तेजसिंह ने सब हाल कहा। कुमार ने जगन्नाथ ज्योतिषी को दंडवत् किया और कहा, "महाराज, आपने मेरे ऊपर क्यों कृपा की, इसका हाल जल्द कहिए? मुझको कई तरह के शक हो रहे हैं।"

ज्योतिषीजी ने कहा, "कुमार, यह ईश्वर की माया है कि आपके साथ रहने को मेरा जी चाहता है। महाराज शिवदत्त इस लायक नहीं हैं कि मैं उनके साथ रहकर अपनी जान दूँ। उनको आदमी की पहचान नहीं। वह गुणियों का आदर नहीं करते। उनके साथ रहना अपने गुण की मिट्टी खराब करना है। गुणी के गुण को देखकर कभी तारीफ नहीं करता, वह बड़ा भारी मतलबी है। अगर उसका काम किसी से कुछ बिगड़ जाए तो उसकी आँखें उसकी तरफ से तुरंत बदल जाती हैं, चाहे वह कैसा ही गुणी क्यों न हो। सिवाय इसके वह अधर्मी भी बड़ा भारी है। कोई भला आदमी ऐसे के साथ रहना पसंद नहीं करेगा। इसी से मेरा जी फट गया। मैं अगर रहूँगा तो आपके साथ रहूँगा। आप-सा कद्रदान मुझको कोई दिखाई नहीं देता। मैं कई दिनों से इस फिक्र में था, मगर कोई ऐसा मौका नहीं मिलता था कि अपनी सच्चाई दिखाकर आपका साथी हो जाता; क्योंकि मैं चाहे कितनी ही बातें बनाऊँ, मगर ऐयारों की तरफ से ऐयारों का जी साफ होना मुश्किल है। आज मुझको ऐसा मौका मिला, क्योंकि आज का दिन आप पर बड़े संकट का था, जो कि महाराज शिवदत्त के धोखे और चालाकी ने आपको दिखाया।" इतना कह ज्योतिषीजी चुप हो गए।

ज्योतिषीजी की आखिरी बात ने सभी को चौंका दिया। तीनों आदमी खिसककर उनके पास आ बैठे।

तेजसिंह ने कहा, "हाँ 'ज्योतिषीजी' जल्दी खुलासा कहिए, शिवदत्त ने क्या धोखा दिया?"

ज्योतिषीजी ने कहा, "महाराज शिवदत्त का यह कायदा है कि जब कोई भारी काम किया जाता है तो पहले मुझसे जरूर पूछता है; लेकिन चाहे राय दूँ या मना करूँ, करता है अपने ही मन की और धोखा भी खाता है। कई दफा पंडित बद्रीनाथ भी इन बातों से रंज हो गए कि जब अपने ही मन की करनी है, तो ज्योतिषीजी से पूछने की जरूरत ही क्या है। आज रात को जो चालाकी उसने आपसे की, उसके लिए भी मैंने मना किया था; मगर कुछ न माना। आखिर नतीजा यह निकला कि घसीटासिंह और

भगवानदत्त ऐयारों की जान गई। इसका खुलासा हाल मैं तब कहूँगा, जब आप इस बात का वादा कर लें कि मुझको अपना ऐयार या साथी बनाएँगे।''

ज्योतिषीजी की बात सुन कुमार ने तेजसिंह की तरफ देखा। तेजसिंह ने कहा, ''ज्योतिषीजी, मैं बड़ी खुशी से आपको साथ रखूँगा; परंतु आपको इसके पहले अपने साफ दिल होने की कसम खानी पड़ेगी।''

ज्योतिषीजी ने तेजसिंह के मन से शक मिटाने के लिए जनेऊ हाथ में लेकर कसम खाई। तेजसिंह ने उठकर उन्हें गले लगा लिया और बड़ी खुशी से अपने ऐयारों की पंगत में मला लिया। कुमार ने अपने गले से कीमती माला निकाल ज्योतिषीजी को पहना दी।

ज्योतिषीजी ने कहा, ''अब मुझसे सुनिए कि कुमार महल में क्यों कैद किए गए थे और जो रात को खून-खराबा हुआ, उसका असल भेद क्या है?''

जब आप लोग लश्कर से कुमारी की खोज में निकले थे तो रास्ते में बद्रीनाथ ऐयार ने आपको देख लिया था। आप लोगों के पहले वे वहाँ पहुँचे और चंद्रकांता को दूसरी जगह छिपाने की नीयत से उस खोह में उसको लेने गए; मगर उनके पहुँचने से पहले ही कुमारी वहाँ से गायब हो गई थी और वे खाली हाथ वापस आए। तब नाजिम को साथ ले आप लोगों की खोज में निकले और आपको इस जंगल में पाकर ऐयारी की। नाजिम ने ढेला फेंका था। देवीसिंह उसको पकड़ने गए, तब तक बद्रीनाथ, जो पहले ही तेजसिंह बनकर आए थे, न मालूम किस चालाकी से आपको बेहोश कर किले में ले गए और जिसमें आपकी तबीयत से चंद्रकांता की मुहब्बत जाती रहे और आप उसकी खोज न करें तथा उसके लिए महाराज शिवदत्त से लड़ाई न ठानें। इसलिए भगवानदत्त और घसीटासिंह, जो हम सभी में कम उम्र थे, चंद्रकांता और चपला बनाए गए, जिनको आपने खत्म किया। बाकी हाल तो आप जानते ही हैं।''

ज्योतिषीजी की बात सुन कुमार मारे खुशी के उछल पड़े। कहने लगे, ''हाय, क्या गजब किया था! कितना भारी धोखा दिया! अब मालूम हुआ कि बेचारी चंद्रकांता जीती-जागती है; मगर कहाँ है, इसका पता नहीं। खैर, यह भी मालूम हो जाएगा।''

अब क्या करना चाहिए, इस बात को सभी ने मिलकर सोचा और यह पक्का किया कि—

1. महाराज शिवदत्त को तो उसी खोह में, जिसमें ऐयार लोग पहले कैद किए गए थे, डाल देना चाहिए और दोहरा ताला लगा देना चाहिए; क्योंकि पहले ताले का हाल, जो शेर के मुँह में से जुबान खींचने से खुलता है, बद्रीनाथ को मालूम हो गया है; मगर दूसरे ताले का हाल सिवाय तेजसिंह के अभी कोई नहीं जानता।

2. कुमार को विजयगढ़ चले जाना चाहिए, क्योंकि जब तक महाराज शिवदत्त कैद हैं, लड़ाई न होगी; मगर हिफाजत के लिए कुछ फौज सरहद पर जरूर होनी चाहिए।
3. देवीसिंह कुमार के साथ रहें।
4. तेजसिंह और ज्योतिषीजी कुमारी की खोज में जाएँ।

कुछ और बातचीत करके सब उठ खड़े हुए और वहाँ से चल पड़े।

बयान : 12

दोपहर के वक्त एक नाले के किनारे सुंदर साफ चट्टान पर दो कमसिन औरतें बैठी हैं। दोनों की मैली-फटी साड़ी, दोनों के मुँह पर मिट्टी, खुले बाल, पैरों पर खूब धूल पड़ी हुई और चेहरे पर बदहवासी एवं परेशानी छाई हुई है।

चारों तरफ भयानक जंगल, खूनी जानवरों की भयानक आवाजें आ रही हैं। जब कभी जोर से हवा चलती है तो पेड़ों की सरसराहट से जंगल और भी डरावना मालूम पड़ता है। इन दोनों औरतों के सामने नाले के उस पार एक तेंदुआ पानी पीने के लिए उतरा। उन्होंने उस तेंदुए को देखा; मगर वह खूनी जानवर इन दोनों को न देख सका, क्योंकि जहाँ वे दोनों बैठी थीं, सामने ही एक मोटा जामुन का पेड़ था।

इन दोनों में से एक, जो ज्यादा नाजुक थी, उस तेंदुए को देख डरी और धीरे से दूसरे से बोली, "प्यारी सखी, देखो, कहीं वह इस पार न उतर आए।"

उसने कहा, "नहीं सखी, वह इस पार न आएगा। अगर आने का इरादा भी करेगा तो मैं पहले ही इन तीरों से उसको मार गिराऊँगी, जो उस नाले के सिपाहियों को मार कर लेती आई हूँ। इस वक्त हमारे पास दो सौ तीर हैं और हम दोनों तीर चलानेवाली हैं। लो, तुम भी एक तीर चढ़ा लो।" यह सुन उसने भी एक तीर कमान पर चढ़ाया, मगर उसकी कोई जरूरत न पड़ी। वह तेंदुआ पानी पीकर तुरंत ऊपर चढ़ गया और देखते-देखते गायब हो गया। तब इन दोनों में बातें होने लगीं—

कुमारी—"क्यों चपला, कुछ मालूम पड़ता है कि हम लोग किस जगह आ पहुँचे और यह कौन सा जंगल है तथा विजयगढ़ की राह किधर है?"

चपला—"कुमारी, कुछ समझ में नहीं आता; बल्कि अभी तक मुझको भागने की धुन में यह भी नहीं मालूम कि किस तरफ चली आई। विजयगढ़ किधर है, चुनारगढ़ कहाँ छोड़ा और नौगढ़ का रास्ता कहाँ है? सिवाय तुम्हारे साथ महल में रहने या विजयगढ़ की हद में घूमने के कभी इन जंगलों में तो आना ही नहीं हुआ। हाँ, चुनारगढ़ से सीधे विजयगढ़ का रास्ता जानती हूँ। मगर उधर मैं इस सबब से नहीं गई कि आजकल हमारे दुश्मनों का लश्कर रास्ते में पड़ा है। कहीं ऐसा न हो कोई देख

ले। इसलिए मैं जंगल-ही-जंगल दूसरी तरफ भागी। खैर, देखो, ईश्वर मालिक है। कुछ-न-कुछ रास्ते का पता लग ही जाएगा। मेरे बटुए में मेवा हैं लो। इसको खा लो और पानी पी लो, फिर देखा जाएगा।''

कुमारी—''इसको किसी और वक्त के वास्ते रहने दो। क्या जाने हम लोगों को कितना दिन दुःख भोगना पड़े। यह जंगल खूब घना है। चलो, बेर-मकोय तोड़कर खाएँ। अच्छा तो न मालूम पड़ेगा, मगर समय काटना है।''

चपला—''अच्छा, जैसी तुम्हारी मरजी।''

चपला और चंद्रकांता दोनों वहाँ से उठीं। नाले के ऊपर इधर-उधर घूमने लगीं। दिन दोपहर से ज्यादा ढल चुका था। पेड़ों की छाँह में घूमतीं, जंगली बेरों को तोड़तीं, खातीं वे दोनों एक टूटे-फूटे उजाड़ मकान के पास पहुँचीं, जिसको देखने से मालूम होता था कि यह मकान जरूर किसी बड़े राजा का बनाया हुआ होगा, मगर अब टूट-फूट गया है।

चपला ने कुमारी चंद्रकांता से कहा, ''बहन, तुम मकान के टूटे दरवाजे पर बैठो। मैं फल तोड़ लाऊँ तो इसी जगह बैठकर दोनों खाएँ और इसके बाद तब इस मकान के अंदर घुसकर देखें कि क्या है। जब तक विजयगढ़ का रास्ता न मिले, यही खँडहर हम लोगों के रहने के लिए अच्छा होगा। इसी में गुजारा करेंगे। कोई मुसाफिर या चरवाहा इधर से आ निकलेगा तो विजयगढ़ का रास्ता पूछ लेंगे और तब यहाँ से जाएँगे।''

कुमारी ने कहा, ''अच्छी बात है। मैं इसी जगह बैठती हूँ। तुम कुछ फल तोड़ो, लेकिन दूर मत जाना।''

चपला ने कहा, ''नहीं, मैं दूर न जाऊँगी, इसी जगह तुम्हारी आँखों के सामने रहूँगी।'' यह कहकर चपला फल तोड़ने चली गई।

बयान : 13

चपला खाने के लिए कुछ फल तोड़ने चली गई। इधर चंद्रकांता अकेली बैठी-बैठी घबरा उठी। जी में सोचने लगी कि जब तक चपला फल तोड़ती है, तब तक इस टूटे-फूटे मकान की सैर करें, क्योंकि यह मकान चाहे टूटकर खँडहर हो रहा है, मगर मालूम होता है, किसी समय में अपना सानी न रखता होगा।

कुमारी चंद्रकांता वहाँ से उठकर खँडहर के अंदर गई। फाटक उस टूटे-फूटे मकान का दुरुस्त और मजबूत था। यद्यपि उसमें किवाड़ न लगे थे, मगर देखनेवाला यही कहेगा कि पहले इसमें लकड़ी या लोहे का फाटक जरूर लगा रहा होगा।

कुमारी ने अंदर जाकर देखा कि बड़ा भारी चौखूटा मकान है। बीच की इमारत तो टूटी-फूटी है, मगर हाता चारों तरफ का दुरुस्त मालूम पड़ता है और आगे बढ़ी।

एक दालान में पहुँची, जिसकी छत गिरी हुई थी, पर खंभे खड़े थे। इधर-उधर ईंट-पत्थर के ढेर थे जिन पर धीरे-धीरे पैर रखती और आगे बढ़ी। बीच में एक मैदान दिखाई पड़ा, जिसको बड़े गौर से कुमारी देखने लगी। साफ मालूम होता था कि पहले यह बाग था, क्योंकि अभी तक संगमरमर की क्यारियाँ बनी हुई थीं। छोटी-छोटी नहरें, जिनसे छिड़काव का काम निकलता होगा, अभी तक तैयार थीं। बहुत से फौवारे बेमरम्मत दिखाई पड़ते थे; मगर उन सभी पर मिट्टी की चादर पड़ी हुई थी। बीचोबीच उस खँडहर के पत्थर का एक बड़ा भारी बगुला बना हुआ दिखाई दिया, जिसको अच्छी तरह से देखने के लिए कुमारी उसके पास गई और उसकी सफाई और कारीगरी को देख उसके बनानेवाले की तारीफ करने लगी। वह बगुला सफेद संगमरमर का बना हुआ था और काले पत्थर के कमर बराबर ऊँचे तथा मोटे खंभ पर बैठाया हुआ था। उसके पैर दिखाई नहीं दे रहे थे। यही मालूम होता था कि पेट सटाकर इस पत्थर पर बैठा है। कम-से-कम पंद्रह हाथ के घेरे में उसका पेट होगा। लंबी चोंच, बाल और पर उसके ऐसी कारीगरी के साथ बनाए हुए थे कि बार-बार उसके बनानेवाले कारीगर की तारीफ मुँह से निकलती थी। जी में आया कि और पास जाकर बगुले को देखे। पास गई, मगर वहाँ पहुँचते ही उसने मुँह खोल दिया। चंद्रकांता यह देख घबरा गई कि यह क्या मामला है। कुछ डर भी मालूम हुआ। सामना छोड़ बगल में हो गई। अब उस बगुले ने पर भी फैला दिए।

कुमारी को चपला ने बहुत ढीठ कर दिया था। कभी-कभी जब जिक्र आ जाता तो चपला यही कहती थी कि दुनिया में भूत-प्रेत कोई चीज नहीं। जादू-मंत्र सब खेल कहानी है; जो कुछ है, ऐयारी है। इस बात का कुमारी को भी पूरा यकीन हो चुका था। यही सबब था कि चंद्रकांता उस बगुले के मुँह खोलने और पर फैलाने से नहीं डरी, अगर किसी दूसरी ऐसी नाजुक औरत को कहीं ऐसा मौका पड़ता तो शायद उसकी जान निकल जाती। जब बगुले को पर फैलाते देखा तो कुमारी उसके पीछे हो गई। बगुले के पीछे की तरफ एक पत्थर जमीन में लगा था, जिस पर कुमारी ने पैर रखा ही था कि बगुला एक दफा हिला और जल्दी से घूम अपनी चोंच से कुमारी को उठाकर निगल गया, तब घूमकर अपने ठिकाने हो गया, पर समेट लिये और मुँह बंद कर लिया।

बयान : 14

थोड़ी देर में चपला फलों से झोली भरे हुए पहुँची। देखा तो चंद्रकांता वहाँ नहीं है। इधर-उधर निगाह दौड़ाई, कहीं नहीं। इस टूटे मकान (खँडहर) में तो नहीं गई है। यह सोचकर मकान के अंदर चली। कुमारी तो बेधड़क उस खँडहर में

चली गई थी, मगर चपला रुकती हुई चारों तरफ निगाह दौड़ाती और एक-एक चीज तजवीज करती हुई चली। फाटक के अंदर घुसते ही दोनों बगल दो दालान दिखाई पड़े। ईंट-पत्थर के ढेर लगे हुए, कहीं से छत टूटी हुई; मगर दीवारों पर चित्रकारी और पत्थरों की मूर्तियाँ अभी तक नई मालूम पड़ती थीं।

चपला ने ताज्जुब की उन मूर्तियों को देखा। कोई भी उसमें पूरे बदन की नजर न आई। किसी का सिर नहीं, किसी की टाँग नहीं, किसी का हाथ कटा, किसी का आधा धड़ ही नहीं। सूरत भी इन मूर्तियों की अजब डरावनी थी और आगे बढ़ी। बड़े-बड़े मिट्टी-पत्थर के ढेर, जिनमें जंगली पेड़ लगे हुए थे, लाँघती हुई मैदान में पहुँची। दूर से वह बगुला दिखाई पड़ा, जिसके पेट में कुमारी पड़ चुकी थी।

सब जगहों को देखना छोड़ चपला उस बगुले के पास धड़धड़ाती हुई पहुँची। उसने मुँह खोल दिया। चपला को बड़ा ताज्जुब हुआ, पीछे हटी। बगुले ने मुँह बंद कर दिया। सोचने लगी, अब क्या करना चाहिए? यह तो कोई बड़ी भारी ऐयारी मालूम होती है। क्या भेद है, इसका पता लगाना चाहिए; मगर पहले कुमारी को खोजना उचित है, क्योंकि यह खँडहर कोई पुराना तिलिस्म मालूम होता है। कहीं ऐसा न हो कि इसी में कुमारी फँस गई हों। यह सोच उस जगह से हटी और दूसरी तरफ खोजने लगी।

चारों तरफ हाता घिरा हुआ था। कई दालान और कोठरियाँ टूटी-फूटी और कई साबुत भी थीं। एक तरफ से देखना शुरू किया। पहले एक दालान में पहुँची, जिसकी छत बीच से टूटी हुई थी। लंबाई दालान की लगभग सौ गज की होगी। बीच में मिट्टी-चूने का ढेर। इधर-उधर बहुत सी हड्डियाँ पड़ी हुईं और चारों तरफ जाले-मकड़े लगे हुए थे। मिट्टी के ढेर में से छोटे-छोटे बहुत से पीपल वगैरह के पेड़ निकल आए थे। दालान के एक तरफ छोटी सी कोठरी नजर आई, जिसके अंदर पहुँचने पर देखा कि एक कुआँ है। झाँकने से अँधेरा मालूम पड़ा।

इस कुएँ के अंदर क्या है? यह कोठरी बनिस्बत और जगहों के साफ क्यों मालूम पड़ती है? कुआँ भी साफ दीख पड़ता है, क्योंकि जैसे अकसर पुराने कुओं में पेड़ वगैरह लग जाते हैं, इसमें नहीं हैं। कुछ-कुछ आवाज भी इसमें से आती है, जो बिल्कुल समझ नहीं पड़ती।

इसका पता लगाने के लिए चपला ने अपने ऐयारी के बटुए में से काफूर निकाला और उसके टुकड़े जलाकर कुएँ में डाले। अंदर तक पहुँचकर उन जलते हुए काफूर के टुकड़ों ने खूब रोशनी की। अब साफ मालूम पड़ने लगा कि नीचे से कुआँ बहुत चौड़ा और साफ है, मगर पानी नहीं है, बल्कि पानी की जगह एक साफ सफेद बिछावन मालूम पड़ता है, जिसके ऊपर एक बूढ़ा आदमी बैठा है। उसकी लंबी दाढ़ी लटकती

हुई दिखाई पड़ती है; मगर गरदन नीची होने के सबब चेहरा मालूम नहीं पड़ता। सामने एक चौकी रखी हुई है, जिस पर रंग-बिरंगे फूल पड़े हैं। चपला यह तमाशा देख डर गई। फिर जी को सँभाला और कुएँ पर बैठ गौर करने लगी, मगर कुछ अक्ल ने गवाही न दी। काफूर के वे टुकड़े भी बुझ गए, जो कुएँ के अंदर जल रहे थे और फिर अँधेरा हो गया।

उस कोठरी में से एक दूसरे दालान में जाने का रास्ता था। उस राह से चपला दूसरे दालान में पहुँची, जहाँ इससे भी ज्यादा जी दहलाने और डरानेवाला तमाशा देखा। कूड़ा-कर्कट, हड्डी और गंदगी में यह दालान पहले दालान से कहीं बढ़ा-चढ़ा था; बल्कि एक साबुत पंजर (ढाँचा) हड्डी का भी पड़ा हुआ था, जो शायद गधे या टट्टू का हो। उसी की बगल से लाँघती हुई चपला बीचोबीच दालान में पहुँची।

एक चबूतरा संगमरमर का पुरसा भर ऊँचा देखा, जिस पर चढ़ने के लिए खूबसूरत नौ सीढ़ियाँ बनी हुई थीं। ऊपर उसके एक आदमी चौकी पर लेटा हुआ हाथ में किताब लिये कुछ पढ़ता हुआ मालूम पड़ा; मगर ऊँचा होने के सबब साफ दिखाई न दिया। इस चबूतरे पर चढ़े या न चढ़े? चढ़ने से कोई आफत तो न आएगी। भला सीढ़ी पर एक पैर रखकर देखूँ तो सही, यह सोचकर चपला ने सीढ़ी पर एक पैर रखा। पैर रखते ही बड़े जोर से आवाज हुई और संदूक के पल्ले की तरह खुलकर सीढ़ी के ऊपरवाले पत्थर ने चपला के पैर को जोर से फेंक दिया, जिसकी धमक और झटके से वह जमीन पर गिर पड़ी। सँभलकर उठ खड़ी हुई। देखा तो वह सीढ़ी का पत्थर, जो संदूक के पल्ले की तरह खुल गया था, ज्यों-का-त्यों बंद हो गया है।

चपला अलग खड़ी होकर सोचने लगी कि यह टूटा-फूटा मकान तो अजब तमाशे का है। जरूर यह किसी भारी ऐयार का बनाया हुआ होगा। इस मकान में घुसकर सैर करना कठिन है। जरा चूके और जान गई। पर मुझको क्या डर, क्योंकि जान से भी प्यारी मेरी चंद्रकांता इसी मकान में कहीं फँसी हुई है, जिसका पता लगाना बहुत जरूरी है। चाहे जान चली जाए, मगर बिना कुमारी को लिये इस मकान से बाहर कभी न जाऊँगी। देखूँ, इस सीढ़ी और चबूतरे में क्या-क्या ऐयारियाँ की गई हैं? कुछ देर तक सोचने के बाद चपला ने दस सेर का एक पत्थर सीढ़ी पर रखा। जिस तरह पैर को उस सीढ़ी ने फेंका था, उसी तरह उस पत्थर को भी भारी आवाज के साथ फेंक दिया।

चपला ने हर एक सीढ़ी पर पत्थर रखकर देखा, सभी में यही करामात पाई। इस चबूतरे के ऊपर क्या है, इसको जरूर देखना चाहिए। यह सोच अब वह दूसरी तरकीब करने लगी। बहुत से ईंट-पत्थर उस चबूतरे के पास जमा किए और उसके ऊपर चढ़कर देखा कि संगमरमर की चौकी पर एक आदमी दोनों हाथों में किताब लिये

पड़ा है। उम्र लगभग तीस वर्ष की होगी। खूब गौर करने से मालूम हुआ कि यह भी पत्थर का है। चपला ने एक छोटी सी कंकड़ी उसके मुँह पर डाली। था तो पत्थर का पुतला, मगर काम आदमी का किया। चपला ने जो कंकड़ी उसके मुँह पर डाली थी, उसको एक हाथ से हटा दिया और फिर उसी तरह वह हाथ अपने ठिकाने ले गया। चपला ने तब एक कंकड़ उसके पैर पर रखा। उसने पैर हिलाकर कंकड़ गिरा दिया। चपला थी तो बड़ी चालाक और निडर, मगर इस पत्थर के आदमी का तमाशा देख बहुत डरी और जल्दी वहाँ से हट गई। अब दूसरी तरफ देखने लगी। बगल के एक और दालान में पहुँची। देखा कि बीचोबीच दालान के एक तहखाना मालूम पड़ता है। नीचे उतरने के लिए सीढ़ियाँ बनी हुई हैं और ऊपर की तरफ दो पल्ले किवाड़ के हैं, जो इस समय खुले हैं।

चपला खड़ी होकर सोचने लगी कि इसके अंदर जाना चाहिए या नहीं। कहीं ऐसा न हो कि इसमें उतरने के बाद यह दरवाजा बंद हो जाए तो मैं इसी में रह जाऊँ। इससे मुनासिब है कि इसको भी आजमा लूँ। पहले एक ढोंका इसके अंदर डालूँ; लेकिन अगर आदमी के जाने से यह दरवाजा बंद हो सकता है तो जरूर ढोंके के गिरते ही बंद हो जाएगा। तब इसके अंदर जाकर देखना मुश्किल होगा। अस्तु, ऐसी कोई तरकीब की जाए, जिससे उसके जाने से किवाड़ बंद न होने पाए; बल्कि हो सके तो पल्लों को तोड़ ही देना चाहिए।

इन सब बातों को सोचकर चपला दरवाजे के पास गई। पहले उसके तोड़ने की फिक्र की, मगर न हो सका, क्योंकि वे पल्ले लोहे के थे। कब्जा उनमें नहीं था, सिर्फ पल्ले के बीचोबीच में चूल बनी हुई थी, जो कि जमीन के अंदर घुसी हुई मालूम पड़ती थी। यह चूल जमीन के अंदर कहाँ जाकर अड़ी थी, इसका पता न लग सका।

चपला ने अपनी कमर से कमंद खोली और चौहरा करके एक सिरा उसका उस किवाड़ के पल्ले में खूब मजबूती के साथ बाँधा; दूसरा सिरा उस कमंद का उसी दालान के एक खंभे में, जो किवाड़ के पास ही था, बाँधा। इसके बाद एक ढोंका पत्थर का दूर से उस तहखाने में डाला। पत्थर पड़ते ही इस तरह की आवाज आने लगी, जैसे किसी हाथी में से जोर से हवा निकलने की आवाज आती है। साथ ही इसके जल्दी से एक पल्ला भी बंद हो गया। दूसरा पल्ला भी बंद होने के लिए खिंचा, मगर वह कमंद से कसा हुआ था, उसको तोड़ न सका और खिंचा-का-खिंचा ही रह गया। चपला ने सोचा। 'कोई हर्ज नहीं। मालूम हो गया कि यह कमंद इस पल्ले को बंद न होने देगी। अब बेखटके इसके अंदर उतरो, देखो तो क्या है।' यह सोच चपला उस तहखाने में उतरी।

बयान : 15

चंपा बेफिक्र नहीं है। वह भी कुमारी की खोज में घर से निकली हुई है। जब बहुत दिन हो गए और राजकुमारी चंद्रकांता की कुछ खबर न मिली तो महारानी से हुक्म लेकर चंपा घर से निकली। जंगल-जंगल, पहाड़-पहाड़ मारी फिरी, मगर कहीं पता न लगा। कई दिन की थकी-माँदी जंगल में एक पेड़ के नीचे बैठकर सोचने लगी कि अब कहाँ चलना चाहिए और किस जगह ढूँढ़ना चाहिए, क्योंकि महारानी से मैं इतना वादा करके निकली हूँ कि कुँवर वीरेंद्रसिंह और तेजसिंह से बिना मिले और बिना उनसे कुछ खबर लिये कुमारी का पता लगाऊँगी; मगर अभी तक कोई उम्मीद पूरी न हुई और बिना काम पूरा किए मैं विजयगढ़ भी न जाऊँगी, चाहे जो हो। देखूँ, कब तक पता नहीं लगता।

जंगल में एक पेड़ के नीचे बैठी हुई चंपा इन सब बातों को सोच रही थी कि सामने से चार आदमी सिपाहियाना पोशाक पहने, ढाल-तलवार लगाए, एक-एक तेगा हाथ में लिये आते दिखाई दिए।

चंपा को देखकर उन लोगों ने आपस में कुछ बातें कीं, जिसे दूर होने के सबब चंपा बिल्कुल सुन न सकी; मगर उन लोगों के चेहरे की तरफ गौर से देखने लगी। वे लोग कभी चंपा की तरफ देखते, कभी आपस में बातें करके हँसते, कभी ऊँचे हो-होकर अपने पीछे की तरफ देखते, जिससे यह मालूम होता था कि ये लोग किसी की राह देख रहे हैं। थोड़ी देर बाद वे चारों चंपा के चारों तरफ हो गए और पेड़ों के नीचे छाया देखकर बैठ गए।

चंपा का जी खटका और सोचने लगी कि ये लोग कौन हैं? चारों तरफ से मुझको घेरकर क्यों बैठ गए और इनका क्या इरादा है? अब यहाँ बैठना न चाहिए। यह सोचकर उठ खड़ी हुई और एक तरफ का रास्ता लिया; मगर उन चारों ने न जाने दिया।

दौड़कर घेर लिया और कहा, "तुम कहाँ जाती हो? ठहरो, हमारे मालिक दम भर में आ जाते हैं। उनके आने तक बैठो। वे आ लें, तब हम लोग उनके सामने ले चलकर सिफारिश करेंगे और नौकर रखा देंगे। खुशी से तुम रहा करोगी। इस तरह से कहाँ तक जंगल-जंगल मारी फिरोगी?"

चंपा—"मुझे नौकरी की जरूरत नहीं, जो मैं तुम्हारे मालिक के आने की राह देखूँ। मैं नहीं ठहर सकती।"

एक सिपाही—"नहीं-नहीं, तुम जल्दी न करो। ठहरो, हमारे मालिक को देखोगी तो खुश हो जाओगी। ऐसा खूबसूरत जवान तुमने कभी न देखा होगा; बल्कि हम कोशिश करके तुम्हारी शादी उनसे करवा देंगे।"

चंपा—"होश में आकर बातें करो, नहीं तो दुरुस्त कर दूँगी। खाली औरत न समझना। तुम्हारे ऐसे दस को मैं कुछ नहीं समझती।"

चंपा की ऐसी बात सुनकर उन लोगों को बड़ा अचंभा हुआ। एक का मुँह दूसरा देखने लगा। चंपा फिर आगे बढ़ी। एक ने हाथ पकड़ लिया। बस, फिर क्या था, चंपा ने झट कमर से खंजर निकाल लिया और बड़ी फुरती के साथ दो को जख्मी करके भागी। बाकी के दो आदमियों ने उसका पीछा किया, मगर कब पा सकते थे!

चंपा भागी तो, मगर उसकी किस्मत ने भागने न दिया। एक पत्थर से ठोकर खा बड़े जोर से गिरी। चोट भी ऐसी लगी कि उठ न सकी। तब तक वे दोनों भी वहाँ पहुँच गए। अभी उन लोगों ने कुछ कहा भी नहीं था कि सामने से एक काफिला सौदागरों का आ पहुँचा, जिसमें लगभग दो सौ आदमियों के करीब होंगे। उनके आगे-आगे एक बूढ़ा आदमी था, जिसकी लंबी सफेद दाढ़ी, काला रंग, भूरी आँखें, उम्र लगभग अस्सी वर्ष की होगी। उम्दा कपड़े पहने, ढाल-तलवार लगाए, बरछी हाथ में लिये एक बेशकीमती मुश्की घोड़े पर सवार था। साथ में उसके एक लड़का, जिसकी उमर बीस वर्ष से ज्यादा न होगी, रेख तक न निकली थी, बड़े ठाट के साथ एक नेपाली टाँगन पर सवार था, जिसकी खूबसूरती और पोशाक देखने से मालूम होता था कि कोई राजकुमार है। पीछे-पीछे उनके बहुत से आदमी घोड़े पर सवार और कुछ पैदल भी थे। सबसे पीछे कई ऊँटों पर असबाब और उनका डेरा लदा हुआ था। साथ में कई डोलियाँ थीं, जिनके चारों तरफ बहुत से प्यादे तोड़ेदार बंदूकें लिये चले आते थे।

दोनों आदमियों ने, जिन्होंने चंपा का पीछा किया था, पुकारकर कहा, "इस औरत ने हमारे दो आदमियों को जख्मी किया है।" जब तक कुछ और कहे, तब तक कई आदमियों ने चंपा को घेर लिया और खंजर छीन हथकड़ी-बेड़ी डाल दी।

उस बूढ़े सवार ने, जिसके बारे में कह सकते हैं कि शायद सभी का सरदार होगा, दो-एक आदमियों की तरफ देखकर कहा, "हम लोगों का डेरा इसी जंगल में पड़े। यहाँ आदमियों की आमदरफ्त कम मालूम होती है, क्योंकि कोई निशान पगडंडी का जमीन पर दिखाई नहीं देता।"

डेरा पड़ गया। एक बड़ी रावटी में कई औरतें कैद की गईं, जो डोलियों पर थीं। चंपा बेचारी भी उन्हीं में रखी गई। सूरज अस्त हो गया। एक चिराग उस रावटी में जलाया गया, जिसमें कई औरतों के साथ चंपा भी थी। दो लौंडियाँ आईं, जिन्होंने औरतों से पूछा कि तुम लोग रसोई बनाओगी या बना-बनाया खाओगी?

सभी ने कहा, "हम बना-बनाया खाएँगे।"

मगर दो औरतों ने कहा, "हम कुछ न खाएँगे।"

जिसके जवाब में वे दोनों लौंडियाँ यह कहकर चली गईं कि देखें, कब तक

भूखी रहती हो। उन दोनों औरतों में से एक तो बेचारी आफत की मारी चंपा ही थी और दूसरी एक बहुत ही नाजुक और खूबसूरत औरत थी, जिसकी आँखों से आँसू जारी थे और जो थोड़ी-थोड़ी देर पर लंबी-लंबी साँसें ले रही थी। चंपा भी उसके पास बैठी हुई थी।

पहर रात चली गई। सभी के वास्ते खाने को आया, मगर उन दोनों के वास्ते नहीं, जिन्होंने पहले इनकार किया था। आधी रात बीतने पर सन्नाटा हुआ। पैरों की आवाज डेरे के चारों तरफ मालूम होने लगी, जिससे चंपा ने समझा कि इस डेरे के चारों तरफ पहरा घूम रहा है। धीरे-धीरे चंपा ने अपने बगलवाली खूबसूरत नाजुक औरत से बातें करना शुरू किया।

चंपा—"आप कौन हैं और इन लोगों के हाथ क्यों कर फँस गईं?"

औरत—"मेरा नाम कलावती है। मैं महाराज शिवदत्त की रानी हूँ। महाराज लड़ाई पर गए थे। उनके वियोग में जमीन पर सो रही थी। मुझको कुछ मालूम नहीं।" जब आँख खुली तो अपने को इन लोगों के फंदे में पाया। बस, और क्या कहूँ। तुम कौन हो?"

चंपा—"हैं, आप चुनारगढ़ की महारानी हैं। हा, आपकी यह दशा। वाह विधाता, तू धन्य है। मैं क्या बताऊँ, जब आप महाराज शिवदत्त की रानी हैं तो कुमारी चंद्रकांता को भी जरूर जानती होंगी। मैं उन्हीं की सखी हूँ। उन्हीं की खोज में मारी-मारी फिरती थी कि इन लोगों ने पकड़ लिया।"

वे दोनों आपस में धीरे-धीरे बातें कर रही थीं कि बाहर से एक आवाज आई, "कौन है? भागा, भागा, निकल गया!"

महारानी डरीं, मगर चंपा को कुछ खौफ न मालूम हुआ। बात-ही-बात में रात बीत गई। दोनों में से किसी को नींद न आई। कुछ-कुछ दिन भी निकल आया। वही दोनों लौंडियाँ, जो भोजन कराने आई थीं, इस समय फिर आईं। तलवार दोनों के हाथ में थीं। उन दोनों ने सभी से कहा, "चलो, पारी-पारी से मैदान हो आओ।"

कुछ औरतें मैदान गईं, मगर ये दोनों अर्थात् महारानी और चंपा उसी तरह बैठी रहीं। किसी ने जिद भी न की। पहर दिन चढ़ आया होगा कि उस काफिले का बूढ़ा सरदार एक बूढ़ी औरत को लिये इस डेरे में आया, जिसमें सब औरतें कैद थीं।

बुढ़िया—"इतनी ही हैं या और भी?"

सरदार—"बस, इस वक्त तो इतनी ही हैं। अब तुम्हारी मेहरबानी होगी तो और हो जाएँगी।"

बुढ़िया—"देखिए तो सही, मैं कितनी औरतें फँसा लाती हूँ। हाँ, अब बताइए, किस मेल की औरत लाने पर कितना इनाम मिलेगा।"

सरदार—"देखो, ये सब एक मेल में हैं। इस किस्म की अगर लाओगी तो दस रुपए मिलेंगे। (चंपा की तरफ इशारा करके) अगर इस मेल की लाओगी तो पूरे पचास रुपए। (महारानी की तरफ बताकर) अगर ऐसी खूबसूरत हो तो पूरे सौ रुपए मिलेंगे, समझ गईं।"

बुढ़िया—"हाँ, अब मैं बिल्कुल समझ गई। इन सभी को आपने कैसे पाया?"

सरदार—"यह जो सबसे खूबसूरत है, इसको तो एक खोह में पाया था। बेहोश पड़ी थी; और यह कल इसी जगह पकड़ी गई है। इसने दो आदमी मेरे मार डाले हैं। बड़ी बदमाश है।"

बुढ़िया—"इसकी चितवन ही से बदमाशी झलकती है। ऐसी-ऐसी अगर तीन-चार आ जाएँ तो आपका काफिला ही बैकुंठ चला जाए।"

सरदार—"इसमें क्या शक है और वे सब जो हैं, कई तरह से पकड़ी गई हैं। एक तो वह बंगाल की रहनेवाली है। इसके पड़ोस ही में मेरे लड़के ने डेरा डाला था। अपने पर आशिक करके निकाल लाया। ये चारों रुपए के लालच में फँसी हैं और बाकी सभी को मैंने उनकी माँ, नानी या वारिसों से खरीद लिया है। बस चलो अब अपने डेरे में बातचीत करेंगे। मैं बूढ़ा आदमी बहुत देर तक खड़ा नहीं रह सकता।"

बुढ़िया—"चलिए।"

दोनों उस डेरे से रवाना हुए। उन दोनों के जाने के बाद सब औरतों ने खूब गालियाँ दीं, "मुए को देखो, अभी और औरतों को फँसाने की फिक्र में लगा है! न मालूम यह बुढ़िया इसको कहाँ से मिल गई। बड़ी शैतान मालूम पड़ती है। कहती है, देखो, मैं कितनी औरतें फँसा लाती हूँ। हे परमेश्वर! इन लोगों पर तेरी भी कृपा बनी रहती है? न मालूम यह डायन कितने घर चौपट करेगी!"

चंपा ने उस बुढ़िया को खूब गौर करके देखा और आधे घंटे तक कुछ सोचती रही; मगर महारानी को सिवाय रोने के और कोई धुन न थी।

"हाय, महाराज की लड़ाई में क्या दशा हुई होगी? वे कैसे होंगे? मेरी याद करके कितने दुःखी होते होंगे!" धीरे-धीरे यही कहकर रो रही थीं।

चंपा उनको समझाने लगी, "महारानी, सब्र करो, घबराओ मत। मुझे पूरी उम्मीद हो गई। ईश्वर चाहेगा तो अब हम लोग बहुत जल्दी छूट जाएँगे। क्या करूँ, मैं हथकड़ी-बेड़ी में पड़ी हूँ। किसी तरह ये खुल जातीं तो इन लोगों को मजा चखाती। लाचार हूँ कि यह मजबूत बेड़ी सिवाय कटने के दूसरी तरह खुल नहीं सकती और इसका कटना यहाँ मुश्किल है।"

इसी तरह रोते-कलपते आज का दिन भी बीता। शाम हो गई। बूढ़ा सरदार फिर डेरे में आ पहुँचा, जिसमें औरतें कैद थीं; साथ में सवेरेवाली बुढ़िया, आफत की

पुड़िया एक जवान खूबसूरत औरत को लिये हुए थी।

बुढ़िया—"मिला लीजिए, अव्वल नंबर की है या नहीं?"

सरदार—"अव्वल नंबर की तो नहीं, हाँ, दूसरे नंबर की जरूर है। पचास रुपए की आज तुम्हारी बोहनी हुई, इसमें शक नहीं।"

बुढ़िया—"खैर, पचास ही सही, यहाँ कौन गिरह की जमा लगती है। कल फिर लाऊँगी। चलिए।"

इस समय इन दोनों की बातचीत बहुत धीरे-धीरे हुई। किसी ने सुना नहीं, मगर होंठों के हिलने से चंपा कुछ-कुछ समझ गई। वह नई औरत, जो आज आई, बड़ी खुश दिखाई देती थी। हाथ-पैर खुले थे। तुरंत ही उसके वास्ते खाने को आया। उसने भी खूब लंबे-चौड़े हाथ लगाए। बेखटके उड़ा गई। दूसरी औरतों को सुस्त और रोते देख हँसती और चुटकियाँ लेती थी। चंपा ने जी में सोचा—यह तो बड़ी भारी बला है। इसको अपने कैद होने और फँसने की कोई फिक्र ही नहीं। मुझे तो कुछ खुटका मालूम होता है।

बयान : 16

कल की तरह आज की रात भी बीत गई। लौंडियों के साथ सुबह को सब औरतें पारी-पारी मैदान भेजी गईं। महारानी और चंपा आज भी नहीं गईं।

चंपा ने महारानी से पूछा, "आप जब से इन लोगों के हाथ फँसी हैं, कुछ भोजन किया या नहीं?"

उन्होंने जवाब दिया, "महाराज से मिलने की उम्मीद में जान बचाने के लिए दूसरे-तीसरे दिन कुछ खा लेती हूँ। क्या करूँ, कुछ बस नहीं चलता।"

थोड़ी देर बाद दो आदमी उस डेरे में आए। महारानी और चंपा से बोले, "तुम दोनों बाहर चलो। आज हमारे सरदार का हुक्म है कि सब औरतें मैदान में पेड़ों के नीचे बैठाई जाएँ, जिससे मैदान की हवा लगे और तंदुरुस्ती में फर्क न पड़ने पाए।"

यह कह दोनों को बाहर ले गए। वे औरतें, जो मैदान में गई थीं, बाहर ही एक बहुत घने महुए के तले बैठी हुई थीं। ये दोनों भी उसी तरह जाकर बैठ गईं। चंपा चारों तरफ निगाह दौड़ाकर देखने लगी।

दो पहर दिन चढ़ आया होगा। वही बुढ़िया, जो कल एक औरत को ले आई थी, आज फिर एक जवान औरत—कल से भी ज्यादा खूबसूरत—लिये हुए पहुँची। उसे देखते ही बूढ़े मियाँ ने बड़ी खातिर से अपने पास बैठाया और उस औरत को उस जगह भेज दिया, जहाँ सब औरतें बैठी हुई थीं। चंपा ने आज उस औरत को भी बारीक निगाह से देखा।

आखिर उससे न रहा गया, ऊपर की तरफ मुँह करके बोली, "मी सगमता।" (हम पहचान गए।) वह औरत, जो आई थी, चंपा का मुँह देखने लगी।

थोड़ी देर के बाद वह भी अपने पैर के अँगूठे की तरफ देख और हाथों से उसे मलती हुई बोली, "चपकलाछ्टमे बापरोफस।" (चुप रहोगी तो तुम्हारी जान जाएगी।) फिर दोनों में से कोई न बोली।

शाम हो गई। सब औरतें उस रावटी में पहुँच गईं। रात को खाने का सामान पहुँचा। महारानी और चंपा के सिवाय सभी ने खाया। उन दोनों औरतों ने तो खूब ही हाथ फेरे, जो नई फँसकर आई थीं।

रात बहुत चली गई। सन्नाटा हो गया। रावटी के चारों तरफ पहरा फिरने लगा। रावटी में एक चिराग जल रहा है। सब औरतें सो गईं, सिर्फ चार जाग रही हैं—महारानी, चंपा और वे दोनों, जो नई आई हैं।

चंपा ने उन दोनों की तरफ देखकर कहा, "कड़ाक भी टेटी, नो से पारो फेसतो।" (मेरी बेड़ी तोड़ दो, नहीं तो गुल मचाकर गिरफ्तार करा दूँगी।)

एक ने जवाब दिया, "तीमसे को?" (तुम्हारी क्या दशा होगी?)

फिर चंपा ने कहा, "रानी की सेगी।" (रानी का साथ दूँगी।)

उन दोनों औरतों ने अपनी कमर से कोई तेज औजार निकाला और धीरे से चंपा की हथकड़ी और बेड़ी काट दी। अब चंपा लापरवाह हो गई। उसके होंठों पर मुसकराहट मालूम होने लगी।

दो पहर रात बीत गई। यकायक उस रावटी को चारों तरफ से बहुत से आदमियों ने घेर लिया। शोरगुल की आवाज आने लगी, "मारो, पकड़ो!" की आवाज सुनाई देने लगी। बंदूक की आवाज कान में पड़ी। अब सब औरतों को यकीन हो गया कि डाका पड़ा और लड़ाई हो रही है। खलबली मच गई। रावटी में जितनी औरतें थीं, इधर-उधर दौड़ने लगीं। महारानी घबराकर "चंपा, चंपा!" पुकारने लगीं, मगर कहीं पता नहीं। चंपा दिखाई न पड़ी।

वे दोनों औरतें, जो नई आई थीं, आकर कहने लगीं, "मालूम होता है, चंपा निकल गई। मगर आप मत घबराइए। ये सब आप ही के नौकर हैं, जिन्होंने डाका मारा है। मैं भी आप ही का ताबेदार हूँ, औरत न समझिए मैं जाता हूँ। आपके वास्ते कहीं डोली तैयार होगी, लेकर आता हूँ।" यह कह दोनों ने रास्ता लिया।

जिस रावटी में औरतें थीं, उसके तीन तरफ आदमियों की आवाज कम हो गई। सिर्फ चौथी तरफ, जिधर और बहुत से डेरे थे, लड़ाई की आहट मालूम हो रही थी। दो आदमी, जिनका मुँह कपड़े या नकाब से ढँका हुआ था, डोली लिये हुए पहुँचे और महारानी को उस पर बैठाकर बाहर निकल गए। रात बीत गई, आसमान पर सफेदी

दिखाई देने लगी। चंपा और महारानी तो चली गई थीं, मगर और सब औरतें उसी रावटी में बैठी हुई थीं। डर के मारे चेहरा जर्द हो रहा था। एक का मुँह एक देख रही थी। इतने में पन्नालाल, रामनारायण और चुन्नीलाल एक डोली—जिस पर किमख्वाब का परदा पड़ा हुआ था—लिये हुए उस रावटी के दरवाजे पर पहुँचे। डोली बाहर रख दी। आप अंदर गए और सब औरतों को अच्छी तरह देखने लगे, फिर पूछा, "तुम लोगों में से दो औरतें दिखाई नहीं देतीं वे कहाँ गईं?"

सब औरतें डरी हुई थीं। किसी के मुँह से आवाज न निकली।

पन्नालाल ने फिर कहा, "तुम लोग डरो मत, हम लोग डाकू नहीं हैं। तुम्हीं लोगों को छुड़ाने के लिए इतनी धूमधाम हुई है। बताओ, वे दोनों औरतें कहाँ हैं?"

अब उन औरतों का जी कुछ ठिकाने हुआ।

एक ने कहा, "दो नहीं, बल्कि चार औरतें गायब हैं, जिनमें दो औरतें तो वे हैं, जो कल और परसों फँस के आई थीं। वे दोनों तो एक औरत को यह कहकर चली गईं कि आप डरिए मत, हम लोग आपके ताबेदार हैं, डोली लेकर आते हैं तो आपको ले चलते हैं। इसके बाद डोली आई, जिस पर चढ़कर वह चली गई; और चौथी तो सब के पहले ही निकल गई थी।"

पन्नालाल के तो होश उड़ गए। रामनारायण और चुन्नीलाल के मुँह की तरफ देखने लगे। रामनारायण ने कहा, "ठीक है, हम दोनों महारानी को ढाढ़स देकर तुम्हारी खोज में डोली लेने चले गए। जफील बजाकर तुमसे मुलाकात की और डोली लेकर चले आ रहे हैं। मगर दूसरा कौन डोली लेकर आया, जो महारानी को लेकर चला गया? इन लोगों का यह कहना भी ठीक है कि चंपा पहले ही से गायब है। जब हम लोग औरत बने हुए इस रावटी में थे और लड़ाई हो रही थी, महारानी ने डर के 'चंपा-चंपा' पुकारा, तभी उसका पता न था। मगर यह मामला क्या है, कुछ समझ में नहीं आता? चलो, बाहर चलकर इन बुर्दाफरोशों की डोलियों को गिनें, उतनी ही हैं या कम? इन औरतों को भी बाहर निकालो।"

सब औरतें उस डेरे के बाहर की ओर गईं। उन्होंने देखा कि चारों तरफ खून-ही-खून दिखाई देता है। कहीं-कहीं लाश भी नजर आती है। काफिले का बूढ़ा सरदार और उसका खूबसूरत लड़का जंजीरों से जकड़े एक पेड़ के नीचे बैठे हुए हैं। दस आदमी नंगी तलवारें लिये उनकी निगहबानी कर रहे हैं और सैकड़ों आदमी हाथ-पैर बँधे दूसरे पेड़ों के नीचे बैठाए हुए हैं। रावटियाँ और डेरे सब उजड़े पड़े हैं।

पन्नालाल, रामनारायण और चुन्नीलाल उस जगह गए, जहाँ बहुत सी डोलियाँ थीं। रामनारायण ने पन्नालाल से कहा, "देखो, ये सोलह डोलियाँ हैं। पहले हमने सत्रह गिनी थीं। इससे मालूम होता है कि इन्हीं में की वह डोली थी, जिसमें महारानी

गई हैं। मगर उनको ले कौन गया? चुन्नीलाल जाओ तुम दीवान साहब को यहाँ बुला लाओ, उस तरफ बैठे हैं, जहाँ फौज खड़ी है।''

दीवान साहब को लिये हुए चुन्नीलाल आए। पन्नालाल ने उनसे कहा, ''देखिए, हम लोगों की चार दिन की मेहनत बिल्कुल खराब गई। विजयगढ़ से तीन मंजिल पर इन लोगों का डेरा था। इस बूढ़े सरदार को हम लोगों ने औरतों का लालच देकर रोका कि कहीं आगे न चला जाए और आपको खबर दी। आप भी पूरे सामान से आए। इतना खून-खराबा हुआ, मगर महारानी और चंपा हाथ न आईं। भला चंपा तो बदमाशी करके निकल गई। उसने कहा कि हमारी बेड़ी काट दो, नहीं तो हम सब भेद खोल देंगे कि मर्द हो, धोखा देने आए हो। पकड़े जाओगे। लाचार होकर उसकी बेड़ी काट दी और वह मौका पाकर निकल गई। मगर महारानी को कौन ले गया?''

दीवान साहब की अक्ल हैरान थी कि क्या हो गया। बोले, ''इन बदमाशों को, बल्कि इनके बूढ़े मियाँ सरदार को मार-पीटकर पूछो। कहीं इन्हीं लोगों की बदमाशी तो नहीं है।''

पन्नालाल ने कहा, ''जब सरदार ही आपकी कैद में है तो मुझे यकीन नहीं आता कि उसके सबब से महारानी गायब हो गई हैं। आप इन बुर्दाफरोशों को और फौज को लेकर जाइए और राज्य का काम देखिए। हम लोग फिर महारानी की टोह लेने जाते हैं। इसका तो बीड़ा ही उठाया है।''

दीवान साहब बुर्दाफरोशों-कैदियों को मय उनके माल-असबाब के साथ ले चुनारगढ़ की तरफ रवाना हुए। पन्नालाल, रामनारायण और चुन्नीलाल महारानी की खोज में चले। रास्ते में आपस में यों बातें करने लगे—

पन्नालाल—''देखो, आजकल चुनारगढ़ राज्य की क्या दुर्दशा हो रही है! महाराज उधर फँसे, महारानी का पता नहीं। पता लगा, मगर फिर भी कोई उस्ताद हम लोगों को उल्लू बनाकर उन्हें ले ही गया।''

रामनारायण—''भाई, बड़ी मेहनत की थी, मगर कुछ न हुआ। किस मुश्किल से इन लोगों का पता पाया। कैसी-कैसी तरकीबों से दो दिन तक इसी जंगल में रोक रखा, कहीं जाने न दिया। दौड़ा-दौड़ चुनारगढ़ से सेना सहित दीवान साहब को लाए, लड़े-भिड़े, अपनी तरफ के कई आदमी भी मरे; मगर मिला क्या, वही हार और शर्मिंदगी।''

चुन्नीलाल—''हम तो बड़े खुश थे कि चंपा भी हाथ आएगी; मगर वह तो और आफत निकली। कैसा हम लोगों को पहचाना और बेबस करके, धमका के अपनी बेड़ी कटवा ही ली। बड़ी चालाक है। कहीं उसी का तो यह फसाद नहीं है।''

पन्नालाल—''नहीं जी, अकेली चंपा डोली में बैठा के महारानी को नहीं ले जा सकती।''

रामनारायण—"हम तीनों को महारानी की खोज में भेजने के बाद अहमद और नाजिम को साथ लेकर पंडित बद्रीनाथ महाराज को कैद से छुड़ाने गए हैं। देखें, वह क्या जस लगाकर आते हैं।"

पन्नालाल—"भला हम लोगों का मुँह भी तो हो कि चुनारगढ़ जाकर उनका हाल सुनें और क्या जस लगाकर आते हैं, इसको देखें। अगर महारानी न मिलीं तो कौन मुँह ले के चुनारगढ़ जाएँगे?"

रामनारायण—"बस, मालूम हो गया कि आज जो शख्स महारानी को इस फुरती से चुरा ले गया, वह हम लोगों का ठीक उस्ताद है। अब तो इसी जंगल में खेती करो, लड़के-बच्चे लेकर आ बसो। महारानी का मिलना मुश्किल है।"

पन्नालाल—"वाह रे, तेरा हौसला। क्या पिनिक के औतार हुए हैं!"

थोड़ी दूर जाकर वे लोग आपस में कुछ बातें कर, मिलने का ठिकाना ठहरा अलग हो गए।

बयान : 17

एक बहुत बड़े नाले में, जिसके चारों तरफ बहुत ही घना जंगल था, पंडित जगन्नाथ ज्योतिषी के साथ तेजसिंह बैठे हैं। बगल में साधारण सी डोली रखी हुई है, परदा उठा हुआ है। एक औरत उसमें बैठी तेजसिंह से बातें कर रही है। यह औरत चुनारगढ़ के महाराज शिवदत्त की रानी कलावती कुँवर है। पीछे की तरफ एक हाथ डोली पर रखे चंपा भी खड़ी है।

महारानी—"मैं चुनारगढ़ जाने में राजी नहीं हूँ। मुझको राज्य नहीं चाहिए। महाराज के पास रहना मेरे लिए स्वर्ग है। अगर वे कैद हैं तो मेरे पैरों में भी बेड़ी डाल दो, मगर उन्हीं के चरणों में रखो।"

तेजसिंह—"नहीं, मैं यह नहीं कहता कि जरूर आप भी उसी कैदखाने में जाइए, जिसमें महाराज हैं। आपकी खुशी हो तो चुनारगढ़ जाइए। हम लोग बड़ी हिफाजत से पहुँचा देंगे। कोई जरूरत आपको यहाँ लाने की नहीं थी। ज्योतिषीजी ने कई दफा आपके पतिव्रत धर्म की प्रशंसा की थी और कहा था कि महाराज की जुदाई में महारानी को बड़ा ही दुःख होता होगा। यह जान हम लोग आपको ले आए थे, नहीं तो केवल चंपा को ही छुड़ाने गए थे। अब आप कहिए तो चुनारगढ़ पहुँचा दें, नहीं तो महाराज के पास ले जाएँ; क्योंकि सिवाय मेरे और किसी के जरिए आप महाराज के पास नहीं पहुँच सकतीं और फिर, महाराज क्या जाने कब तक कैद रहें।

महारानी—"तुम लोगों ने मेरे ऊपर बड़ी कृपा की। सचमुच मुझे महाराज से इतनी जल्दी मिलानेवाला और कोई नहीं, जितनी जल्दी तुम मिला सकते हो। अभी

मुझको उनके पास पहुँचाओ, देर मत करो। मैं तुम लोगों का बड़ा जस मानूँगी।''

तेजसिंह—''तो इस तरह डोली में आप नहीं जा सकतीं। मैं बेहोश करके आपको ले जा सकता हूँ।''

महारानी—''मुझको यह भी मंजूर है। बस, किसी तरह वहाँ पहुँचाओ।''

तेजसिंह—''अच्छा, तब लीजिए, इस शीशी को सूँघिए।''

महारानी को अपने पति के साथ बड़ी ही मुहब्बत थी। अगर तेजसिंह उनको कहते कि तुम अपना सिर दे दो, तब महाराज से मुलाकात होगी, तो वे उसको भी कबूल कर लेतीं।

महारानी बेखटके शीशी सूँघकर बेहोश हो गईं।

ज्योतिषीजी ने कहा, ''अब इनको ले जाइए, उसी तहखाने में छोड़ आइए। जब तक आप न आएँगे, मैं इसी जगह पर रहूँगा। चंपा को भी चाहिए कि विजयगढ़ जाए। हम लोग तो कुमारी चंद्रकांता की खोज में घूम ही रहे हैं, यह क्यों दुःख उठाती है।''

तेजसिंह ने कहा, ''चंपा, ज्योतिषीजी ठीक कहते हैं। तुम जाओ, कहीं ऐसा न हो कि फिर किसी आफत में फँस जाओ।''

चंपा ने कहा, ''जब तक कुमारी का पता न लगेगा, मैं विजयगढ़ कभी न जाऊँगी। अगर मैं इन बुर्दाफरोशों के हाथ फँसी तो अपनी ही चालाकी से छूट भी गई। आप लोगों को मेरे लिए कोई तकलीफ न करनी पड़ी।''

तेजसिंह ने कहा, ''तुम्हारा कहना ठीक है। हम यह नहीं कहते कि हम लोगों ने तुमको छुड़ाया। हम लोग तो कुमारी चंद्रकांता को ढूँढ़ते हुए यहाँ तक पहुँच गए और उन्हीं की उम्मीद में बुर्दाफराशों के डेरे देख डाले। उनको तो न पाया, मगर महारानी और तुम फँसी हुई दिखाई दीं, छुड़ाने की फिक्र हुई। पन्नालाल, रामनारायण और चुन्नीलाल को महारानी को छुड़ाने के लिए कोशिश करते देख हम लोग यह समझकर अलग हो गए कि मेहनत वे लोग करें, मौके में मौका हम लोगों को भी काम करने का मिल ही जाएगा। सो ऐसा ही हुआ भी। तुम अपनी ही चालाकी से छूटकर बाहर निकल गईं। हमने महारानी को गायब किया। खैर, इन सब बातों को जाने दो, तुम यह बताओ कि घर न जाओगी तो क्या करोगी? कहाँ ढूँढ़ोगी? कहीं ऐसा न हो कि हम लोग तो कुमारी को खोजकर विजयगढ़ ले जाएँ और तुम महीनों तक मारी-मारी फिरो।''

चंपा ने कहा, ''मैं एकदम से ऐसी बेवकूफ नहीं। आप बेफिक्र रहें।''

तेजसिंह को लाचार होकर चंपा को उसकी मरजी पर छोड़ना पड़ा और ज्योतिषीजी को भी उसी जंगल में छोड़ महारानी की गठरी बाँधकर कैदखानेवाली खोह की तरफ रवाना हुए, जिसमें महाराज बंद थे। चंपा भी एक तरफ को रवाना हो गई।

बयान : 18

तेजसिंह के जाने के बाद ज्योतिषीजी अकेले पड़ गए। सोचने लगे कि रमल के जरिए पता लगाना चाहिए कि चंद्रकांता और चपला कहाँ हैं। बस्ता खोल, पटिया निकाल रमल फेंक गिनने लगे। घड़ी भर तक खूब गौर किया। यकायक ज्योतिषीजी के चेहरे पर खुशी झलकने लगी और होंठों पर हँसी आ गई। झटपट रमल और पटिया बाँध उसी तहखाने की तरफ दौड़े, जहाँ तेजसिंह महारानी को लिये जा रहे थे। ऐयार तो थे ही, दौड़ने में कसर न की; जहाँ तक बन पड़ा, तेजी से दौड़े।

तेजसिंह कदम-कदम झपटे हुए चले जा रहे थे। लगभग पाँच कोस गए होंगे कि पीछे से आवाज आई, "ठहरो, ठहरो!" फिर के देखा तो ज्योतिषी जगन्नाथजी बड़ी तेजी से चले आ रहे हैं। ठहर गए। जी में खुटका हुआ कि यह क्यों दौड़े आ रहे हैं?

जब पास पहुँचे, उनके चेहरे पर कुछ हँसी देख तेजसिंह का जी ठिकाने हुआ। पूछा, "क्यों, क्या है, जो आप दौड़े आए हैं?"

ज्योतिषीजी—"है क्या, बस, हम भी आपके साथ उसी तहखाने में चलेंगे।"

तेजसिंह—"सो क्यों?"

ज्योतिषीजी—"इसका हाल भी वहीं मालूम होगा, यहाँ न कहेंगे।"

तेजसिंह—"तो वहाँ दरवाजे पर पट्टी भी बाँधनी पड़ेगी, क्योंकि पहलेवाले ताले का हाल जब से कुमार को धोखा देकर बद्रीनाथ ने मालूम कर लिया, तब से एक और ताला हमने उसमें लगाया है, जो पहले ही से बना हुआ था; मगर आलस्य से उसको काम में नहीं लाते थे, क्योंकि खोलने और बंद करने में जरा देर लगती है। हम यह निश्चय कर चुके हैं कि इस ताले का भेद किसी को न बताएँगे।"

ज्योतिषीजी—"मैं तो अपनी आँखों पर पट्टी न बँधवाऊँगा और उस तहखाने में भी जरूर जाऊँगा। तुम झख मारोगे और ले चलोगे।"

तेजसिंह—"वाह, क्या खूब! भला कुछ हाल तो मालूम हो।"

ज्योतिषीजी—"हाल क्या, बस, पौ बारह है। कुमारी चंद्रकांता को वहीं दिखा दूँगा।"

तेजसिंह—"हाँ? सच कहो!"

ज्योतिषीजी—"अगर झूठ निकले तो उसी तहखाने में मुझको हलाल करके मार डालना।"

तेजसिंह—"खूब कही, तुम्हें मार डालूँगा तो तुम्हारा क्या बिगड़ेगा, ब्रह्म-हत्या तो मेरे सिर चढ़ेगी।"

ज्योतिषीजी—"इसका भी ढंग मैं बता देता हूँ, जिसमें तुम्हारे ऊपर ब्रह्म-हत्या न चढ़े।"

तेजसिंह—"वह क्या?"

ज्योतिषीजी—"कुछ मुश्किल नहीं है। पहले मुसलमान कर डालना, तब हलाल करना।"

ज्योतिषीजी की बात पर तेजसिंह हँस पड़े और बोले, "अच्छा भाई, चलो!, क्या करें, आपका हुक्म मानना भी जरूरी है।"

दूसरे दिन शाम को ये लोग उस तहखाने के पास पहुँचे। ज्योतिषीजी के सामने ही तेजसिंह ताला खोलने लगे। पहले उस शेर के मुँह में हाथ डाल के उसकी जुबान बाहर निकाली, इसके बाद दूसरा ताला खोलने लगे।

दरवाजे के दोनों तरफ संगमरमर के दो पत्थर दीवार के साथ जड़े थे। दाहिनी तरफ के संगमरमरवाले पत्थर पर तेजसिंह ने जोर से लात मारी, साथ ही एक आवाज हुई और वह पत्थर दीवार के अंदर घुसकर जमीन के साथ सट गया। छोटे से हाथ भर के चबूतरे पर एक साँप कुंडली मारे बैठा देखा, जिसकी गरदन पकड़कर कई दफा पेंच की तरह घुमाया, दरवाजा खुल गया। महारानी की गठरी लिये तेजसिंह और ज्योतिषीजी अंदर गए, भीतर से दरवाजा बंद कर लिया। भीतर दरवाजे के बाईं तरफ की दीवार में एक सुराख हाथ जाने लायक था, उसमें हाथ डाल के तेजसिंह ने कुछ किया, जिसका हाल ज्योतिषीजी को मालूम न हो सका।

ज्योतिषीजी ने पूछा, "इसमें क्या है?"

तेजसिंह ने जवाब दिया, "इसके भीतर एक किल्ली है, जिसके घुमाने से वह पत्थर बंद हो जाता है, जिस पर बाहर मैंने लात मारी और जिसके अंदर साँप दिखाई पड़ा था। इस सुराख से सिर्फ उस पत्थर के बंद करने का काम चलता है, खुल नहीं सकता। खोलते समय इधर भी वही तरकीब करनी पड़ेगी, जो दरवाजे के बाहर की गई थी।"

दरवाजा बंद कर वे लोग आगे बढ़े। मैदान में जाकर महारानी की गठरी खोल उन्हें होश में लाए और कहा, "हमारे साथ-साथ चली आइए, आपको महाराज के पास पहुँचा दें।"

महारानी उन लोगों के साथ-साथ आगे बढ़ीं।

तेजसिंह ने ज्योतिषीजी से पूछा, "बताइए, चंद्रकांता कहाँ हैं?"

ज्योतिषीजी ने कहा, "मैं पहले कभी इसके अंदर आया नहीं, जो सब जगहें मेरी देखी हों। आप आगे चलिए, महाराज शिवदत्त को ढूँढ़िए, चंद्रकांता भी दिखाई दे जाएगी।"

घूमते-फिरते, महाराज शिवदत्त को ढूँढ़ते वे लोग उस नाले के पास पहुँचे, जिसका हाल पहले भाग में लिख चुके हैं। यकायक सभी की निगाह महाराज शिवदत्त

पर पड़ी, जो नाले के उस पार एक पत्थर के ढोंके पर खड़े ऊपर की तरफ मुँह किए कुछ देख रहे थे।

महारानी तो महाराज को देख दीवानी-सी हो गईं। किसी से कुछ न पूछा कि इस नाले में कितना पानी है या उस पार कैसे जाना होगा, झट कूद पड़ीं। पानी थोड़ा ही था, पार हो गईं और दौड़कर रोती हुई महाराज शिवदत्त के पैरों पर गिर पड़ीं। महाराज ने उठाकर गले से लगा लिया। तब तक तेजसिंह और ज्योतिषीजी भी नाले के पार हो महाराज शिवदत्त के पास पहुँचे।

ज्योतिषीजी को देखते ही महाराज ने पूछा, "क्यों जी, तुम यहाँ कैसे आए? क्या तुम भी तेजसिंह के हाथ फँस गए?"

ज्योतिषीजी ने कहा, "नहीं, तेजसिंह के हाथ क्यों, हाँ, उन्होंने कृपा करके मुझे अपनी मंडली में मिला लिया है। अब हम वीरेंद्रसिंह की तरफ हैं, आपसे कुछ वास्ता नहीं।"

ज्योतिषीजी की बात सुनकर महाराज को बड़ा गुस्सा आया। लाल-लाल आँखें कर उनकी तरफ देखने लगे।

ज्योतिषीजी ने कहा, "अब आप बेफायदा गुस्सा करते हैं। इससे क्या होगा? जहाँ जी में आया, तहाँ रहे। जो अपनी इज्जत करे, उसी के साथ रहना ठीक है। आप खुद सोच लीजिए और याद कीजिए कि मुझको आपने कैसी-कैसी कड़ी बातें कही थीं। उस वक्त यह भी न सोचा कि ब्राह्मण है। अब क्यों मेरी तरफ लाल-लाल आँखें करके देखते हैं?"

ज्योतिषीजी की बातें सुनकर शिवदत्त ने सिर नीचा कर लिया और कुछ जवाब न दिया। इतने में एक बारीक आवाज आई, "तेजसिंह!"

तेजसिंह ने सिर उठाकर उधर देखा, जिधर से आवाज आई थी। चंद्रकांता पर नजर पड़ी, जिसे देखते ही उनकी आँखों से आँसू निकल पड़े। हाय, क्या सूरत हो रही है! सिर के बाल खुले हैं, गुलाब-सा मुँह कुम्हला गया, बदन पर मैल चढ़ा हुआ है, कपड़े फटे हुए हैं, पहाड़ के ऊपर एक छोटी सी गुफा के बाहर खड़ी, 'तेजसिंह, तेजसिंह' पुकार रही है।

तेजसिंह उस तरफ दौड़े और चाहा कि पहाड़ पर चढ़कर कुमारी के पास पहुँच जाएँ, मगर न हो सका, कहीं रास्ता न मिला। बहुत परेशान हुए, लेकिन कोई काम न चला। लाचार होकर ऊपर चढ़ने के लिए कमंद फेंकी; मगर वह चौथाई दूर भी न गई। ज्योतिषीजी से कमंद लेकर अपनी कमंद में जोड़कर फिर फेंकी, आधी दूर भी न पहुँची। हर तरह की तरकीबें कीं, मगर कोई मतलब न निकला। लाचार होकर आवाज दी और पूछा, "कुमारी, आप यहाँ कैसे आईं?"

तेजसिंह की आवाज कुमारी के कानों तक बखूबी पहुँची, मगर कुमारी की

आवाज, जो बहुत ही बारीक थी, तेजसिंह के कानों तक पूरी-पूरी न आई। कुमारी ने कुछ जवाब दिया। साफ-साफ तो समझ में न आया, हाँ, इतना समझ पड़ा, "किस्मत...आई...तरह...निकालो..."

हाय-हाय, कुमारी से अच्छी तरह बात भी नहीं कर सकते। यह सोच तेजसिंह बहुत घबराए; मगर इससे क्या हो सकता था। कुमारी ने कुछ और कहा, जो बिल्कुल समझ में न आया। हाँ, यह मालूम हो रहा था कि कोई बोल रहा है। तेजसिंह ने फिर आवाज दी और कहा, "आप घबराइए नहीं, कोई तरकीब निकालता हूँ, जिससे आप नीचे उतर आएँ।" इसके जवाब में कुमारी मुँह से कुछ न बोली। उसी जगह एक जंगली पेड़ था, जिसके पत्ते जरा बड़े और मोटे थे। एक पत्ता तोड़ लिया और एक छोटे नुकीले पत्थर की नोक से उस पत्ते पर कुछ लिखा। अपनी धोती में से थोड़ा सा कपड़ा फाड़ उसमें वह पत्ता और एक छोटा सा पत्थर बाँधा। इस अंदाज से फेंका कि नाले के किनारे कुछ जल में गिरा। तेजसिंह ने उसे ढूँढ़कर निकाला, गिरह खोली, पत्तों पर गौर से निगाह डाली। लिखा था—'तुम जाकर पहले कुमार को यहाँ ले आओ।'

तेजसिंह ने ज्योतिषीजी को वह पत्ता दिखलाया और कहा, "आप यहाँ ठहरिए, मैं जाकर कुमार को बुला लाता हूँ। तब तक आप भी कोई तरकीब सोचिए, जिससे कुमारी नीचे उतर सकें।"

ज्योतिषीजी ने कहा, "अच्छी बात है। तुम जाओ, मैं कोई तरकीब सोचता हूँ।"

इस कैफियत को महारानी ने भी बखूबी देखा, मगर यह जान न सकी कि कुमारी ने पत्तों पर क्या लिखकर फेंका और तेजसिंह कहाँ चले गए। तो भी महारानी को चंद्रकांता की बेबसी पर रुलाई आ गई और उसी तरफ टकटकी लगाकर देखती रहीं। तेजसिंह वहाँ से चलकर फाटक खोल खोह के बाहर हुए और फिर दोहरा ताला लगा विजयगढ़ की तरफ रवाना हुए।

बयान : 19

जब से कुमारी चंद्रकांता विजयगढ़ से गायब हुईं और महाराज शिवदत्त से लड़ाई लगी, तब से महाराज जयसिंह और महल की औरतें तो उदास थीं ही, उनके सिवाय कुल विजयगढ़ की रियाया भी उदास थी। शहर में गम छाया हुआ था।

जब तेजसिंह और ज्योतिषीजी को कुमारी की खोज में भेज वीरेंद्रसिंह लौटकर मय देवीसिंह के विजयगढ़ आए, तब सभी को यह आशा हुई कि राजकुमारी चंद्रकांता भी आती होंगी; लेकिन जब कुमार की जुबानी महाराज जयसिंह ने पूरा-पूरा हाल सुना तो तबीयत और परेशान हुई। महाराज शिवदत्त के गिरफ्तार होने का हाल सुनकर तो खुशी हुई, मगर जब नाले में से कुमारी का फिर गायब हो जाना सुना तो पूरी नाउम्मीदी

हो गई। दीवान हरदयालसिंह वगैरह ने बहुत समझाया और कहा कि कुमारी अगर पाताल में भी गई होंगी तो तेजसिंह खोज निकालेंगे। इसमें कोई संदेह नहीं, फिर भी महाराज के जी को भरोसा न हुआ। महल में महारानी की हालत तो और भी बुरी थी। खाना-पीना, बोलना बिल्कुल छूट गया था। सिवाय रोने और कुमारी की याद करने के दूसरा कोई काम न था।

कई दिन तक कुमार विजयगढ़ में रहे। बीच में एक दफा नौगढ़ जाकर अपने माता-पिता से भी मिल आए, मगर तबीयत उनकी बिल्कुल नहीं लगती थी। जिधर जाते थे, उदासी ही दिखाई देती थी।

एक दिन रात को कुमार अपने कमरे में सोए हुए थे। दरवाजा बंद था। रात आधी से ज्यादा जा चुकी थी। चंद्रकांता की जुदाई में पड़े-पड़े कुछ सोच रहे थे। नींद बिल्कुल नहीं आ रही थी। दरवाजे के बाहर किसी के बोलने की आहट मालूम पड़ी, बल्कि किसी के मुँह से 'कुमारी', ऐसा सुनने में आया। झट पलंग पर से उठ दरवाजे के पास आए और किवाड़ के साथ कान लगा सुनने लगे। इतनी बातें सुनने में आईं—

"मैं सच कहता हूँ, तुम मानो, चाहे न मानो। हाँ, पहले मुझे जरूर यकीन था कि कुमारी पर कुँवर वीरेंद्रसिंह का प्रेम सच्चा है, मगर अब मालूम हो गया कि यह सिवाय विजयगढ़ का राज्य चाहने के कुमारी से मुहब्बत नहीं रखते। अगर सच्ची मुहब्बत होती तो जरूर खोज…"

इतनी बात सुनी थी कि दरबानों को कुछ चोर की आहट मालूम पड़ी। बातें करना छोड़ पुकार उठे, "कौन है ?" मगर कुछ मालूम न हुआ। बड़ी देर तक कुमार दरवाजे के पास बैठे रहे, परंतु फिर कुछ सुनने में न आया। हाँ, इतना मालूम हुआ कि दरबानों में बातचीत हो रही थी।

कुमार और भी घबरा उठे। सोचने लगे कि जब दरबानों और सिपाहियों को यह विश्वास है कि कुमार चंद्रकांता के प्रेमी नहीं हैं तो जरूर महाराज का भी यही खयाल होगा; बल्कि महल में महारानी भी यही सोचती होंगी। अब विजयगढ़ में मेरा रहना ठीक नहीं। नौगढ़ जाने को भी जी नहीं चाहता, क्योंकि वहाँ जाने से और भी लोगों के जी में बैठ जाएगा कि कुमार की मुहब्बत नकली और झूठी थी। तब कहाँ जाएँ, क्या करें ? इन्हीं सब बातों को सोचते सवेरा हो गया।

आज कुमार ने स्नान-पूजा और भोजन से जल्दी ही छुट्टी कर ली। पहर दिन चढ़ा होगा, अपनी सवारी का घोड़ा मँगवाया और सवार हो किले के बाहर निकले। कई आदमी साथ हुए, मगर कुमार के मना करने से रुक गए। लेकिन देवीसिंह ने साथ न छोड़ा। उन्होंने हजार मना किया, पर एक न मानी, साथ चले ही गए। कुमार ने इस नीयत से घोड़ा तेज किया, जिससे देवीसिंह पीछे छूट जाएँ और उनका भी साथ न रहे।

मगर देवीसिंह ऐयारी में कुछ कम न थे, दौड़ने की आदत भी ज्यादा थी। अस्तु, घोड़े का संग न छोड़ा। इसके सिवाय पहाड़ी जंगल की ऊबड़-खाबड़ जमीन होने के सबब कुमार का घोड़ा भी उतना तेज नहीं जा सकता था, जितना कि वे चाहते थे।

देवीसिंह बहुत थक गए। कुमार को भी उन पर दया आ गई। जी में सोचने लगे कि यह मुझसे बड़ी मुहब्बत रखता है। जब तक इसमें जान है, मेरा संग न छोड़ेगा। ऐसे आदमी को जान-बूझकर दुःख देना मुनासिब नहीं। कोई गैर तो नहीं कि साथ रखने में किसी तरह की परेशानी हो। आखिर कुमार ने घोड़ा रोका और देवीसिंह की तरफ देखकर हँसे।

हाँफते-हाँफते देवीसिंह ने कहा, ''भला कुछ यह भी तो मालूम हो कि आप का इरादा क्या है? कहीं सनक तो नहीं गए?''

कुमार घोड़े पर से उतर पड़े और बोले, ''अच्छा, इस घोड़े को चरने के लिए छोड़ो, फिर हमसे सुनो कि हमारा क्या इरादा है।''

देवीसिंह ने जीनपोश कुमार के लिए बिछाकर घोड़े को चरने के वास्ते छोड़ दिया और उनके पास बैठकर पूछा, ''अब बताइए, आप क्या सोचकर विजयगढ़ से बाहर निकले?''

इसके जवाब में कुमार ने रात का पूरा किस्सा कह सुनाया और कहा कि कुमारी का पता न लगेगा तो मैं विजयगढ़ या नौगढ़ न जाऊँगा।

देवीसिंह ने कहा, ''यह सोचना बिल्कुल गलत है। हम लोगों से ज्यादा आप क्या पता लगाएँगे? तेजसिंह और ज्योतिषीजी खोजने गए ही हैं, मुझे भी हुक्म हो तो जाऊँ। आपके किए कुछ न होगा। अगर आपको बिना कुमारी का पता लगाए विजयगढ़ जाना पसंद नहीं तो नौगढ़ चलिए। वहाँ रहिए। जब पता लग जाएगा, विजयगढ़ चले जाइएगा। अब आप अपने घर के पास भी आ पहुँचे हैं।''

कुमार ने सोचकर कहा, ''यहाँ से मेरा घर बनिस्बत विजयगढ़ के दूर होगा कि नजदीक? मैं तो बहुत आगे बढ़ आया हूँ।''

देवीसिंह ने कहा, ''नहीं, आप भूलते हैं। न मालूम किस धुन में आप घोड़ा फेंके चले आए। पूरब-पश्चिम का ध्यान तो रहा ही नहीं; मगर मैं खूब जानता हूँ कि यहाँ से नौगढ़ केवल दो कोस है और वह देखिए, वह बड़ा सा पीपल का पेड़ जो दिखाई देता है, वह उस खोह के पास ही है, जहाँ महाराज शिवदत्त कैद हैं। (तेजसिंह को आते देखकर) हैं, ये तेजसिंह कहाँ से चले आ रहे हैं? देखिए, कुछ-न-कुछ पता जरूर लगा होगा।''

तेजसिंह दूर से दिखाई पड़े। मगर कुमार से न रहा गया, खुद उनकी तरफ चले।

तेजसिंह ने भी उन दोनों को देखा और कुमार को अपनी तरफ आते देख दौड़कर

उनके पास पहुँचे। बेसब्री के साथ पहले कुमार ने यही पूछा, ''क्यों, कुछ पता चला?''

तेजसिंह—''हाँ।''

कुमार—''कहाँ?''

तेजसिंह—''चलिए, दिखाए देता हूँ।''

इतना सुनते ही कुमार तेजसिंह से लिपट गए और बड़ी खुशी के साथ बोले, ''चलो, देखें।''

तेजसिंह—''घोड़े पर सवार हो लीजिए। आप घबराते क्यों हैं? मैं तो आप ही को बुलाने जा रहा था; मगर आप यहाँ आकर क्यों बैठे हैं?''

कुमार—''इसका हाल देवीसिंह से पूछ लेना, पहले वहाँ तो चलो।''

देवीसिंह ने घोड़ा तैयार किया, कुमार सवार हो गए। आगे-आगे तेजसिंह और देवीसिंह, पीछे-पीछे कुमार रवाना हुए और थोड़ी ही देर में खोह के पास जा पहुँचे। तेजसिंह ने कहा, ''लीजिए, अब आपके सामने ही ताला खोलता हूँ। क्या करूँ, मगर होशियार रहिएगा, कहीं ऐयार लोग आपको धोखा देकर इसका भी पता न लगा लें।''

ताला खोला गया और तीनों आदमी अंदर गए। जल्दी-जल्दी चलकर उस चश्मे के पास पहुँचे, जहाँ ज्योतिषीजी बैठे हुए थे। उँगली के इशारे से बताकर तेजसिंह ने कहा, ''देखिए, वह ऊपर चंद्रकांता खड़ी हैं।''

कुमारी चंद्रकांता ऊँची पहाड़ी पर थीं। दूर से कुमार को आते देख मिलने के लिए बहुत घबरा गईं। यही कैफियत कुमार की भी थी। रास्ते का खयाल तो किया नहीं, ऊपर चढ़ने को तैयार हो गए; मगर क्या हो सकता था।

तेजसिंह ने कहा, ''आप घबराते क्यों हैं? ऊपर जाने के लिए रास्ता होता तो आपको यहाँ लाने की जरूरत ही क्या थी? कुमारी ही को न ले जाते?''

दोनों की टकटकी बँध गई। कुमार वीरेंद्रसिंह कुमारी को देखने लगे और वे इनको। दोनों ही की आँखों से आँसू की नदी बह चली। कुछ करते नहीं बनता। हाय, क्या टेढ़ा मामला है? जिसके वास्ते घर-बार छोड़ा, जिसके मिलने की उम्मीद में पहले ही जान से हाथ धो बैठे, जिसके लिए हजारों सिर कटे, जो महीनों से गायब रहकर आज दिखाई पड़ी, उससे मिलना तो दूर रहा, अच्छी तरह बातचीत भी नहीं कर सकते। ऐसे समय में उन दोनों की क्या दशा थी, वे ही जानते होंगे।

तेजसिंह ने ज्योतिषीजी की तरफ देखकर पूछा, ''क्यों, आपने कोई तरकीब सोची?''

ज्योतिषीजी ने जवाब दिया, ''अभी तक कोई तरकीब नहीं सूझी; मगर मैं इतना जरूर कहूँगा कि बिना कोई भारी काररवाई किए कुमारी का ऊपर से उतरना मुश्किल है। जिस तरह से वे आई हैं, उसी तरह से बाहर होंगी। दूसरी तरकीब कभी पूरी नहीं

हो सकती। मैंने रमल से भी राय ली थी। वह भी यही कहता है। सो अब जिस तरह हो सके, कुमारी से यह पूछें और मालूम करें कि वह किस राह से यहाँ तक आईं, तब हम लोग ऊपर चलकर कोई काम करें। यह मामला तिलिस्म का है। खेल नहीं है।''

तेजसिंह ने इस बात को पसंद किया। कुमारी से पुकारकर कहा, ''आप घबराएँ नहीं, जिस तरह से पहले आपने पत्तों पर लिखकर फेंका था, उसी तरह अब फिर मुख्तसर में यह लिखकर फेंकिए कि आप किस राह से वहाँ पहुँची हैं।''

बयान : 20

चपला तहखाने में उतरी। नीचे एक लंबी-चौड़ी कोठरी नजर आई, जिसमें चौखट के सिवाय किवाड़ के पल्ले नहीं थे। पहले चपला ने उसे खूब गौर करके देखा, फिर अंदर गई। दरवाजे के भीतर पैर रखते ही ऊपरवाले चौखटे के बीचोबीच से लोहे का एक तख्ता बड़े जोर के साथ गिर पड़ा। चपला ने चौंककर पीछे देखा, दरवाजा बंद पाया। सोचने लगी, 'यह कोठरी है कि मूसेदानी। दरवाजा इसका बिल्कुल चूहेदानी के तौर पर है। अब क्या करें? और कोई रास्ता कहीं जाने का मालूम नहीं पड़ता। बिल्कुल अँधेरा हो गया। हाथ को हाथ दिखाई नहीं पड़ता।' चपला अँधेरे में चारों तरफ घूमने और टटोलने लगी।

घूमते-घूमते चपला का पैर एक गड्ढे में जा पड़ा, साथ ही इसके कुछ आवाज हुई और दरवाजा खुल गया। कोठरी में चाँदना भी पहुँच गया। यह वह दरवाजा नहीं था, जो पहले बंद हुआ था, बल्कि एक दूसरा ही दरवाजा था। चपला ने पास जाकर देखा, इसमें भी कहीं किवाड़ के पल्ले नहीं दिखाई पड़े। आखिर उस दरवाजे की राह से कोठरी के बाहर हो एक बाग में पहुँची। देखा कि छोटे-छोटे फूलों के पेड़ों में रंग-बिरंगे फूल खिले हुए हैं। एक तरफ से छोटी नहर के जरिए पानी अंदर पहुँचकर बाग में छिड़काव का काम कर रहा है; मगर क्यारियाँ इसमें की कोई भी दुरुस्त नहीं हैं। सामने एक बारहदरी नजर आई। धीरे-धीरे घूमती हुई वहाँ पहुँची।

यह बारहदरी बिल्कुल स्याह पत्थर से बनी हुई थी। छत, जमीन, खंभे—सब स्याह पत्थर के थे। बीच में संगमरमर के सिंहासन पर हाथ भर का एक सुर्ख चौखूटा पत्थर रखा हुआ था। चपला ने उसे देखा। उस पर यह खुदा हुआ था, 'यह तिलिस्म है। इसमें फँसनेवाला कभी निकल नहीं सकता। हाँ, अगर कोई इसको तोड़े तो सब कैदियों को छुड़ा ले और दौलत भी उसके हाथ लगे। तिलिस्म तोड़नेवाले के बदन में खूब ताकत भी होनी चाहिए, नहीं तो मेहनत बेफायदा है।'

चपला को इसे पढ़ने के साथ ही यकीन हो गया कि अब जान गई। जिस राह से मैं आई हूँ, उस राह से बाहर जाना कभी नहीं हो सकता। कोठरी का दरवाजा बंद

हो गया। बाहरवाले दरवाजे को कमंद से बाँधना व्यर्थ हुआ, मगर शायद वह दरवाजा खुला हो, जिससे इस बाग में आई हूँ। यह सोचकर चपला फिर उसी दरवाजे की तरफ गई; मगर उसका कोई निशान तक नहीं मिला। यह भी नहीं मालूम हुआ कि किस जगह दरवाजा था। फिर लौटकर उसी बारहदरी में पहुँची और सिंहासन के पास गई। जी में आया कि इस पत्थर को उठा लूँ, अगर किसी तरह बाहर निकलने का मौका मिले तो इसको भी साथ लेती जाऊँगी, लोगों को दिखाऊँगी। पत्थर उठाने के लिए झुकी, मगर उस पर हाथ रखा ही था कि बदन में सनसनाहट पैदा हुई और सिर घूमने लगा, यहाँ तक कि बेहोश होकर जमीन पर गिर पड़ी।

जब तक दिन बाकी था, चपला बेहोश पड़ी रही। शाम होते-होते होश में आई। उठकर नहर के किनारे गई, हाथ-मुँह धोए, जी ठिकाने हुआ। उस बाग में अंगूर बहुत लगे हुए थे, मगर उदासी और घबराहट के सबब चपला ने एक दाना भी न खाया। फिर उसी बारहदरी में पहुँची। रात हो गई और धीरे-धीरे वह बारहदरी चमकने लगी। जैसे-जैसे रात बीतती जाती थी, बारहदरी की चमक भी बढ़ती थी। छत, दीवार, जमीन और खंभे—सब चमक रहे थे। कोई जगह उस बारहदरी में ऐसी न थी, जो दिखाई न देती हो; बल्कि उसकी चमक से सामनेवाला थोड़ा हिस्सा बाग का भी चमक रहा था।

यह चमक काहे की है, इसको जानने के लिए चपला ने जमीन, दीवार और खंभों पर हाथ फेरा; मगर कुछ समझ में न आया। ताज्जुब, डर और नाउम्मीदी ने चपला को सोने न दिया। तमाम रात जागते ही बीती। कभी दीवार टटोलती, कभी उस सिंहासन के पास जा उस पत्थर को गौर से देखती, जिसके छूने से बेहोश हो गई थी।

सवेरा हुआ, चपला फिर बाग में घूमने लगी। उस दीवार के पास पहुँची, जिसके नीचे से बाग में नहर आई थी। सोचने लगी, 'दीवार बहुत चौड़ी नहीं है। नहर का मुँह भी खुला है। इस राह से बाहर हो सकती हूँ। आदमी के जाने लायक रास्ता बखूबी है।' बहुत सोचने-विचारने के बाद चपला ने वही किया, कपड़े सहित नहर में उतर गई। दीवार से उस तरफ हो जाने के लिए गोता मारा, काम पूरा हो गया, अर्थात् उस दीवार के बाहर हो गई। पानी से सिर निकालकर देखा तो नहर को बाग के भीतर की बनिस्बत चौड़ी पाया। पानी के बाहर निकली और देखा कि दूर सब तरफ ऊँचे-ऊँचे पहाड़ दिखाई देते हैं, जिनके बीचोबीच से यह नहर आई है और दीवार के नीचे से होकर बाग के अंदर गई है। चपला ने अपने कपड़े धूप में सुखाए। ऐयारी का बटुआ भीगा न था, क्योंकि उसका कपड़ा रोगनी था। जब सब तरह से लैस हो चुकी, वहाँ से सीधे रवाना हुई। दोनों तरफ ऊँचे-ऊँचे पहाड़, बीच में नाला, किनारे पारिजात के पेड़ लगे हुए। पहाड़ के ऊपर किसी तरफ चढ़ने की जगह नहीं। अगर चढ़े भी तो थोड़ी दूर ऊपर जाने के बाद फिर उतरना पड़े। चपला नाले के किनारे रवाना हुई। दोपहर

दिन चढ़े तक लगभग तीन कोस चली गई। आगे जाने के लिए रास्ता न मिला, क्योंकि सामने से भी एक पहाड़ ने रास्ता रोक रखा था, जिसके ऊपर से गिरनेवाला पानी का झरना नीचे नाले में आकर बहता था। पहाड़ी के नीचे एक दालान था, जो अंदाज में दस गज लंबा और गज भर चौड़ा होगा। गौर के साथ देखने से मालूम होता था कि पहाड़ काट के बनाया गया है। इसके बीचोबीच पत्थर का एक अजदहा (अजगर) था, जिसका मुँह खुला हुआ था और आदमी उसके पेट में बखूबी जा सकता था। सामने एक लंबा-चौड़ा संगमरमर का साफ चिकना पत्थर भी जमीन पर जमाया हुआ था।

अजदहे को देखने के लिए चपला उसके पास गई। संगमरमर के पत्थर पर पैर रखा ही था कि धीरे-धीरे अजदहे ने दम खींचना शुरू किया और कुछ ही देर बाद यहाँ तक खींचा कि चपला का पैर न जम सका। वह खिंचकर उसके पेट में चली गई, साथ ही बेहोश भी हो गई। जब चपला होश में आई, उसने अपने को एक कोठरी में पाया, जो बहुत तंग, सिर्फ दस-बारह आदमियों के बैठने लायक होगी। कोठरी की बगल में ऊपर जाने के लिए सीढ़ियाँ बनी हुई थीं। चपला थोड़ी देर तक अचंभे में भरी हुई बैठी रही। तरह-तरह के खयाल उसके जी में पैदा होने लगे। अक्ल चकरा गई कि यह क्या मामला है। आखिर चपला ने अपने को सँभाला और सीढ़ी के रास्ते छत पर चढ़ गई। जाते ही सीढ़ी का दरवाजा बंद हो गया। नीचे उतरने की जगह न थी, इधर-उधर देखने लगी। चारों तरफ ऊँचे-ऊँचे पहाड़। सामने एक छोटा सी खोह नजर पड़ी, जो बहुत अँधेरी न थी; क्योंकि आगे की तरफ से उसमें रोशनी पहुँच रही थी।

चपला लाचार होकर उस खोह में घुसी। थोड़ी ही दूर जाकर एक छोटा सा दालान मिला। वहाँ पहुँचकर देखा कि कुमारी चंद्रकांता बहुत से बड़े-बड़े पत्ते आगे रखे हुए बैठी हैं और पत्तों पर पत्थर की नोंक से कुछ लिख रही हैं। नीचे झाँककर देखा तो बहुत ही ढलवाँ पहाड़ी, उतरने की जगह नहीं। उसके नीचे कुँवर वीरेंद्रसिंह और ज्योतिषीजी खड़े ऊपर की तरफ देख रहे हैं।

कुमारी चंद्रकांता के कान में चपला के पैर की आहट पहुँची। फिर के देखा, पहचानते ही उठ खड़ी हुई और बोली, ''वाह सखी, खूब पहुँची! देख, सब कोई नीचे खड़े हैं। कोई ऐसी तरकीब नजर नहीं आती कि मैं उन तक पहुँचूँ। उन लोगों की आवाज मेरे कान तक पहुँचती है, मगर मेरी कोई नहीं सुनता। तेजसिंह ने पूछा है कि तुम किस राह से यहाँ आई हो! उसी का जवाब इन पत्तों पर लिख रही हूँ। इसे नीचे फेंकूँगी।''

चपला ने पहले खूब ध्यान करके चारों तरफ देखा, नीचे उतरने की कोई तरकीब नजर न आई। तब बोली, ''कोई जरूरत नहीं है पत्तों पर लिखने की। मैं पुकार के कहे देती हूँ। मेरी आवाज वे लोग बखूबी सुनेंगे। पहले यह बताओ, तुमको बगुला निगल गया था या किसी दूसरी राह से आई हो?''

कुमारी ने कहा, ''हाँ, मुझको वही बगुला निगल गया था, जिसको तुमने उस खँडहर में देखा होगा। शायद तुमको भी वही निगल गया हो।''

चपला ने कहा, ''नहीं, मैं दूसरी राह से आई हूँ। पहले उस खँडहर का पता इन लोगों को दे लूँ, तब बातें करूँ, जिससे ये लोग भी कोई बंदोबस्त हम लोगों के छुड़ाने का करें। जहाँ तक मैं सोचती हूँ, मालूम होता है कि हम लोग कई दिनों तक यहाँ फँसे रहेंगे। खैर, जो होगा, देखा जाएगा।''

बयान : 21

कुमारी के पास आते हुए चपला को नीचे से कुँवर वीरेंद्रसिंह वगैरह सभी ने देखा। ऊपर से चपला पुकारकर कहने लगी, ''जिस खोह में हम लोगों को शिवदत्त ने कैद किया था, उसके लगभग सात कोस दक्षिण एक पुराने खँडहर में एक बड़ा भारी पत्थर का करामाती बगुला है, वही कुमारी को निगल गया था। वह तिलिस्म किसी तरह टूटे तो हम लोगों की जान बचे। दूसरी कोई तरकीब हम लोगों के छूटने की नहीं हो सकती। मैं बहुत सँभलकर उस तिलिस्म में गई थी, पर तो भी फँस गई। तुम लोग जाना तो बहुत होशियारी के साथ उसको देखना। मैं यह नहीं जानती कि वह खोह चुनारगढ़ से किस तरफ है। हम लोगों को दुष्ट शिवदत्त ने कैद किया था।''

चपला की बात बखूबी सभी ने सुनी। कुमार को महाराज शिवदत्त पर बड़ा ही गुस्सा आया। सामने मौजूद ही थे, कहीं ढूँढ़ने जाना तो था ही नहीं, तलवार खींच मारने के लिए झपटे। महाराज शिवदत्त की रानी, जो उन्हीं के पास बैठी सब तमाशा देखती और बातें सुनती थीं, कुँवर वीरेंद्रसिंह को तलवार खींच के महाराज शिवदत्त की तरफ झपटते देख दौड़कर कुमार के पैरों पर गिर पड़ीं और बोलीं, ''पहले मुझको मार डालिए, क्योंकि मैं विधवा होकर मुर्दों से बुरी हालत में नहीं रह सकती।''

तेजसिंह ने कुमार का हाथ पकड़ लिया और बहुत कुछ समझा-बुझाकर ठंडा किया।

कुमार ने तेजसिंह से कहा, ''अगर मुनासिब समझो और हर्ज न हो तो कुमारी के माँ-बाप को भी यहाँ लाकर कुमारी का मुँह दिखला दो। भला कुछ उन्हें भी तो ढाढ़स हो।''

तेजसिंह ने कहा, ''यह कभी नहीं हो सकता। इस तहखाने को आप मामूली न समझिए। जो कुछ कहना होगा, मुँहजबानी सब हाल उनको समझा दिया जाएगा। अब यह फिक्र करनी चाहिए, जिससे कुमारी की जान छूटे। चलिए, सब कोई महाराज जयसिंह को यह हाल कहते हुए उस खँडहर तक चलें, जिसका पता चपला ने दिया है।''

यह कहकर तेजसिंह ने चपला को पुकारकर कहा, ''देखो, हम लोग उस खँडहर की तरफ जाते हैं। क्या जाने कितने दिन उस तिलिस्म को तोड़ने में लगें। तुम

राजकुमारी को ढाढ़स देती रहना। किसी तरह की तकलीफ न होने पाए। क्या करें, कोई ऐसी तरकीब भी नजर नहीं आती कि कपड़े या खाने-पीने की चीजें तुम तक पहुँचाई जाएँ।''

चपला ने ऊपर से जवाब दिया, ''कोई हर्ज नहीं, खाने-पीने की कुछ तकलीफ न होगी; क्योंकि इस जगह बहुत से मेवों के पेड़ हैं और पत्थरों में से छोटे-छोटे कई झरने पानी के जारी हैं। आप लोग बहुत होशियारी से काम कीजिएगा। इतना मुझे मालूम हो गया कि बिना कुमार के यह तिलिस्म नहीं टूटने का; मगर तुम लोग भी इनका साथ मत छोड़ना। बड़ी हिफाजत रखना।''

महाराज शिवदत्त और उनकी रानी को उसी तहखाने में छोड़ कुँवर वीरेंद्रसिंह, तेजसिंह, देवीसिंह और ज्योतिषीजी चारों आदमी वहाँ से बाहर निकले। दोहरा ताला लगा दिया। इसके बाद सब हाल कहने के लिए कुमार ने देवीसिंह को नौगढ़ अपने माँ-बाप के पास भेज दिया और यह भी कह दिया कि ''नौगढ़ से होकर कल ही तुम लौट के विजयगढ़ आ जाना। हम लोग वहाँ चलते हैं। तुम आओगे, तब कहीं जाएँगे।''

यह सुन देवीसिंह नौगढ़ की तरफ रवाना हुए।

सवेरे ही से कुँवर वीरेंद्रसिंह विजयगढ़ से गायब थे। बिना किसी से कुछ कहे ही चले गए थे। इसलिए महाराज जयसिंह बहुत ही उदास हो कई जासूसों को चारों तरफ खोजने के लिए भेज चुके थे। शाम होते-होते ये लोग विजयगढ़ पहुँचे और महाराज से मिले। महाराज ने कहा, ''कुमार, तुम इस तरह बिना कहे-सुने जहाँ जी में आता है, चले जाते हो। हम लोगों को इससे तकलीफ होती है। ऐसा न किया करो।''

इसका जवाब कुमार ने कुछ न दिया। मगर तेजसिंह ने कहा, ''महाराज, जरूरत ही ऐसी थी कि कुमार को बड़े सवेरे यहाँ से जाना पड़ा। उस वक्त आप आराम में थे, इसलिए कुछ कह न सके।''

इसके बाद तेजसिंह ने कुल हाल—लड़ाई से चुनारगढ़ जाना, महाराज शिवदत्त की रानी को चुराना, खोह में कुमारी का पता लगाना, ज्योतिषीजी की मुलाकात, बुर्दाफरोशों की कैफियत, उस तहखाने में कुमारी और चपला को देख उनकी जुबानी तिलिस्म का हाल आदि सबकुछ पूरा-पूरा ब्योरेवार कह सुनाया। आखिर में यह भी कहा कि अब हम लोग तिलिस्म तोड़ने जाते हैं।

इतना लंबा-चौड़ा हाल सुनकर महाराज हैरान हो गए। बोले, ''तुम लोगों ने बड़ा ही काम किया। इसमें कोई शक नहीं, हद के बाहर काम किया। अब तिलिस्म तोड़ने की तैयारी है। मगर वह तिलिस्म दूसरे के राज्य में है। चाहे वहाँ का राजा तुम्हारे यहाँ कैद हो तो भी पूरे सामान के साथ तुम लोगों को जाना चाहिए। मैं भी तुम लोगों के साथ चलूँ तो ठीक हो।''

तेजसिंह ने कहा, "आपको तकलीफ करने की कोई जरूरत नहीं है। थोड़ी फौज साथ जाएगी, वही बहुत है।"

महाराज ने कहा, "ठीक है, मेरे जाने की कोई जरूरत नहीं; मगर इतना होगा कि चलकर उस तिलिस्म को मैं भी देख आऊँगा।"

तेजसिंह ने कहा, "जैसी मरजी।"

महाराज ने दीवान हरदयालसिंह को हुक्म दिया कि हमारी आधी फौज और कुमार की कुल फौज रात भर में तैयार हो जाए। कल यहाँ से चुनारगढ़ की तरफ कूच होगा।"

बमूजिब हुक्म के सब इंतजाम दीवान साहब ने कर दिया। दूसरे दिन नौगढ़ से लौटकर देवीसिंह भी आ गए। बड़ी तैयारी के साथ चुनारगढ़ की तरफ तिलिस्म तोड़ने के लिए कूच हुआ। दीवान हरदयालसिंह विजयगढ़ में छोड़ दिए गए।

बयान : 22

चार दिन रास्ते में लगे। पाँचवें दिन चुनारगढ़ की सरहद में फौज पहुँची। महाराज शिवदत्त के दीवान ने यह खबर सुनी तो घबरा उठे, क्योंकि महाराज शिवदत्त तो कैद हो ही चुके थे, लड़ने की ताकत किसे थी। बहुत सी नजर वगैरह लेकर महाराज जयसिंह से मिलने के लिए हाजिर हुआ। खबर पाकर महाराज ने कहलवा भेजा कि मिलने की कोई जरूरत नहीं। हम चुनारगढ़ फतह करने नहीं आए हैं, क्योंकि जिस दिन तुम्हारे महाराज हमारे हाथ फँसे, उसी रोज चुनारगढ़ फतह हो गया। हम दूसरे काम से आए हैं। तुम और कुछ मत सोचो।"

लाचार होकर दीवान साहब को वापस जाना पड़ा; मगर यह मालूम हो गया कि फलाने काम के लिए आए हैं। आज तक इस तिलिस्म का हाल किसी को भी मालूम न था, बल्कि किसी ने उस खँडहर को देखा तक न था। आज यह मशहूर हो गया कि इस इलाके में कोई तिलिस्म है, जिसको कुँवर वीरेंद्रसिंह तोड़ेंगे। उस तिलिस्मी खँडहर का पता लगाने के लिए बहुत से जासूस इधर-उधर भेजे गए। तेजसिंह और ज्योतिषीजी भी गए। आखिर उसका पता लग ही गया। दूसरे दिन मय फौज के सभी का डेरा उसी जंगल में जा लगा, जहाँ वह तिलिस्मी खँडहर था।

बयान : 23

महाराज जयसिंह, कुँवर वीरेंद्रसिंह, तेजसिंह, देवीसिंह और ज्योतिषीजी खँडहर की सैर करने के लिए उसके अंदर गए। जाते ही यकीन हो गया कि बेशक यह तिलिस्म है। हर एक तरफ वे लोग घुसे और एक-एक चीज को अच्छी तरह देखते-

भालते बीच वाले बगुले के पास पहुँचे। चपला की जुबानी यह तो सुन ही चुके थे कि यही बगुला कुमारी को निगल गया था, इसलिए तेजसिंह ने किसी को उसके पास जाने न दिया, खुद गए। चपला ने जिस तरह उस बगुले को आजमाया था, उसी तरह तेजसिंह ने भी आजमाया।

महाराज उस बगुले का तमाशा देखकर बहुत हैरान हुए। उसका मुँह खोलना, पर फैलाना और अपने पीछेवाली चीज को उठाकर निगल जाना सभी ने देखा और अचंभे में आकर बनानेवाले की तारीफ करने लगे। इसके बाद उस तहखाने के पास आए, जिसमें चपला उतरी थी। किवाड़ के पल्ले को कमंद से बँधा देख तेजसिंह को मालूम हो गया कि यह चपला की काररवाई है और जरूर यह कमंद भी चपला की ही है, क्योंकि इसके एक सिरे पर उसका नाम खुदा हुआ है। मगर इस किवाड़ का बाँधना बेफायदे हुआ, क्योंकि इसमें घुसकर चपला निकल न सकी।

कुएँ को भी बखूबी देखते हुए उस चबूतरे के पास आए, जिस पर पत्थर का आदमी हाथ में किताब लिये सोया हुआ था। चपला की तरह तेजसिंह ने भी यहाँ धोखा खाया। चबूतरे के ऊपर चढ़नेवाली सीढ़ी पर पैर रखते ही उसके ऊपर का पत्थर आवाज देकर पल्ले की तरह खुला और तेजसिंह धम्म से जमीन पर गिर पड़े। उनके गिरने पर कुमार को हँसी आ गई; मगर देवीसिंह बड़े गुस्से में आए। कहने लगे, ''सब शैतानी इसी आदमी की है, जो इस पर सोया है। ठहरो, मैं इसकी खबर लेता हूँ।'' यह कहकर उछलकर बड़े जोर से एक धौल उसके सिर पर जमाई। धौल का लगना था कि वह पत्थर का आदमी उठ बैठा, मुँह खोल दिया। भाथी (चमड़े की धौंकनी) की तरह उसके मुँह से हवा निकलने लगी। मालूम होता था कि भूकंप आया है। सभी की तबीयत घबरा गई। ज्योतिषीजी ने कहा, ''जल्दी इस मकान से बाहर भागो। ठहरने का मौका नहीं है।''

इस दालान से दूसरे दालान में होते हुए सबके सब भागे। भागने के वक्त जमीन हिलने के सबब से किसी का पैर सीधा नहीं पड़ता था। खँडहर के बाहर हो दूर से खड़े होकर उसकी तरफ देखने लगे। पूरे मकान को हिलते देखा। दो घंटे तक यही कैफियत रही और तब तक खँडहर की इमारत का हिलना बंद न हुआ।

तेजसिंह ने ज्योतिषीजी से कहा, ''आप रमल और नजूम से पता लगाइए कि यह तिलिस्म किस तरह और किसके हाथ से टूटेगा?''

ज्योतिषीजी ने कहा, ''आज दिन भर आप लोग सब्र कीजिए और जो कुछ सोचना हो, सोचिए। रात को मैं सब हाल रमल से दरियाफ्त कर लूँगा, फिर कल जैसा मुनासिब होगा, किया जाएगा; मगर यहाँ कई रोज लगेंगे। महाराज का रहना ठीक नहीं है। बेहतर है कि वे विजयगढ़ जाएँ।'' इस राय को सभी ने पसंद किया।

कुमार ने महाराज से कहा, ''आप सिर्फ इस खँडहर को देखने आए थे, सो देख

चुके। अब जाइए। आपका यहाँ रहना मुनासिब नहीं।''

महाराज विजयगढ़ जाने पर राजी न थे, मगर सभी के जिद करने से कबूल किया। कुमार की जितनी फौज थी, उसको और अपनी जितनी फौज साथ आई थी, उसमें से भी आधी फौज साथ ले विजयगढ़ की तरफ रवाना हुए।

बयान : 24

रात भर जगन्नाथ ज्योतिषी रमल फेंकने और विचार करने में लगे रहे। कुँवर वीरेंद्रसिंह, तेजसिंह और देवीसिंह भी रात भर पास ही बैठे रहे। सब बातों को देख-भाल कर ज्योतिषीजी ने कहा, ''रमल से मालूम होता है कि इस तिलिस्म के तोड़ने की तरकीब एक पत्थर पर खुदी हुई है और वह पत्थर भी इसी खँडहर में किसी जगह पड़ा हुआ है। उसको तलाश करके निकालना चाहिए, तब सब पता चलेगा। स्नान-पूजा से छुट्टी पा, कुछ खा-पीकर इस तिलिस्म में घूमना चाहिए। जरूर उस पत्थर का भी पता लगेगा।''

सब कामों से छुट्टी पाकर दोपहर को सब लोग खँडहर में घुसे। देखते-भालते उसी चबूतरे के पास पहुँचे, जिस पर पत्थर का वह आदमी सोया हुआ था, जिसे देवीसिंह ने धौल जमाई थी। उस आदमी को फिर उसी तरह सोता पाया।

ज्योतिषीजी ने तेजसिंह से कहा, ''यह देखो, ईंटों का ढेर लगा हुआ है। शायद इसे चपला ने इकट्ठा किया हो और इसके ऊपर चढ़कर इस आदमी को देखा हो। तुम भी इस पर चढ़कर खूब गौर से देखो तो सही, किताब में—जो इसके हाथ में है—क्या लिखा है?''

तेजसिंह ने वैसा ही किया और उस ईंट के ढेर पर चढ़कर देखा। उस किताब में लिखा था—

8 पहल : 5 : अंक
6 हाथ : 3 : अंगुल
जमा पूँजी : 0 : जोड़, ठीक माप तोड़।

तेजसिंह ने ज्योतिषीजी को समझाया कि इस पत्थर की किताब में ऐसा लिखा है; मगर इसका मतलब क्या है, कुछ समझ में नहीं आता।

ज्योतिषीजी ने कहा, ''मतलब भी मालूम हो जाएगा। तुम एक कागज पर इसकी नकल उतार लो।''

तेजसिंह ने अपने बटुए में से कागज-कलम-दवात निकालकर उस पत्थर की किताब में जो लिखा था, उसकी नकल उतार ली।

ज्योतिषीजी ने कहा, ''अब घूमकर देखना चाहिए कि इस मकान में कहीं आठ

पहल का कोई खंभा या चबूतरा किसी जगह पर है या नहीं।''

सब कोई उस खँडहर में घूम-घूमकर आठ पहल का खंभा या चबूतरा तलाश करने लगे। घूमते-घूमते उस दालान में पहुँचे, जहाँ तहखाना था। एक सिरा कमंद का तहखाने के किवाड़ के साथ और दूसरा सिरा जिस खंभे के साथ बँधा हुआ था। उसी खंभे को आठ पहल का पाया। उस खंभे के ऊपर कोई छत न थी। ज्योतिषीजी ने कहा, ''इसकी लंबाई हाथ से नापनी चाहिए।''

तेजसिंह ने नापा—6 हाथ 7 अंगुल हुआ। देवीसिंह ने नापा—6 हाथ 5 अंगुल हुआ, बाद इसके ज्योतिषीजी ने नापा—6 हाथ 10 अंगुल पाया। सब के बाद कुँवर वीरेंद्रसिंह ने नापा—6 हाथ 3 अंगुल हुआ।

ज्योतिषीजी ने खुश होकर कहा, ''बस, यही खंभा है। इसी का पता इस किताब में लिखा है। इसी के नीचे 'जमा-पूँजी' यानी वह पत्थर, जिसमें तिलिस्म तोड़ने की तरकीब लिखी हुई है, गड़ा है। यह भी मालूम हो गया कि यह तिलिस्म कुमार के हाथ से ही टूटेगा; क्योंकि उस किताब में, जिसकी नकल कर लाए हैं, उसका नाप 6 हाथ 3 अंगुल लिखा है, जो कुमार ही के हाथ से हुआ। इससे मालूम होता है कि यह तिलिस्म कुमार ही के हाथ से फतह भी होगा। अब इस कमंद को खोल डालना चाहिए, जो इस खंभे और किवाड़ के पल्ले में बँधी हुई है।''

तेजसिंह ने कमंद खोलकर अलग किया। ज्योतिषीजी ने तेजसिंह की तरफ देख के कहा, ''सब बातें तो मिल गईं, आठ पहल भी हुआ और नाप से 6 हाथ 3 अंगुल भी है। यह देखिए, इस तरफ 5 का अंक भी दिखाई देता है। बाकी रह गया ठीक नाप-तोड़, सो कुमार के हाथ से इसका नाप भी ठीक हुआ। अब यही इसको तोड़ें।''

कुँवर वीरेंद्रसिंह ने उसी जगह से एक बड़ा भारी पत्थर (चूने का ढोंका) ले लिया, जिसका मसाला सख्त और मजबूत था। उसी ढोंके को ऊँचा करके जोर से उस खंभे पर मारा, जिससे वह खंभा हिल उठा। दो-तीन दफे में बिल्कुल कमजोर हो गया। तब क़ुमार ने बगल में दबाकर जोर दिया और जमीन से निकाल डाला। खंभा उखाड़ने पर उसके नीचे लोहे का एक संदूक निकला, जिसमें ताला लगा हुआ था। बड़ी मुश्किल से उसका भी ताला तोड़ा। भीतर एक और संदूक निकला, उसका भी ताला तोड़ा और एक संदूक निकला। इसी तरह दर्जे-ब-दर्जे सात संदूक उसमें से निकले। सातवें संदूक में एक पत्थर निकला, जिस पर कुछ लिखा हुआ था। कुमार ने उसे निकाल लिया और पढ़ा। यह लिखा हुआ था—

'सँभाल के काम करना। तिलिस्म तोड़ने में जल्दी मत करना। अगर तुम्हारा नाम वीरेंद्रसिंह है तो यह दौलत तुम्हारे ही लिए है।

'बगुले के मुँह की तरफ जमीन पर जो संगमरमर का पत्थर जड़ा है, वह पत्थर

नहीं, मसाला जमाया हुआ है। उसको उखाड़कर, सिरके में खूब महीन पीसकर बगुले के सारे अंग पर लेप कर दो। वह भी मसाले ही का बना हुआ है। दो घंटे में बिल्कुल गलकर बह जाएगा। उसके नीचे जो कुछ तार-चरखे, पहिए-पुरजे हों—सब तोड़ डालो। नीचे एक कोठरी मिलेगी, जिसमें बगुले के बिगड़ जाने से बिल्कुल उजाला हो गया होगा। उस कोठरी से एक रास्ता नीचे उस कुएँ में गया है, जो पूरबवाले दालान में है। वहाँ भी मसाले से बना एक बूढ़ा आदमी हाथ में किताब लिये दिखाई देगा। उसके हाथ से किताब ले लो; मगर एकाएक छीनो, नहीं तो धोखा खाओगे। पहले उसका दाहिना बाजू पकड़ो। वह मुँह खोल देगा। उसका मुँह काफूर से खूब भर दो। थोड़ी ही देर में वह भी गल के बह जाएगा। तब किताब ले लो। उसके सब पन्ने भोजपत्र के होंगे। जो कुछ उसमें लिखा हो, वैसा करो।

'विक्रम।'

कुमार ने पढ़ा, सभी ने सुना। घंटे भर तक तो सिवाय तिलिस्म बनानेवाले की तारीफ के किसी की जुबान से दूसरी बात न निकली। इसके बाद यह राय ठहरी कि अब दिन भी थोड़ा रह गया है। डेरे में चलकर आराम किया जाए। कल सवेरे ही कुल कामों से छुट्टी पाकर तिलिस्म की तरफ झुकें।

यह खबर चारों तरफ मशहूर हो गई कि चुनारगढ़ के इलाके में कोई तिलिस्म है, जिसमें कुमारी चंद्रकांता और चपला फँस गई हैं। उनको छुड़ाने और तिलिस्म तोड़ने के लिए कुँवर वीरेंद्रसिंह ने मय फौज के उस जगह डेरा डाला है।

तिलिस्म किसको कहते हैं? वह क्या चीज है? उसमें आदमी कैसे फँसता है? कुँवर वीरेंद्रसिंह उसे क्यों कर तोड़ेंगे? इत्यादि बातों को जानने और देखने के लिए दूर-दूर के बहुत से आदमी उस जगह इकट्ठा हुए, जहाँ कुमार का लश्कर उतरा हुआ था। मगर खौफ के मारे खँडहर के अंदर कोई पैर नहीं रखता था, बाहर से ही देखते थे।

कुमार के लश्करवालों ने घूमते-फिरते कई नकाबपोश सवारों को भी देखा, जिनकी खबर उन लोगों ने कुमार तक पहुँचाई।

पंडित बद्रीनाथ अहमद और नाजिम को साथ लेकर महाराज शिवदत्त को छुड़ाने गए थे। तहखाने में शेर के मुँह से जुबान खींच किवाड़ खोलना चाहा, मगर न खुल सका; क्योंकि यहाँ तेजसिंह ने दोहरा ताला लगा दिया था। जब कोई काम न निकला, तब वहाँ से लौटकर विजयगढ़ गए। ऐयारी की फिक्र में थे कि यह खबर कुँवर वीरेंद्रसिंह की उन्होंने भी सुनी। लौटकर उसी जगह पहुँचे। पन्नालाल, रामनारायण और चुन्नीलाल भी उसी ठिकाने जमा हुए और उन सभी की यह राय होने लगी कि किसी तरह तिलिस्म तोड़ने में बाधा डालनी चाहिए। इसी फिक्र में वे लोग भेष बदलकर इधर-उधर तथा लश्कर में घूमने लगे।

कसर रह गई, लोपांजन या कोई गुटका इस तिलिस्म में से उनको ऐसा न मिला, जिससे वे लोगों की नजरों से छिप जाते; और अच्छा ही हुआ, जो न मिला, नहीं तो इनकी ऐयारी की तारीफ न होती; क्योंकि जिस आदमी के पास कोई ऐसी चीज हो, जिससे वह गायब हो जाए तो फिर ऐयारी सीखने की जरूरत ही क्या रही? गायब होकर जो चाहा, कर डाला।

आज की रात इन चारों की जागते ही बीती। तिलिस्म की तारीफ, फूलों के गुण, तिलिस्मी किताब के पढ़ने, सवेरे फिर तिलिस्म में जाने आदि की बातचीत में रात बीत गई। सवेरा हुआ, जल्दी-जल्दी स्नान-पूजा से चारों ने छुट्टी पा ली और कुछ भोजन करके तिलिस्म में जाने को तैयार हुए।

कुमार ने तेजसिंह से कहा, "हमारे पलंग पर से तिलिस्मी किताब उठाकर तुम लेते चलो। वहाँ फिर एक दफा पढ़कर तब कोई काम करेंगे।"

तेजसिंह तिलिस्मी किताब लेने गए, मगर किताब नजर न पड़ी। चारपाई के नीचे हर तरफ देखा, कहीं पता नहीं। आखिर कुमार से पूछा, "किताब कहाँ है? पलंग पर तो नहीं है।"

सुनते ही कुमार के होश उड़ गए, जी सन्न हो गया। दौड़े हुए पलंग के पास आए। खूब ढूँढ़ा, मगर कहीं किताब हो, तब तो मिले।

कुमार 'हाय' करके पलंग के ऊपर गिर पड़े। बिल्कुल हौसला टूट गया। कुमारी चंद्रकांता के मिलने से नाउम्मीद हो गए। अब तिलिस्मी किताब कहाँ, जिसमें तिलिस्म तोड़ने की तरकीब लिखी है? तेजसिंह, देवीसिंह और जगन्नाथ ज्योतिषी भी घबरा उठे। दो घड़ी तक किसी के मुँह से आवाज तक न निकली, बाद इसके तलाश होने लगी। लश्कर भर में खूब शोर मचा कि कुमार के डेरे से तिलिस्मी किताब गायब हो गई। पहरेवालों पर सख्ती होने लगी। चारों तरफ चोर की तलाश में लोग निकले।

तेजसिंह ने कुमार से कहा, "आप जी मत छोटा कीजिए। मैं वादा करता हूँ कि चोर जरूर पकड़ूँगा। आपके सुस्त हो जाने से सभी का जी टूट जाएगा, कोई काम करते न बन पड़ेगा।"

बहुत समझाने पर कुमार पलंग से उठे। उसी वक्त एक चोबदार ने आकर अजीब खबर सुनाई। हाथ जोड़कर अर्ज किया कि "तिलिस्म के फाटक पर पहरे के लिए जो लोग मुस्तैद किए गए हैं, उनमें से एक पहरेवाला हाजिर हुआ है और कहता है कि तिलिस्म के अंदर कई आदमियों की आहट मिली है। किसी को अंदर जाने का हुक्म तो है नहीं। जो ठीक मालूम करें। अब जैसा हुक्म हो, किया जाए।"

इस खबर को सुनते ही तेजसिंह पता लगाने के लिए तिलिस्म में जाने को तैयार हुए। देवीसिंह से कहा, "तुम भी साथ चलो, देख आएँ, क्या मामला है।"

ज्योतिषीजी बोले, "हम भी चलेंगे।" कुमार भी उठ खड़े हुए। आखिर वे चारों तिलिस्म में चले। बाहर फतहसिंह सेनापति मिले। कुमार ने उनको भी साथ ले लिया। दरवाजे के अंदर जाते ही इन लोगों के कान में भी चिल्लाने की आवाज आई। आगे बढ़ने से मालूम हुआ कि इसमें कई आदमी हैं। आवाज की दिशा में वे लोग बराबर बढ़ते चले गए। उस दालान में पहुँचे, जिसमें चबूतरे के ऊपर हाथ में किताब लिये पत्थर का आदमी सोया था।

देखा कि पत्थरवाला आदमी उठकर बैठा हुआ पंडित बद्रीनाथ ऐयार को दोनों हाथों से दबाए है और वे चिल्ला रहे हैं। पन्नालाल, रामनारायण और चुन्नीलाल छुड़ाने की तरकीब कर रहे हैं; मगर कोई काम नहीं निकलता। तिलिस्मी किताब के खो जाने का इन लोगों को बड़ा भारी गम था। मगर इस वक्त पंडित बद्रीनाथ ऐयार की यह दशा देख सभी को हँसी आ गई। एकदम खिलखिला के हँस पड़े। उन ऐयारों ने पीछे फिरकर देखा तो कुँवर वीरेंद्रसिंह और तीनों ऐयारों के साथ खड़े हैं, साथ में फतहसिंह सेनापति हैं।

तेजसिंह ने ललकारकर कहा, "वाह, खूब! जैसी जिसकी करनी होती है, उसको वैसा ही फल मिलता है, इसमें कोई शक नहीं। बेचारे कुँवर वीरेंद्रसिंह को बेकसूर तुम लोगों ने सताया, इसी की सजा तुम लोगों को मिली। परमेश्वर भी बड़ा इनसाफ करनेवाला है। क्यों पन्नालाल, तुम लोग जान-बूझकर क्यों फँसते हो? तुम लोगों को तो किसी ने पकड़ा नहीं है, फिर बद्रीनाथ के पीछे क्यों जान देते हो? इनको इसी तरह छोड़ दो। तुम लोग जाओ, हवा खाओ।"

पन्नालाल ने कहा, "भला इनको ऐसी हालत में छोड़कर हम लोग कहीं जा सकते हैं! अब तो आपके जो जी में आए, सो कीजिए, हग लोग हाजिर हैं।"

तेजसिंह ने पंडित बद्रीनाथ के पास जाकर कहा, "पंडितजी, प्रणाम। क्यों, मिजाज कैसा है? क्या आप तिलिस्म तोड़ने को आए थे? अपने राजा को तो पहले छुड़ा लिया होता? खैर, शायद तुमने यह सोचा कि हम ही तिलिस्म तोड़कर कुल खजाना ले लें और खुद चुनारगढ़ के राजा बन जाएँ।"

देवीसिंह ने भी आगे बढ़ के कहा, "बद्रीनाथ भाई, तिलिस्म तोड़ना तो उसमें से कुछ मुझे भी देना, अकेले मत उड़ा जाना।"

ज्योतिषीजी ने कहा, "बद्रीनाथजी, अब तो तुम्हारे ग्रह बिगड़े हैं। खैरियत तभी है कि वह तिलिस्मी किताब हमारे हवाले करो, जिसे आप लोगों ने रात को चुराया है।"

बद्रीनाथ सबकी सुनते, मगर सिवाय जमीन देखने के जवाब किसी को नहीं देते थे। पन्नालाल, रामनारायण और चुन्नीलाल पंडित बद्रीनाथ को छोड़ अलग हो गए और कुमार से बोले, "ईश्वर के वास्ते किसी तरह पंडित बद्रीनाथ की जान बचाइए।"

कुमार ने कहा, "भला हम क्या कर सकते हैं! कुल हाल तिलिस्म का मालूम नहीं। जो किताब तिलिस्म से मुझको मिली थी, जिसे पढ़कर तिलिस्म तोड़ते, वह तुम लोगों ने गायब कर ली। अगर मेरे पास होती तो उसमें देखकर कोई तरकीब इनके छुड़ाने की करता। हाँ, अगर तुम लोग वह किताब मुझे दे दो तो जरूर बद्रीनाथ इस आफत से छूट सकते हैं।"

यह सुनकर पन्नालाल ने तिरछी निगाहों से बद्रीनाथ की तरफ देखा। उन्होंने भी कुछ इशारा किया।

पन्नालाल ने कुमार से कहा, "हम लोगों ने किताब नहीं चुराई है, नहीं तो ऐसी बेबसी की हालत में जरूर दे देते। या तो किसी तरह से पंडित बद्रीनाथ को छुड़ाइए या हम लोगों के वास्ते यह हुक्म दीजिए कि बाहर जाकर इनके लिए कुछ खाने का सामान लाकर खिलाएँ; बल्कि जब तक आपकी किताब न मिले, आप तिलिस्म न तोड़ लें और बद्रीनाथ उसी तरह बेबस रहें, तब तक हम लोगों में से किसी को खिलाने-पिलाने के लिए यहाँ आने-जाने का हुक्म हो।"

देवीसिंह ने कहा, "पन्नालाल, भला यह तो कहो कि अगर कई रोज तक बद्रीनाथ इसी तरह कैद रह गए तो खाने-पीने का बंदोबस्त तो तुम कर लोगे, जाकर ले आओगे; लेकिन अगर इनको दिशा मालूम पड़ेगी तो क्या उपाय करोगे? उसको कहाँ ले जाकर फेंकोगे? या इसी तरह इनके नीचे ढेर लगा रहेगा?"

इसका जवाब पन्नालाल ने कुछ न दिया।

तेजसिंह ने कहा, "सुनो जी, ऐयारों को ऐयार लोग खूब पहचानते हैं। अगर तुम्हारे आने-जाने के लिए कुमार हुक्म नहीं देते तो हम हुक्म देते हैं कि आया करो और जिस तरह बने, बद्रीनाथ की हिफाजत करो। तुम लोगों ने हमारा बड़ा हर्ज किया, तिलिस्मी किताब चुरा ली और अब मुकरते हो। इस वक्त हमारे अख्तियार में सब कोई हो। जिसके साथ जो चाहे, करूँ। सीधी तरह से न दो तो डंडों के जोर से किताब ले लूँ; मगर नहीं, छोड़ देता हूँ और खूब होशियार कर देता हूँ। किताब सँभालकर रखना, मैं बिना लिये न छोड़ूँगा और तुम लोगों को गिरफ्तार भी न करूँगा।"

तेजसिंह की बात सुनकर पंडित बद्रीनाथ लाल हो गए और बोले, "इस वक्त हमको बेबस देखकर शेखी बघारते हो! यह हिम्मत तो तब जानें कि हमारे छूटने पर बद के कोई ऐयारी करो और जीत जाओ। क्या तुम ही एक दुनिया में ऐयार हो? हम भी जोर देकर कहते हैं कि हम ही ने तुम्हारी तिलिस्मी किताब चुराई है; मगर हम लोगों में से किसी को कैद किए या सताए बिना तुम नहीं पा सकते। यह शेखी तुम्हारी न चलेगी कि ऐयारों को गिरफ्तार भी न करो, बल्कि आने-जाने के लिए छुट्टी दे दो और किताब भी ले लो। ऐसा कर लो तो उसी दिन से हम लोग तुम्हारे गुलाम हो जाएँ

और महाराज शिवदत्त को छोड़कर कुमार की ताबेदारी करें। मैं बता देता हूँ कि किताब भी न दूँगा और यहाँ से छूट के भी निकल जाऊँगा।''

तेजसिंह ने कहा, ''मैं भी कसम खाकर कहता हूँ कि बिना तुम लोगों को कैद किए अगर किताब न ले लूँ तो फिर ऐयारी का नाम न लूँ और सिर मुँड़ा के दूसरे देश में निकल जाऊँ। मुझको भी तुम लोगों से एक ही दफा में फैसला कर लेना है।''

इस बात पर तेजसिंह और बद्रीनाथ दोनों ने कसमें खाईं। बेचारे कुँवर वीरेंद्रसिंह सभी का मुँह देखते थे। कुछ कहते बन नहीं पड़ता था। तेजसिंह ने देवीसिंह और ज्योतिषीजी को अलग ले जाकर कान में कुछ कहा और दोनों उसी वक्त तिलिस्म के बाहर हो गए। फिर तेजसिंह बद्रीनाथ के पास आकर बोले, ''हम लोग जाते हैं। पन्नालाल, रामनारायण और चुन्नीलाल को जहाँ जी चाहे, भेजो और अपने छुड़ाने की जो तरकीब सूझे, करो। पहरेवालों को कह दिया जाता है, वे तुम्हारे साथियों को आते-जाते न रोकेंगे।''

कुमार को लिये हुए तेजसिंह अपने डेरे में पहुँचे। देखा तो ज्योतिषीजी बैठे हैं। तेजसिंह ने पूछा, ''क्यों ज्योतिषीजी, देवीसिंह गए?''

ज्योतिषी—''हाँ, वे तो गए।''

तेजसिंह—''आपने अभी कुछ देखा कि नहीं?''

ज्योतिषी—''हाँ, पता लगा; पर आफत पर आफत नजर आती है।''

तेजसिंह—''वह क्या?''

ज्योतिषी—''रमल से मालूम होता है कि उन लोगों के हाथ से भी किताब निकल गई और अभी तक कहीं रखी नहीं गई। देखें, देवीसिंह क्या करके आते हैं। हम भी जाते तो अच्छा होता।''

तेजसिंह—''तो फिर आप राह क्यों देखते हैं? जाइए, हम भी अपनी धुन में लगते हैं।''

यह सुन ज्योतिषीजी तुरंत वहाँ से चले गए।

कुमार ने कहा, ''भला कुछ हमें भी तो मालूम हो कि तुम लोगों ने क्या सोचा? क्या कर रहे हो और क्या समझ के तुमने उन लोगों को छोड़ दिया? मैं तो जरूर यही कहूँगा कि इस वक्त तुम्हीं ने शेखी में आकर काम बिगाड़ दिया, नहीं तो वे लोग हमारे हाथ फँस चुके थे।''

तेजसिंह ने कहा, ''मेरा मतलब आप अभी तक नहीं समझे। किताब तो मैं उनसे ले ही लूँगा, मगर जहाँ तक बने, उन सभी को एक ही दफा में अपना चेला भी करूँ, नहीं तो यह रोज-रोज की ऐयारी से कहाँ तक होशियारी चलेगी! सिवाय जिद और बदाबदी के ऐयार कभी ताबेदारी कबूल नहीं करते। चाहे जान चली जाए, मालिक का

संग कभी न छोड़ेंगे।"

कुमार ने कहा, "इससे तो हमको और आश्चर्य हुआ। ईश्वर न करे, कहीं तुम हार गए और बद्रीनाथ छूट के निकल गए तो क्या तुम हमारा भी संग छोड़ दोगे?"

तेजसिंह—"बेशक छोड़ दूँगा! फिर अपना मुँह न दिखाऊँगा।"

कुमार—"तो तुम आप भी गए और मुझे भी मारा, अच्छी दोस्ती अदा की। हाय, अब क्या करूँ? भला यह तो बताओ कि देवीसिंह और ज्योतिषीजी कहाँ गए?"

तेजसिंह—"अभी न बताऊँगा। पर आप डरिए मत, ईश्वर चाहेगा तो सब काम ठीक होगा और मेरा-आपका साथ भी न छूटेगा। आप बैठिए, मैं दो घंटे के लिए कहीं जाता हूँ।"

कुमार—"अच्छा, जाओ।"

तेजसिंह वहाँ से चले गए। फतहसिंह को भी कुमार ने विदा किया। अब देखना चाहिए, ये लोग क्या करते हैं और कौन जीतता है।

बयान : 27

तेजसिंह, देवीसिंह और ज्योतिषीजी के चले जाने पर कुमार बहुत देर तक सुस्त बैठे रहे। तरह-तरह के खयाल पैदा होते रहे। जरा खटका हुआ और दरवाजे की तरफ देखने लगते कि शायद तेजसिंह या देवीसिंह आते हों। जब किसी को नहीं देखते तो फिर हाथ पर गाल रखकर सोच-विचार में पड़ जाते। पहर भर दिन बाकी रह गया, पर तीनों ऐयारों में से कोई भी लौटकर न आया। कुमार की तबीयत और भी घबराई। बैठा न गया, डेरे के बाहर निकले।

कुमार को डेरे के बाहर होते देख बहुत से मुलाजिम सामने आ खड़े हुए। बगल ही में फतहसिंह सेनापति का डेरा था। सुनते ही कपड़े बदल हरबों को लगाकर वह भी बाहर निकल आए और कुमार के पास आकर खड़े हो गए।

कुमार ने फतहसिंह से कहा, "चलो, जरा घूम आएँ; मगर हमारे साथ और कोई न आए।" यह कह आगे बढ़े।

फतहसिंह ने सभी को मना कर दिया। लाचार, कोई साथ न हुआ। वे दोनों धीरे-धीरे टहलते हुए डेरे से बहुत दूर निकल गए। तब कुमार ने फतहसिंह का हाथ पकड़ लिया और कहा, "सुनो फतहसिंह, तुम भी हमारे दोस्त हो, साथ ही पढ़े और बड़े हुए। तुमसे हमारी कोई बात छिपी नहीं रहती। तेजसिंह भी तुमको बहुत मानते हैं। आज हमारी तबीयत बहुत उदास हो गई। अब हमारा जीना मुश्किल समझो, क्योंकि आज तेजसिंह को न मालूम क्या सूझी कि बद्रीनाथ से जिद कर बैठे। हाथों में फँसे हुए चोर को छोड़ दिया। न जाने अब क्या होता है? किताब हाथ लगे या न लगे, तिलिस्म टूटे

या न टूटे, चंद्रकांता मिले या तिलिस्म ही में तड़प-तड़पकर मर जाएँ।''

फतहसिंह ने कहा, ''आप कुछ सोच न कीजिए। तेजसिंह ऐसे बेवकूफ नहीं हैं। उन्होंने जिद की तो अच्छा ही किया। सब ऐयार एकदम से आपकी तरफ हो जाएँगे। आज का भी बिल्कुल हाल मुझको मालूम है। इंतजाम भी उन्होंने अच्छा किया है। मुझको भी एक काम सुपुर्द कर गए हैं। वह भी बहुत ठीक हो गया है। देखिए तो क्या होता है?''

बातचीत करते दोनों बहुत दूर निकल गए। यकायक उन लोगों की निगाह कई औरतों पर पड़ी, जो उनसे बहुत दूर न थीं। उन्होंने आपस में बातचीत करना बंद कर दिया और पेड़ों की आड़ से औरतों को देखने लगे।

अंदाज से बीस औरतें होंगी। अपने-अपने घोड़ों की बाग थामे धीरे-धीरे उसी तरफ आ रही थीं। एक औरत के हाथ में दो घोड़ों की बाग थी। यों तो सभी औरतें एक-से-एक खूबसूरत थीं, मगर सभी के आगे-आगे जो आ रही थी, बहुत ही खूबसूरत और नाजुक थी। उम्र करीब पंद्रह वर्ष की होगी। पोशाक और जेवरों के देखने से यही मालूम होता था कि जरूर किसी राजा की लड़की है। सिर से पाँव तक जवाहरात से लदी हुई। हर एक अंग उसके सुंदर और सुडौल। गुलाब-सा चेहरा दूर से दिखाई दे रहा था, साथवाली औरतें भी एक-से-एक खूबसूरत बेशकीमती पोशाकें पहने हुई थीं।

कुँवर वीरेंद्रसिंह एकटक उसी औरत की तरफ देखने लगे, जो सभी के आगे थी। ऐसे आश्चर्य की हालत में भी कुमार के मुँह से निकल पड़ा, ''वाह, क्या सुडौल हाथ-पैर हैं। बहुत सी बातें कुमारी चंद्रकांता की इसमें मिलती हैं। नजाकत और चाल भी उसी ढंग की है। हाथ में कोई किताब है, जिससे मालूम होता है कि पढ़ी-लिखी भी है।''

वे औरतें और पास आ गईं। अब कुमार को बखूबी देखने का मौका मिला। जिस जगह पेड़ों की आड़ में ये दोनों छिपे हुए थे, किसी की निगाह नहीं पड़ सकती थी। वह औरत, जो सबों के आगे-आगे आ रही थी, जिसको हम राजकुमारी कह सकते हैं चलते-चलते अटक गई। उस किताब को खोलकर देखने लगी, साथ ही उसकी दोनों आँखों से आँसू गिरने लगे।

कुमार ने पहचाना कि यह वही तिलिस्मी किताब है, क्योंकि इसकी जिल्द पर एक तरफ मोटे-मोटे सुनहरे हरफों में 'तिलिस्म' लिखा हुआ है। सोचने लगे, 'इस किताब को तो ऐयार लोग चुरा ले गए थे। तेजसिंह इसकी खोज में गए हैं। इसके हाथ यह किताब क्योंकर लगी? यह कौन है और किताब देखकर रोती क्यों है?'

□

तृतीय भाग

बयान : 1

वह नाजुक औरत, जिसके हाथ में किताब है और जो सब औरतों के आगे-आगे आ रही है, कौन और कहाँ की रहनेवाली है, जब तक यह न मालूम हो जाए, तब तक हम उसको वन कन्या के नाम से लिखेंगे।

धीरे-धीरे चलकर वन कन्या जब उन पेड़ों के पास पहुँची, जिधर आड़ में कुँवर वीरेंद्रसिंह और फतहसिंह छिपे खड़े थे, तो ठहर गई और पीछे फिर के देखा। इसके साथ एक और जवान, नाजुक तथा चंचल औरत अपने हाथ में एक तसवीर लिये हुए चल रही थी, जो वन कन्या को अपनी तरफ देखते देख आगे बढ़ आई। वन कन्या ने अपनी किताब उसके हाथ में दे दी और तसवीर उससे ले ली।

तसवीर की तरफ देख लंबी साँस ली, साथ ही आँखें डबडबा आईं; बल्कि कई बूँद आँसुओं की भी गिर पड़ीं। इस बीच में कुमार की निगाह भी उसी तसवीर पर जा पड़ी। एकटक देखते रहे और जब वन कन्या बहुत दूर निकल गई, तब फतहसिंह से बातचीत करने लगे।

कुमार—"क्यों फतहसिंह, यह कौन है, कुछ जानते हो?"

फतहसिंह—"मैं कुछ भी नहीं जानता; मगर इतना कह सकता हूँ कि किसी राजा की लड़की है।"

कुमार—"यह किताब, जो इसके हाथ में है, जरूर वही है, जो मुझको तिलिस्म से मिली थी, जिसको शिवदत्त के ऐयारों ने चुराया था, जिसके लिए तेजसिंह और बद्रीनाथ में बदाबदी हुई और जिसकी खोज में हमारे ऐयार लगे हुए हैं।"

फतहसिंह—"मगर फिर वह किताब इसके हाथ कैसे लगी?"

कुमार—"इसका तो ताज्जुब हुआ है; मगर इससे भी ज्यादा ताज्जुब की एक बात और है, शायद तुमने खयाल नहीं किया।"

फतहसिंह—"नहीं, वह क्या?"

कुमार—"वह तसवीर भी मेरी ही है, जिसको बगलवाली औरत के हाथ से उसने लिया था।"

फतहसिंह—"यह तो आपने और भी आश्चर्य की बात सुनाई।"

कुमार—"मैं तो अजब हैरानी में पड़ा हूँ। कुछ समझ ही नहीं आता कि क्या मामला है। अच्छा, चलो, पीछे-पीछे देखें, ये सब जाती कहाँ हैं।"

फतहसिंह—"चलिए।"

कुमार और फतहसिंह उसी तरफ चले, जिधर वे औरतें गई थीं। थोड़ी ही दूर गए होंगे कि पीछे से किसी ने आवाज़ दी। फिर के देखा तो तेजसिंह पर नजर पड़ी। ठहर गए। जब पास पहुँचे उन्हें घबराए हुए और बदहोशो-हवास देखकर पूछा, "क्यों, क्या है, जो ऐसी सूरत बनाए हो?"

तेजसिंह ने कहा, "है क्या, बस, हम आपसे जिंदगी भर के लिए जुदा होते हैं।"

इससे ज्यादा न बोल सके, गला भर आया। आँखों से आँसुओं की बूँदें टपाटप गिरने लगीं। तेजसिंह की अधूरी बात सुन और उनकी ऐसी हालत देख कुमार भी बेचैन हो गए। मगर यह कुछ भी न जान पड़ा कि तेजसिंह के इस तरह बेदिल होने का क्या सबब है।

फतहसिंह से उनकी यह दशा देखी न गई। अपने रूमाल से दोनों की आँखें पोंछीं। इसके बाद तेजसिंह से पूछा, "आपकी ऐसी हालत क्यों हो रही है, कुछ मुँह से तो कहिए? क्या सबब है, जो जन्म भर के लिए आप कुमार से जुदा होंगे?"

तेजसिंह ने अपने को सँभालकर कहा, "तिलिस्मी किताब हम लोगों के हाथ न लगी और न मिलने की कोई उम्मीद है। इसलिए अपने कौल पर सिर मुँड़ा के निकल जाना पड़ेगा।"

इसका जवाब कुँवर वीरेंद्रसिंह और फतहसिंह कुछ दिया ही चाहते थे कि देवीसिंह और पंडित जगन्नाथ ज्योतिषी भी घूमते हुए आ पहुँचे। ज्योतिषीजी ने पुकारकर कहा, "तेजसिंह, घबराइए मत। अगर आपको किताब न मिली तो उन लोगों के पास भी न रही। जो मैंने पहले कहा था, वही हुआ। उस किताब को कोई तीसरा ही ले गया।"

अब तेजसिंह का जी कुछ ठिकाने हुआ। कुमार ने कहा, "वाह, खूब! आप भी रोए और मुझको भी रुलाया। जिसके हाथ में किताब पहुँची, उसे मैंने देखा; मगर उसका हाल कहने का कुछ मौका तो मिला नहीं, तुम पहले से ही रोने लगे।" इतना कहकर कुमार ने उस तरफ देखा, जिधर वे औरतें गई थीं; मगर कुछ दिखाई न पड़ा।

तेजसिंह ने घबराकर कहा, "आपने किसके हाथ में किताब देखी? वह आदमी कहाँ है?"

कुमार ने जवाब दिया, "मैं क्या बताऊँ, कहाँ है! चलो, उस तरफ शायद दिखाई दे जाए। हाय, विपत-पर-विपत बढ़ती ही जाती है।"

आगे-आगे कुमार तथा पीछे-पीछे तीनों ऐयार और फतहसिंह उस तरफ चले, जिधर वे औरतें गई थीं; मगर तेजसिंह, देवीसिंह और ज्योतिषीजी हैरान थे कि कुमार किसको खोज रहे हैं। वह किताब किसके हाथ लगी है, या जब देखा ही था तो छीन क्यों न लिया। कई दफा चाहा कि कुमार से इन बातों को पूछें, मगर उनको घबराए हुए इधर-उधर देखते और लंबी-लंबी साँसें लेते देख तेजसिंह ने कुछ न पूछा। पहर भर तक कुमार ने चारों तरफ खोजा, मगर फिर उन औरतों पर निगाह न पड़ी। आखिर आँखें डबडबा आईं और एक पेड़ के नीचे खड़े हो गए।

तेजसिंह ने पूछा, "आप कुछ खुलासा कहिए भी तो कि क्या मामला है?"

कुमार ने कहा, "अब इस जगह कुछ न कहेंगे। लश्कर में चलो, फिर जो कुछ है, सुन लेना।"

सब कोई लश्कर में पहुँचे। कुमार ने कहा, "पहले तिलिस्मी खँडहर में चलो। देखें, बद्रीनाथ की क्या कैफियत है।" यह कहकर खँडहर की तरफ चले। ऐयार सब पीछे-पीछे रवाना हुए। खँडहर के दरवाजे के अंदर पैर रखा ही था कि सामने से पंडित बद्रीनाथ, पन्नालाल वगैरह आते दिखाई पड़े।

कुमार—"यह देखो, वे लोग इधर ही चले आ रहे हैं। मगर हैं, यह बद्रीनाथ छूट कैसे गए?"

तेजसिंह—"बड़े ताज्जुब की बात है!"

देवीसिंह—"कहीं किताब इन लोगों के हाथ तो नहीं लग गई। अगर ऐसा हुआ तो बड़ी मुश्किल होगी।"

फतहसिंह—"इससे निश्चिंत रहो, वह किताब इनके हाथ अब तक नहीं लगी। हाँ, आगे मिल जाए तो मैं नहीं कह सकता; क्योंकि अभी थोड़ी ही देर हुई है, वह दूसरे के हाथ में देखी जा चुकी है।"

इतने में बद्रीनाथ वगैरह पास आ गए। पन्नालाल ने पुकार के कहा, "क्यों तेजसिंह, अब तो हार गए न।"

तेजसिंह—"हम क्यों हारे?"

बद्रीनाथ—"क्यों नहीं हारे, हम छूट भी गए और किताब भी न दी।"

तेजसिंह—"किताब तो हम पा गए, तुम चाहे अपने आप छूटो या मेरे छुड़ाने से छूटो। किताब पाना ही हमारा जीतना हो गया। अब तुमको चाहिए कि महाराज शिवदत्त को छोड़कर कुमार के साथ रहो।"

बद्रीनाथ—"हमको वह किताब दिखा दो, हम अभी ताबेदारी कबूल करते हैं।"

तेजसिंह—"तो तुम ही क्यों नहीं दिखा देते। जब तुम्हारे पास नहीं तो साबित हो गया कि हम पा गए।"

बद्रीनाथ—"बस-बस, हम बेफिक्र हो गए। तुम्हारी बातचीत से मालूम हो गया कि तुमने किताब नहीं पाई और उसे कोई तीसरा ही उड़ा ले गया। अभी तक हम डरे हुए थे।"

देवीसिंह—"फिर आखिर हारा कौन, यह भी तो कहो?"

बद्रीनाथ—"कोई भी नहीं हारा।"

कुमार—"अच्छा, यह तो कहो कि तुम छूटे कैसे?"

बद्रीनाथ—"बस, ईश्वर ने छुड़ा दिया, जान-बूझकर कोई तरकीब नहीं की गई। पन्नालाल ने उसके सिर पर एक लकड़ी रखी। उस पत्थर के आदमी ने मुझको छोड़ लकड़ी पकड़ी, बस, मैं छूट गया। उसके हाथ में वह लकड़ी अभी तक मौजूद है।"

कुमार—"अच्छा हुआ, दोनों की ही बात रह गई।"

बद्रीनाथ—"कुमार, मेरा जी तो चाहता है कि आपके साथ रहूँ; मगर क्या करूँ, नमकहरामी नहीं कर सकता। कोई तो सबब होना चाहिए। अब मुझे आज्ञा हो तो विदा होऊँ।"

कुमार—"अच्छा, जाओ।"

ज्योतिषी—"अच्छा, हमारी तरफ नहीं होते तो न सही, मगर ऐयारी तो बंद करो।"

तेजसिंह—"वाह ज्योतिषीजी, आखिर वेदपाठी ही रहे। ऐयारी से क्या डरना? ये लोग जितना जी चाहें, जोर लगा लें।"

पन्नालाल—"खैर, देखा जाएगा, अभी तो जाते हैं। जय माया की।"

तेजसिंह—"जय माता की।"

बद्रीनाथ वगैरह वहाँ से चले गए। फिर कुमार भी तिलिस्म में न गए और अपने डेरे में चले आए। रात को कुमार के डेरे में सब ऐयार और फतहसिंह इकट्ठा हुए। दरबानों को हुक्म दिया कि कोई अंदर न आने पाए।

तेजसिंह ने कुमार से पूछा, "अब बताइए, किताब किसके हाथ में देखी थी? वह कौन है और आपने किताब लेने की कोशिश क्यों नहीं की?"

कुमार ने जवाब दिया, "यह तो मैं नहीं जानता कि वह कौन है; लेकिन जो भी हो, अगर कुमारी चंद्रकांता से बढ़कर नहीं है तो किसी तरह कम भी नहीं है। उसके हुस्न ने मुझे उससे किताब छीनने न दी।"

तेजसिंह (ताज्जुब से)—"कुमारी चंद्रकांता से और उस किताब से क्या संबंध? खुलासा कहिए तो कुछ मालूम हो।"

कुमार—"क्या कहें, हमारी तो अजब हालत है।" ऊँची साँस लेकर चुप ही रहे।

तेजसिंह—"आपकी विचित्र ही दशा हो रही है। कुछ समझ में नहीं आता। (फतहसिंह की तरफ देखकर) आप तो इनके साथ थे, आप ही खुलासा हाल कहिए।

यह तो बारह दफा लंबी साँस लेंगे तो डेढ़ बात कहेंगे। जगह-जगह तो इनको इश्क पैदा होता है। एक बला से छूटे नहीं, दूसरी खरीदने को तैयार हो गए।''

फतहसिंह ने सब हाल खुलासा कह सुनाया। तेजसिंह बहुत हैरान हुए कि वह कौन थी और उसने कुमार को पहले कब देखा, कब आशिक हुई और तसवीर कैसे उतरवा मँगाई?

ज्योतिषीजी ने कई दफा रमल फेंका, मगर खुलासा हाल मालूम न हो सका। हाँ, इतना कहा कि किसी राजा की लड़की है। आधी रात तक सब कोई बैठे रहे, मगर कोई काम न हुआ। आखिर यह बात ठहरी कि जिस तरह बने, उन औरतों को ढूँढ़ना चाहिए।

सब कोई अपने डेरे में आराम करने चले गए। रात भर कुमार को वन कन्या की याद ने सोने न दिया। कभी उसकी भोली-भाली सूरत याद करते, कभी उसकी आँखों से गिरे हुए आँसुओं के ध्यान में डूबे रहते। इसी तरह करवटें बदलते और लंबी साँस लेते रात बीत गई; बल्कि घंटा भर दिन चढ़ आया, पर कुमार अपने पलंग पर से न उठे।

तेजसिंह ने आकर देखा तो कुमार चादर से मुँह लपेटे पड़े हैं। मुँह की तरफ का कपड़ा गीला हो रहा है। दिल में समझ गए कि वन कन्या का इश्क पूरे तौर पर असर कर गया है। इस वक्त नसीहत करना भी उचित नहीं। आवाज दी, ''आप सोते हैं या जागते हैं?''

कुमार (मुँह खोल कर)—''नहीं, जागते तो हैं।''

तेजसिंह—''फिर उठे क्यों नहीं? आप तो रोज सवेरे ही स्नान-पूजा से छुट्टी कर लेते हैं। आज क्या हुआ?''

''नहीं, कुछ नहीं।'' कहते हुए कुमार उठ बैठे। जल्दी-जल्दी स्नान से छुट्टी पाकर भोजन किया। तेजसिंह वगैरह इनके पहले ही सब कामों से निश्चिंत हो चुके थे। उन लोगों ने भी कुछ भोजन कर लिया और उन औरतों को ढूँढ़ने के लिए जंगल में जाने को तैयार हुए। कुमार ने कहा, ''हम भी चलेंगे।'' सभी ने समझाया कि आप चलकर क्या करेंगे? हम लोग पता लगाते हैं। आपके चलने से हमारे काम में हर्ज होगा। मगर कुमार ने कहा, ''कोई हर्ज न होगा। हम फतहसिंह को अपने साथ लेते चलते हैं। तुम्हारा जहाँ जी चाहे, घूमना, हम उसके साथ इधर-उधर फिरेंगे।''

तेजसिंह ने फिर समझाया कि कहीं शिवदत्त के ऐयार लोग आपको धोखे में न फँसा लें; मगर कुमार ने एक मानी। आखिर लाचार होकर कुमार और फतहसिंह को साथ ले जंगल की तरफ रवाना हुए।

थोड़ी दूर घने जंगल में जाकर, उन लोगों को एक जगह बैठाकर तीनों ऐयार

अलग-अलग उन औरतों की खोज में रवाना हुए। ऐयारों के चले जाने पर कुँवर वीरेंद्रसिंह फतहसिंह से बातें करने लगे; मगर सिवाय वन कन्या के कोई दूसरा जिक्र कुमार की जुबान पर न था।

बयान : 2

कुँवर वीरेंद्रसिंह बैठे फतहसिंह से बातें कर रहे थे कि एक मालिन, जो जवान और कुछ खूबसूरत भी थी, हाथ में जंगली फूलों की डाली लिये कुमार के बगल से इस तरह निकली, जैसे उसको यह मालूम नहीं कि यहाँ कोई है। मुँह से कहती जाती थी, "आज जंगली फूलों का गहना बनाने में देर हो गई। जरूर कुमारी खफा होंगी। देखें, क्या दुर्दशा होती है।"

इस बात को दोनों ने सुना। कुमार ने फतहसिंह से कहा, "मालूम होता है, यह उन्हीं की मालिन है। इसको बुला के पूछो तो सही।"

फतहसिंह ने आवाज दी। उसने चौंककर पीछे देखा। फतहसिंह ने हाथ के इशारे से फिर बुलाया। वह डरती-काँपती उनके पास आ गई। फतहसिंह ने पूछा, "तू कौन है और फूलों के गहने किसके वास्ते लिये जा रही है?"

उसने जवाब दिया, "मैं मालिन हूँ। यह नहीं कह सकती कि किसके यहाँ रहती हूँ और ये फूल के गहने किसके वास्ते लिये जाती हूँ। आप मुझको छोड़ दें। मैं बड़ी गरीब हूँ। मेरे मारने से कुछ हाथ न लगेगा। हाथ जोड़ती हूँ, मेरी जान मत लीजिए।"

ऐसी-ऐसी बातें कह मालिन रोने और गिड़गिड़ाने लगी। फूलों की डलिया आगे रखी हुई थी, जिनकी तेज खुशबू फैल रही थी। इतने में एक नकाबपोश वहाँ आ पहुँचा और कुमार की तरफ मुँह करके बोला, "आप इसके फेर में न पड़ें। यह ऐयार है। अगर थोड़ी देर और फूलों की खुशबू दिमाग में चढ़ेगी तो आप बेहोश हो जाएँगे।"

उस नकाबपोश ने इतना कहा ही था कि वह मालिन उठकर भागने लगी; मगर फतहसिंह ने झट हाथ पकड़ लिया। सवार उसी वक्त चला गया। कुमार ने फतहसिंह से कहा, "मालूम नहीं सवार कौन है और मेरे साथ यह नेकी करने की उसको क्या जरूरत थी?"

फतहसिंह ने जवाब दिया, "इसका हाल मालूम होना मुश्किल है, क्योंकि वह खुद अपने को छिपा रहा है। खैर, जो हो, यहाँ ठहरना मुनासिब नहीं। देखिए, अगर यह सवार न आता तो हम लोग फँस ही चुके थे।"

कुमार ने कहा, "तुम्हारा यह कहना बहुत ठीक है। खैर, अब चलो और इसको अपने साथ लेते चलो। वहाँ चलकर पूछ लेंगे कि यह कौन है।"

जब कुमार अपने खेमे में फतहसिंह और उस ऐयार को लिये हुए पहुँचे तो बोले,

"अब इससे पूछो, इसका नाम क्या है?"

फतहसिंह ने जवाब दिया, "भला यह ठीक-ठीक अपना नाम क्यों बताएगा? देखिए, मैं अभी मालूम किए लेता हूँ।"

फतहसिंह ने गरम पानी मँगवाकर उस ऐयार का मुँह धुलाया। अब साफ पहचान गए कि यह पंडित बद्रीनाथ हैं। कुमार ने पूछा, "क्यों, अब तुम्हारे साथ क्या किया जाए?"

बद्रीनाथ ने जवाब दिया, "जो मुनासिब हो, कीजिए।"

कुमार ने फतहसिंह से कहा, "इनकी तुम हिफाजत करो। जब तेजसिंह आएँगे तो वही इनका फैसला करेंगे।"

यह सुन फतहसिंह बद्रीनाथ को ले अपने खेमे में चले गए। शाम को, बल्कि कुछ रात बीते तेजसिंह, देवीसिंह और ज्योतिषीजी लौटकर आए और कुमार के खेमे में गए।

उन्होंने पूछा, "कहो, कुछ पता लगा?"

तेजसिंह—"कुछ पता न लगा। दिन भर परेशान हुए, मगर कोई काम न चला।"

कुमार (ऊँची साँस लेकर)—"फिर अब क्या किया जाएगा?"

तेजसिंह—"किया क्या जाएगा, आज-कल में पता लगेगा ही।"

कुमार—"हमने भी एक ऐयार को गिरफ्तार किया है।"

तेजसिंह—"हैं, किसको? वह कहाँ है?"

कुमार—"फतहसिंह के पहरे में है। उसको बुलाकर देखो, कौन है।"

देवीसिंह को भेजकर फतहसिंह को मय ऐयार के बुलवाया। जब बद्रीनाथ की सूरत देखी तो खुश हो गए और बोले, "क्यों, अब क्या इरादा है?"

बद्रीनाथ—"जो पहले था, वही अब भी है?"

तेजसिंह—"अब भी शिवदत्त का साथ छोड़ोगे या नहीं।"

बद्रीनाथ—"महाराज शिवदत्त का साथ क्यों छोड़ने लगे?"

तेजसिंह—"तो फिर कैद हो जाओगे।"

बद्रीनाथ—"चाहे जो हो।"

तेजसिंह—"यह न समझना कि तुम्हारे साथी लोग छुड़ा ले जाएँगे। हमारा कैद खाना ऐसा नहीं है।"

बद्रीनाथ—"उस कैदखाने का हाल भी मालूम है। वहाँ भेजो भी तो सही।"

देवीसिंह—"वाह रे निडर!"

तेजसिंह ने फतहसिंह से कहा, "इनके ऊपर सख्त पहरा मुकर्रर कीजिए। अब रात हो गई है, कल इनको बड़े घर पहुँचाया जाएगा।"

फतहसिंह ने अपने मातहत सिपाहियों को बुलाकर बद्रीनाथ को उनके सुपुर्द किया। इतने ही में चोबदार ने आकर एक खत उनके हाथ में दिया और कहा कि एक नकाबपोश सवार बाहर हाजिर है, जिसने यह खत राजकुमार को देने के लिए दिया है। तेजसिंह ने लिफाफे को देखा। यह लिखा हुआ था—

"कुँवर वीरेंद्रसिंहजी के चरण कमलों में।" तेजसिंह ने कुमार के हाथ में दिया। उन्होंने खोलकर पढ़ा—

बरवा

"सुख संपत्ति सब त्याग्यो जिनके हेत,
वे निरमोही ऐसे, सुधिहु न लेत।
राज छोड़ बन जोगी भसम रमाय,
विरह अनल की धूनी तापत हाय।"

—कोई वियोगिनी

पढ़ते ही आँखें डबडबा आईं। बँधे गले से अटककर बोले, "उसको अंदर बुलाओ, जो खत लाया है।"

हुक्म पाते ही चोबदार उस नकाबपोश सवार को लेने बाहर गया। मगर तुरंत वापस आकर बोला, "वह सवार तो मालूम नहीं कहाँ चला गया।"

इस बात को सुनते ही कुमार के जी को कितना दुःख हुआ, वे ही जानते होंगे। वह खत तेजसिंह के हाथ में दिया। उन्होंने भी पढ़ा, "इसके पढ़ने से मालूम होता है, यह खत उसी ने भेजा है, जिसकी खोज में दिन भर हम लोग हैरान हुए; और यह तो साफ ही है कि वह भी आपकी मुहब्बत में डूबी हुई है। फिर आपको इतना रंज न करना चाहिए।"

कुमार ने कहा, "इस खत ने तो इश्क की आग में घी का काम किया। उसका खयाल और भी बढ़ गया, घट कैसे सकता है। खैर, अब जाओ, तुम लोग भी आराम करो। कल जो कुछ होगा, देखा जाएगा।"

बयान : 3

कल रात से आज की रात कुमार को और भी भारी गुजरी। बार-बार उस बरवे को पढ़ते रहे। सवेरा होते ही उठे। स्नान-पूजा कर जंगल में जाने के लिए तेजसिंह को बुलाया। वे भी आए। आज फिर तेजसिंह ने मना किया, मगर कुमार ने न माना। तब तेजसिंह ने उन तिलिस्मी फूलों में से गुलाब का फूल पानी में घिसकर कुमार और फतहसिंह को पिलाया और कहा कि "अब जहाँ जी चाहे, घूमिए। कोई बेहोश करके आपको नहीं ले जा सकता। हाँ, जबरदस्ती पकड़ ले तो मैं नहीं कह सकता।"

कुमार ने कहा, ''ऐसा कौन है, जो मुझको जबरदस्ती पकड़ ले ?''

पाँचों आदमी जंगल में गए। कुछ दूर कुमार और फतहसिंह को छोड़ तीनों ऐयार अलग-अलग हो गए। कुँवर वीरेंद्रसिंह फतहसिंह के साथ इधर-उधर घूमने लगे। घूमते-घूमते कुमार बहुत दूर निकल गए। देखा कि दो नकाबपोश सवार सामने से आ रहे हैं। जब कुमार से थोड़ी दूर रह गए तो एक सवार घोड़े पर से उतर पड़ा और जमीन पर कुछ रखकर फिर सवार हो गया। कुमार उसकी तरफ बढ़े। जब पास पहुँचे तो वे दोनों सवार यह कहकर चले गए कि इस किताब और खत को ले लीजिए।

कुमार ने पास जाकर देखा तो वही तिलिस्मी किताब नजर पड़ी। उसके ऊपर एक खत और बगल में कलम-दवात और कागज भी मौजूद पाया। कुमार ने खुशी-खुशी उस किताब को उठा लिया और फतहसिंह की तरफ देख के बोले, ''यह किताब देकर दोनों सवार चले क्यों गए, सो कुछ समझ में नहीं आता; मगर बोली से मालूम होता है कि वह सवार औरत है, जिसने मुझे किताब उठा लेने के लिए कहा। देखें, खत में क्या लिखा है ?'' यह कह खत खोल पढ़ने लगे। यह लिखा था—

''मेरा जी तुमसे अटका है और जिसको तुम चाहते हो, वह बेचारी तिलिस्म में फँसी है। अगर उसको किसी तरह की तकलीफ होगी तो तुम्हारा जी दुःखी होगा। तुम्हारी खुशी से मुझको भी खुशी है, यह समझकर किताब तुम्हारे हवाले करती हूँ। खुशी से तिलिस्म तोड़ो और चंद्रकांता को छुड़ाओ; मगर मुझको भूल न जाना। तुम्हें उसी की कसम, जिसको ज्यादा चाहते हो। इस खत का जवाब लिखकर उसी जगह रख देना, जहाँ से किताब उठाओगे।''

खत पढ़कर कुमार ने तुरंत जवाब लिखा—

''इस तिलिस्मी किताब को हाथ में लिये मैंने जिस वक्त तुमको देखा, उसी वक्त से तुम्हारे मिलने को जी तरस रहा है। मैं उस दिन अपने को बड़ा भाग्यवान् जानूँगा, जिस दिन मेरी आँखें दोनों प्रेमियों को देख ठंडी होंगी। मगर तुमको तो मेरी सूरत से नफरत है।—तुम्हारा वीरेंद्र।''

जवाब लिखकर कुमार ने उसी जगह पर रख दिया। वे दोनों सवार दूर खड़े दिखाई दिए। कुमार देर तक खड़े राह देखते रहे, मगर वे नजदीक न आए। जब कुमार कुछ दूर हट गए, तब उनमें से एक ने आकर खत का जवाब उठा लिया और देखते-देखते नजरों की ओट हो गया। कुमार भी फतहसिंह के साथ लश्कर में आए।

कुछ रात गए तेजसिंह वगैरह भी वापस आकर कुमार के खेमे में इकट्ठा हुए। तेजसिंह ने कहा, ''आज भी किसी का पता न लगा। हाँ, कई नकाबपोश सवारों को इधर-उधर घूमते देखा। मैंने चाहा कि उनका पता लगाऊँ, मगर न हो सका; क्योंकि वे लोग भी चालाकी से घूमते थे। मगर कल जरूर हम उन लोगों का पता लगा लेंगे।''

कुमार ने कहा, "देखो, तुम्हारे किए कुछ न हुआ। मगर मैंने कैसी ऐयारी की कि खोई हुई चीज को ढूँढ़ निकाला। देखो, यह तिलिस्मी किताब।" यह कह कुमार ने किताब तेजसिंह के आगे रख दी।

तेजसिंह ने कहा, "आप जो कुछ ऐयारी करेंगे, वह तो मालूम ही है; मगर यह बताइए कि किताब कैसे हाथ लगी, जो बात है ताज्जुब की?"

कुमार ने किताब पाने का पूरा हाल कह सुनाया। तब वह खत दिखाया और जो कुछ जवाब लिखा था, वह भी कहा।

ज्योतिषीजी ने कहा, "क्यों न हो! फिर तो बड़े घर की लड़की है। किसी तरह से कुमार को दुःख देना पसंद न किया। सिवाय इसके खत पढ़ने से यह भी मालूम होता है कि वह कुमार के पूरे-पूरे हाल से वाकिफ है; मगर हम लोग बिल्कुल नहीं जान सकते कि वह है कौन।"

कुमार ने कहा, "इसकी शर्म तो तेजसिंह को होनी चाहिए कि इतने बड़े ऐयार होकर दो-चार औरतों का पता नहीं लगा सकते।"

"तेजसिंह पता तो ऐसा लगाएँगे कि आप भी खुश हो जाएँगे। मगर अब किताब मिल गई है तो पहले तिलिस्म के काम से छुट्टी पा लेनी चाहिए।"

कुमार—"तब तक क्या वे सब बैठी रहेंगी?"

तेजसिंह—"क्या अब आपको कुमारी चंद्रकांता की फिक्र न रही?"

कुमार—"क्यों नहीं! कुमारी की मुहब्बत भी मेरी नस-नस में बसी हुई है। मगर तुम भी तो इनसाफ करो कि इसकी मुहब्बत मेरे साथ कैसी सच्ची है? यहाँ तक कि मेरे ही सबब से कुमारी चंद्रकांता को मुझसे भी बढ़कर समझ रखा है।"

तेजसिंह—"हम यह तो नहीं कहते कि उसकी मुहब्बत की तरफ खयाल न करें; मगर तिलिस्म का भी तो खयाल होना चाहिए।"

कुमार—"तो ऐसा करो, जिसमें दोनों का काम चले।"

तेजसिंह—"ऐसा ही होगा। दिन को तिलिस्म तोड़ने का काम करेंगे, रात को उन लोगों का पता लगाएँगे।"

आज की रात फिर उसी तरह काटी। सवेरे मामूली कामों से छुट्टी पाकर कुँवर वीरेंद्रसिंह, तेजसिंह और ज्योतिषीजी तिलिस्म में घुसे। तिलिस्मी किताब साथ थी। जैसे-जैसे उसमें लिखा हुआ था, उसी तरह वे लोग तिलिस्म तोड़ने लगे।

तिलिस्मी किताब में पहले ही यह लिखा हुआ था कि तिलिस्म तोड़नेवाले को चाहिए कि जब पहर दिन बाकी रहे, तिलिस्म से बाहर हो जाए और उसके बाद कोई काम तिलिस्म तोड़ने का न करे।

बयान : 4

तिलिस्मी खँडहर में घुसकर पहले वे उस दालान में गए, जहाँ पत्थर के चबूतरे पर पत्थर ही का आदमी सोया हुआ था। कुमार ने उसी जगह से तिलिस्म तोड़ने में हाथ लगाया।

जिस चबूतरे पर पत्थर का आदमी सोया था, उसके सिरहाने की तरफ पाँच हाथ हटकर कुमार ने अपने हाथ से जमीन खोदी। गज भर खोदने के बाद एक सफेद पत्थर की चट्टान देखी, जिसमें उठाने के लिए लोहे की मजबूत कड़ी लगी हुई भी दिखाई पड़ी। कड़ी में हाथ डाल के पत्थर उठाकर बाहर किया। तहखाना मालूम पड़ा, जिसमें उतरने के लिए सीढ़ियाँ बनी थीं।

तेजसिंह ने मशाल जला ली। उसी की रोशनी में सब कोई नीचे उतरे। खूब खुली-सी कोठरी देखी। कहीं गर्द या कूड़े का नमो-निशान नहीं। बीच में संगमरमर पत्थर की खूबसूरत पुतली एक हाथ में काँटी, दूसरे हाथ में हथौड़ी लिये खड़ी थी।

कुमार ने उसके हाथ से हथौड़ी-काँटी लेकर उसी के बाएँ कान में काँटी डाल हथौड़ी से ठोंक दी, साथ ही उस पुतली के होंठ हिलने लगे और उसमें से बाजे की-सी आवाज आने लगी। मालूम होता था, मानो वह पुतली गा रही है।

थोड़ी देर तक यही कैफियत रही। यकायक पुतली के बाएँ-दाएँ दोनों अंगों के दो टुकड़े हो गए और उसके पेट में से आठ अंगुल का छोटा सा गुलाब का पौधा, जिसमें कई फूल भी लगे हुए थे और डाल में एक ताली लटक रही थी, निकला। साथ ही इसके एक छोटा सा ताँबे का पत्र भी मिला, जिस पर कुछ लिखा हुआ था। कुमार ने उसे पढ़ा—

'इस पेड़ को हमारे यहाँ के वैद्य अजायबदत ने मसाले से बनाया है। इन फूलों से बराबर गुलाब की खुशबू निकलकर दूर-दूर तक फैला करेगी। दरबार में रखने के लिए यह एक नायाब पौधा सौगात के तौर पर वैद्यजी ने तुम्हारे वास्ते रखा है।'

इसको पढ़कर कुमार बहुत खुश हुए और ज्योतिषीजी की तरफ देखकर बोले, "यह बहुत अच्छी चीज मुझको मिली। देखिए, इस वक्त भी इन फूलों में से कैसी अच्छी खुशबू निकलकर फैल रही है!"

तेजसिंह—"इसमें तो कोई शक नहीं।"

देवीसिंह—"एक-से-एक बढ़कर कारीगरी दिखाई पड़ती है।"

अभी कुमार बात कर रहे थे कि कोठरी के एक तरफ का दरवाजा खुल गया। अँधेरी कोठरी में अभी तक इन लोगों ने कोई दरवाजा या उसका निशान नहीं देखा था; पर इस दरवाजे के खुलने से कोठरी में बखूबी रोशनी पहुँची। मशाल बुझा दी गई और

वे लोग उस दरवाजे की राह से बाहर हुए। एक छोटा सा खूबसूरत बाग देखा। यह बाग वही था, जिसमें चपला आई थी और जिसका हाल हम दूसरे भाग में लिख चुके हैं।

बमूजिब लिखे तिलिस्मी किताब के कुमार ने उस ताली में एक रस्सी बाँधी, जो पुतली के पेट से निकली थी। रस्सी हाथ में थाम ताली को जमीन पर घसीटते हुए कुमार बाग में घूमने लगे। रविशों और क्यारियों में घूमते हुए एक फौवारे के पास ताली जमीन से चिपक गई। उसी जगह वे लोग भी ठहर गए। कुमार के कहे मुताबिक सभी ने उस जमीन को खोदना शुरू किया। दो-तीन हाथ खोदा था कि ज्योतिषीजी ने कहा, ''अब पहर भर दिन बाकी रह गया। तिलिस्म से बाहर होना चाहिए।''

कुमार ने ताली उठा ली और चारों आदमी कोठरी की राह से होते हुए ऊपर चढ़कर उस दालान में पहुँचे, जहाँ चबूतरे पर पत्थर का आदमी सोया हुआ था। उसके सिरहाने की तरफ जमीन खोदकर जो पत्थर की चट्टान निकली थी, उसी को उलट कर तहखाने के मुँह पर ढाँप दिया। उसके दोनों तरफ उठाने के लिए कड़ी लगी हुई थी और उलटी तरफ एक ताला भी बना हुआ था। उसी ताली से, जो पुतली के पेट से निकली थी, वह ताला बंद भी कर दिया।

चारों आदमी खँडहर से निकल कुमार के खेमे में आए। थोड़ी देर आराम कर लेने के बाद तेजसिंह, देवीसिंह और ज्योतिषीजी कुमार से कहकर वन कन्या की टोह में जंगल की तरफ रवाना हुए। उस समय दिन अनुमानत: दो घंटे बाकी होगा।

ये तीनों ऐयार थोड़ी ही दूर गए होंगे कि एक नकाबपोश जाता हुआ दिखा। देवीसिंह वगैरह पेड़ों की आड़ लिये उसी के पीछे-पीछे रवाना हुए। वह सवार कुछ पश्चिम हटता हुआ सीधे चुनारगढ़ की तरफ जा रहा था। कई दफा रास्ते में रुका, पीछे फिरकर देखा और बढ़ा।

सूरज अस्त हो गया। अँधेरी रात ने अपना दखल कर लिया। घना जंगल अँधेरी रात में डरावना मालूम होने लगा। अब ये तीनों ऐयार सूखे पत्तों की आवाज पर, जो टापों के पड़ने से होती थी, जाने लगे। घंटे भर रात जाते-जाते उस जंगल के किनारे पहुँचे।

नकाबपोश सवार घोड़े पर से उतर पड़ा। उस जगह बहुत से घोड़े बँधे थे, वहीं पर अपना घोड़ा भी बाँध दिया। एक तरफ घास का ढेर लगा हुआ था। उसमें से घास उठाकर घोड़े के आगे रख दी और वहाँ से पैदल रवाना हुआ।

उस नकाबपोश के पीछे-पीछे चलते हुए ये तीनों ऐयार पहर रात बीते गंगा किनारे पहुँचे। दूर से जल में दो रोशनियाँ दिखाई पड़ीं। मालूम होता था जैसे दो चंद्रमा गंगाजी में उतर आए हैं। सफेद रोशनी जल पर फैल रही थी। जब पास पहुँचे तो देखा कि एक सजी हुई नाव पर कई खूबसूरत औरतें बैठी हैं। बीच में ऊँची गद्दी पर एक कमसिन नाजुक औरत, जिसका रोआब देखनेवालों पर छा रहा है, बैठी है। चाँद-सा

चेहरा दूर से चमक रहा है। दोनों तरफ महताब जल रहे हैं।

नकाबपोश ने किनारे पहुँचकर जोर से सीटी बजाई; साथ ही उस नाव में से इस तरह सीटी की आवाज आई, जैसे किसी ने जवाब दिया हो। उन औरतों में से, जो उस नाव पर बैठी थीं, दो औरतें उठ खड़ी हुईं तथा नीचे उतर एक डोंगी—जो उस नाव के साथ बँधी थी—खोलकर किनारे ला नकाबपोश को उस पर चढ़ा ले गईं।

अब वे तीनों ऐयार आपस में बातें करने लगे—

तेजसिंह—"वाह, इस नाव पर छूटते हुए दो महताबों के बीच ये औरतें कैसी भली मालूम होती हैं!"

ज्योतिषी—"परियों का अखाड़ा मालूम होता है। चलो, तैर करके उनके पास चलें।"

देवीसिंह—"ज्योतिषीजी, कहीं ऐसा न हो कि परियाँ आपको उड़ा ले जाएँ। फिर हमारी मंडली में एक दोस्त कम हो जाएगा।"

तेजसिंह—"मैं, जहाँ तक खयाल करता हूँ, यह उन्हीं लोगों की मंडली है, जिन्हें कुमार ने देखा था।"

देवीसिंह—"इसमें तो कोई शक नहीं।"

ज्योतिषी—"तो तैर करके चलते क्यों नहीं? तुम तो जल से ऐसा डरते हो, जैसे कोई बूढ़ा आफियूनी डरता हो।"

देवीसिंह—"फिर तुम्हारे साथ आने से क्या फायदा हुआ? तुम्हारी तो बड़ी तारीफ सुनते थे कि ज्योतिषीजी ऐसे हैं, वैसे हैं; पहिया हैं, चरखे हैं। मगर कुछ नहीं, एक अदनी-सी मंडली का पता नहीं लगा सकते।"

ज्योतिषी—"मैं क्या खाक बताऊँ? वे लोग तो मुझसे भी ज्यादा उस्ताद मालूम होती हैं। सभी ने अपने-अपने नाम ही बदल दिए हैं। असल नाम का पता लगाना चाहते हैं तो अजीबो-गरीब नामों का पता लगता है। किसी का नाम वियोगिनी, किसी का नाम योगिनी, किसी का भूतनी, किसी का डाकिनी।··· भला बताइए, क्या मैं मान लूँ कि इन लोगों के यही नाम हैं?"

तेजसिंह—"तो इन लोगों ने अपना नाम क्यों बदल लिया?"

ज्योतिषी—"हम लोगों को उल्लू बनाने के लिए।"

देवीसिंह—"अच्छा, नाम जाने दीजिए। इनके मकाम का पता लगाइए।"

ज्योतिषी—"मकाम के बारे में जब रमल से दरियाफ्त करते हैं तो मालूम होता है कि इन लोगों का मकाम जल में है। तो क्या हम समझ लें कि ये लोग जलवासी, अर्थात् मछली हैं।"

तेजसिंह—"यह तो ठीक ही है। देखिए, जलवासी हैं कि नहीं?"

ज्योतिषी—"भाई, सुनो, रमल के काम में ये चारों पदार्थ—हवा, पानी, मिट्टी

और आग हमेशा विघ्न डालते हैं। अगर कोई आदमी ज्योतिषी या रम्माल को छकाना चाहे तो इन चारों के हेर-फेर से खूब छकाया जा सकता है। ज्योतिषी बेचारा खाक न कर सके, पोथी-पत्रा बेकार का बोझ हो जाए।"

तेजसिंह—"यह कैसे? खुलासा बताओ तो कुछ हम लोग भी समझें। वक्त पर काम ही आएगा।"

ज्योतिषी—"बता देंगे। इस वक्त जिस काम को आए हो, वह करो। चलो, तैर कर चलें।"

तेजसिंह—"चलो।"

ये तीनों ऐयार तैरकर नाव के पास गए। बटुआ ऐयारी का कमर में बाँधा, कपड़ा-लत्ता किनारे रखकर जल में उतर गए। मगर दो-चार हाथ गए होंगे कि पीछे से सीटी की आवाज आई। साथ ही नाव पर जो महताब जल रहे थे, बुझ गए, जैसे किसी ने उन्हें जल्दी से जल में फेंक दिया हो। अब बिल्कुल अँधेरा हो गया। नाव नजरों से छिप गई।

देवीसिंह ने कहा, "लीजिए, चलिए तैर करके।"

तेजसिंह—"ये सब बड़ी शैतान मालूम होती हैं!"

ज्योतिषी—"मैंने तो पहले ही कहा कि ये सब-की-सब आफत हैं। अब आपको मालूम हुआ न कि मैं सच कहता था। इन लोगों ने हमारे नजूम को मिट्टी कर दिया है।"

देवीसिंह—"चलिए किनारे। इन्होंने तो बेढब छकाया। मालूम होता है कि किनारे पर कोई पहरेवाला खड़ा देखता था। जब हम लोग तैर करके जाने लगे, उसने सीटी बजाई। बस, अँधेरा हो गया। पहले ही से इशारा बँधा हुआ था।"

ज्योतिषी—"इस नालायक को यह क्या सूझी कि जब हम लोग पानी में उतर चुके, तब सीटी बजाई। पहले ही बजाता तो हम लोग क्यों भीगते!"

ये तीनों ऐयार लौटकर किनारे आए। पहनने के वास्ते अपने कपड़ा खोजते हैं तो मिलते ही नहीं।

देवीसिंह—"ज्योतिषीजी, पाँलागी। लीजिए, कपड़े भी गायब हो गए। हाय, इस वक्त अगर इन लोगों में से किसी को पाऊँ तो कच्चा ही चबा जाऊँ!"

तेजसिंह—"हम तो उन लोगों की तारीफ करेंगे। खूब ऐयारी की!"

देवीसिंह—"हाँ-हाँ, खूब तारीफ कीजिए, जिससे उन लोगों में से अगर कोई सुनता हो तो अब भी आप पर रहम करे और आगे न सतावे।"

ज्योतिषी—"अब क्या सताना बाकी रह गया, कपड़े तक तो उतरवा लिये।"

तेजसिंह—"चलिए, अब लश्कर में चलें। इस वक्त और कुछ करते बन न पड़ेगा।"

आधी रात जा चुकी होगी, जब ये लोग ऐयारी के सताए बदन से नंग-धड़ंग काँपते-कलपते लश्कर की तरफ रवाना हुए।

बयान : 5

तेजसिंह, देवीसिंह और ज्योतिषीजी के जाने के बाद कुँवर वीरेंद्रसिंह उन लोगों के वापस आने के इंतजार में रात भर जागते रह गए। ज्यों-ज्यों रात गुजरती थी, कुमार की तबीयत घबराती थी। सवेरा होने ही वाला था, जब वे तीनों ऐयार लश्कर में पहुँचे। तेजसिंह की राय हुई कि इसी तरह नंग-धड़ंग कुमार के पास चलना चाहिए। आखिर तीनों उसी तरह उनके खेमे में गए।

कुँवर वीरेंद्रसिंह जाग रहे थे। शमादान जल रहा था। उन तीनों ऐयारों की विचित्र सूरत देख हैरान रह गए। पूछा, "यह क्या हाल है?"

तेजसिंह ने कहा, "बस, अभी तो सूरत देख लीजिए, बाकी हाल जरा दम ले के कहेंगे।"

तीनों ऐयारों ने अपने-अपने कपड़े मँगवाकर पहने। इतने में साफ सवेरा हो गया। कुमार ने तेजसिंह से पूछा, "अब बताओ, तुम लोग किस बला में फँस गए?"

तेजसिंह—"ऐसा धोखा खाया कि जन्म भर याद रखेंगे।"

कुमार—"वह क्या?"

तेजसिंह—"जिनके ऊपर आप जान दिए बैठे हैं, जिनकी खोज में हम लोग मारे-मारे फिरते हैं, इसमें तो कोई शक नहीं कि उनका भी प्रेम आपके ऊपर बहुत है; मगर न मालूम इतनी छिपी क्यों फिरती हैं और इसमें उन्होंने क्या फायदा सोचा है?"

कुमार—"क्या कुछ पता लगा?"

तेजसिंह—"पता क्या, आँख से देख आए हैं। तभी तो इतनी सजा मिली। उनके साथ भी एक-से-एक बढ़कर ऐयार हैं। अगर ऐसा जानते तो होशियारी से जाते।"

कुमार—"भला खुलासा कहो तो कुछ मालूम भी हो।"

तेजसिंह ने सब हाल कहा। कुमार सुनकर हँसने लगे और ज्योतिषीजी से बोले, "आपके रमल को भी उन लोगों ने धोखा दिया।"

ज्योतिषी—"कुछ न पूछिए, सब आफत हैं।"

कुमार—"उन लोगों का खुलासा हाल नहीं मालूम हुआ तो भला इतना ही विचार लेते कि शिवदत्त के ऐयारों की कुछ ऐयारी तो नहीं है!"

ज्योतिषी—"नहीं, शिवदत्त के ऐयारों से और उन लोगों से कोई वास्ता नहीं; बल्कि उन लोगों को इनकी खबर भी न होगी, इस बात को मैं खूब विचार चुका हूँ।"

तेजसिंह—"इतनी ही खैरियत है।"

देवीसिंह—"आज दिन ही को चलकर पता लगाएँगे।"

तेजसिंह—"तिलिस्म तोड़ने का काम कैसे चलेगा?"

कुमार—"एक रोज काम बंद रहेगा तो क्या होगा?"

तेजसिंह—"इसी से तो मैं कहता हूँ कि कुमारी चंद्रकांता की मुहब्बत आपके दिल से कम हो गई है।"

कुमार—"कभी नहीं। चंद्रकांता से बढ़कर मैं दुनिया में किसी को नहीं चाहता; मगर न मालूम क्या सबब है कि वन कन्या का हाल मालूम करने के लिए भी जी बेचैन रहता है।"

तेजसिंह (हँसकर)—"खैर, पहले तो पंडित बद्रीनाथ ऐयार को ले जाकर उस खोह में कैद करना है, फिर दूसरा काम देखेंगे। कहीं ऐसा न हो कि वे छूट के चल दें।"

कुमार—"आज ही ले जाकर छोड़ आओ।"

तेजसिंह—"हाँ, अभी उनको ले जाता हूँ। वहाँ रखकर रातोरात लौट आऊँगा। पंद्रह कोस का मामला ही क्या है! तब तक देवीसिंह और ज्योतिषीजी वन कन्या की खोज में जाएँ।"

तेजसिंह की राय पक्की ठहरी। वे स्नान-पूजा से छुट्टी पाकर तैयार हुए। खाने की चीजों में बेहोशी की दवा मिलाकर पंडित बद्रीनाथ को खिलाई गई और जब वे बेहोश हो गए, तब तेजसिंह गठरी बाँधकर पीठ पर लाद खोह की तरफ रवाना हुए। कुमार ने देवीसिंह और ज्योतिषीजी को वन कन्या की टोह में भेजा।

तेजसिंह पंडित बद्रीनाथ की गठरी लिये शाम होते-होते तहखाने में पहुँचे। शेर के मुँह में हाथ डाल जुबान खींची और तब दूसरा ताला खोला; मगर दरवाजा न खुला। अब तो तेजसिंह के होश उड़ गए। फिर कोशिश की, लेकिन किवाड़ न खुला। बैठकर सोचने लगे, मगर कुछ समझ में न आया। आखिर लाचार हो पंडित बद्रीनाथ की गठरी लादे वापस हुए।

बयान : 6

देवीसिंह और ज्योतिषीजी वन कन्या की टोह में निकलकर थोड़ी ही दूर गए होंगे कि एक नकाबपोश सवार मिला, जिसने पुकारकर कहा, "देवीसिंह, कहाँ जाते हो? तुम्हारी चालाकी हम लोगों से न चलेगी। अभी कल आप लोगों की खातिर की गई है और जल में गोते देकर कपड़े सब छीन लिये गए। अब क्या गिरफ्तार ही होना चाहते हो? थोड़े दिन सब्र करो, हम लोग तुम लोगों को ऐयारी सिखलाकर पक्का करेंगे, तब काम चलेगा।"

नकाबपोश सवार की बातें सुन देवीसिंह मन में हैरान हो गए। पर ज्योतिषीजी

की तरफ देखकर बोले, "सुन लीजिए। यह सवार साहब हम लोगों को ऐयारी सिखाने वाले हैं।"

नकाबपोश—"ज्योतिषीजी क्या सुनेंगे! ये भी तो शरमाते होंगे, क्योंकि इनके रमल को हम लोगों ने बेकार कर दिया। हजार दफा फेंकें, मगर पता खाक न लगेगा।"

देवीसिंह—"अगर इस इलाके में रहोगे तो बिना पता लगाए न छोड़ेंगे।"

नकाबपोश—"रहेंगे नहीं तो जाएँगे कहाँ? रोज मिलेंगे, मगर पता न लगने देंगे।"

बात करते-करते देवीसिंह ने चालाकी से कूदकर सवार के मुँह पर से नकाब खींच ली। देखा कि तमाम चेहरे पर रोली मली हुई है। कुछ पहचान न सके।

सवार ने फुरती के साथ देवीसिंह की पगड़ी उतार ली और एक खत उनके सामने फेंक घोड़ा दौड़ाकर निकल गया। देवीसिंह ने शर्मिंदगी के साथ खत उठाकर देखा, लिफाफे पर लिखा हुआ था—'कुँवर वीरेंद्रसिंह'।

ज्योतिषीजी ने देवीसिंह से कहा, "न मालूम ये लोग कहाँ के रहनेवाले हैं। मुझे तो मालूम होता है कि इस मंडली में जितने हैं, सब ऐयार ही हैं।"

देवीसिंह (खत जेब में रखकर)—"इसमें तो शक नहीं। देखिए, हर दफा हम ही लोग नीचा देखते हैं। समझा था कि नकाब उतार लेने से सूरत मालूम होगी, मगर उसकी चालाकी तो देखिए, चेहरा रँगकर तब नकाब डाले हुए था।"

ज्योतिषी—"खैर, देखा जाएगा। इस वक्त तो फिर से लश्कर में चलना पड़ेगा, क्योंकि खत कुमार को देना चाहिए। देखें, इससे क्या हाल मालूम होता है! अगर इस पर कुमार का नाम न लिखा होता तो पढ़ लेते।"

देवीसिंह—"हाँ, चलो, पहले खत का हाल सुन लें, तब कोई काररवाई सोचें।"

दोनों आदमी लौटकर लश्कर में आए और कुँवर वीरेंद्रसिंह के डेरे में पहुँचकर सब हाल कह खत हाथ में दे दिया। कुमार ने पढ़ा। यह लिखा हुआ था—

> 'चाहे जो हो, पर मैं आपके सामने तब तक नहीं आ सकती, जब तक आप नीचे लिखी बातों का लिखकर इकरार न कर लें—
>
> 1. चंद्रकांता से और मुझसे एक ही दिन, एक ही सायत में शादी हो।
> 2. चंद्रकांता से रुतबे में मैं किसी तरह कम न समझी जाऊँ, क्योंकि मैं हर तरह हर दर्जे में उसके बराबर हूँ।
>
> 'अगर इन दोनों बातों का इकरार आप न करेंगे तो कल ही मैं अपने घर का रास्ता लूँगी। सिवाय इसके यह भी कहे देती हूँ कि बिना मेरी मदद के चाहे आप हजार बरस भी कोशिश करें, मगर चंद्रकांता को नहीं पा सकते।'

कुमार का इश्क वन कन्या पर पूरे दर्जे का था। चंद्रकांता से किसी तरह वन कन्या की चाह कम न थी; मगर इस खत को पढ़ने से उनको कई तरह की फिक्रों

ने आ घेरा। सोचने लगे कि यह कैसे हो सकता है कि कुमारी से और इससे एक ही सायत में शादी हो! वह कब मंजूर करेगी और महाराज जयसिंह ही कब इस बात को मानेंगे। सिवाय इसके यहाँ यह भी लिखा है कि बिना मेरी मदद के आप चंद्रकांता से नहीं मिल सकते। यह क्या बात है? खैर, सो सब जो भी हो, वन कन्या के बिना मेरी जिंदगी मुश्किल है। मैं जरूर उसके लिखे मुताबिक इकरारनामा लिख दूँगा। पीछे समझा जाएगा। कुमारी चंद्रकांता मेरी बात जरूर मान लेंगी।

देवीसिंह और ज्योतिषीजी को भी कुमार ने वह खत दिखाया। वे लोग भी हैरान थे कि वन कन्या ने यह क्या लिखा और इसका जवाब क्या देना चाहिए।

दिन और रात भर कुमार इसी सोच में रहे कि इस खत का क्या जवाब दिया जाए। दूसरे दिन सुबह होते-होते तेजसिंह भी पंडित बद्रीनाथ ऐयार की गठरी पीठ पर लादे हुए आ पहुँचे।

कुमार ने पूछा, "वापस क्यों आ गए?"

तेजसिंह—"क्या बताएँ, मामला ही बिगड़ गया।"

कुमार—"सो क्या?"

तेजसिंह—"तहखाने का दरवाजा नहीं खुलता"

कुमार—"किसी ने भीतर से तो बंद नहीं कर लिया?"

तेजसिंह—"नहीं, भीतर तो कोई ताला ही नहीं है।"

ज्योतिषी—"दो बातों में से एक बात जरूर है—या तो कोई नया आदमी पहुँचा, जिसने दरवाजा खोलने की कोशिश में बिगाड़ दिया या फिर महाराज शिवदत्त ने भीतर से कोई चालाकी की।"

तेजसिंह—"भला शिवदत्त अंदर से बंद करके अपने को और बला में क्यों फँसाएँगे? इसमें तो उनका हर्ज ही है, कुछ फायदा नहीं।"

कुमार—"कहीं वन कन्या ने तो कोई तरकीब नहीं की?"

तेजसिंह—"आप भी गजब करते हैं! कहाँ बेचारी वन कन्या, कहाँ वह तिलिस्मी तहखाना।"

कुमार—"तुमको मालूम ही नहीं। उसने मुझे खत लिखा है कि बिना मेरी मदद के तुम चंद्रकांता से नहीं मिल सकते। और भी दो बातें लिखी हैं। मैं इसी सोच में था कि क्या जवाब दूँ और वह कौन सी बात है, जिसमें मुझको वन कन्या की मदद की जरूरत पड़ेगी; मगर अब तुम्हारे लौट आने से शक पैदा होता है।"

देवीसिंह—"मुझे भी कुछ उन्हीं का बखेड़ा मालूम होता है।"

तेजसिंह—"अगर वन कन्या को हमारे साथ कुछ फसाद करना होता तो तिलिस्मी किताब क्यों वापस देती? देखिए, उस खत में क्या लिखा है, जो किताब के साथ आया था।"

ज्योतिषी—"यह भी तुम्हारा कहना ठीक है।"

तेजसिंह (कुमार से)—"भला वह खत तो दीजिए, जिसमें वन कन्या ने यह लिखा है कि बिना हमारी मदद के चंद्रकांता से मुलाकात नहीं हो सकती।"

कुमार ने वह खत तेजसिंह के हाथ में दे दिया। पढ़कर तेजसिंह बड़े सोच में पड़ गए कि यह क्या बात है? कुछ अक्ल काम नहीं करती।

कुमार ने कहा, "तुम लोग यह जानते ही हो कि वन कन्या की मुहब्बत मेरे दिल में कैसा असर कर गई है। बिना देखे एक घड़ी चैन नहीं पड़ता, तो फिर उसके लिखे बमूजिब इकरारनामा लिख देने में क्या हर्ज है? जब वह खुश होगी तो उससे जरूर ही कुछ-न-कुछ भेद मिलेगा।"

तेजसिंह—"जो मुनासिब समझिए, कीजिए। चंद्रकांता बेचारी तो कुछ न बोलेगी, मगर महाराज जयसिंह यह कब मंजूर करेंगे कि एक ही मड़वे में दोनों के साथ शादी हो। क्या जाने वह कौन, कहाँ की रहनेवाली और किसकी लड़की है!"

कुमार—"उसके खत में तो यह भी लिखा है कि मैं किसी तरह रुतबे में कुमारी से कम नहीं हूँ।"

ये बातें हो ही रही थीं कि चोबदार ने आकर अर्ज किया, "एक सिपाही बाहर आया हुआ है, जो हाजिर होकर कुछ कहना चाहता है।"

कुमार ने कहा, "उसे ले आओ।"

चोबदार उस सिपाही को अंदर ले आया। सभी ने देखा कि अजीब रंग-ढंग का आदमी है। नाटा-सा कद, काला रंग, टाट का चपकन पायजामा, जिसके ऊपर से लैस टँकी हुई, सिर पर दौरी की तरह बाँस की टोपी, ढाल-तलवार लगाए था। उसने झुककर कुमार को सलाम किया।

सभी को उसकी सूरत देखकर हँसी आई, मगर हँसी को रोका। तेजसिंह ने पूछा, "तुम कौन हो और कहाँ से आए हो?"

उस बाँके जवान ने कहा, "मैं देवता हूँ, दैत्यों की मंडली से आ रहा हूँ। कुमार से उस खत का जवाब चाहता हूँ। जो कल एक सवार ने देवीसिंह और जगन्नाथ ज्योतिषी को दिया था।"

तेजसिंह—"भला तुमने ज्योतिषीजी और देवीसिंह का नाम कैसे जाना?"

बाँका—"ज्योतिषीजी को तो मैं तब से जानता हूँ, जब से वे इस दुनिया में नहीं आए थे; और देवीसिंह तो हमारे चेले ही हैं।"

देवीसिंह—"क्यों बे शैतान, हम कब से तेरे चेले हुए? बेअदबी करता है!"

बाँका—"बेअदबी तो आप करते हैं कि उस्ताद को बे-बे करके बुलाते हैं, कुछ इज्जत नहीं करते।"

देवीसिंह—"मालूम होता है, तेरी मौत तुझको यहाँ ले आई है!"

बाँका—"मैं तो स्वयं मौत हूँ।"

देवीसिंह—"इस बेअदबी का मजा चखाऊँ तुझको?"

बाँका—"मैं कुछ ऐसे-वैसे का भेजा नहीं आया हूँ। मुझको उसने भेजा है, जिसको तुम दिन में साढ़े सत्रह दफा झुककर सलाम करोगे।"

देवीसिंह और कुछ कहा ही चाहते थे कि तेजसिंह ने रोक दिया और कहा, "चुप रहो। मालूम होता है, यह कोई ऐयार या मसखरा है। तुम खुद ऐयार होकर जरा दिल्लगी में रंज हो जाते हो।"

बाँका—"अगर अब भी न समझोगे तो समझाने के लिए मैं चंपा को बुला लाऊँगा।"

उस बाँके-टेढ़े जवान की बात पर सब लोग एकदम हँस पड़े; मगर हैरान थे कि वह कौन है? अजब तमाशा तो यह कि वन कन्या के कुल आदमी हम लोगों का रत्ती-रत्ती हाल जानते हैं और हम लोग कुछ नहीं समझ सकते कि वे कौन हैं।"

तेजसिंह उस शैतान की सूरत को गौर से देखने लगे।

वह बोला, "आप मेरी सूरत क्या देखते हैं? मैं ऐयार नहीं हूँ। अपनी सूरत मैंने रँगी नहीं है। पानी मँगाइए, धोकर दिखा दूँ। मैं आज से काला नहीं हूँ। लगभग चार सौ वर्षों से मेरा यही रंग रहा है।"

तेजसिंह हँस पड़े और बोले, "जो हो, अच्छे हो। मुझे और जाँचने की कोई जरूरत नहीं। अगर दुश्मन का आदमी होता तो ऐसा करते भी, मगर तुमसे क्या! ऐयार हो तो, मसखरे हो तो, इसमें कोई शक नहीं कि दोस्त के आदमी हो।"

यह सुन उसने झुककर सलाम किया और कुमार की तरफ देखकर कहा, "मुझको जवाब मिल जाए, क्योंकि बड़ी दूर जाना है।"

कुमार ने उसी खत के पीछे यह लिख दिया—'मुझको सबकुछ दिलोजान से मंजूर है।' बाद इसके अपनी अँगूठी से मोहर कर उस बाँके जवान के हवाले किया। वह खत लेकर खेमे के बाहर हो गया।

बयान : 7

आज तेजसिंह के वापस आने और बाँके-तिरछे जवान के पहुँचकर बातचीत करने और खत लिखने में देर हो गई। दो पहर दिन चढ़ आया। तेजसिंह ने पंडित बद्रीनाथ को होश में लाकर पहरे में किया और कुमार से कहा, "अब स्नान-पूजा करें। फिर जो कुछ होगा, सोचा जाएगा। दो रोज से तिलिस्म का भी कोई काम नहीं होता।"

कुमार ने दरबार बरखास्त किया, स्नान-पूजा से छुट्टी पाकर खेमे में बैठे। ऐयार लोग और फतहसिंह भी हाजिर हुए। अभी किसी किस्म की बातचीत नहीं हुई थी कि

चोबदार ने आकर अर्ज किया, "एक बूढ़ी औरत बाहर हाजिर हुई है। कुछ कहना चाहती है। हम लोग पूछते हैं तो कुछ नहीं बताती। कहती है, जो कुछ है, कुमार से कहूँगी; क्योंकि उन्हीं के मतलब की बात है।"

कुमार ने कहा, "उसे जल्दी अंदर लाओ।"

चोबदार ने उस बुढ़िया को हाजिर किया। देखते ही तेजसिंह के मुँह से निकला, "क्या पिशाचों और डाकिनियों का दड़बा खुल पड़ा है?"

उस बुढ़िया ने भी यह बात सुन ली। लाल-लाल आँखें कर तेजसिंह की तरफ देखने लगी और बोली, "बस, कुछ न कहूँगी, जाती हूँ। मेरा क्या बिगड़ेगा; जो कुछ नुकसान होगा, कुमार का होगा।"

यह कहकर खेमे के बाहर चली गई। कुमार का इशारा पा चोबदार समझा-बुझाकर उसे पुनः ले आया।

यह औरत भी अजीब सूरत की थी। उम्र लगभग सत्तर वर्ष की होगी। बाल कुछ-कुछ सफेद, आधे से ज्यादा दाँत गायब; लेकिन दो बड़े-बड़े और टेढ़े आगेवाले दाँत दो-दो अंगुल बाहर निकले हुए थे, जिनमें जर्दी और कीट जमी हुई थी। मोटे कपड़े की साड़ी बदन पर थी, जो बहुत ही मैली और सिर की तरफ से चिक्कट हो रही थी। बड़ी सी पीतल की नथ नाक में और पीतल ही के घुँघरू पैर में पहने हुए थे।

तेजसिंह ने कहा, "क्यों, क्या चाहती हो?"

बुढ़िया—"जरा दम ले लूँ तो कहूँ। फिर, तुमसे क्यों कहने लगी? जो कुछ है, खास कुमार ही से कहूँगी।"

कुमार—"अच्छा, मुझ ही से कह, क्या कहती है?"

बुढ़िया—"तुमसे तो कहूँगी ही, तुम्हारे बड़े मतलब की बात है।" (खाँसने लगती है।)

देवीसिंह—"अब डेढ़ घंटे तक खाँसेगी, तब कहेगी!"

बुढ़िया—"फिर दूसरे ने दखल दिया।"

कुमार—"नहीं-नहीं, कोई न बोलेगा।"

बुढ़िया—"एक बात है। मैं जो कुछ कहूँगी, तुम्हारे मतलब की कहूँगी, जिसको सुनते ही खुश हो जाओगे; मगर उसके बदले में मैं भी कुछ चाहती हूँ।"

कुमार—"हाँ-हाँ, तुझे भी खुश कर देंगे।"

बुढ़िया—"पहले तुम इस बात की कसम खाओ कि तुम या तुम्हारा कोई आदमी मुझको कुछ न कहेगा और मारने-पीटने या कैद करने का तो नाम भी न लेगा।"

कुमार—"जब हमारे भले की बात है तो कोई तुमको क्यों मारने या कैद करने लगा?"

बुढ़िया—"हाँ, यह तो ठीक है; मगर मुझे डर मालूम होता है, क्योंकि मैंने

आपके लिए वह काम किया है कि अगर हजार बरस भी आपके ऐयार लोग कोशिश करते तो वह न होता। इस सबब से मुझे डर मालूम होता है कि कहीं आपके ऐयार लोग खार खाकर मुझे तंग न करें।"

उस बूढ़ी की बात सुनकर सब दंग रह गए और सोचने लगे कि यह कौन सा ऐसा काम कर आई है कि आसमान पर चढ़ी जाती है। आखिर कुमार ने कसम खाई कि चाहे तू कुछ कहे, मगर हम या हमारा कोई आदमी तुझे कुछ न कहेगा।

तब वह फिर बोली, "मैं उस वन कन्या का पूरा पता आपको दे सकती हूँ और एक तरकीब ऐसी बता सकती हूँ कि आप घड़ी भर में बिल्कुल तिलिस्म तोड़कर कुमारी चंद्रकांता से जा मिलें।"

बुढ़िया की बात सुनकर सब खुश हो गए। कुमार ने कहा, "अगर ऐसा ही है तो जल्द बताओ कि वह वन कन्या कौन है और घड़ी भर में तिलिस्म कैसे टूटेगा?"

बुढ़िया—"पहले मेरे इनाम की बात तो कर लीजिए।"

कुमार—"अगर तेरी बात सच हुई तो जो कहेगी, वही इनाम मिलेगा।"

बुढ़िया—"तो इसके लिए कसम खाइए।"

कुमार—"अच्छा, क्या इनाम लेगी, पहले यह तो सुन लूँ।"

बुढ़िया—"बस, और कुछ नहीं, केवल इतना ही कि आप मुझसे शादी कर लें। वन कन्या और चंद्रकांता से तो चाहे जब शादी हो, मगर मुझसे आज ही हो जाए। क्योंकि मैं बहुत दिनों से तुम्हारे इश्क में फँसी हुई हूँ; बल्कि तुम्हारे मिलने की तरकीब सोचते-सोचते बूढ़ी हो चली। आज मौका मिला कि तुम मेरे हाथ फँस गए। बस, अब देर मत करो, नहीं तो मेरी जवानी निकल जाएगी। फिर पछताओगे।"

बुढ़िया की बातें सुन मारे गुस्से के कुमार का चेहरा लाल हो गया और उनके ऐयार लोग भी दाँत पीसने लगे। मगर क्या करें, लाचार थे। अगर कुमार कसम न खा चुके होते तो ये लोग उस बूढ़ी की पूरी दुर्गति कर देते।

तेजसिंह ने ज्योतिषीजी से पूछा, "आप बताइए, यह कोई ऐयार है या सचमुच जैसी दिखाई देती है, वैसी ही है? अगर कुमार कसम न खाए होते तो हम लोग किसी तरकीब से मालूम कर ही लेते।"

ज्योतिषीजी ने अपनी नाक पर हाथ रखकर श्वास का विचार करके कहा, "यह ऐयार नहीं है; जो देखते हो, वही है।"

अब तो तेजसिंह और भी बिगड़े। बूढ़ी से कहा, "बस, तू यहाँ से चली जा। हम लोग कुमार के कसम खाने को पूरा कर चुके कि तुझे कुछ न कहा। अगर अब जाने में देर करेगी तो कुत्तों से नुचवा डालूँगा। क्या तमाशा है! ऐसी-ऐसी चुड़ैलें भी कुमार पर आशिक होने लगीं।"

बुढ़िया ने कहा, "अगर मेरी बात न मानोगे तो पछताओगे। तुम्हारा सब काम बिगाड़ दूँगी। देखो, उस तहखाने में मैंने कैसा ताला लगा दिया कि तुमसे खुल न सका। आखिर बद्रीनाथ की गठरी लेकर वापस आए। अब जाकर महाराज शिवदत्त को छुड़ा देती हूँ, फिर और फसाद करूँगी।" यह कहती हुई गुस्से के मारे लाल-लाल आँखें किए खेमे के बाहर निकल गई। तेजसिंह के इशारे से देवीसिंह भी उसके पीछे चले गए।

कुमार—"क्यों तेजसिंह, यह चुड़ैल तो अजब आफत मालूम पड़ती है। कहती है कि तहखाने में मैंने ही ताला लगा दिया था।"

तेजसिंह—"क्या मामला है, कुछ समझ में नहीं आता।"

ज्योतिषी—"अगर इसका कहना सच है तो हम लोगों के लिए यह एक बड़ी भारी बला पैदा हुई।"

तेजसिंह—"इसकी सच्चाई-झुठाई तो शिवदत्त के छूटने ही से मालूम हो जाएगी। अगर सच्ची निकली तो बिना जान से मारे न छोड़ूँगा।"

ज्योतिषी—"ऐसी को मारना ही जरूरी है।"

तेजसिंह—"कुमार ने कुछ यह कसम तो खाई नहीं है कि जन्म भर कोई उसको कुछ न कहेगा।"

कुमार (लंबी साँस लेकर)—"हाय, आज मुझको यह दिन भी देखना पड़ा।"

तेजसिंह—"आप चिंता न कीजिए। देखिए तो हम लोग क्या करते हैं। देवीसिंह उसके पीछे गए ही हैं, कुछ पता लिये बिना नहीं आएँगे।"

कुमार—"आजकल तुम लोगों की ऐयारी में उल्ली लग गई है। कुछ वन कन्या का पता लगाया, कुछ अब डाकिनी की खबर लगाओगे।"

कुमार की यह बात तेजसिंह और ज्योतिषीजी को तीर के समान लगी; मगर कुछ बोले नहीं, सिर्फ उठकर खेमे के बाहर चले गए।

इन लोगों के चले जाने के बाद कुमार खेमे में अकेले रह गए। तरह-तरह की बातें सोचने लगे—कभी चंद्रकांता की बेबसी और तिलिस्म में फँस जाने पर, कभी तिलिस्म टूटने में देर और वन कन्या की खबर या ठीक-ठीक हाल न पाने पर, कभी इस बूढ़ी चुड़ैल की बातों पर, जो अभी शादी करने आई थी—अफसोस और गम करते रहे। तबीयत बिल्कुल उदास थी। आखिर दिन बीत गया और शाम हुई।

कुमार ने फतहसिंह को बुलाया। जब वे आए तो पूछा, "तेजसिंह कहाँ हैं?"

उन्होंने जवाब दिया, "कुछ मालूम नहीं। ज्योतिषीजी को साथ लेकर कहीं गए हैं।"

बयान : 8

देवीसिंह उस बुढ़िया के पीछे रवाना हुए। जब तक दिन बाकी रहा, बुढ़िया चलती गई। उन्होंने भी पीछा न छोड़ा। कुछ रात गए तक वह चुड़ैल एक छोटे से पहाड़ के दर्रे में पहुँची, जिसके दोनों तरफ ऊँची-ऊँची पहाड़ियाँ थीं। थोड़ी दूर उस दर्रे के अंदर जा वह एक खोह में घुस गई, जिसका मुँह बहुत छोटा, सिर्फ एक आदमी के जाने लायक था।

देवीसिंह ने समझा, शायद यही इसका घर होगा। यह सोच पेड़ के नीचे बैठ गए। रात भर उसी तरह बैठे रह गए, मगर फिर वह बुढ़िया उस खोह में से बाहर न निकली। सवेरा होते ही देवीसिंह भी उसी खोह में घुसे।

उस खोह के अंदर बिल्कुल अंधकार था। देवीसिंह टटोलते हुए चले जा रहे थे। अगल-बगल जब हाथ फैलाते तो दीवार मालूम पड़ती, जिससे जाना जाता कि यह खोह एक सुरंग के तौर पर है। इसमें कोई कोठरी या रहने की जगह नहीं है। लगभग दो मील गए होंगे कि सामने की तरफ चमकती हुई रोशनी नजर आई। जैसे-जैसे आगे जाते थे, रोशनी बढ़ी मालूम होती थी। जब पास पहुँचे तो सुरंग के बाहर निकलने का दरवाजा देखा।

देवीसिंह बाहर हुए और अपने को एक छोटी सी पहाड़ी नदी के किनारे पाया। इधर-उधर निगाह दौड़ाकर देखा तो चारों तरफ घना जंगल। कुछ मालूम न पड़ा कि कहाँ चले आए और लश्कर में जाने की कौन सी राह है। दिन भी पहर भर से ज्यादा जा चुका था। सोचने लगे कि उस बुढ़िया ने खूब छकाया। न मालूम वह किस राह से निकलकर कहाँ चली गई। अब उसका पता लगाना मुश्किल है। फिर इसी सुरंग की राह से फिरना पड़ा, क्योंकि ऊपर से जंगल-जंगल लश्कर में जाने की राह मालूम नहीं। कहीं ऐसा न हो कि भूल जाएँ तो और भी खराबी हो, बड़ी भूल हुई कि रात को बूढ़ी के पीछे-पीछे हम भी इस सुरंग में न घुसे। मगर यह क्या मालूम था कि इस सुरंग में दूसरी तरफ निकल जाने के लिए रास्ता है।

देवीसिंह मारे गुस्से के दाँत पीसने लगे, मगर कर ही क्या सकते थे! बुढ़िया तो मिली नहीं कि कसर निकालते। आखिर लाचार हो उसी सुरंग की राह से वापस हुए और शाम होते-होते लश्कर में पहुँचे।

कुमार के खेमे में गए। देखा कि कई आदमी बैठे हैं और वीरेंद्रसिंह फतहसिंह से बातें कर रहे हैं। देवीसिंह को देख सब कोई खेमे के बाहर चले गए। सिर्फ फतहसिंह रह गए। कुमार ने पूछा, "क्यों, उस बुढ़िया की क्या खबर लाए?"

देवीसिंह—"बुढ़िया ने तो बेहिसाब धोखा दिया।"

कुमार (हँसकर)—"क्या धोखा दिया?"

देवीसिंह ने बुढ़िया के पीछे जाकर परेशान होने का सब हाल कहा, जिसे सुनकर कुमार और भी उदास हो गए।

देवीसिंह ने फतहसिंह से पूछा, "हमारे उस्ताद और ज्योतिषीजी कहाँ हैं?"

उन्होंने जवाब दिया—"बूढ़ी चुड़ैल के आने से कुमार बहुत रंज में थे। उसी हालत में तेजसिंह से कह बैठे कि तुम लोगों की ऐयारी में इन दिनों उल्ली लग गई। इतना सुन गुस्से में आकर, ज्योतिषीजी को साथ ले कहीं चले गए। अभी तक नहीं आए।"

देवीसिंह—"कब गए?"

फतहसिंह—"तुम्हारे जाने के थोड़ी देर बाद।"

देवीसिंह—"इतने गुस्से में उस्ताद का जाना खाली न होगा। जरूर कोई अच्छा काम करके आएँगे।"

कुमार—"देखना चाहिए।"

इतने में तेजसिंह और ज्योतिषीजी वहाँ आ पहुँचे। उस वक्त उनके चेहरे पर खुशी और मुसकराहट झलक रही थी, जिससे सब समझ गए कि जरूर कोई काम कर आए हैं।

कुमार ने पूछा, "क्यों, क्या खबर है?"

तेजसिंह—"अच्छी खबर है।"

कुमार—"कुछ कहोगे भी कि इसी तरह!"

तेजसिंह—"आप सुन के क्या कीजिएगा?"

कुमार—"क्या मेरे सुनने लायक नहीं है?"

तेजसिंह—"आपके सुनने लायक क्यों नहीं है; मगर अभी न कहेंगे।"

कुमार—"भला कुछ तो कहो!"

तेजसिंह—"कुछ भी नहीं।"

देवीसिंह—"भला उस्ताद, हमें भी बताओगे या नहीं?"

तेजसिंह—"क्या! तुमने 'उस्ताद' कहकर पुकारा, इससे तुमको बता दें?"

देवीसिंह—"झख मारोगे और बताओगे।"

तेजसिंह (हँसकर)—"तुम कौन सा जस लगा आए, पहले यह तो कहो?"

देवीसिंह—"मैं तो आपकी शागिर्दी में बट्टा लगा आया।"

तेजसिंह—"तो बस, हो चुका।"

ये बातें हो ही रही थीं कि चोबदार ने आकर हाथ जोड़ अर्ज किया, "महाराज शिवदत्त के दीवान आए हैं।"

सुनकर कुमार ने तेजसिंह की तरफ देखा, फिर कहा, "अच्छा, आने दो। उनके साथवाले बाहर ही रहें।"

महाराज शिवदत्त के दीवान खेमे में हाजिर हुए और सलाम करके बहुत से

जवाहरात नजर किए। कुमार ने हाथ से छू दिया।

दीवान ने अर्ज किया, "यह नजर महाराज शिवदत्त की तरफ से ले आया हूँ। ईश्वर की दया और आपकी कृपा से महाराज कैद से छूट गए हैं। आते ही दरबार करके हुक्म दे दिया कि आज से हमने कुँवर वीरेंद्रसिंह की ताबेदारी कुबूल की। हमारे जितने मुलाजिम या ऐयार हैं, वे भी आज से कुमार को अपना मालिक समझें। बाद इसके मुझको यह नजर और अपने हाथ का लिखा खत देकर हुजूर में भेजा है। इस नजर को कुबूल किया जाए।"

कुमार ने नजर कूबूल कर तेजसिंह के हवाले की और दीवान साहब को बैठने का इशारा किया। वे खत देकर बैठ गए।

कुछ रात जा चुकी थी। कुमार ने उसी वक्त दरबार आम किया। जब अच्छी तरह दरबार भर गया, तब तेजसिंह को हुक्म दिया कि खत जोर से पढ़ो। तेजसिंह ने पढ़ना शुरू किया। लंबे-चौड़े सिरनामे के बाद यह लिखा था—

> 'मैं किसी ऐसे सबब से उस तहखाने की कैद से छूटा, जो आप ही की कृपा से छूटना कहला सकता है। आप जरूर इस बात को सोचेंगे कि मैं आपकी दया से कैसे छूटा? आपने तो कैद ही किया था, तो ऐसा सोचना न चाहिए। किसी सबब से मैं अपने छूटने का खुलासा हाल नहीं कह सकता और न हाजिर ही हो सकता हूँ; मगर जब मौका होगा और आपको मेरे छूटने का हाल मालूम होगा, यकीन हो जाएगा कि मैंने झूठ नहीं कहा था। अब मैं उम्मीद करता हूँ कि आप मेरे बिल्कुल कसूरों को माफ करके यह नजर कुबूल करेंगे। आज से हमारा कोई ऐयार या मुलाजिम आपसे ऐयारी या दगा न करेगा और आप भी इस बात का खयाल रखें।
>
> —आपका शिवदत्त।'

इस खत को सुनकर सब खुश हो गए। कुमार ने हुक्म दिया कि पंडित बद्रीनाथजी, जो हमारे यहाँ कैद हैं, लाए जाएँ। जब वे आए, कुमार के इशारे से उनके हाथ-पैर खोल दिए गए। उन्हें भारी खिलअत पहनाकर दीवान साहब के हवाले किया और हुक्म दिया कि आप दो रोज यहाँ रहकर चुनारगढ़ जाएँ।

फतहसिंह को उनकी मेहमानदारी के लिए हुक्म देकर दरबार बरखास्त किया।

बयान : 9

जब दरबार बरखास्त हुआ, आधी रात जा चुकी थी। फतहसिंह दीवान साहब को लेकर अपने खेमे में गए। थोड़ी देर बाद कुमार के खेमे में तेजसिंह, देवीसिंह और ज्योतिषीजी फिर इकट्ठा हुए। उस वक्त सिवाय इन चारों आदमियों के और कोई वहाँ न था।

कुमार—"क्यों तेजसिंह, बुढ़िया की बात तो ठीक निकली।"

तेजसिंह—"जी हाँ, मगर महाराज शिवदत्त के खत से तो कुछ और ही बात पाई जाती है।"

देवीसिंह—"उसके लिखने का कौन ठिकाना, कहीं वह धोखा न देता हो।"

ज्योतिषी—"इस वक्त बहुत सोच-विचारकर काम करने का मौका है। चाहे शिवदत्त कैसी ही सफाई दिखाए, मगर दुश्मन का विश्वास कभी न करना चाहिए।"

तेजसिंह—"आप ज्योतिषी हैं, विचारिए तो यह खत शिवदत्त ने सच्चे दिल से लिखा है या खुटाई रखकर।"

ज्योतिषी (कुछ विचार कर)—"यह खत तो उसने सच्चे दिल से लिखा है, मगर यह विश्वास नहीं होता कि आगे भी उसका दिल साफ बना रहेगा।"

तेजसिंह—"आजकल तो ऐसे-ऐसे मामले हो रहे हैं कि किसी के सिर-पैर का कुछ पता ही नहीं लगता। अगर यह खत उसने सच्चे दिल से ही लिखा है तो अपने छूटने का खुलासा हाल क्यों नहीं लिखा?"

ज्योतिषी—"इसका भी जरूर कोई सबब होगा।"

कुमार—"क्या आप रमल से नहीं बता सकते कि वह कैसे छूटा?"

ज्योतिषी—"जी नहीं, तिलिस्म में रमल काम नहीं करता और वह तहखाना तिलिस्मी है, जिसमें महाराज शिवदत्त कैद किए गए थे।"

तेजसिंह—"कुछ समझ में नहीं आता।"

देवीसिंह—"वह चुड़ैल भी पूरी ऐयार मालूम होती है।"

ज्योतिषी—"कभी नहीं। मैं सोच चुका हूँ, ऐयारी का तो वह नाम भी नहीं जानती।"

कुमार—"खैर, जो कुछ होगा, देखा जाएगा। अब कल से तिलिस्म तोड़ने में जरूर हाथ लगाना चाहिए।"

तेजसिंह—"हाँ, कल जरूर तिलिस्म की काररवाई शुरू हो।"

कुमार—"अच्छा, अब तुम लोग भी जाओ।"

तीनों ऐयार कुमार से विदा हो अपने-अपने डेरे में गए। दूसरे दिन कुँवर वीरेंद्रसिंह तीनों ऐयारों को साथ ले तिलिस्म में गए। तिलिस्मी किताब और ताली भी साथ ले ली। दालान में पहुँचकर तहखाने का ताला खोल पत्थर की चट्टान को निकालकर अलग किया और नीचे उतरकर कोठरी में होते हुए बाग में पहुँचे, जहाँ थोड़ी सी जमीन खोद कर छोड़ आए थे।

उसी जमीन को वे लोग मिलकर फिर खोदने लगे। आठ-नौ हाथ जमीन खोदने के बाद एक संदूक मालूम पड़ा, जिसके ऊपर का पल्ला बंद था और ताले का मुँह ताँबे के एक छोटे से पत्तर से ढँका हुआ था, जिससे अंदर मिट्टी न जाए।

कुमार ने चाहा कि संदूक को बाहर निकाल लें, मगर न हो सका। ज्यों-ज्यों चारों तरफ से मिट्टी हटाते थे, नीचे से संदूक चौड़ा निकल आता था। कोशिश करने पर भी इसका पता न लग सका कि वह जमीन में कितने नीचे तक गड़ा हुआ है। आखिर लाचार होकर कुमार ने तिलिस्मी किताब खोली और पढ़ने लगे। यह लिखा हुआ था—

> ''ताली में रस्सी बाँधकर जब बाग में उसे घसीटते फिरोगे तो एक जगह वह ताली जमीन से चिपक जाएगी। वहाँ की मिट्टी व ताली उठा लेना। बाद इसके उस जमीन को खोदना, जब तक कि एक संदूक का मुँह न दिखाई पड़े। जब संदूक के ऊपर का हिस्सा निकल आए, खोदना बंद कर देना, क्योंकि असल में वह संदूक नहीं, दरवाजा है। बाग के बीचोबीच जो फौवारा है, उसके पूरब की तरफ ठीक सात हाथ हटकर जमीन खोदना। एक हाँडी निकलेगी। उसी में उसकी ताली है। उसे लाकर उस तहखाने का ताला खोलना। सीढ़ियाँ दिखलाई पड़ेंगी, उसी रास्ते से नीचे उतरना।
>
> 'भीतर से वह तहखाना बहुत अँधेरे और धुएँ से भरा हुआ होगा। खबरदार, कोई रोशनी मत करना; क्योंकि आग या मशाल के लगने ही से वह धुआँ जल उठेगा, जिससे बड़ा उपद्रव होगा और तुम लोगों की जान न बचेगी। मुँह पर कपड़ा लपेटकर उस तहखाने में उतरना। टटोलते हुए जिधर रास्ता मिले, जल्दी-जल्दी चले जाना, जिससे नाक के रास्ते धुआँ दिमाग में न चढ़ने पाए। थोड़ी ही दूर जाकर एक चमकती कोठरी मिलेगी, जिसकी कुल चीजें दिखाई पड़ती होंगी। तमाम कोठरी में नीचे से ऊपर तक तार लगे होंगे। बहुत खोज करने की कोई जरूरत नहीं, तलवार से जल्दी-जल्दी इन तारों को काटकर बाहर निकल आना।'

इतना पढ़कर कुमार ने छोड़ दिया। लिखे बमूजिब बाग के बीचोबीच वाले फौवारे से सात हाथ पूरब हटकर जमीन खोदी। हाँडी निकली। उसमें से ताली निकालकर तहखाने का मुँह खोला।

देवीसिंह ने कहा, ''अब अपने-अपने मुँह पर कपड़ा लपेटते जाओ। तिलिस्म क्या है, जान जोखिम है। रोशनी मत करो, अँधेरे में टटोलते चलो। आँख रहते अंधे बनो और जल्दी-जल्दी चलो, दिमाग में धुआँ भी न चढ़ने पाए।''

देवीसिंह की बात सुनकर कुमार हँस पड़े। सभी ने मुँह पर कपड़े लपेटे और घुसकर चमकती हुई कोठरी में पहुँचे। जहाँ तक हो सका, जल्दी-जल्दी उन तारों को काटकर तहखाने से बाहर निकल आए।

मुँह पर कपड़ा तो लपेटे हुए थे, पर फिर भी थोड़ा-बहुत धुआँ दिमाग में चढ़ ही गया, जिससे सभी की तबीयत घबरा गई। तहखाने के बाहर निकलकर दो घंटे तक

चारों आदमी बेसुध पड़े रहे। जब होशो-हवास ठिकाने हुए, तब तेजसिंह ने ज्योतिषीजी से पूछा, "अब दिन कितना बाकी है?"

उन्होंने जवाब दिया, "अभी चार घंटे बाकी हैं।"

कुमार ने कहा, "अब कोई काम करने का वक्त नहीं रहा। एक घंटे में क्या हो सकता है?"

ज्योतिषीजी की भी यही राय ठहरी। आखिर चारों आदमी बाग से बाहर रवाना हुए और कोठरी तथा तहखाने के रास्ते होकर खँडहर के दालान में आए। पहले की तरह चट्टान को तहखाने के मुँह पर रख ताला बंद कर दिया और खँडहर के बाहर होकर अपने खेमे में चले आए।

थोड़ी देर आराम करने के बाद कुमार के जी में आया कि जरा जंगल में इधर-उधर घूमकर हवा खानी चाहिए। तेजसिंह से कहा। वह भी इस बात पर मुस्तैद हो गए। आखिर तीनों ऐयारों को साथ लेकर लश्कर के बाहर हुए। कुमार घोड़े पर और तीनों ऐयार पैदल थे।

कुमार धीरे-धीरे जा रहे थे। कोस भर के करीब गए होंगे कि एक मोटे से साखू के पेड़ में कुछ लिखा हुआ एक कागज चिपका नजर पड़ा।

तेजसिंह ने कहा, "देखो, यह कैसा कागज चिपका है और क्या लिखा है?"

यह सुनकर देवीसिंह ने उस पेड़ के पास जाकर कागज पढ़ा। यह लिखा हुआ था—

'क्यों, अब तुमको मालूम हुआ कि मैं कैसी आफत हूँ। कहती थी कि मुझसे शादी कर लो तो एक घंटे में तिलिस्म तोड़कर चंद्रकांता से मिलने की तरकीब बता दूँ। लेकिन तुमने न माना। आखिर मैंने भी गुस्से में आकर महाराज शिवदत्त को छुड़ा दिया। अब क्या इरादा है? शादी करोगे या नहीं? अगर मंजूर हो तो जवाब लिखकर इसी पेड़ से चिपका दो। मैं तुरंत तुम्हारे पास चली आऊँगी; और अगर नामंजूर हो तो साफ जवाब दे दो। अब की दफा मैं चंद्रकांता और चपला को जान से मार कलेजा ठंडा करूँगी। मुझे तिलिस्म में जाते कितनी देर लगती है। दिन में तेरह दफा जाऊँ और आऊँ। अपनी भलाई और मेरी जवानी की तरफ खयाल करो। मेरे सामने तुम्हारे ऐयारों की ऐयारी कुछ न चलेगी। उस दिन देवीसिंह ने मेरा पीछा किया था, मगर क्या कर सके? मेरी मानो, जिद मत करो। मेरे ही कहने से शिवदत्त तुम्हारा दोस्त बना है। अब भी समझ जाओ।

—तुम्हारी सूरजमुखी।'

इसे पढ़ देवीसिंह ने हाथ के इशारे से सभी को अपने पास बुलाया और कहा, "आप लोग भी इसे पढ़ लीजिए।"

आखिर में 'सूरजमुखी' पढ़कर सभी को हँसी आ गई। कुमार ने कहा, "देखो,

इस चुड़ैल ने अपना नाम कैसे मजे का लिखा है!''

तेजसिंह ने ज्योतिषीजी से कहा, ''देखिए, यह सब क्या लिखा है?''

ज्योतिषीजी ने जवाब दिया, ''चाहे जो भी हो, मगर मैं भी ठीक कहे देता हूँ कि वह चुड़ैल कुमार का कुछ बिगाड़ नहीं सकती। इस लिखावट की तरफ खयाल न कीजिए।''

कुमार ने कहा, ''आपका कहना ठीक है; मगर वह जो कहती है, उसे कर दिखाती है।''

इतना कह कुमार आगे बढ़े। घूमते समय कई पेड़ों पर इसी तरह के लिखे हुए कागज चिपके हुए दिखाई पड़े। ज्योतिषीजी के कहने से कुमार की तबीयत न भरी। उदास होकर अपने लश्कर में लौट आए और तीनों ऐयारों के साथ अपने खेमे में चले गए।

थोड़ी देर उसी सूरजमुखी की बातचीत होती रही। पहर रात गई होगी, जब तेजसिंह ने कुमार से कहा, ''हम लोग इस वक्त बालादवी को जाते हैं। शायद कोई नई बात नजर पड़ जाए।'' यह कहकर तेजसिंह, देवीसिंह और ज्योतिषीजी कुमार से विदा हो गश्त लगाने चले गए।

कुमार भी कुछ भोजन करके पलंग पर जा लेटे। नींद काहे को आनी थी! पड़े-पड़े कुमारी चंद्रकांता की बेबसी, वन कन्या की चाह और बूढ़ी चुड़ैल की शैतानी को सोचते-सोचते आधी रात से भी ज्यादा गुजर गई। इतने में खेमे के अंदर किसी के आने की आहट मिली। दरवाजे की तरफ देखा तो तेजसिंह नजर पड़े। बोले, ''कहो तेजसिंह, कोई नई खबर लाए क्या?''

तेजसिंह—''हाँ, एक बढ़िया चीज हाथ लगी है!''

कुमार—''क्या है? कहाँ है? देखूँ।''

तेजसिंह—''खेमे के बाहर चलिए तो दिखाऊँ।''

कुमार—''चलो।''

कुँवर वीरेंद्रसिंह तेजसिंह के पीछे-पीछे खेमे के बाहर हुए। देखा कि कुछ दूर पर रोशनी हो रही है और बहुत से आदमी इकट्ठा हैं। पूछा, ''यह भीड़ कैसी है?''

तेजसिंह ने कहा, ''चलिए, देखिए। बड़ी खुशी की बात है।''

कुमार के पास पहुँचते ही भीड़ हटा दी गई। कई मशालें जल रही थीं, जिनकी रोशनी में कुमार ने देखा कि क्रूरसिंह की खून से भरी हुई लाश पड़ी है। कलेजे में एक खंजर घुसा हुआ अभी तक मौजूद है।

कुमार ने तेजसिंह से कहा, ''क्यों तेजसिंह, आखिर तुमने इसको मार ही डाला।''

तेजसिंह—''भला हम लोग एकाएक इस तरह किसी को मारते हैं!''

कुमार—''तो फिर किसने मारा?''

तेजसिंह—“मैं क्या जानूँ!”

कुमार—“फिर लाश को कहाँ से लाए?”

तेजसिंह—“बालादवी करते (गश्त लगाते) हम लोग इस तिलिस्मी खँडहर के पिछवाड़े चले गए। दूर से देखा कि तीन-चार आदमी खड़े हैं। जब तक हम लोग पास जाएँ, वे सब भाग गए। देखा तो क्रूर की लाश पड़ी थी। तब देवीसिंह को भेज यहाँ से डोली और कहार मँगवाए और इस लाश को ज्यों-का-त्यों उठवा लाए। अभी मरा नहीं है। बदन गरम है, मगर बचेगा नहीं।”

कुमार—“बड़े ताज्जुब की बात है। इसे किसने मारा? अच्छा, वह खंजर तो निकालो, जो इसके कलेजे में घुसा हुआ है।”

तेजसिंह ने खंजर निकाला और पानी से धोकर कुमार के पास लाए। मशाल की रोशनी में उसके कब्जे पर निगाह की तो कुछ खुदा हुआ मालूम पड़ा। खूब गौर करके देखा तो बारीक हरफों में 'चपला' का नाम खुदा हुआ था।

तेजसिंह ने ताज्जुब से कहा, “देखिए, इस पर तो चपला का नाम खुदा है और इस खंजर को मैं बखूबी पहचानता हूँ। यह बराबर चपला की कमर में बँधा रहता था, मगर फिर यहाँ कैसे आया? क्या चपला ही ने इसे मारा है?”

देवीसिंह—“चपला बेचारी तो खोह में कुमारी चंद्रकांता के पास बैठी होगी, जहाँ चिराग भी न जलता होगा।”

कुमार—“तो वहाँ से इस खंजर को कौन लाया?”

तेजसिंह—“इसके सिवाय यह भी सोचना चाहिए कि क्रूरसिंह यहाँ क्यों आया? वह तो महाराज शिवदत्त के साथ था और उनका दीवान खुद ही आया हुआ है, जो कहता है कि महाराज अब आपसे दुश्मनी नहीं करेंगे।”

कुमार—“किसी को भेजकर महाराज शिवदत्त के दीवान को बुलाओ।”

तेजसिंह ने देवीसिंह से कहा कि तुम ही जाकर बुला लाओ।

देवीसिंह गए। उन्हें नींद से उठाकर कुमार का संदेशा दिया। वे बेचारे भी घबराए हुए जल्दी-जल्दी कुमार के पास आए। फतहसिंह भी उसी जगह पहुँचे। दीवान साहब क्रूरसिंह की लाश देखते ही बोले, “बस, यह बदमाश तो अपनी सजा को पहुँच चुका; मगर इसके साथी अहमद और नाजिम बाकी हैं। उनकी भी यही गति होती तो कलेजा ठंडा होता।”

कुमार ने पूछा, “क्या यह आपके यहाँ अब नहीं है?”

दीवान साहब ने जवाब दिया, “नहीं, जिस रोज महाराज तहखाने से छूटकर आए और हुक्म दिया कि हमारे यहाँ का कोई भी आदमी कुमार के साथ दुश्मनी का खयाल न रखे, उसी वक्त क्रूरसिंह अपने बाल-बच्चों तथा नाजिम और अहमद को साथ लेकर

चुनारगढ़ से भाग गया। पीछे महाराज ने खोज भी कराई, मगर कुछ पता न लगा।''

देखते-देखते क्रूरसिंह ने तीन-चार दफा हिचकी ली और दम तोड़ दिया।

कुमार ने तेजसिंह से कहा, ''अब यह मर गया। इसको ठिकाने पहुँचाओ और खंजर को तुम अपने पास रखो। सुबह देखा जाएगा।''

तेजसिंह ने क्रूरसिंह की लाश को उठवा दिया और सब अपने-अपने खेमे में गए।

बयान : 10

सुबह को कुमार ने स्नान-पूजा से छुट्टी पाकर तिलिस्म तोड़ने का इरादा किया और तीनों ऐयारों को साथ ले तिलिस्म में घुसे। कल की तरह तहखाने और कोठरियों में से होते हुए उसी बाग में पहुँचे। स्याह पत्थर के दालान में बैठ गए और तिलिस्मी किताब खोलकर पढ़ने लगे। यह लिखा हुआ था—

'जब तुम तहखाने में उतर धुएँ से, जो उसके अंदर भरा होगा, दिमाग को बचाकर तारों को काट डालोगे, तब उसके थोड़ी ही देर बाद कुल धुआँ जाता रहेगा। स्याह पत्थर की बारहदरी में संगमरमर के सिंहासन पर चौखूटे सुर्ख पत्थर पर कुछ लिखा हुआ तुमने देखा होगा। उसके छूने से आदमी के बदन में सनसनाहट पैदा होती है; बल्कि उसे छूनेवाला थोड़ी देर में बेहोश होकर गिर पड़ता है। मगर ये कुल बातें उन तारों के कटने से जाती रहेंगी, क्योंकि अंदर-ही-अंदर यह तहखाना उस बारहदरी के नीचे तक चला गया है और उसी सिंहासन से उन तारों का लगाव है, जो नीचे मसालों और दवाइयों में घुसे हुए हैं। दूसरे दिन फिर धुएँवाले तहखाने में जाना। धुआँ बिल्कुल न पाओगे। मशाल जला लेना और बेखौफ जाकर देखना कि कितनी दौलत तुम्हारे वास्ते वहाँ रखी हुई है। सब बाहर निकाल लो और जहाँ मुनासिब समझो, रखो। जब तक बिल्कुल दौलत तहखाने में से निकल न जाए, तब तक दूसरा काम तिलिस्म का मत करो। स्याह बारहदरी में संगमरमर के सिंहासन पर जो चौखूँटा सुर्ख पत्थर रखा है, उसको भी ले जाओ। असल में वह एक छोटा सा संदूक है, जिसके भीतर बहुत सी नायाब चीजें हैं। उसकी ताली इसी तिलिस्म में तुमको मिलेगी।'

कुमार ने इन सब बातों को फिर दोहरा के पढ़ा। बाद उसके उस धुएँवाले तहखाने में जाने को तैयार हुए। तेजसिंह, देवीसिंह और ज्योतिषीजी—तीनों ने मशाल जला ली और कुमार के साथ उस तहखाने में उतरे। अंदर उसी कोठरी में गए, जिसमें बहुत सी तारें काटी थीं। उस वक्त रोशनी में मालूम हुआ कि तारें कटी हुईं इधर-उधर फैल रही हैं, कोठरी खूब लंबी-चौड़ी है। सैकड़ों लोहे और चाँदी के बड़े-बड़े संदूक चारों तरफ पड़े हैं। एक तरफ दीवार में खूँटी के साथ तालियों का गुच्छा भी लटक रहा है।

कुमार ने उस ताली के गुच्छे को उतार लिया। मालूम हुआ कि उन्हीं संदूकों की ये तालियाँ हैं। एक संदूक को खोलकर देखा तो हीरे के जड़ाऊ जनाने जेवरों से भरा पाया। तुरंत बंद कर दिया और दूसरे संदूक को खोला। कीमती हीरों से जड़ी नायाब कब्जों की तलवारें और खंजर नजर आए। कुमार ने उसे भी बंद कर दिया और बहुत ख़ुश होकर तेजसिंह से कहा, "बेशक, इस कोठरी में बड़ा भारी खजाना है। अब इसको यहाँ खोलकर देखने की कोई जरूरत नहीं। इन संदूकों को बाहर निकलवाओ। एक-एक करके देखते और नौगढ़ भिजवाते जाएँगे। जहाँ तक हो, जल्दी इन सभी को उठवाना चाहिए।"

तेजसिंह ने जवाब दिया, "चाहे कितनी ही जल्दी की जाए, मगर दस रोज से कम में इन संदूकों का यहाँ से निकलना मुश्किल है। अगर आप एक-एक को देखकर नौगढ़ भेजने लगेंगे तो बहुत दिन लग जाएँगे और तिलिस्म तोड़ने का काम अटका रहेगा। इससे मेरी समझ में यह बेहतर है कि इन संदूकों को बिना देखे ज्यों-का-त्यों नौगढ़ भिजवा दिया जाए। जब सब कामों से छुट्टी मिलेगी, तब खोलकर देख लिया जाएगा। ऐसा करने से किसी को मालूम भी न होगा कि इसमें क्या निकला और दुश्मनों की आँख भी न पड़ेगी। न मालूम कितनी दौलत इसमें भरी हुई है, जिसकी हिफाजत के लिए इतना बड़ा तिलिस्म बनाया गया।"

इस राय को कुमार ने पसंद किया और देवीसिंह और ज्योतिषीजी ने भी कहा कि ऐसा ही होना चाहिए। चारों आदमी उस तहखाने के बाहर हुए और उसी रास्ते से खँडहर के दालान में आकर पत्थर की चट्टान से ऊपरवाले तहखाने का मुँह ढाँप, तिलिस्मी ताली से बंद कर खँडहर से बाहर हो अपने खेमे में चले आए।

आज ये लोग बहुत जल्दी तिलिस्म के बाहर हुए। अभी कुल दो पहर दिन चढ़ा था। कुमार ने तिलिस्म की और खजाने की तालियों का गुच्छा तेजसिंह के हवाले किया और कहा कि "अब तुम उन संदूकों को निकलवाकर नौगढ़ भेजवाने का इंतजाम करो।"

बयान : 11

तेजसिंह को तिलिस्म में से खजाने के संदूकों को निकलवाकर नौगढ़ भिजवाने में कई दिन लगे, क्योंकि उसके साथ पहरे वगैरह का बहुत कुछ इंतजाम करना पड़ा। रोज तिलिस्म में जाते और पहर दिन जब बाकी रहता, तिलिस्म से बाहर निकल आया करते। जब तक कुल असबाब नौगढ़ रवाना नहीं कर दिया गया, तब तक तिलिस्म तोड़ने की काररवाई बंद रही।

एक रात कुमार अपने पलंग पर सोए हुए थे। आधी रात जा चुकी थी। कुमारी चंद्रकांता और वन कन्या की याद में अच्छी तरह नींद नहीं आ रही थी। कभी जागते,

कभी सो जाते। आखिर एक गहरी नींद ने अपना असर यहाँ तक जमाया कि सुबह क्या, बल्कि दो घड़ी दिन चढ़े तक आँखें खुलने न दीं।

जब कुमार की नींद खुली, अपने को उस खेमे में न पाया, जिसमें सोए थे या जो तिलिस्म के पास जंगल में था; बल्कि उसकी जगह एक बहुत सजे हुए कमरे को देखा, जिसकी छत में कई बेशकीमती झाड़ और शीशे लटक रहे थे। ताज्जुब में पड़ इधर-उधर देखने लगे। मालूम हुआ कि यह एक बहुत भारी दीवानखाना है, जिसमें तीन तरफ संगमरमर की दीवार और चौथी तरफ बड़े-बड़े खूबसूरत दरवाजे हैं, जो इस समय बंद हैं। दीवारों पर कई दीवारें लगी हुई हैं, जिनमें दिन निकल आने पर भी अभी तक मोमबत्तियाँ जल रही हैं। ऊपर उसके चारों तरफ बड़ी-बड़ी खूबसूरत और हसीन औरतों की तसवीरें लटक रही थीं। लंबी दीवार के बीचोबीच एक तसवीर, आदमी के कद के बराबर सोने के चौखटे में जड़ी, दीवार के साथ लगी हुई थी।

कुमार की निगाह तमाम तसवीरों पर से दौड़ती हुई उस बड़ी तसवीर पर आकर अटक गई। सोचने लगे, बल्कि धीमी आवाज में इस तरह बोलने लगे, जैसे अपनी बगल में बैठे हुए किसी दोस्त को कोई कहता हो, "अहा, इस तसवीर से बढ़कर इस दीवानखाने में कोई चीज नहीं है और बेशक, यह तसवीर भी उसी की है, जिसके इश्क ने मुझे तबाह कर रखा है। वाह, क्या साफ भोली सूरत दिखलाई है!"

कुमार झट से उठ बैठे और उस तसवीर के पास जाकर खड़े हो गए। दीवानखाने के दरवाजे बंद थे; मगर हर एक दरवाजे के ऊपर छोटे-छोटे मोखे (सुराख) बने हुए थे, जिनमें शीशे की टट्टियाँ लगी हुई थीं। उन्हीं में से सीधी रोशनी ठीक उस लंबी-चौड़ी तसवीर पर पड़ रही थी, जिसको देखने के लिए कुमार पलंग पर से उतरकर उसके पास गए थे। असल में वह तसवीर कुमारी चंद्रकांता की थी।

कुमार उस तसवीर के पास जाकर खड़े हो गए और फिर उसी तरह बोलने लगे जैसे किसी दूसरे को, जो पास ही खड़ा हो, सुना रहे हैं, "अहा, क्या अच्छी और साफ तसवीर बनी हुई है! इसमें ठीक उतना ही बड़ा कद है, वैसी ही बड़ी-बड़ी आँखें हैं, जिनमें काजल की लकीरें कैसी साफ मालूम हो रही हैं! अहा, गालों पर गुलाबीपन कैसा दिखलाया है! बारीक होंठों में पान की सुर्खी और मुसकराहट साफ मालूम हो रही है। कानों में बाले, माथे पर बिंदी और नाक में नथ तो है ही; मगर यह गले की गोप क्या ही अच्छी और साफ बनाई है, जिसके बीच के चमकते हुए मानिक और अगल-बगल के कुंदन की उभार (हसली) में तो हद दर्जे की कारीगरी की गई है। गोप ही क्या, सभी गहने अच्छे हैं। गले की माला, हाथों के बाजूबंद, कंगन, छंद, पहुँची, अँगूठी—सभी चीजें अच्छी बनाई हैं और देखो, एक बगल चपला, दूसरी तरफ चंपा क्या मजे में अपनी ठुड्डी पर उँगली रखे खड़ी हैं!"

"हाय, चंद्रकांता कहाँ होगी?" इतना कह एक लंबी साँस ले एकटक उस तसवीर की तरफ देखने लगे।

ऊपर की तरफ कहीं से पाजेब की छन्न से आवाज आई, जिसे सुनते ही कुमार चौंक पड़े। ऊपर की तरफ कई छोटी-छोटी खिड़कियाँ थीं, जो सब-की-सब बंद थीं। यह आवाज कहाँ से आई? इस घर में कौन औरत है? इतनी देर तक तो कुमार अपने पूरे होशो-हवास में न थे, मगर अब चौंके और सोचने लगे, "हैं, इस जगह मैं कैसे आ गया? कौन उठा लाया? उसने मेरे साथ बड़ी नेकी की, जो मेरी प्यारी चंद्रकांता की तसवीर मुझे दिखला दी। मगर कहीं ऐसा न हो कि मैं ये बातें स्वप्न में देखता होऊँ! जरूर यह स्वप्न है। चलो, फिर उसी पलंग पर सो रहें।"

यह सोच फिर कुमार उसी पलंग पर आकर लेट गए। आँखें बंद कर लीं; मगर नींद कहाँ से आती। इतने में फिर पाजेब की आवाज ने कुमार को चौंका दिया। अबकी बार उठते ही सीधे दरवाजों की तरफ गए और सातों दरवाजों को धक्का दिया। सब खुल गए। एक छोटा सा हरा-भरा बाग दिखाई पड़ा। दिन अनुमानतः पहर भर चढ़ चुका होगा।

यह बाग बिल्कुल जंगली फूलों और लताओं से भरा हुआ था। बीच में एक छोटा सा तालाब भी दिखाई पड़ा। कुमार सीधे तालाब के पास चले गए, जो बिल्कुल पत्थर का बना हुआ था। उसके एक तरफ खूबसूरत सीढ़ियाँ उतरने के लिए बनी हुई थीं। ऊपर उन सीढ़ियों के दोनों तरफ दो बड़े-बड़े जामुन के पेड़ लगे हुए थे, जो बहुत ही घने थे। तमाम सीढ़ियों पर, बल्कि कुछ जल तक, उन दोनों की छाया पहुँची हुई थी और दोनों पेड़ों के नीचे छोटे-छोटे संगमरमर के चबूतरे बने हुए थे। बाईं तरफ के चबूतरे पर नरम गलीचा बिछा हुआ था। बगल में एक टोंटीदार चाँदी का गड़वा, उसके पास ही शहतूत के पत्तों पर बना-बनाया दातून एक तरफ से चिरा हुआ था। बगल में एक छोटी सी चाँदी की चौकी पर धोती-गमछा और पहनने के खूबसूरत व कीमती कपड़े भी रखे हुए थे।

दाहिनी तरफवाले संगमरमर के चबूतरे पर चाँदी की एक चौकी थी, जिस पर पूजा का सामान रखा हुआ था। छोटे-छोटे कई जड़ाऊ पंचपात्र, तश्तरी, कटोरियाँ—सब साफ की हुई थीं और नरम ऊनी आसन बिछा हुआ था, जिस पर एक छोटा सा बेल भी पड़ा था।

कुमार इस बात पर गौर कर रहे थे कि वे कहाँ आ पहुँचे? उन्हें कौन लाया? इस जगह का नाम क्या है तथा यह बाग और कमरा किसका है? इतने में ही उस पेड़ की तरफ निगाह जा पड़ी, जिसके नीचे पूजा का सब सामान सजाया हुआ था। एक कागज चिपका हुआ नजर पड़ा। उसके पास गए। देखा कि कुछ लिखा हुआ है। पढ़ा। यह लिखा था—

'कुँवर वीरेंद्रसिंह, यह सब सामान तुम्हारे ही वास्ते है। इसी बावड़ी में नहाओ और इन सब चीजों को बरतो, क्योंकि आज के दिन तुम हमारे मेहमान हो।'

कुमार और भी सोच में पड़ गए कि यह क्या? सामान तो इतना लंबा-चौड़ा रखा गया है, मगर आदमी कोई भी नजर नहीं पड़ता। जरूर यह जगह परियों के रहने की है और वे भी इसी बाग में फिरती होंगी, मगर दिखाई नहीं पड़तीं। अच्छा, इस बाग में पहले घूमकर देख लें कि क्या-क्या है, फिर नहाना-धोना होगा। आखिर इतना दिन तो चढ़ ही चुका है। अगर कहीं दरवाजा नजर पड़ा तो इस बाग के बाहर हो जाएँगे। मगर नहीं, इस बाग का मालिक कौन है और वह मुझे यहाँ क्यों लाया? जब तक इसका हाल मालूम न हो, इस बाग से कैसे जाने को जी चाहेगा? यही सब सोचकर कुमार उस बाग में घूमने लगे।

जिस कमरे में नींद से कुमार की आँखें खुली थीं, वह बाग के पश्चिम की तरफ था। पूरब की तरफ कोई इमारत न थी, क्योंकि निकलता हुआ सूरज पहले ही से दिखाई पड़ा था, जो इस वक्त नेजे बराबर ऊँचा आ चुका होगा। घूमते हुए बाग के उत्तर की तरफ एक और कमरा नजर पड़ा, जो पूरब की तरफवाले कमरे के साथ सटा हुआ था।

कुमार ने चाहा कि उस कमरे की भी सैर करें, मगर न हो सका; क्योंकि उसके सब दरवाजे बंद थे। अस्तु, आगे बढ़े और जंगली फूलों, बेलों और खूबसूरत क्यारियों को देखते हुए बाग के दक्षिण तरफ पहुँचे। एक छोटी सी कोठरी नजर पड़ी, जिसकी दीवार पर कुछ लिखा हुआ था। पढ़ने से मालूम हुआ कि पाखाना है। उसी जगह लकड़ी की चौकी पर पानी से भरा हुआ एक लोटा भी रखा था।

दिन डेढ़ पहर से ज्यादा चढ़ चुका होगा। कुमार की तबीयत घबराई हुई थी। आखिर सोच-विचार कर चौकी पर से लोटा उठा लिया और पाखाने गए। बाद इसके बावड़ी में हाथ-मुँह धोए, सीढ़ियों के ऊपर जामुन के पेड़ तले चौकी पर बैठकर दातुन किया। बावली में स्नान करके उन्हीं कपड़ों को पहना, जो उनके लिए संगमरमर के चबूतरे पर रखे हुए थे। दूसरे पर बैठकर संध्या-पूजा की।

जब इन सब कामों से छुट्टी पा चुके तो फिर उसी कमरे की तरफ आए, जिसमें सोते से आँख खुली थी और कुमारी चंद्रकांता की तसवीर देखी थी; मगर उस कमरे के कुल किवाड़ बंद पाए। खोलने की कोशिश की, मगर खुल न सके। बाहर दालान में खूब कड़ी धूप फैली हुई थी। धूप के मारे तबीयत घबरा उठी। यही जी चाहता था कि कहीं ठंडी जगह मिले तो आराम किया जाए। आखिर उस जगह से हट कुमार घूमते हुए उस दूसरी तरफवाले कमरे को देखने चले, जिसमें किवाड़ पहर भर पहले बंद पाए थे। वे अब खुले हुए दिखाई पड़े। अंदर गए।

भीतर से वह कमरा बहुत साफ संगमरमर के फर्श का था। मालूम होता था कि अभी कोई उसे धोकर साफ कर गया है। बीच में एक कश्मीरी गलीचा बिछा हुआ था। आगे उसके कई तरह की भोजन की चीजें चाँदी और सोने के बरतनों में सजाई हुई रखी थीं। आसन पर एक खत पड़ा था, जिसे कुमार ने उठाकर पढ़ा। यह लिखा हुआ था—

'आप किसी तरह घबराएँ नहीं। यह मकान आपके एक दोस्त का है, जहाँ हर तरह से आपकी खातिर की जाएगी। इस वक्त आप भोजन करके बगल की कोठरी में, जहाँ आपके लिए पलंग बिछा है, कुछ देर आराम करें।'

इसे पढ़कर कुमार जी में सोचने लगे कि अब क्या करना चाहिए? भूख बड़े जोर की लगी है; पर बिना मालिक के इन चीजों को खाने को जी नहीं चाहता और कुछ पता भी नहीं लगता कि इस मकान का मालिक कौन है, जो छिप-छिपकर हमारी खातिरदारी की चीजें तैयार कर रहा है। पर मालूम नहीं होता कि कौन किधर से आता है, कहाँ खाना बनाता है। मालिक मकान या उसके नौकर-चाकर किस जगह रहते हैं या किस राह से आते-जाते हैं। उन लोगों को जब इसी जगह छिपे रहना मंजूर था तो मुझे यहाँ लाने की जरूरत ही क्या थी?

उसी आसन पर बैठे हुए बड़ी देर तक कुमार तरह-तरह की बातें सोचते रहे, यहाँ तक कि भूख ने उन्हें बेताब कर दिया। आखिर कब तक भूखे रहते? लाचार, भोजन की तरफ हाथ बढ़ाया; मगर फिर कुछ सोचकर रुक गए और हाथ खींच लिया।

भोजन करने के लिए तैयार होकर फिर कुमार के रुक जाने से बड़े जोर के साथ हँसने की आवाज आई, जिसे सुनकर कुमार और भी हैरान हुए। इधर-उधर देखने लगे; मगर कुछ पता न लगा। ऊपर की तरफ कई खिड़कियाँ दिखाई पड़ीं, मगर कोई आदमी नजर न आया।

कुमार ऊपरवाली खिड़कियों की तरफ देख ही रहे थे कि एक आवाज आई, "आप भोजन करने में देर न कीजिए। कोई खतरे की जगह नहीं है।"

भूख के मारे कुमार विकल हो रहे थे। लाचार होकर खाने लगे। सब चीजें एक-से-एक स्वादिष्ट बनी हुई थीं। अच्छी तरह से भोजन करने के बाद वह उठे। एक तरफ हाथ धोने के लिए लोटे में जल रखा हुआ था। अपने हाथ से लोटा उठा हाथ धोए और उस बगलवाली कोठरी की तरफ चले। जैसा कि पुरजे में लिखा हुआ था, उसी के मुताबिक सोने के लिए उस कोठरी में निहायत खूबसूरत पलंग बिछा हुआ पाया।

मसहरी पर लेटकर तरह-तरह की बातें सोचने लगे। इस मकान का मालिक कौन है और मुलाकात न करने में उसने क्या फायदा सोचा है? यहाँ कब तक पड़े रहना होगा? वहाँ लश्करवालों की हमारी खोज में क्या दशा होगी, इत्यादि बातों को

सोचते-सोचते कुमार को नींद आ गई और बेखबर सो गए।

दो घंटे रात बीते तक कुमार सोए रहे। इसके बाद बीन की और उसके साथ ही किसी के गाने की आवाज कानों में पड़ी। झट आँखें खोल इधर-उधर देखने लगे। मालूम हुआ कि यह वह कमरा नहीं है, जिसमें भोजन करके सोए थे; बल्कि इस वक्त अपने को एक निहायत खूबसूरत सजी हुई बारहदरी में पाया, जिसके बाहर से बीन और गाने की आवाज आ रही थी।

कुमार पलंग पर से उठे और बाहर देखने लगे। रात बिल्कुल अधेरी थी; मगर रोशनी खूब हो रही थी, जिससे मालूम पड़ा कि यह बाग भी वह नहीं है, जिसमें दिन को स्नान और भोजन किया था।

इस वक्त यह नहीं मालूम होता था कि यह बाग कितना बड़ा है, क्योंकि उसके दूसरे तरफ की दीवार बिल्कुल नजर नहीं आती थी। बड़े-बड़े दरख्त भी उस बाग में बहुत थे। रोशनी खूब हो रही थी। कई औरतें, जो कमसिन और खूबसूरत थीं, टहलती और कभी-कभी गाती या बजाती हुई नजर पड़ीं, जिनका तमाशा दूर से खड़े होकर कुमार देखने लगे। वे आपस में हँसती और ठिठोली करती हुई एक रविश से दूसरी और दूसरी से तीसरी पर घूम रही थीं। कुमार का दिल न माना और वे धीरे-धीरे उनके पास जाकर खड़े हो गए।

वे सब कुमार को देखकर रुक गईं और आपस में कुछ बातें करने लगीं, जिसको कुमार बिल्कुल नहीं समझ सकते थे; मगर उनके हाथ-पैर हिलाने के भाव से मालूम होता था कि वे कुमार को देखकर ताज्जुब कर रही हैं। इतने में एक औरत आगे बढ़कर कुमार के पास आई और उनसे बोली, ''आप कौन हैं और बिना हुक्म इस बाग में क्यों चले आए?''

कुमार ने उसे नजदीक से देखा तो निहायत हसीन और चंचल पाया। जवाब दिया, ''मैं नहीं जानता, यह बाग किसका है। अगर हो सके तो बताओ कि यहाँ का मालिक कौन है?''

औरत—''हमने जो कुछ पूछा है, पहले उसका जवाब दे लो, फिर हमसे जो पूछोगे, सो बता देंगे।''

कुमार—''मुझे कुछ भी मालूम नहीं कि मैं यहाँ क्योंकर आ गया!''

औरत—''क्या खूब! कैसे सीधे-सादे आदमी हैं। (दूसरी औरत की तरफ देखकर) बहन, जरा इधर आना। देखो, कैसे भोले-भाले चोर इस बाग में आ गए हैं, जो अपने आने का सबब भी नहीं जानते।''

उस औरत के आवाज देने पर सभी ने आकर कुमार को घेर लिया और पूछना शुरू किया, ''सच बताओ, तुम कौन हो और यहाँ क्यों आए?''

दूसरी औरत—"जरा इनकी कमर में तो हाथ डालो। देखो, कुछ चुराया तो नहीं ?"

तीसरी—"जरूर कुछ-न-कुछ चुराया होगा।"

चौथी—"अपनी सूरत इन्होंने कैसी बना रखी है! मालूम होता है कि किसी राजा के लड़के हैं।"

पहली—"भला यह तो बताइए कि ये कपड़े आपने कहाँ से चुराए ?"

उन सभी की बातें सुनकर कुमार बड़े हैरान हुए। जी में सोचने लगे कि अजब आफत में आ फँसे। कुछ समझ में नहीं आता। जरूर इन्हीं लोगों की बदमाशी से मैं यहाँ तक पहुँचा और यही लोग अब मुझे चोर बनाती हैं। यूँ ही कुछ देर तक सोचते रहे, बाद इसके फिर बातचीत होने लगी।

कुमार—"मालूम होता है कि तुम्हीं लोगों ने मुझे यहाँ लाकर रखा है।"

एक औरत—"हम लोगों को क्या गरज थी, जो आपको यहाँ लाते या आप ही खुश हो हमें क्या दे देंगे, जिसकी उम्मीद में हम लोग ऐसा करते ? अब यह कहने से क्या होता है! जरूर चोरी की नीयत से ही आप आए हैं।"

कुमार—"मुझको यह भी मालूम नहीं कि यहाँ आने या जाने का रास्ता कौन सा है। अगर यह भी बतला दो तो मैं यहाँ से चला जाऊँ।"

दूसरी—"वाह! क्या बेचारे अनजान बनते हैं। यहाँ तक आए भी और रास्ता भी नहीं मालूम।"

तीसरी—"बहन, तुम नहीं समझतीं, यह चालाकी से भागना चाहते हैं।"

चौथी—"अब इनको गिरफ्तार करके ले चलना चाहिए।"

कुमार—"भला मुझे कहाँ ले चलोगी ?"

एक औरत—"अपने मालिक के सामने।"

कुमार—"तुम्हारे मालिक का क्या नाम है ?"

एक—"ऐसी किसकी मजाल है, जो हमारे मालिक का नाम ले।"

कुमार—"क्या तुम्हें अपने मालिक का नाम बताने में भी कुछ हर्ज है ?"

दूसरी—"हर्ज! नाम लेते ही जुबान कटकर गिर पड़ेगी।"

कुमार—"तो तुम लोग अपने मालिक से बातचीत कैसे करती हो ?"

दूसरी—"मालिक की तसवीर से बातचीत करते हैं। सामना नहीं होता।"

कुमार—"अगर कोई पूछे कि तुम किसकी नौकर हो तो कैसे बताओगी ?"

तीसरी—"हम लोग अपनी मालिक राजकुमारी की तसवीर अपने गले में लटकाए रहती हैं, जिससे मालूम हो कि हम सब फलाने की लौंडी हैं।"

कुमार—"क्या यहाँ कई राजकुमारी हैं, जो लौंडियों की पहचान में गड़बड़ी हो जाने का डर है ?"

पहली—"नहीं, यहाँ सिर्फ दो राजकुमारी हैं और दोनों के यहाँ यही चलन है। कोई अपने मालिक का नाम नहीं ले सकता। जब पहचान की जरूरत होती है तो गले की तसवीर दिखा दी जाती है।"

कुमार—"भला मुझे भी वह तसवीर दिखाओगी?"

"हाँ-हाँ, लो, देख लो।" कहकर एक ने अपने गले की छोटी सी तसवीर, जो धुकधुकी की तरह लटक रही थी, निकालकर कुमार को दिखाई, जिसे देखते ही उनके होश उड़ गए।

"हैं, यह तसवीर तो कुमारी चंद्रकांता की है! तो क्या ये सब उन्हीं की लौंडी हैं? नहीं-नहीं, कुमारी चंद्रकांता यहाँ भला कैसे आएँगी? उनका राज्य तो विजयगढ़ है। अच्छा, पूछें तो यह मकान किस शहर में है?

कुमार—"भला यह तो बताओ कि इस शहर का क्या नाम है, जिसमें हम इस वक्त हैं?"

एक—"इस शहर का नाम चित्रनगर है, क्योंकि सभी के गले में कुमारी की तसवीर लटकती रहती है।"

कुमार—"और इस शहर का यह नाम कब से पड़ा?"

एक—"हजारों बरस से यही नाम है और इसी रंग की तसवीर कई पुश्तों से हम लोगों के गले में है। पहले मेरी परदादी को सरकार से मिली थीं, होते-होते अब मेरे गले में आ गई।"

कुमार—"क्या तब से यही राजकुमारी यहाँ का राज्य करती आई हैं? कोई इनका माँ-बाप नहीं है?"

दूसरी—"अब यह सब हम लोग क्या जानें! कुछ राजकुमारी से तो मुलाकात होती नहीं, जो मालूम हो कि यही हैं या दूसरी, जवान हैं या बूढ़ी हो गईं।"

कुमार—"तो कचहरी कौन करता है?"

दूसरी—"एक बड़ी सी तसवीर हम लोगों की मालिक राजकुमारी की है। उसी के सामने दरबार लगता है। जो कुछ हुक्म होता है, उसी तसवीर से आवाज आती है।"

कुमार—"तुम लोगों की बातों ने तो मुझे पागल बना दिया है। ऐसी बातें करती हो, जो कभी मुमकिन ही नहीं, अक्ल में नहीं आ सकतीं अच्छा, उस दरबार में मुझे भी ले जा सकती हो?"

औरत—"इसमें कहने की कौन सी बात है! आखिर आपको गिरफ्तार करके उसी दरबार में तो ले चलना है। आप खुद ही देख लीजिएगा।"

कुमार—"जब तुम लोगों का मालिक कोई भी नहीं या अगर है तो एक तसवीर, तब हमने उसका क्या बिगाड़ा? क्यों हमें बाँध के ले चलोगी?"

औरत—"हमारी राजकुमारी सभी की नजरों से छिपकर अपने राज्य भर में घूमा करती हैं और अपने मकान और बगीचों की सैर किया करती हैं; मगर किसी की निगाह उन पर नहीं पड़ती। हम लोग रोज बाग और कमरों की सफाई करती हैं और रोज ही कमरों का सामान, फर्श, पलंग के बिछौने वगैरह ऐसे हो जाते हैं, जैसे किसी के मसरफ (इस्तेमाल) में आए हों। वे रौंदे जाते और मैले भी हो जाते हैं। इससे मालूम होता है कि हमारी राजकुमारी सभी की नजरों से छिपकर घूमा करती हैं, जिनकी हजारों बरस की उम्र है और जो इसी तरह हमेशा जीती रहेंगी।"

दूसरी—"बहन, तुम इनकी बातों का जवाब कब तक देती रहोगी? ये तो इसी तरह जान बचाना चाहते हैं।"

पहली—"नहीं-नहीं, ये जरूर किसी रईस राजा के लड़के हैं। इनकी बातों का जवाब देना मुनासिब है और इनको इज्जत के साथ कैद करके दरबार में ले चलना चाहिए।"

तीसरी—"भला इनका और इनके बाप का नाम-धाम भी तो पूछ लो कि इसी तरह राजा का लड़का समझ लोगी। (कुमार की तरफ देखकर) क्यों जी, आप किसके लड़के हैं और आपका नाम क्या है?"

कुमार—"मैं नौगढ़ के महाराज सुरेंद्रसिंह का लड़का वीरेंद्रसिंह हूँ।"

उनका नाम सुनते ही वे सब खुश होकर आपस में कहने लगीं, "वाह, इनको तो जरूर पकड़कर ले चलना चाहिए। बहुत कुछ इनाम मिलेगा, क्योंकि इन्हीं को गिरफ्तार करने के लिए सरकार की तरफ से मुनादी की गई थी। इन्होंने बड़ा भारी नुकसान किया है। सरकारी तिलिस्म तोड़ डाला और खजाना लूटकर घर ले गए। अब इनसे बात न करनी चाहिए। जल्दी इनके हाथ-पैर बाँधो और इसी वक्त सरकार के पास ले चलो। अभी आधी रात नहीं गई है, दरबार होता होगा। देर हो जाएगी तो कल दिन भर इनकी हिफाजत करनी पड़ेगी, क्योंकि हमारी सरकार का दरबार रात ही को होता है।"

उन सभी की ये बातें सुनकर कुमार की तो अक्ल चकरा गई। कभी ताज्जुब, कभी सोच, कभी घबराहट से उनकी अजब हालत हो गई। आखिर उन औरतों की तरफ देखकर बोले, "फसाद क्यों करती हो? हम तो आप ही तुम लोगों के साथ चलने को तैयार हैं। चलो देखें, तुम्हारी राजकुमारी का दरबार कैसा है।"

एक—"जब आप खुद चलने को तैयार हैं, तब हम लोगों को ज्यादा बखेड़ा करने की क्या जरूरत है! चलिए।"

कुमार—"चलो।"

वे सब औरतें गिनती में नौ थीं। चार कुमार के आगे, चार पीछे हो उनको लेकर रवाना हुईं और एक यह कहकर चली गई कि मैं पहले खबर करती हूँ कि फलाने डाकू को हम लोगों ने गिरफ्तार किया है, जिसको साथवाली सखियाँ लिये आती हैं।

वे सब कुमार को लिये बाग के एक कोने में गईं, जहाँ दूसरी तरफ निकल जाने के लिए छोटा सा दरवाजा नजर पड़ा, जिसमें शीशे की सिर्फ एक सफेद हाँडी जल रही थी।

वे सब कुमार को लिये हुए उसी दरवाजे में घुसीं। थोड़ी दूर जाकर दूसरा बाग, जो बहुत सजा था, नजर पड़ा, जिसमें हद से ज्यादा रोशनी हो रही थी और कई चोबदार हाथ में सोने-चाँदी के आसे लिये इधर-उधर टहल रहे थे। इनके अलावा और भी बहुत से आदमी घूमते-फिरते दिखाई पड़े।

उन औरतों से किसी ने कुछ बातचीत या रोक-टोक न की। वे सब कुमार को लिये हुए बराबर धड़धड़ाती हुईं एक बड़े भारी दीवानखाने में पहुँचीं, जहाँ की सजावट और कैफियत देख कुमार के होश जाते रहे।

सबसे पहले कुमार की निगाह उस बड़ी तसवीर के ऊपर पड़ी, जो ठीक सामने सोने के जड़ाऊ सिंहासन पर रखी हुई थी। मालूम होता था कि सिंहासन पर कुमारी चंद्रकांता सिर पर मुकुट धारे बैठी हैं। ऊपर छत्र लगा हुआ है और सिंहासन के दोनों तरफ दो जिंदा शेर बैठे हुए हैं, जो कभी-कभी डकारते और गुर्राते भी थे। बाद इसके बड़े-बड़े सरदार बेशकीमती पोशाकें पहने सिंहासन के सामने दो पट्टी कतार बाँधे सिर झुकाए बैठे थे। दरबार में सन्नाटा छाया हुआ था। सब चुप मारे बैठे थे।

चंद्रकांता की तसवीर और ऐसे दरबार को देखकर एक दफा तो कुमार पर भी रोब छा गया। चुपचाप सामने खड़े हो गए। उनके पीछे और दोनों बगल वे सब औरतें खड़ी हो गईं, जिन्होंने कुमार को चोरों की तरह हाजिर किया था।

तसवीर के पीछे से आवाज आई, "ये कौन हैं?"

उन औरतों में से एक ने जवाब दिया, "ये सरकारी बाग में घूमते हुए पकड़े गए हैं और पूछने से मालूम हुआ कि इनका नाम वीरेंद्रसिंह है। विक्रमी तिलिस्म इन्होंने ही तोड़ा है।"

फिर आवाज आई, "अगर यह सच है तो इनके बारे में बहुत कुछ विचार करना पड़ेगा। इस वक्त ले जाकर हिफाजत से रखो, फिर हुक्म पाकर दरबार में हाजिर करना।"

उन लौंडियों ने कुमार को एक अच्छे कमरे में ले जाकर रखा, जो हर तरह से सजा हुआ था; मगर कुमार अपने खयाल में डूबे हुए थे। नए बाग की सैर और तसवीर के दरबार ने उन्हें और अचंभे में डाल दिया था। गरदन झुकाए सोच रहे थे। पहले बाग में जो ताज्जुब की बातें देखीं, उनका तो पता लगा ही नहीं। इस बाग में तो और भी बातें दिखाई देती हैं, जिसमें कुमारी चंद्रकांता की तसवीर और उनके दरबार का लगना और भी हैरान कर रहा है। इसी सोच-विचार में गरदन झुकाए लौंडियों के साथ चले गए। इसका कुछ भी खयाल नहीं कि कहाँ जाते हैं, कौन लिये जाता है या कैसे सजे हुए मकान में बैठाए गए हैं।

जमीन पर फर्श बिछा हुआ और गद्दी लगी हुई थी। बड़े तकिए के सिवाय और भी कई तकिए पड़े हुए थे। कुमार उस गद्दी पर बैठ गए और दो घंटे तक सिर झुकाए ऐसा सोचते रहे कि तनो-बदन की बिल्कुल खबर न रही। प्यास मालूम हुई तो पानी के लिए इधर-उधर देखने लगे। एक लौंडी सामने खड़ी थी। उसने हाथ जोड़कर पूछा, "क्या हुक्म होता है?" जिसके जवाब में कुमार ने हाथ के इशारे से पानी माँगा। सोने के कटोरे में पानी भर के लौंडी ने कुमार के हाथ में दिया। पीते ही एकदम उनके दिमाग तक ठंडक पहुँच गई। साथ ही आँखों में झपकी आने लगी और धीरे-धीरे बिल्कुल बेहोश होकर उसी गद्दी पर लेट गए।

बयान : 12

कुँवर वीरेंद्रसिंह के गायब होने से उनके लश्कर में खलबली पड़ गई। तेजसिंह और देवीसिंह ने घबराकर चारों तरफ खोज की, मगर कुछ पता न लगा। दिन भर बीत जाने पर ज्योतिषीजी ने तेजसिंह से कहा, "रमल से जान पड़ता है कि कुमार को कई औरतें बेहोशी की दवा सुँघा बेहोश कर उठा ले गई हैं और नौगढ़ के इलाके में अपने मकान के अंदर कैद कर रखा है। इससे ज्यादा कुछ मालूम नहीं होता।"

ज्योतिषीजी की बात सुनकर तेजसिंह बोले, "नौगढ़ में तो अपना ही राज्य है। वहाँ कुमार के दुश्मनों का कहीं ठिकाना नहीं। महाराज सुरेंद्रसिंह की अमलदारी से उनकी रियाया बहुत खुश और उनके तथा उनके खानदान के लिए वक्त पर जान देने को तैयार है। फिर कुमार को ले जाकर कैद करनेवाला कौन हो सकता है?"

बहुत देर तक सोच-विचार करते रहने के बाद तेजसिंह कुमार की खोज में जाने के लिए तैयार हुए। देवीसिंह और ज्योतिषीजी ने भी उनका साथ दिया और वे तीनों नौगढ़ की तरफ रवाना हुए। जाते वक्त महाराज शिवदत्त के दीवान को चुनारगढ़ विदा करते गए, जो कुँवर वीरेंद्रसिंह की मुलाकात को महाराज शिवदत्त की तरफ से तोहफा और सौगात लेकर आए हुए थे और तिलिस्मी किताब फतहसिंह सिपहसालार के सुपुर्द कर दी, जो कुँवर वीरेंद्रसिंह के गायब हो जाने के बाद उनके पलंग पर पड़ी हुई पाई गई थी।

ये तीनों ऐयार आधी रात गुजर जाने के बाद नौगढ़ की तरफ रवाना हुए। पाँच कोस तक बराबर चले गए। सवेरा होने पर तीनों एक घने जंगल में रुके और अपनी सूरतें बदलकर फिर रवाना हुए। दिन भर चलकर भूखे-प्यासे शाम को नौगढ़ की सरहद पर पहुँचे। इन लोगों ने आपस में यह राय ठहराई कि किसी से मुलाकात न करें, बल्कि जाहिर भी न होकर छिपे-ही-छिपे कुमार की खोज करें।

तीनों ऐयारों ने अलग-अलग होकर कुमार का पता लगाना शुरू किया। कहीं

मकान में घुसकर, कहीं बाग में जाकर, कहीं आदमियों से बातें करके उन लोगों ने दरियाफ्त की; मगर कहीं पता न लगा। दूसरे दिन तीनों इकट्ठा होकर सूरत बदले हुए राजा सुरेंद्रसिंह के दरबार में गए और एक कोने में खड़े हो बातचीत सुनने लगे।

उसी वक्त कई जासूस दरबार में पहुँचे, जिनकी सूरत से घबराहट और परेशानी साफ मालूम होती थी। तेजसिंह के पिता दीवान जीतसिंह ने उन जासूसों से पूछा, "क्या बात है, जो तुम लोग इस तरह घबराए हुए आए हो?"

एक जासूस ने कुछ आगे बढ़कर जवाब दिया, "लश्कर से कुमार की खबर लाया हूँ।"

जीतसिंह—"क्या हाल है, जल्द कहो?"

जासूस—"दो रोज से उनका कहीं पता नहीं है।"

जीतसिंह—"क्या कहीं चले गए?"

जासूस—"जी नहीं, रात को खेमे में सोए हुए थे, उसी हालत में कुछ औरतें उन्हें उठा ले गईं। मालूम नहीं कहाँ कैद कर रखा है।"

जीतसिंह (घबराकर)—"यह कैसे मालूम हुआ कि उन्हें कई औरतें ले गईं?"

जासूस—"उनके गायब हो जाने के बाद ऐयारों ने बहुत तलाश किया। जब कुछ पता न लगा तो ज्योतिषी जगन्नाथजी ने रमल से पता लगाकर कहा कि कई औरतें उन्हें ले गई हैं और इस नौगढ़ के इलाके में ही कहीं कैद कर रखा है।"

जीतसिंह (ताज्जुब से)—"इसी नौगढ़ के इलाके में। यहाँ तो हम लोगों का कोई दुश्मन नहीं है।"

जासूस—"जो कुछ हो, ज्योतिषीजी ने तो ऐसा ही कहा है।"

जीतसिंह—"फिर तेजसिंह कहाँ गए?"

जासूस—"कुमार की खोज में कहीं गए हैं। देवीसिंह और ज्योतिषीजी भी उनके साथ हैं; मगर उन लोगों के जाते ही हमारे लश्कर पर आफत आई।"

जीतसिंह (चौंककर)—"हमारे लश्कर पर क्या आफत आई?"

जासूस—"मौका पाकर महाराज शिवदत्त ने हमला कर दिया।"

हमले का नाम सुनते ही तेजसिंह वगैरह ऐयार लोग, जो सूरत बदले हुए एक कोने में खड़े थे, आगे की सब बातें बड़े गौर से सुनने लगे।

जीतसिंह—"पहले तो तुम लोग यह खबर लाए थे कि महाराज शिवदत्त ने कुमार की दोस्ती कबूल कर ली और उनका दीवान बहुत कुछ नजर लेकर आया है। अब क्या हुआ?"

जासूस—"उस वक्त की वह खबर बहुत ठीक थी; पर आखिर में उसने धोखा दिया और बेईमानी पर कमर बाँध ली।"

जीतसिंह—"उसके हमले का क्या नतीजा हुआ?"

जासूस—"पहर भर तक तो फतहसिंह सिपहसालार खूब लड़े, आखिर शिवदत्त के हाथ से जख्मी होकर गिरफ्तार हो गए। उनके गिरफ्तार होते ही बेसिर की फौज तितिर-बितिर हो गई।"

अभी तक सुरेंद्रसिंह चुपचाप बैठे इन बातों को सुन रहे थे। फतहसिंह के गिरफ्तार हो जाने और लश्कर के भाग जाने का हाल सुन आँखें लाल हो गईं। दीवान जीतसिंह की तरफ देखकर बोले, "हमारे यहाँ इस वक्त फौज तो है नहीं, थोड़े-बहुत सिपाही जो कुछ हैं, उनको लेकर इसी वक्त कूच करूँगा। ऐसे नामर्द को मारना कोई बड़ी बात नहीं है।"

जीतसिंह—"ऐसा ही होना चाहिए। सरकार के कूच की बात सुनकर भागी हुई फौज भी इकट्ठा हो जाएगी।"

ये बातें हो ही रही थीं कि दो जासूस और दरबार में हाजिर हुए। पूछने से उन्होंने कहा, "कुमार के गायब होने, ऐयारों के उनकी खोज में जाने, फतहसिंह के गिरफ्तार हो जाने और फौज के भाग जाने की खबर सुनकर महाराज जयसिंह अपनी कुल फौज लेकर चुनारगढ़ पर चढ़ गए हैं। रास्ते में खबर लगी कि फतहसिंह के गिरफ्तार होने के दो ही पहर बाद रात को महाराज शिवदत्त भी कहीं गायब हो गए और उनके पलंग पर एक पुरजा पड़ा हुआ मिला, जिसमें लिखा हुआ था कि 'इस बेईमान को पूरी सजा दी जाएगी। जन्म भर कैद से छुट्टी न मिलेगी।' बाद इसके सुनने में आया कि फतहसिंह भी छूटकर तिलिस्म के पास आ गए और कुमार की फौज फिर इकट्ठा हो रही है।"

इस खबर को सुनकर राजा सुरेंद्रसिंह ने दीवान जीतसिंह की तरफ देखा।

जीतसिंह—"जो कुछ भी हो, महाराज जयसिंह ने चढ़ाई कर ही दी। मुनासिब है कि हम भी पहुँचकर चुनारगढ़ का बखेड़ा ही तय कर दें। यह रोज-रोज की खटपट अच्छी नहीं।"

राजा—"तुम्हारा कहना ठीक है। ऐसा ही किया जाए। क्या कहें, हमने सोचा था कि लड़के के ही हाथ से चुनारगढ़ फतह हो, जिससे उसका हौसला बढ़े, मगर अब बरदाश्त नहीं होता।"

इन सब बातों एवं खबरों को सुन तीनों ऐयार वहाँ से रवाना हो गए और एकांत में जाकर आपस में सलाह करने लगे।

तेजसिंह—"अब क्या करना चाहिए?"

देवीसिंह—"चाहे जो भी हो, पहले तो कुमार को ही खोजना चाहिए।"

तेजसिंह—"मैं कहता हूँ कि तुम लश्कर की तरफ जाओ और हम दोनों कुमार की खोज करते हैं।"

ज्योतिषी—"मेरी बात मानो तो पहले एक दफा उस तहखाने (खोह) में चलो, जिसमें महाराज शिवदत्त को कैद किया था।"

तेजसिंह—"उसका तो दरवाजा ही नहीं खुलता।"

ज्योतिषी—"भला चलो तो सही, शायद किसी तरकीब से खुल जाए।"

तेजसिंह—"इसकी कोशिश तो आप बेफायदे करते हैं। अगर दरवाजा खुला भी तो क्या काम निकलेगा?"

ज्योतिषी—"अच्छा, चलो तो।"

तेजसिंह—"खैर, चलो।"

तीनों ऐयार तहखाने की तरफ रवाना हुए।

बयान : 13

कुँवर वीरेंद्रसिंह धीरे-धीरे बेहोश होकर उस गद्दी पर लेट गए। जब आँख खुली, अपने को एक पत्थर की चट्टान पर सोए पाया। घबराकर इधर-उधर देखने लगे। चारों तरफ ऊँची-ऊँची पहाड़ी, बीच में बहता चश्मा, किनारे-किनारे जामुन के दरख्तों की बहार देखने से मालूम हो गया कि यह वही तहखाना है, जिसमें ऐयार लोग कैद किए जाते थे, जिस जगह तेजसिंह ने महाराज शिवदत्त को मय उनकी रानी के कैद किया था, या कुमार ने पहाड़ी के ऊपर चंद्रकांता और चपला को देखा था, मगर पास न पहुँच सके थे।

कुमार घबराकर पत्थर की चट्टान पर से उठ बैठे और उस खोह को अच्छी तरह पहचानने के लिए चारों तरफ घूमने और हर एक चीज को देखने लगे। अब शक जाता रहा और बिल्कुल यकीन हो गया कि यह वही खोह है, क्योंकि उसी तरह कैदी महाराज शिवदत्त को जामुन के पेड़ के नीचे पत्थर की चट्टान पर लेटे और पास ही उनकी रानी को बैठे और पैर दबाते देखा। उन दोनों का रुख दूसरी तरफ था। कुमार ने उनको देखा, मगर उनको कुमार का कुछ अनुमान तक भी न हुआ।

कुँवर वीरेंद्रसिंह दौड़े हुए उस पहाड़ी के नीचे गए, जिसके ऊपरवाले दालान में कुमारी चंद्रकांता और चपला को छोड़ तिलिस्म तोड़ने खोह के बाहर गए थे। इस वक्त भी कुमारी को उस दिन की तरह वही मैली और फटी साड़ी पहने, उसी तौर से चेहरे और बदन पर मैल चढ़ी और बालों की लट बाँधे बैठे हुए देखा।

देखते ही फिर वही मुहब्बत की बला सिर पर सवार हो गई। कुमारी को पहले की तरह बेबसी की हालत में देख आँखों में आँसू भर आए, गला रुँध गया और कुछ रमा के सामने से हट एक पेड़ की आड़ में खड़े हो जी में सोचने लगे, 'हाय, अब कौन मुँह लेकर कुमारी चंद्रकांता के सामने जाऊँ और उससे क्या बातचीत करूँ?

पूछने पर क्या यह कह सकूँगा कि तुम्हें छुड़ाने के लिए तिलिस्म तोड़ने गए थे, लेकिन अभी तक वह नहीं टूटा। हाँ, मुझसे तो यह बात कभी नहीं कही जाएगी। क्या करूँ, वन कन्या के फेर में तिलिस्म तोड़ने की भी सुध जाती रही और कई दिन का हर्ज भी हुआ। जब कुमारी पूछेगी कि तुम यहाँ कैसे आए, तो क्या जवाब दूँगा? शिवदत्त भी यहाँ दिखाई देता है। लश्कर में तो सुना था कि वह छूट गया, बल्कि उसका दीवान खुद नजर लेकर आया था। तब यह क्या मामला है?'

इन सब बातों को कुमार सोच ही रहे थे कि सामने से तेजसिंह आते दिखाई पड़े, जिनके कुछ दूर पीछे देवीसिंह और जगन्नाथ ज्योतिषी भी थे। कुमार उनकी तरफ बढ़े। तेजसिंह सामने से कुमार को अपनी तरफ आते देख दौड़े और उनके पास जाकर पैरों पर गिर पड़े। उन्होंने उठाकर गले से लगा लिया। देवीसिंह से भी मिले और ज्योतिषीजी को दंडवत् किया। अब ये चारों एक पेड़ के नीचे पत्थर पर बैठकर बातचीत करने लगे।

कुमार—"देखो तेजसिंह, वह सामने कुमारी चंद्रकांता उसी दिन की तरह उदास और फटे कपड़े पहने बैठी है और बगल में उसकी सखी चपला बैठी अपने आँचल से उसका मुँह पोंछ रही है।"

तेजसिंह—"आपसे कुछ बातचीत भी हुई?"

कुमार—"नहीं, कुछ नहीं। अभी मैं यही सोच रहा था कि उसके सामने जाऊँ या नहीं।"

तेजसिंह—"कितने दिन से आप यह सोच रहे हैं?"

कुमार—"अभी मुझको इस घाटी में आए दो घड़ी भी नहीं हुए।"

तेजसिंह (ताज्जुब से)—"क्या आप अभी इस खोह में आए हैं? फिर इतने दिनों तक कहाँ रहे? आपको लश्कर से आए तो कई दिन हुए। इस वक्त आपको यकायक यहाँ देखकर मैंने सोचा कि कुमारी के इश्क में चुपचाप लश्कर से निकलकर इस जगह आ बैठे हैं।"

कुमार—"नहीं, मैं अपनी खुशी से लश्कर से नहीं आया। न मालूम कौन उठा ले गया था।"

तेजसिंह (ताज्जुब से)—"हैं। क्या अभी तक आपको यह भी मालूम नहीं हुआ कि लश्कर से आपको कौन उठा ले गया था?"

कुमार—"नहीं, बिल्कुल नहीं।"

इतना कहकर कुमार ने अपना कुल हाल पूरा-पूरा कह सुनाया। जब तक कुमार अपनी कैफियत कहते रहे, तीनों ऐयार अचंभे में भरे सुनते रहे। जब कुमार ने अपनी कथा समाप्त की, तब तेजसिंह ने ज्योतिषीजी से पूछा, "यह क्या मामला है, आप कुछ समझे?"

ज्योतिषी—"कुछ नहीं, बिल्कुल खयाल में ही नहीं आता कि कुमार कहाँ गए थे और उन्हें ऐसे तमाशे दिखलानेवाला कौन था।"

कुमार—"तिलिस्म तोड़ने के वक्त जो ताज्जुब की बातें देखी थीं, उनसे बढ़कर इन दो-तीन दिनों में दिखाई पड़ीं।"

देवीसिंह—"किसी छोटे दिल के डरपोक आदमी को ऐसा मौका पड़े तो घबरा के जान ही दे दे।"

ज्योतिषी—"इसमें क्या संदेह है!"

कुमार—"और एक ताज्जुब की बात सुनो, शिवदत्त भी यहाँ दिखाई पड़ रहा है।"

तेजसिंह—"सो कहाँ?"

कुमार (हाथ का इशारा करके)—"उस पेड़ के नीचे नजर दौड़ाओ।"

तेजसिंह—"हाँ, ठीक तो है; मगर यह क्या मामला है? चलो, उससे बात करें, शायद कुछ पता लगे।"

कुमार—"उसके सामने ही कुमारी चंद्रकांता पहाड़ी के ऊपर है, पहले उससे कुछ हाल पूछना चाहिए। मेरा जी तो अजब पेंच में पड़ा हुआ है। कोई बात बैठती ही नहीं कि वह क्या पूछेगी और मैं क्या जवाब दूँगा।"

तेजसिंह—"आशिकों की यही दशा होती है। कोई बात नहीं। चलिए, मैं आपकी तरफ से बात करूँगा।"

चारों आदमी शिवदत्त की तरफ चले। पहले उस पहाड़ी के नीचे गए, जिसके ऊपर छोटे दालान में कुमारी चंद्रकांता और चपला बैठी थीं। कुमारी की निगाह दूसरी तरफ थी। चपला ने इन लोगों को देखा। वह उठ खड़ी हुई और आवाज देकर कुमार की राजी-खुशी का हाल पूछने लगी, जिसका जवाब खुद कुमार ने देकर कुमारी चंद्रकांता के मिजाज का हाल पूछा। चपला ने कहा, "इनकी हालत तो देखने ही से मालूम होती होगी, कहने की जरूरत ही नहीं।"

कुमारी अभी तक सिर नीचे किए बैठी थी। चपला की बातचीत की आवाज सुन चौंककर उसने सिर उठाया। कुमार को देखते ही हाथ जोड़कर खड़ी हो गई और आँखों से आँसू बहाने लगी।

कुँवर वीरेंद्रसिंह ने कहा, "कुमारी, तुम थोड़े दिन और सब्र करो। तिलिस्म टूट गया, थोड़ा बाकी है। कई सबबों से मुझे यहाँ आना पड़ा। अब मैं फिर उसी तिलिस्म की तरफ जाऊँगा।"

चपला—"कुमारी कहती हैं कि मेरा दिल यह कह रहा है कि इन दिनों या तो मेरी मुहब्बत आपके दिल से कम हो गई है या फिर मेरी जगह किसी और ने दखल कर ली। मुद्दत से इस जगह तकलीफ उठा रही हूँ, जिसका खयाल मुझे कभी भी न

था; मगर कई दिनों से यह नया खयाल जी में पैदा होकर मुझे बेहद सता रहा है।"

चपला इतना कहकर चुप हो गई। तेजसिंह ने मुसकराते हुए कुमार की तरफ देखा और बोले, "क्यों, कहो तो भंडा फोड़ दूँ!"

कुमार इसके जवाब में कुछ कह न सके। आँखों से आँसू की बूँदें गिरने लगीं और हाथ जोड़कर उनकी तरफ देखा। हँसकर तेजसिंह ने कुमार के जुड़े हाथ छुड़ा दिए और उनकी तरफ से खुद चपला को जवाब दिया, "कुमारी को समझा दो कि कुमार की तरफ से किसी तरह का अंदेशा न करें। तुम्हारे इतना ही कहने से कुमार की हालत खराब हो गई।"

चपला—"आप लोग आज यहाँ किसलिए आए?"

तेजसिंह—"महाराज शिवदत्त को देखने आए हैं। वहाँ खबर लगी थी कि ये छूट कर चुनारगढ़ पहुँच गए।"

चपला—"किसी ऐयार ने सूरत बदली होगी। इन दोनों को तो मैं बराबर यहीं देखती रहती हूँ।"

तेजसिंह—"जरा मैं उनसे भी बातचीत कर लूँ।"

तेजसिंह और चपला की बातचीत महाराज शिवदत्त कान लगाकर सुन रहे थे। अब वे कुमार के पास आए। कुछ कहना चाहते थे कि ऊपर चंद्रकांता और चपला की तरफ देखकर चुप हो रहे।

तेजसिंह—"शिवदत्त। हाँ, क्या कहने को थे? कहो, रुक क्यों गए?"

शिवदत्त—"अब न कहूँगा।"

तेजसिंह—"क्यों?"

शिवदत्त—"शायद न कहने से जान बच जाए।"

तेजसिंह—"अगर कहोगे तो तुम्हारी जान कौन मारेगा?"

शिवदत्त—"जब इतना ही बता दूँ तो बाकी क्या रहा?"

तेजसिंह—"न बताओगे तो मैं तुम्हें कब छोड़ूँगा!"

शिवदत्त—"जो चाहो करो, मगर मैं कुछ न बताऊँगा।"

इतना सुनते ही तेजसिंह ने कमर से खंजर निकाल लिया। साथ ही चपला ने ऊपर से आवाज दी, "नहीं, ऐसा मत करना।"

तेजसिंह ने हाथ रोककर चपला की तरफ देखा।

चपला—"शिवदत्त के ऊपर खंजर खींचने का क्या सबब है?"

तेजसिंह—"यह कुछ कहने आए थे, मगर तुम्हारी तरफ देखकर चुप हो गए। अब पूछता हूँ तो कुछ बताते नहीं, बस, कहते हैं कि कुछ बोलूँगा तो जान चली जाएगी। मेरी समझ में नहीं आता कि यह क्या मामला है? एक तो इनके बारे में हम

लोग आप ही हैरान थे, दूसरे कुछ कहने के लिए हम लोगों के पास आना और फिर तुम्हारी तरफ देखकर चुप हो रहना और पूछने से जवाब देना कि कहेंगे तो जान चली जाएगी—इन सब बातों से तबीयत और परेशान होती है!"

चपला—"आजकल ये पागल हो गए हैं। मैं देखा करती हूँ कि कभी-कभी चिल्लाया और इधर-उधर दौड़ा करते हैं। बिल्कुल हालत पागलों की-सी पाई जाती है। इनकी बातों का कुछ खयाल मत करो।"

शिवदत्त—"उलटे मुझी को पागल बनाती है।"

तेजसिंह (शिवदत्त से)—"क्या कहा, फिर तो कहो?"

शिवदत्त—"कुछ नहीं, तुम चपला से बातें करो। मैं तो आजकल पागल हो गया हूँ।"

देवीसिंह—"वाह, क्या पागल बने हैं!"

शिवदत्त—"चपला का कहना बहुत सही है। मेरे पागल होने में कोई शक नहीं।"

कुमार—"ज्योतिषीजी, जरा इन नई गढ़ंत के पागल को देखना।"

ज्योतिषी (हँसकर)—"जब आकाशवाणी हो ही चुकी कि ये पागल हैं तो अब क्या बाकी रहा!"

कुमार—"दिल में कई तरह के खुटके पैदा होते हैं।"

तेजसिंह—"इसमें जरूर कोई भारी भेद है। न मालूम वह कब खुलेगा। लाचारी यही है कि हम कुछ कर नहीं सकते।"

देवीसिंह—"हमारी उस्तादिन इस भेद को जानती हैं; मगर उनको अभी इस भेद को खोलना मंजूर नहीं।"

कुमार—"यह बिल्कुल ठीक है।"

देवीसिंह की बात पर तेजसिंह हँसकर चुप हो रहे। महाराज शिवदत्त भी वहाँ से उठकर अपने ठिकाने जा बैठे।

तेजसिंह ने कुमार से कहा, "अब हम लोगों को लश्कर में चलना चाहिए। सुनते हैं कि हम लोगों के पीछे महाराज शिवदत्त ने लश्कर पर धावा मारा, जिससे बहुत कुछ खराबी हुई। मालूम नहीं पड़ता कि वह कौन शिवदत्त था; मगर फिर सुनने में आया कि शिवदत्त भी गायब हो गया। अब यहाँ आकर फिर शिवदत्त को देख रहे हैं।"

कुमार—"इसमें तो कोई शक नहीं कि ये सब बातें बहुत ही ताज्जुब की हैं। खैर, तुमने जो कुछ जिसकी जुबानी सुना है, साफ-साफ कहो।"

तेजसिंह ने अपने तीनों आदमियों का कुमार की खोज में लश्कर से बाहर निकलना, नौगढ़ राज्य में सुरेंद्रसिंह के दरबार में भेष बदले हुए पहुँचकर दो जासूसों की जुबानी लश्कर का हाल सुनना, महाराज जयसिंह और राजा सुरेंद्रसिंह का चुनारगढ़

पर चढ़ाई करना इत्यादि सब हाल कहा, जिसे सुन कुमार परेशान हो गए। वे खोह के बाहर चलने के लिए तैयार हुए। कुमारी चंद्रकांता से फिर कुछ बातें कर और धीरज दे आँखों से आँसू बहाते कुँवर वीरेंद्रसिंह उस खोह के बाहर हुए।

शाम हो चुकी थी, जब वे चारों खोह के बाहर आए। तेजसिंह ने देवीसिंह से कहा कि "हम लोग यहाँ बैठते हैं, तुम नौगढ़ जाकर सरकारी अस्तबल में से एक उम्दा घोड़ा खोल लाओ, जिस पर कुमार को सवार कराके तिलिस्म की तरफ ले चलें। मगर देखो, किसी को मालूम न हो कि देवीसिंह घोड़ा ले गए हैं।"

देवीसिंह—"जब किसी को मालूम हो ही गया तो मेरे जाने से फायदा क्या!"

तेजसिंह—"कितनी देर में आओगे?"

देवीसिंह—"यह कोई भारी बात तो है नहीं, जो देर लगेगी, पहर भर के अंदर आ जाऊँगा।"

यह कहकर देवीसिंह नौगढ़ की तरफ रवाना हुए। उनके जाने के बाद ये तीनों आदमी घने पेड़ों के नीचे बैठ बातें करने लगे।

कुमार—"क्यों ज्योतिषीजी, शिवदत्त का भेद कुछ न खुलेगा?"

ज्योतिषी—"इसमें तो कोई शक नहीं कि वह असल में शिवदत्त ही था, जिसने कैद से छूटकर अपने दीवान के हाथ आपके पास तोहफा भेजकर सुलह के लिए कहलाया था और विचार से मालूम होता है कि वह भी असली शिवदत्त ही है, जिसे आप इस वक्त खोह में छोड़ आए हैं; मगर बीच का हाल कुछ मालूम नहीं होता कि क्या हुआ!"

कुमार—"पिताजी ने चुनारगढ़ पर चढ़ाई की है। देखें, इसका नतीजा क्या होता है। हम लोग भी वहाँ जल्दी पहुँचते तो ठीक था।"

ज्योतिषी—"कोई हर्ज नहीं। वहाँ बोलनेवाला कौन है? आपने सुना ही है कि शिवदत्त फिर गायब हो गया; बल्कि उस पुरजे से जो उसके पलंग पर मिला, मालूम होता है, फिर गिरफ्तार हो गया।"

तेजसिंह—"हाँ, चुनारगढ़ को जीतने में कोई शक नहीं है, क्योंकि सामना करनेवाला कोई नहीं; मगर उनके ऐयारों का खौफ जरा बना रहता है।"

कुमार—"पंडित बद्रीनाथ वगैरह भी गिरफ्तार हो जाते तो बेहतर था।"

तेजसिंह—"अबकी चलकर जरूर गिरफ्तार करूँगा।"

इसी तरह की बात करते उनको पहर भर से ज्यादा गुजर गया। देवीसिंह घोड़ा लेकर आ पहुँचे, जिस पर कुमार सवार हो तिलिस्म की तरफ रवाना हुए। साथ-साथ तीनों ऐयार पैदल बातें करते जाने लगे।

बयान : 14

कुमार के गायब हो जाने के बाद तेजसिंह, देवीसिंह और ज्योतिषीजी उनकी खोज में निकले हैं, इस खबर को सुनकर महाराज शिवदत्त के जी में फिर बेईमानी पैदा हुई। एकांत में अपने ऐयारों और दीवान को बुलाकर उसने कहा, "इस वक्त कुमार लश्कर से गायब हैं और उनके ऐयार भी उन्हें खोजने गए हैं। मौका अच्छा है। मेरे जी में आता है कि चढ़ाई करके कुमार के लश्कर को खत्म कर दूँ और उस खजाने को भी लूट लूँ, जो तिलिस्म में से उनको मिला है।"

इस बात को सुन दीवान तथा पंडित बद्रीनाथ, पन्नालाल, रामनारायण और चुन्नीलाल ने बहुत कुछ समझाया कि आपको ऐसा न करना चाहिए; क्योंकि आप कुमार से सुलह कर चुके हैं। अगर इस लश्कर को आप जीत ही लेंगे तो क्या हो जाएगा? फिर दुश्मनी पैदा होने में ठीक नहीं है इत्यादि बहुत सी बातें कहके उन लोगों ने समझाया; मगर शिवदत्त ने एक न मानी। इन्हीं ऐयारों में नाजिम और अहमद भी थे, जो शिवदत्त की राय में शरीक थे और उसे हमला करने के लिए उकसाते थे।

आखिर महाराज शिवदत्त ने कुँवर वीरेंद्रसिंह के लश्कर पर हमला किया और खुद मैदान में आ फतहसिंह सिपहसालार को मुकाबले के लिए ललकारा। वह भी जवाँमर्द था, तुरंत मैदान में निकल आया और पहर भर तक खूब लड़ा; लेकिन आखिर शिवदत्त के हाथ से जख्मी होकर गिरफ्तार हो गया।

सेनापति के गिरफ्तार होते ही फौज बेदिल होकर भाग गई। सिर्फ खेमा वगैरह महाराज शिवदत्त के हाथ लगा। तिलिस्मी खजाना उसके हाथ कुछ भी नहीं लगा; क्योंकि तेजसिंह ने बंदोबस्त करके उसे पहले ही नौगढ़ भिजवा दिया था। हाँ, तिलिस्मी किताब उसके कब्जे में जरूर पड़ गई, जिसे पाकर वह बहुत खुश हुआ और बोला, "अब इस तिलिस्म को मैं खुद तोड़ कुमारी चंद्रकांता को उस खोह से निकालकर ब्याहूँगा।"

फतहसिंह को कैद कर शिवदत्त ने जलसा किया। नाच की महफिल से उठकर खास दीवानखाने में आकर पलंग पर सो रहा। उसी रोज वह पलंग पर से गायब हुआ। मालूम नहीं कौन कहाँ ले गया, सिर्फ वह पुरजा पलंग पर मिला, जिसका हाल ऊपर लिख चुके हैं। उसके गायब होने पर फतहसिंह सिपहसालार भी कैद से छूट गया। उसकी आँख सुनसान जंगल में खुली। यह कुछ मालूम न हुआ कि उसको कैद से किसने छुड़ाया; बल्कि उसके उन जख्मों पर, जो शिवदत्त के हाथ से लगे थे, पट्टी भी बाँधी गई थी, जिससे बहुत आराम और फायदा मालूम होता था।

फतहसिंह फिर तिलिस्म के पास आए, जहाँ उनके लश्कर के कई आदमी मिले;

बल्कि धीरे-धीरे वह सब फौज इकट्ठा हो गई, जो भाग गई थी। इसके बाद ही यह खबर लगी कि महाराज शिवदत्त को भी कोई गिरफ्तार कर ले गया।

अकेले फतहसिंह ने सिर्फ थोड़े से बहादुरों पर भरोसा कर चुनारगढ़ पर चढ़ाई कर दी। दो कोस गया होगा कि लश्कर लिये हुए महाराज जयसिंह के पहुँचने की खबर मिली। चुनारगढ़ का जाना छोड़ जयसिंह के इस्तकबाल (अगवानी) को गया और उनका भी इरादा अपने ही-सा सुन उनके साथ चुनारगढ़ की तरफ बढ़ा।

जयसिंह की फौज ने पहुँचकर चुनारगढ़ का किला घेर लिया। शिवदत्त की फौज ने किले के अंदर घुसकर दरवाजा बंद कर लिया। फसीलों पर तोपें चढ़ा दीं और कुछ रसद का सामान इकट्ठा कर फसीलों और बुर्जों पर लड़ाई करने लगे।

बयान : 15

चुनारगढ़ के पास दो पहाड़ियों के बीच के एक नाले के किनारे शाम के वक्त पंडित बद्रीनाथ, रामनारायण, पन्नालाल, नाजिम और अहमद बैठे आपस में बातें कर रहे हैं।

नाजिम—"क्या कहें, हमारा मालिक तो बहिश्त में चला गया। तकलीफ उठाने को हम रह गए।"

अहमद—"अभी तक इसका पता नहीं लगा कि उन्हें किसने मारा।"

बद्रीनाथ—"उन्हें उनके पापों ने मारा और तुम दोनों की भी बहुत जल्द वही दशा होगी। कहने के लिए तुम लोग ऐयार कहलाते हो, मगर बेईमान और हरामखोर पूरे दर्जे के हो, इसमें कोई शक नहीं।"

नाजिम—"क्या हम लोग बेईमान हैं?"

बद्रीनाथ—"जरूर, इसमें भी कुछ कहना है! जब तुम अपने मालिक महाराज जयसिंह के न हुए तो किसके होओगे? आप भी गारत हुए, क्रूरसिंह की भी जान ली और हमारे राजा को भी चौपट, बल्कि कैद कराया। यही जी में आता है कि खाली जूतियाँ मार-मारकर तुम दोनों की जान ले लूँ।"

अहमद—"जुबान सँभालकर बातें करो, नहीं तो कान पकड़ के उखाड़ लूँगा।"

अहमद का इतना कहना था कि मारे गुस्से के बद्रीनाथ काँप उठे। उसी जगह से पत्थर का एक टुकड़ा उठाकर इस जोर से अहमद के सिर में मारा कि वह तुरंत जमीन सूँघकर दोजख (नरक) की तरफ रवाना हो गया। उसकी यह कैफियत देख नाजिम भागा; मगर बद्रीनाथ तो पहले ही से उन दोनों की जान का प्यासा हो रहा था, कब जाने देता। बड़ा सा पत्थर छागे में रखकर मारा, जिसकी चोट से वह भी जमीन पर गिर पड़ा और पन्नालाल वगैरह ने पहुँचकर मारे लातों के भुरता करके उसे भी अहमद

के साथ क्रूर की ताबेदारी को रवाना कर दिया। इन लोगों के मरने के बाद फिर चारों ऐयार उसी जगह आ बैठे और आपस में बातें करने लगे।

पन्नालाल—"अब हमारे दरबार का झंझट दूर हुआ।"

बद्रीनाथ—"महाराज को जरा भी रंज न होगा।"

पन्नालाल—"किसी तरह गद्दी बचाने की फिक्र करनी चाहिए। महाराज जयसिंह ने चारों तरफ से आ घेरा है और बिना महाराज के फौज मैदान में निकलकर लड़ नहीं सकती।"

चुन्नीलाल—"आखिर किले में भी रहकर कब तक लड़ेंगे? हम लोगों के पास सिर्फ दो महीने के लायक गल्ला किले के अंदर है। इसके बाद क्या करेंगे?"

रामनारायण—"यह भी मौका न मिला कि कुछ गल्ला बटोरकर रख लेते।"

बद्रीनाथ—"एक बात है। किसी तरह महाराज जयसिंह को उनके लश्कर से उड़ाना चाहिए। अगर वह हम लोगों की कैद में आ जाएँ तो मैदान में निकलकर उनकी फौज को भगाना मुश्किल न होगा।"

पन्नालाल—"जरूर ऐसा करना चाहिए। जिसका नमक खाया, उसके साथ जान देना हम लोगों का धर्म है।"

रामनारायण—"हमारे राजा ने भी तो बेईमानी पर कमर बाँधी है। बेचारे कुँवर वीरेंद्रसिंह का क्या दोष है?"

चुन्नीलाल—"चाहे जो हो, मगर हम लोगों को मालिक का साथ देना जरूरी है।"

बद्रीनाथ—"नाजिम और अहमद ये ही दोनों हमारे राजा पर क्रूर ग्रह थे, सो निकल गए। अबकी दफा जरूर दोनों राजाओं में सुलह कराऊँगा, तब वीरेंद्रसिंह की चोबदारी नसीब होगी। वाह, क्या जवाँ मर्द और होनहार कुमार हैं!"

पन्नालाल—"अब रात भी बहुत गई। चलो, कोई ऐयारी करके महाराज जयसिंह को गिरफ्तार करें और गुप्त राह से किले में ले जाकर कैद करें।"

बद्रीनाथ—"हमने एक ऐयारी सोची है, वही ठीक होगी।"

पन्नालाल—"वह क्या?"

बद्रीनाथ—"हम लोग चलकर पहले उनके रसोइए को फाँसें। मैं उसकी शक्ल बनाकर रसोई बनाऊँ और तुम लोग रसोईघर के खिदमतगारों को फाँसकर उनकी शक्ल बनाकर हमारे साथ काम करो। मैं खाने की चीजों में बेहोशी की दवा मिलाकर महाराज को और बाद में उन लोगों को भी खिलाऊँगा, जो उनके पहरे पर होंगे। बस, फिर हो गया।"

पन्नालाल—"अच्छी बात है, तुम रसोइया बनो, क्योंकि ब्राह्मण हो। तुम्हारे हाथ का महाराज जयसिंह खाएँगे तो उनका धर्म भी न जाएगा। इसका भी खयाल

जरूर होना चाहिए; मगर एक बात का ध्यान रहे कि चीजों में तेज बेहोशी की दवा न पड़ने पाए।''

बद्रीनाथ—''नहीं-नहीं, क्या मैं ऐसा बेवकूफ हूँ? क्या मुझे नहीं मालूम कि राजे लोग पहले दूसरे को खिलाकर देख लेते हैं। ऐसी नरम दवा डालूँगा कि खाने के दो घंटे बाद तक बिल्कुल न मालूम पड़े कि हमने बेहोशी की दवा मिली हुई चीजें खाई हैं।''

रामनारायण—''बस, यह राय पक्की हो गई। अब यहाँ से उठो।''

बयान : 16

राजा सुरेंद्रसिंह भी नौगढ़ से रवाना हो दौड़े-दौड़े बिना मुकाम किए दो रोज में चुनारगढ़ के पास पहुँचे। शाम के वक्त महाराज जयसिंह को खबर लगी। फतहसिंह सेनापति को, जो उनके लश्कर के साथ थे, इस्तकबाल के लिए रवाना किया।

फतहसिंह की जुबानी राजा सुरेंद्रसिंह ने सब हाल सुना। सुबह होते-होते उनका लश्कर भी चुनारगढ़ पहुँचा और जयसिंह के लश्कर के साथ मिलकर पड़ाव डाला गया। राजा सुरेंद्रसिंह ने फतहसिंह को महाराज जयसिंह के पास भेजा कि आकर मुलाकात के लिए बातचीत करें।

फतहसिंह राजा सुरेंद्रसिंह के खेमे से निकल कुछ ही दूर गए थे कि महाराज जयसिंह के दीवान हरदयालसिंह सरदारों को साथ लिये परेशान और बदहवास आते दिखाई पड़े, जिन्हें देख वह अटक गए। कलेजा धक-धक करने लगा। जब वे लोग पास आए तो पूछा, ''क्या हाल है, जो आप लोग इस तरह घबराए हुए आ रहे हैं?''

एक सरदार—''कुछ न पूछो, बड़ी आफत आ पड़ी!''

फतहसिंह (घबराकर)—''सो क्या?''

दूसरा सरदार—''राजा साहब के पास चलो, वहीं सबकुछ कहेंगे।''

उन सभी को लिये हुए फतहसिंह राजा सुरेंद्रसिंह के खेमे में आए। कायदे के माफिक सलाम किया, बैठने के लिए हुक्म पाकर बैठ गए।

राजा सुरेंद्रसिंह को भी इन लोगों के बदहवास आने से खुटका हुआ। हाल पूछने पर हरदयालसिंह ने बताया, ''आज बहुत सवेरे किले के अंदर से तोप की आवाज आई, जिसे सुनकर खबर करने के लिए मैं महाराज के खेमे में आया। दरवाजे पर पहरेवालों को बेहोश पड़े देखकर ताज्जुब मालूम हुआ; मगर मैं बराबर खेमे के अंदर चला गया। अंदर जाकर देखा तो महाराज का पलंग खाली पाया। देखते ही जी सन्न हो गया। पहरेवालों को देखकर कविराजजी ने कहा कि इन लोगों को बेहोशी की दवा दी गई है। तुरंत ही कई जासूस महाराज का पता लगाने के लिए इधर-उधर भेजे गए,

मगर अभी तक कुछ भी खबर नहीं मिली।''

यह हाल सुनकर सुरेंद्रसिंह ने जीतसिंह की तरफ देखा, जो उनके बाईं तरफ बैठे हुए थे।

जीतसिंह ने कहा, ''अगर केवल महाराज गायब हुए होते तो मैं कहता कि कोई ऐयार किसी दूसरी तरकीब से ले गया; मगर जब कई आदमी अभी तक बेहोश पड़े हैं तो विश्वास होता है कि महाराज के खाने-पीने की चीजों में बेहोशी की दवा दी गई। अगर उनका रसोइया आए तो पूरा पता लग सकता है।''

सुनते ही राजा सुरेंद्रसिंह ने हुक्म दिया कि महाराज के रसोइए हाजिर किए जाएँ।

कई चोबदार दौड़ गए। बहुत दूर जाने की जरूरत न थी। दोनों लश्करों का पड़ाव साथ ही साथ पड़ा था। चोबदार खबर लेकर बहुत जल्द लौट आए कि रसोइया कोई नहीं है। उसी वक्त कई आदमियों ने आकर यह भी खबर दी कि महाराज के रसोइए और खिदमतगार लश्कर के बाहर पाए गए, जिनको डोली पर लादकर लोग यहाँ लिये आते हैं।

दीवान तेजसिंह ने कहा, ''सब डोलियाँ बाहर रखी जाएँ, सिर्फ एक रसोइए की डोली यहाँ लाई जाए।''

बेहोश रसोइया खेमे के अंदर लाया गया, जिसे जीतसिंह लखलखा सुँघाकर होश में लाए और उससे बेहोश होने का सबब पूछा।

जवाब में उसने कहा, ''पहर रात गए हम लोगों के पास एक हलवाई खोमचा लिए हुए आया, जो बोलने में बहुत ही तेज और अपने सौदे की बेहद तारीफ करता था। हम लोगों ने उससे कुछ सौदा खरीदकर खाया। उसी समय सिर घूमने लगा। दाम देने की भी सुध न रही। इसके बाद क्या हुआ, कुछ मालूम नहीं।''

यह सुन दीवान जीतसिंह ने कहा, ''बस-बस, सब हाल मालूम हो गया। अब तुम अपने डेरे में जाओ।'' इसके बाद थोड़ा सा लखलखा देकर उन सरदारों को भी विदा किया और यह कह दिया कि इसे सुँघाकर आप उन लोगों को होश में लाइए, जो बेहोश हैं और दीवान हरदयालसिंह को कहा कि अभी आप यहीं बैठिए।

सब आदमी विदा कर दिए गए। राजा सुरेंद्रसिंह, जीतसिंह और दीवान हरदयालसिंह रह गए।

राजा सुरेंद्रसिंह (दीवान जीतसिंह की तरफ देखकर)—''महाराज को छुड़ाने की कोई फिक्र होनी चाहिए।''

जीतसिंह—''क्या फिक्र की जाए? कोई ऐयार भी यहाँ नहीं, जिससे कुछ काम लिया जाए। तेजसिंह और देवीसिंह कुमार की खोज में गए हुए हैं। अभी तक उनका भी कुछ पता नहीं।''

राजा—''तुम ही कोई तरकीब करो।''

जीतसिंह—"भला मैं क्या कर सकता हूँ! मुद्दत हुई, ऐयारी छोड़ दी। जिस रोज तेजसिंह को इस फन में होशियार करके सरकार के नजर किया, उसी दिन सरकार ने ऐयारी करने से ताबेदार को छुट्टी दे दी। अब फिर यह काम लिया जाता है। ताबेदार को यकीन था कि अब जिंदगी भर ऐयारी की नौबत न आएगी। इसी खयाल से अपने पास ऐयारी का बटुआ तक नहीं रखता।"

राजा—"तुम्हारा कहना ठीक है; मगर इस वक्त दब जाना या ऐयारी से इनकार करना मुनासिब नहीं और मुझे यकीन है कि चाहे तुम ऐयारी का बटुआ न भी रखते हो, मगर उसका कुछ-न-कुछ सामान जरूर अपने साथ लाए होगे।"

जीतसिंह (मुसकराकर)—"जब सरकार के साथ हैं और इस फन को जानते हैं तो सामान क्यों न रखेंगे!"

राजा—"तब फिर क्या सोचते हो? इस वक्त अपनी पुरानी कारीगरी याद करो और महाराज जयसिंह को छुड़ाओ।"

जीतसिंह—"जो हुक्म। (हरदयालसिंह की तरफ देखकर) आप एक काम कीजिए, इन बातों को जो इस वक्त हुई हैं, छिपाए रहिए और फतहसिंह को लेकर शाम होने के बाद लड़ाई छेड़ दीजिए। चाहे जो हो, मगर आज भर लड़ाई बंद न होने पाए। यह काम आपके जिम्मे रहा।"

हरदयालसिंह—"बहुत अच्छा, ऐसा ही होगा।"

जीतसिंह—"आप जाकर लड़ाई का इंतजाम कीजिए, मैं भी महाराज से विदा हो अपने डेरे जाता हूँ; क्योंकि समय कम और काम बहुत है।"

दीवान हरदयालसिंह राजा सुरेंद्रसिंह से विदा हो अपने डेरे की तरफ रवाना हुए। दीवान जीतसिंह ने फतहसिंह को बुलाकर लड़ाई के बारे में बहुत कुछ समझा-बुझाकर विदा किया और आप भी हुक्म लेकर अपने खेमे में गए। पहले पूजा, भोजन इत्यादि से छुट्टी पाई, तब ऐयारी का सामान दुरुस्त करने लगे।

दीवान जीतसिंह का एक बहुत पुराना बूढ़ा खिदमतगार था, जिसको वह बहुत मानते थे। उनका ऐयारी का सामान उसी के सुपुर्द रहा करता था। नौगढ़ से रवाना होते समय अपना ऐयारी का असबाब दुरुस्त करके ले चलने का इंतजाम उसी बूढ़े के सुपुर्द किया। उनको ऐयारी छोड़े मुद्दत हो चुकी थी, मगर जब उन्होंने अपने राजा को लड़ाई पर जाते देखा और यह भी मालूम हुआ कि हमारे ऐयार लोग कुमार की खोज में गए है, शायद कोई जरूरत पड़ जाए, तब बहुत सी बातों को सोच उन्होंने अपना सब सामान दुरुस्त करके साथ ले लेना ही मुनासिब समझा था। उसी बूढ़े खिदमतगार से ऐयारी का संदूक मँगवाया और सामान दुरुस्त करके बटुए में भरने लगे। उन्होंने बेहोशी की दवाओं का तेल उतारा था, उसे भी एक शीशी में बंद कर बटुए में रख

लिया। पहर दिन बाकी रहे तक सामान दुरुस्त कर, एक जमींदार की सूरत बना अपने खेमे के बाहर निकल गए।

जीतसिंह लश्कर से निकलकर किले के दक्खिन की एक पहाड़ी की तरफ रवाना हुए और थोड़ी दूर जाने के बाद सुनसान मैदान पाकर एक पत्थर की चट्टान पर बैठ गए। बटुए में से कलम-दवात और कागज निकाला और कुछ लिखने लगे, जिसका मतलब यह था, 'तुम लोगों की चालाकी कुछ काम न आई और आखिर मैं किले के अंदर घुस ही आया। देखो, क्या ही आफत मचाता हूँ। तुम चारों ऐयार हो और मैं ऐयारी नहीं जानता, इस पर भी तुम लोग मुझे गिरफ्तार नहीं कर सकते। लानत है तुम्हारी ऐयारी पर।'

इस तरह के बहुत से पुरजे लिखकर और थोड़ी सी गोंद तैयार कर बटुए में रख ली और किले की तरफ रवाना हुए। पहुँचते-पहुँचते शाम हो गई। अस्तु, किले के इधर-उधर घूमने लगे। जब खूब अँधेरा हो गया, मौका पाकर एक दीवार पर, जो नीची और टूटी हुई थी, कमंद लगाकर चढ़ गए। अंदर सन्नाटा पाकर उतरे और घूमने लगे।

किले के बाहर दीवान हरदयालसिंह और फतहसिंह ने दिल खोलकर लड़ाई मचा रखी थी। दनादन तोपों की आवाजें आ रही थीं। किले की फौज बुर्जियों या मीनारों पर चढ़कर लड़ रही थी और बहुत से आदमी भी दरवाजे की तरफ खड़े घबराए हुए लड़ाई का नतीजा देख रहे थे। इस सबब से जीतसिंह को बहुत कुछ मौका मिला।

उन पुरजों को, जिन्हें पहले से लिखकर बटुए में रख छोड़ा था, इधर-उधर दीवारों और दरवाजों पर चिपकाना शुरू किया। जब किसी को आते देखते, हटकर छिप रहते और सन्नाटा होने पर फिर अपना काम करते, यहाँ तक कि सब कागजों को चिपका दिया।

किले के फाटक पर लड़ाई हो रही है। जितने अफसर और ऐयार हैं, सब उसी तरफ जुटे हुए हैं। किसी को यह खबर नहीं कि ऐयारों के सरताज जीतसिंह किले के अंदर आ घुसे और अपनी ऐयारी की फिक्र कर रहे हैं। वे चाहते हैं कि इतने लंबे-चौड़े किले में महाराज जयसिंह कहाँ कैद हैं, इस बात का पता लगावें और उन्हें छुड़ावें और साथ ही शिवदत्त के भी ऐयारों को गिरफ्तार करके लेते चलें। एक ऐयार भी बचने न पाए, जो फँसे हुए ऐयारों को छुड़ाने की फिक्र करे या छुड़ाए।

बयान : 17

फतहसिंह सेनापति की बहादुरी ने किलेवालों के छक्के छुड़ा दिए। यही मालूम होता था कि अगर इसी तरह रात भर लड़ाई होती रही तो सवेरे तक किला हाथ से जाता रहेगा और फाटक टूट जाएगा। आश्चर्य में पड़े बद्रीनाथ वगैरह ऐयार

इधर-उधर घबराए घूम रहे थे कि इतने में एक चोबदार ने आकर शोरगुल मचाना शुरू किया, जिससे बद्रीनाथ और भी घबरा गए। चोबदार बिल्कुल जख्मी हो रहा था और उसके चेहरे पर इतने जख्म लगे हुए थे कि खून निकलने से उसको पहचानना मुश्किल हो रहा था।

बद्रीनाथ (घबराकर)—"यह क्या, तुमको किसने जख्मी किया?"

चोबदार—"आप लोग तो इधर के खयाल में ऐसा भूले हैं कि और बातों की कोई सुध ही नहीं। पिछवाड़े की तरफ से कुँवर वीरेंद्रसिंह के कई आदमी घुस आए हैं और किले में चारों तरफ घूम-घूमकर न मालूम क्या कर रहे हैं। मैंने एक का मुकाबला भी किया; मगर वह बहुत ही चालाक और फुरतीला था। मुझे इतना जख्मी किया कि दो घंटे तक बदहोशो-हवास जमीन पर पड़ा रहा। मुश्किल से यहाँ तक खबर देने आया हूँ। आती दफा रास्ते में उसे दीवारों पर कागज चिपकाते देखा, मगर खौफ के मारे कुछ न बोला।"

पन्नालाल—"यह बुरी खबर सुनने में आई।"

बद्रीनाथ—"वे लोग कितने आदमी हैं? तुमने देखा है?"

चोबदार—"कई आदमी मालूम होते हैं; मगर मुझे एक ही से वास्ता पड़ा था।"

बद्रीनाथ—"तुम उसे पहचान सकते हो?"

चोबदार—"हाँ, जरूर पहचान लूँगा; क्योंकि मैंने रोशनी में उसकी सूरत बखूबी देखी है।"

बद्रीनाथ—"मैं उन लोगों को ढूँढ़ने चलता हूँ। तुम साथ चल सकते हो?"

चोबदार—"क्यों न चलूँगा, मुझे उसने अधमरा कर डाला था। अब बिना गिरफ्तार कराए कब चैन पड़ना है।"

बद्रीनाथ—"अच्छा, चलो।"

बद्रीनाथ, पन्नालाल, रामनारायण और चुन्नीलाल—चारों आदमी अंदर की तरफ चले, साथ-साथ जख्मी चोबदार भी रवाना हुआ। जनाने महल के पास पहुँचकर देखा कि एक आदमी जमीन पर बदहवास पड़ा है। एक मशाल थोड़ी दूर पर पड़ी हुई है, जो कुछ जल रही है। पास ही तेल की कुप्पी भी नजर पड़ी। मालूम हो गया कि कोई मशालची है। चोबदार ने चौंककर कहा, "देखो-देखो, एक और आदमी उसने मारा।" यह कहकर मशाल और कुप्पी झट से उठा ली और उसी कुप्पी से मशाल में तेल छोड़ उसके चेहरे के पास ले गया। बद्रीनाथ ने देखकर पहचाना कि यह अपना ही मशालची है। नाक पर हाथ रखकर देखा, समझ गए कि इसे बेहोशी की दवा दी गई है।

चोबदार ने कहा, "आप इसे छोड़िए, चलकर पहले उस बदमाश को ढूँढ़िए। मैं यही मशाल लिये आपके साथ चलता हूँ। कहीं ऐसा न हो कि वे लोग महाराज

जयसिंह को छुड़ा ले जाएँ।''

बद्रीनाथ ने कहा, ''पहले उसी जगह चलना चाहिए, जहाँ महाराज जयसिंह कैद हैं।'' सभी की राय यही हुई और सब उसी जगह पहुँचे। देखा तो महाराज जयसिंह कोठरी में हथकड़ी पहने लेटे हैं। चोबदार ने खूब गौर से उस कोठरी और दरवाजे को देखकर कहा, ''नहीं, वे लोग यहाँ तक नहीं पहुँचे। चलिए, दूसरी तरफ ढूँढ़ें।''

चारों तरफ ढूँढ़ने लगे। घूमते-घूमते दीवारों और दरवाजों पर सटे हुए कई पुरजे दिखे, जिसे पढ़ते ही इन ऐयारों के होश जाते रहे। सोच ही रहे थे कि चोबदार चिल्ला उठा और एक कोठरी की तरफ इशारा करके बोला, ''देखो-देखो, अभी एक आदमी उस कोठरी में घुसा है। जरूर वही है, जिसने मुझे जख्मी किया था।'' यह कह उस कोठरी की तरफ दौड़ा, मगर दरवाजे पर जाकर रुक गया। तब तक ऐयार लोग भी पहुँच गए।

बद्रीनाथ (चोबदार से)—''चलो, अंदर चलो।''

चोबदार—''पहले तुम लोग हाथों में खंजर या तलवार ले लो, क्योंकि वह जरूर वार करेगा।''

बद्रीनाथ—''हम लोग होशियार हैं। तुम अंदर चलो, क्योंकि तुम्हारे हाथ में मशाल है।''

चोबदार—''नहीं जी, मैं अंदर नहीं जाऊँगा। एक दफा किसी तरह जान बची, अब कौन सी कमबख्ती सवार है कि जान-बूझकर भाड़ में जाऊँ!''

बद्रीनाथ—''वाह रे डरपोक! इसी जीवट पर महाराजों के यहाँ नौकरी करता है! ला, मेरे हाथ में मशाल दे, मत जा अंदर।''

चोबदार—''लो, मशाल लो। मैं डरपोक सही। इतने जख्म खाए, अभी डरपोक ही रह गया। अपने को लगती तो मालूम होता। इतनी मदद कर दी, यही बहुत है।''

इतना कह चोबदार मशाल और कुप्पी बद्रीनाथ के हाथ में देकर अलग हो गया। चारों ऐयार कोठरी के अंदर घुसे। थोड़ी दूर गए होंगे कि बाहर से चोबदार ने किवाड़ बंद करके जंजीर चढ़ा दी। तब अपनी कमर से पथरी निकाल आग झाड़कर बत्ती जलाई और चौखट के नीचे जो एक छोटी सी बारूद की चुपड़ी हुई पलीती निकाली हुई थी, उसमें आग लगा दी। वह रस्सी बनकर सुरसुराती हुई अंदर घुस गई।

पाठक समझ गए होंगे कि यह चोबदार साहब कौन थे। ये ऐयारों के सरताज जीतसिंह थे। चोबदार बन ऐयारों को खौफ दिलाकर अपने साथ ले आए और घुमाते-फिराते वह जगह देख ली, जहाँ महाराज जयसिंह कैद थे। फिर धोखा देकर उन ऐयारों को उस कोठरी में बंद कर दिया, जिसे पहले ही से अपने ढंग का बना रखा था।

उस कोठरी के अंदर पहले ही से बेहोशी की बारूद पाव भर के अंदाज कोने में

रख दी थी और लंबी पलीती बारूद के साथ लगाकर चौखट के बाहर निकाल दी थी।

पलीती में आग लगा और दरवाजे को उसी तरह बंद छोड़ उस जगह गए, जहाँ महाराज जयसिंह कैद थे। वहाँ बिल्कुल सन्नाटा था। दरवाजा खोल बेड़ी और हथकड़ी काटकर उन्हें बाहर निकाला और अपना नाम बताकर कहा, "जल्द यहाँ से चलिए।"

जिधर से जीतसिंह कमंद लगाकर किले में आए थे, उसी राह से महाराज जयसिंह को नीचे उतारा और तब कहा, "आप नीचे ठहरिए। मैंने ऐयारों को भी बेहोश किया है। एक-एक करके कमंद में बाँधकर उन लोगों को लटकाता जाता हूँ, आप खोलते जाइए। अंत में मैं भी उतरकर आपके साथ लश्कर में चलूँगा।"

महाराज जयसिंह ने खुश होकर इसे मंजूर किया।

जीतसिंह ने लौटकर उस कोठरी की जंजीर खोली, जिसमें पंडित बद्रीनाथ वगैरह चारों ऐयारों को फँसाया था। अपने नाक में लखलखे से तर की हुई रुई डाल कोठरी के अंदर घुसे। तमाम कोठरी को धुएँ से भरा हुआ पाया। बत्ती जला बद्रीनाथ वगैरह बेहोश ऐयारों को घसीटकर बाहर लाए और किले की पिछली दीवार की तरफ ले जाकर, एक-एक करके सभी को नीचे उतार आप भी उतर आए। चारों ऐयारों को एक तरफ छिपा, हाराज जयसिंह को लश्कर में पहुँचाया। फिर कई कहारों को साथ ले उस जगह जा ऐयारों को उठवा लाए। हथकड़ी-बेड़ी डालकर, खेमे में कैद कर पहरा मुकर्रर कर दिया।

महाराज जयसिंह और सुरेंद्रसिंह गले मिले। जीतसिंह की बहुत कुछ तारीफ करके दोनों राजाओं ने कई इलाके उनको दिए, जिनकी सनद भी उसी वक्त मुहर करके उनके हवाले की गई।

रात बीत गई। पूरब की तरफ से धीरे-धीरे सफेदी निकलने लगी और लड़ाई बंद कर दी गई।

बयान : 18

तेजसिंह वगैरह ऐयारों के साथ कुमार खोह से निकलकर तिलिस्म की तरफ रवाना हुए। एक रात रास्ते में बिताकर दूसरे दिन सवेरे जब रवाना हुए तो एक नकाबपोश सवार दूर से दिखाई पड़ा, जो कुमार की तरफ ही आ रहा था। जब इनके करीब पहुँचा, घोड़े से उतर, जमीन पर कुछ रख दूर जा खड़ा हुआ। कुमार ने वहाँ जाकर देखा तो तिलिस्मी किताब नजर पड़ी और एक खत, जिसे देख वे बहुत खुश होकर तेजसिंह से बोले, "तेजसिंह, क्या करें, यह वन कन्या मेरे ऊपर बराबर अपने एहसान के बोझ डाल रही है। इसमें कोई शक नहीं कि यह उसी का आदमी है, जो

तिलिस्मी किताब मेरे रास्ते में रख दूर जा खड़ा हुआ है। हाय, इसके इश्क ने भी मुझे निकम्मा कर दिया है। देखें, इस खत में क्या लिखा है।''

यह कहकर कुमार ने खत पढ़ा—

'किसी तरह यह तिलिस्मी किताब मेरे हाथ लग गई, जो तुम्हें देती हूँ। अब जल्दी तिलिस्म तोड़कर कुमारी चंद्रकांता को छुड़ाओ। वह बेचारी बड़ी तकलीफ में पड़ी होगी। चुनारगढ़ में लड़ाई हो रही है। तुम भी वहीं जाओ और अपनी जवाँ मर्दी दिखाकर फतह अपने नाम लिखाओ।

—तुम्हारी दासी''
वियोगिनी।'

कुमार—''तेजसिंह, तुम भी पढ़ लो।''

तेजसिंह (खत पढ़कर)—''न मालूम यह वन कन्या मनुष्य है या अप्सरा! कैसे-कैसे काम इसके हाथ से होते हैं।''

कुमार (ऊँची साँस लेकर)—''हाय, एक बला हो तो सिर से टले!''

देवीसिंह—''मेरी राय है कि आप लोग यहीं ठहरें। मैं चुनारगढ़ जाकर पहले सब हाल दरियाफ्त कर आता हूँ।''

कुमार—''ठीक है। अब चुनारगढ़ सिर्फ पाँच कोस होगा। तुम वहाँ की खबर ले आओ, तब हम चलें; क्योंकि कोई बहादुरी का काम करके हम लोगों का जाहिर होना ज्यादा मुनासिब होगा।''

देवीसिंह चुनारगढ़ की तरफ रवाना हुए। कुमार को रास्ते में एक दिन और अटकना पड़ा। दूसरे दिन देवीसिंह लौटकर कुमार के पास आए और चुनारगढ़ की लड़ाई का हाल, महाराज जयसिंह के गिरफ्तार होने की खबर और जीतसिंह की ऐयारी की तारीफ कर बोले, ''लड़ाई अभी हो रही है। हमारी फौज कई दफा चढ़कर किले के दरवाजे तक पहुँची; मगर वहाँ अटककर दरवाजा नहीं तोड़ सकी। किले की तोपों की मार ने हमारा बहुत नुकसान किया।''

इन खबरों को सुनकर कुमार ने तेजसिंह से कहा, ''अगर हम लोग किसी तरह किले के अंदर पहुँचकर फाटक खोल सकते तो बड़ी बहादुरी का काम होता।''

तेजसिंह—''इसमें तो कोई शक नहीं कि यह बड़ी दिलावरी का काम है, या तो किले का फाटक ही खोल देंगे या फिर जान से हाथ धोएँगे।''

कुमार—''हम लोगों के वास्ते लड़ाई से बढ़कर मरने के लिए और कौन सा मौका है! या तो चुनारगढ़ फतह करेंगे या बैकुंठ की ऊँची गद्दी दखल करेंगे। दोनों हाथ में लड्डू हैं।''

तेजसिंह—''शाबाश! इससे बढ़कर और क्या बहादुरी होगी! तो चलिए, हम

लोग भेष बदलकर किले में घुस जाएँ। मगर यह काम दिन में नहीं हो सकता।''

कुमार—''क्या हर्ज है, रात ही को सही। रात भर किले के अंदर ही छिपे रहेंगे। सुबह जब लड़ाई खूब रंग पर आएगी, उसी वक्त फाटक पर टूट पड़ेंगे। सब ऊपर फसीलों पर चढ़े होंगे, फाटक पर सौ-पचास आदमियों में घुसकर दरवाजा खोल देना कोई बात नहीं है।''

देवीसिंह—''कुमार की राय बहुत सही है; मगर ज्योतिषीजी को बाहर ही छोड़ देना चाहिए।''

ज्योतिषी—''सो क्यों?''

देवीसिंह—''आप ब्राह्मण हैं। वहाँ क्यों ब्रह्म-हत्या के लिए आपको ले चलें। यह काम क्षत्रियों का है, आपका नहीं।''

कुमार—''हाँ, ज्योतिषीजी, आप किले में मत जाइए।''

ज्योतिषी—''अगर मैं ऐयारी न जानता होता तो आपका ऐसा कहना मुनासिब था; मगर जो ऐयारी जानता है, उसके आगे जवाँ मर्दी और दिलावरी हाथ जोड़े खड़ी रहती हैं।''

देवीसिंह—''अच्छा, चलिए। फिर हमको क्या, हमें तो और फायदा ही है।''

कुमार—''फायदा क्या?''

देवीसिंह—इसमें तो कोई शक नहीं कि ज्योतिषीजी हम लोगों के पूरे दोस्त हैं, कभी संग न छोड़ेंगे। अगर यह मर भी जाएँगे तो ब्रह्मराक्षस होंगे, और भी हमारा काम इनसे निकला करेगा।''

ज्योतिषी—''क्या हमारी ही अवगति होगी? अगर ऐसा हुआ तो तुम्हें कब छोड़ूँगा! तुम्हीं से ज्यादा मुहब्बत है।''

इनकी बातों पर कुमार हँस पड़े और घोड़े पर सवार हो, ऐयारों को साथ ले चुनारगढ़ की तरफ रवाना हुए। शाम होते-होते ये लोग चुनारगढ़ पहुँचे और रात को मौका पा, कमंद लगा किले के अंदर घुस गए।

बयान : 19

दिन अनुमानतः पहर भर आया होगा कि फतहसिंह की फौज लड़ती हुई फिर किले के दरवाजे तक पहुँची। शिवदत्त की फौज बुर्जियों पर से गोलों की बौछार मार कर उन लोगों को भगाना चाहती थी कि यकायक किले का दरवाजा खुल गया और जर्द रंग की चार झंडियाँ दिखाई पड़ीं, जिन्हें राजा सुरेंद्रसिंह, महाराज जयसिंह और उनकी कुल फौज ने दूर से देखा। मारे खुशी के फतहसिंह अपनी फौज के साथ धड़धड़ाकर फाटक के अंदर घुस गए और बाद इसके धीरे-धीरे कुल फौज

किले में दाखिल हुई। फिर किसी को मुकाबले की ताब न रही। साथवाले आदमी चारों तरफ दिखाई देने लगे। फतहसिंह ने बुर्ज पर से महाराज शिवदत्त का सब्ज झंडा गिराकर अपना जर्द झंडा खड़ा कर दिया और अपने हाथ से चोब उठाकर जोर से तीन चोट डंके पर लगाई, जो उसी झंडे के नीचे रखा हुआ था। 'क्रूम-धूम फतह' की आवाज निकली, जिसके साथ ही किलेवालों का जी टूट गया और कुँवर वीरेंद्रसिंह की मुहब्बत दिल में असर कर गई।

अपने हाथ से कुमार ने फाटक पर चालीस आदमियों के सिर काटे थे; मगर ऐयारों के सहित वे भी जख्मी हो गए थे। राजा सुरेंद्रसिंह किले के अंदर घुसे ही थे कि कुमार, तेजसिंह और देवीसिंह झंडियाँ लिये चरणों पर गिर पड़े। ज्योतिषीजी ने आशीर्वाद दिया। इससे ज्यादा न ठहर सके। जख्मों के दर्द से चारों बेहोश होकर जमीन पर गिर पड़े और बदन से खून निकलने लगा।

जीतसिंह ने पहुँचकर चारों के जख्मों पर पट्टी बाँधी। चेहरा धुलने से वे चारों पहचाने गए। थोड़ी देर में वे सब होश में आ गए। राजा सुरेंद्रसिंह अपने प्यारे लड़के को देर तक छाती से लगाए रहे और तीनों ऐयारों पर भी बहुत मेहरबानी की। महाराज जयसिंह कुमार की दिलावरी पर मोहित हो तारीफ करने लगे। कुमार ने उनके पैरों को हाथ लगाया और खुशी-खुशी दूसरे लोगों से मिले।

"हमारा कोई आदमी जनाने महल में नहीं गया, बल्कि वहाँ इंतजाम करके पहरा मुकर्रर कर दिया गया।"

कई दिनों के बाद महाराज जयसिंह और राजा सुरेंद्रसिंह कुँवर वीरेंद्रसिंह को तिलिस्म तोड़ने की ताकीद करके खुशी-खुशी विजयगढ़ और नौगढ़ रवाना हुए। उनके जाने के बाद कुँवर वीरेंद्रसिंह अपने ऐयारों और कुछ फौज को साथ ले तिलिस्म की तरफ रवाना हुए।

बयान : 20

तिलिस्म के दरवाजे पर कुँवर वीरेंद्रसिंह का डेरा खड़ा हो गया। खजाना पहले ही निकाल चुके थे। अब कुल दो टुकड़े तिलिस्म के टूटने को बाकी थे। एक तो वह चबूतरा, जिस पर पत्थर का आदमी सोया था, दूसरे अजदहेवाले दरवाजे को तोड़कर वहाँ पहुँचना, जहाँ कुमारी चंद्रकांता और चपला थीं। तिलिस्मी किताब कुमार के हाथ लग ही चुकी थी। उसके कई पन्ने बाकी रह गए थे। आज बिल्कुल पढ़ गए। कुमारी चंद्रकांता के पास पहुँचने तक जो-जो काम इनको करने थे, सब ध्यान में चढ़ा लिये; मगर उस चबूतरे के तोड़ने की तरकीब किताब में न देखी, जिस पर पत्थर का आदमी सोया हुआ था। हाँ, उसके बारे में इतना लिखा था कि 'वह चबूतरा एक दूसरे

तिलिस्म का दरवाजा है, जो इस तिलिस्म से कहीं बढ़-चढ़कर है और माल-खजाने की तो इंतेहा नहीं कि कितना रखा हुआ है। वहाँ की एक-एक चीज ऐसे ताज्जुब की है कि जिसके देखने से बड़े-बड़े दिमागवालों की अक्ल चकरा जाए। उसके तोड़ने की तरकीब दूसरी ही है। ताली भी उसकी उसी आदमी के कब्जे में है, जो उस पर सोया हुआ है।'

कुमार ने ज्योतिषीजी की तरफ देखकर कहा, "क्यों ज्योतिषीजी, क्या वह चबूतरेवाला तिलिस्म मेरे हाथ से न टूटेगा?"

ज्योतिषी—"देखा जाएगा, पहले आप कुमारी चंद्रकांता को छुड़ाइए।"

कुमार—"अच्छा, चलिए, यह काम तो आज ही खत्म हो जाए।"

तीनों ऐयारों को साथ लेकर कुँवर वीरेंद्रसिंह उस तिलिस्म में घुसे। जो कुछ उस तिलिस्मी किताब में लिखा हुआ था, खूब खयाल कर लिया और उसी तरह काम करने लगे।

खँडहर के अंदर जाकर उस मालूमी दरवाजे को खोला, जो उस पत्थरवाले चबूतरे के सिरहाने की तरफ था। नीचे उतरकर कोठरी में से होते हुए उसी बाग में पहुँचे, जहाँ खजाने और बारहदरी के सिंहासन के ऊपर का वह पत्थर हाथ लगा था, जिसको छूकर चपला बेहोश हो गई थी और जिसके बारे में तिलिस्मी किताब में लिखा हुआ था कि वह एक डिब्बा है और उसके अंदर एक नायाब चीज रखी है।

चारों आदमी नहर के रास्ते गोता मारकर उसी तरह बाग के उस पार हुए, जिस तरह चपला उसके बाहर गई थी और उसी की तरह पहाड़ी के नीचेवाली नहर के किनारे-किनारे चलते हुए उस छोटे से दालान में पहुँचे, जिसमें वह अजदहा था, जिसके मुँह में चपला घुसी थी।

एक तरफ दीवार में आदमी के बराबर का काला पत्थर जड़ा हुआ था। कुमार ने उस पर जोर से लात मारी। साथ ही वह पत्थर पल्ले की तरह खुलकर बगल में हो गया और नीचे उतरने की सीढ़ियाँ दिखाई पड़ीं।

मशालवाले चारों आदमी नीचे उतरे। यहाँ उस अजदहे की नायाब कारीगरी नजर पड़ी। कई चरखी और पुरजों के साथ लगी हुई भोजपत्र की बनी मोटी भाथी उसके नीचे थी, जिसको देखने से कुमार समझ गए कि जब अजदहे के सामनेवाले पत्थर पर कोई पैर रखता है तो यह भाथी चलने लगती है और इसकी हवा की तेजी सामनेवाले आदमी को खींचकर अजदहे के मुँह में डाल देती है।

बगल में एक खिड़की थी, जिसका दरवाजा बंद था। सामने ताली रखी हुई थी, जिससे ताला खोलकर चारों आदमी उसके अंदर गए। यहाँ से वे लोग छत पर चढ़ गए, जहाँ से गली की तरह एक खोह दिखाई पड़ी।

किताब से पहले ही मालूम हो चुका था कि यही खोह की-सी गली उस दालान में जाने के लिए राह है, जहाँ चपला और चंद्रकांता बेबस पड़ी हैं।

अब कुमारी चंद्रकांता से मुलाकात होगी, इस खयाल से कुमार का जी धड़कने लगा। चपला की मुहब्बत ने तेजसिंह के पैर हिला दिए। खुशी-खुशी ये लोग आगे बढ़े। कुमार सोचते जाते थे कि आज जैसे निराले में कुमारी चंद्रकांता से मुलाकात होगी, वैसी पहले कभी न हुई थी। मैं अपने हाथों से उसके बाल सुलझाऊँगा, अपनी चादर से उसके बदन की गर्द झाड़ूँगा। हाय, बड़ी भारी भूल हो गई कि कोई धोती उसके पहनने के लिए नहीं लाए। किस मुँह से उसके सामने जाऊँगा? वह फटे कपड़ों में कैसी दुःखी होगी! मैं उसके लिए कोई कपड़ा नहीं लाया, इसलिए वह जरूर खफा होगी और मुझे खुदगर्ज समझेगी। नहीं-नहीं, वह कभी रंज न होगी। उसको मुझसे बड़ी मुहब्बत है। देखते ही खुश हो जाएगी, कपड़े का कुछ खयाल न करेगी। हाँ, खूब याद पड़ा। मैं अपनी चादर अपनी कमर में लपेट लूँगा और अपनी धोती उसे पहनाऊँगा। इस वक्त का काम चल जाएगा। (चौंककर) यह क्या, सामने कई आदमियों के पैरों की चाप सुनाई पड़ती है! शायद मेरा आना मालूम करके कुमारी चंद्रकांता और चपला आगे से मिलने को आ रही हैं। नहीं-नहीं, उनको क्या मालूम कि मैं यहाँ आ पहुँचा।

ऐसी-ऐसी बातें सोचते हुए धीरे-धीरे कुमार बढ़ रहे थे कि इतने में ही आगे दो भेड़ियों के लड़ने और गुर्राने की आवाज आई, जिसे सुनते ही कुमार के पैर दो-दो मन के हो गए। तेजसिंह की तरफ देखकर कुछ कहना चाहते थे, मगर मुँह से आवाज न निकली। चलते-चलते उस दालान में पहुँचे, जहाँ नीचे खोह के अंदर से कुमारी और चपला को देखा था।

पूरी उम्मीद थी कि कुमारी चंद्रकांता और चपला को यहाँ देखेंगे; मगर वे कहीं नजर न आईं। हाँ, जमीन पर पड़ी दो लाशें जरूर दिखाई दीं, जिनमें मांस बहुत कम था। सिर से पैर तक नुची हड्डियाँ दिखाई देती थीं। चेहरे किसी के भी दुरुस्त न थे।

इस वक्त कुमार की कैसी दशा थी, वे ही जानते होंगे। पागलों की-सी सूरत हो गई। चिल्लाकर रोने और बकने लगे, "हाय चंद्रकांता! तुझे कौन ले गया? नहीं, ले नहीं, बल्कि मार गया। जरूर इन्हीं भेड़ियों ने तुझे मुझसे जुदा किया, जिनकी आवाज यहाँ पहुँचने के पहले मैंने सुनी थी। हाय! वह भेड़िया बड़ा ही बेवकूफ था, जो उसने तेरे खाने में जल्दी की। उसके लिए तो मैं पहुँच ही गया था। मेरा खून पीकर वह बहुत खुश होता; क्योंकि इसमें तेरी मुहब्बत की मिठास भरी हुई है। तेरे में क्या बचा था! सूख के पहले ही काँटा हो रही थी। मगर क्या सचमुच तुझे भेड़िया खा गया या मैं भूलता हूँ?

कहीं यह दूसरी जगह तो नहीं है?

"नहीं-नहीं, वह सामने दुष्ट शिवदत्त बैठा है। हाय, अब मैं जीकर क्या करूँगा? मेरी जिंदगी किस काम आएगी? मैं कौन सा मुँह लेकर महाराज जयसिंह के सामने जाऊँगा! जल्दी मत करो, धीरे-धीरे चलो। मैं भी आता हूँ। तुम्हारा साथ मरने पर भी न छोड़ूँगा। आज नौगढ़, विजयगढ़ और चुनारगढ़ तीनों राज्य ठिकाने लग गए। मैं तो तुम्हारे पास आता ही हूँ, मेरे साथ ही और कई आदमी आएँगे, जो तुम्हारी खिदमत के लिए बहुत होंगे। हाय, इस सत्यानासी तिलिस्म ने, इस दुष्ट शिवदत्त ने इन भेड़ियों ने आज बड़े-बड़े दिलावरों को खाक में मिला दिया। बस, हो गया, दुनिया इतनी ही बड़ी थी। अब खत्म हो गई। हाँ-हाँ, दौड़ी क्यों जाती हो? लो, मैं भी आया।"

इतना कह और पहाड़ी के नीचे की तरफ देख कुमार कूदकर अपनी जान देना ही चाहते थे और तीनों ऐयार सन्न खड़े देख ही रहे थे कि यकायक भारी आवाज के साथ दालान के एक तरफ की दीवार फट गई और उसमें से एक वृद्ध महापुरुष ने निकलकर कुमार का हाथ पकड़ लिया।

कुमार ने फिरकर देखा। लगभग अस्सी वर्ष की उम्र, लंबी-लंबी सफेद रुई की तरह दाढ़ी नाभि तक आई हुई। सिर की लंबी जटा जमीन तक लटकती हुई। तमाम बदन में भस्म लगाए, लाल और बड़ी-बड़ी आँखें निकाले, दाएँ हाथ में त्रिशूल उठाए, बाएँ हाथ से कुमार को थामे, गुस्से से बदन कँपाते, तापसी रूप शिवजी की तरह दिखाई पड़े, जिन्होंने कड़ककर आवाज दी और कहा, "खबरदार, जो किसी को विधवा करेगा!"

यह आवाज इस जोर की थी कि सारा मकान दहल उठा। तीनों ऐयारों के कलेजे काँप उठे। कुँवर वीरेंद्रसिंह का बिगड़ा हुआ दिमाग फिर ठिकाने आ गया। देर तक उन्हें सिर से पैर तक देखकर कुमार ने कहा, "मालूम हुआ, मैं समझ गया कि आप साक्षात् शिवजी या कोई योगी हैं। मेरी भलाई के लिए आए हैं। वाह-वाह, खूब किया, जो आ गए! अब मेरा धर्म बच गया। मैं क्षत्रिय होकर आत्महत्या न कर सका। एक हाथ आपसे लड़ूँगा और इस अद्‌भुत त्रिशूल पर अपनी जान न्योछावर करूँगा। आप जरूर इसीलिए आए हैं। मगर महात्माजी, यह तो बताइए कि मैं किसको विधवा करूँगा? आप इतने बड़े महात्मा होकर झूठ क्यों बोलते हैं? मेरा है कौन? मैंने किसके साथ शादी की है? हाय, कहीं यह बात कुमारी सुनती तो उसको जरूर यकीन हो जाता कि ऐसे महात्मा की बात भला कौन काट सकता है!"

वृद्ध योगी ने कड़ककर कहा, "क्या मैं झूठा हूँ? क्या तू क्षत्रिय है? क्षत्रियों के यही धर्म होते हैं? क्या वे अपनी प्रतिज्ञा को भूल जाते हैं? क्या तूने किसी से विवाह की प्रतिज्ञा नहीं की? ले, देख, पढ़, किसका लिखा हुआ है?"

यह कहकर अपनी जटा के नीचे से एक खत निकालकर कुमार के हाथ में दे दिया।

पढ़ते ही कुमार चौंक उठे। 'हैं, यह तो मेरा ही लिखा है। क्या लिखा है? 'मुझे सब मंजूर है।' इसके दूसरी तरफ क्या लिखा है? हाँ, अब मालूम हुआ, यह तो उस वन कन्या का खत है। इसी में उसने अपने साथ ब्याह करने के लिए मुझे लिखा था। उसके जवाब में मैंने उसकी बात कबूल की थी। मगर खत इनके हाथ कैसे लगा? वन कन्या का इनसे क्या वास्ता?'

कुछ ठहरकर कुमार ने पूछा, "क्या इस वन कन्या को आप जानते हैं?"

इसके जवाब में फिर कड़क के वृद्ध योगी बोले, "अभी तक जानने को कहता है! क्या उसे तेरे सामने कर दूँ?"

इतना कहकर एक लात जमीन पर मारी। जमीन फट गई और उसमें से वन कन्या ने निकलकर कुमार के पाँव पकड़ लिये।

□

चतुर्थ भाग

बयान : 1

वन कन्या को यकायक जमीन से निकलकर पैर पकड़ते देख वीरेंद्रसिंह एकदम घबरा उठे। देर तक सोचते रहे कि यह क्या मामला है, यहाँ वन कन्या क्यों कर आ पहुँची और ये योगी कौन हैं, जो इसकी मदद कर रहे हैं?

आखिर बहुत देर तक चुप रहने के बाद कुमार ने योगी से कहा, "मैं इस वन कन्या को जानता हूँ। इसने हमारे साथ बड़ा भारी उपकार किया है और मैं इससे बहुत कुछ वादा भी कर चुका हूँ; लेकिन मेरा वह वादा बिना कुमारी चंद्रकांता के मिले पूरा नहीं हो सकता। देखिए, इसी खत में, जो आपने दिया है, क्या शर्त है? खुद इन्होंने लिखा है कि मुझसे और कुमारी चंद्रकांता से एक ही दिन शादी हो और इस बात को मैंने मंजूर किया है। पर जब कुमारी चंद्रकांता ही इस दुनिया से चली गई, तब मैं किसी से ब्याह नहीं कर सकता। इकरार दोनों से एक साथ ही शादी करने का है।"

योगी (वन कन्या की तरफ देखकर)—"क्यों री, तू मुझे झूठा बनाना चाहती है?"

वन कन्या (हाथ जोड़कर)—"नहीं महाराज, मैं आपको कैसे झूठा बना सकती हूँ? आप इनसे यह पूछें कि इन्होंने कैसे मालूम किया कि चंद्रकांता मर गई?"

योगी (कुमार से)—"कुछ सुना, यह लड़की क्या कहती है? तुमने कैसा जाना कि कुमारी चंद्रकांता मर गई है?"

कुमार (कुछ चौकन्ने होकर)—"क्या कुमारी जीती है?"

योगी—"जो मैं पूछता हूँ, पहले उसका तो जवाब दे दो!"

कुमार—"पहले जब मैं इस खोह में आया था, तब इस जगह मैंने कुमारी चंद्रकांता और चपला को देखा था, बल्कि बातचीत भी की थी। आज उन दोनों की जगह इन दो लाशों को देखने से मालूम हुआ कि वे दोनों···" इतना कहा था कि गला भर आया।

योगी (तेजसिंह की तरफ देखकर)—"क्या तुम्हारी अक्ल भी चरने चली गई? इन दोनों लाशों को देखकर इतना न पहचान सके कि ये मर्दों की लाशें हैं या औरतों की? इनकी लंबाई और बनावट पर भी कुछ खयाल न किया।"

तेजसिंह (घबराकर तथा दोनों लाशों की तरफ गौर से देख और शरमाकर)—"मुझसे बड़ी भूल हुई कि मैंने इन दोनों लाशों पर गौर नहीं किया। कुमार के साथ ही मैं भी घबरा गया। हकीकत में दोनों लाशें मर्दों की हैं, औरतों की नहीं।"

योगी—"ऐयारों से ऐसी भूल का होना कितने शर्म की बात है। इस जरा-सी भूल में कुमार की जान जा चुकी थी। (उँगली से इशारा करके) देखो उस तरफ, उन दोनों पहाड़ियों के बीच में। इतना इशारा बहुत है, क्योंकि तुम इस तहखाने का हाल जानते हो, अपने उस्ताद से सुन चुके हो।"

तेजसिंह ने उस तरफ देखा, साथ ही टकटकी बँध गई। कुमार भी उसी तरफ देखने लगे। देवीसिंह और ज्योतिषीजी की निगाह भी उधर ही जा पड़ी। यकायक तेजसिंह घबराकर बोले, "ओह, यह क्या हो गया?" तेजसिंह के इतना कहने से और भी सभी का खयाल उसी तरफ चला गया।

कुछ देर बाद योगीजी से और बातचीत करने के लिए तेजसिंह उनकी तरफ घूमे, मगर उनको न पाया। वन कन्या भी दिखाई न पड़ी। बल्कि यह भी मालूम न हुआ कि वे दोनों किस राह से आए थे और कब चले गए। जब तक वन कन्या और योगीजी यहाँ थे, उनके आने का रास्ता भी खुला हुआ था, दीवार में दरार मालूम पड़ती थी, जमीन फटी हुई दिखाई देती थी; मगर अब कहीं कुछ नहीं था।

बयान : 2

आखिर कुँवर वीरेंद्रसिंह ने तेजसिंह से कहा, "मुझे अभी तक यह न मालूम हुआ कि योगीजी ने उँगली के इशारे से तुम्हें क्या दिखाया और इतनी देर तक तुम्हारा ध्यान कहाँ अटका रहा? तुम क्या देखते रहे और अब वे दोनों कहाँ गायब हो गए?"

तेजसिंह—"क्या बताएँ कि वे दोनों कहाँ चले गए। कुछ खुलासा हाल उनसे न मिल सका। अब बहुत आश्चर्य करना पड़ेगा।"

वीरेंद्र—"आखिर तुम उस तरफ क्या देख रहे थे?"

तेजसिंह—"हम क्या देखते थे, इस हाल के कहने में बड़ी देर लगेगी और अब यहाँ इन मुर्दों की बदबू से रुका नहीं जाता। इन्हें इसी जगह छोड़ इस तिलिस्म के बाहर चलिए। वहाँ जो कुछ हाल है, कहूँगा। मगर यहाँ से चलने के पहले उसे देख लीजिए, जिसे इतनी देर तक मैं ताज्जुब से देख रहा था। वह दोनों पहाड़ियों के बीच में जो दरवाजा खुला नजर आ रहा है, सो पहले बंद था, यही ताज्जुब की बात थी। अब चलिए, मगर हम लोगों को कल फिर यहाँ लौटना पड़ेगा। यह तिलिस्म ऐसे राह पर बना हुआ है कि अंदर-अंदर यहाँ तक आने में लगभग पाँच कोस का फासला

मालूम पड़ता है और बाहर की राह से अगर इस तहखाने तक आएँ तो पंद्रह कोस चलना पड़ेगा।

कुमार—"खैर, यहाँ से चलो; मगर इस हाल का खुलासा सुने बिना तबीयत घबरा रही है।"

जिस तरह चारों आदमी तिलिस्म की राह से यहाँ तक पहुँचे थे, उसी तरह तिलिस्म के बाहर हुए। आज इन लोगों को बाहर आने तक आधी रात बीत गई। इनके लश्करवाले घबरा रहे थे कि पहले तो पहर दिन बाकी रहते बाहर निकल आते थे, आज देर क्यों हुई? जब ये लोग अपने खेमे में पहुँचे तो सभी का जी ठिकाने हुआ।

तेजसिंह ने कुमार से कहा, "इस वक्त आप सो रहे हैं। कल आपसे जो कुछ कहना है, कहूँगा।"

बयान : 3

यह तो मालूम हुआ कि कुमारी चंद्रकांता जीती है, मगर कहाँ है और उस खोह में से क्यों कर निकल गई? वन कन्या कौन है? योगीजी कहाँ से आए? तेजसिंह को उन्होंने क्या दिखाया इत्यादि बातों को सोचते और खयाल दौड़ाते कुमार ने सुबह कर दी। एक घड़ी भी नींद न आई। अभी सवेरा नहीं हुआ कि पलंग से उतर जल्दी के मारे खुद तेजसिंह के डेरे में गए। वे अभी तक सोए थे, उन्हें जगाया।

तेजसिंह ने उठकर कुमार को सलाम किया। जी में तो समझ ही गए थे कि वही बात पूछने के लिए कुमार बेताब हैं और इसी से इन्होंने आकर मुझे इतनी जल्दी उठाया है; मगर फिर भी पूछा, "कहिए, क्या है, जो इतने सवेरे आप उठे हैं?"

कुमार—"रात भर नींद नहीं आई। अब जो कुछ कहना हो, जल्दी कहो। जी बेचैन है।"

तेजसिंह—"अच्छा, आप बैठ जाइए। मैं कहता हूँ।"

कुमार बैठ गए और देवीसिंह तथा ज्योतिषीजी को भी उसी जगह बुलवा भेजा। जब वे आ गए, तेजसिंह ने कहना शुरू किया, "यह तो मुझे अभी तक मालूम नहीं हुआ कि कुमारी चंद्रकांता को कौन ले गया या वह योगी कौन थे और वन कन्या की मदद क्यों करने लगे; मगर उन्होंने जो कुछ मुझे दिखाया, वह इतने ताज्जुब की बात थी कि मैं उसे देखने में ही इतना डूबा कि योगीजी से कुछ पूछ न सका और वे भी बिना कुछ खुलासा हाल कहे चलते बने। उस दिन पहले-पहल जब मैं आपको खोह में ले गया, तब वहाँ का हाल जो कुछ मैंने अपने गुरुजी से सुना था, आपसे कहा था, याद है?"

कुमार—"बखूबी याद है।"

तेजसिंह—"मैंने क्या कहा था?"

कुमार—"तुमने यही कहा था कि उसमें बड़ा भारी खजाना है; मगर उस पर एक छोटा सा तिलिस्म भी बँधा हुआ है, जो बहुत सहज में टूट सकेगा, क्योंकि उसके तोड़ने की तरकीब तुम्हारे उस्ताद तुम्हें कुछ बता गए हैं।"

तेजसिंह—"हाँ, ठीक है, मैंने यही कहा था। उस खोह में मैंने आपको एक दरवाजा दो पहाड़ियों के बीच में दिखाया था, जिसे योगी ने मुझे इशारे से बताया था। उस दरवाजे को खुला देख मुझे मालूम हो गया कि उस तिलिस्म को किसी ने तोड़ डाला और वहाँ का खजाना ले लिया। उसी वक्त मुझे यह खयाल आया कि योगी ने उस दरवाजे की तरफ इसीलिए इशारा किया कि जिसने तिलिस्म तोड़कर वह खजाना लिया है, वही कुमारी चंद्रकांता को भी ले गया होगा। इसी सोच और आश्चर्य में डूबा हुआ मैं एकटक उस दरवाजे की तरफ देखता रह गया और योगी महाराज चलते बने।"

तेजसिंह की इतनी बात सुनकर बड़ी देर तक कुमार चुप बैठे रहे। बदहवासी-सी छा गई। इसके बाद सँभलकर बैठे और फिर बोले—

कुमार—"तो कुमारी चंद्रकांता फिर एक नई बला में फँस गई?"

तेजसिंह—"मालूम तो ऐसा ही पड़ता है।"

कुमार—"तब इसका पता कैसे लगे? अब क्या करना चाहिए?"

तेजसिंह—"पहले हम लोगों को उस खोह में चलना चाहिए। वहाँ चलकर उस तिलिस्म को देखें, जिसे तोड़कर कोई दूसरा वह खजाना ले गया है। शायद वहाँ कुछ मिले या कोई निशान पाया जाए। इसके बाद जो कुछ सलाह होगी, की जाएगी।"

कुमार—"अच्छा, चलो, मगर इस वक्त एक बात का खयाल और मेरे जी में आता है।"

तेजसिंह—"वह क्या?"

कुमार—"जब बद्रीनाथ को कैद करने उस खोह में गए थे और दरवाजा न खुलने पर वापस आए, उस वक्त भी शायद उस दरवाजे को भीतर से उसी ने बंद कर लिया हो, जिसने उस तिलिस्म को तोड़ा है। वह उस वक्त उसके अंदर रहा होगा।"

तेजसिंह—"आपका खयाल ठीक है। जरूर यही बात है, इसमें कोई शक नहीं; बल्कि उसी ने शिवदत्त को भी छुड़ाया होगा।"

कुमार—"हो सकता है, मगर जब छूटने पर शिवदत्त ने बेईमानी पर कमर बाँधी और पीछे मेरे लश्कर पर धावा मारा तो क्या उसी ने फिर शिवदत्त को गिरफ्तार करके उस खोह में डाल दिया? और क्या वह पुरजा भी उसी का लिखा था, जो शिवदत्त के गायब होने के बाद उसके पलंग पर मिला था?"

तेजसिंह—"हो सकता है।"

कुमार—"तो इससे मालूम होता है कि वह हमारा दोस्त भी है; मगर दोस्त है तो फिर कुमारी को क्यों ले गया?"

तेजसिंह—"इसका जवाब देना मुश्किल है। कुछ अक्ल काम नहीं करती, सिवाय इसके कि शिवदत्त के छूटने के बाद भी तो आपको उस खोह में जाने का मौका पड़ा था और हम लोग भी आपको खोजते हुए उस खोह में पहुँचे। उस वक्त चपला ने तो नहीं कहा कि इस खोह में कोई आया था, जिसने शिवदत्त को एक दफा छुड़ा के फिर कैद कर दिया। उसने उसका कोई जिक्र नहीं किया, बल्कि उसने तो कहा था कि हम शिवदत्त को बराबर इसी खोह में देखते हैं। न उसने कोई खौफ की बात बताई।"

कुमार—"मामला तो बहुत ही पेचीदा मालूम पड़ता है; मगर तुम भी कुछ गलती कर गए।"

तेजसिंह—"मैंने क्या गलती की?"

कुमार—"कल योगी ने दीवार से निकलकर मुझे कूदने से रोका, इसके बाद जमीन पर लात मारी और वहाँ की जमीन फट गई और वन कन्या निकल आई। तो योगी कोई देवता तो थे ही नहीं कि लात मार के जमीन फाड़ डालते। जरूर वहाँ पर जमीन के अंदर कोई तरकीब है। तुम्हें भी मुनासिब था कि उसी तरह लात मारकर देखते कि जमीन फटती है या नहीं।"

तेजसिंह—"यह आपने बहुत ठीक कहा। तो अब क्या करें?"

कुमार—"आज फिर चलो, शायद कुछ काम निकल जाए। अभी खोह में जाने की क्या जरूरत है?"

तेजसिंह—"ठीक है, चलिए।"

आज फिर कुमार और तीनों ऐयार उस तिलिस्म में गए। मालूमी राह से घूमते हुए उसी दालान में पहुँचे, जहाँ योगी निकले थे। जाकर देखा तो वे दोनों सड़ी और जानवरों की खाई हुई लाशें वहाँ न थीं। जमीन धोई-धोई साफ मालूम पड़ती थी। थोड़ी देर तक ताज्जुब में भरे ये लोग खड़े रहे। इसके बाद तेजसिंह ने गौर करके उसी जगह जोर से लात मारी, जहाँ योगी ने लात मारी थी।

फौरन उसी जगह से जमीन फट गई और नीचे उतरने के लिए छोटी-छोटी सीढ़ियाँ नजर पड़ीं। खुशी-खुशी वे चारों आदमी नीचे उतरे। वहाँ एक अँधेरी कोठरी में घूम-घूमकर उन लोगों को कोई दूसरा दरवाजा खोजना पड़ा, मगर पता न लगा। लाचार होकर फिर बाहर निकल आए। लेकिन वह फटी हुई जमीन फिर न जुड़ी, उसी तरह खुली रह गई।

तेजसिंह ने कहा, "मालूम होता है कि भीतर से बंद करने की कोई तरकीब इसमें है, जो हम लोगों को मालूम नहीं। खैर, जो भी हो, काम कुछ न निकला। अब बिना बाहर की राह इस खोह में आए कोई मतलब सिद्ध न होगा।"

चारों आदमी तिलिस्म के बाहर हुए। तेजसिंह ने ताला बंद कर दिया।

□

एक रोज टिककर कुँवर वीरेंद्रसिंह ने फतहसिंह सेनापति को नायब मुकर्रर करके चुनारगढ़ भेज देने के बाद नौगढ़ की तरफ कूच किया और वहाँ पहुँचकर अपने पिता से मुलाकात की। राजा सुरेंद्रसिंह के इशारे से जीतसिंह ने रात को एकांत में तिलिस्म का हाल कुँवर वीरेंद्रसिंह से पूछा। उसके जवाब में जो कुछ ठीक-ठीक हाल था, कुमार ने उनसे कहा।

जीतसिंह ने उसी जगह तेजसिंह को बुलवाकर कहा, ''तुम दोनों ऐयार कुमार को साथ लेकर खोह में जाओ और उस छोटे तिलिस्म को कुमार के हाथ से फतह करवाओ, जिसका हाल तुम्हारे उस्ताद ने तुमसे कहा था। जो कुछ हुआ है, सब इसी बीच में खुल जाएगा। लेकिन तिलिस्म फतह करने के पहले दो काम करो, एक तो थोड़े आदमी ले जाओ और महाराज शिवदत्त को उनकी रानी समेत यहाँ भिजवा दो। दूसरे, जब खोह के अंदर जाना तो दरवाजा भीतर से बंद कर लेना। अब महाराज से मुलाकात करने और कुछ पूछने की जरूरत नहीं। तुम लोग इसी वक्त यहाँ से कूच कर जाओ और रानी के वास्ते एक डोली भी साथ लिवाते जाओ।''

कुँवर वीरेंद्रसिंह ने तीनों ऐयारों और थोड़े आदमियों को साथ ले खोह की तरफ कूच किया। सुबह होते-होते वे लोग वहाँ पहुँचे। सिपाहियों को कुछ दूर छोड़ चारों आदमी खोह का दरवाजा खोलकर अंदर गए।

बयान : 4

राजा सुरेंद्रसिंह के सिपाहियों ने महाराज शिवदत्त और उनकी रानी को नौगढ़ पहुँचाया। जीतसिंह की राय से उन दोनों को रहने के लिए सुंदर मकान दिया गया। उनकी हथकड़ी-बेड़ी खोल दी गई; मगर हिफाजत के लिए मकान के चारों तरफ सख्त पहरा मुकर्रर कर दिया गया।

दूसरे दिन राजा सुरेंद्रसिंह और जीतसिंह आपस में कुछ राय करके पंडित बद्रीनाथ, पन्नालाल, रामनारायण और चुन्नीलाल—इन चारों कैदी ऐयारों को साथ ले उस मकान में गए, जिसमें महाराज शिवदत्त और उनकी महारानी को रखा था।

राजा सुरेंद्रसिंह के आने की खबर सुनकर महाराज शिवदत्त अपनी रानी को साथ लेकर दरवाजे तक इस्तकबाल (अगवानी) के लिए आए और मकान में ले जाकर आदर के साथ बैठाया। इसके बाद खुद दोनों आदमी सामने बैठे। हथकड़ी और बेड़ी पहने ऐयार भी एक तरफ बैठाए गए। महाराज शिवदत्त ने पूछा, ''इस वक्त आपने किसलिए तकलीफ की?''

राजा सुरेंद्रसिंह ने इसके जवाब में कहा, "आज तक आपके जी में जो कुछ आया, किया। क्रूरसिंह के बहकाने से हम लोगों को तकलीफ देने के लिए बहुत कुछ उपाय किया, धोखा दिया, लड़ाई ठानी; मगर अभी तक परमेश्वर ने हम लोगों की रक्षा की। क्रूरसिंह, नाजिम और अहमद भी अपनी सजा को पहुँच गए और हम लोगों की बुराई सोचते-सोचते ही मर गए। अब आपका क्या इरादा है? इसी तरह कैद में पड़े रहना मंजूर है या और कुछ सोचा है?"

महाराज शिवदत्त ने कहा, "आपकी और कुँवर वीरेंद्रसिंह की बहादुरी में कोई शक नहीं। जहाँ तक तारीफ की जाए, थोड़ी है। परमेश्वर आपको खुश रखे और पोते का सुख दिखलाए। उसे गोद में लेकर आप खिलाएँ और मैंने जो कुछ किया, उसे आप माफ करें। मुझे राज्य की अब बिल्कुल अभिलाषा नहीं है। चुनारगढ़ को आपने जिस तरह फतह किया और वहाँ जो कुछ हुआ, मुझे मालूम है। मैं अब सिर्फ एक बात चाहता हूँ। परमेश्वर के लिए तथा अपनी जवाँ मर्दी और बहादुरी की तरफ खयाल करके मेरी इच्छा पूरी कीजिए।" इतना कह हाथ जोड़कर सामने खड़े हो गए।

राजा सुरेंद्र—"जो कुछ आपके जी में हो, कहिए। जहाँ तक हो सकेगा मैं उसे पूरा करूँगा।"

शिवदत्त—"जो कुछ मैं चाहता हूँ, आप सुन लीजिए। मेरे आगे कोई लड़का नहीं है, जिसकी मुझे फिक्र हो। हाँ, चुनारगढ़ के किले में मेरे रिश्तेदारों की कई बेवाएँ हैं, जिनकी परवरिश मेरे ही सबब से होती थी। उनके लिए आप कोई ऐसा बंदोबस्त कर दें, जिससे उन बेचारियों की जिंदगी आराम से गुजरे। और भी रिश्ते के कई आदमी हैं, लेकिन मैं उनके लिए सिफारिश न करूँगा, बल्कि उनका नाम भी न बतलाऊँगा; क्योंकि वे मर्द हैं, हर तरह से कमा-खा सकते हैं और हमको अब आप कैद से छुट्टी दीजिए। अपनी स्त्री को साथ ले जंगल में चला जाऊँगा, किसी जगह बैठकर ईश्वर का नाम लूँगा। अब मुँह किसी को दिखाना नहीं चाहता, बस, और कोई आरजू नहीं है।"

सुरेंद्र—"आपके रिश्ते की जितनी औरतें चुनारगढ़ में हैं, सभी की अच्छी तरह से परवरिश होगी। उनके लिए आपको कुछ कहने की जरूरत नहीं; मगर आपको छोड़ देने में कई बातों का खयाल है।"

शिवदत्त—"कुछ नहीं। (जनेऊ हाथ में लेकर) मैं धर्म की कसम खाता हूँ, अब जी में किसी तरह की बुराई नहीं है। कभी आपकी बुराई न सोचूँगा।"

सुरेंद्र—"अभी आपकी उम्र भी इस लायक नहीं हुई है कि आप तपस्या करें।"

शिवदत्त—"जो हो, अगर आप बहादुर हैं तो मुझे छोड़ दीजिए।"

सुरेंद्र—"आपकी कसम का तो मुझे कोई भरोसा नहीं, मगर आप जो यह कहते हैं कि अगर आप बहादुर हैं तो मुझे छोड़ दें तो मैं छोड़ देता हूँ। जहाँ जी चाहे, जाइए और जो कुछ आपको खर्च के लिए चाहिए, ले लीजिए।"

शिवदत्त—"मुझे खर्च की कोई जरूरत नहीं, बल्कि रानी के बदन पर जो कुछ जेवर हैं, वह भी उतार के दिए जाता हूँ।"

यह कहकर रानी की तरफ देखा। उस बेचारी ने फौरन अपने बदन के सारे गहने उतार दिए।

सुरेंद्र—"रानी के बदन से गहने उतरवा दिए, यह अच्छा नहीं किया।"

शिवदत्त—"जब हम लोग जंगल में ही रहना चाहते हैं तो यह हत्या क्यों लिये जाएँ? क्या चोरों और डकैतों के हाथों से तकलीफ उठाने के लिए और रात भर सुख की नींद न सोने के लिए?"

सुरेंद्र (उदासी से)—"देखो शिवदत्तसिंह, तुम हाल ही तक चुनारगढ़ की गद्दी के मालिक थे। आज तुम्हारा इस तरह से जाना मुझे बुरा मालूम होता है। चाहे तुम हमारे दुश्मन थे तो भी मुझको इस बेचारी तुम्हारी रानी पर दया आती है। मैंने तो तुम्हें छोड़ दिया, चाहे जहाँ जाओ; मगर एक दफा फिर कहता हूँ, अगर तुम यहाँ रहना कबूल करो तो मेरे राज्य का कोई काम जो चाहो, मैं खुशी से तुमको दूँ। तुम यहीं रहो।"

शिवदत्त—"नहीं, अब यहाँ न रहूँगा। मुझे छुट्टी दे दीजिए। इस मकान के चारों तरफ से पहरा हटा दीजिए। रात को जब मेरा जी चाहेगा, चला जाऊँगा।"

सुरेंद्र—"अच्छा, जैसी तुम्हारी मरजी।"

महाराज शिवदत्त के चारों ऐयार चुपचाप बैठे सब बातें सुन रहे थे। बात खत्म होने पर दोनों राजाओं के चुप हो जाने पर महाराज शिवदत्त की तरफ देखकर पंडित बद्रीनाथ ने कहा, "आप तो अब तपस्या करने जाते हैं, हम लोगों के लिए क्या हुक्म होता है?"

शिवदत्त—"जो तुम लोगों के जी में आए, करो; जहाँ चाहो, जाओ। हमने अपनी तरफ से तुम लोगों को छुट्टी दे दी; बल्कि अच्छी बात हो कि तुम लोग कुँवर वीरेंद्रसिंह के साथ रहना पसंद करो, क्योंकि ऐसा बहादुर और धार्मिक राजा तुम लोगों को न मिलेगा।"

बद्रीनाथ—"ईश्वर आपको कुशल से रखे। आज से हम लोग कुँवर वीरेंद्रसिंह के हुए। आप अपने हाथों हम लोगों की हथकड़ी-बेड़ी खोल दीजिए।"

महाराज शिवदत्त ने अपने हाथों से चारों ऐयारों की हथकड़ी-बेड़ी खोल दी। राजा सुरेंद्रसिंह और जीतसिंह ने कुछ भी न कहा कि आप इनकी बेड़ी क्यों खोलते

हैं। हथकड़ी-बेड़ी खुलने के बाद चारों ऐयार राजा सुरेंद्रसिंह के पीछे जा खड़े हुए। जीतसिंह ने कहा, "अभी एक दफा आप लोग चारों ऐयार मेरे सामने आइए, फिर वहाँ जाकर खड़े होइए। पहले अपनी मामूली रस्म तो अदा कर लीजिए।"

मुसकराते हुए पंडित बद्रीनाथ, पन्नालाल, रामनारायण और चुन्नीलाल जीतसिंह के सामने आए और बिना कहे जनेऊ और ऐयारी का बटुआ हाथ में लेकर कसम खा कर बोले, "आज से मैं राजा सुरेंद्रसिंह और उनके खानदान का नौकर हुआ। ईमानदारी और मेहनत से अपना काम किया करूँगा। तेजसिंह, देवीसिंह और ज्योतिषीजी को अपना भाई समझूँगा। बस, अब तो रस्म पूरी हो गई?"

"बस, और कुछ बाकी नहीं।" इतना कहकर जीतसिंह ने चारों को गले से लगा लिया। फिर वे चारों ऐयार राजा सुरेंद्रसिंह के पीछे जा खड़े हुए।

राजा सुरेंद्रसिंह ने महाराज शिवदत्त से कहा, "अच्छा, अब मैं विदा होता हूँ। पहरा अभी उठाता हूँ। रात को जब जी चाहे, चले जाना; मगर आओ, गले तो मिल लें।"

शिवदत्त (हाथ जोड़कर)—"नहीं, मैं इस लायक नहीं रहा कि आपसे गले मिलूँ।"

"नहीं, जरूर ऐसा करना होगा।" कहकर सुरेंद्रसिंह ने शिवदत्त को जबरदस्ती गले लगा लिया और उदास मुख से विदा हो अपने महल की तरफ रवाना हुए। मकान के चारों तरफ से पहरा उठाते गए।

जीतसिंह, बद्रीनाथ, पन्नालाल, रामनारायण और चुन्नीलाल को साथ लिये राजा सुरेंद्रसिंह अपने दीवानखाने में जाकर बैठे। घंटों तक महाराज शिवदत्त के बारे में अफसोस भरी बातचीत होती रही। मौका पाकर जीतसिंह ने अर्ज किया, "अब तो हमारे दरबार में और चार ऐयार हो गए हैं, जिसकी बहुत ही खुशी है। अगर ताबेदार को पंद्रह दिन की छुट्टी मिल जाती तो अच्छी बात थी। यहाँ से दूर बिरादरी में कुछ काम है। जाना जरूरी है।"

सुरेंद्रसिंह—"इधर एक-एक, दो-दो रोज की कई दफा तुम छुट्टी ले चुके हो।"

जीतसिंह—"जी हाँ, घर ही में कुछ काम था; मगर अब की तो दूर जाना है, इसलिए पंद्रह दिन की छुट्टी माँगता हूँ। मेरी जगह पर पंडित बद्रीनाथजी काम करेंगे। किसी बात का हर्ज न होगा।"

सुरेंद्रसिंह—"अच्छा, जाओ; लेकिन जहाँ तक हो सके, जल्द आना।"

राजा सुरेंद्रसिंह से विदा हो जीतसिंह अपने घर गए और बद्रीनाथ वगैरह चारों ऐयारों को भी कुछ समझाने-बुझाने के लिए साथ लेते गए।

बयान : 5

कुँवर वीरेंद्रसिंह तीनों ऐयारों के साथ खोह के अंदर घूमने लगे। तेजसिंह ने इधर-उधर के कई निशानों को देखकर कुमार से कहा, "बेशक, यहाँ का छोटा तिलिस्म तोड़कर कोई खजाना ले गया। जरूर कुमारी चंद्रकांता को भी उसी ने कैद किया होगा। मैंने अपने उस्ताद की जुबानी सुना था कि इस खोह में कई इमारतें और बाग देखने, बल्कि रहने लायक हैं। शायद वह चोर इन्हीं में कहीं मिल भी जाए तो ताज्जुब नहीं।"

कुमार—"तब जहाँ तक हो सके, काम में जल्दी करनी चाहिए।"

तेजसिंह—"बस, हमारे साथ चलिए। अभी से काम शुरू हो जाए।"

यह कहकर तेजसिंह कुँवर वीरेंद्रसिंह को उस पहाड़ी के नीचे ले गए, जहाँ से पानी का चश्मा शुरू होता था। उस चश्मे से उत्तर को चालीस हाथ नापकर कुछ जमीन खोदी गई।

कुमार से तेजसिंह ने कहा था, "इस छोटे तिलिस्म के तोड़ने और खजाना पाने की तरकीब किसी धातु के पत्र पर खुदी हुई यहीं जमीन में गड़ी है।" मगर इस वक्त यहाँ खोदने से उसका कुछ पता न लगा। हाँ, एक खत उसमें से जरूर मिला, जिसको कुमार ने निकालकर पढ़ा। यह लिखा था—'अब क्या खोदते हो? मतलब की कोई चीज नहीं है। जो था, सो निकल गया। तिलिस्म टूट गया। अब हाथ मल के पछताओगे।'

तेजसिंह (कुमार की तरफ देखकर)—"देखिए, यह पूरा सबूत तिलिस्म टूटने का मिल गया।"

कुमार—"जब तिलिस्म टूट ही चुका है तो उसका हर एक दरवाजा भी खुला होगा?"

"हाँ, जरूर खुला होगा।" यह कहकर तेजसिंह पहाड़ियों पर चढ़ाते-घुमाते-फिराते कुमार को एक गुफा के पास ले गए, जिसमें सिर्फ एक आदमी के जाने लायक राह थी।

तेजसिंह के कहने से एक-एक कर चारों आदमी उस गुफा में घुसे। भीतर कुछ दूर जाकर खुली जगह मिली, यहाँ तक कि चारों आदमी खड़े होकर चलने लगे; मगर टटोलते हुए, क्योंकि बिल्कुल अँधेरा था। हाथ तक नहीं दिखाई देता था। चलते-चलते कुँवर वीरेंद्रसिंह का हाथ एक बंद दरवाजे पर लगा, जो धक्का देने से खुल गया और भीतर बखूबी रोशनी मालूम होने लगी।

चारों आदमी अंदर गए। छोटा सा बाग देखा, जो चारों तरफ से साफ, कहीं

तिनके का नामो-निशान नहीं। मालूम होता था कि अभी कोई झाड़ू देकर गया है। इस बाग में कोई इमारत न थी, सिर्फ एक फौवारा बीच में था; मगर यह नहीं मालूम होता था कि इसका हौज कहाँ है।

बाग में घूमने और इधर-उधर देखने से मालूम हुआ कि ये लोग पहाड़ी के ऊपर चले गए हैं। जब फौवारे के पास पहुँचे तो एक बात ताज्जुब की दिखाई पड़ी। उस जगह जमीन पर जनाने हाथ का एक जोड़ा कंगन नजर पड़ा, जिसे देखते ही कुमार ने पहचान लिया कि कुमारी चंद्रकांता के हाथ का है। झट उठा लिया। आँखों से आँसू की बूँदें टपकने लगीं।

तेजसिंह से पूछा, "यह कंगन यहाँ क्यों कर पहुँचा? इसके बारे में क्या खयाल किया जाए?"

तेजसिंह कुछ जवाब देना ही चाहते थे कि उनकी निगाह एक कागज पर जा पड़ी, जो उसी जगह खत की तरह मोड़ा पड़ा हुआ था। जल्दी से उठा लिया और खोलकर पढ़ा। यह लिखा था—

'बड़ी होशियारी से जाना। ऐयार लोग पीछा करेंगे। ऐसा न हो कि पता लग जाए, नहीं तो तुम्हारा और कुमार दोनों का ही बड़ा भारी नुकसान होगा। अगर मौका मिला तो कल आऊँगी—वही।'

इस पुरजे को पढ़कर तेजसिंह किसी सोच में पड़ गए। देर तक चुपचाप खड़े न जाने क्या-क्या विचार करते रहे। आखिर कुमार से न रहा गया, पूछा, "क्यों, क्या सोच रहे हो? इस खत में क्या लिखा है?"

तेजसिंह ने वह खत कुमार के हाथ में दे दिया। वे भी पढ़कर हैरान रह गए। बोले, "इसमें जो कुछ लिखा है, उस पर गौर करने से तो मालूम होता है कि हमारे और वन कन्या के मामले में ही कुछ है; मगर किसने लिखा, यह पता नहीं लगता।"

तेजसिंह—"आपका कहना ठीक है; पर मैं एक और बात सोच रहा हूँ, जो इससे भी ताज्जुब की है।"

कुमार—"वह क्या?"

तेजसिंह—"इन हरफों को मैं कुछ-कुछ पहचानता हूँ; मगर साफ समझ में नहीं आता, क्योंकि लिखनेवाले ने अपना हरफ छिपाने के लिए कुछ बिगाड़कर लिखा है।"

कुमार—"खैर, इस खत को रख छोड़ो, कभी-न-कभी कुछ पता लग ही जाएगा। अब आगे का काम करो।"

फिर ये लोग घूमने लगे। बाग के कोने में इन लोगों को छोटी-छोटी चार खिड़कियाँ नजर आईं, जो एक के साथ एक बराबर-सी बनी हुई थीं। पहले चारों आदमी बाईं तरफवाली खिड़की में घुसे। थोड़ी दूर जाकर एक दरवाजा मिला, जिसके आगे जाने

की बिल्कुल राह न थी, क्योंकि नीचे बेढब खतरनाक पहाड़ी दिखाई देती थी।

इधर-उधर देखने और खूब गौर करने से मालूम हुआ कि यह वही दरवाजा है, जिसको इशारे से उस योगी ने तेजसिंह को दिखाया था। इस जगह से वह दालान बहुत साफ दिखाई देता था, जिसमें कुमारी चंद्रकांता और चपला बहुत दिनों तक बेबस पड़ी थीं।

वे लोग वापस होकर फिर उसी बाग में चले आए और उसकी बगलवाली दूसरी खिड़की में घुसे, जो बहुत अँधेरी थी। कुछ दूर जाने पर उजाला नजर पड़ा; बल्कि हद तक पहुँचने पर एक बड़ा सा खुला फाटक मिला, जिससे बाहर होकर ये चारों आदमी खड़े हो चारों ओर निगाह दौड़ाने लगे।

लंबे-चौड़े मैदान के सिवाय और कुछ न नजर आया। तेजसिंह ने चाहा कि घूमकर इस मैदान का हाल मालूम करें, मगर कई सबबों से वे ऐसा न कर सके। एक तो धूप बहुत कड़ी थी, दूसरे कुमार ने घूमने की राय न दी और कहा, ''फिर जब मौका होगा, इसको देख लेंगे। इस वक्त तीसरी व चौथी खिड़की में चलकर देखना चाहिए कि क्या है।''

चारों आदमी लौट आए और तीसरी खिड़की में घुसे। एक बाग में पहुँचते ही देखा, वन कन्या कई सखियों को लिये घूम रही है। लेकिन कुँवर वीरेंद्रसिंह वगैरह को देखते ही तेजी के साथ बाग के कोने में जाकर गायब हो गई।

चारों आदमियों ने उसका पीछा किया और घूम-घूमकर तलाश भी किया, मगर कहीं कुछ भी पता न लगा। हाँ, जिस कोने में जाकर वे सब गायब हुई थीं, वहाँ जाने पर एक बंद दरवाजा जरूर देखा, जिसके खोलने की बहुत तरकीब की, मगर न खुला।

उस बाग के एक तरफ छोटी सी बारहदरी थी। लाचार होकर ऐयारों के साथ कुँवर वीरेंद्रसिंह उस बारहदरी में एक ओर बैठकर सोचने लगे, 'यह वन कन्या यहाँ कैसे आई? क्या उसके रहने का यही ठिकाना है? फिर हम लोगों को देखकर भाग क्यों गई? क्या अभी हमसे मिलना उसे मंजूर नहीं?'

इन सब बातों को सोचते-सोचते शाम हो गई, मगर किसी की अक्ल ने कुछ काम न किया।

इस बाग में मेवों के दरख्त बहुत थे और एक छोटा सा चश्मा भी था। चारों आदमियों ने मेवों से अपना पेट भरा और चश्मे का पानी पीकर उसी बारहदरी में जमीन पर ही लेट गए। यह राय ठहरी कि रात को इसी बारहदरी में गुजारा करेंगे। सवेरे जो कुछ होगा, देखा जाएगा।

देवीसिंह ने अपने बटुए में से सामान निकालकर चिराग जलाया। इसके बाद बैठकर आपस में बातें करने लगे।

कुमार—"चंद्रकांता की मुहब्बत में हमारी दुर्गति हो गई। इस पर भी अब तक कोई उम्मीद मालूम नहीं पड़ती।"

तेजसिंह—"कुमारी सही-सलामत हैं और आपको मिलेंगी, इसमें कोई शक नहीं। जितनी मेहनत से जो चीज मिलती है, उसके साथ उतनी ही खुशी में जिंदगी बीतती है।"

कुमार—"तुमने चपला के लिए कौन सी तकलीफ उठाई?"

तेजसिंह—"तो चपला ही ने मेरे लिए कौन सा दुःख भोगा? जो कुछ किया, कुमारी चंद्रकांता के लिए।"

ज्योतिषी—"क्यों तेजसिंह, क्या यह चपला तुम्हारी ही जाति की है?"

तेजसिंह—"इसका हाल तो कुछ मालूम नहीं कि यह कौन जात है; लेकिन जब मुहब्बत हो गई तो फिर चाहे कोई जात हो।"

ज्योतिषी—"लेकिन क्या उसका कोई वली, वारिस भी नहीं है? अगर तुम्हारी जाति की न हुई तो उसके माँ-बाप कब कबूल करेंगे?"

तेजसिंह—"अगर कुछ ऐसा-वैसा हुआ तो उसको मार डालूँगा और अपनी भी जान दे दूँगा।"

कुमार—"कुछ इनाम दो तो हम चपला का हाल तुम्हें बता दें।"

तेजसिंह—"इनाम में हम चपला ही को आपके हवाले कर देंगे।"

कुमार—"खूब याद रखना, चपला फिर हमारी हो जाएगी।"

तेजसिंह—"जी हाँ, जी हाँ, आपकी हो जाएगी।"

कुमार—"चपला हमारी ही जाति की है। इसका बाप बड़ा भारी जमींदार और पूरा ऐयार था। उसको सात दिन की छोड़कर उसकी माँ मर गई। उसके बाप ने उसे पाला और ऐयारी सिखाई। अभी कुछ ही वर्ष गुजरे हैं कि उसका बाप भी मर गया। महाराज जयसिंह उसको बहुत मानते थे। उसने उनके बहुत बड़े-बड़े काम किए थे। मरने के वक्त अपनी बिल्कुल जमा-पूँजी और चपला को महाराज के सुपुर्द कर गया, क्योंकि उसका कोई वारिस नहीं था। महाराज जयसिंह उसको अपनी लड़की की तरह मानते हैं और महारानी भी उसे बहुत चाहती हैं। कुमारी चंद्रकांता का और उसका लड़कपन ही से साथ होने के सबब दोनों में बड़ी मुहब्बत है।"

तेजसिंह—"आज तो आपने बड़ी खुशी की बात सुनाई। बहुत दिनों से इसका खुटका लगा हुआ था, पर कई बातों को सोचकर आपसे नहीं पूछा। भला ये बातें आपको मालूम कैसे हुईं?"

कुमार—"खास चंद्रकांता की जुबानी।"

तेजसिंह—"तब तो बहुत ठीक है।"

तमाम रात बातचीत में गुजर गई। किसी को नींद न आई। सवेरे ही उठकर, जरूरी कामों से छुट्टी पा, उसी चश्मे में नहाकर संध्या-पूजा की और कुछ मेवा खा जिस राह से उस बाग में गए थे, उसी राह से लौट आए और चौथी खिड़की के अंदर क्या है, यह देखने के लिए उसमें घुसे। उसमें भी जाकर एक हरा-भरा बाग देखा, जिसे देखते ही कुमार चौंक पड़े।

बयान : 6

तेजसिंह ने कुँवर वीरेंद्रसिंह से पूछा, "आप इस बाग को देखकर चौंके क्यों? इसमें कौन सी अद्‌भुत चीज आपको नजर पड़ी?"

कुमार—"मैं इस बाग को पहचान गया।"

तेजसिंह (ताज्जुब से)—"आपने इसे कब देखा था?"

कुमार—"यह वही बाग है, जिसमें मैं लश्कर से लाया गया था। इसी में मेरी आँखें खुली थीं। इसी बाग में जब आँखें खुलीं तो कुमारी चंद्रकांता की तसवीर देखी थी और इसी बाग में खाना भी मिला था, जिसे खाते ही मैं बेहोश होकर दूसरे बाग में पहुँचाया गया था। वह देखो, सामने वह छोटा सा तालाब है, जिसमें मैंने स्नान किया था। दोनों तरफ दो जामुन के पेड़ कैसे ऊँचे दिखाई दे रहे हैं।"

तेजसिंह—"हम भी इस बाग की सैर कर लेते तो बेहतर था।"

कुमार—"चलो, घूमो। मैं खयाल करता हूँ कि उस कमरे का दरवाजा भी खुला होगा, जिसमें कुमारी चंद्रकांता की तसवीर देखी थी।"

चारों आदमी उस बाग में घूमने लगे।

कमरे के दरवाजे खुले हुए थे। जो-जो चीजें पहले कुमार ने देखी थीं, आज भी नजर पड़ीं। सफाई भी अच्छी थी। किसी जगह गर्द या कतवार का नामो-निशान न था।

पहली दफा जब कुमार इस बाग में आए थे, तब उनकी दूसरी ही हालत थी—ताज्जुब में भरे हुए थे, तबीयत घबरा रही थी, कई बातों का सोच घेरे हुए था, इसलिए इस बाग की सैर पूरी तरह से नहीं कर सके थे; पर आज अपने ऐयारों के साथ हैं। किसी बात की फिक्र नहीं; बल्कि बहुत से अरमानों के पूरा होने की उम्मीद बँध रही है। खुशी-खुशी ऐयारों के साथ घूमने लगे। आज इस बाग की कोई कोठरी, कोई कमरा, कोई दरवाजा बंद नहीं है। सब जगहों को देखते, अपने ऐयारों को दिखाते और मौके-मौके पर यह भी कहते जाते हैं, 'इस जगह हम बैठे थे, इस जगह भोजन किया था, इस जगह सो गए थे' कि दूसरे बाग में पहुँचे।

तेजसिंह ने कहा, "दोपहर को भोजन करके सो रहने के बाद आप जिस कमरे में पहुँचे थे, जरूर उस बाग का रास्ता भी कहीं इस बाग में से ही होगा। अच्छी तरह

घूम के खोजना चाहिए।''

कुमार—''मैं भी यही सोचता हूँ।''

देवीसिंह (कुमार से)—''पहली दफा जब आप इस बाग में आए थे तो खूब खातिर की गई थी। नहाकर पहनने के कपड़े मिले, पूजा-पाठ का सामान दुरुस्त था, भोजन करने के लिए अच्छी-अच्छी चीजें मिली थीं; पर आज तो कोई बात भी नहीं पूछता। यह क्या?''

कुमार—''यह तुम लोगों के कदमों की बरकत है।''

घूमते-घूमते एक दरवाजा उन लोगों को मिला, जिसे खोल, वे लोग दूसरे बाग में पहुँचे। कुमार ने कहा, ''बेशक यह वही बाग है, जिसमें दूसरी दफा मेरी आँख खुली थी या जहाँ कई औरतों ने मुझे गिरफ्तार कर लिया था; लेकिन ताज्जुब है कि आज किसी की भी सूरत दिखाई नहीं देती। वाह रे चित्रनगर! पहले तो कुछ और था, आज कुछ और ही है। खैर, चलो, इस बाग में चलकर देखें कि क्या कैफियत है! वह तसवीर का दरबार और रौनक बाकी है या नहीं। रास्ता याद है और मैं इस बाग में बखूबी जा सकता हूँ।'' इतना कह कुमार आगे हुए और उनके पीछे-पीछे चारों ऐयार भी तीसरे बाग की तरफ बढ़े।

बयान : 7

विजयगढ़ के महाराज जयसिंह को पहले यह खबर मिली थी कि तिलिस्म टूट जाने पर भी कुमारी चंद्रकांता की खबर न लगी। इसके बाद यह मालूम हुआ कि कुमारी जीती-जागती है और उसी की खोज में वीरेंद्रसिंह फिर खोह के अंदर गए हैं। इन सब बातों को सुन-सुनकर महाराज जयसिंह बराबर उदास रहा करते थे। महल में महारानी की भी बुरी दशा थी। चंद्रकांता की जुदाई में खाना-पीना बिल्कुल छूटा हुआ था। सूख के काँटा हो रही थीं और जितनी औरतें महल में थीं, सभी उदास और दुःखी रहा करती थीं।

एक दिन महाराज जयसिंह दरबार में बैठे थे। दीवान हरदयालसिंह जरूरी अर्जियाँ पढ़कर सुनाते और हुक्म लेते जाते थे। इतने में एक जासूस हाथ में एक छोटा सा लिखा हुआ कागज लेकर हाजिर हुआ।

इशारा पाकर चोबदार ने उसे पेश किया। दीवान हरदयालसिंह ने उससे पूछा, ''यह कैसा कागज लाया है और क्या कहता है?''

जासूस ने अर्ज किया, ''इस तरह के लिखे हुए कागज शहर में बहुत जगह चिपके हुए दिखाई दे रहे हैं। तिरमुहानियों पर, बाजार में, बड़ी-बड़ी सड़कों पर इसी तरह के कागज नजर पड़ते हैं। मैंने एक आदमी से पढ़वाया था, जिसके सुनने से जी में

डर पैदा हुआ और एक कागज उखाड़कर दरबार में ले आया हूँ। बाजार में इन कागजों को पढ़-पढ़कर लोग बहुत घबरा रहे हैं।''

जासूस के हाथ से कागज लेकर दीवान हरदयालसिंह ने पढ़ा और महाराज को सुनाया। यह लिखा हुआ था—

'नौगढ़ और विजयगढ़ के राजा आजकल बड़े जोर में आए होंगे। दोनों को इस बात की बड़ी शेखी होगी कि हम चुनारगढ़ फतह करके निश्चिंत हो गए। अब हमारा कोई दुश्मन नहीं रहा। इसी तरह वीरेंद्रसिंह भी फूले न समाते होंगे। आजकल मजे में खोह की हवा खा रहे हैं। मगर यह किसी को मालूम नहीं कि उन लोगों का बड़ा भारी दुश्मन मैं अभी तक जीता हूँ। आज से मैं अपना काम शुरू करूँगा। नौगढ़ और विजयगढ़ के राजाओं-सरदारों और बड़े-बड़े सेठ-साहूकारों को चुन-चुनकर मारूँगा। दोनों राज्य मिट्टी में मिला दूँगा और फिर भी गिरफ्तार न होऊँगा । यह न समझना कि हमारे यहाँ बड़े-बड़े ऐयार हैं। मैं ऐसे-ऐसे ऐयारों को कुछ भी नहीं समझता। मैं भी एक बड़ा भारी ऐयार हूँ; लेकिन मैं किसी को गिरफ्तार न करूँगा, बस, जान से मार डालना मेरा काम होगा। अब अपनी-अपनी जान की हिफाजत चाहो तो यहाँ से भागते जाओ। खबरदार! खबरदार!! खबरदार!!

—ऐयारों का गुरुघंटाल : जालिम खाँ।'

इस कागज को सुन महाराज जयसिंह घबरा उठे। हरदयालसिंह के भी होश जाते रहे और दरबार में जितने आदमी थे, सभी काँप उठे। मगर सभी को ढाढ़स देने के लिए महाराज ने गंभीर भाव से कहा, ''हम ऐसे-ऐसे लुच्चों के डराने से नहीं डरते। कोई घबराने की जरूरत नहीं। अभी शहर में मुनादी करा दी जाए कि जालिम खाँ को गिरफ्तार करने की फिक्र सरकार कर रही है। यह किसी का कुछ न बिगाड़ सकेगा। कोई आदमी घबराकर या डरकर अपना मकान न छोड़े। मुनादी के बाद शहर में पहरे का इंतजाम पूरा-पूरा किया जाए और बहुत से जासूस उस शैतान की टोह में रवाना किए जाएँ।''

थोड़ी देर बाद महाराज ने दरबार बरखास्त किया। दीवान हरदयालसिंह भी सलाम करके घर जाना चाहते थे, मगर महाराज का इशारा पाकर रुक गए।

दीवान को साथ ले महाराज जयसिंह दीवानखाने में गए और एकांत में बैठकर उसी जालिम खाँ के बारे में सोचने लगे। कुछ देर तक सोच-विचार कर हरदयालसिंह ने कहा, ''हमारे यहाँ कोई ऐयार नहीं है, जिसका होना बहुत जरूरी है।''

महाराज जयसिंह ने कहा, ''तुम इसी वक्त एक खत यहाँ के हाल-चाल का राजा सुरेंद्रसिंह को लिखो और वह विज्ञापन (इश्तिहार) भी उसी के साथ भेज दो, जो जासूस लाया था।''

महाराज के हुक्म के मुताबिक हरदयालसिंह ने खत लिखकर तैयार किया और एक जासूस को देकर उसे पोशीदा तौर पर नौगढ़ की तरफ रवाना किया। इसके बाद महाराज ने महल के चारों तरफ पहरा बढ़ाने के लिए हुक्म देकर दीवान को विदा किया।

इन सब कामों से छुट्टी पा महाराज महल में गए। रानी से भी यह हाल कहा। वह भी सुनकर बहुत घबराईं। औरतों में इस बात की खलबली पड़ गई। आज का दिन और रात इस आश्चर्य में गुजर गई।

दूसरे दिन दरबार में फिर एक जासूस ने कल की तरह एक और कागज लाकर पेश किया और कहा, ''आज तमाम शहर में इसी तरह के कागज चिपके दिखाई देते हैं।''

दीवान हरदयालसिंह ने जासूस के हाथ से वह कागज ले लिया और पढ़कर महाराज को सुनाया। यह लिखा था—

'वाह, वाह, वाह! आपके किए कुछ न बन पड़ा तो नौगढ़ से मदद माँगने लगे। यह नहीं जानते कि नौगढ़ में भी मैंने उपद्रव मचा रखा है। क्या आपका जासूस मुझसे छिपकर कहीं जा सकता था? मैंने उसे खत्म कर दिया। किसी को भेजिए, उसकी लाश उठा लाए। शहर के बाहर कोस भर पर उसकी लाश मिलेगी।

--वही : जालिम खाँ।'

इस इश्तिहार के सुनने से महाराज का कलेजा काँप उठा। दरबार में जितने आदमी बैठे थे, सभी के छक्के छूट गए। अपनी-अपनी फिक्र पड़ गई। महाराज के हुक्म से कई आदमी शहर के बाहर उस जासूस की लाश उठा लाने के लिए भेजे गए। जब तक उसकी लाश दरबार के बाहर लाई जाए, एक धूम-सी मच गई। हजारों आदमियों की भीड़ लग गई। सभी की जुबान पर जालिम खाँ सवार था। नाम से लोगों के रोएँ खड़े होते थे। जासूस के सिर का पता न था और जो खत वह ले गया था, वह उसके बाजू से बँधा हुआ था।

जाहिर है, महाराज ने सभी को ढाढ़स दिया; मगर तबीयत में अपनी जान का भी खौफ मालूम हुआ। दीवान से कहा, ''शहर में मुनादी करा दी जाए कि जो कोई इस जालिम खाँ को गिरफ्तार करेगा, उसे सरकार से दस हजार रुपए मिलेगा; और यहाँ के कुल हाल-चाल का खत पाँच सवारों के साथ नौगढ़ रवाना किया जाए।''

यह हुक्म देकर महाराज ने दरबार बरखास्त किया। पाँचों सवार, जो खत लेकर नौगढ़ रवाना हुए, डर के मारे काँप रहे थे। अपनी जान का डर था। आपस में इरादा कर लिया कि शहर के बाहर होते ही बेतहाशा घोड़े फेंके निकल जाएँगे; मगर न हो सका।

दूसरे दिन सवेरे ही फिर इश्तिहार लिये हुए एक पहरेवाला दरबार में हाजिर हुआ। हरदयालसिंह ने इश्तिहार लेकर देखा। यह लिखा था—

'इन पाँच सवारों की क्या मजाल थी, जो मेरे हाथ से बचकर निकल जाते। आज तो इन्हीं पर गुजरी, कल से तुम्हारे महल में खेल मचाऊँगा। लो, अब खूब सँभलकर रहना। तुमने यह मुनादी कराई है कि ज़ालिम खाँ को गिरफ्तार करनेवाला दस हजार रुपए इनाम पाएगा। मैं भी कहे देता हूँ कि जो कोई मुझे गिरफ्तार करेगा, उसे बीस हजार रुपए इनाम दूँगा।

—वही जालिम खाँ।'

आज का इश्तिहार पढ़ने से लोगों की क्या स्थिति हुई, वे ही जानते होंगे। महाराज के तो होश उड़ गए। उनको अब उम्मीद न रही कि हमारी खबर नौगढ़ पहुँचेगी। एक खत के साथ पूरी पलटन को भेजना, यह भी जवाँ मर्दी से दूर था। सिवाय इसके दरबार में जासूसों ने यह खबर सुनाई कि जालिम खाँ के खौफ से शहर काँप रहा है। ताज्जुब नहीं कि दो या तीन दिन में तमाम रियाया शहर खाली कर दे। यह सुनकर और भी तबीयत घबरा उठी।

महाराज ने कई आदमी उन सवारों की लाशों को लाने के लिए रवाना किए। वहाँ जाते उन लोगों की जान काँपती थी; मगर हाकिम का हुक्म था, क्या करते? लाचार, जाना पड़ता था।

पाँचों आदमियों की लाशें लाई गईं। उन सभी के सिर कटे हुए न थे। मालूम होता था कि फाँसी लगाकर जान ली गई है, क्योंकि गरदन में रस्से के दाग थे।

इस कैफियत को देखकर महाराज हैरान हो चुपचाप बैठे थे। कुछ अक्ल काम नहीं करती थी। इतने में सामने से पंडित बद्रीनाथ आते दिखाई दिए।

आज पंडित बद्रीनाथ का ठाट देखने लायक था। पोर-पोर से फुरतीलापन झलक रहा था। ऐयारी के पूरे ठाट से सजे थे, बल्कि उरारो फाज़िल तीर-कमान लगाए, चुस्त जाँघिया कसे, बटुआ और खंजर कमर से, कमंद पीठ पर लगाए पत्थरों की झोली गले में लटकती हुई, छोटा सा डंडा हाथ में लिये कचहरी में आ मौजूद हुए।

महाराज को यह खबर पहले ही लग चुकी थी कि राजा शिवदत्त अपनी रानी को लेकर तपस्या करने के लिए जंगल की तरफ चले गए और पंडित बद्रीनाथ, पन्नालाल वगैरह सब ऐयार राजा सुरेंद्रसिंह के साथ हो गए हैं।

ऐसे वक्त में पंडित बद्रीनाथ का पहुँचना महाराज के वास्ते ऐसा हुआ, जैसे मरे हुए पर अमृत बरसना। देखते ही खुश हो गए। प्रणाम करके बैठने का इशारा किया। बद्रीनाथ आशीर्वाद देकर बैठ गए।

जयसिंह—"आज आप बड़े मौके पर पहुँचे।"

बद्रीनाथ—"जी हाँ, अब आप कोई चिंता न करें। दो-एक दिन में ही जालिम खाँ को गिरफ्तार कर लूँगा।"

जयसिंह—"आपको जालिम खाँ की खबर कैसे लगी?"

बद्रीनाथ—"इसकी खबर तो नौगढ़ ही में लग गई थी, जिसका खुलासा हाल दूसरे वक्त कहूँगा। यहाँ पहुँचने पर शहर वालों को मैंने बहुत उदास और डर के मारे काँपते देखा। रास्ते में जो भी मुझको मिलता था, उसे बराबर ढाढ़स देता था कि घबराओ मत, अब मैं आ पहुँचा हूँ। बाकी हाल एकांत में कहूँगा और जो कुछ काम करना होगा, उसकी राय भी दूसरे वक्त एकांत में ही आपके और दीवान हरदयालसिंह के सामने पक्की होगी; क्योंकि अभी तक मैंने स्नान-पूजा कुछ भी नहीं किया है। इससे छुट्टी पाकर तब कोई काम करूँगा।"

अब महाराज जयसिंह के चेहरे पर कुछ खुशी दिखाई देने लगी। दीवान हरदयालसिंह को हुक्म दिया, "पंडित बद्रीनाथ को आप अपने मकान में ठहराइए और इनके आराम की कुल चीजों का बंदोबस्त कर दीजिए, जिससे किसी बात की तकलीफ न हो। मैं भी अब उठता हूँ।"

बद्रीनाथ—"शाम को महाराज के दर्शन कहाँ होंगे? क्योंकि उसी वक्त मेरी बातचीत होगी।"

जयसिंह—"जिस वक्त चाहो, मुझसे मुलाकात कर सकते हो।"

महाराज जयसिंह ने दरबार बरखास्त किया। पंडित बद्रीनाथ को साथ ले दीवान हरदयालसिंह अपने मकान पर आए और उनकी जरूरत की चीजों का पूरा-पूरा इंतजाम कर दिया।

जो कुछ दिन बाकी था, पंडित बद्रीनाथ ने जालिम खाँ के गिरफ्तार करने की तरकीब सोचने में गुजारा। शाम के वक्त दीवान हरदयालसिंह को साथ ले महाराज जयसिंह से मिलने गए। मालूम हुआ कि महाराज बाग की सैर कर रहे हैं। वे दोनों बाग में गए।

उस वक्त वहाँ महाराज के पास बहुत से आदमी थे। पंडित बद्रीनाथ के आते ही वे लोग विदा कर दिए गए। सिर्फ बद्रीनाथ और हरदयालसिंह महाराज के पास रह गए।

पहले कुछ देर तक चुनारगढ़ के राजा शिवदत्तसिंह के बारे में बातचीत होती रही। इसके बाद महाराज ने पूछा, "नौगढ़ में जालिम खाँ की खबर कैसे पहुँची?"

बद्रीनाथ—"नौगढ़ में भी इसी तरह के इश्तिहार चिपकाए गए हैं, जिनके पढ़ने से मालूम हुआ कि विजयगढ़ में वह उपद्रव मचाएगा। इसलिए हमारे महाराज ने मुझे यहाँ भेजा है।"

महाराज—"इस दुष्ट जालिम खाँ ने वहाँ तो किसी की जान न ली?"

बद्रीनाथ—"नहीं, वहाँ अभी उसका दाँव नहीं लगा। ऐयार लोग भी बड़ी मुस्तैदी

से उसकी गिरफ्तारी की फिक्र में लगे हुए हैं।"

महाराज—"यहाँ तो उसने कई खून किए।"

बद्रीनाथ—"शहर में आते ही मुझे खबर लग चुकी है। खैर, देखा जाएगा।"

महाराज—"अगर ज्योतिषीजी को भी साथ लाते तो उनके रमल की मदद से बहुत जल्द गिरफ्तार हो जाता।"

बद्रीनाथ—"महाराज, जरा इसकी बहादुरी की तरफ खयाल कीजिए कि इश्तिहार देकर डंके की चोट काम कर रहा है। ऐसे शख्स की गिरफ्तारी भी उसी तरह होनी चाहिए। ज्योतिषीजी की मदद की इसमें क्या जरूरत है!"

महाराज—"देखें, वह कैसे गिरफ्तार होता है! शहर भर उसके खौफ से काँप रहा है।"

बद्रीनाथ—"घबराइए नहीं, सुबह-शाम में किसी-न-किसी को गिरफ्तार करता हूँ।"

महाराज—"क्या वे लोग कई आदमी हैं?"

बद्रीनाथ—"जरूर कई आदमी होंगे। यह अकेले का काम नहीं है कि यहाँ से नौगढ़ तक की खबर रखे और दोनों तरफ नुकसान पहुँचाने की नीयत करे।"

महाराज—"अच्छा, जो चाहो, करो। तुम्हारे आ जाने से बहुत कुछ ढाढ़स हो गया, नहीं तो बड़ी ही फिक्र लगी हुई थी।"

बद्रीनाथ—"अब मैं रुख्सत होऊँगा। बहुत कुछ काम करना है।"

हरदयालसिंह—"क्या आप डेरे की तरफ नहीं जाएँगे?"

बद्रीनाथ—"कोई जरूरत नहीं। मैं पूरे बंदोबस्त से आया हूँ और जिधर जी चाहेगा, चल दूँगा।"

कुछ रात जा चुकी थी, जब महाराज से विदा हो बद्रीनाथ जालिम खाँ की टोह में रवाना हुए।

बयान : 8

बद्रीनाथ जालिम खाँ की फिक्र में रवाना हुए। वे क्या करेंगे, कैसे जालिम खाँ को गिरफ्तार करेंगे, इसका हाल किसी को मालूम नहीं। जालिम खाँ ने आखिरी इश्तिहार में महाराज को धमकाया था कि अब तुम्हारे महल में डाका मारूँगा।

महाराज पर इश्तिहार का बहुत कुछ असर हुआ। पहरे पर आदमी चौगुने कर दिए गए। आप भी रात भर जागने लगे। हरदम तलवार का कब्जा हाथ में रहता था। बद्रीनाथ के आने से कुछ तसल्ली हो गई थी; मगर जिस रोज वह जालिम खाँ को गिरफ्तार करने चले गए, उसके दूसरे ही दिन फिर इश्तिहार शहर में हर चौमुहानियों और सड़कों पर चिपका हुआ लोगों की नजर पड़ा, जिसमें का एक कागज जासूस ने लाकर दरबार में

महाराज के सामने पेश किया और दीवान हरदयालसिंह ने पढ़कर सुनाया। यह लिखा हुआ था—

'महाराज जयसिंह,

होशियार रहना। पंडित बद्रीनाथ की ऐयारी के भरोसे मत भूलना। वह कल का छोकरा क्या कर सकता है? पहले तो जालिम खाँ तुम्हारा दुश्मन था, अब मैं भी पहुँच गया हूँ। पंद्रह दिन के अंदर इस शहर को उजाड़ कर दूँगा और आज के चौथे दिन बद्रीनाथ का सिर लेकर बारह बजे रात को तुम्हारे महल में पहुँचूँगा। होशियार। उस वक्त भी जिसका जी चाहे, मुझे गिरफ्तार कर ले। देखूँ तो माई का लाल कौन निकलता है। जो कोई महाराज का दुश्मन हो और मुझसे मिलना चाहे, वह 'टेटी-चोटी' में बारह बजे रात को मिल सकता है।

—आफत खाँ खूनी।'

इस इश्तिहार ने तो महाराज के बचे-बचाए होश भी उड़ा दिए। बस, यही जी में आता था कि इसी वक्त विजयगढ़ छोड़कर भाग जाएँ; मगर जवाँ मर्दी और हिम्मत ऐसा करने से रोकती थी।

जल्दी से दरबार बरखास्त किया। दीवान हरदयालसिंह को साथ ले दीवानखाने में चले गए और इस नए आफत खाँ खूनी के बारे में बातचीत करने लगे।

महाराज—"अब क्या किया जाए? एक ने तो आफत मचा ही रखी थी, अब दूसरे इस आफत खाँ ने आकर और भी जान सुखा दी। अगर ये दोनों गिरफ्तार न हुए तो हमारे राज्य करने पर लानत है।"

हरदयालसिंह—"बद्रीनाथ के आने से कुछ उम्मीद हो गई थी कि जालिम खाँ को गिरफ्तार करेंगे; मगर अब तो उनकी जान भी बचती नजर नहीं आती।"

महाराज—"किसी तरकीब से आज की यह खबर नौगढ़ पहुँचती तो बेहतर होता। वहाँ से बद्रीनाथ की मदद के लिए कोई और ऐयार आ जाता।"

हरदयालसिंह—"नौगढ़ जिस आदमी को भेजेंगे, उसी की जान जाएगी। हाँ, सौ-दो सौ आदमियों के पहरे में कोई खत जाए तो शायद पहुँचे।"

महाराज (गुस्से में आकर)—"नाम को हमारे यहाँ पचासों जासूस हैं, बरसों से हरामखोरों की तरह बैठे खा रहे हैं; मगर आज एक काम उनके किए नहीं हो सकता। न कोई जालिम खाँ की खबर लाता है, न कोई नौगढ़ खत पहुँचाने लायक है।"

हरदयालसिंह—"एक ही जासूस के मरने से सभी के छक्के छूट गए।"

महाराज—"खैर, आज शाम को हमारे कुल जासूसों को लेकर बाग में आओ। या तो कुछ काम ही निकालेंगे या सारे जासूस तोप के सामने रखकर उड़ा दिए जाएँगे। फिर जो कुछ होगा, देखा जाएगा। मैं खुद उस हरामजादे को पकड़ूँगा।"

हरदयालसिंह—"जो हुक्म।"

महाराज—"बस, अब जाओ, जो हमने कहा है, उसकी फिक्र करो।"

दीवान हरदयालसिंह महाराज से विदा हो अपने मकान पर गए; मगर हैरान थे कि क्या करें; क्योंकि महाराज को बेतरह क्रोध चढ़ आया था। उम्मीद तो यही थी कि किसी जासूस के किए कुछ न होगा और वे बेचारे मुफ्त में तोप के आगे उड़ा दिए जाएँगे। फिर वे यह भी सोचते थे कि जब महाराज खुद उन दुष्टों की गिरफ्तारी की फिक्र में घर से निकलेंगे तो मेरी जान भी गई। अब जिंदगी की क्या उम्मीद है!

बयान : 9

कुँवर वीरेंद्रसिंह तीसरे बाग की तरफ रवाना हुए, जिसमें राजकुमारी चंद्रकांता की दरबारी तसवीर देखी थी और जहाँ कई औरतें कैदियों की तरह उनको गिरफ्तार करके ले गई थीं।

उसमें जाने का रास्ता इनको मालूम था। जब कुमार उस दरवाजे के पास पहुँचे, जिसमें से होकर ये लोग उस बाग में पहुँचते तो वहाँ एक कमसिन औरत नजर पड़ी, जो इन्हीं की तरफ आ रही थी। देखने में खूबसूरत और पोशाक भी उसकी बेशकीमती थी। हाथ में एक खत लिये कुमार के पास आकर खड़ी हो गई। खत कुमार के हाथ में दे दिया। उन्होंने ताज्जुब में आकर खुद उसे पढ़ा। लिखा हुआ था—

'कई दिनों से आप हमारे इलाके में आए हुए हैं, इसलिए आपकी मेहमानदारी हमको लाजिम है। आज सब सामान दुरुस्त किया है। इसी लौंडी के साथ आइए और झोंपड़ी को पवित्र कीजिए। इसका एहसान जन्म भर न भूलूँगा।

—सिद्धनाथ योगी।'

कुमार ने खत तेजसिंह के हाथ में दे दिया। उन्होंने पढ़कर कहा, "साधु हैं, योगी हैं, इसी से इस खत में कुछ हुकूमत भी झलकती है।"

देवीसिंह और ज्योतिषीजी ने भी खत को पढ़ा।

शाम हो चुकी थी। कुमार ने अभी उस खत का कुछ जवाब नहीं दिया था कि तेजसिंह ने उस औरत से कहा, "हम लोगों को महात्माजी की खातिर मंजूर है; मगर अभी तुम्हारे साथ नहीं जा सकते, घड़ी भर के बाद चलेंगे, क्योंकि संध्या करने का समय हो चुका है।"

औरत—"तब तक मैं ठहरती हूँ। आप लोग संध्या कर लीजिए। अगर हुक्म हो तो संध्या के समय के लिए जल और आसन ले आऊँ?"

देवीसिंह—"नहीं, कोई जरूरत नहीं।"

औरत—"तो फिर यहाँ संध्या कैसे कीजिएगा? इस बाग में कोई नहर नहीं, बावड़ी नहीं।"

तेजसिंह—"उस दूसरे बाग में बावड़ी है।"

औरत—"इतनी तकलीफ करने की क्या जरूरत है! मैं अभी सब सामान लिये आती हूँ, या फिर मेरे साथ चलिए, उस बाग में संध्या कर लीजिएगा। अभी तो उसका समय भी नहीं बीत चला है।"

तेजसिंह—"नहीं, हम लोग इसी बाग में संध्या करेंगे। अच्छा, जल ले आओ।"

इतना सुनते ही वह औरत लपकती हुई तीसरे बाग में चली गई।

कुमार—"इस खत को भेजनेवाले अगर वे ही योगी हैं, जिन्होंने मुझे कूदने से बचाया था तो बड़ी खुशी की बात है। जरूर वहाँ वन कन्या से भी मुलाकात होगी; मगर तुम रुक क्यों गए, उसी बाग में चलकर संध्या कर लेते। मैं तो उसी वक्त कहने को था, मगर यह समझकर चुप हो रहा कि शायद इसमें भी तुम्हारा कोई मतलब हो।"

तेजसिंह—"जरूर ऐसा ही है।"

देवीसिंह—"क्यों उस्ताद, इसमें क्या मतलब है?"

तेजसिंह—"देखो, मालूम ही हुआ जाता है।"

कुमार—"तो कहते क्यों नहीं? आखिर कब बतलाओगे?"

तेजसिंह—"हमने यह सोचा कि कहीं योगीजी हम लोगों से धोखा न करें कि खाने-पीने में बेहोशी की दवा मिलाकर खिला दें। जब हम लोग बेहोश हो जाएँ तो उठवाकर खोह के बाहर रखवा दें और यहाँ आने का रास्ता बंद करवा दें। ऐसा होगा तो कुल मेहनत ही बरबाद हो जाएगी। देखिए, आप भी इसी बाग में बेहोश किए गए थे, जब कैदी बनाकर लाए थे और प्यास लगने पर एक कटोरा पानी पिया था, उसी वक्त बेहोश हो गए और खोह में ले जाकर रख दिए गए थे। अगर ऐसा न हुआ होता तो उसी समय कुछ-न-कुछ हाल यहाँ का मिल गया होता। फिर, मैं यह भी सोचता हूँ कि अगर हम लोग वहाँ जाकर भोजन से इनकार करेंगे तो ठीक न होगा; क्योंकि दावत कबूल करके मौके पर खाने से इनकार कर जाना उचित नहीं है।"

देवीसिंह—"तो फिर इसकी तरकीब क्या सोची है?"

तेजसिंह (हँसकर)—"तरकीब क्या, बस वही तिलिस्मी गुलाब का फूल घिसकर सभी को पिलाऊँगा और आप भी पीऊँगा। फिर सात दिन तक बेहोश करनेवाला कौन है!"

कुमार—"हाँ, ठीक है; पर वह वैद्य भी कैसा चतुर होगा, जिसने दवाइयों से ऐसे काम के नायाब फूल बनाए।"

तेजसिंह—"ठीक ही है।"

इतने में वही औरत सामने से आती दिखाई पड़ी। उसके पीछे तीन लौंडियाँ आसन, पंचपात्र, जल इत्यादि हाथों में लिये आ रही थीं।

उस बाग में एक पेड़ के नीचे कई पत्थर बैठने लायक रखे हुए थे। औरतों ने उन पत्थरों पर सामान दुरुस्त कर दिया। इसके बाद तेजसिंह ने उन लोगों से कहा, "अब थोड़ी देर के वास्ते तुम लोग अपने बाग में चली जाओ, क्योंकि औरतों के सामने हम लोग संध्या नहीं करते।"

"आप ही लोगों की खिदमत करते जन्म बीत गया। ऐसी बातें क्यों करते हैं। सीधी तरह से क्यों नहीं कहते कि हट जाओ। लो, मैं जाती हूँ।" कहती हुई वह औरत लौंडियों को साथ ले चली गई।

उसकी बात पर ये लोग हँस पड़े और बोले, "जरूर ऐयारों के संग रहनेवाली है।"

संध्या करने के बाद तेजसिंह ने तिलिस्मी गुलाब का फूल पानी में घिसकर सभी को पिलाया तथा आप भी पिया और तब राह देखने लगे कि फिर वह औरत आए तो उसके साथ हम लोग चलें।

थोड़ी देर के बाद वही औरत फिर आई। उसने इन लोगों को चलने के लिए कहा। ये लोग भी तैयार थे, उठ खड़े हुए और उसके पीछे रवाना होकर तीसरे बाग में पहुँचे। ऐयारों ने अभी तक इस बाग को नहीं देखा था; मगर कुँवर वीरेंद्रसिंह इसे खूब पहचानते थे। इसी बाग में कैदियों की तरह लाए गए थे और यहीं पर कुमारी चंद्रकांता की तसवीर का दरबार देखा था। मगर आज इस बाग को वैसा नहीं पाया। न तो वह रोशनी ही थी, न उतने आदमी ही। हाँ, पाँच-सात औरतें इधर-उधर घूमती-फिरती दिखाई पड़ीं और दो-तीन पेड़ों के नीचे कुछ रोशनी भी थी, जहाँ उसका होना जरूरी था।

शाम हो गई थी, बल्कि कुछ अँधेरा भी हो चुका था। वह औरत इन लोगों को लिये उस कमरे की तरफ चली, जहाँ कुमार ने तसवीर का दरबार देखा था। रास्ते में कुमार सोचते जाते थे, 'चाहे जो हो, आज सब भेद मालूम किए बिना योगी का पिंड न छोड़ूँगा। हाल मालूम हो जाएगा कि वन कन्या कौन है? तिलिस्मी किताब उसने क्योंकर पाई थी? हमारे साथ उसने इतनी भलाई क्यों की और चंद्रकांता कहाँ चली गई?'

दीवानखाने में पहुँचे। आज यहाँ तसवीर का दरबार न था, बल्कि उन्हीं योगीजी का दरबार था, जिन्होंने पहाड़ी से कूदते हुए कुमार को बचाया था। लंबा-चौड़ा फर्श बिछा हुआ था और उसके ऊपर एक मृगछाला बिछाए योगीजी बैठे हुए थे। बाईं तरफ कुछ पीछे हटकर वन कन्या बैठी थी और सामने की तरफ चार-पाँच लौंडियाँ हाथ जोड़े खड़ी थीं।

कुमार को आते देख योगीजी उठ खड़े हुए। दरवाजे तक आकर, उनका हाथ पकड़ अपनी गद्दी के पास ले गए और अपने बगल में दाएँ ओर मृगछाला पर

बैठाया। वन कन्या उठकर कुछ दूर जा खड़ी हुई और प्रेम-भरी निगाहों से कुमार को देखने लगी।

सब तरफ से हटकर कुमार की निगाह भी वन कन्या की तरफ जा डटी। इस वक्त इन दोनों की निगाहों से मुहब्बत, हमदर्दी और शर्म टपक रही थी। चारों आँखें आपस में घुल रही थीं। अगर योगीजी का खयाल न होता तो दोनों दिल खोलकर मिल लेते; मगर नहीं, दोनों ही को इस बात का खयाल था कि इन प्रेम की निगाहों को योगीजी न जानने पाएँ। कुछ ठहरकर योगी और कुमार में बातचीत होने लगी।

योगी—"आप और आपकी मंडली के लोग कुशल-मंगल से तो हैं?"

कुमार—"आपकी दया से हर तरह से प्रसन्न हैं, परंतु···"

योगी—"परंतु क्या?"

कुमार—"परंतु कई बातों का भेद न खुलने से तबीयत को चैन नहीं है। फिर भी, आशा है कि आपकी कृपा से हम लोगों का यह दुःख भी दूर हो जाएगा।"

योगी—"परमेश्वर की दया से अब कोई चिंता न रहेगी और आपके सब संदेह छूट जाएँगे। इस समय आप लोग हमारे साग-सत्तू को कबूल करें। इसके बाद रात भर हमारे-आपके बीच बातचीत होती रहेगी। जो कुछ पूछना हो, पूछिएगा। ईश्वर चाहेंगे तो अब किसी तरह का दुःख उठाना न पड़ेगा और आज ही से आपकी खुशी का दिन शुरू होगा।"

योगी की अमृत भरी बातों ने कुमार और उनके ऐयारों के सूखे दिलों को हरा कर दिया। तबीयत प्रसन्न हो गई। उम्मीद बँध गई कि अब सब काम पूरा हो जाएगा। थोड़ी देर के बाद भोजन का सामान दुरुस्त किया गया। खाने की जितनी चीजें थीं, सभी ऐसी थीं कि सिवाय राजा-महाराजाओं के और किसी के यहाँ न पाई जाएँ। खाने-पीने से निश्चित होने पर बाग के बीचोबीच पत्थर के खूबसूरत चबूतरे पर फर्श बिछाया गया और उसके ऊपर मृगछाला बिछाकर योगीजी बैठ गए। अपनी बगल में कुमार को बैठा लिया। कुछ दूर पर हटकर वन कन्या अपनी दो सखियों के साथ बैठी और जितनी औरतें थीं, हटा दी गईं।

रात पहर भर से ज्यादा जा चुकी थी। चंद्रमा अपनी पूर्ण किरणों से उदय हो रहे थे। ठंडी हवा चल रही थी, जिसमें सुगंधित फूलों की मीठी महक उड़ रही थी।

योगी ने मुसकराकर कुमार से कहा, "अब जो कुछ पूछना हो, पूछिए। मैं सब बातों का जवाब दूँगा और जो कुछ काम आपका अभी तक अटका है, उसको भी कर दूँगा।"

कुँवर वीरेंद्रसिंह के जी में बहुत सी ताज्जुब की बातें भरी हुई थीं। हैरान थे कि पहले क्या पूछूँ। आखिर खूब सँभलकर बैठे और योगी से पूछने लगे।

बयान : 10

जो कुछ दिन बाकी था, दीवान हरदयालसिंह ने जासूसों को इकट्ठा करने और समझाने-बुझाने में बिताया। शाम को सब जासूसों को साथ ले हुक्म के मुताबिक महाराज जयसिंह के पास बाग में हाजिर हुए।

खुद महाराज जयसिंह ने जासूसों से पूछा, "तुम लोग जालिम खाँ का पता क्यों नहीं लगा सकते?"

इसके जवाब में उन्होंने अर्ज किया, "महाराज, हम लोगों से जहाँ तक बनता है, कोशिश करते हैं। उम्मीद है कि पता लग जाएगा।"

महाराज ने कहा, "आफत खाँ एक नया शैतान पैदा हुआ। उसने अपने इश्तिहार में अपने मिलने का पता भी लिखा है। फिर क्यों नहीं तुम लोग उसी ठिकाने मिलकर उसे गिरफ्तार करते हो?"

जासूसों ने जवाब दिया, "महाराज, आफत खाँ ने अपने मिलने का ठिकाना 'टेटी-चोटी' लिखा है। अब हम लोग क्या जानें 'टेटी-चोटी' कहाँ है, कौन सा मुहल्ला है? किस जगह को उसने इस नाम से लिखा है? इसका क्या अर्थ है और हम लोग कहाँ जाएँ?"

यह सुनकर महाराज भी 'टेटी-चोटी' के फेर में पड़ गए। कुछ भी समझ में न आया। जासूसों को बेकसूर समझ कुछ न कहा। हाँ, डरा-धमकाकर और ताकीद करके रवाना किया।

अब महाराज को अपने जीने की उम्मीद कम रह गई। खौफ के मारे रात भर हाथ में तलवार लिये जागा करते; क्योंकि थोड़ा-बहुत जो कुछ भरोसा था, अपनी बहादुरी ही का था।

दूसरे दिन इश्तिहार फिर शहर में चिपका हुआ पाया गया, जिसे पहरेवालों ने लाकर हाजिर किया। दीवान हरदयालसिंह ने उसे पढ़कर सुनाया। यह लिखा था—

'देखना, खूब सँभलकर रहना। बद्रीनाथ को गिरफ्तार कर चुका हूँ। अपने पहले वादे के बमूजिब कल बारह बजे रात को उसका सिर लेकर तुम्हारे महल में हम लोग कई आदमी पहुँचेंगे। देखें, कैसे गिरफ्तार करते हो।

—आफत खाँ।'

बयान : 11

विजयगढ़ के पास भयानक जंगल में नाले के किनारे एक पत्थर की चट्टान पर दो आदमी आपस में धीरे-धीरे बातचीत कर रहे हैं। चाँदनी खूब छिटकी हुई है, जिसमें उन लोगों की सूरत और पोशाक साफ दिखाई पड़ती है। दोनों आदमियों में

से जो दूसरे पत्थर पर बैठा हुआ है, उसकी उम्र लगभग चालीस वर्ष की होगी। काला रंग, लंबा कद, काली दाढ़ी, सिर्फ जाँघिया और चुस्त कुरता पहने हुए। तीर-कमान और ढाल-तलवार आगे रखे एक घुटना जमीन के साथ लगाए बैठा है। बड़ी-बड़ी काली और कड़ी मूँछें ऊपर को चढ़ी हुई हैं। भूरी और खूँखार आँखें चमक रही हैं। चेहरे से बदमाशी और लुटेरापन झलक रहा है। इसका नाम जालिम खाँ है।

दूसरा शख्स, जो उसी के सामने वीरासन में बैठा है, उसका नाम आफत खाँ है। मेखना कद, लंबी दाढ़ी, चुस्त पायजामा और कुरता पहने, गँड़ासा सामने और एक छोटी सी गठरी बाईं तरफ रखे जालिम खाँ की बात खूब गौर से सुनता और ज़वाब देता है।

जालिम खाँ—"तुम्हारे मिल जाने से बड़ा सहारा हो गया।"

आफत खाँ—"इसी तरह मुझको तुम्हारे मिलने से। देखो यह गँड़ासा। (हाथ में लेकर) इसी से हजारों आदमियों की जानें जाएँगी। मैं सिवाय इसके कोई दूसरा हरबा नहीं रखता। यह जहर से बुझाया हुआ है। जिसे जरा भी इसका जख्म लग जाए, फिर उसके बचने की कोई उम्मीद नहीं।"

जालिम—"बहुत हैरान होने पर तुमसे मुलाकात हुई।"

आफत—"मुझे तुमसे जरूर मिलना था, इसलिए इश्तिहार चिपका दिए; क्योंकि तुम लोगों का कोई ठिकाना तो था नहीं, जहाँ खोजता। लेकिन मुझे यकीन था कि तुम ऐयारी जरूर जानते होगे, इसीलिए ऐयारी बोली में अपना ठिकाना लिख दिया, जिससे किसी दूसरे की समझ में न आए कि कहाँ बुलाया है।"

जालिम—"ऐसी ही कुछ थोड़ी सी ऐयारी सीखी थी; मगर तुम इस फन में उस्ताद मालूम होते हो, तभी तो बद्रीनाथ को झट गिरफ्तार कर लिया।"

आफत—"उस्ताद तो मैं कुछ नहीं, मगर हाँ, बद्रीनाथ जैसे छोकरे के लिए बहुत हूँ।"

जालिम—"जो चाहो कहो, मगर मैंने तुमको अपना उस्ताद मान लिया। जरा बद्रीनाथ की सूरत तो दिखा दो।"

आफत—"हाँ-हाँ, देखो, धड़ तो उसका गाड़ दिया, मगर सिर गठरी में बँधा है। लेकिन हाथ मत लगाना, क्योंकि इसको मसाले से तर किया है, जिससे कल तक सड़ न जाए।"

इतना कह आफत खाँ ने अपनी बगलवाली गठरी खोली, जिसमें बद्रीनाथ का सिर बँधा हुआ था। कपड़ा खून से तर हो रहा था। जितने आदमी उसके साथियों में से उस जगह थे, बद्रीनाथ की खोपड़ी देख खुशी के मारे उछलने लगे।

जालिम—"यह शख्स बड़ा शैतान था।"

आफत—"लेकिन मुझसे बच के कहाँ जाता!"

जालिम—"मगर उस्ताद, तुम एक बात बड़ी बेढब कहते हो कि कल बारह बजे रात को महल में चलना होगा।"

आफत—"बेढब क्या है? देखो, कैसा तमाशा होता है!"

जालिम—"मगर उस्ताद, तुम्हारे इश्तिहार दे देने से उस वक्त वहाँ बहुत से आदमी इकट्ठा होंगे। कहीं ऐसा न हो कि हम लोग गिरफ्तार हो जाएँ!"

आफत—"ऐसा कौन है, जो हम लोगों को गिरफ्तार करे?"

जालिम—"तो इसमें क्या फायदा है कि अपनी जान जोखिम में डाली जाए? वक्त टाल के क्यों नहीं चलते?"

आफत—"तुम तो गधे हो। कुछ खबर भी है कि हमने ऐसा क्यों किया?"

जालिम—"अब यह तो तुम जानो।"

आफत—"सुनो, मैं बताता हूँ। मेरी नीयत यह है कि जहाँ तक हो सके, जल्दी से उन लोगों को मार-पीट सब मामला खत्म कर दूँ। उस वक्त वहाँ जितने आदमी मौजूद होंगे, सभी को बस, तुम मुर्दा ही समझ लो। बिना हाथ-पैर हिलाए सभी का काम तमाम करूँ तो सही।"

जालिम—"भला उस्ताद, यह कैसे हो सकता है?"

आफत (बटुए में से एक गोला निकालकर और दिखाकर)—"देखो, इस किस्म के बहुत से गोले मैंने बना रखे हैं, जो एक-एक तुम लोगों के हाथ में दे दूँगा। बस, वहाँ पहुँचते ही तुम लोग इन गोलों को उन लोगों के हुजूम (भीड़) में फेंक देना, जो हम लोगों को गिरफ्तार करने के लिए मौजूद होंगे। गिरते ही ये गोले भारी आवाज देकर फूट जाएँगे और इनमें से बहुत सा धुआँ निकलेगा, जिसमें वे लोग छिप जाएँगे। आँखों में धुआँ लगते ही अंधे हो जाएँगे और नाक के अंदर जहाँ गया कि उन लोगों की जान गई, ऐसा जहरीला यह धुआँ होगा।"

आफत खाँ की बात सुनकर सब-के-सब मारे खुशी के उछल पड़े।

जालिम खाँ ने कहा, "भला उस्ताद, एक गोला यहाँ पटक के दिखाओ। हम लोग भी देख लें तो दिल मजबूत हो जाएगा।"

"हाँ, देखो।" यह कहकर आफत खाँ ने वह गोला जमीन पर पटक दिया। साथ ही एक आवाज देकर गोला फट गया और बहुत सा जहरीला धुआँ फैला, जिसको देखते ही आफत खाँ, जालिम खाँ और उनके साथी लोग जल्दी से हट गए। इस पर भी उन लोगों की आँखें सूज गईं और सिर घूमने लगा। यह देखकर आफत खाँ ने अपने बटुए में से मरहम की एक डिबिया निकाली और सभी की आँखों में वह मरहम लगाया तथा हाथ में मलकर सुँघाया, जिससे उन लोगों की तबीयत कुछ ठिकाने हुई

और वे आफत खाँ की तारीफ करने लगे।

जालिम—"वाह उस्ताद, यह तो तुमने बहुत ही बढ़िया चीज बनाई है।"

आफत—"क्यों, अब तो महल में चलने का हौसला हुआ?"

जालिम—"शुक्र है उस पाक परवरदिगार का, जिसने तुम्हें मिला दिया। जो काम हम साल भर में करते, सो तुम एक रोज में कर सकते हो। वाह उस्ताद, वाह। अब तो हम लोग उछलते-कूदते महल में चलेंगे और सभी को दोजख में पहुँचाएँगे। लाओ, एक-एक गोला सभी को दे दो।"

आफत—"अभी क्यों, जब चलने लगेंगे, दे देंगे। कल का दिन जो काटना है।"

जालिम—"अच्छा; लेकिन उस्ताद, तुमने इतने दिन पीछे का इश्तिहार क्यों दिया? आज का ही दिन अगर मुकर्रर किया होता तो मजा हो जाता।"

आफत—"हमने समझा कि बद्रीनाथ जरा चालाक है, शायद जल्दी हाथ न लगे, इसीलिए ऐसा किया; मगर यह तो निरा बोदा निकला।"

जालिम—"अब क्या करना चाहिए?"

आफत—"इस वक्त तो कुछ नहीं, मगर कल बारह बजे रात को महल में चलने के लिए तैयार रहना चाहिए।"

जालिम—"इसके कहने की कोई जरूरत नहीं। अब तो हम और तुम साथ ही हैं। जब जो कहोगे, करेंगे।"

आफत—"अच्छा, तो आज यहाँ से टलकर किसी दूसरी जगह आराम करना मुनासिब है। कल देखो, खुदा क्या करता है। मैं तो कसम खा चुका हूँ कि महल में जाकर बिना सभी का काम तमाम किए एक दाना मुँह में नहीं डालूँगा।"

जालिम—"उस्ताद, ऐसा नहीं करना चाहिए। तुम कमजोर हो जाओगे।"

आफत—"बस, चुप रहो, बिना खाए हमारा कुछ नहीं बिगड़ सकता।"

इसके बाद वे सब वहाँ से उठकर एक तरफ को रवाना हो गए।

बयान : 12

वह दिन आ गया कि जब बारह बजे रात को बद्रीनाथ का सिर लेकर आफत खाँ महल में पहुँचे। आज शहर भर में खलबली मची हुई थी। शाम ही से महाराज जयसिंह खुद सब तरह का इंतजाम कर रहे थे। बड़े-बड़े बहादुर और फुरतीले जवाँ मर्द महल के अंदर इकट्ठा किए जा रहे थे। सभी में जोश फैलता जाता था। महाराज खुद हाथ में तलवार लिये इधर-से-उधर टहलते और लोगों की बहादुरी की तारीफ करके कहते थे कि सिवाय अपने जान-पहचान के किसी गैर को किसी वक्त कहीं देखो, गिरफ्तार कर लो। और बहादुर लोग आपस में डींग हाँक रहे थे कि यूँ पकड़ूँगा,

यूँ काटूँगा। महल के बाहर पहरे का इंतजाम कम कर दिया गया, क्योंकि महाराज को पूरा भरोसा था कि महल में आते ही आफत खाँ को गिरफ्तार कर लेंगे और जब बाहर पहरा कम रहेगा तो वह बखूबी महल में चला आएगा, नहीं तो दो-चार पहरेवालों को मारकर भाग जाएगा। महल के अंदर रोशनी भी खूब कर दी गई। तमाम महल दिन की तरह चमक रहा था।

आधी रात बीतने ही वाली थी कि पूरब की छत से छह आदमी धमाधम कूद कर धड़धड़ाते हुए उस भीड़ के बीच में आकर खड़े हो गए, जहाँ बहुत से बहादुर बैठे और खड़े थे। सबके आगे वही आफत खाँ बद्रीनाथ का सिर हाथ में लटकाए हुए था।

बयान : 13

खोहवाले तिलिस्म के अंदर बाग में कुँवर वीरेंद्रसिंह और योगीजी में बातचीत होने लगी, जिसे वन कन्या और इनके ऐयार बखूबी सुन रहे थे।

कुमार—"पहले यह कहिए, चंद्रकांता जीती है या मर गई?"

योगी—"राम-राम, चंद्रकांता को कोई मार सकता है! वह बहुत अच्छी तरह से इस दुनिया में मौजूद है।"

कुमार—"क्या उसकी और मेरी फिर मुलाकात होगी?"

योगी—"जरूर होगी।"

कुमार—"कब?"

योगी (वन कन्या की तरफ इशारा करके)—"जब यह चाहेगी।"

इतना सुन कुमार वन कन्या की तरफ देखने लगे। इस वक्त उसकी अजीब हालत थी। बदन में घड़ी-घड़ी कँपकँपी हो रही थी। घबराई-सी नजर पड़ती थी। उसकी ऐसी गति देखकर एक दफा योगी ने अपनी कड़ी और तिरछी निगाह उस पर डाली, जिसे देखते ही वह सँभल गई। कुँवर वीरेंद्रसिंह ने भी इसे अच्छी तरह से देखा और फिर कहा।

कुमार—"अगर आपकी कृपा होगी तो मैं चंद्रकांता से अवश्य मिल सकूँगा।"

योगी—"नहीं, यह काम बिल्कुल (वन कन्या को दिखाकर) इसी के हाथ में है। मगर यह मेरे हुक्म में है। अस्तु, आप घबराते क्यों हैं और जो-जो बातें आपको पूछनी हों, पूछ लीजिए। फिर चंद्रकांता से मिलने की तरकीब भी बता दी जाएगी।"

कुमार—"अच्छा, यह बताइए कि यह वन कन्या कौन है?"

योगी—"यह एक राजा की लड़की है।"

कुमार—"मुझ पर इसने बहुत उपकार किए। इसका क्या सबब है?"

योगी—"इसका यही सबब है कि कुमारी चंद्रकांता में और इसमें बहुत प्रेम है।"

कुमार—"अगर ऐसा है तो मुझसे शादी क्यों किया चाहती है?"

योगी—"तुम्हारे साथ शादी करने की इसको कोई जरूरत नहीं और न यह तुमको चाहती ही है। केवल चंद्रकांता की जिद से लाचार है, क्योंकि उसको यही मंजूर है।"

योगी की आखिरी बात सुनकर कुमार मन में बहुत खुश हुए और फिर योगी से बोले, "जब चंद्रकांता में और इनमें इतनी मुहब्बत है तो यह उसे मेरे सामने क्यों नहीं लातीं?"

योगी—"अभी उसका समय नहीं है।"

कुमार—"क्यों?"

योगी—"जब राजा सुरेंद्रसिंह और जयसिंह को आप यहाँ लाएँगे, तब यह कुमारी चंद्रकांता को लाकर उनके हवाले कर देगी।"

कुमार—"तो मैं अभी यहाँ से जाता हूँ। जहाँ तक होगा, उन दोनों को लेकर बहुत जल्द आऊँगा।"

योगी—"मगर पहले हमारी एक बात का जवाब दे लो।"

कुमार—"वह क्या?"

योगी (वन कन्या की तरफ इशारा करके)—"इस लड़की ने तुम्हारी बहुत मदद की है और तुमने तथा तुम्हारे ऐयारों ने इसे देखा भी है। इसका हाल और कौन-कौन जानता है और तुम्हारे ऐयारों के सिवाय इसे और किस-किस ने देखा है?"

कुमार—"मेरे और फतहसिंह के सिवाय इन्हें आज तक किसी ने नहीं देखा। आज ये ऐयार लोग इनको देख रहे हैं।"

वन कन्या—"एक दफा ये (तेजसिंह की तरफ बताकर) मुझसे मिल गए हैं; मगर शायद वह हाल इन्होंने आपसे न कहा हो, क्योंकि मैंने कसम दे दी थी।"

यह सुनकर कुमार ने तेजसिंह की तरफ देखा। उन्होंने कहा, "जी हाँ, यह उस वक्त की बात है, जब आपने मुझसे कहा था कि आजकल तुम लोगों की ऐयारी में उल्ली लग गई है। तब मैंने कोशिश करके इनसे मुलाकात की और कहा कि अपना पूरा हाल मुझसे जब तक न कहेंगी, मैं न मानूँगा और आपका पीछा न छोड़ूँगा। तब इन्होंने कहा, 'एक दिन वह आएगा कि चंद्रकांता और मैं कुमार की कहलाएँगी; मगर इस वक्त तुम मेरा पीछा मत करो, नहीं तो तुम्हीं लोगों के काम का हर्ज होगा।' तब मैंने कहा, 'अगर आप इस बात की कसम खाएँ कि चंद्रकांता कुमार को मिलेंगी तो इस वक्त मैं यहाँ से चला जाऊँ।' इन्होंने कहा, 'तुम भी इस बात की कसम खाओ कि आज का हाल तब तक किसी से न कहोगे, जब तक मेरा और कुमार का सामना न हो जाए।' आखिर इस बात की हम दोनों ने कसम खाई। यही सबब है कि पूछने पर भी मैंने यह सब हाल किसी से नहीं कहा। आज इनका और आपका पूरी तौर से

सामना हो गया, इसलिए कहता हूँ।''

योगी (कुमार से)—''अच्छा, तो इस लड़की को सिवाय तुम्हारे तथा ऐयारों के और किसी ने नहीं देखा। मगर इसका हाल तो तुम्हारे लश्कर वाले जानते होंगे कि आजकल कोई नई औरत आई है, जो कुमार की मदद कर रही है?''

कुमार—''नहीं, यह हाल भी किसी को मालूम नहीं; क्योंकि सिवाय ऐयारों के मैं और किसी से इनका हाल कहता ही न था और ऐयार लोग सिवाय अपनी मंडली के दूसरे को किसी बात का पता क्यों देने लगे। हाँ, इनके नकाबपोश सवारों को हमारे लश्करवालों ने कई दफा देखा है और इनका खत लेकर भी जब-जब कोई हमारे पास गया, तब हमारे लश्करवालों ने देखकर शायद कुछ समझा हो।''

योगी—''इसका कोई हर्ज नहीं। अच्छा, यह बताओ कि तुम्हारी जुबानी राजा सुरेंद्रसिंह और जयसिंह ने भी कुछ इसका हाल सुना है?''

कुमार—''उन्होंने तो नहीं सुना, हाँ, तेजसिंह के पिता जीतसिंहजी से मैंने सब हाल जरूर कह दिया था। शायद उन्होंने मेरे पिता से कहा हो।''

योगी—''नहीं, जीतसिंह यह सब हाल तुम्हारे पिता से कभी न कहेंगे; मगर अब तुम इस बात का खूब खयाल रखो कि वन कन्या ने जो-जो काम तुम्हारे साथ किए हैं, उनका हाल किसी को न मालूम हो।''

कुमार—''मैं कभी न कहूँगा; मगर आप यह तो बताएँ कि इनका हाल किसी से न कहने में क्या फायदा सोचा है? अगर मैं किसी से कहूँगा तो इसमें इनकी तारीफ ही होगी।''

योगी—''तुम लोगों के बीच में चाहे इसकी तारीफ हो, मगर जब यह हाल इसके माँ-बाप सुनेंगे तो उन्हें कितना रंज होगा! क्योंकि एक बड़े घर की लड़की का पराए मर्द से मिलना और पत्र-व्यवहार करना तथा ब्याह का संदेश देना इत्यादि, कितने ऐब की बात है!''

कुमार—''हाँ, यह तो ठीक है। अच्छा, इनके माँ-बाप कौन हैं और कहाँ रहते हैं?''

योगी—''इसका हाल भी तुमको तब मालूम होगा, जब राजा सुरेंद्रसिंह और महाराज जयसिंह यहाँ आएँगे और कुमारी चंद्रकांता उनके हवाले कर दी जाएगी।''

कुमार—''तो आप मुझे हुक्म दीजिए कि मैं इसी वक्त उन लोगों को लाने के लिए यहाँ से चला जाऊँ।''

योगी—''यहाँ से जाने का भला यह कौन सा वक्त है! क्या शहर का मामला है? रात भर ठहर जाओ, सुबह को जाना। रात भी अब थोड़ी ही रह गई है। कुछ आराम कर लो।''

कुमार—''जैसी आपकी मरजी।''

गरमी बहुत थी, इस वजह से उसी मैदान में कुमार ने सोना पसंद किया। इन सभी के सोने का इंतजाम योगीजी के हुक्म से उसी वक्त कर दिया गया। इसके बाद योगीजी अपने कमरे की तरफ रवाना हुए और वन कन्या भी एक तरफ को चली गई।

थोड़ी सी रात बाकी थी, वह भी उन लोगों के बातचीत करते बीत गई। अभी सूरज नहीं निकला था कि योगीजी अकेले फिर कुमार के पास आ मौजूद हुए और बोले, ''मैं रात को एक बात कहना भूल गया था, सो इस वक्त समझा देता हूँ। जब राजा जयसिंह इस खोह में आने के लिए तैयार हो जाएँ, बल्कि तुम्हारे पिता और जयसिंह दोनों मिलकर इस खोह के दरवाजे तक आ जाएँ, तब पहले तुम उन लोगों को बाहर ही छोड़कर अपने ऐयारों के साथ यहाँ आकर हमसे मिल जाना। इसके बाद उन लोगों को यहाँ लाना; और इस वक्त स्नान-पूजा से छुट्टी पाकर, तब यहाँ से जाओ।''

कुमार ने ऐसा ही किया; मगर योगी की आखिरी बात से उनको और भी ताज्जुब हुआ कि हमें पहले क्यों बुलाया?

कुछ खाने का सामान हो गया। कुमार और उनके ऐयारों को खिला-पिलाकर योगी ने विदा कर दिया।

दोहराकर लिखने की कोई जरूरत नहीं। खोह में घूमते-फिरते कुँवर वीरेंद्रसिंह और उनके ऐयार जिस तरह इस बाग तक आए थे, उसी तरह इस बाग से दूसरे और दूसरे से तीसरे में होते सब लोग खोह के बाहर हुए और एक घने पेड़ के नीचे सबों को बैठा देवीसिंह कुमार के लिए घोड़ा लाने नौगढ़ चले गए।

थोड़ा दिन बाकी था, जब देवीसिंह घोड़ा लेकर कुमार के पास पहुँचे, जिस पर सवार होकर कुँवर वीरेंद्रसिंह अपने ऐयारों के साथ नौगढ़ की तरफ रवाना हुए।

नौगढ़ पहुँचकर अपने पिता से मुलाकात की और महल में जाकर अपनी माता से मिले। अपना कुल हाल किसी से नहीं कहा, हाँ, पन्नालाल वगैरह की जुबानी इतना हाल उनको मिला कि कोई जालिम खाँ इन लोगों का दुश्मन पैदा हुआ है, जिसने विजयगढ़ में कई खून किए हैं और वहाँ की रियाया उसके नाम से काँप रही है। पंडित बद्रीनाथ उसको गिरफ्तार करने गए हैं। उनके जाने के बाद यह भी खबर मिली है कि एक आफत खाँ नामी दूसरा शख्स पैदा हुआ है, जिसने इस बात का इश्तिहार दे दिया है कि फलाने रोज बद्रीनाथ का सिर लेकर महल में पहुँचूँगा। देखूँ, मुझे कौन गिरफ्तार करता है।

इन सब खबरों को सुनकर कुँवर वीरेंद्रसिंह, तेजसिंह, देवीसिंह और ज्योतिषीजी बहुत घबराए और सोचने लगे कि जिस तरह हो विजयगढ़ पहुँचना चाहिए; क्योंकि अगर ऐसे वक्त में वहाँ पहुँचकर महाराज जयसिंह की मदद न करेंगे और उन शैतानों के हाथ से वहाँ की रियाया को न बचाएँगे तो कुमारी चंद्रकांता को हमेशा के लिए ताना

मारने की जगह मिल जाएगी और हम उसके सामने मुँह दिखाने लायक भी न रहेंगे।

इसके बाद यह भी मालूम हुआ कि जीतसिंह पंद्रह दिनों की छुट्टी लेकर कहीं गए हैं। इस खबर ने तेजसिंह को परेशान कर दिया। वह इस सोच में पड़ गए कि उनके पिता कहाँ गए? क्योंकि उनकी बिरादरी में कहीं कुछ काम न था, जहाँ जाते। तब इस बहाने से छुट्टी लेकर क्यों गए?

तेजसिंह ने अपने घर में जाकर अपनी माँ से पूछा, ''हमारे पिता कहाँ गए हैं?''

जिसके जवाब में उस बेचारी ने कहा, ''बेटा, क्या ऐयारों के घर की औरतें इस लायक होती हैं कि उनके मालिक अपना ठीक-ठीक हाल उनसे कहा करें!''

इतना ही सुनकर तेजसिंह चुप हो गए। दूसरे दिन राजा सुरेंद्रसिंह के पूछने पर तेजसिंह ने इतना कहा, ''हम लोग कुमारी चंद्रकांता को खोजने के लिए खोह में गए थे। वहाँ एक योगी से मुलाकात हुई, जिसने कहा कि अगर महाराज सुरेंद्रसिंह और महाराज जयसिंह को लेकर यहाँ आओ तो मैं चंद्रकांता को बुलाकर उसके पिता के हवाले कर दूँ। इसी सबब से हम लोग आपको और महाराज जयसिंह को लेने आए हैं।''

राजा सुरेंद्रसिंह ने खुश होकर कहा, ''हम तो अभी चलने को तैयार हैं; मगर महाराज जयसिंह तो ऐसी आफत में फँस गए हैं कि कुछ कह नहीं सकते। पंडित बद्रीनाथ यहाँ से गए हैं। देखें, क्या होता है। तुमने तो वहाँ का हाल सुना ही होगा।''

तेजसिंह—''मैं सब हाल सुन चुका हूँ। हम लोगों को वहाँ पहुँचकर मदद करना मुनासिब है।''

सुरेंद्रसिंह—''मैं खुद यह कहने को था। कुमार की क्या राय है? वे जाएँगे या नहीं?''

तेजसिंह—''आप खुद जानते हैं कि कुमार काल से भी डरनेवाले नहीं, वह जालिम खाँ क्या चीज है!''

राजा—''ठीक है, मगर किसी वीर पुरुष का मुकाबला करना हम लोगों का धर्म है और चोर तथा डाकुओं या ऐयारों का मुकाबला करना तुम लोगों का काम है। क्या जाने वह छिपकर कहीं कुमार ही पर घात कर बैठे।''

तेजसिंह—''वीरों और बहादुरों से लड़ना कुमार का काम है सही, मगर दुष्ट, चोर-डाकू या और किसी की भी क्या मजाल है कि हम लोगों के रहते कुमार का बाल भी बाँका कर जाए।''

राजा—''हम तो नाम के आगे जान कोई चीज नहीं समझते; मगर दुष्ट घातियों से बचे रहना भी धर्म है। सिवाय इसके कुमार के वहाँ गए बिना कोई हर्ज भी नहीं है। अस्तु, तुम लोग जाओ और महाराज जयसिंह की मदद करो। जब जालिम खाँ गिरफ्तार हो जाए तो महाराज को सब हाल कह-सुनाकर यहाँ लेते आना। फिर हम भी साथ होकर खोह में चलेंगे।''

राजा सुरेंद्रसिंह की मरजी, कुमार को इस वक्त विजयगढ़ जाने देने की नहीं समझ कर और राजा से बहुत जिद करना भी बुरा खयाल करके तेजसिंह चुप ही रहे। अकेले ही विजयगढ़ जाने के लिए महाराज से हुक्म लिया और उनके खास हाथ का लिखा हुआ खत का खलीता लेकर विजयगढ़ की तरफ रवाना हुए।

कुछ दूर जाकर दोपहर की धूप घने जंगल के पेड़ों की झुरमुट में काटी और ठंडे हो रवाना हुए। विजयगढ़ पहुँचकर महल में आधी रात को ठीक उस वक्त पहुँचे, जब बहुत से जवाँ मर्दों की भीड़ बटुरी हुई थी और हर एक आदमी चौकन्ना होकर हर तरफ देख रहा था। यकायक पूरब की छत से धमाधम छह आदमी कूदकर बीचोबीच भीड़ में आ खड़े हुए, जिनके आगे-आगे बद्रीनाथ का सिर हाथ में लिये आफत खाँ था।

तेजसिंह को अभी तक किसी ने नहीं देखा था। इस वक्त इन्होंने ललकारकर कहा, ‘‘पकड़ो इन नालायकों को! अब देखते क्या हो?’’ इतना कहकर आप भी कमंद फैलाकर उन लोगों की तरफ फेंका। तब तक बहुत से आदमी टूट पड़े। उन लोगों के हाथ में जो गेंद मौजूद थी, जमीन पर पटकने लगे। मगर कुछ नहीं, वहाँ तो मामला ही ठंडा था। गेंद क्या थी, धोखा था। कुछ करते-धरते न बन पड़ा और सब-के-सब गिरफ्तार हो गए।

अब तेजसिंह को सभी ने देखा। आफत खाँ ने भी उनकी तरफ देखा और कहा, ‘‘तेज, मेमचे बद्री।’’ इतना सुनते ही तेजसिंह ने आफत खाँ का हाथ पकड़कर उनको सभी से अलग कर लिया और हाथ-पैर खोल गले से लगा लिया। सब शोरगुल मचाने लगे, ‘‘हाँ-हाँ, यह क्या करते हो? यह तो बड़ा भारी दुष्ट है। इसी ने तो बद्रीनाथ को मारा है। देखो, इसी के हाथ में बेचारे बद्रीनाथ का सिर है। तुम्हें क्या हो गया कि इसके साथ नेकी करते हो?’’

पर तेजसिंह ने घुड़ककर कहा, ‘‘चुप रहो, कुछ खबर भी है कि ये कौन हैं! बद्रीनाथ को मारना क्या खेल हो गया है?’’

तेजसिंह की इज्जत को सब जानते थे। किसी की मजाल न थी कि उनकी बात काटता। आफत खाँ को उनके हवाले करना ही पड़ा। मगर बाकी पाँचों आदमियों को खूब मजबूती से बाँधा।

आफत खाँ का हाथ भी तेजसिंह ने छोड़ दिया और साथ-साथ लिये हुए महाराज जयसिंह की तरफ चले। चारों तरफ धूम मची थी। जालिम खाँ और उसके साथियों के गिरफ्तार हो जाने पर भी लोग काँप रहे थे। महाराज भी दूर से सब तमाशा देख रहे थे। तेजसिंह को आफत खाँ के साथ अपनी तरफ आते देख घबरा गए। म्यान से तलवार खींच ली।

तेजसिंह ने पुकारकर कहा, ''घबराइए नहीं, हम दोनों आपके दुश्मन नहीं हैं। ये जो हमारे साथ हैं और जिन्हें आप कुछ और समझे हुए हैं, वास्तव में पंडित बद्रीनाथ हैं।'' यह कह आफत खाँ की दाढ़ी हाथ से पकड़कर झटक दी, जिससे बद्रीनाथ कुछ पहचाने गए।

अब महाराज जयसिंह का जी ठिकाने हुआ। पूछा, ''बद्रीनाथ, उनके साथ क्यों थे?''

बद्रीनाथ—''महाराज, अगर मैं उनका साथी न बनता तो उन लोगों को यहाँ तक लाकर गिरफ्तार कौन कराता?''

महाराज—''तुम्हारे हाथ में यह सिर किसका लटक रहा है?''

बद्रीनाथ—''मोम का, बिल्कुल बनावटी।''

अब तो धूम मच गई कि जालिम खाँ को बद्रीनाथ ऐयार ने गिरफ्तार कराया। उनके चारों तरफ भीड़ लग गई। एक पर एक टूटा पड़ता था। बड़ी ही मुश्किल से बद्रीनाथ उस झुंड से अलग किए गए। जालिम खाँ वगैरह को भी मालूम हो गया कि आफत खाँ कृपानिधान बद्रीनाथ ही थे, जिन्होंने हम लोगों को बेढब धोखा देकर फँसाया। मगर इस वक्त क्या कर सकते थे। हाथ-पैर सभी के बँधे थे। कुछ जोर नहीं चल सकता था। लाचार होकर बद्रीनाथ को गालियाँ देने लगे। सच है, जब आदमी की जान पर आ बनती है, तब जो जी में आता है, बकता है।

बद्रीनाथ ने उनकी गालियों का कुछ भी खयाल न किया, बल्कि उन लोगों की तरफ देखकर हँस दिया। उनके साथ बहुत से आदमी, बल्कि महाराज तक हँस पड़े।

महाराज के हुक्म से सब आदमी महल के बाहर कर दिए गए। सिर्फ थोड़े से मामूली उम्दा लोग रह गए और महल के अंदर ही कोठरी में हाथ-पैर जकड़ जालिम खाँ और उसके साथी बंद कर दिए गए। पानी मँगवाकर बद्रीनाथ के हाथ-पैर धुलवाए गए, इसके बाद दीवानखाने में बैठकर बद्रीनाथ से सब खुलासा हाल जालिम खाँ के गिरफ्तार करने का पूछने लगे, जिसको सुनने के लिए तेजसिंह भी व्याकुल हो रहे थे।

बद्रीनाथ ने कहा, ''महाराज, इस दुष्ट जालिम खाँ से मिलने की पहली तरकीब मैंने यह की कि अपना नाम 'आफत खाँ' रखकर इश्तिहार दिया और अपने मिलने का ठिकाना ऐसी बोली में लिखा कि सिवाय उसके या ऐयारों के किसी को समझ में न आए। यह तो मैं जानता ही था कि यहाँ इस वक्त कोई ऐयार नहीं है, जो मेरी इस लिखावट को समझेगा।''

महाराज—''हाँ, ठीक है, तुमने अपने मिलने का ठिकाना 'टेटी-चोटी' लिखा था। इसका क्या अर्थ है?''

बद्रीनाथ—''ऐयारी बोली में 'टेटी-चोटी' भयानक नाले को कहते हैं।''

इसके बाद बद्रीनाथ ने जालिम खाँ से मिलने का और गेंद का तमाशा दिखला के धोखे की गेंद उन लोगों के हवाले कर, भुलावा दे महल में ले आने का पूरा-पूरा हाल कहा, जिसको सुनकर महाराज बहुत ही खुश हुए और इनाम में बहुत सी जागीर बद्रीनाथ को देनी चाही। मगर उन्होंने उसको लेने से बिल्कुल इनकार किया और कहा कि बिना मालिक की आज्ञा के मैं आपसे कुछ नहीं ले सकता। उनकी तरफ से मैं जिस काम पर मुकर्रर किया गया था, जहाँ तक हो सका, उसे पूरा कर दिया।

इसी तरह के बहुत से उज्र बद्रीनाथ ने किए, जिसको सुन महाराज और भी खुश हुए और इरादा कर लिया कि किसी और मौके पर बद्रीनाथ को बहुत कुछ देंगे, जबकि वे लेने से इनकार न कर सकेंगे। बात-ही-बात में सवेरा हो गया। तेजसिंह और बद्रीनाथ महाराज से विदा हो दीवान हरदयालसिंह के घर आए।

बयान : 14

सुबह को खुशी-खुशी महाराज ने दरबार किया। तेजसिंह और बद्रीनाथ भी बड़ी इज्जत से बैठाए गए। महाराज के हुक्म से जालिम खाँ और उसके चारों साथी दरबार में लाए गए, जो हथकड़ी-बेड़ी से जकड़े हुए थे। हुक्म पा तेजसिंह जालिम खाँ से पूछने लगे।

तेजसिंह—"क्यों जी, तुम्हारा नाम ठीक-ठीक जालिम खाँ है या और कुछ?"

जालिम—"इसका जवाब मैं पीछे दूँगा। पहले यह बताइए कि आप लोगों के यहाँ ऐयारों को मार डालने का कायदा है या नहीं?"

तेजसिंह—"हमारे यहाँ क्या, हिंदुस्तान भर में कोई धर्मनिष्ठ हिंदू राजा ऐयार को कभी जान से न मारेगा। हाँ, वह ऐयार, जो अपने कायदे के बाहर काम करेगा, जरूर मारा जाएगा।"

जालिम—"तो क्या हम लोग मारे जाएँगे?"

तेजसिंह—"यह खुशी महाराज की; मगर क्या तुम लोग ऐयार हो, जो ऐसी बातें पूछते हो?"

जालिम—"हाँ, हम लोग ऐयार हैं।"

तेजसिंह—"राम-राम! क्यों ऐयारी का नाम बदनाम करते हो? तुम तो पूरे डाकू हो। ऐयारी से तुम लोगों का क्या वास्ता?"

जालिम—"हम लोग कई पुश्त से ऐयार होते आ रहे हैं कुछ आज नए ऐयार नहीं बने!"

तेजसिंह—"तुम्हारे बाप-दादा शायद ऐयार हुए हों, मगर तुम लोग तो खासे दुष्ट डाकुओं में से हो।"

जालिम—"जब आपने हमारा नाम डाकू ही रखा है तो बचने की क्या उम्मीद हो सकती है!"

तेजसिंह—"जो हो, खैर, यह बताओ कि तुम हो कौन?"

जालिम—"जब मारे ही जाना है तो नाम बताकर बदनामी क्यों लें और अपना पूरा हाल भी किसलिए कहें। हाँ, इसका वादा करो कि जान से न मारोगे तो कहें।"

तेजसिंह—"यह वादा कभी नहीं हो सकता और अपना ठीक-ठीक हाल भी तुमको झख मारकर कहना होगा।"

जालिम—"कभी नहीं कहेंगे।"

तेजसिंह—"फिर जूतों से तुम्हारे सिर की खबर खूब ली जाएगी।"

जालिम—"चाहे जो हो।"

बद्रीनाथ—"वाह रे जूतीखोर!"

जालिम (बद्रीनाथ से)—"उस्ताद, तुमने बड़ा धोखा दिया! मानता हूँ तुमको।"

बद्रीनाथ—"तुम्हारे मानने से होता ही क्या है। आज नहीं तो कल तुम लोगों के सिर धड़ से अलग दिखाई देंगे।"

जालिम—"अफसोस, कुछ करने न पाए।"

तेजसिंह ने सोचा कि इस बकवास से कोई मतलब न निकलेगा। हजार सिर पटकेंगे, पर जालिम खाँ अपना ठीक-ठीक हाल कभी न कहेगा। इससे बेहतर है कि कोई तरकीब की जाए। अस्तु, कुछ सोचकर महाराज से अर्ज किया, "इन लोगों को कैदखाने में भेजा जाए। फिर जैसा होगा, देखा जाएगा और इनमें से वह एक आदमी (हाथ से इशारा करके) इसी जगह रखा जाए।" महाराज के हुक्म से ऐसा ही किया गया।

तेजसिंह के कहे मुताबिक उन डाकुओं में से एक को उसी जगह छोड़ बाकी सभी को कैदखाने की तरफ रवाना किया। जाती दफा जालिम खाँ ने तेजसिंह की तरफ देख के कहा, "उस्ताद, तुम बड़े चालाक हो। इसमें कोई शक नहीं कि चेहरे से आदमी के दिल का हाल खूब पहचानते हो। अच्छे डरपोक को चुनकर रख लिया। अब तुम्हारा काम निकल जाएगा।"

तेजसिंह ने मुसकराकर जवाब दिया, "पहले इसकी दुर्दशा कर ली जाए, फिर तुम लोग भी एक-एक करके इसी जगह लाए जाओगे।"

जालिम खाँ और उसके तीन साथी तो कैदखाने की तरफ भेज दिए गए, एक उसी जगह रह गया। हकीकत में वह बहुत डरपोक था। अपने को उसी जगह रहते और साथियों को दूसरी जगह जाते देख घबरा उठा। उसके चेहरे से उस वक्त और भी बदहवासी बरसने लगी, जब तेजसिंह ने एक चोबदार को हुक्म दिया, "अँगीठी में

कोयला भरकर तथा दो-तीन लोहे की सलाखें जल्दी से लाओ, जिनके पीछे लकड़ी की मूठ लगी हो।''

दरबार में जितने थे, सब हैरान थे कि तेजसिंह ने लोहे की सलाखें और अँगीठी क्यों मँगवाई और उस डाकू की तो जो कुछ हालत थी, लिखना मुश्किल है।

चार-पाँच लोहे की सलाखें और कोयले से भरी हुई अँगीठी लाई गई।

तेजसिंह ने एक आदमी से कहा, ''आग सुलगाओ और इन लोहे की सलाखें को उसमें गरम करो।''

अब उस डाकू से न रहा गया। उसने डरते हुए पूछा, ''क्यों तेजसिंह, इन सलाखें को तपाकर क्या करोगे?''

तेजसिंह—''इनको लाल करके दो तुम्हारी दोनों आँखों में, दो दोनों कानों में और एक सलाख मुँह खोलकर पेट के अंदर पहुँचाई जाएगी।''

डाकू—''आप लोग तो रहमदिल कहलाते हैं, फिर इस तरह तकलीफ देकर किसी को मारना क्या आप लोगों की रहमदिली में बट्टा न लगाएगा?''

तेजसिंह (हँसकर)—''तुम लोगों को छोड़ना बड़े संगदिल का काम है। जब तक तुम जीते रहोगे, हजारों की जानें लोगे। इससे बेहतर है कि तुम्हारी छुट्टी कर दी जाए। जितनी तकलीफ देकर तुम लोगों की जान ली जाएगी, उतना ही डर तुम्हारे शैतान भाइयों को होगा।''

डाकू—''तो क्या अब किसी तरह हमारी जान नहीं बच सकती?''

तेजसिंह—''सिर्फ एक तरह से बच सकती है।''

डाकू—''कैसे?''

तेजसिंह—''अगर अपने साथियों का हाल ठीक-ठीक कह दो तो अभी छोड़ दिए जाओगे।''

डाकू—''मैं ठीक-ठीक हाल कह दूँगा।''

तेजसिंह—''हम लोग कैसे जानेंगे कि तुम सच्चे हो?''

डाकू—''साबित कर दूँगा कि मैं सच्चा हूँ।''

तेजसिंह—''अच्छा, कहो।''

डाकू—''सुनो, कहता हूँ।''

उस वक्त दरबार में भीड़ लगी हुई थी। तेजसिंह ने आग की अँगीठी क्यों मँगवाई? ये लोहे की सलाखें किस काम आएँगी? यह डाकू अपना ठीक-ठीक हाल कहेगा या नहीं? यह कौन है? इत्यादि बातों को जानने के लिए सभी की तबीयत घबरा रही थी। सभी की निगाहें उस डाकू के ऊपर थीं। जब उसने कहा कि मैं ठीक-ठीक हाल कह दूँगा, तब और भी लोगों का खयाल उसी की तरफ जम गया और बहुत से

आदमी उस डाकू की तरफ कुछ आगे बढ़ आए।

उस डाकू ने अपने साथियों का हाल कहने के लिए मुस्तैद होकर मुँह खोला ही था कि दरबारी भीड़ में से एक जवान आदमी म्यान से तलवार खींचकर उस डाकू की तरफ झपटा और इस जोर से एक हाथ तलवार का लगाया कि उस डाकू का सिर धड़ से अलग होकर दूर जा गिरा। तब उसी खून भरी तलवार को घुमाता और लोगों को जख्मी करता वह बाहर निकल गया।

उस घबराहट में किसी ने भी उसे पकड़ने का हौसला न किया। मगर बद्रीनाथ कब रुकने वाले थे! साथ ही वे भी उसके पीछे दौड़े।

बद्रीनाथ के जाने के बाद सैकड़ों आदमी उस तरफ दौड़े। लेकिन तेजसिंह ने उसका पीछा न किया। वे उठकर सीधे उस कैदखाने की तरफ दौड़ गए, जिसमें जालिम खाँ वगैरह कैद किए गए थे। उनको इस बात का शक हुआ कि कहीं ऐसा न हो कि उन लोगों को किसी ने ऐयारी करके छुड़ा दिया हो। मगर नहीं, वे लोग उसी तरह कैद थे। तेजसिंह ने कुछ और पहरे का इंतजाम कर दिया और फिर तुरंत लौटकर दरबार में चले आए।

पहले दरबार में जितनी भीड़ लगी हुई थी, अब उससे चौथाई रह गई। कुछ तो अपनी मरजी से बद्रीनाथ के साथ दौड़ गए, कितनों ने महाराज का इशारा पाकर उसका पीछा किया था। तेजसिंह के वापस आने पर महाराज ने पूछा, "तुम कहाँ गए थे?"

तेजसिंह—"मुझे यह फिक्र पड़ गई थी कि कहीं जालिम खाँ वगैरह तो नहीं छूट गए। इसलिए कैदखाने की तरफ दौड़ा गया था। मगर वे लोग कैदखाने में ही पाए गए।"

महाराज—"देखें, बद्रीनाथ कब तक लौटते हैं और क्या करके लौटते हैं!"

तेजसिंह—"बद्रीनाथ बहुत जल्द आएँगे, क्योंकि दौड़ने में वे बहुत ही तेज हैं।"

आज महाराज जयसिंह मामूली वक्त से ज्यादा देर तक दरबार में बैठे रहे। तेजसिंह ने कहा भी—"आज दरबार में महाराज को बहुत देर हुई?" जिसका जवाब महाराज ने यह दिया कि "जब तक बद्रीनाथ लौटकर नहीं आते या उनका कुछ हाल मालूम न हो ले, हम इसी तरह बैठे रहेंगे।"

बयान : 15

दो घंटे बाद दरबार के बाहर से शोरगुल की आवाज आने लगी। सभी का खयाल उसी तरफ गया। एक चोबदार ने आकर अर्ज किया कि पंडित बद्रीनाथ उस खूनी को पकड़े लिये आ रहे हैं।

उस खूनी को कमंद से बाँधे साथ लिये हुए पंडित बद्रीनाथ आ पहुँचे।

महाराज—"बद्रीनाथ, कुछ यह भी मालूम हुआ कि यह कौन है?"

बद्रीनाथ—"कुछ नहीं बताता कि कौन है और न बताएगा।"

महाराज—"फिर?"

बद्रीनाथ—"फिर क्या? मुझे तो मालूम होता है कि इसने अपनी सूरत बदल रखी है।"

पानी मँगवाकर उसका चेहरा धुलवाया गया। अब तो उसकी दूसरी ही सूरत निकल आई।

भीड़ लगी थी। सभी में खलबली पड़ गई। मालूम होता था कि इसे सब कोई पहचानते हैं। महाराज चौंक पड़े और तेजसिंह की तरफ देखकर बोले, "बस-बस, मालूम हो गया। यह तो नाजिम का साला है। मैं खयाल करता हूँ कि जालिम खाँ वगैरह, जो कैद हैं, वे भी नाजिम और अहमद के रिश्तेदार ही होंगे। उन लोगों को फिर यहाँ लाना चाहिए।"

महाराज के हुक्म से जालिम खाँ वगैरह भी दरबार में लाए गए।

बद्रीनाथ (जालिम खाँ की तरफ देखकर)—"अब तुम लोग पहचाने गए कि नाजिम और अहमद के रिश्तेदार हो। तुम्हारे साथी ने बता दिया।"

जालिम खाँ इसका कुछ जवाब देना ही चाहता था कि वह खूनी (जिसे बद्रीनाथ अभी गिरफ्तार करके लाए थे) बोल उठा, "जालिम खाँ, तुम बद्रीनाथ के फेर में मत पड़ना। यह झूठे हैं। तुम्हारे साथी को हमने कुछ कहने का मौका नहीं दिया। वह बड़ा ही डरपोक था। मैंने उसे दोजख में पहुँचा दिया। हम लोगों की जान चाहे जिस दुर्दशा से जाए, मगर अपने मुँह से अपना कुछ हाल कभी न कहना चाहिए।"

जालिम (जोर से)—"ऐसा ही होगा।"

इन दोनों की बातचीत से महाराज को बड़ा क्रोध आया। आँखें लाल हो गईं, बदन काँपने लगा। तेजसिंह और बद्रीनाथ की तरफ देखकर बोले, "बस, हमको इन लोगों का हाल मालूम करने की कोई जरूरत नहीं। चाहे जो हो, अभी, इसी वक्त, इसी जगह, मेरे सामने इन लोगों का सिर धड़ से अलग कर दिया जाए।"

हुक्म की देर थी। तमाम शहर इन डाकुओं के खून का प्यासा हो रहा था। उछल-उछलकर लोगों ने अपने-अपने हाथों की सफाई दिखाई। सभी की लाशें उठाकर फेंक दी गईं। महाराज उठ खड़े हुए।

तेजसिंह ने हाथ जोड़कर अर्ज किया—"महाराज, मुझे अभी तक कहने का मौका नहीं मिला कि यहाँ किस काम के लिए आया था और न अभी बात कहने का वक्त है।"

महाराज—"अगर कोई जरूरी बात हो तो मेरे साथ महल में चलो।"

तेजसिंह—"बात तो बहुत जरूरी है, मगर इस समय कहने को जी नहीं चाहता; क्योंकि महाराज को अभी तक गुस्सा चढ़ा हुआ है और मेरी भी तबीयत खराब हो रही है। मगर इस वक्त इतना कह देना मुनासिब समझता हूँ कि जिस बात के सुनने से आपको बेहद खुशी होगी, मैं वही बात कहूँगा।"

तेजसिंह की आखिरी बात ने महाराज का गुस्सा एकदम ठंडा कर दिया और उनके चेहरे पर खुशी झलकने लगी। तेजसिंह का हाथ पकड़ लिया और महल में ले चले। बद्रीनाथ भी तेजसिंह के इशारे से साथ हुए।

तेजसिंह और बद्रीनाथ को साथ लिये हुए महाराज अपने खास कमरे में गए और कुछ देर बैठने के बाद तेजसिंह के आने का कारण पूछा।

सब हाल खुलासा कहने के बाद तेजसिंह ने कहा, "अब आप और महाराज सुरेंद्रसिंह खोह में चलें और सिद्धनाथ योगी की कृपा से कुमारी को साथ लेकर खुशी-खुशी लौट आएँ।"

तेजसिंह की बात से महाराज को कितनी खुशी हुई, इसका हाल लिखना मुश्किल है। लपककर तेजसिंह को गले लगा लिया और कहा, "तुम अभी बाहर जाकर हरदयालसिंह को हमारे सफर की तैयारी करने का हुक्म दो और तुम लोग भी स्नान-पूजा करके कुछ खाओ-पिओ। मैं जाकर कुमारी की माँ को यह खुशखबरी सुनाता हूँ।"

आज के दिन का तीन हिस्सा आश्चर्य, रंज, गुस्से और खुशी में गुजर गया। किसी के मुँह में एक दाना अन्न नहीं गया था।

तेजसिंह और बद्रीनाथ महाराज से विदा हो दीवान हरदयालसिंह के मकान पर गए और महाराज ने महल में जाकर कुमारी चंद्रकांता की माँ को कुमारी से मिलने की उम्मीद दिलाई।

अभी घंटे भर पहले वह महल और ही हालत में था और अब सभी के चेहरे पर हँसी दिखाई देने लगी। होते-होते यह बात हजारों घरों में फैल गई कि महाराज कुमारी चंद्रकांता को लाने के लिए जा रहे हैं।

यह भी निश्चय हो गया कि आज थोड़ी सी रात रहते महाराज जयसिंह नौगढ़ की तरफ कूच करेंगे।

बयान : 16

पाठक, अब वह समय आ गया कि आप भी चंद्रकांता और कुंवर वीरेंद्रसिंह को खुश होते देख खुश हों। यह तो आप समझते ही होंगे कि महाराज जयसिंह विजयगढ़ से रवाना होकर नौगढ़ जाएँगे और वहाँ से राजा सुरेंद्रसिंह और कुमार को

साथ लेकर कुमारी से मिलने की उम्मीद में तिलिस्मी खोह के अंदर जाएँगे। आपको यह भी याद होगा कि सिद्धनाथ योगी ने तहखाने (खोह) से बाहर होते वक्त कुमार को कह दिया था कि जब अपने पिता और महाराज जयसिंह को लेकर इस खोह में आना तो उन लोगों को खोह के बाहर छोड़कर पहले तुम आकर एक दफा हमसे मिल जाना। उन्हीं के कहे मुताबिक कुमार करेंगे। खैर, इन लोगों को तो आप अपने काम में छोड़ दीजिए और थोड़ी देर के लिए आँखें बंद करके हमारे साथ उस खोह में चलिए और किसी कोने में छिपकर वहाँ रहनेवालों की बातचीत सुनिए। शायद आप लोगों के जी का भ्रम यहाँ निकल जाए और दूसरे व तीसरे भाग के बिल्कुल भेदों की बातें भी सुनते-ही-सुनते खुल जाएँ, बल्कि कुछ खुशी भी हासिल हो।

कुँवर वीरेंद्रसिंह और महाराज जयसिंह वगैरह तो आज वहाँ तक पहुँचते नहीं, मगर आप इसी वक्त हमारे साथ उस तहखाने (खोह) में, बल्कि उस बाग में पहुँचिए, जिसमें कुमार ने चंद्रकांता की तसवीर का दरबार देखा था और जिसमें सिद्धनाथ योगी और वन कन्या से मुलाकात हुई थी।

आप इसी बाग में पहुँच गए। देखिए, अस्त होते हुए सूर्य भगवान् अपनी सुंदर लाल किरणों से मनोहर बाग के कुछ ऊँचे-ऊँचे पेड़ों के ऊपरी हिस्सों को चमका रहे हैं, कुछ-कुछ ठंडी हवा खुशबूदार फूलों की महक चारों तरफ फैला रही है। देखिए, इस बाग के बीचवाले संगमरमर के चबूतरे पर तीन पलंग रखे हुए हैं, जिनके ऊपर खूबसूरत लौंडियाँ अच्छे-अच्छे बिछौने बिछा रही हैं, खास करके बीचवाले जड़ाऊ पलंग की सजावट पर सभी का ज्यादा ध्यान है। उधर देखिए, वह घास का छोटा सा रमना कैसे खुशनुमा बना हुआ है। उसमें की हरी-हरी दूब कैसे खूबसूरती से कटी हुई है। यकायक सब्ज मखमली फर्श में और इसमें कुछ भेद नहीं मालूम होता और देखिए, उसी सब्ज दूब के रमने के चारों तरफ रंग-बिरंगे फूलों से खूब गुँथे हुए सीधे-सीधे गुलमेहँदी के पेड़ों की कतार पलटनों की तरह कैसी शोभा दे रही है।

उसकी बगल की तरफ खयाल कीजिए। चमेली का फूला हुआ तख्ता क्या रंग जमा रहा है और कैसे घने पेड़ हैं कि हवा को भी उसके अंदर जाने का रास्ता मिलना मुश्किल है और इन दोनों तख्तों के बीचवाला छोटा सा खूबसूरत बँगला क्या अच्छा लग रहा है तथा उसके चारों तरफ नीचे से ऊपर तक मालती की लता कैसी घनी चढ़ी हुई और फूल भी कितने ज्यादा फूले हुए हैं! अगर जी चाहे तो किसी एक तरफ खड़े होकर बिना इधर-उधर हटे हाथ भर का चँगेर भर लीजिए। पश्चिम की तरफ निगाह दौड़ाइए, फूली हुई मेहँदी की टट्टी के नीचे जंगली रंग-बिरंगे पत्तोंवाले हाथ डेढ़ हाथ ऊँचे दरख्तों (करोटन) की चौहरी कतार क्या भली मालूम होती है और उसके

बुँदकीदार, सुर्खी लिये हुए सफेद लकीरोंवाले, सब्ज धारियोंवाले, लंबे घूँघरवाले बालों की तरह ऐंठे हुए पत्ते क्या कैफियत दिखा रहे हैं! और इधर-उधर हट के दोनों तरफ तिरकोनिया तख्तों की भी रंगत देखिए, जो सिर्फ हाथ भर ऊँचे रंगीन छिटकती हुई धारियोंवाले पत्तों के जंगली पेड़ों (कौलियस) के गमलों से पहाड़ीनुमा सजाए हुए हैं और जिनके चारों तरफ रंग-बिरंगे देशी फूल खिले हुए हैं।

अब तो हमारी निगाह इधर-उधर और खूबसूरत क्यारियों, फूलों और छूटते हुए फौवारों का मजा नहीं लेती; क्योंकि उन तीन औरतों के पास जाकर अटक गई है, जो मेहँदी के पत्ते तोड़कर अपनी झोलियों में बटोर रही हैं। यहाँ निगाह भी अदब करती है, क्योंकि उन तीनों औरतों में से एक तो हमारी उपन्यास की ताज वन कन्या है और बाकी दोनों उसकी प्यारी सखियाँ हैं। वन कन्या की पोशाक तो सफेद है, मगर उसकी दोनों सखियों की सब्ज और सुर्ख।

वे तीनों मेहँदी की पत्तियाँ तोड़ अब इस संगमरमर के चबूतरे की तरफ चली आ रही हैं। शायद इन्हीं तीनों पलंगों पर बैठने का इरादा हो।

हमारा सोचना ठीक हुआ। वन कन्या मेहँदी की पत्तियाँ जमीन पर उझलकर थकावट की मुद्रा में बिचले जड़ाऊ पलंग पर लेट गई और दोनों सखियाँ अगल-बगल वाले दोनों पलंगों पर बैठ गईं। पाठक, हम और आप भी एक तरफ चुपचाप खड़े होकर इन तीनों की बातचीत सुनें।

वन कन्या—"ओफ, थकावट मालूम होती है।"

सब्ज कपड़ेवाली सखी—"घूमकर क्या कम आए हैं!"

सुर्ख कपड़ेवाली सखी (दूसरी सखी से)—"क्या तू भी थक गई है?"

सब्ज सखी—"मैं क्यों थकने लगी? दस-दस कोस का रोज चक्कर लगाती रही, तब तो थकी ही नहीं।"

सुर्ख सखी—"ओफ, उन दिनों भी कितना दौड़ना पड़ा था! कभी इधर तो कभी उधर, कभी जाओ तो कभी आओ।"

सब्ज सखी—"आखिर कुमार के ऐयार हम लोगों का पता नहीं ही लगा सके।"

सुर्ख सखी—"खुद ज्योतिषीजी की अक्ल चकरा गई, जो बड़े रम्माल और नजूमी कहलाते थे। दूसरों की कौन कहे!"

वन कन्या—"ज्योतिषीजी के रमल को तो इन यंत्रों ने बेकार कर दिया, जो सिद्धनाथ बाबा ने हम लोगों के गले में डाल दिया है और अभी तक जिसे उतारने नहीं देते।"

सब्ज सखी—"मालूम नहीं इस ताबीज (यंत्र) में कौन सी ऐसी चीज है, जो रमल को चलने नहीं देती।"

वन कन्या—"मैंने यही बात एक दफा सिद्धनाथ बाबाजी से पूछी थी, जिसके जवाब में वे बहुत कुछ बक गए। मुझे सब तो याद नहीं कि क्या-क्या कह गए, हाँ, इतना याद है कि रमल जिस धातु से बनाई जाती है और रमल के साथी ग्रह, राशि, नक्षत्र, तारों वगैरह के असर पड़नेवाली जितनी धातुएँ हैं, उन सभी को एक साथ मिला कर यह यंत्र बनाया गया है। इसलिए जिसके पास यह रहेगा, उसके बारे में कोई नजूमी या ज्योतिषी रमल के जरिए से कुछ नहीं देख सकेगा।"

सुर्ख सखी—"बेशक, इसमें बहुत कुछ असर है। देखिए, मैं सूरजमुखी बनकर गई थी, तब भी ज्योतिषीजी रमल से न बता सके कि यह ऐयार है।"

वन कन्या—"कुमार तो खूब ही छके होंगे!"

सुर्ख सखी—"कुछ न पूछिए। वे बहुत ही घबराए कि यह शैतान कहाँ से आई और क्या शर्त करा के अब क्या चाहती है?"

सब्ज सखी—"उसी के थोड़ी देर पहले मैं प्यादा बनकर खत का जवाब लेने गई थी और देवीसिंह को चेला बनाया था। यह कोई नहीं कह सका कि इसे मैं पहचानता हूँ।"

सुर्ख सखी—"यह सब तो हुई, मगर किस्मत भी कोई भारी चीज है। देखिए, जब शिवदत्त के ऐयारों ने तिलिस्मी किताब चुराई थी और जंगल में ले जाकर जमीन के अंदर गाड़ रहे थे, उसी वक्त इत्तिफाक से हम लोगों ने पहुँचकर दूर से देख लिया कि कुछ गाड़ रहे हैं। उन लोगों के जाने के बाद खोदकर देखा तो तिलिस्मी किताब है।"

वन कन्या—"ओफ! बड़ी मुश्किल से सिद्धनाथ बाबा ने हम लोगों को घूमने का हुक्म दिया था। इस पर भी कसम दे दी थी कि दूर-दूर से कुमार को देखना, पास मत जाना।"

सुर्ख सखी—"इसमें तुम्हारा ही फायदा था। बेचारे सिद्धनाथ बाबा कुछ अपने वास्ते थोड़े ही कहते थे।"

वन कन्या—"यह सब सच है; मगर क्या करें, बिना देखे जी जो नहीं मानता।"

सब्ज सखी—"हम दोनों को तो यही हुक्म दे दिया था कि बराबर घूम-घूमकर कुमार की मदद किया करो। मालिन रूपी बद्रीनाथ से कैसा बचाया था!"

सुर्ख सखी—"क्या ऐयार लोग पता लगाने की कम कोशिश करते थे! मगर यहाँ तो ऐयारों के गुरुघंटाल सिद्धनाथ हरदम मदद पर थे। उनके किए हो क्या सकता था? देखो, गंगाजी में नाव के पास आते वक्त तेजसिंह, देवीसिंह और ज्योतिषीजी कैसा छके! हम लोगों ने सभी कपड़े तक ले लिये।"

सब्ज सखी—"हम लोग तो जान-बूझकर उन लोगों को अपने साथ लाए ही थे।"

वन कन्या—"चाहे वे लोग कितने ही तेज हों, मगर हमारे सिद्धनाथ बाबा को नहीं पा सकते। हाँ, उन लोगों में तेजसिंह बड़ा चालाक है।"

सुर्ख सखी—"तेजसिंह बहुत चालाक हैं तो क्या हुआ, मगर हमारे सिद्धनाथ तेजसिंह के भी बाप हैं।"

वन कन्या (हँसकर)—"इसका हाल तो तुम ही जानो।"

सुर्ख सखी—"आप तो दिल्लगी करती हैं।"

सब्ज सखी—"हकीकत में सिद्धनाथ ने कुमार और उनके ऐयारों को बड़ा भारी धोखा दिया। उन लोगों को इस बात का खयाल तक न आया कि इस खोहवाले तिलिस्म को सिद्धनाथ बाबा हम लोगों के हाथ फतह करवा रहे हैं।"

सुर्ख सखी—"जब हम लोग अंदर से इस खोह का दरवाजा बंद कर तिलिस्म तोड़ रहे थे, तब तेजसिंह पंडित बद्रीनाथ की गठरी लेकर इसमें आए थे; मगर दरवाजा बंद पाकर लौट गए।"

वन कन्या—"बड़ा ही घबराए होंगे कि अंदर से इसका दरवाजा किसने बंद कर दिया!"

सुर्ख सखी—"जरूर घबराए होंगे। इसी में क्या और कई बातों में हम लोगों ने कुमार और उनके ऐयारों को धोखा दिया था। देखिए, मैं उधर सूरजमुखी बनकर कह आई कि शिवदत्त को छुड़ा दूँगी और इधर इस बात की कसम खिलाकर कि कुमार से दुश्मनी न करेगा, शिवदत्त को छोड़ दिया। उन लोगों ने भी जरूर सोचा होगा कि सूरजमुखी कोई भारी शैतान है।"

वन कन्या—"मगर फिर भी हरामजादे शिवदत्त ने धोखा दिया और कुमार से दुश्मनी करने पर कमर बाँधी। उसकी कसम का कोई ऐतबार नहीं।"

सुर्ख सखी—"इसी से फिर हम लोगों ने गिरफ्तार भी तो कर लिया और तिलिस्मी किताब पाकर फिर कुमार को दे दी। हाँ, क्रूरसिंह ने एक दफा हम लोगों को पहचान लिया था। मैंने सोचा कि अब अगर यह जीता बचा तो सब भंडा फूट जाएगा। बस, लड़ ही तो गई। आखिर मेरे हाथ से उसकी मौत लिखी थी। मारा गया।"

सब्ज सखी—"उस मुए को धुन सवार थी कि हम ही तिलिस्म फतह करके खजाना ले लें।"

वन कन्या—"मुझको तो इसी बात की खुशी है कि यह खोहवाला तिलिस्म मेरे हाथ से फतह हुआ।"

सुर्ख सखी—"इसमें काम ही कितना था! इस पर सिद्धनाथ बाबा की मदद।"

वन कन्या—"खैर, यह बात तो है।"

बयान : 17

अपनी जगह पर दीवान हरदयालसिंह को छोड़ तेजसिंह और बद्रीनाथ को साथ लेकर महाराज जयसिंह विजयगढ़ से नौगढ़ की तरफ रवाना हुए। साथ में सिर्फ पाँच सौ आदमियों का झमेला था। एक दिन रास्ते में लगा, दूसरे दिन नौगढ़ के करीब पहुँचकर डेरा डाला।

राजा सुरेंद्रसिंह को महाराज जयसिंह के पहुँचने की खबर मिली। उसी वक्त अपने मुसाहिबों और सरदारों को साथ ले इस्तकबाल के लिए गए और अपने साथ शहर में आए।

महाराज जयसिंह के लिए पहले से ही मकान सजा रखा था। उसी में उनका डेरा डलवाया और जाफत के लिए कहा। मगर महाराज जससिंह ने जाफत से इनकार किया और कहा, "कई वजहों से मैं आपकी जाफत मंजूर नहीं कर सकता। आप मेहरबानी करके इसके लिए जिद न करें; बल्कि इसका सबब भी न पूछें कि जाफत से क्यों इनकार करता हूँ।"

राजा सुरेंद्रसिंह इसका सबब समझ गए और जी में बहुत खुश हुए।

रात के वक्त कुँवर वीरेंद्रसिंह और बाकी के ऐयार लोग भी महाराज जयसिंह से मिले। कुमार को बड़ी खुशी के साथ महाराज ने गले लगाया और अपने पास बैठा कर तिलिस्म का हाल पूछते रहे। कुमार ने बड़ी खूबसूरती के साथ तिलिस्म का हाल बयान किया।

रात को ही यह राय पक्की हो गई कि सवेरे सूरज निकलने के पहले तिलिस्मी खोह में सिद्धनाथ बाबा से मिलने के लिए रवाना होंगे। उसी के मुताबिक दूसरे दिन तारों की रोशनी रहते ही महाराज जयसिंह, राजा सुरेंद्रसिंह, कुँवर वीरेंद्रसिंह, तेजसिंह, देवीसिंह, पंडित बद्रीनाथ, पन्नालाल, रामनारायण और चुन्नीलाल वगैरह हजार आदमी की भीड़ लेकर तिलिस्मी तहखाने की तरफ रवाना हुए। तहखाना बहुत दूर न था। सूरज निकलते तक उस खोह (तहखाने) के पास पहुँचे।

कुँवर वीरेंद्रसिंह ने महाराज जयसिंह और राजा सुरेंद्रसिंह से हाथ जोड़कर अर्ज किया, "जिस वक्त सिद्धनाथ योगी ने मुझे आप लोगों को लाने के लिए भेजा था, उस वक्त यह भी कह दिया था कि जब वे लोग इस खोह के पास पहुँच जाएँ, तब अगर हुक्म दें तो तुम उन लोगों को छोड़कर पहले अकेले आकर हमसे मिल लेना। अब आप कहें तो योगीजी के कहे मुताबिक पहले मैं उनसे जाकर मिल आऊँ।"

महाराज जयसिंह और राजा सुरेंद्रसिंह ने कहा, "योगीजी की बात जरूर माननी चाहिए। तुम जाओ, उनसे मिलकर आओ। तब तक हमारा डेरा भी इसी जंगल में पड़ता है।"

कुँवर वीरेंद्रसिंह अकेले सिर्फ तेजसिंह को साथ लेकर खोह में गए। जिस तरह हम पहले लिख आए हैं, उसी तरह खोह का दरवाजा खोल कई कोठरियों, मकानों और बागों में घूमते हुए दोनों आदमी उस बाग में पहुँचे, जिसमें सिद्धनाथ योगी रहते थे या जिसमें कुमारी चंद्रकांता की तसवीर का दरबार कुमार ने देखा था।

बाग के अंदर पैर रखते ही सिद्धनाथ योगी से मुलाकात हुई, जो दरवाजे के पास पहले ही से खड़े कुछ सोच रहे थे। कुँवर वीरेंद्रसिंह और तेजसिंह को आते देख उनकी तरफ बढ़े और पुकार के बोले, ''आप लोग आ गए!''

पहले दोनों ने दूर से प्रणाम किया और पास पहुँचकर उनकी बात का जवाब दिया।

कुमार—''आपके हुक्म के मुताबिक महाराज जयसिंह और अपने पिता को खोह के बाहर छोड़कर आपसे मिलने आया हूँ।''

सिद्धनाथ—''बहुत अच्छा किया, जो उन लोगों को ले आए। आज कुमारी चंद्रकांता से आप लोग जरूर मिलोगे।''

तेजसिंह—''आपकी कृपा है तो ऐसा ही होगा।''

सिद्धनाथ—''कहो, और तो सब कुशल है? विजयगढ़ और नौगढ़ गें किसी तरह का उत्पात तो नहीं हुआ था?''

तेजसिंह (ताज्जुब से उनकी तरफ देखकर)—''हाँ, उत्पात तो हुआ था। कोई जालिम खाँ नामी दोनों राजाओं का दुश्मन पैदा हुआ था।''

सिद्धनाथ—''हाँ, यह तो मालूम है, बेशक पंडित बद्रीनाथ अपने फन में बड़ा उस्ताद है। अच्छी चालाकी से उसे गिरफ्तार किया। अच्छा हुआ, जो वे लोग मारे गए। अब उनके संगी-साथियों का दोनों राजाओं से दुश्मनी करने का हौसला न पड़ेगा। आओ, टहलते-टहलते हम लोग बात करें।''

कुमार—''बहुत अच्छा।''

तेजसिंह—''जब आपको यह सब मालूम है तो यह भी जरूर मालूम होगा कि जालिम खाँ कौन था?''

सिद्धनाथ—''यह तो नहीं मालूम कि वह कौन था, मगर अंदाज से मालूम होता है कि शायद नाजिम और अहमद के रिश्तेदारों में से कोई होगा।''

कुमार—''ठीक है, जो आप सोचते हैं, वही होगा।''

सिद्धनाथ—''महाराज शिवदत्त तो जंगल में चले गए?''

कुमार—''जी हाँ, वे तो हमारे पिता से कह गए हैं कि अब तपस्या करेंगे।''

सिद्धनाथ—''जो हो, मगर दुश्मन का विश्वास कभी नहीं करना चाहिए।''

कुमार—''क्या वह फिर दुश्मनी पर कमर बाँधेंगे?''

सिद्धनाथ—"कौन ठिकाना!"

कुमार—"अब हुक्म हो तो बाहर जाकर अपने पिता और महाराज जयसिंह को ले आऊँ?"

सिद्धनाथ—"हाँ, पहले यह तो सुन लो कि हमने तुमको उन लोगों से पहले क्यों बुलाया!"

कुमार—"कहिए।"

सिद्धनाथ—"कायदे की बात यह है कि जिस चीज को जी बहुत चाहता है, अगर वह खो गई हो और बहुत मेहनत करने या बहुत हैरान होने पर यकायक ताज्जुब के साथ मिल जाए तो उसका चाहनेवाला उस पर इस तरह टूटता है, जैसे अपने शिकार पर भूखा बाज। यह हम जानते हैं कि चंद्रकांता और तुममें बहुत ज्यादा मुहब्बत है। अगर यकायक दोनों राजाओं के सामने तुम उसे देखोगे या वह तुम्हें देखेगी तो ताज्जुब नहीं कि उन लोगों के सामने तुमसे या कुमारी चंद्रकांता से किसी तरह की बेअदबी हो जाए या उत्साह में आकर तुम उसके पास ही जा खड़े हो, तो भी मुनासिब न होगा। इसलिए मेरी राय है कि उन लोगों के पहले ही तुम कुमारी से मुलाकात कर लो। आओ, हमारे साथ चले आओ।"

अहा, इस वक्त तो कुमार के दिल की हुई। मुद्दत के बाद सिद्धनाथ बाबा की कृपा से आज उस कुमारी चंद्रकांता से मुलाकात होगी, जिसके वास्ते दिन-रात परेशान थे, राज-पाट जिसकी एक मुलाकात पर न्योछावर कर दिया था, जान तक से हाथ धो बैठे थे। आज यकायक उससे मुलाकात होगी, सो भी ऐसे वक्त पर, जब किसी तरह का खुटका नहीं, किसी तरह का रंज या अफसोस नहीं, कोई दुश्मन बाकी नहीं। ऐसे वक्त में कुमार की खुशी का क्या कहना! कलेजा उछलने लगा। मारे खुशी के सिद्धनाथ योगी की बात का जवाब तक न दे सके और उनके पीछे-पीछे रवाना हो गए।

थोड़ी दूर कमरे की तरफ गए होंगे कि एक लौंडी फूल तोड़ती हुई नजर पड़ी, जिसे बुलाकर सिद्धनाथ योगी ने कहा, "तू अभी चंद्रकांता के पास जा और कह कि कुँवर वीरेंद्रसिंह उससे मुलाकात करने आ रहे हैं। वह अपनी सखियों के साथ अपने कमरे में जाकर बैठे।"

यह सुनते ही वह लौंडी दौड़ती हुई एक तरफ चली गई और सिद्धनाथ कुमार तथा तेजसिंह को साथ ले बाग में इधर-उधर घूमने लगे। कुँवर वीरेंद्रसिंह और तेजसिंह दोनों अपनी-अपनी फिक्र में लग गए। तेजसिंह को चपला से मिलने की बड़ी खुशी थी। दोनों यह सोचने लगे कि किस हालत में मुलाकात होगी? उससे क्या बातचीत करेंगे? क्या पूछेंगे? वह हमारी शिकायत करेगी तो क्या जवाब देंगे? इसी सोच में दोनों ऐसे लीन हो गए कि फिर सिद्धनाथ योगी से बात न की। चुपचाप बहुत देर तक

योगीजी के पीछे-पीछे घूमते रह गए।

घूम-फिरकर उन दोनों को साथ लिये हुए सिद्धनाथ योगी उस कमरे के पास पहुँचे, जिसमें कुमारी चंद्रकांता की तसवीर का दरबार देखा था। वहाँ पर सिद्धनाथ ने कुमार की तरफ देखकर कहा, "जाओ, इस कमरे में कुमारी चंद्रकांता और उसकी सखियों से मुलाकात करो। मैं तब तक दूसरा काम करता हूँ।"

कुँवर वीरेंद्रसिंह उस कमरे में अंदर गए। दूर से कुमारी चंद्रकांता को चपला और चंपा के साथ खड़े दरवाजे की तरफ टकटकी लगाए देखा।

देखते ही कुँवर वीरेंद्रसिंह कुमारी की तरफ झपटे और चंद्रकांता कुमार की तरफ। अभी एक-दूसरे से कुछ दूर ही थे कि दोनों जमीन पर गिरकर बेहोश हो गए।

तेजसिंह और चपला की भी आपस में टकटकी बँध गई। बेचारी चंपा कुँवर वीरेंद्रसिंह और कुमारी चंद्रकांता की यह दशा देख दौड़ी हुई दूसरे कमरे में गई और हाथ में बेदमुश्क के अर्क से भरी हुई सुराही और दूसरे हाथ में सूखी चिकनी मिट्टी का ढेला लेकर दौड़ी हुई आई।

दोनों के मुँह पर अर्क का छींटा दिया और थोड़ा सा अर्क उस मिट्टी के ढेले पर डालकर हलका लखलखा बनाकर दोनों को सुँघाया।

कुछ देर बाद तेजसिंह और चपला की भी टकटकी टूटी और वे भी कुमार और चंद्रकांता की हालत देख उनको होश में लाने की फिक्र करने लगे।

कुँवर वीरेंद्रसिंह और चंद्रकांता दोनों होश में आए। दोनों एक-दूसरे की तरफ देखने लगे। मुँह से बात किसी के नहीं निकलती थी। क्या पूछें, कौन सी शिकायत करें, किस जगह से बात उठाएँ, दोनों के दिल में यही सोच था। पेट से बात निकलती थी, मगर गले में आकर रुक जाती थी। बातों की भरावट से गला फूलता था। दोनों की आँखें डबडबा आई थीं, बल्कि आँसू की बूँदें बाहर गिरने लगीं।

घंटों बीत गए। देखा-देखी में ऐसे लीन हुए कि दोनों को तन-बदन की सुध न रही। कहाँ हैं, क्या कर रहे हैं, सामने कौन है, इसका खयाल तक किसी को नहीं।

कुँवर वीरेंद्रसिंह और कुमारी चंद्रकांता के दिल का हाल अगर कुछ मालूम है तो तेजसिंह और चपला को। दूसरा कौन जाने, कौन उनकी मुहब्बत का अंदाजा कर सके? सो वे दोनों भी अपने आपे में नहीं थे। हाँ, बेचारी चंपा इन लोगों का हद दर्जे तक पहुँचा हुआ प्रेम देखकर घबरा उठी। जी में सोचने लगी कि कहीं ऐसा न हो कि इसी देखा-देखी में इन लोगों का दिमाग बिगड़ जाए। कोई ऐसी तरकीब करनी चाहिए कि जिससे इनकी यह दशा बदले और आपस में बातचीत करने लगें। आखिर कुमारी का हाथ पकड़ चंपा बोली, "कुमारी, तुम तो कहती थीं कि कुमार जिस रोज मिलेंगे, उनसे पूछूँगी कि वन कन्या किसका नाम रखा था? वह कौन औरत है? उससे क्या

वादा किया है? अब किसके साथ शादी करने का इरादा है? क्या वे सब बातें भूल गईं? अब इनसे न कहोगी?"

किसी तरह किसी की लौ तभी तक लगी रहती है, जब तक कोई दूसरा आदमी किसी तरह की चोट उसके दिमाग पर न दे और उसके ध्यान को छेड़कर न बिगाड़े। इसीलिए योगियों को एकांत में बैठना कहा है। कुँवर वीरेंद्रसिंह और कुमारी चंद्रकांता की मुहब्बत बाजारू न थी। वे दोनों एक रूप हो रहे थे, दिल-ही-दिल में अपनी जुदाई का सदमा एक ने दूसरे से कहा और दोनों समझ गए। मगर किसी पासवाले को मालूम न हुआ, क्योंकि जुबान दोनों की बंद थी। हाँ, चंपा क़ी बात ने दोनों को चौंका दिया। दोनों की चार आँखें, जो मिल-जुलकर एक हो रही थीं, हिल-डुलकर नीचे की तरफ हो गईं और सिर नीचा किए हुए दोनों कुछ-कुछ बोलने लगे। क्या जाने, वे दोनों क्या बोलते थे और क्या समझते! उनकी वे ही जानें। बे सिर-पैर की, टूटी-फूटी पागलों की-सी बातें कौन सुने, किसकी समझ में आएँ। न तो कुमारी चंद्रकांता को कुमार से शिकायत करते बनी और न कुमार उनकी तकलीफ पूछ सके।

वे दोनों पहर आमने-सामने बैठे रहते तो शायद कहीं जुबान खुलती, मगर यहाँ दो घंटे बाद सिद्धनाथ योगी ने दोनों को फिर अलग कर दिया। लौंडी ने बाहर से आकर कहा, "कुमार, आपको सिद्धनाथ बाबाजी ने बहुत जल्द बुलाया है। चलिए, देर मत कीजिए।"

कुमार की यह मजाल न थी कि सिद्धनाथ योगी की बात टालते। घबराकर उसी वक्त चलने को तैयार हो गए। दोनों के दिल की दिल ही में रह गई।

कुमारी चंद्रकांता को उसी तरह छोड़ कुमार उठ खड़े हुए। कुमारी को कुछ कहा ही चाहते थे, तब तक दूसरी लौंडी ने पहुँचकर जल्दी मचा दी। आखिर कुँवर वीरेंद्रसिंह और तेजसिंह उस कमरे के बाहर आए। दूर से सिद्धनाथ बाबा दिखाई पड़े, जिन्होंने कुमार को अपने पास बुलाकर कहा, "कुमार, हमने तुमको यह नहीं कहा था कि दिन भर चंद्रकांता के पास बैठे रहो। दोपहर होने वाली है। जिन लोगों को खोह के बाहर छोड़ आए हो, वे बेचारे तुम्हारी राह देखते होंगे।"

कुमार (सूरज की तरफ देखकर)—"जी हाँ, दिन तो···"

बाबा—"दिन तो क्या?"

कुमार (सकपकाए-से होकर)—"देर तो जरूर कुछ हो गई। अब हुक्म हो तो जाकर अपने पिता और महाराज जयसिंह को जल्दी से ले आऊँ?"

बाबा—"हाँ, जाओ, उन लोगों को यहाँ ले आओ। मगर मेरी तरफ से दोनों राजाओं को कह देना कि इस खोह के अंदर उन्हीं लोगों को अपने साथ लाएँ, जो कुमारी चंद्रकांता को देख सकें या जिसके सामने वह हो सके।"

कुमार—"बहुत अच्छा।"

बाबा—"जाओ, अब देर न करो।"

कुमार—"प्रणाम करता हूँ।"

बाबा—"इसकी कोई जरूरत नहीं, क्योंकि आज ही तुम फिर लौटोगे।"

तेजसिंह—"दंडवत्।"

बाबा—"तुमको तो जन्म भर दंडवत् करने का मौका मिलेगा; मगर इस वक्त इस बात का खयाल रखना कि तुम लोगों की जबानी कुमारी से मिलने का हाल खोह के बाहरवाले न सुनें—और आते वक्त अगर दिन थोड़ा रहे तो आज मत आना।"

तेजसिंह—"जी नहीं, हम लोग क्यों कहने लगे!"

बाबा—"अच्छा, जाओ।"

दोनों आदमी सिद्धनाथ बाबा से विदा हो उसी मालूमी राह से घूमते-फिरते खोह के बाहर आए।

बयान : 18

दिन दोपहर से कुछ ज्यादा जा चुका था। उस वक्त तक कुमार ने स्नान-पूजा कुछ नहीं की थी।

लश्कर में जाकर कुमार राजा सुरेंद्रसिंह और महाराज जयसिंह से मिले और सिद्धनाथ योगी का संदेशा दिया। दोनों ने पूछा कि बाबाजी ने तुमको सबसे पहले क्यों बुलाया था? इसके जवाब में जो कुछ मुनासिब समझा, कहकर दोनों अपने-अपने डेरे में आए और स्नान-पूजा करके भोजन किया।

राजा सुरेंद्रसिंह तथा महाराज जयसिंह एकांत में बैठकर इस बात की सलाह करने लगे कि हम लोग अपने साथ किस-किस को खोह के अंदर ले चलें।

सुरेंद्रसिंह—"योगीजी ने क़हला भेजा है कि उन्हीं लोगों को अपने साथ खोह में लाओ, जिनके सामने कुमारी आ सकें।"

जयसिंह—"हम-आप, कुमार और तेजसिंह तो जरूर ही चलेंगे। बाकी जिस-जिसको आप चाहें, ले चलें।"

सुरेंद्रसिंह—"बहुत आदमियों को साथ ले चलने की कोई जरूरत नहीं। हाँ, ऐयारों को जरूर ले चलना चाहिए, क्योंकि इन लोगों से किसी किस्म का परदा रह नहीं सकता; बल्कि ऐयारों से परदा रखना ही मुनासिब नहीं।"

जयसिंह—"आपका कहना ठीक है। इन ऐयारों के सिवाय और कोई इस लायक नहीं, जिसे अपने साथ खोह में ले चलें।"

बातचीत और राय पक्की करते हुए दिन थोड़ा रह गया। सुरेंद्रसिंह ने तेजसिंह

को उसी जगह बुलाकर पूछा, "यहाँ से चलकर बाबाजी के पास पहुँचने तक राह में कितनी देर लगती है?"

तेजसिंह ने जवाब दिया, "अगर इधर-उधर खयाल न करके सीधे ही चलें तो पाँच-छह घड़ी में उस बाग तक पहुँचेंगे, जिसमें बाबाजी रहते हैं। मगर मेरी राय इस वक्त वहाँ चलने की नहीं है, क्योंकि दिन बहुत थोड़ा रह गया है और इस खोह में बड़े बेढब रास्ते से चलना होगा। अगर अँधेरा हो गया तो एक कदम आगे चल नहीं सकेंगे।"

कुमारी को देखने के लिए महाराज जयसिंह बहुत घबरा रहे थे; मगर इस वक्त तेजसिंह की राय उनको कबूल करनी पड़ी और दूसरे दिन सुबह को खोह में चलने की ठहरी।

बयान : 19

बहुत सवेरे महाराज जयसिंह, राजा सुरेंद्रसिंह और कुमार अपने कुल ऐयारों को साथ ले खोह के दरवाजे पर आए। तेजसिंह ने दोनों ताले खोले, जिन्हें देख महाराज जयसिंह और सुरेंद्रसिंह बहुत हैरान हुए। खोह के अंदर जाकर तो उन लोगों की और ही कैफियत हो गई। ताज्जुब भरी निगाहों से चारों तरफ देखते और तारीफ करते थे।

घुमाते-फिराते कई ताज्जुब की चीजों को दिखाते और कुछ हाल समझाते सभी को साथ लिये हुए तेजसिंह उस बाग के दरवाजे पर पहुँचे, जिसमें सिद्धनाथ योगी रहते थे। इन लोगों के पहुँचने के पहले ही से सिद्धनाथ इस्तकबाल (अगवानी) के लिए द्वार पर मौजूद थे।

तेजसिंह ने महाराज जयसिंह और सुरेंद्रसिंह को उँगली के इशारे से बताकर कहा, "देखिए, सिद्धनाथ बाबा दरवाजे पर खड़े हैं।"

दोनों राजा चाहते थे कि जल्दी से पास पहुँचकर बाबाजी को दंडवत् करें; मगर इसके पहले ही बाबाजी ने पुकारकर कहा, "खबरदार! मुझे कोई दंडवत् न करना, नहीं तो पछताओगे और मुलाकात भी न होगी।"

इरादा करते रह गए, किसी की मजाल न हुई कि दंडवत् करता। महाराज जयसिंह और राजा सुरेंद्रसिंह हैरान थे कि बाबाजी ने दंडवत् करने से क्यों रोका। पास पहुँचकर हाथ मिलाना चाहा, मगर बाबाजी ने उसे भी मंजूर न करके कहा, "महाराज, मैं इस लायक नहीं। आपका दर्जा मुझसे बहुत बड़ा है।"

सुरेंद्रसिंह—"साधुओं से बढ़कर किसी का दर्जा नहीं हो सकता।"

बाबाजी—"आपका कहना बहुत ठीक है; मगर आपको मालूम नहीं कि मैं किस तरह का साधु हूँ।"

सुरेंदसिंह—"साधु चाहे किसी तरह का हो, पूजने ही योग्य है।"

बाबाजी—"किसी तरह का हो, मगर साधु हो, तब तो।"

सुरेंद्रसिंह—"तो आप कौन हैं ?"

बाबाजी—"कोई भी नहीं।"

जयसिंह—"आपकी बातें ऐसी हैं कि कुछ समझ ही में नहीं आतीं और हर बात ताज्जुब, आश्चर्य, सोच और घबराहट बढ़ाती हैं।"

बाबाजी (हँसकर)—"अच्छा! आइए, इस बाग में चलिए।"

सभी को अपने साथ लिये सिद्धनाथ बाबा बाग के अंदर गए।

पाठक, घड़ी-घड़ी बाग की तारीफ करना तथा हर एक गुल-बूटे और पत्तियों की कैफियत लिखना मुझे मंजूर नहीं; क्योंकि इस छोटे से ग्रंथ को शुरू से इस वक्त तक मुख्तसर ही में लिखता चला आया हूँ। सिवाय इसके इस खोह के बाग कौन बड़े लंबे-चौड़े हैं, जिनके लिए कई पन्ने कागज के बरबाद किए जाएँ। लेकिन इतना कहना जरूरी है कि इस खोह में जितने बाग हैं, चाहे छोटे भी हों, मगर सभी की सजावट अच्छी है और फूलों के सिवाय पहाड़ी खुशनुमा पत्तियों की बहार कहीं बढ़ी-चढ़ी है।

महाराज जयसिंह, राजा सुरेंद्रसिंह, कुमार वीरेंद्रसिंह और उनके ऐयारों को साथ लिये घूमते हुए बाबाजी उसी दीवानखाने में पहुँचे, जिसमें कुमारी का दरबार कुमार ने देखा था; बल्कि ऐसा क्यों नहीं कहते कि अभी कल ही जिस कमरे में कुमार खास कुमारी चंद्रकांता से मिले थे। जिस तरह की सजावट आज इस दीवानखाने की है, इसके पहले कुमार ने नहीं देखी थी। बीच में एक कीमती गद्दी बिछी हुई थी। बाबाजी ने उसी पर राजा सुरेंद्रसिंह, महाराज जयसिंह और कुँवर वीरेंद्रसिंह को बिठाकर उनके दोनों तरफ दर्जे ब दर्जे ऐयारों को बैठाया और आप भी उन्हीं लोगों के सामने एक मृगछाला पर बैठ गए, जो पहले ही बिछा हुआ था। इसके बाद बातचीत होने लगी।

बाबाजी (महाराज जयसिंह और राजा सुरेंद्रसिंह की तरफ देखकर)—"आप लोग कुशल से तो हैं ?"

दोनों राजा—"आपकी कृपा से बहुत आनंद है और आज तो आपसे मिलकर बहुत प्रसन्नता हुई!"

बाबाजी—"आप लोगों को यहाँ तक आने में तकलीफ हुई, उसे माफ कीजिएगा।"

जयसिंह—"यहाँ आने के खयाल ही से हम लोगों की तकलीफ जाती रही। आपकी कृपा न होती और यहाँ तक आने की नौबत न पहुँचती तो न मालूम कब तक कुमारी चंद्रकांता के वियोग का दुःख हम लोगों को सहना पड़ता।"

बाबाजी (मुसकराकर)—"अब कुमारी की तलाश में आप लोग तकलीफ न उठाएँगे।"

जयसिंह—"आशा है कि आज आपकी कृपा से कुमारी को जरूर देखेंगे।"

बाबाजी—"शायद किसी वजह से अगर आज कुमारी को देख न सके तो कल जरूर आप लोग उससे मिलेंगे। इस वक्त आप लोग स्नान-पूजा से छुट्टी पाकर कुछ भोजन कर लें। तब हमारे-आपके बीच बातचीत होगी।"

बाबाजी ने एक लौंडी को बुलाकर कहा, "हमारे मेहमान लोगों के नहाने का सामान उस बाग में दुरुस्त करो, जिसमें बावड़ी है।"

बाबाजी सभी को लिये उस बाग में गए, जिसमें बावड़ी थी। उसी में सभी ने स्नान किया और उत्तर तरफवाले दालान में भोजन करने के बाद उस कमरे में बैठे, जिसमें कुँवर वीरेंद्रसिंह की आँख खुली थी। आज भी वह कमरा वैसा ही सजा हुआ है, जैसा पहले दिन कुमार ने देखा था। हाँ, इतना फर्क है कि आज कुमारी चंद्रकांता की तसवीर उसमें नहीं है।

जब सब लोग निश्चिंत होकर बैठ गए, तब राजा सुरेंद्रसिंह ने सिद्धनाथ योगी से पूछा, "यह खूबसूरत पहाड़ी, जिसमें छोटे-छोटे कई बाग हैं, हमारे ही इलाके में है; मगर आज तक कभी इसे देखने की नौबत नहीं पहुँची। क्या इस बाग से ऊपर-ही-ऊपर कोई और रास्ता भी बाहर जाने का है?"

बाबाजी—"इसकी राह गुप्त होने के सबब से यहाँ कोई आ नहीं सकता था। हाँ, जिसे इस छोटे से तिलिस्म की कुछ खबर है, वह शायद आ सके। एक रास्ता तो इसका वही है, जिससे आप आए हैं; दूसरी राह बाहर आने-जाने की इस बाग में से है, लेकिन वह उससे भी ज्यादा छिपी हुई है।"

सुरेंद्र—"आप कब से इस पहाड़ी पर रह रहे हैं?"

बाबाजी—"मैं बहुत थोड़े दिनों से इस खोह में आया हूँ। सो भी अपनी खुशी से नहीं आया, मालिक के काम से आया हूँ।"

सुरेंद्रसिंह (ताज्जुब से)—"आप किसके नौकर हैं?"

बाबाजी"यह भी आपको बहुत जल्दी मालूम हो जाएगा।"

जयसिंह (सुरेंद्रसिंह की तरफ इशारा करके)—"महाराज की जुबानी मालूम होता है कि यह दिलचस्प पहाड़ी चाहे इनके राज्य में हो, मगर इन्हें इसकी खबर नहीं और यह जगह भी ऐसी नहीं मालूम होती, जिसका कोई मालिक न हो। आप यहाँ के रहनेवाले नहीं हैं तो इस दिलचस्प पहाड़ी और सुंदर-सुंदर मकानों और बगीचों का मालिक कौन है?"

महाराज जयसिंह की बात का जवाब अभी सिद्धनाथ बाबा ने नहीं दिया था कि सामने से वन कन्या आती दिखाई पड़ी। दोनों बगल उसके दो सखियाँ और पीछे-पीछे दस-पंद्रह लौंडियों की भीड़ थी।

बाबाजी (वन कन्या की तरफ इशारा करके)—''इस जगह की मालिक यही हैं।''

सिद्धनाथ बाबा की बात सुनकर दोनों महाराज और ऐयार लोग ताज्जुब से वन कन्या की तरफ देखने लगे। इस वक्त कुँवर वीरेंद्रसिंह और तेजसिंह भी हैरान हो वन कन्या की तरफ देख रहे थे। सिद्धनाथ की जुबानी यह सुनकर कि इस जगह की मालिक यही हैं, कुमार और तेजसिंह को पिछली बातें याद आ गईं। कुँवर वीरेंद्रसिंह सिर नीचा कर सोचने लगे कि बेशक कुमारी चंद्रकांता इसी वन कन्या की कैद में है। वह बेचारी तिलिस्म की राह से आकर जब इस खोह में फँसी, तब इन्होंने कैद कर लिया। तभी तो इस जोर का खत लिखा था कि बिना हमारी मदद के तुम कुमारी चंद्रकांता को नहीं देख सकते, और उस दिन सिद्धनाथ बाबा ने भी यही कहा था कि जब यह चाहेगी, तब चंद्रकांता से तुम्हारी मुलाकात होगी। बेशक, कुमारी को इसी ने कैद किया है। हम इसे अपना दोस्त कभी नहीं कह सकते; बल्कि यह हमारी दुश्मन है, क्योंकि इसने बेफायदे कुमारी चंद्रकांता को कैद करके तकलीफ में डाला और हम लोगों को भी परेशान किया।

नीचे मुँह किए इसी किस्म की बातें सोचते-सोचते कुमार को गुस्सा चढ़ आया और उन्होंने सिर उठाकर वन कन्या की तरफ देखा।

कुमार के दिल में चंद्रकांता की मुहब्बत चाहे कितनी ही ज्यादा हो, मगर वन कन्या की मुहब्बत भी कम न थी। हाँ, इतना फर्क जरूर था कि जिस वक्त कुमारी चंद्रकांता की याद में मग्न होते थे, उस वक्त वन कन्या का खयाल भी जी में नहीं आता था। मगर सूरत देखने से मुहब्बत की मजबूत फाँसें गले में पड़ जाती थीं। इस वक्त भी उनकी यही दशा हुई। यह सोचकर कि कुमारी को इसने कैद किया है, एकदम गुस्सा चढ़ आया। मगर कब तक? जब तक कि जमीन की तरफ देखकर सोचते रहे। जहाँ सिर उठाकर वन कन्या की तरफ देखा, गुस्सा बिल्कुल जाता रहा। खयाल ही दूर हो गए। पहले कुछ सोचा था, अब कुछ और ही सोचने लगे, 'नहीं-नहीं, यह बेचारी हमारी दुश्मन नहीं है। राम-राम! न मालूम क्यों, ऐसा खयाल मेरे दिल में आ गया? इससे बढ़कर तो कोई दोस्त दिखाई ही नहीं देता। अगर यह हमारी मदद न करती तो तिलिस्म का टूटना मुश्किल हो जाता, कुमारी के मिलने की उम्मीद जाती रहती; बल्कि मैं खुद दुश्मनों के हाथ पड़ जाता।'

कुमार क्या, सभी के ही दिल में एकदम यह बात पैदा हुई कि इस बाग और पहाड़ी की मालिक अगर यह है तो इसी ने कुमारी को भी कैद कर रखा होगा।

आखिर महाराज जयसिंह से न रहा गया, सिद्धनाथ की तरफ देखकर पूछा, ''बेचारी चंद्रकांता इस खोह में फँसकर इन्हीं की कैद में पड़ गई होगी?''

बाबाजी—''नहीं, जिस वक्त कुमारी चंद्रकांता इस खोह में फँसी थीं, उस वक्त

यहाँ का मालिक कोई न था। उसके बाद यह पहाड़ी बाग और मकान इनको मिला है।''

सिद्धनाथ बाबा की इस दूसरी बात ने और भ्रम में डाल दिया। यहाँ तक कि कुमार का जी घबराने लगा। अगर महाराज जयसिंह और सुरेंद्रसिंह यहाँ न होते तो जरूर कुमार चिल्ला उठते; मगर नहीं, शर्म ने मुँह बंद कर दिया और गंभीरता ने दोनों मोढ़ों पर हाथ धरकर नीचे की तरफ दबाया।

महाराज जयसिंह और सुरेंद्रसिंह से न रहा गया, सिद्धनाथ की तरफ देखा और गिड़गिड़ाकर बोले, ''आप कृपा करके पेचीदा बातों को छोड़ दीजिए और साफ कहिए कि यह लड़की, जो सामने खड़ी है, कौन है? यह पहाड़ी इसे किसने दी और चंद्रकांता कहाँ है?''

महाराज जयसिंह और सुरेंद्रसिंह की बात सुनकर बाबाजी मुसकराने लगे और वन कन्या की तरफ देख इशारे से उसे अपने पास बुलाया। वन कन्या अपनी अगल-बगल वाली दोनों सखियों को, जिनमें से एक की पोशाक सुर्ख और दूसरी की सब्ज थी, साथ लिये हुए सिद्धनाथ के पास आई। बाबाजी ने उसके चेहरे पर से एक झिल्ली जैसी कोई चीज, जो तमाम चेहरे के साथ चिपकी हुई थी, खींच ली और हाथ पकड़कर महाराज जयसिंह के पैरों पर डाल दिया और कहा, ''लीजिए, यही आपकी चंद्रकांता है।''

चेहरे पर की झिल्ली उतर जाने से सबों ने कुमारी चंद्रकांता को पहचान लिया। महाराज जयसिंह पैरों से उसका सिर उठाकर देर तक अपनी छाती से लगाए रहे और खुशी से गद्‌गद हो गए।

सिद्धनाथ योगी ने उसकी दोनों सखियों के मुँह पर से भी झिल्ली उतार दी। लाल पोशाकवाली चपला और सब्ज पोशाकवाली चंपा साफ पहचानी गईं। मारे खुशी के सबों का चेहरा चमक उठा। आज की-सी खुशी कभी किसी ने नहीं पाई थी। महाराज जयसिंह के इशारे से कुमारी चंद्रकांता ने राजा सुरेंद्रसिंह के पैरों पर सिर रखा। उन्होंने उसका सिर उठाकर चूमा।

घंटों तक मारे खुशी के सभी की अजब हालत रही।

कुँवर वीरेंद्रसिंह की दशा तो लिखनी ही मुश्किल है। अगर सिद्धनाथ योगी उनको पहले ही कुमारी से न मिलाए रहते तो इस समय उनको शर्म और हया कभी न दबा सकती, जरूर कोई बेअदबी हो जाती।

महाराज जयसिंह की तरफ देखकर सिद्धनाथ बाबा बोले, ''आप कुमारी को हुक्म दीजिए कि अपनी सखियों के साथ घूमें-फिरें या दूसरे कमरे में चली जाएँ और आप लोग इस पहाड़ी और कुमारी का विचित्र हाल मुझसे सुनें।''

जयसिंह—''बहुत दिनों के बाद इसकी सूरत देखी है। अब कैसे अपने से अलग

करूँ? कहीं ऐसा न हो कि फिर कोई आफत आए और इसको देखना मुश्किल हो जाए।"

बाबाजी (हँसकर)—"नहीं-नहीं, अब यह आपसे अलग नहीं हो सकती।"

जयसिंह—"खैर, जो हो, इसे मुझसे अलग मत कीजिए और कृपा करके इसका हाल शुरू से कहिए।"

बाबाजी—"अच्छा, जैसी आपकी मरजी।"

बयान : 20

महाराज जयसिंह और सुरेंद्रसिंह के पूछने पर सिद्धनाथ बाबा ने इस दिलचस्प पहाड़ी और कुमारी चंद्रकांता का हाल कहना शुरू किया।

बाबाजी—"मुझे मालूम था कि यह पहाड़ी एक छोटा सा तिलिस्म है और चुनारगढ़ के इलाके में भी कोई तिलिस्म है। जिसके हाथ से वह तिलिस्म टूटेगा, उसकी शादी जिसके साथ होगी, उसी के दहेज के सामान पर यह तिलिस्म बँधा है और शादी होने के पहले ही वह इसकी मालिक होगी।"

सुरेंद्रसिंह—"पहले यह बताइए कि तिलिस्म किसे कहते हैं और वह कैसे बनाया जाता है?"

बाबाजी—"तिलिस्म वही शख्स तैयार कराता है, जिसके पास बहुत माल-खजाना हो और वारिस न हो। तब वह अच्छे-अच्छे ज्योतिषी और नजूमियों से दरियाफ्त करता है कि उसके या उसके भाइयों के खानदान में कभी कोई प्रतापी या लायक पैदा होगा या नहीं? आखिर ज्योतिषी या नजूमी इस बात का पता देते हैं कि इतने दिनों के बाद आपके खानदान में एक लड़का प्रतापी होगा; बल्कि उसकी एक जन्म-पत्री लिखकर तैयार कर देते हैं। उसी के नाम से खजाना और अच्छी-अच्छी कीमती चीजों को रखकर उस पर तिलिस्म बाँधते हैं।

आजकल तो तिलिस्म बाँधने का यह कायदा है कि थोड़ा-बहुत खज़ाना रखकर उसकी हिफाजत के लिए दो-एक बलि दे देते हैं। वह प्रेत या साँप होकर उसकी हिफाजत करता है और कहे हुए आदमी के सिवाय दूसरे को एक पैसा लेने नहीं देता। मगर पहले यह कायदा नहीं था। पुराने जमाने के राजाओं को जब तिलिस्म बाँधने की जरूरत पड़ती थी तो बड़े-बड़े ज्योतिषी, नजूमी, वैद्य, कारीगर और तांत्रिक लोग इकट्ठे किए जाते थे। उन्हीं लोगों के कहे मुताबिक तिलिस्म बाँधने के लिए जमीन खोदी जाती थी। उसी जमीन के अंदर खजाना रखकर ऊपर तिलिस्मी इमारत बनाई जाती थी। उसमें ज्योतिषी, नजूमी, वैद्य, कारीगर और तांत्रिक लोग अपनी ताकत के मुताबिक उसके छिपाने की बंदिश करते थे; मगर साथ ही इसके उस आदमी के नक्षत्र और ग्रहों का भी खयाल रखते थे, जिसके लिए

वह खजाना रखा जाता था। कुँवर वीरेंद्रसिंह ने एक छोटा सा तिलिस्म तोड़ा है। उनकी जुबानी आप वहाँ का हाल सुनिए और हर एक बात को खूब गौर से सोचिए तो आप ही मालूम हो जाएगा कि ज्योतिषी, नजूमी, कारीगर और दर्शन-शास्त्र के जाननेवाले क्या काम कर सकते थे।''

जयसिंह—''खैर, इसका हाल कुछ-कुछ मालूम हो गया, बाकी कुमार की जुबानी तिलिस्म का हाल सुनने और गौर करने से मालूम हो जाएगा। अब आप इस पहाड़ी और मेरी लड़की का हाल कहिए और यह भी कहिए कि महाराज शिवदत्त इस खोह से क्योंकर निकल भागे और फिर क्योंकर कैद हो गए?''

बाबाजी—''सुनिए, मैं सारा हाल आपसे कहता हूँ। जब कुमारी चंद्रकांता चुनारगढ़ के तिलिस्म में फँसकर इस खोह में आईं तो दो दिनों तक तो इस बेचारी ने तकलीफ से काटे। तीसरे रोज खबर लगने पर मैं यहाँ पहुँचा और कुमारी को उस जगह से छुड़ाया, जहाँ वह फँसी हुई थीं और जिसको मैं आप लोगों को दिखाऊँगा।''

सुरेंद्र—''सुनते हैं, तिलिस्म तोड़ने में ताकत की भी जरूरत पड़ती है?''

बाबाजी—''यह ठीक है, मगर इस तिलिस्म में कुमारी को कुछ भी तकलीफ न हुई और न ताकत की जरूरत पड़ी; क्योंकि इसका लगाव उस तिलिस्म से था, जिसे कुमार ने तोड़ा है। वह तिलिस्म या उसके कुछ हिस्से अगर न टूटते तो यह तिलिस्म भी न खुलता।''

कुमार (सिद्धनाथ की तरफ देखकर)—''आपने यह तो कहा ही नहीं कि कुमारी के पास किस राह से पहुँचे? हम लोग जब इस खोह में आए थे और कुमारी को बेबस देखा था, तब बहुत सोचने पर भी कोई तरकीब ऐसी न मिली थी, जिससे कुमारी के पास पहुँचकर इन्हें उस बला से छुड़ाते।''

बाबाजी—''सिर्फ सोचने से तिलिस्म का हाल नहीं मालूम हो सकता है। मैं भी सुन चुका था कि इस खोह में कुमारी चंद्रकांता फँसी पड़ी हैं और आप छुड़ाने की फिक्र कर रहे हैं; मगर कुछ बन नहीं पड़ता। मैं यहाँ पहुँचकर कुमारी को छुड़ा सकता था; लेकिन यह मुझे मंजूर न था। मैं चाहता था कि यहाँ का माल-असबाब कुमारी के हाथ लगे।''

कुमार—''आप योगी हैं, योगबल से इस जगह पहुँच सकते हैं; मगर मैं क्या कर सकता था?''

बाबाजी—''आप लोग इस बात को बिल्कुल मत सोचिए कि मैं योगी हूँ। जो काम आदमी के या ऐयारों के किए नहीं हो सकता, उसे मैं भी नहीं कर सकता। मैं जिस राह से कुमारी के पास पहुँचा और जो-जो किया, सो कहता हूँ, सुनिए।''

बयान : 21

सिद्धनाथ योगी ने बताया, ''पहले इस खोह का दरवाजा खोल मैं इसके अंदर पहुँचा और पहाड़ी के ऊपर एक दर्रे में बेचारी चंद्रकांता को बेबस पड़े हुए देखा। अपने गुरु से मैं सुन चुका था कि इस खोह में कई छोटे-छोटे बाग हैं, जिनका रास्ता उस चश्मे में से है, जो खोह में बह रहा है। खोह के अंदर आने पर आप लोगों ने उसे जरूर देखा होगा, क्योंकि खोह में उस चश्मे की खूबसूरती भी देखने के काबिल है।''

सिद्धनाथ की इतनी बात सुनकर सभी ने 'हूँ-हाँ' कहकर सिर हिलाया। इसके बाद सिद्धनाथ योगी कहने लगे, ''मैं लँगोटी बाँधकर चश्मे में उतर गया और इधर-से-उधर और उधर-से-इधर घूमने लगा। यकायक पूरब की तरफ जल के अंदर एक छोटा सा दरवाजा मालूम हुआ। गोता लगाकर उसके अंदर घुसा। आठ-दस हाथ तक बराबर जल मिला। इसके बाद धीरे-धीरे जल कम होने लगा। यहाँ तक कि कमर तक जल हुआ। तब मालूम पड़ा कि यह कोई सुरंग है, जिसमें चढ़ाई के तौर पर ऊँचे की तरफ चला जा रहा हूँ।

''आधा घंटा चलने के बाद मैंने अपने को इस बाग में (जिसमें आप बैठे हैं) पश्चिम और उत्तर के कोण में पाया और घूमता-फिरता इस कमरे में पहुँचा (हाथ से इशारा करके)। यह देखिए, दीवार में जो अलमारी है, असल में वह अलमारी नहीं, दरवाजा है। लात मारने से खुल जाता है। मैंने लात मारकर यह दरवाजा खोला और इसके अंदर घुसा। भीतर बिल्कुल अंधकार था। लगभग दो सौ कदम जाने के बाद दीवार मिली। इसी तरह वहाँ भी लात मारकर दरवाजा खोला और ठीक उसी जगह पहुँचा, जहाँ कुमारी चंद्रकांता और चपला बेबस पड़ी रो रही थीं। मेरी बगल से ही एक दूसरा रास्ता उस चुनारगढ़वाले तिलिस्म को गया था, जिसके एक टुकड़े को कुमार ने तोड़ा है।

''मुझे देखते ही ये दोनों घबरा गईं। मैंने कहा, 'तुम लोग डरो मत। मैं तुम दोनों को छुड़ाने आया हूँ।' यह कहकर जिस राह से मैं गया था, उसी राह से कुमारी चंद्रकांता और चपला को साथ ले इस बाग में लौट आया। इतना हाल, इतनी कैफियत, इतना रास्ता तो मैं जानता था। इससे ज्यादा इस खोह का हाल मुझे कुछ भी मालूम न था। कुमारी और चपला को खोह के बाहर कर देना या घर पहुँचा देना मेरे लिए कोई बड़ी बात न थी; मगर मुझको यह मंजूर था कि यह छोटा सा तिलिस्म कुमारी के हाथ से टूटे और यहाँ का माल-असबाब इनके हाथ लगे।

''मैं क्या, सभी कोई इस बात को जानते होंगे और सबों को यकीन होगा कि कुमारी चंद्रकांता को इस कैद से छुड़ाने के लिए ही कुमार चुनारगढ़वाले तिलिस्म

को तोड़ रहे थे। माल-खजाने का इनको लालच न था। अगर मैं कुमारी को यहाँ से निकाल कर आपके पास पहुँचा देता तो कुमार उस तिलिस्म को तोड़ना बंद कर देते और वहाँ का खजाना भी यों ही रह जाता। मैं आप लोगों की बढ़ती चाहनेवाला हूँ। मुझे यह कब मंजूर हो सकता था कि इतना माल-असबाब बरबाद जाए और कुमार या कुमारी चंद्रकांता को न मिले।

"मैंने अपने जी का हाल कुमारी और चपला से कहा और यह भी कहा कि अगर मेरी बात न मानोगी तो तुम्हें इसी बाग में छोड़कर मैं चला जाऊँगा। आखिर लाचार होकर कुमारी ने मेरी बात मंजूर की और कसम खाई कि मेरे कहने के खिलाफ कोई काम न करेंगी।

"मुझे यह तो मालूम ही न था कि यहाँ का माल-असबाब क्योंकर हाथ लगेगा और इस खजाने की ताली कहाँ है; मगर यह यकीन हो गया कि कुमारी जरूर इस तिलिस्म की मालिक होंगी। इसी फिक्र में दो रोज तक परेशान रहा। इन बगीचों की हालत बिल्कुल खराब थी; मगर दो-चार फलों के पेड़ ऐसे थे कि हम तीनों ने तकलीफ न पाई।

"तीसरे दिन पूर्णिमा थी। मैं उस बावड़ी के किनारे बैठा कुछ सोच रहा था। कुमारी और चपला इधर-उधर टहल रही थीं। इतने में चपला दौड़ी हुई मेरे पास आई और बोली, 'जल्दी चलिए, इस बाग में एक ताज्जुब की बात दिखाई पड़ी है।'

"मैं सुनते ही खड़ा हुआ और चपला के साथ वहाँ गया, जहाँ कुमारी चंद्रकांता पूरब की दीवार तले खड़ी गौर से कुछ देख रही थीं। मुझे देखते ही कुमारी ने कहा, 'बाबाजी, देखिए, इस दीवार की जड़ में एक सुराख है, जिसमें से सफेद रंग की बड़ी-बड़ी चींटियाँ निकल रही हैं। यह क्या मामला है?'

"मैंने अपने उस्ताद से सुना था कि सफेद चींटियाँ जहाँ नजर पड़ें, समझना कि वहाँ जरूर कोई खजाना या खजाने की ताली है। यह खयाल करके मैंने अपनी कमर से खंजर निकाल कुमारी के हाथ में दे दिया और कहा कि तुम इस जमीन को खोदो। अस्तु, मेरे कहे मुताबिक कुमारी ने उस जमीन को खोदा। हाथ ही भर के बाद काँच की छोटी सी हाँड़ी निकली, जिसका मुँह बंद था। कुमारी के ही हाथ से वह हाँड़ी मैंने तुड़वाई। उसके भीतर किसी किस्म का तेल भरा हुआ था, जो हाँड़ी टूटते ही बह गया और ताली का एक गुच्छा उसके अंदर से मिला, जिसे पाकर मैं बहुत खुश हुआ।

"दूसरे दिन कुमारी चंद्रकांता के हाथ में ताली का गुच्छा देकर मैंने कहा, 'चारों तरफ घूम-घूमकर देखो। जहाँ ताला नजर पड़े, इन तालियों में से किसी ताली को लगाकर खोलो। मैं भी तुम्हारे साथ चलता हूँ।'

"मुख्तसर ही में बयान करके इस बात को खत्म करता हूँ। उस गुच्छे में तीस

तालियाँ थीं। कई दिनों में खोजकर हम लोगों ने तीसों ताले खोले। तीन दरवाजे तो ऐसे मिले, जिनसे हम लोग ऊपर-ऊपर इस तिलिस्म के बाहर हो जाएँ। चार बाग और तेईस कोठरियाँ असबाब और खजाने की निकलीं, जिसमें हर एक किस्म का अमीरी का सामान और खजाना मौजूद था।

''जब ऊपर-ही-ऊपर तिलिस्म से बाहर हो जाने का रास्ता मिला, तब मैं अपने घर गया और कई लौंडियाँ और जरूरी चीजें कुमारी के वास्ते लेकर फिर यहाँ आया। कई दिनों में यहाँ के सब ताले खोले गए। तब तक यहाँ रहते-रहते कुमारी की तबीयत घबरा गई। मुझसे कई दफा उन्होंने कहा, 'मैं इस तिलिस्म के बाहर घूमना-फिरना चाहती हूँ।'

''बहुत जिद करने पर मैंने इस बात को मंजूर किया। अपनी कारीगरी से इन लोगों की सूरत बदली और दो-तीन घोड़े भी ला दिए, जिन पर सवार होकर ये लोग कभी-कभी तिलिस्म के बाहर घूमने जाया करतीं। इस बात की ताकीद कर दी थी कि अपने को छिपाए रहें, जिससे कोई पहचानने न पाए। इन्होंने भी मेरी बात पूरे तौर पर मानी और जहाँ तक हो सका, अपने को छिपाया। इस बीच में धीरे-धीरे इन बागों की भी दुरुस्ती की गई।

''कुँवर वीरेंद्रसिंह ने उस तिलिस्म का खजाना हासिल किया और यहाँ का माल-असबाब जो कुछ छिपा था, कुमारी को मिल गया। (जयसिंह की तरफ देखकर) आज तक यह कुमारी चंद्रकांता मेरी लड़की या मालिक थीं, अब आपकी जमा आपके हवाले करता हूँ।

''महाराज शिवदत्त की रानी पर रहम खाकर कुमारी ने दोनों को छोड़ दिया था और इस बात की कसम खिला दी थी कि कुमार से किसी तरह की दुश्मनी न करेंगे; मगर वह दुष्ट न माना, पुराने साथियों से मुलाकात होने पर बदमाशी पर कमर बाँधी और कुमार के पीछे लश्कर की तबाही करने लगा। आखिर लाचार होकर मैंने उसे गिरफ्तार किया और इस खोह में उसी ठिकाने पर फिर ला रखा, जहाँ कुमार ने उसे कैद करके डाल दिया था। अब और जो कुछ आपको पूछना हो, पूछिए। मैं सब हाल कह आप लोगों की शंका मिटाऊँ।''

सुरेंद्रसिंह—''पूछने को तो बहुत सी बातें थीं, मगर इस वक्त इतनी खुशी हुई है कि वे तमाम बातें भूल गया हूँ। क्या पूछूँ? खैर, फिर किसी वक्त पूछ लूँगा। कुमारी की मदद आपने क्यों की?''

जयसिंह—''हाँ, यही सवाल मेरा भी है; क्योंकि आपका हाल जब तक नहीं मालूम होता, तबीयत की घबराहट नहीं मिटती। इस पर आप कई दफा कह चुके हैं कि मैं योगी-महात्मा नहीं हूँ। यह सुनकर हम लोग और भी घबरा रहे हैं कि अगर

आप वह नहीं हैं, जो सूरत से जाहिर है तो फिर कौन हैं?''

बाबाजी—''खैर, यह भी मालूम हो जाएगा।''

जयसिंह (कुमारी चंद्रकांता की तरफ देखकर)—''बेटी, क्या तुम भी नहीं जानतीं कि यह योगी कौन हैं?''

चंद्रकांता (हाथ जोड़कर)—''मैं तो सबकुछ जानती हूँ; मगर कहूँ क्योंकर। इन्होंने तो मुझे सख्त कसम खिला दी है। इसी से मैं कुछ भी नहीं कह सकती।''

बाबाजी—''आप जल्दी क्यों करते हैं? अभी थोड़ी देर में मेरा हाल भी आपको मालूम हो जाएगा। पहले चलकर उन चीजों को तो देखिए, जो कुमारी चंद्रकांता को इस तिलिस्म से मिली हैं।''

जयसिंह—''जैसी आपकी मरजी।''

बाबाजी उसी वक्त उठ खड़े हुए और सभी को साथ ले दूसरे बाग की तरफ चले।

बयान : 22

बाबाजी वहाँ से उठकर महाराज जयसिंह वगैरह को साथ ले दूसरे बाग में पहुँचे और वहाँ घूम-फिरकर तमाम बाग, इमारत, खजाना और सब असबाबों को दिखाने लगे, जो इस तिलिस्म में से कुमारी ने पाया था।

महाराज जयसिंह उन सब चीजों को देखते ही एकदम बोल उठे, ''वाह-वाह! धन्य थे वे लोग, जिन्होंने इतनी दौलत इकट्ठा की थी। मैं अपना पूरा राज्य बेचकर भी अगर इस तरह के दहेज का सामान इकट्ठा करना चाहता तो इसका चौथाई भी न कर सकता।''

सबसे ज्यादा खजाना और जवाहरखाना उस बाग और दीवानखाने के तहखाने में नजर पड़ा, जहाँ कुँवर वीरेंद्रसिंह ने कुमारी चंद्रकांता की तसवीर का दरबार देखा था।

तीसरे और चौथे भाग के शुरू में पहाड़ी बाग, कोठरियों और रास्ते का कुछ हाल हम लिख चुके हैं। दो-तीन दिनों में सिद्ध बाबा ने उन लोगों को उन जगहों की पूरी सैर कराई। जब इन सब कामों से छुट्टी मिली और सब कोई दीवानखाने में बैठे, उस वक्त महाराज जयसिंह ने सिद्ध बाबा से कहा, ''आपने जो कुछ मदद कुमारी चंद्रकांता की करके उसकी जान बचाई, उसका एहसान तमाम उम्र हम लोगों के सिर रहेगा। आज जिस तरह हो, आप अपना हाल कहकर हम लोगों के आश्चर्य को दूर कीजिए। अब सब्र नहीं किया जाता।''

महाराज जयसिंह की बात सुन सिद्ध बाबा मुसकराकर बोले, ''मैं भी अपना हाल आप लोगों पर जाहिर करता हूँ, जरा सब्र कीजिए।'' इतना कहकर जोर से जफील (सीटी) बजाई। उसी वक्त तीन-चार लौंडियाँ दौड़ती हुई आकर उनके पास खड़ी हो

गईं। सिद्धनाथ बाबा ने हुक्म दिया, "हमारे नहाने के लिए जल और पहनने के लिए असली कपड़ों का संदूक (उँगली का इशारा करके) इस कोठरी में लाकर जल्द रखो। आज मैं इस मृगछाला और लंबी दाढ़ी को इस्तीफा दूँगा।"

थोड़ी ही देर में सिद्ध बाबा के हुक्म की तामील हो गई। तब तक इधर-उधर की बातें होती रहीं। इसके बाद सिद्ध बाबा उठकर उस कोठरी में चले गए, जिसमें उनके नहाने का जल और पहनने के कपड़े रखे हुए थे।

थोड़ी ही देर बाद नहा-धो और कपड़े पहनकर सिद्ध बाबा उस कोठरी के बाहर निकले। अब तो इनको सिद्ध बाबा कहना मुनासिब नहीं। आज तक 'बाबाजी' कह चुके, बहुत कहा। अब तो तेजसिंह के बाप जीतसिंह कहना ठीक है।

अब पूछने या हाल-चाल मालूम करने की फुरसत कहाँ। महाराज सुरेंद्रसिंह तो जीतसिंह को पहचानते ही उठे और यह कहा, "तुम मेरे भाई से भी हजार दर्जे बढ़कर हो।" गले लगा लिया और कहा, "जब महाराज शिवदत्त और कुमार से लड़ाई हुई, तब तुमने सिर्फ पाँच सौ सवार लेकर कुमार की मदद की थी। आज तो तुमने कुमार से भी बढ़कर नाम पैदा किया और पुश्तहापुश्त के लिए नौगढ़ और विजयगढ़ दोनों राज्यों के ऊपर अपने एहसान का बोझ रखा।" देर तक गले लगाए रहे। इसके बाद महाराज जयसिंह ने भी उन्हें बराबरी का दर्जा देकर गले लगाया। तेजसिंह और देवीसिंह वगैरह ने भी बड़ी खुशी से पूजा की।

अब मालूम हुआ कि कुमारी चंद्रकांता की जान बचानेवाले, नौगढ़ और विजयगढ़ दोनों की इज्जत रखनेवाले, दोनों राज्यों की तरक्की करनेवाले, आज तक अच्छे-अच्छे ऐयारों को धोखे में डालनेवाले, कुँवर वीरेंद्रसिंह को धोखे में डालकर विचित्र तमाशा दिखानेवाले, पहाड़ी से कूदते हुए कुमार को रोककर जान बचाने और चुनारगढ़ राज्य में फतह का डंका बजानेवाले, सिद्धनाथ योगी बने हुए यही महात्मा जीतसिंह थे।

इस वक्त की खुशी का क्या अंदाजा है। अपने-अपने में सब ऐसे मग्न हो रहे हैं कि त्रिभुवन की संपत्ति की तरफ हाथ उठाने को जी नहीं चाहता। कुँवर वीरेंद्रसिंह को कुमारी चंद्रकांता से मिलने की खुशी जैसी भी थी, आप खुद ही सोच-समझ सकते हैं। इसके सिवाय इस बात की खुशी बेहद हुई कि सिद्धनाथ का एहसान किसी के सिर न हुआ, या अगर हुआ तो जीतसिंह का, सिद्धनाथ बाबा तो कुछ थे ही नहीं।

इस वक्त महाराज जयसिंह और सुरेंद्रसिंह का आपस में दिली प्रेम कितना बढ़-चढ़ रहा है, वे ही जानते होंगे। कुमारी चंद्रकांता को घर ले जाने के बाद शादी के लिए खत भेजने की ताब किसे! जयसिंह ने उसी वक्त कुमारी चंद्रकांता के हाथ पकड़कर राजा सुरेंद्रसिंह के पैरों पर डाल दिया और डबडबाई आँखों को पोंछकर कहा, "आप आज्ञा कीजिए कि इस लड़की को मैं अपने घर ले जाऊँ और जात-बिरादरी तथा पंडित

लोगों के सामने कुँवर वीरेंद्रसिंह की लौंडी बनाऊँ।''

राजा सुरेंद्रसिंह ने कुमारी को अपने पैरों से उठाया और बड़ी मुहब्बत के साथ महाराज जयसिंह को गले लगाकर कहा, ''जहाँ तक जल्दी हो सके, आप कुमारी को लेकर विजयगढ़ जाएँ; क्योंकि इसकी माँ बेचारी मारे गम के सूखकर काँटा हो रही होगी।''

इसके बाद महाराज सुरेंद्रसिंह ने पूछा, ''अब क्या करना चाहिए?''

जीतसिंह—''अब सभी को यहाँ से चलना चाहिए। मगर मेरी समझ में, यहाँ से माल-असबाब और खजाने को ले चलने की कोई जरूरत नहीं; क्योंकि अव्वल तो यह माल-असबाब सिवाय कुमारी चंद्रकांता के किसी के मतलब का नहीं, इसलिए कि दहेज का माल है। इसकी तालियाँ भी पहले से ही इनके कब्जे में रही हैं। यहाँ से उठाकर ले जाने और फिर इनके साथ भेजकर लोगों को दिखाने की कोई जरूरत नहीं। दूसरे, यहाँ की आबोहवा कुमारी को बहुत पसंद है। जहाँ तक मैं समझता हूँ, कुमारी चंद्रकांता फिर यहाँ आकर कुछ दिन जरूर रहेंगी। इसलिए हम लोगों को यहाँ से खाली हाथ सिर्फ कुमारी चंद्रकांता को लेकर बाहर होना चाहिए।''

बहादुर और पूरे ऐयार जीतसिंह की राय को सभी ने पसंद किया और वहाँ से बाहर होकर नौगढ़ और विजयगढ़ जाने के लिए तैयार हुए।

जीतसिंह ने कुल लौंडियों को, जिन्हें कुमारी की खिदमत के लिए वहाँ लाए थे, बुला के कहा, ''तुम लोग अपने-अपने चेहरे को साफ करके असली सूरत में उस पालकी को लेकर जल्द यहाँ आओ, जो कुमारी के लिए मैंने पहले से मँगवा रखी है।''

जीतसिंह का हुक्म पाकर वे लौंडियाँ, जो गिनती में बीस होंगी, दूसरे बाग में चली गईं और थोड़ी ही देर बाद अपनी असली सूरत में एक निहायत उम्दा सोने की जड़ाऊ पालकी अपने कंधों पर लिये हाजिर हुईं। कुँवर वीरेंद्रसिंह और तेजसिंह ने अब इन लौंडियों को पहचाना।

तेजसिंह ने ताज्जुब में आकर कहा, ''वाह-वाह, अपने घर की लौंडियों को आज तक मैंने न पहचाना। मेरी माँ ने भी यह भेद मुझसे न कहा।''

बयान : 23

जिस राह से कुँवर वीरेंद्रसिंह वगैरह आया-जाया करते थे और महाराज जयसिंह वगैरह आए थे, वह राह इस लायक नहीं थी कि कोई हाथी, घोड़ा या पालकी पर सवार होकर आए और ऊपरवाली दूसरी राह में खोह के दरवाजे तक जाने में कुछ चक्कर पड़ता था, इसलिए जीतसिंह ने कुमारी के वास्ते पालकी मँगवाई; मगर दोनों महाराज और कुँवर वीरेंद्रसिंह किस पर सवार होंगे, अब वे सोचने लगे।

वहाँ खोह में दो घोड़े भी थे, जो कुमारी की सवारी के वास्ते लाए गए थे। जीतसिंह ने उन्हें महाराज जयसिंह और राजा सुरेंद्रसिंह की सवारी के लिए तजवीज करके कुमार के वास्ते एक हवादार मँगवाया। लेकिन कुमार ने उस पर सवार होने से इनकार करके पैदल चलना कबूल किया।

उसी बाग की दक्खिन तरफ एक बड़ा फाटक था, जिसकी दोनों बगल लोहे की दो खूबसूरत पुतलियाँ थीं। बाईं तरफवाली पुतली के पास जीतसिंह पहुँचे और उसकी दाहिनी आँख में उँगली डाली, साथ ही उसका पेट दो पल्ले की तरह खुल गया और बीच में चाँदी का एक मुट्ठा नजर पड़ा, जिसे जीतसिंह ने घुमाना शुरू किया।

जैसे-जैसे मुट्ठा घुमाते थे, वैसे-वैसे वह फाटक जमीन में घुसता जाता था। यहाँ तक कि तमाम फाटक जमीन के अंदर चला गया और बाहर खुशनुमा सब्ज से भरा हुआ मैदान नजर पड़ा।

फाटक खुलने के बाद जीतसिंह फिर इन लोगों के पास आकर बोले, "इसी राह से हम लोग बाहर चलेंगे।"

दिन आधी घड़ी से ज्यादा न बीता होगा, जब महाराज जयसिंह और सुरेंद्रसिंह घोड़े पर सवार हो, कुमारी चंद्रकांता की पालकी आगे कर फाटक के बाहर हुए। दोनों महाराजों के बीच में दोनों हाथों से दोनों घोड़ों की रकाब पकड़े हुए जीतसिंह बातें करते और उनके पीछे कुँवर वीरेंद्रसिंह अपने ऐयारों को चारों तरफ लिये कन्हैया बने खोह के फाटक की तरफ रवाना हुए।

पहर भर चलने के बाद ये लोग उस लश्कर में पहुँचे, जो खोह के दरवाजे पर उतरा हुआ था। रात भर उसी जगह रहकर सुबह को कूच किया। यहाँ से खूबसूरत और कीमती कपड़े पहनकर कहारों ने कुमारी की पालकी उठाई और महाराज जयसिंह के साथ विजयगढ़ रवाना हुए; मगर वे लौंडियाँ भी, जो आज तक कुमारी के साथ थीं और यहाँ तक कि उनकी पालकी उठाकर लाई थीं, मुहब्बत की वजह और महाराज सुरेंद्रसिंह के हुक्म से कुमारी के साथ गईं।

राजा सुरेंद्रसिंह कुमार को साथ लिये हुए नौगढ़ पहुँचे। कुँवर वीरेंद्रसिंह पहले महल में जाकर अपनी माँ से मिले और कुलदेवी की पूजा करके बाहर आए।

अब तो बड़ी खुशी से दिन गुजरने लगे। आठवें ही रोज महाराज जयसिंह का भेजा हुआ तिलक पहुँचा और बड़ी धूमधाम से वीरेंद्रसिंह को चढ़ाया गया।

पाठक, अब तो कुँवर वीरेंद्रसिंह और चंद्रकांता का वृत्तांत समाप्त ही हुआ समझिए। बाकी रह गई सिर्फ कुमार की शादी। इस वक्त तक सब किस्से को मुख्तसर लिखकर सिर्फ बरात के लिए कई वर्क कागज के रँगना मुझे मंजूर नहीं। मैं यह नहीं लिखना चाहता कि नौगढ़ से विजयगढ़ तक रास्ते की सफाई की गई, केवड़े के जल

से छिड़काव किया गया, दोनों तरफ बिल्लौरी हाँड़ियाँ रोशन की गईं इत्यादि। आप खुद खयाल कर सकते हैं कि ऐसे आशिक-माशूक की बरात किस धूमधाम की होगी। इस पर दोनों ही राजा और दोनों ही की एक-एक औलाद। तिलिस्म फतह करने और माल-खजाना पाने की खुशी ने और दिमाग बढ़ा रखा था। मैं सिर्फ इतना ही लिखना पसंद करता हूँ कि अच्छी सायत में कुँवर वीरेंद्रसिंह की बरात बड़े धूमधाम से विजयगढ़ की तरफ रवाना हुई।

विजयगढ़ में जनवासे की तैयारी सबसे बढ़ी-चढ़ी थी। बरात पहुँचने के पहले ही समा बँधा हुआ था। अच्छी-अच्छी खूबसूरत और गाने के इल्म को पूरे तौर पर जाननेवाली रंडियों से महफिल भरी हुई थी; मगर जिस वक्त बरात पहुँची, अजब झमेला मचा।

बरात के आगे-आगे महाराज शिवदत्त बड़ी तैयारी से घोड़े पर सवार, सरपेंच बाँधे, कमर से दोहरी तलवार लगाए, हाथ में झंडा लिये जनवासे के दरवाजे पर पहुँचे। इसके बाद धीरे-धीरे कुल जुलूस पहुँचा। दूल्हा बने हुए कुमार घोड़े से उतरकर जनवासे के अंदर गए।

कुमार वीरेंद्रसिंह का घोड़े से उतरकर जनवासे के अंदर जाना ही था कि बाहर हो-हल्ला मच गया। सब कोई देखने लगे कि दो महाराज शिवदत्त आपस में लड़ रहे हैं। दोनों की तलवारें तेजी के साथ चल रही हैं और दोनों ही के मुँह से यही आवाज निकल रही है, "हमारी मदद को कोई न आए। सब दूर से तमाशा देखें।" एक महाराज शिवदत्त तो वही थे, जो अभी-अभी सरपेंच बाँधे, हाथ में झंडा लिये घोड़े पर सवार आए थे और दूसरे महाराज शिवदत्त मामूली पोशाक पहने हुए थे, मगर बहादुरी के साथ लड़ रहे थे।

थोड़ी ही देर में हमारे शिवदत्त को (जो झंडा उठाए घोड़े पर सवार आए थे) इतना मौका मिला कि कमर में से कमंद निकाल अपने मुकाबलेवाले दुश्मन महाराज शिवदत्त को बाँध लिया और घसीटते हुए जनवासे के अंदर चले। पीछे-पीछे बहुत से आदमियों की भीड़ भी उन दोनों को ताज्जुब भरी निगाहों से देखती हुई अंदर पहुँची।

हमारे महाराज शिवदत्त ने दूसरे साधारण पोशाक पहने हुए महाराज शिवदत्त को एक खंभे के साथ खूब कसकर बाँध दिया और एक मशालची के हाथ से, जो उसी जगह मशाल दिखा रहा था, मशाल लेकर उनके हाथ में थमाई और आप कुँवर वीरेंद्रसिंह के पास जा बैठे। उसी जगह सोने का जड़ाऊ बरतन गुलाब जल से भरा हुआ रखा था। उससे रूमाल तर करके हमारे महाराज ने अपना मुँह पोंछ डाला। पोशाक वही, सरपेंच वही, मगर सूरत तेजसिंह बहादुर की।

अब तो मारे हँसी के पेट में बल पड़ने लगा। पाठक, आप तो इस दिल्लगी को

खूब समझ गए होंगे, लेकिन अगर कुछ भ्रम हो गया तो मैं लिखे देता हूँ।

हमारे तेजसिंह अपने कौल के मुताबिक महाराज शिवदत्त की सूरत बना सरपेंच (फतह का सरपेंच, जो देवीसिंह लाए थे) बाँध, झंडा ले कुमार की बरात के आगे-आगे चले थे। उधर असली महाराज शिवदत्त, जो महाराज सुरेंद्रसिंह से जान बचा तपस्या का बहाना कर जंगल में चले गए थे, कुँवर वीरेंद्रसिंह की बरात की कैफियत देखने आए। फकीरी करने का तो बहाना ही था, असल में तो तबीयत से बदमाशी और खुटाई गई नहीं थी।

महाराज शिवदत्त बरात की कैफियत देखने आए, मगर आगे-आगे झंडा हाथ में लिये अपनी सूरत देख समझ गए कि किसी ऐयार की बदमाशी है। क्षत्रियपन का खून जोश में आ गया। गुस्से को सँभाल न सके। तलवार निकालकर लड़ ही गए। आखिर नतीजा यह हुआ कि उनको महफिल में मशालची बनना पड़ा और कुँवर वीरेंद्रसिंह की शादी खुशी-खुशी कुमारी चंद्रकांता के साथ हो गई।

□□□